Cynthia Wright

Das Schwert der Liebe

Aus dem Englischen
von Jutta Hein

BASTEI
LÜBBE

BASTEI-LÜBBE-TASCHENBUCH
Band 11 999

Deutsche Erstveröffentlichung
Titel der amerikanischen Originalausgabe:
A Battle for Love

Printed September 1993
Einbandgestaltung: K.K.K.
Titelillustration: John Ennis/Thomas Schlück-Agentur
Satz: Kremerdruck GmbH, Lindlar-Hartegasse
ISBN 3-404-11999-1

Der Preis dieses Bandes versteht sich einschließlich
der gesetzlichen Mehrwertsteuer.

Für Jenna,
meine bezaubernde, verrückte
Tochter, die über ihr Alter
hinaus klug ist

Danksagung

Ich möchte vor allem den Menschen danken, die mir in guten wie in schlechten Tagen beigestanden haben. Meine Eltern, Gene und Priscilla Challed, und mein Bruder Bill stehen ganz oben auf der Liste. Dann folgen Cheryl Woodruff, meine kluge Lektorin; Charles Schlessiger; und meine lieben Freunde und Kritiker Kay Duley, Tom Huff, Catherine Coulter und Kathy D'Huy. Dank auch an Jay Acton, Ruth und Curt Vera, Ed Remitz, Linda Schopflin, Richard Randall, Mark Cesa, Bertrice Small, Sophie Wright, Barbara Keenan, Joan Lichterman und alle anderen, die mir das Leben erleichtert haben, während ich schwer an diesem Buch arbeitete!

Besonderer Dank gilt Richard Wright und unserer Tochter Jenna, der Freude unseres Lebens.

Nicht zuletzt aus ganzem Herzen Dank an Tim Underwood, der den Grund für meine Probleme kennt, und an meine Muse in meinem Alltagsleben in Wimbledon, England.

Cynthia Challed Wright

Prolog

Amboise, Frankreich – 10. September 1532

»Bernard Tevoulère wird in diesem Turnier seine Kräfte mit Arnaud Guerre messen!« rief Aimée de St. Briac ihrem Gemahl zu. »Seit unserer Ankunft gestern abend höre ich ständig Geschichten über Bernards Affaire mit Elise Guerre. Es ist Wahnsinn von ihm, sich auf einen Zweikampf mit ihrem Ehemann einzulassen!«

Thomas Mardonet, Lehnsherr von St. Briac, nahm seinen Helm ab und setzte sich neben seine Gemahlin auf der Galerie im königlichen Château von Amboise. Unter ihnen befand sich der Hof, in dem ein ganztägiges Turnier stattfand. St. Briac hatte gerade seinen Zweikampf beendet; gemeinsam mit König Franz war er gegen zwei Freunde aus ihrer Kindheit angetreten. Dabei handelte es sich nur um einen harmlosen Spaß und ein bißchen Übung, soweit es Thomas betraf, denn die Männer waren alle fast vierzig Jahre alt, aber Aimée beschäftigte sich in Gedanken mit Bernard Tevoulère und Arnaud Guerre.

Sie warteten darauf, daß die beiden Männer ihren Platz auf dem Kampfplatz einnahmen, und St. Briac schaute derweil nach Süden über die verträumte Loire, die tief unter König Franz' großartigem Château dahinfloß. Schon als Jungen hatten er und der König hier Turniere ausgefochten. Inzwischen waren sie zu Männern herangewachsen, hatten Frauen, Kinder und Königreiche, aber sie waren immer noch befreundet, und auch die Spiele fanden immer noch statt. Die anderen Spiele – die unvermeidlichen Fehden und Intrigen, die an einem so großen Hof an der Tagesordnung waren –, hatten sich auch nicht verändert. Oft waren am Königshof mehr als fünfhundert Leute, und viel zu viele von ihnen waren untereinander zerstritten. Thomas und seine Gemahlin Aimée verbrachten den größten Teil ihrer Zeit auf ihrem Château in der Nähe des Dorfes St. Briac, waren am glücklichsten, wenn sich alles um ihre Kinder, ihr Heim und ihre Weinberge drehte. Doch diese Besuche am Hof waren notwendig. König Franz hatte Sehnsucht nach seinem alten Freund, und die Gesellschaft tat Aimée gut, doch es war nicht alles erfreulich. Das augenfälligste Beispiel war der Zweikampf, dessen Zeugen sie gleich werden würden: Der nichtsnutzige Bernard Tevoulère trat gegen seinen wütenden Rivalen, Arnaud Guerre, an.

»Ich habe Bernard gesehen, als ich mich auf meinen eigenen Kampf vorbereitete«, sagte St. Briac sanft zu Aimée, während er sich mit der Hand durch sein feuchtes, kastanienfarbenes Haar fuhr und sie mit seinen türkisfarbenen Augen durchdringend ansah. »Er hat sich seit unserem letzten Besuch bei Hofe sehr zum Nachteil verändert. Sein neues Leben als Chevalier des Königs hat ihm nicht gut getan; ganz im Gegenteil. Er prahlte damit, daß er gegen Arnaud Guerre antreten würde, und freute sich über die gute Gelegenheit, den Ehemann seiner Geliebten noch mehr zu demütigen. Er hatte zuviel getrunken und bot einen wirklich traurigen Anblick.«

Der König war auf die Galerie gekommen und sah prachtvoll aus in seiner schwarzgoldenen Rüstung. Alle schwiegen, bis er seinen Platz eingenommen hatte, von dem aus er den gesamten Turnierplatz überblicken konnte. Aimée nahm einen Becher Wein von einem Diener entgegen und dachte über Thomas' Worte nach; dabei war ihr hübsches Gesicht von Sorgen überschattet.

Bernard Tevoulère war mit Micheline, ihrer liebsten Freundin, verheiratet. Zwar war Aimée mit ihren fünfundzwanzig Jahren fünf Jahre älter als sie, dennoch waren die beiden Frauen wie Schwestern. Sie hatten sich gefunden, als Aimée, mit ihren Babys im Schlepptau, nach Süden gereist war, um ihre Eltern in der Nähe von Angoulême zu besuchen. Während der kurzen Jahre ihrer Freundschaft war Aimée oft nach Angoulême zurückgekehrt; sie wollte einerseits Micheline besuchen und gleichzeitig die Kinder mit ihren Großeltern zusammenbringen. Micheline war in Angoulême geblieben, als ihren Mann das Landleben zunehmend langweilte und er immer mehr Zeit bei Hofe verbrachte.

»Arme Micheline«, flüsterte Aimée ihrem Mann zu. »Es macht mich wütend, wenn ich mir vorstelle, daß sie so lange Zeit allein lebt, während er sich am Hof amüsiert! Wenn es ihm nicht gelungen wäre, mich die ganze Zeit zu täuschen, hätte ich ihr die Wahrheit gesagt. Was ist er nur für ein Narr! Verheiratet mit der großartigsten Frau Frankreichs, und dennoch führt er ein Doppelleben. Bei diesem Zweikampf wäre meine Sympathie fast auf der Seite von Arnaud Guerre, wenn ich nicht wüßte, wieviel Bernard für Micheline bedeutet ...«

»Micheline hat ein sehr behütetes Leben geführt«, meinte St. Briac ruhig. »Und sie kennt ihn schon seit ihrer Kindheit. Bernard hat sich verändert, *Miette*.« Er nannte sie oft »mein Krümelchen«.

Thomas streckte die Hand aus und streichelte die glänzenden schwarzen Locken seiner Frau. »Bernard muß diese Fehler von Anfang an gehabt haben, die Umstände haben seine Schwächen nur deutlich gemacht. Wenn der Mann auch nur ein Fünkchen Ehre hätte, würde er merken, was wirklich wichtig ist im Leben, und der Frau treu bleiben, die ihn zum Ehemann genommen hat.«

Mehrere Trompetenstöße kündigten den nächsten Kampf an. Bernard Tevoulère und Arnaud Guerre ritten auf den Platz. Sie hielten vor der Galerie inne, um vor dem König zu salutieren. Bernard, der weder so groß noch so kraftvoll gebaut war wie sein Gegner, öffnete das Visier und grinste zuversichtlich. Als Elise Guerre aufstand und ihrem Mann die Hand reichte, kicherte Bernard für alle hörbar und wurde dafür vom König mit einem bösen Blick bestraft.

Wenige Augenblicke später befanden sich die beiden Reiter an den gegenüberliegenden Seiten des Platzes. Eine weitere Fanfare kündigte den ersten Angriff an.

Aimée redete sich ein, nicht besorgt zu sein. Das war doch nur ein Spiel, kein Kampf auf Leben und Tod. Dennoch erinnerte sie sich an einen anderen Kampf auf genau diesem Platz, als ein Feind von Thomas versucht hatte, ihn umzubringen ... Und da war etwas in Guerres Verhalten, das sie kalt erschaudern ließ. Schweigend schloß Aimée die Augen und begann zu beten.

Sie hörte die Trompete, den Angriff der Pferde, ein Krachen und dann das überraschte Aufstöhnen und die Schreie der versammelten Menge. »Guter Gott«, zischte St. Briac. »Guerre hat nach Tevoulères Helm geschlagen«!

Voller Angst öffnete Aimée die Augen und sah, daß Bernard auf dem Platz lag, den Kopf unnatürlich verrenkt, während Arnaud Guerre im Sattel blieb und ohne Mitleid auf seinen besiegten Rivalen hinunterschaute.

Teil I

Kapitel 1

Angoulême, Frankreich – 10. September 1532

Weiches Spätnachmittagslicht schimmerte durch die dichten, grünen Wälder östlich von Angoulême, als Micheline Tevoulère im Herrensitz auf ihrem sehr großen weißen Hengst Gustave in langsamem Galopp nach Hause ritt. Sie war ein Bild der Schönheit in ihrem blaßgelben Gewand, das ihre strahlenden Augen unterstrich; und die waren so blau wie die ersten Schwertlilien des Frühlings. Als sie das Gesicht hob, spürte sie, wie der Wind ihre hellbraunen Locken fliegen ließ.

Micheline näherte sich dem bescheidenen Herrenhaus aus Stein, in dem sie seit ihrer Eheschließung vor vier Jahren lebte. Und da war er wieder, dieser vertraute Schatten, der sich auf ihr Herz legte. Sie liebte diesen Ort, aber er schien kaum ein Zuhause zu sein, seit Bernard so oft bei Hofe war. Sie stieg vor dem Stall ab, übergab Gustaves Zügel an den Pferdeburschen und bemerkte dann die anderen Pferde in Boxen, die normalerweise leer waren.

»Seigneur und Madame de St. Briac sind vor einer Stunde eingetroffen, Madame«, erklärte der Junge.

Ein strahlendes Lächeln erhellte Michelines Gesicht. »Was für eine wunderbare Überraschung!« Sie nahm die Bücher, die sie aus dem Haus ihres Vaters mitgebracht hatte, und eilte zum Hintereingang des Hauses.

Aimée begrüßte sie. Sie umarmten sich liebevoll, gingen dann in die geräumige, mit Blumen geschmückte Küche, wo Micheline ihre Bücher auf einen langen Eichentisch legte und sich fröhlich an ihre Freundin wandte.

»Ich trau meinen Augen nicht! Bist du etwa vom Himmel gefallen, *chérie*? Es tut mir so leid, daß ich bei eurer Ankunft nicht da war. Ich habe Papa eine Pastete gebracht, und dann blieb ich, um in seiner Bibliothek nach Büchern zu suchen, die ich noch nicht mehr als zweimal gelesen habe. Wo Bernard so oft nicht zu Hause ist, wäre ich ohne Bücher verloren.« Sie machte eine Pause und schüttelte erneut ungläubig den Kopf. »Es ist absolut wunderbar, dich zu sehen! Du bist genau das, was ich jetzt brauche, Aimée.«

Die ältere der beiden jungen Frauen hörte den Anflug von Melancholie in der Stimme ihrer Freundin, und das tat ihr im Herzen weh. »Du hast mir auch gefehlt, Micheline. Thomas besucht meine Eltern, also haben wir viel Zeit für ein langes Gespräch. Hast du einen Schluck Wein?«

»Was für eine Frage!«

Aimée setzte sich auf einen Stuhl und sah zu, wie Micheline Burgunder in Zinnbecher goß. Sie war so hübsch und unverdorben, so voller wachem Verstand und zu Herzen gehender Wärme. Aimée dachte nicht zum erstenmal, daß alle diese Gaben in der Abgeschiedenheit der Wälder von Angoulême verschwendet waren. Als Bernard und Micheline heirateten, schien das eine vielversprechende Verbindung zu sein. Michelines Mutter war tot, ihr Vater ein grober, distanzierter Mann, ihr Bruder war nach Paris gezogen; nur Bernard schien sich um das Herz des einsamen jungen Mädchens zu kümmern. Als sie heranwuchsen, war er ihr bester Freund gewesen, hatte ihr beigebracht, wie man reitet, wie man auf Bäume klettert, wie man schwimmt und am Ende auch, wie man küßt. Micheline hatte sich nie viel Zeit für andere Mädchen genommen, denn sie wirkten langweilig und geistlos im Vergleich zu ihrem liebsten Kameraden. Als sie mit sechzehn heirateten, war Micheline sich Bernards Liebe und Treue vollkommen sicher. So wie jeden Morgen die Sonne aufging, so war Bernard an ihrer Seite. Wer hätte voraussagen können, daß er ihr untreu wurde, als er zum richtigen Mann heranwuchs?

Micheline stellte die Becher auf den Tisch und ergriff Aimées ausgestreckte Hand.

»Erinnerst du dich noch daran, wie wir uns kennenlernten?« fragte Aimée sanft.

»Ja – natürlich! Es war kurz bevor Bernard sich als Ritter bei König Franz verpflichtete und mit der Armee nach Italien zog. Du warst mit der neugeborenen Juliette in den Süden gekommen und bist einen Monat lang geblieben. Ich weiß nicht, wie ich ohne dich Bernards Fortgehen ertragen hätte. Du bist meine liebste Freundin, Aimée. Damals lernte ich gerade, daß ich nicht auf Bernards ständige Anwesenheit vertrauen konnte. Und da bist du dann in mein Leben getreten.«

»Und du weißt, daß auch ich dich sehr liebhabe«, antwortete Aimée sanft, wobei ihr die Tränen in die Augen traten. »Meiner Mutter konnte ich mich nie anvertrauen. Meine Schwester und ich haben zwar Frieden geschlossen, aber wir werden nie Vertraute sein. Es ist wichtig, Freunde außerhalb der Ehe zu haben – andere Interessen zu pflegen, wie du es getan hast.«

»*Alors*«, murmelte Micheline und senkte den Blick. »Ich hatte immer Leidenschaften, die man in der Einsamkeit pflegt, wie diese Bücher hier. Als ich Bernard heiratete, dachte ich, ich hätte nun jemanden, der sich auch für diese Dinge interessieren würde. Irgend etwas ... ist mit Bernard passiert, obwohl ... Ich habe nie mit jemandem über diese Dinge gesprochen, aber ich muß es jemandem erzählen! Als er zum erstenmal wegging, dachte ich, er sei im Einsatz für Frankreich. Ich redete mir ein, daß sein Fernweh nachlassen würde. Aber als er nach Hause kam und wir dann ein Kind erwarteten, eilte er wieder zurück an den Hof.«

»Daran erinnere ich mich, *chérie*«, flüsterte Aimée. »Ich war hier, als du dein Baby verloren hast.«

»Wie oft bist du bei mir gewesen, wenn Bernard fort war? Ich brauchte ihn damals so verzweifelt, aber ich lernte trotz meines Elends, daß ich ohne ihn leben konnte. Als er schließlich nach Hause zurückkehrte, schien er fast erleichtert zu sein, daß ich das Baby nicht bekommen hatte. Ich glaube nicht, daß er schon bereit war, Vater zu werden.«

»Vielleicht war das so.« Aimée nickte. »Und wie fühlst du dich jetzt?«

»Ich *vermisse* ihn! Verzweifelt!« Eine glitzernde Träne hing an ihren dichten Wimpern. »Ich bin so durcheinander. Manchmal, wenn er nach Hause kommt, habe ich das Gefühl, daß wir fast Fremde sind, aber wenn er fort ist, dann sehne ich mich wieder nach dem Bernard der vergangenen Jahre. Ich schenkte ihm mein Herz, als ich noch ein Kind war. Ich glaubte fest, daß Gott ihn zu dem vollkommenen Gefährten für mich bestimmt hat. Dieser Bernard ist es, auf den ich warte. Glaubst du, daß er je zu mir zurückkommen wird?«

»Ich glaube, daß der Bernard, den du geheiratet hast, noch am Leben ist und in deinem Herzen immer weiterleben wird, Micheline. Und ich glaube, daß er rechtzeitig zu dir zurückgekehrt wäre ... Aber das ist nicht mehr möglich.« Aimée erhob sich, kniete sich dann neben den Stuhl ihrer Freundin und nahm sie in beide Arme. »Bernard kommt nicht mehr nach Hause, Micheline. Er wurde getötet, bei einem Unfall, bei einem Turnier in Amboise.«

Michelines feines Gesicht wurde weiß vor Entsetzen und Ungläubigkeit. »Nein! *Nein! Mère de Dieu!* Das kann nicht sein!«

Aimée hielt Micheline ganz fest und streichelte ihr beruhigend das glänzende hellbraune Haar. »Ich bin hier, Liebste, und Thomas ist hier. Du wirst nicht allein sein. Thomas muß den König zu den Treffen mit Heinrich VIII. in Calais und Boulogne begleiten. Du kommst mit mir nach Hause, nach Château du Soleil, und leistest mir Gesellschaft, bis er zurückkehrt. Wir werden uns um einander kümmern, *chérie*.«

Kapitel 2

St. Briac-sur-Loire, Frankreich – 12. November 1532

Es war ein kühler, aber strahlender Nachmittag, als St. Briac nach den sich über Monate hinziehenden Treffen zwischen König Franz und Heinrich VIII. in Calais und Boulogne heimkehrte. Als er die lange, kurvenreiche Straße zu dem Château seiner Ahnen hinaufritt, lächelte er voller Vorfreude auf das Wiedersehen mit seiner Familie.

Château du Soleil – ein Meisterwerk mit den hochaufragenden, feinen Türmen, die sich weiß vor dem Hintergrund des dunklen Waldes von Chinon abzeichneten –

glänzte im Sonnenlicht, Es war wie ein Märchenschloß, und obwohl Thomas dort seit seiner Geburt gelebt hatte, hatte er es nie als solches gesehen. Das geschah erst an dem Tag, an dem er Aimée als seine Braut dorthin gebracht hatte. Von einem Reitknecht und seinem treuen, wenn auch frechen Kammerdiener, dem verhutzelten Gaspard Lefait, begleitet, stieg er jetzt vor einem Innenhof ab, von dem aus man einen atemberaubenden Blick auf die sich dahinschlängelnde Loire hatte. St. Briac war mit seinen Gedanken jedoch ganz woanders. Er klopfte den Staub aus dem hellen Wildlederwams, das sein sonnengebräuntes, verwegen schönes Gesicht und das kastanienbraune Haar betonte, und ging auf den steinernen Torbogen des Ostflügels zu. Alle seine Sinne sehnten sich schmerzlich nach Aimée.

»Thomas! Du bist daheim!«

Er versuchte, seine Enttäuschung nicht zu zeigen, als seine Tante Fanchette von der Galerie herbeigeeilt kam, um ihn zu begrüßen. »Schön, dich zu sehen, *ma tante*.« Er zog ihren gut gepolsterten Körper an sich heran. »Es ist, als wäre ich ewig fort gewesen.«

»Unsinn. Die Blätter wurden welk, als du gegangen bist, und sie sind noch nicht alle von den Bäumen.«

Thomas sah lächelnd auf die Frau hinab, die ihm seit dem Tod der Mutter vor mehr als zwanzig Jahren den Haushalt geführt hatte. Sie hatte seinen Bruder Christophe großgezogen und sich im Laufe der Jahre einen festen Platz in den Herzen beider erobert. Selbst nachdem Aimée Herrin auf Château du Soleil geworden war, blieb Fanchette, und er war beiden Frauen dankbar, daß sie nicht nur einen Weg des ungestörten Zusammenlebens gefunden hatten, sondern sich auch liebten und gegenseitig unterstützten.

»Ich vermisse meine Frau«, sagte St. Briac gerade heraus. »Wo ist sie?«

»Sie macht mit Micheline einen Spaziergang im Wald, aber ich denke, daß die beiden bald zurück sein werden. Zappel nicht herum, Thomas! Es ist an der Zeit, daß du Geduld lernst!«

»Du mußt mit mir nicht so reden, als sei ich der kleine Christophe, alte Frau«, neckte er sie. »Inzwischen ist er erwachsen und verheiratet und hat Kinder – sogar ein eigenes Haus! Wann wirst du merken, daß er ein *Mann* ist?«

»Vermutlich nie«, antwortete Fanchette trocken.

St. Briac ging auf die Galerie, und seine Schritte wurden schneller, während er immer zwei der schwarzen und weißen Marmorquadrate auf dem Fußboden übersprang. Von oben drangen Geräusche an sein Ohr und störten seine Gedanken an Aimée. Fanchette beobachtete ihn, steckte eine widerspenstige weiße Haarsträhne fest und versuchte, nicht zu kichern. Sie sah zu, wie Thomas stehenblieb, den Kopf neigte, neugierig lauschte, bevor es ihm langsam dämmerte.

»Hat das Begehren nach Ihrer Frau dazu geführt, daß Sie Ihre Töchter vergessen haben, *Monseigneur*?« fragte sie. »Scheint so, daß sie gerade von ihrem Mittagsschläfchen erwacht sind.«

»Sie vergessen?« brachte Thomas gekünstelt verächtlich hervor. »Du beleidigst mich, *ma tante*!« Mit großen Schritten eilte St. Briac zum Fuß der geschwungenen Treppe und rief: »*Mes anges!* Kommt herunter und gebt eurem armen Papa ein Küßchen!«

Seine Aufforderung wurde mit aufgeregten Rufen aus der Ferne beantwortet, dann war das Tapsen kleiner Füße zu vernehmen, und schließlich erschienen zwei niedliche Gesichter oben an der Treppe.

»Papa! Papa!«

St. Briac ging hinauf und nahm die Mädchen in seine starken Arme. Bei all den Umarmungen, dem Kichern und den Küßchen genoß er den Duft der Haut der beiden Mädchen, die Berührung ihrer feinen, seidigen Locken, den Anblick ihrer vom Schlaf immer noch rosigen Wangen und ihrer Augen, die vor Aufregung und Liebe zu ihrem angebeteten Papa strahlten.

Obwohl Juliette schon über drei Jahre alt war und Ninon fast zwei, kamen sie St. Briac immer noch wie Säuglinge vor. Dabei drückten sie ihre Gedanken jetzt klar aus und wirkten manchmal klüger als ihre Eltern. Doch ihre kleinen Hände, Ellenbogen und Knie hatten immer noch Babygrübchen, ihre Gesichter waren rund und dufteten süß, und er konnte sich immer noch eine Tochter unter jeden Arm klemmen.

Manchmal dachte Thomas an das erste Kind, das ihm und Aimée geboren worden war. Justin wäre jetzt im sechsten Lebensjahr. Es gab Augenblicke, nachts, wenn Aimée schlief, da stellte Thomas sich vor, wie sein Sohn wohl aussehen und handeln würde, wäre er am Leben geblieben. Er hätte inzwischen ein Pony und würde heranwachsen. Sein Haar, schwarz wie das seiner Mutter, wäre jetzt nicht mehr babyhaft gelockt. St. Briac konnte sich vorstellen, wie sein Sohn lachte, mit einem jungen Hund im Sonnenschein herumtollte, und dann vertrieb er die Gedanken, – sehnte sich nach Schlaf. Der Tod des einjährigen Justin war eine Tragödie gewesen, aber er hatte Thomas und Aimée näher zueinander gebracht als je zuvor. Und das Schicksal hatte ihnen dann diese beiden kleinen Märchenprinzessinnen mit den rosigen Wangen geschenkt. Der Schmerz über Justins Tod führte dazu, daß Thomas seine Töchter nur noch mehr liebte. Aimée sehnte sich immer noch nach einem Sohn, aber Thomas spürte keine Leere. Sein Herz war erfüllt.

»Papa«, bat Juliette, »versprich, daß du uns nie wieder verläßt! Wir haben dich schrecklich vermißt!«

Ninon nickte in feierlicher Zustimmung, und ihr Kinn mit dem Grübchen zitterte, als wollte sie weinen. »Versprich es, Papa!«

»Wir werden jetzt eine lange Zeit zusammensein, *mes anges*«, sagte er lächelnd. »Und wenn ich noch einmal für kurze Zeit weg muß, dann wißt ihr, daß ich immer zu euch und eurer *Maman* zurückkehre.«

Das schien sie zufriedenzustellen, und er küßte sie abwechselnd auf die Brauen und nahm sie noch fester in die Arme. Wie reizend werden sie sein, wenn sie herangewachsen sind, dachte St. Briac mit einer Mischung aus Stolz und Bestürzung. Juliette hatte sein kastanienbraunes Haar und Aimées grüne Augen geerbt, während Ninon die umgekehrte Kombination mitbekommen hatte – die schwarzen Haare der Mutter und Thomas' türkisfarbene Augen. Er würde eines Tages den Burggraben wieder auffüllen müssen, um die Verehrer in Schach zu halten …

»Wo ist *Maman*?« fragte Juliette.

St. Briac drehte den Kopf, um aus den hohen Galeriefenstern zu schauen. »Ich wollte, ich *wüßte* es«, murmelte er.

Draußen im Wald stapften Micheline und Aimée über einen Teppich aus rostfarbenem Laub; beide waren in Gedanken versunken.

»Thomas wird bald zurückerwartet, nicht?« fragte Micheline und las die Gedanken ihrer Freundin. »Du mußt ihn schrecklich vermissen.«

»Ja, natürlich ...« Aimée hatte das vertraute Gefühl von schlechtem Gewissen, das sie immer überkam, wenn sie von ihrem glücklichen Familienleben sprach. Sie war sich stets Michelines Trauer bewußt, und auch wenn ihr Thomas in diesen vergangenen Wochen verzweifelt gefehlt hatte, war ein Teil von ihr froh gewesen, sich voll ihrer Freundin widmen zu können. Wenn Micheline jeden Tag Thomas gesehen hätte, der seine Liebe zu seiner Frau nicht verbergen konnte, dann hätte das sicher Salz in ihre Wunden gestreut. Seit Bernards Tod waren zwar schon zwei Monate vergangen, aber Michelines Trauer war so stark wie am ersten Tag. Es kam Aimée oft so vor, als befände sich die Freundin in einem Zustand der Benommenheit und bewegte sich ohne jedes Gefühl durch das Leben. Erst vor kurzem hatte Aimée beobachtet, wie Micheline ohne Anzeichen echter Freude lächelte oder lachte ... Und nun kam Thomas nach Hause. Wie würde sich seine Rückkehr auf Micheline auswirken?

»Meine liebe Freundin«, sagte Micheline und blieb stehen, um Aimées Hand zu ergreifen, »bitte, verbirg deine Gefühle nicht vor mir. Ich weiß sehr wohl von der ungewöhnlichen Liebe zwischen dir und Thomas, und ich freue mich für euch. Ich wäre wirklich eine schreckliche Person, wenn ich mir wünschte, alle Menschen, die ich kenne, sollten so leiden, wie ich es getan habe ... sollten einen geliebten Menschen verlieren ...«

Ein Sonnenstrahl fiel durch die fast kahlen Äste über ihnen, ließ goldene Funken in Michelines vollen, hellbraunen Locken aufblitzen. Ihre schönen blauen Augen strahlten, als sie Aimées Blick suchte und festhielt.

»*Chérie*, es ist so ungerecht, daß du so schrecklich leiden mußt!« Aimée nahm die Freundin fest in den Arm, und ihr kamen die Tränen. »Ich würde alles tun, damit es in deinem Inneren nicht noch dunkler wird ...«

»Warum sollte deine Freude bei mir Trauer hervorrufen? Ich liebe dich und deine Familie, Aimée. Ich will das Beste für euch, so wie du mir auch Gutes wünschst.«

Aimée warf ihr einen betrübten Blick zu. »Es ist meine Hilflosigkeit, die mich so quält.«

»Ich weiß«, meinte Micheline lächelnd.

»Ich möchte die Dinge für dich *regeln.*«

»Zweifellos. Wenn die Situation umgekehrt wäre, würde ich genauso hilflos sein wie du. Doch ich fühle, daß nur die Zeit und Gott alles ›regeln‹ können. Ich weiß, du verstehst, was ich meine, nachdem du deinen kleinen Justin verloren hast. Und du *hast* mir geholfen, Aimée, indem du mich hierher zu euch geholt hast. Ich werde immer in deiner Schuld und der deiner Familie stehen, weil ihr eure Hände ausgestreckt und eure Herzen geöffnet habt, als ich das am meisten brauchte.« Sie schwieg einen Augenblick, dann fuhr sie leise fort. »Aber dein Mann kommt heim. Du mußt deine Aufmerksamkeit wieder ihm und deinen Kindern zuwenden ..., und ich sollte vor dem Winter nach Angoulême zurückkehren.«

»*Nein!*« rief Aimée, und ihre grünen Augen blitzten. »Du darfst nicht einmal daran denken!« Als sie sah, daß Micheline nicht so leicht davon abzubringen war, lachte sie ermunternd und nahm den Arm der Freundin. »Laß uns ein anderes Mal darüber reden. Juliette und Ninon werden ihr Schläfchen beendet haben, und du hast versprochen, der Köchin dein Rezept für geschmorten Keiler in Rotwein beizubringen. Tante Fanchette hat sich schon so darauf gefreut. Sie wird uns schrecklich ausschimpfen, wenn wir zu spät kommen.«

Micheline lächelte und gab nach. Als sie aus dem Wald traten, blieben die beiden Freundinnen stehen, um die Schönheit des Anblicks, der sich ihnen bot, zu genießen. Es war ein wunderschöner Herbstnachmittag. Die Sonne stand strahlend über den von Rebstöcken bedeckten Hügeln; unten im Tal waren die spitzen Türme des Château du Soleil zu erkennen und die glitzernde Loire, die sich in der Ferne träge dahinwand.

Für einen Augenblick vergaß Micheline ihren Schmerz. Die Schönheit des Tages und die Liebe der Freundin erwärmten ihr Herz. Das Leben schien wunderbar zu sein.

Als sie sich dem Château näherten und durch die Reihen von Orangenbäumen gingen, wurde Aimée immer aufgeregter, und ihre Schritte wurde schneller. »Es mag dumm klingen, aber ich habe gelernt, meinen Instinkten zu vertrauen. Ich glaube, Thomas ist zu Hause!«

Micheline hatte merkwürdig gemischte Gefühle, als sie und Aimée die große Halle des Châteaus betraten und St. Briac entdeckten, wie er auf einem geschnitzten Stuhl nahe am Fenster saß, auf jedem Knie eine Tochter. Die drei waren tief im Gespräch versunken. Juliette hielt die Hand ihres Vaters fest und küßte sie immer wieder.

Aimée sah schweigend zu, strahlte und sagte dann endlich: »Arme *Maman*! Keine Küßchen für *sie*! Niemand freut sich, daß sie hier ist!«

»O *Maman*!« rief Ninon voller Mitgefühl. Sie versuchte sich aus St. Briacs Arm zu winden und an Aimées Seite zu eilen, aber er hielt sie fest. Lachend durchquerte er mit den Töchtern auf dem Arm den Raum, und Aimée kam ihnen auf halbem Weg entgegen. Es gab Küßchen von allen für alle.

Die vier lachten, umarmten sich, waren ganze versunken in die magische Liebe der Familie, während Micheline in der Tür stand, das Herz voller bittersüßer Gefühle, und die Szene des Glücks beobachtete. Nach einer Weile rief sie: »Ninon! Juliette! Ich werde einen Keiler zubereiten. Wollt ihr nicht mitkommen und mir helfen?«

Thomas antwortete an ihrer Stelle, indem er die Kleinen auf den Fußboden setzte. Als sie davonrannten, grinste er Micheline an und blinzelte ihr flüchtig zu.

»Seid gegrüßt, Madame.« Er schlang die Arme um Aimées Taille. »Und vielen Dank.«

Kapitel 3

12. und 13. November 1532

Micheline zog sich an diesem Abend früh mit einem Buch mit Gedichten von François Villon zurück. Ihre Kammer, im Turm gelegen, war gemütlich und freundlich, hatte Fenster an drei Seiten, so daß am Tag die Sonne hereinströmen konnte. Genau deswegen hatte Aimée den Raum für ihren Gast ausgewählt. Sie hoffte, in dieser Umgebung würde Michelines Melancholie verschwinden.

In die Kissen gelehnt, schaute Micheline auf den Vollmond, der sein Licht über das Bett ergoß. Auf dem Tisch neben ihr brannte eine Kerze, aber sie war nicht in Stimmung zum Lesen. Wie schön wäre es, dachte sie, wenn eine freundliche Umgebung und liebevolle Freunde schon ausreichen würden, um glücklich zu sein. Aber die vergangenen Monate hatten gezeigt, daß sich ihre Stimmung nicht so leicht beeinflussen ließ. Wie sehr sie auch abgelenkt wurde, ihre Gedanken drehten sich von selbst immer wieder im Kreis, zerlegten die Vergangenheit in kleinste Teilchen und setzten sie wieder zusammen. Es waren verzweifelte Versuche, einen Sinn in dem Geschehen zu entdecken. Und dann kamen die Sorgen um die Zukunft, die sie sich nicht vorstellen konnte.

Micheline legte ihr Buch beiseite, blies die Kerze aus und starrte in das silberblaue Mondlicht. Schlaf! befahl sie zu sich. Doch wenn sie die Augen schloß, sah sie Bilder von Thomas, Aimée und ihren beiden Engelchen. Wie glücklich sie waren! Micheline war überzeugt, daß ihre eigenen Aussichten auf ein solches Glück mit Bernard gestorben waren.

Wenn nur ihr Baby am Leben geblieben wäre, dann wäre sie jetzt nicht so allein! Mit achtzehn, als sie das Kind unter dem Herzen trug, war Micheline überzeugt gewesen, daß Gott ihr das Baby schickte, um die Leere zu füllen, die Bernards immer häufigere Abwesenheit hinterließ. Doch es war von Anfang an eine unangenehme Schwangerschaft gewesen, und als sie eine Fehlgeburt hatte, war Micheline zwar zutiefst niedergeschlagen, aber nicht verzweifelt gewesen. Sie war ja noch jung. Bernard liebte sie; er würde erwachsen werden und für immer nach Hause zurückkehren, und dann wäre die Zeit reif für weitere Babys, empfangen und großgezogen in einem richtigen, liebevollen Zuhause. Jetzt war ihr Traum zerstört, sinnlos beendet bei einem dummen Turnier!

In den vergangenen Wochen war Micheline meist wie betäubt gewesen. Zuerst war es ihr unmöglich gewesen, sich der Wahrheit zu stellen. *Bernard konnte nicht tot sein, das war unmöglich!* Nachts träumte sie, daß er nach Hause kam, heil und gesund, und ihr sagte, es sei alles ein Irrtum gewesen. Als sie langsam die Wahrheit begriff, stellte sich ein Schmerz ein, der nicht enden wollte. Erst in den letzten beiden Wochen hatte die Qual ein wenig nachgelassen. Gelegentlich hatte es Augenblicke der Freude gegeben, hier auf Château du Soleil hatte sie sogar wieder lachen können, aber Micheline vermochte es noch immer nicht, über ihre Zukunft nachzudenken, die wie ein trüber, schwarzer Abgrund vor ihr lag.

Micheline kuschelte sich in die Kissen. Sie beneidete die Menschen, die es schafften, den Kopf frei zu bekommen! Allein in der Dunkelheit, sehnte sie sich nur danach, all den Gedanken und Erinnerungen zu entkommen, die ungeordnet auf sie einstürzten, während sie hörte, wie ihr Herz pochte. Wie immer schienen Stunden zu vergehen, bis sie in Schlaf sank. Sie hoffte auf Vergessen, war aber unfähig, die Träume zu kontrollieren, die sie heimsuchten.

Aimée führte sie in den Wald, wo Sonne und Mond gleichzeitig schienen. Micheline war verunsichert, aber dann rief Thomas aus der Ferne nach seiner Frau, und Aimée verschwand. Voller Panik drehte sich Micheline schnell um, nur um mit dem konfrontiert zu werden, was ihr wie der Geist von Bernard erschien. Von einer Lichtung her lächelte er sie an, sah so aus wie in den Tagen vor ihrer Ehe. Unsicher ging sie zu ihm und berührte seine ausgestreckte Hand. Er war warm! Lebendig! Ein Sonnenstrahl ließ in seinem braunen Haar goldene Lichter aufblitzen; er war schlank und trug ein weißes Hemd, und seine Augen glühten vor Liebe. Micheline zweifelte nicht, natürlich war Bernard da. Er zog sie eng an sich. Irgendwie fiel die Zeit von ihnen ab, und sie waren wieder jung. Es gab keine Probleme, keinen Schmerz, keine Entfernung zwischen ihnen, da war nur die unschuldige Freude junger Liebe. Micheline nahm nichts wahr, nur

Bernards Berührung, seine Stimme und das fast greifbare Gefühl, wieder von ihm geliebt zu werden. Sie gingen zusammen auf eine große Wiese und setzten sich ins dichte Gras. Micheline pflückte wilde Veilchen, während sie miteinander redeten. Bernard neckte sie wegen ihrer Sommersprossen auf Nase und Wangen, aber sie konnte sich nicht mit einer Neckerei revanchieren, weil sie wußte, daß er wegen seines nicht gerade muskulösen Körpers und seiner jungenhaften Gesichtszüge ziemlich empfindlich war. Nur bei Micheline fühlte sich der junge Bernard geborgen. Sie wäre nie auf den Gedanken gekommen, daß er eines Tages seine Männlichkeit in der großen Welt unter Beweis stellen mußte.

Bald griff Bernard erneut nach ihrer Hand und zog sie mit festem Blick in seine Arme. Ihr Herz raste, und sie wurde rot, genau wie damals, als sie vierzehn waren und er sie zum erstenmal geküßt hatte. Diesmal hörte er nicht nach einigen drängenden Küssen auf. Ohne Rücksicht darauf, daß die Wiese ungeschützt im Sonnenlicht dalag, öffnete er ihr Gewand und liebkoste sie fast grob. Micheline hatte sich immer gewünscht, er wäre zärtlicher, langsamer. Manchmal empfand sie sofort Lust, aber solche Augenblicke stahlen sich zu oft davon, gingen verloren durch Bernards Gier nach Befriedigung. Jetzt spürte sie durch die Kleidung hindurch, wie sich seine Männlichkeit an ihr rieb. Er zerrte an ihren Röcken und legte sich zwischen ihre Beine ...

Micheline öffnete schlagartig die Augen, setzte sich im Schein des Mondes auf, während hundert widerstreitende Gefühle ihr Herz laut schlagen ließen. Heiße Tränen stiegen ihr in die Augen und rannen über die Wangen; da war der vertraute Schmerz von unbefriedigter Erregung zwischen den Beinen, so daß zu ihrem Kummer und ihrer verzweifelten Einsamkeit auch noch Scham kam.

Ihr Bett war zu einem Gefängnis geworden, Schlaf eine Form der Folter. Blind vor Tränen warf Micheline die Decken von sich, suchte in der Dunkelheit nach ihrem Morgengewand und rannte dann auf den Korridor. Im Château war es still. Sie rannte die in silbernes Mondlicht getauchte Galerie entlang, Tränen strömten ihr über das Gesicht, als sie merkte, daß es kein Entrinnen aus dieser Qual gab, die sich in ihrer Seele festgesetzt hatte ...

Das Château war gar nicht so still, wie es wirkte. Oben hatten Thomas und Aimée gerade eine ihrer Lieblingsbeschäftigungen genossen: ein langes gemeinsames Bad. Jetzt saß Aimée, nackt unter der Decke, aufrecht im Bett, während Thomas ihre langen schwarzen Locken kämmte.

»Ich bin zu müde, um mir etwas über die staatspolitischen Aspekte der Treffen des Königs mit Heinrich dem Achten anzuhören«, murmelte Aimée mit einem Gähnen. »Heb die Einzelheiten über die Verträge und die listenreichen Verhandlungen bis morgen auf, erzähl mir jetzt lieber etwas über Anne Boleyn! Ist sie sehr schön? Glaubst du, daß Heinrich sie wirklich *heiraten* wird?«

»Schön? Nein. Aber da die Dame hat ... gewisse Qualitäten, die manche Männer vielleicht attraktiv finden. Und ihre Augen sind unglaublich blau. Franz war offensichtlich fasziniert von ihr – er schenkte ihr einen Diamanten im Wert von fünfzehntausend Ecus. Und was Mademoiselle Boleyns Aussichten angeht, Königin von England zu werden: Heinrich machte sie vor kurzem zur Marquise von Pembroke, daher würde ich zu ihren Gunsten wetten. Er ist völlig vernarrt in sie, da gibt es gar keinen Zweifel.«

»Was meinst du, hat das französische Hofleben sie beeindruckt? War für gute Unterhaltung gesorgt?«

St. Briac zuckte mit den Achseln, legte den Kamm beiseite und fing an, die seidenweichen Arme und Schultern seiner Frau zu liebkosen. »Ganz annehmbar«, antwortete er geistesabwesend. »Bären ködern und ein ziemlich merkwürdiger Ringkampf zwischen Engländern und französischen Priestern waren angesagt, und natürlich gab es Bälle und Maskeraden. Franz hat Königin Eleonore in Fontainebleau gelassen, so mußte er keine Rücksicht nehmen, sondern konnte mit Anne Boleyn tanzen.«

Die immer intimeren Zärtlichkeiten ihres Mannes erregten Aimée, aber was er da erzählte, interessierte sie doch sehr, und sie wollte mehr hören.

»Also, der Hof residiert zur Zeit in Fontainebleau? Wie sehr habe ich mich erst vor kurzem danach gesehnt, auch dort zu sein!«

St. Briac blinzelte überrascht, ließ sich aber nicht von seinem Vorhaben abbringen. Er zog Aimée in die Arme, und seine warmen Lippen küßten ihren Hals. »Ich dachte, du wünschst dir nur, lange Wochen hier mit mir zu verbringen? Bevor ich nach Calais gereist bin, konntest du über nichts anderes mehr reden als über den Sohn, den du noch vor Weihnachten empfangen möchtest.«

Seine Fingerspitzen malten brennende Linien auf ihre straffen Brüste. Aimée brauchte alle verfügbare Selbstkontrolle, um das Gespräch weiterzuführen. »Ich möchte immer noch einen Sohn empfangen, aber gerade jetzt gibt es eine wichtigere Angelegenheit, die meine ungeteilte Aufmerksamkeit verlangt.«

»Was meinst du, *Miette*?«

»Du warst so sehr damit beschäftigt, mir Küsse zu stehlen und mit den Kleinen zu spielen, daß du kaum Zeit hattest, etwas anderes wahrzunehmen. Ich spreche über unsere liebe Micheline.«

»*Ma chère*, ich habe äußerstes Mitgefühl für Michelines Not, und ich hoffe, sie wird bei uns bleiben, bis sie sich besser fühlt, aber ich sehe nicht, was das mit unserem Versuch zu tun hat, noch ein Baby zu bekommen.«

St. Briacs dichte, geschwungene Augenbrauen zogen sich zusammen und signalisierten, daß seine Geduld schwand. Aimée versuchte, das zu übersehen. »Ich versuche, dir zu sagen, daß ich jetzt keine Zeit für so egoistische Freuden habe! Deine guten Wünsche für Micheline sind wunderbar, aber ich habe die beiden vergangenen Monate mit ihr verbracht, und mir ist klar, daß wir als ihre Freunde eine *aktivere* Rolle bei ihrer Genesung spielen müssen.«

Thomas legte sich in sein Kissen zurück und bedeckte die Augen mit dem braungebrannten Unterarm. »Das läßt für den Augenblick nichts Gutes erwarten«, murmelte er. »Alle Zeichen deuten auf einen deiner berühmten *Pläne* hin.«

»Wie gut du mich kennst, *mon ange*!« neckte Aimée ihn.

»Statt mich jetzt zu lieben, wirst du mich vermutlich zwingen, mir diesen Plan anzuhören.« Auch wenn er weiterhin Zuflucht hinter seinem Arm suchte und sein Ton schmerzlich war, erkannte Aimée das liebevolle Nachgeben in St. Briacs Stimme. Seit dem Tag, an dem sie sich kennengelernt hatten, gab er vor, sich ihren verrückten Plänen zu widersetzen, doch sie wußte längst, daß er diese Seite ihres Charakters insgeheim bezaubernd fand.

»Wir müssen an Micheline denken, Thomas. Du und ich haben alles, was sie nicht hat, und vor uns liegt ein ganzes Leben, um diese Segnungen zu genießen.«

»Und was schlägst du vor, damit Micheline unsere Art der Segnungen erfährt?«

»Fontainebleau ist das Heilmittel.«

Bei diesen Worten nahm St. Briac seinen Arm von den Augen und starrte Aimée ungläubig an. »*Fontainebleau*? Du machst doch einen Scherz! Micheline ist eine liebenswerte, natürliche junge Dame. Ein paar Monate am Hof werden sie eher verderben als ihr helfen.«

Aimée beugte sich aufgeregt zu ihm hinüber, wobei ihr seidiges, schwarzes Haar ihre Brüste umspielte. »Nicht, wenn wir da sind und auf sie aufpassen! Siehst du das denn nicht, Thomas, das ist ihre einzige Chance, ein aufregendes Leben zu führen. Vielleicht zeigt sie dann wieder Gefühle und ... läßt die Vergangenheit hinter sich. Und dann entdeckt sie auch eines Tages, daß die Zukunft mehr als Schmerz bereithält.«

»Sprichst du von einem neuen Ehemann? Du weißt so gut wie ich, daß es am Hof nicht gerade von Männern wimmelt, die für eine Dame wie Micheline in Frage kämen.«

»Ich habe dich bei Hofe kennengelernt, nicht? Außerdem, wo sonst soll ich deiner Meinung nach suchen? Hier im Dorf? Das ist auch ganz egal, denn Micheline ist noch nicht bereit, an eine Ehe zu denken. Ich will nur, daß sie wieder *lebt*! Sie braucht neue Erfahrungen und neue Freunde! Es gibt so viele Aktivitäten in Fontainebleau, daß sich einfach ein Funken Interesse entzünden *muß*. Thomas, du weißt ja nicht, wie verzweifelt melancholisch sie seit Bernards Tod ist. Sie glaubt, ihr Leben sei vorbei!«

»Unsinn!«

»Ja! Für uns ist das Unsinn, aber nicht für sie! Und wenn sie hier in der Abgeschiedenheit bleibt oder aufs Land bei Angoulême zurückkehrt, wer weiß, wie lange es dauern wird, bis etwas passiert. Wird überhaupt jemand kommen, der ihr Interesse am Leben wieder weckt?«

St. Briac sah in das lebhafte Gesicht und die funkelnden Augen seiner Frau, dann lächelte er. Aimée würde sich nie ändern. Wenn das Leben ihr nicht gefiel, ergriff sie es mit beiden Händen und versuchte mit all ihrer Kraft, es neu zu formen. Genau das war die Eigenschaft an ihr, die sie beide zusammengeführt hatte, und es war auch einer der Gründe, warum er sie so heiß und innig liebte. Er konnte sich nicht erinnern, auch nur einen einzigen langweiligen Augenblick an ihrer Seite verbracht zu haben.

»Du bist zu allem entschlossen, nicht wahr?«

Aimée erkannte die Wärme in seinen Augen und das Nachgeben in der Stimme. Eine vertraute Welle der Liebe überflutete sie. »Ich möchte Micheline so gern glücklich sehen.« Sie schlang die Arme um ihren Mann und vergrub das Gesicht an seiner starken Brust. »Ich glaube fest, daß mein Plan gut ist; denn ich bin überzeugt, daß Micheline in ihrem Leben und in ihrer Liebe noch nie die richtige Erfüllung gefunden hat.«

»Die Vermutung ist wohl richtig«, stimmte Thomas trocken zu, »wenn man den Charakter ihres Mannes betrachtet. Ich habe nie zu denen gehört, die Schlechtes über Tote sagen, aber um ehrlich zu sein – es ist gut, daß Micheline den Tevoulère los ist.«

»Aber *sie* weiß das nicht! Wir müssen sehr darauf achten, die Wahrheit über Bernard von ihr fernzuhalten.

Daran würde sie zerbrechen! Sie hängt an ihren Erinnerungen aus der Jugendzeit. Micheline hegt und pflegt die Illusion, daß er dazu bestimmt war, ihr Lebensgefährte zu sein.«

St. Briac gab einen Ton von sich, der kurz und knapp seine Meinung zu dem Thema zum Ausdruck brachte.

»Und doch«, fuhr Aimée fort, »ich habe ein *Gefühl*, daß sogar Micheline tief im Innersten weiß, daß ihre Ehe doch nicht ideal war. Bernard war der einzige Mann, den sie gekannt hat. Sie hat ihn geliebt, ja, aber meine Instinkte sagen mir, daß er ihre Bedürfnisse nicht erfüllt hat. Micheline weiß einfach nicht, was ihr entgangen ist.«

»Ich bezweifle, daß sie diese Entdeckung bei Hofe machen wird, *Miette*.

»Vielleicht nicht, aber es wäre ein Anfang. Zumindest wird sie mehr von der Welt sehen als bisher. Sie ist wie ein verwundetes Rehkitz, Thomas. Erst muß sie gesund werden und lernen, die einfachsten Freuden zu genießen. Es kann durchaus einige Zeit dauern, bevor sie bereit ist, an die Liebe zu denken.«

»Ich gebe nach, Madame.« Thomas lächelte und küßte das duftende Haar seiner Frau. »Wir werden wenigstens den Winter über nach Fontainebleau gehen. Meinst du, daß wir in der Zwischenzeit …«

Aimée wandte Thomas das Gesicht zu, um voller Freude seinen Kuß zu empfangen. St. Briac schmeckte die Süße ihres Mundes und umfaßte mit festen Händen ihr Gesäß, um ihre Weichheit gegen seine Härte zu pressen. »Wie sehr habe ich dich vermißt, *Miette*!« flüsterte er.

Sie genoß den heißen, mitreißenden Wirbel der Leidenschaft, gab sich ihr hin, während St. Briacs Mund ihren Hals verbrannte und dann ihre bereiten Brüste fand. Jetzt, da das Problem Micheline für den Augenblick gelöst war, konnte sich Aimée auf ihren Mann konzentrieren. Als sie sich in Ekstase aufbäumte, wußte Aimée, daß sie mit dem wunderbarsten Mann Frankreichs verheiratet war.

Es war weit nach Mitternacht, als Thomas einschlief. Aimée lauschte seinem Herzschlag, war hellwach, während ihr Dutzende von Plänen durch den Kopf gingen. Langsam stellte sich das Gefühl ein, daß Micheline auch wach sein könnte. Dafür gab es natürlich andere Gründe; Micheline war zwar schon vor Stunden ins Bett gegangen, doch es konnte nicht schaden, einmal nachzusehen.

St. Briacs lange, elegante Finger lagen um ihre Taille; selbst im Schlaf wollte er sie noch nahe bei sich haben. Seine Erschöpfung nach der beschwerlichen Heimreise war jedoch so groß, daß er sich nicht rührte, als Aimée seine Hand wegschob und aus dem Bett kroch. Sie zog ein Samtgewand an, öffnete den Riegel und ging auf Zehenspitzen hinaus auf den dunklen Korridor.

Micheline saß nahe am Fuß der geschwungenen weißen Marmortreppe und lehnte an einer Balustrade aus schwarzen, schmiedeeisernen Blumen. Das Mondlicht war hell wie selten und durchflutete die Galerie. Aimée näherte sich Michelle vorsichtig. Ihr schien die Anwesenheit ihrer Freundin nicht bewußt zu sein, aber als Aimée näherkam, flüsterte sie sanft: »Läßt der Mond dich auch nicht schlafen, Aimée?«

»Nur zum Teil – der Mond und die Gedanken an dich.« Aimée hockte sich neben sie und betrachtete Michelines Profil. Es war von klassischer Schönheit. Ihre Nase war ein bißchen zu kurz, ihre Unterlippe ein bißchen zu voll, um perfekt zu sein, aber der Schwung der

Wimpern über ihren tiefblauen Augen und der Schatten ihrer Wangenknochen waren außergewöhnlich. Das Mondlicht ließ Michelines glänzendes Haar silbrig schimmern; es fiel über ihre Schultern und gab einen Blick auf die elegante Linie ihres Halses frei. Aimée kannte sich mit Leidenschaften aus, und sie wußte, daß es in Micheline brodelte. Sicher, sie mochte schon einmal verheiratet gewesen sein, aber sie strahlte immer noch Unschuld aus. Micheline hatte noch nicht einmal angefangen, ihre Tiefen als Frau auszuloten.

»Tut mir leid«, sagte Micheline. »Mach dir keine Gedanken um mich. Du solltest deine Aufmerksamkeit deiner Familie schenken.«

»Ich habe Liebe genug für euch alle«, antwortete Aimée warmherzig. »Willst du mir sagen, warum du noch wach bist?«

»Ich versuchte zu schlafen, träumte aber von Bernard. Er war am Leben, bei mir, und als ich aufwachte und mir die Wahrheit bewußt wurde, konnte ich einfach nicht in dem dunklen Bett bleiben.«

»Ich verstehe. Ich habe auch immer noch Träume wie du – von meinem Baby Justin. Ich weiß, es ist schwer zu glauben, aber die Zeit wird kommen, da wirst du deine Träume von Bernard genießen. Für dich wird er dann wieder leben, und seine gelegentliche Anwesenheit in deinen Träumen wird dir eine Quelle der Freude sein.«

Micheline versuchte zu lächeln. Sie wollte Aimée gern glauben, aber was ihre Freundin sagte, lag außerhalb ihrer Vorstellungskraft.

»Ich habe eine Neuigkeit, die deine Gedanken vielleicht von dem Traum ablenkt«, sagte Aimée plötzlich.

»Wenn das wirklich so ist, wäre ich dankbar«, antwortete Micheline ernsthaft. »Ich sehne mich danach, dieser

Gruft der Melancholie zu entkommen. Ich sehne mich danach, den Weg nach draußen zu finden, aber es ist, als hätte ich mich im Wald verlaufen, für ewig ...«

»Vielleicht hilft dir ja meine Neuigkeit, den Weg nach draußen zu finden. Thomas und ich haben beschlossen, den Winter über an den Hof in Fontainebleau zu gehen – und wir bestehen darauf, daß du uns begleitest. Du bist nie bei Hof gewesen, oder?«

»Nein.« Micheline hatte immer gedacht, das Leben am Hof würde ihr nicht gefallen, aber tief im Innersten wußte sie, daß sie auf diese Weise nur ihre Enttäuschung darüber verbarg, daß Bernard sie nicht aufgefordert hatte, ihn zu begleiten.

»Es ist alles recht vergnüglich«, erklärte Aimée fröhlich. »Es gibt soviel zu tun. Du bekommst neue Kleider und wirst neue Freunde finden ... Für Melancholie wird da wenig Zeit sein. Ich weiß, es wird dir gut tun.«

Micheline starrte auf den ins Mondlicht getauchten Hof. »Vielleicht hast du recht. Vielleicht wäre es das Beste für mich.« Sie schwieg einen Augenblick, drehte sich dann um, um die Freundin mit beredten Blicken anzuschauen. »Glaubst du wirklich, Fontainebleau könnte mir den Weg aus der Dunkelheit zeigen?«

Aimée streckte die Hand aus und berührte sanft Michelines Wange; in ihren Augen glitzerten Tränen. »Es mag den Weg geben, aber es wird deine Aufgabe sein, ihn zu suchen. Niemand kann dir das abnehmen. Und wenn du ihn findest, kannst nur du allein den Pfad beschreiten, der dich in die Sonne führt. Es wird nicht leicht sein, aber wenn du Mut hast, wirst du die Freude am Leben wiederentdecken.«

»Aimée, glaubst du wirklich, daß das möglich ist?«

»Auf jeden Fall! Ich kann nicht versprechen, daß du

den richtigen Weg in Fontainebleau findest, aber ich bin *überzeugt*, daß es ihn gibt – und daß an seinem Ende das Glück und die Erfüllung liegen, von denen du jetzt noch träumen mußt.«

Kapitel 4

Château de Fontainebleau – 16. Dezember 1532

Die Spätnachmittagssonne vergoldete die hohen Bäume des Waldes. Eichen, Buchen, Kastanien und Birken hatten ihr Herbstlaub abgeschüttelt, um in die lange Winterruhe zu gehen. Nackte, graue Äste reckten sich gen Himmel, während unter ihnen Pferdehufe dahindonnerten und Meuten von müden Hunden und vornehme Herrenreiter von einer erfolgreichen Jagd zurückkehrten.

Die Jagdpartie brach aus dem Wald hervor und bewegte sich auf die Palasttore zu, deren Ornamente, Pfeiler und Kapitelle mit dem stolzen *F* von König Franz I. geschmückt waren.

Das Pferd des Königs galoppierte als erstes durch das Tor, die Hufe klapperten auf dem Kopfsteinpflaster des prächtigen ovalen Hofs. Während Stallburschen herbeieilten, um den Männern die Pferde abzunehmen, gönnte sich der König ein privates Wort mit seinem alten Freund Thomas Mardouet, Seigneur de St. Briac.

»Das war eine schöne Jagd, *mon ami*, aber ich bin staubig und in Schweiß gebadet. Nehmen wir ein kaltes Bad, bevor wir zu Abend essen.«

St. Briac hatte sich nach Ruhe in Gesellschaft seiner Frau gesehnt, aber ein Blick auf das kühne, entschlossene Profil des Königs ließ ihn innerlich seufzen und antworten: »Ich stehe zu Euren Diensten, Sire.« Um ihre dreißigjährige Freundschaft zu erhalten, hatte Thomas immer darauf geachtet, Dinge niemals dadurch zu komplizieren, daß er Vergünstigungen oder Orden von Franz annahm, dennoch blieb die Tatsache bestehen, daß man sich dem König nicht verweigerte, wenn er Bitten in einem bestimmten Tonfall äußerte.

Sie gingen gemächlich über den Hof auf den Torbogen zu, der sie in die neuen *appartements des bains* führen würde. Das Château von Fontainebleau steckte mitten in kunstvollen Umbauarbeiten. Seit der König vor einigen Jahren beschlossen hatte, mehr Zeit in der Nähe von Paris zu verbringen, gab es für diese einst bescheidene Jagdhütte dramatische Veränderungen. Meistens war Fontainebleau laut und schmutzig, überall standen Gerüste, waren Arbeiter am Werk, aber im Laufe der Zeit hatten sich der König und sein Hof an das Durcheinander gewöhnt. Dafür entstand aber auch nach und nach zur Freude aller neuer Glanz.

An den Turm war ein neuer Flügel angebaut worden und beherbergte fürs erste die vom König erträumten Bade- und Schwitzräume. Oben wurde eine lange, wunderschöne Galerie gebaut, und Franz hatte bereits angefangen, die besten Künstler aus Italien zu berufen, damit sie für die Vollendung sorgten. Er rühmte Thomas gegenüber das Können Rossos und Primaticcios, als eine vertraute Gestalt auf der Treppe neben dem Eingang zu den *appartements des bains* erschien.

»Geh weiter, Thomas«, murmelte der König. »Ich möchte ein Wort mit Madame Tevoulère wechseln.«

St. Briac zog eine Augenbraue hoch, ließ seinen Freund aber allein, damit er Micheline begrüßen konnte.

Als sie die unterste Stufe erreichte, rief Franz voller

Staunen: »Wenn das nicht die schönste Frau Frankreichs ist! Wie geht es Ihnen heute nachmittag, Madame?«

»Sehr gut, Sire.« Micheline errötete leicht bei den offensichtlich musternden Blicken ihres Monarchen und senkte den Blick. Sie trug ein schlichtes Gewand aus dunkelblauer Seide, das sie angemessen bescheiden für eine Witwe fand. Aber die Schlichtheit hielt den König nicht davon ab, seine Blicke über die Kurven ihres Körpers wandern zu lassen. Sie wollte ablenken und holte aus den Falten ihres Umhangs ein Buch hervor. »Ich hoffe, es macht Euch nichts aus, Sire. Ich habe Euch beim Wort genommen und dieses Buch aus Eurer großartigen Bibliothek ausgeliehen. Ich dachte, ich könnte im Garten lesen.«

»Ausmachen? *Pas du tout*! Habe ich Ihnen nicht gesagt, daß Sie alles, was ich besitze, haben können?« Franz grinste über seine Anspielung, beugte sich dann vor, um den Titel des Bandes zu lesen, den Micheline ausgewählt hatte. »*Roman de la Rose*! Eine kluge Wahl, meine Liebe. Es wird Ihnen gut tun, von Liebe zu lesen. Ich habe schon befürchtet, Sie könnten solche Freuden vergessen haben.«

Micheline wußte kaum, was sie antworten sollte. Als der König nach ihrer Hand griff und sie küßte, wurde die unangenehme Röte in ihrem Gesicht noch intensiver. »Ich darf Euch nicht von Eurem Bad fernhalten, Sire. *Au revoir*.«

Franz sah zu, wie Micheline unter dem Torbogen hindurchging, der zu einem der kunstvollen Gärten von Fontainebleau führte. Der Anblick ihres in der Sonne glänzenden Haares und der sanfte Schwung ihrer Hüften ließen ihn seufzen. Schließlich drehte er sich um und setzte seinen Weg fort, um sich Thomas im Baderaum anzuschließen. Schnell legten die beiden Männer ihre verschwitzten Kleidung ab und stiegen die Holzstufen zum quadratischen Becken hinab. Es war fünf Fuß tief, hatte zwei Rohre, je eines für heißes und kaltes Wasser. Eine hölzerne bronzefarbene Balustrade umgab das Bad, und das Gewölbe und die Fensterchen waren mit Gemälden und Skulpturen geschmückt.

»Ah!« seufzte der König. »Könnte selbst der Himmel süßer sein?«

St. Briac tauchte den Kopf unter Wasser, kam wieder hoch und schüttelte die kühlen Tropfen aus seinem kastanienbraunen Haar. Lächelnd sah er sich die Gemälde an, die Franz so liebte. Mehr als einmal hatte er sich gefragt, ob die feuchte Luft gut für solche Meisterwerke wäre, aber für den Augenblick mochte er sich um nichts Gedanken machen.

»Ich muß zustimmen, Sire, daß selbst Gott hier zweifellos zufrieden wäre ...«

Mehrere Minuten vergingen, während der die beiden Männer den Schmutz des Nachmittags abschrubbten und das Alleinsein genossen. Schließlich sagte der König: »Thomas, erinnerst du dich an den Tag, an dem ich dir zum erstenmal von diesen Bädern erzählt habe? Als Gilles de Bréton hier war, um sie zu planen?«

»Natürlich!« St. Briac lächelte bei der Erinnerung, während er das Wasser aus seinem Bart rieb. »Es war das erstemal, daß ich Aimée nach unserer Hochzeit mitbrachte.«

»Unmittelbar nachdem Georges Teverant seiner Hinrichtung in Paris entkam ...«, fügte der König ironisch hinzu. Teverants Flucht in letzter Minute aus der Conciergerie war von Thomas, Aimée und anderen Auserwählten bewerkstelligt worden. Franz wußte es, konnte es aber nicht laut sagen. Der junge Mann war zum Tode verurteilt worden; er sollte den Sündenbock spielen für den Baron von Semblançay, einen alten Freund des Königs, der mit den königlichen Finanzen schlecht umgegangen war. Franz war von seiner Mutter, Louise von Savoyen, bedrängt worden, auf jeden Fall *irgend jemanden* zu bestrafen, aber ihm hatte das gar nicht gefallen. Daher war er erleichtert gewesen, als Teverant der Hinrichtung »entkam«.

»Das ist kaum sechs Jahre her«, murmelte St. Briac.

»Und so vieles hat sich in der Zwischenzeit verändert«, fuhr der König fort. »Semblançay selbst wurde hingerichtet, obwohl mir das auch nicht besser gefiel. Trotz seiner dunklen Geschäfte – er war wie ein Vater für mich ...«

»Chauvergé starb im Gefängnis«, sagte Thomas und wurde sehr nachdenklich bei der Erinnerung an seinen langjährigen Feind, »und ich kann nicht sagen, daß er mir fehlt.«

»Aber wie sehr fehlt mir meine liebe Mutter«, seufzte Franz. »Bis zu diesem Tag kann ich kaum glauben, daß sie nicht mehr ist.«

Dann tauchte er ins Wasser ein und schwamm durch das Becken, während St. Briac weiter über die anderen wichtigen Ereignisse nachdachte, die die sechs Jahre seit Aimées erstem Besuch in Fontainebleau geprägt hatten. Die beiden jungen Prinzen, die stellvertretend für ihren Vater nach der Schlacht von Pavia in Italien von Karl V. als Geiseln gehalten wurden, waren 1529 gegen zwei Millionen Kronen endlich ausgelöst worden. Die Verhandlungen über die Freilassung der französischen Prinzen Franz und Henri waren von Frauen geführt worden – Louise von Savoyen und Margarete von Österreich,

Tante von Kaiser Karl V. Dem »Damen-Frieden« folgten Jahre mit immer wieder aufflammendem Krieg zwischen Franz und Karl. Männer konnten ihre Probleme offenbar nicht lösen, ohne sich gegenseitig zu drohen.

Als Gegenleistung für die erkaufte sichere Rückkehr seiner Söhne hatte Franz seine Ansprüche auf flandrisches und italienisches Gebiet aufgegeben und mußte seine Ehe mit Eleonore, der Schwester Karls V., neu bestätigen lassen. Dafür verzichtete der Kaiser auf seine Ansprüche auf Burgund.

Dennoch, überlegte St. Briac, es hatte sich wenig im Leben des Königs verändert, und wenn, nur zum Besseren. Seine Châteaus waren größer und zahlreicher denn je. Er hatte seine Söhne zurückbekommen. Möglicherweise war ihm Königin Eleonore gleichgültig und er legte keinen Wert auf ihre Anwesenheit im Bett, aber er hatte immer noch die wunderbare und treue Anne d'Heilly. Sie war inzwischen vierundzwanzig und seit dem vergangenen Jahr die Gouvernante der Töchter des Königs, Marguerite und Madeleine. Als Thomas zum erstenmal mit Aimée nach Fontainebleau kam, waren die kleinen Mädchen kaum älter gewesen als seine eigenen Töchter jetzt, und er mochte kaum glauben, daß sie jetzt neun und elf waren. Auch die beiden Prinzen waren inzwischen herangewachsen. Franz, der Thronfolger, war jetzt vierzehn, und im vergangenen August war er zum Herzog ernannt worden.

Der König hatte das Schwimmen eingestellt und legte neben seinem Freund eine Pause ein, um sich auszuruhen und nachzudenken. Die beiden Männer lehnten sich an den vergoldeten Beckenrand und lächelten sich in schweigendem Einverständnis an.

»Ihr habt recht, Sire«, sagte Thomas sanft. »Vieles

hat sich verändert in den letzten sechs Jahren. Und wenn auch nicht alles so gekommen ist, wie wir es uns vielleicht gewünscht haben, müssen wir wohl dankbar sein, wenn wir die Dinge gegeneinander abwägen.«

»Ich stimme zu, *mon ami*«, erwiderte der König. Er hatte einen Finger auf seine lange, unverwechselbare Nase gelegt und grinste augenzwinkernd. »Und ich bin besonders dankbar für die glücklichen Umstände, die sich *nicht* verändert haben: die guten Zeiten, die man fröhlich mit loyalen Freunden verbringt –«

»Und für das treue Rotwild, das immer wieder fröhliche Jagden im Wald von Fontainebleau ermöglicht!« warf St. Briac lachend ein.

Diener erschienen mit juwelenbesetzten Rotweinpokalen und Tellern, die gefüllt waren mit Brot, Rehfleischscheiben und kleingeschnittenem Schweinefleisch, Austern aus Cancale, Erdbeeren aus den Treibhäusern des Königs und verführerischen kleinen Käseecken aus der Auvergne. Das Abendessen würde erst in vier Stunden serviert werden, und da die Männer nach ihrem Ausritt hungrig waren, aßen sie voller Zufriedenheit.

Nach einer Weile meinte Franz: »Mich fasziniert das Thema der Veränderung. Wie langweilig wäre das Leben, wenn sich nichts verändern würde. Nimm beispielsweise die Frauen ...«

Mit hochgezogener Augenbraue wartete St.Briac und versuchte, nicht zu lächeln. Er ahnte bereits, was kommen würde. Sein Freund hatte in den vergangenen zwei Wochen Micheline Tevoulère umkreist wie eine neugierige Biene, die eine neue, unwiderstehliche Blume entdeckt hatte. Aimée jedoch bewachte ihre Freundin aufmerksam, entschlossen, sie nicht dem Vergnügen des Königs zu opfern. Micheline selbst war stets freundlich und höflich zu Franz, ohne ihn auch nur im geringsten zu ermutigen.

»Hier bei Hof«, sagte der König zwischen zwei Happen Erdbeeren und Käse, »wechseln die Frauen wie die Jahreszeiten, und die meisten sind schon wieder vergessen. Einige jedoch ragen heraus wie ... Rosen auf einer Wiese voller Gänseblümchen.«

Nur mühsam konnte Thomas ein Lachen unterdrükken, und er brachte gerade noch ein respektvolles, zustimmendes Nicken zustande.

»Die Schwester deiner Frau beispielsweise. Die schöne Honorine. Sie schmückte unseren Hof mehr als ein Jahr. Eine höchst bezaubernde Dekoration, aber als sie ging, um die Frau von Georges Teverant zu werden, wurde der Verlust nicht schmerzlich empfunden. Dieser neueste Zugang dagegen –«

»Micheline?« fragte St. Briac unschuldig.

»*Absolument*!« Franz räusperte sich, verdrehte die Augen und nahm einen großen Schluck Wein, bevor er fortfuhr. »Micheline hat für eine höchst bezaubernde Veränderung am Hof gesorgt. Ich stelle fest, daß du anscheinend nur deine Frau begehrst, Thomas, aber selbst du mußt zugeben, daß Madame Tevoulère eine Frau von außergewöhnlichem Tiefgang ist. Ich ... ach, ich merke, daß ich sie ohne Unterlaß anschauen könnte. Zwar ist sie nicht die schönste Frau, die ich je gesehen habe, aber da ist eine Kraft in ihren Bewegungen, Intelligenz in ihren veilchenblauen Augen und selbst zaghafter Humor in jenem unglaublich sinnlichen Mund ...« Er seufzte lächelnd. »Am erstaunlichsten ist jedoch Madames *Verstand*! Ich glaube nicht, daß ich je eine belesenere Frau getroffen habe. Du weißt, wie sehr ich römische Geschichte mag, und ich habe entdeckt, daß diese Dame fast so versiert ist wie ich! Denk dir, erst gestern genossen wir am Karpfenteich eine lebhafte Diskussion über die Werke von Justinus und Siculus! Ich beklage allerdings, daß sie in meiner Gegenwart weiterhin ein gewisses Maß an Reserviertheit beibehält. Ich frage mich in der Tat, ob Madame Tevoulère gegenüber meinem Charme immun ist!« Franz lachte über diese derartig lächerliche Vorstellung, aber dann bekam sein Ton eine leichte Dringlichkeit. »Thomas, könntest du nicht mit ihr sprechen? Ihr versichern, daß ich sie nicht beißen werde?«

St. Briacs Belustigung schwand, als er sah, wie das Gesicht des Königs sich vor Begehren veränderte. »Sire, ich weiß zu schätzen, was Ihr sagt, aber wenn Ihr meint, ich könne Euch Micheline näherbringen, so muß ich Euch diese Vorstellung nehmen. Sie ist Aimées Freundin, und Ihr kennt Aimée gut genug, um zu wissen, daß ihre Moral nicht die des Hofes ist. Sie versucht Micheline zu helfen, damit sie sich von dem Schock über den Tod ihres Mannes erholt, wieder lernt, das Leben zu genießen. Sie möchte nicht, daß ein Mann Micheline das Herz bricht, nicht einmal ihr König.«

»Wie kannst du denken, daß ich das Herz eines so wunderbaren Geschöpfs wie Madame Tevoulère brechen könnte?« protestierte Franz wütend.

»Es könnten eher die Umstände sein, weniger die Absicht, Sire«, erklärte Thomas so sanft wie möglich. Plötzlich war das Wasser kalt und unangenehm, und er sehnte sich fort an einen anderen Ort. »Ihr wißt so gut wie ich, daß Ihr verheiratet seid. Allein das würde meiner Aimée schon reichen, aber da ist auch noch die Sache mit Anne d'Heilly. Es wäre nicht einfach, sie abzulösen, selbst wenn Ihr es wolltet, und ich frage mich auch, ob Ihr das wirklich wollt.«

König Franz runzelte die Stirn, war verstimmt über die Worte und die Einstellung seines Freundes. Wenn St. Briac ein Höfling gewesen wäre, wenn sie nicht ein Leben lang freundschaftlich verbunden gewesen wären, hätte er dieses Gespräch so nicht hingenommen. Außerdem war er sich in dem Augenblick keineswegs sicher, ob er Annes Platz bei Hofe und in seinem Herzen nicht doch für Micheline freimachen würde. Micheline schien unerreichbar zu sein, und für den König von Frankreich war so eine Herausforderung buchstäblich unwiderstehlich.

Franz war nicht der einzige in Fontainbleau, der seine Zukunft mit Micheline Tevoulère überdachte. Während er sich mit St. Briac unterhielt, saß Anne d'Heilly an ihrem Schreibtisch in ihren Privatgemächern, machte sich Sorgen und schmiedete Pläne. Sie hatte einfach Angst. Jahrelang war ihre Stellung am Hof sicher gewesen. Der König mochte sich andere Frauen nehmen, aber sie bedeuteten nichts; selbst diese neue Königin, Eleonore, bedeutete ihm nichts. Franz konnte es kaum ertragen, mit seiner eigenen Frau zu schlafen! Nacht für Nacht kam er zu Anne. Sie war auch stolz, daß er ihrem Urteil vertraute. Seit dem Tod von Louise von Savoyen hatte Anne nach und nach die Aufgaben der Mutter des Königs übernommen, beriet ihn an ihrer Stelle. Anne d'Heilly hatte mehr Macht als jede andere Frau in Frankreich. Gerade in diesem Herbst hatte Franz sie mitgenommen nach Calais und Boulogne zu den Treffen mit Heinrich VIII. – während Königin Eleonore daheim geblieben war.

Anne legte die Feder nieder und blickte besorgt auf die Seiten, die sie gerade beschrieben hatte, dann stand sie auf, um ihr Spiegelbild eingehend zu prüfen. Alle sagten, daß ihre Schönheit mit jedem Jahr zunahm, und sie glaubte ihnen. Blonde Locken fielen über die Brauen und die rosigen Wangen, und ihre großen Augen wirkten blauer als je zuvor. Ihre Figur war zierlich geblieben, aber die Kurven waren lieblicher und weiblicher als bei der siebzehnjährigen Anne, in die König Franz sich damals verguckt hatte.

»Micheline Tevoulère ist nicht schöner als ich!« flüsterte sie hörbar.

Da lag ihr Dilemma. Anne hatte sofort gespürt, daß der König sich zu dem neuesten Mitglied des Hofs hingezogen fühlte, aber nach zwei Wochen des Planens und der Panik war sie nicht näher an einer Lösung, die sie auch selbständig ausführen konnte. Es war unmöglich, das Mädchen zu bekämpfen: Micheline wollte ihren Platz als Geliebte des Königs offenbar gar nicht haben – tatsächlich schien sie keinerlei Interesse an Franz zu haben. Schließlich hatte Anne begriffen, daß genau das Michelines Anziehungskraft ausmachte. Sie warf Franz keine tiefen Blicke zu, und sie hing auch nicht an seinen Lippen, um jedem seiner Worte zu lauschen. Micheline Tevoulère war seit Jahren die erste Frau, die er nicht mühelos haben konnte, und genau darum wollte er sie haben.

Anne wußte jetzt, daß es nur eine Lösung ihres Problems gab. Micheline Tevoulère mußte aus dem Blickfeld des Königs entfernt werden, ganz vom Hof verschwinden. Sie kehrte an ihren Schreibtisch zurück und dankte der Vorsehung dafür, daß sie sich vor kurzem mit dem König von England anfreunden durfte. Sie tauchte die Feder in die Tinte und beendete ihren Brief; sie ließ Heinrich VIII. vorsichtig wissen, daß sie sich für jede Gunst, die er ihr gewährte, erkenntlich zeigen würde. Dem englischen Monarchen lag viel daran, daß Franz I.

sich beim Papst wegen seiner Scheidung und der Eheschließung mit Anne Boleyn einsetzte.

»Ich bin eine Romantikerin«, schrieb sie zum Schluß, »und es wird mir warm ums Herz, wenn ich an die Liebe zwischen Euch und *Eurer* Anne denke. Ich hoffe, daß die Hochzeit stattfinden kann ..., und ich werde meinen König mit aller Kraft dazu überreden, meine Ansichten zu teilen, wenn es um das glückliche Ereignis geht.«

Als Anne d'Heilly ihren Namen unter den Brief an Heinrich VIII. setzte, hatte Micheline Tevoulère unten im Garten Gesellschaft von Aimée bekommen. Die beiden wanderten ziellos umher und wußten nicht, daß gleichzeitig mächtige Personen über Michelines Zukunft nachdachten.

Selbst im Dezember war Fontainebleau ein Ort von unvergleichlicher Schönheit. Im Winter wurden die Hekken im Garten zu künstlichen grünen Tunneln geschnitten, die zu schlafenden Blumenbeeten mit Urnen und Skulpturen führten. Micheline bedauerte nicht, daß sie hergekommen war. Die ständigen Aktivitäten waren eine willkommene Abwechslung von der Dunkelheit nach Bernards Tod. Am Tag ritt sie aus oder ging mit Aimée oder einer der anderen Damen spazieren. Mahlzeiten waren Ereignisse, an denen Hunderte von Leuten teilnahmen, und fast jeden Abend fand ein Ball oder eine Maskerade statt; für Unterhaltung in irgeneiner Form war immer gesorgt. Für Micheline waren wunderschöne neue Kleider geschneidert worden, und sie genoß die ehrliche Bewunderung fast aller Menschen, die sie kennenlernte – vor allem die der Männer. Diese Männer luden sie mit Blicken, manchmal auch mit direkten Worten ein, aber sie konnte sich nicht überwinden, darauf einzugehen.

Sie verbot sich jeden Gedanken daran, von einem anderem als von Bernard auch nur geküßt zu werden.

»Ich sah dich gestern abend mit dem gutaussehenden Chevalier von Honfleur reden«, sagte Aimée vorsichtig nach ein paar Minuten gemeinsamen Schweigens.

Micheline lächelte und zuckte leicht mit den Achseln, während sie die Gedanken der Freundin las. »Guillaume ist sehr nett«, gab sie zu. »Ich habe zugesagt, morgen mit ihm auszureiten.«

»Gut!« Aimée wußte, daß sie ihre Worte vorsichtig wählen mußte, aber wie üblich war der Impuls stärker als der Verstand. »Ich würde gern sehen, daß du *irgendeinen Mann* ermutigst, und wenn es nur ist, um den König zu *entmutigen*!«

»Was meinst du damit?« rief Micheline aus. »Ich empfinde nicht den leisesten Hauch von Zuneigung, die über schlichte Freundschaft hinausgeht, für irgendeinen Mann, den ich hier kennengelernt habe – das gilt auch für den König! Ich hoffe, er ist einfühlsam genug, das zu bemerken.«

»Ich vermute mal, daß genau diese Herausforderung ihn reizt, *ma chère*. Aber mach dir keine Sorgen. Franz ist im Herzen ein Herr, auch wenn er es gewohnt ist, seinen Willen durchzusetzen. Du mußt ihm einfach weiterhin Respekt erweisen, mehr nicht. Jede Ermutigung würde sein Begehren nur noch steigern ... und seine Entschlossenheit.«

Micheline blieb stehen, pflückte einen Mistelzweig und betrachtete ihn nachdenklich. »Ich sollte mich wohl glücklich schätzen, daß mir so viele wichtige Männer ihre Gunst schenken. Es gibt Augenblicke, da rede ich mit einem, der gut aussieht, charmant ist und sich formvollendet benimmt, und dann wundere ich mich, daß ich keinerlei Gefühle im Herzen verspüre. Ich denke langsam, daß Bernards Tod etwas in mir sterben ließ.« Ihre Augen wurden feucht, als Aimée sie anschaute. »Ich bezweifele, daß ich mich je wieder zu einem Mann hingezogen fühle.«

Aimée öffnete den Mund, schloß ihn wieder, litt stumm mit ihrer Freundin. Normalerweise fehlten ihr nie die Worte, aber in diesem Augenblick fand sie keine Worte. Sie wollte gern alles für Micheline regeln, aber in letzter Zeit war Aimée zu der Überzeugung gekommen, daß nur Gott so ein Wunder vollbringen konnte. Sie selbst mußte einfach warten und beten.

Kapitel 5

London, England – 5. Februar 1533

Die Morgenröte hatte kaum den Osthimmel verfärbt, als der Lärm der erwachenden Themse den Schlummer von Lady Iris Dangerfield störte. Immer noch im Halbschlaf, runzelte sie leicht die Stirn und vergaß für den Augenblick, daß sie im Bett des Grafen von Sandhurst lag. Sein Stadthaus am Fluß war schön und modern, aber die tägliche Unruhe auf der Themse konnte lästig werden.

Offensichtlich ist Sandhurst den Lärm gewohnt, überlegte Iris, während sie ein Auge öffnete und sah, daß ihr Bettgefährte dicht neben ihr immer noch friedlich schlief. Sie vergaß ihre eigene Verärgerung, als sie ihn anschaute und sich von dem Zauber einfangen ließ, den er selbst im Schlaf so mühelos ausstrahlte.

Andrew Weston, Graf von Sandhurst, würde nach

dem Tod seines kränkelnden, schon etwas älteren Vaters einer der reichsten Männer in Britannien sein. Nicht nur der begehrte Titel eines Herzog von Aylesbury würde Andrew zufallen, sondern auch großer Grundbesitz in Gloucestershire und das Schloß Aylesbury in Yorkshire. Schon der Gedanke an derartige Reichtümer und solches Ansehen rief bei Iris schmerzliche Gefühle hervor, denn sie hatte mit sechzehn Lord Timothy Dangerfield geheiratet, knapp zwei Monate, bevor sie Sandhurst in Hampton Court kennengelernt hatte. Bis dahin war sie mit Timothy zufrieden gewesen, aber in dem Augenblick, als sie diesen goldfarbenen Kopf am anderen Ende des Gartens gesehen und die Glut seiner karamellfarbenen Augen sogar über die Entfernung hinweg gespürt hatte, schmolz Iris' Herz wehrlos dahin. Dann hatte sich der Graf von Sandhurst langsam und lässig den Weg an ihre Seite gebahnt. Als er lächelte und mit starken, geschmeidigen Fingern ihre Hand an seine Lippen zog, war sie für ihn entflammt und fast in Ohnmacht gefallen.

Das war vor vier Jahren gewesen, und das Feuer in Iris loderte heller als je zuvor. Sie konnte es nicht verbergen, und die Kraft ihrer Glut schien Andrew fast zu belustigen. Er mochte sie gern, das wußte sie, und manchmal konnte sie sich sogar einreden, er würde sie heiraten, wenn sie nur frei wäre. Aber natürlich war das unmöglich, und in ihrem Herzen wußte Iris, daß Andrew sie nicht zu seiner Frau machen würde, selbst wenn Timothy sterben sollte. Er wollte anscheinend keinem Menschen verpflichtet sein außer sich selbst. Deswegen war Iris so reizvoll für ihn: sie war ein vertrauter Mensch, schön, leidenschaftlich ... und wunderbar unerreichbar. Da sie Andrew nicht für sich haben konnte, fand Iris seinen unabhängigen Charakter ausgesprochen gut. Natürlich würde er eines Tages heiraten *müssen*, um für einen Erben zu sorgen, doch das würde noch viele Jahre dauern. Er war ja erst zweiunddreißig. Iris versuchte, nicht daran zu denken. Die Vorstellung, daß eine andere Frau das besaß, was sie sich so brennend wünschte, war reine Folter. Allein schon die Möglichkeit, daß Andrew seine zukünftige Frau auch nur ein bißchen lieben könnte, machte Iris körperlich krank.

Sie sehnte sich danach, ihn zu berühren, starrte ihn aber nur an. Ihr Blick verweilte auf seinem zerzausten Haar, das an der Stirn und im Nacken leicht gelockt war. Als Kind war Sandhurst sehr blond gewesen, aber jetzt dunkelte sein Haar im Winter nach und wurde hellbraun. Einige Strähnen jedoch sahen auch im Winter aus wie poliert, so als ob sie mit Gold gebürstet worden wären, und jedesmal im Frühling wurde das Gold heller und breitete sich aus, während die Sonne seine Haut bräunte.

Iris hielt ihn für das schönste und männlichste Geschöpf auf Erden, und es gab nur wenige Frauen, die ihr nicht zustimmen würden. Sein Gesicht hätte von einem Künstler modelliert sein können, besonders die eleganten Wangenknochen. Auch wenn seine Augen jetzt geschlossen waren, erinnerte sie sich leicht an ihren Zauber – in der einen Sekunde strahlten sie vor Intelligenz und Humor, in der nächsten starrten sie in ihre Seele und erregten ihre Leidenschaft ohne ein Wort und ohne eine Berührung. Sandhursts Nase war gerade und aristokratisch, aber nicht vollkommen. Keiner seiner Züge war perfekt im klassischen Sinne, doch jeder einzelne schien neue Maßstäbe für Vollkommenheit zu setzen. Auf jeden Fall waren sie einzigartig. Seinen Mund konnte man ein bißchen zu breit finden, aber er war so wunderbar gemeißelt und unendlich einladend, daß es Iris schwindelig wurde, wenn sie ihn nur ansah. Dicht über Andrews Oberlippe, auf der linken Seite, befand sich eine kleine Narbe, die bis zu seinem festen Mund verlief – dieser offensichtliche Makel machte seine Schönheit doppelt reizvoll. Gott sei Dank, dachte Iris, daß Sandhurst keinen Bart trug, der diese aufregende Narbe versteckte oder die starke, anmutige Linie seines Kinns verbarg oder –

»Meine liebe Iris«, murmelte er plötzlich, und seine Stimme war heiser vom Schlaf und voll von scharfer Ironie, »du bist eine Frau mit guter Erziehung. Hat man dir nie gesagt, daß es ungehörig ist, jemanden zu dieser unzivilisierten Stunde so lange anzustarren, besonders *mich*?«

Er hatte nicht einmal mit der Wimper gezuckt, um zu verraten, daß er wach war. Iris wurde rot, flüsterte aber: »Vergib mir, mein Herr. Ich habe dich nur angestarrt, weil ich dich nicht berühren konnte …«

»Warum nicht?« Sandhursts Mund zitterte auf einer Seite leicht, träge öffnete er die braunen Augen und drehte sich auf die Seite, um den Arm nach ihr auszustrecken.

Selbst im Winter war seine Haut goldbraun im Vergleich zu Iris' milchig weißem Fleisch. Genußvoll glitt er mit der Fingerspitze über ihre vollen Brüste, schaute ihr lächelnd in die grünen Augen, während er sie näher heranzog und den Duft von Rosen in ihrem kupferfarbenen Haar einatmete.

»Aber … was ist mit der unzivilisierten Stunde?« Irgendwie gelang es Iris, ihn noch zu necken, während sie schon erregt atmete. Er war so warm und geschmeidig und stark, sie konnte gar nicht aufhören, ihn zu berühren.

»Die ist genau richtig – für uns«, antwortete Sandhurst

kurz und bündig. Er küßte sie, bevor sie über seine Worte nachdenken konnte, legte sich auf sie und ließ Iris die harte Länge seiner Männlichkeit spüren. Verdammt, sie war eine scharfe, kleine Hexe, wurde jedesmal, wenn er sie berührte, offenbar noch schärfer, und das auch noch nach vier Jahren.

Ein lautes, ärgerliches Klopfen war an Sandhursts Schlafzimmertür zu hören. Unmöglich, dachte er benommen. Kein Diener konnte so dumm sein. Das mußte woanders herkommen ...

Der Lärm ging weiter, bis Andrew schließlich den Kopf hob und rief: »Um Gottes willen, *hör damit auf*!«

»Sandhurst? Bist du wach? Ich bin es! Rupert! Ich muß mit dir reden!«

Rupert! Was, zum Teufel, machte dieser uneheliche Trottel von einem Halbbruder in London, in *seinem* Haus, in der *Morgendämmerung*?

»Bei Gott, Rupert, weißt du, wie spät es ist? Geh nach unten und laß dir von der Köchin ein Ei oder sonstwas bringen. Ich komme zu dir, wenn ich gebadet und mich angezogen habe.« Wenn Andrew wacher und weniger erregt gewesen wäre, hätte er sich gefragt, warum er sich die Mühe machte, mit einem so unwillkommenen Gast ein Gespräch zu führen.

»Nein, nein, *nein*!« Ruperts Ton wurde schrill. »Ich muß *jetzt* mit dir reden! Ich komme rein!«

Mittlerweilen war Sandhurst wütend und warf die Decken fort, seine nackten Füße trafen auf den ziemlich kalten, mit Binsen ausgelegten Boden. Eilig zog er sich seine Hose an, bevor er die Tür aufstieß.

»Sei dankbar, wenn ich dich am Leben lasse, du Dummkopf!«

Am anderen Ende des Zimmers zog Iris die dicken

Decken dicht unter das Kinn und starrte verschreckt vor sich hin. Zum erstenmal erlebte sie mit, wie ihr Geliebter einen Wutanfall bekam. Wenn er ärgerlich war, wurden seine Stimme und seine Augen normalerweise kalt, und an seinem Kiefer zuckte ein Muskel. Noch nie war jemand war so dumm gewesen, ihn über diesen Punkt hinaus zu reizen, wenigstens nicht in ihrer Gegenwart. Jetzt zerrte Sandhurst seinen Halbbruder ins Zimmer, schloß die Tür und führte den kleinen, spindeldürren, jüngeren Mann in sein Umkleidezimmer. Rupert starrte mit offenem Mund in Iris' Richtung, bis er sich plötzlich mit dem drohend dreinschauenden Andrew im Umkleidezimmer eingesperrt wiederfand.

»Bitte, Sandhurst, sei nicht wütend auf mich!« jammerte er. »Ich bin gekommen, um dir zu helfen!«

Mit zitternden Nasenflügeln holte Lord Sandhurst tief Luft, dann antwortete er unmißverständlich: »Erklär das, bitte. *Schnell*!«

»Der Herzog ist hier. Unser Vater!«

»Ich weiß die Klarstellung zu schätzen«, sagte Andrew sarkastisch. »Jetzt sei ein braver Bursche und erzähl mir, was, zum Teufel, vorgeht!«

»Also, *also*, wir hatten uns alle auf Schloß Aylesbury für den Winter eingerichtet. Patience, meine liebe Frau, und Vater, der eine Erkältung hatte, und unsere jüngere Schwester, Cecily –«

»Rupert, ich *weiß*, wer auf Schloß Aylesbury wohnt! Ich bin immer noch ein Mitglied dieser Familie!« Es ärgerte Sandhurst maßlos, von diesem stotternden Narren informiert zu werden. Wenn seine eigene Mutter, die Herzogin, noch am Leben wäre, hätte es Rupert Topping nie geschafft, in die Familie einzudringen. Vor fünf Jahren war Andrews Mutter nach einem unglücklichen Sturz gestorben, und der Herzog, krank und einsam in seinem Schloß, hatte Jane Topping, seiner alten Geliebten, erlaubt, zurückzukehren und ihm Gesellschaft zu leisten. Sie brachte ihren Sohn mit, von dem sie behauptete, er sei von dem Herzog. Sandhurst, der sich seinem Vater bereits entfremdet hatte, lebte weit im Süden, in London, und Cecily war mit ihren acht Jahren keine geeignete Gesellschafterin für einen schlechtgelaunten alten Mann. So richtete Jane Topping sich häuslich ein, während Rupert, damals neunzehn, seinen Vater behandelte, als sei er Gott persönlich. Der Herzog sonnte sich in der Bewunderung des Jungen. Nachdem auch Jane gestorben war, blieb Rupert da und spielte den pflichtbewußten Sohn. Selbst die pferdegesichtige Patience Topping, die Rupert im letzten Jahr aus dem Dorf Bubwith geholt und geheiratet hatte, war in die Familie aufgenommen worden.

Lord Sandhurst war zornig und lehnte die gesamte Situation ab, die der Herzog zugelassen hatte; doch noch größer war der Widerwille, den er gegen seinen »Bruder« hegte. Bei jedem Zusammentreffen küßte Rupert stets Sandhurst die Stiefel und kroch vor ihm im Dreck. Deswegen hielt sich Andrew von der Familie fern, und das schon lange abgekühlte Verhältnis zu seinem Vater wurde vollständig beendet.

»Oh, ich *weiß*, daß du einer von der Familie bist, mein Lord!« stotterte Rupert. »Du wirst nie wissen, wie dankbar ich bin – wie *geehrt* ich mich fühle –, dein Verwandter zu sein! Ich muß gestehen, fast verehre ich dich, Sandhurst. Ich würde alles tun, um dir zu helfen, die Kluft zwischen dir und unserem Vater zu überbrücken, um die Wunden zu heilen, um –«

Andrew schloß die Augen. »Ich weiß, was du meinst.«

»Also, die Sache ist die, ich hatte den Verdacht, daß

Lady Dangerfield hier ist, und ich fürchtete, daß der Kammerdiener unseres Vaters herkommen könnte, um dich über unseren Besuch zu informieren. Kettlewell erzählt Vater *alles* – er ist fast ein Spion!« Irgend etwas in Sandhursts Augen veranlaßte Rupert zu dem Versuch, sich in den Griff zu bekommen. »Also, das als Vorgeschichte. Und das ist passiert: Wir hatten uns alle für den Winter eingerichtet, als König Heinrich eine Nachricht schickte, daß er sich mit Vater in Whitehall treffen möchte. Wir hatten keine Ahnung, worum es ging, aber der Herzog erlaubte uns allen gütigerweise, ihn zu begleiten. Cecily war besonders auf die Aussicht versessen, *dich* zu besuchen – aber es wird dich nicht überraschen, das zu hören!« Er schwieg einen Augenblick und nickte mehrmals fröhlich. »Wir kamen vor zwei Tagen in London an und begaben uns umgehend nach Whitehall. Aufregende Zeiten, kann ich dir sagen! Vater traf mehrmals mit dem König zusammen, und gestern abend erklärte er plötzlich, daß wir sofort zu dir gehen müßten. Es war nach Mitternacht, als wir ankamen – du hast, hm, geschlafen–, und die Dienstboten zeigten uns unsere Betten.«

Jetzt, da das Wesentliche der Geschichte bekannt war, war es Sandhurst zuwider, das Gespräch noch zu verlängern, aber die Neugier behielt die Oberhand. »Du bist nicht gerade in die intimen Einzelheiten meines Lebens eingeweiht, Rupert, daher wundere ich mich, was in dir den Verdacht aufkommen ließ, Kettlewell könnte Lady Dangerfield in meinem Bett finden.«

Rupert wurde rot und senkte den Blick. »Lord Dangerfield kam gestern von einer Reise nach Cornwall zurück. So wie ich es verstanden habe, ging er nach Hause, aber seine Frau war abwesend. Dann besuchte er den Hof in Whitehall, wo er unvernünftig viel Bier in sich hineinschüttete und jedem, der es hören wollte, erzählte, daß Lady Dangerfield ein offenes Verhältnis mit *dir* habe, daß sie zweifellos in deinem Bett läge, während er am Hof mit den Leuten redete, daß –«

»Soll ich davon ausgehen, daß du einer von den Leuten warst, ›die es hören wollten‹?«

»Nur deinetwegen, Sandhurst!« versicherte Rupert eilig. »Nur, um dir zu helfen!«

»Ich bin ein erwachsener Mann. Ich will deine Hilfe nicht.« Er wandte sich ab, bevor er völlig die Kontrolle über sich verlor und gemein wurde. »Laß mich jetzt allein, damit ich baden und mich anziehen kann. Wenn mein Vater aufwacht, kannst du ihm sagen, daß ich ihn in seinen Gemächern aufsuchen werde.«

Sandhurst kehrte in sein eigenes Schlafzimmer zurück, wo er feststellte, daß Iris wieder eingeschlafen war. Er zog die Decken zurück, gab ihr einen leichten Klaps auf den wohlgeformten Po und hockte sich auf die Bettkante.

Iris setzte sich auf, rieb sich die Augen und tat so, als sei sie beleidigt.

»Spiel mir nicht die Kokette vor, Süße, wir haben keine Zeit.« Andrew war unkonzentriert und starrte aus den bleiverglasten Fenstern nach draußen. Der Schnee wirbelte gegen die Scheiben. »Hast du mir nicht gesagt, daß dein Mann heute aus Cornwall zurückkommt?«

»Ja, aber erst am Nachmittag.« Iris glitt mit den Fingerspitzen über die lange, spitz zulaufende Linie auf seinem Rücken. Bekleidet wirkte er schlank, geschmeidig und anmutig, und nur wer Sandhurst nackt gesehen hatte, wußte, wie hart und muskulös sein Körper tatsächlich war. »Komm wieder ins Bett, mein Lord«, schnurrte sie. »Ich hab' immer noch Hunger.«

»Bewahr deinen Appetit für Dangerfield auf. Er ist zurück, und er weiß, daß du letzte Nacht nicht in *seinem* Bett warst. Ich schlage vor, daß du dich anziehst und nach Hause eilst, um ihn zu beruhigen. Wenn du das noch kannst ...«

Joshua Finchley, getreuer Kammerdiener des Grafen von Sandhurst, bereitete ein heißes Bad für seine Lordschaft vor, legte dann frische Kleidung bereit und ging. Anders als die meisten Adeligen, zog es sein Herr vor, sich selbst zu rasieren, zu baden und anzuziehen.

Es war nach acht, als Sandhurst den Korridor betrat. Er trug einen Anzug aus prachtvollem, weichem grauem Samt, und die enge Weste betonte seine schmale Taille. In den Ärmelschlitzen blitzte weiße Seide auf. Die Rüschen an Hals und Handgelenken waren aus demselben Material.

»Andrew!« rief eine vertraute weibliche Stimme. Er drehte sich um und sah seine Schwester Cecily auf sich zurennen, wobei ihr Gesicht vor Liebe und Aufregung leuchtete.

»Ach, Kind«, murmelte er und fing sie in seinen Armen auf, »wie groß du geworden bist.«

»Ich bin fast eine Dame. Ich bin dreizehn. Ein Junge in Yorkshire hat schon um meine Hand angehalten!«

Sandhurst zwinkerte ihr lächelnd zu. »Er wurde abgewiesen, denke ich!«

»Natürlich, du Dummer!« Cecily stand auf Zehenspitzen und strahlte ihn an. Glänzende schwarze Locken umrahmten ihr herzförmiges Gesicht, das von wunderschönen braunen Augen beherrscht wurde. Sie war zart und schlank, hatte sanfte Kurven, an die er sich gar nicht erinnern konnte. Nein, sie war kein kleines Kind mehr.

»Du hast mir schrecklich gefehlt, Andrew! Wie kannst du mich einfach da oben lassen ... bei *denen*!« Cecilys Stimme war zu einem Flüstern herabgesunken. Sie sah die Halle hinunter zu Rupert und Patience, die wie Wächter vor dem Schlafzimmer des Herzogs standen.

»Ich bin kein geeigneter Beschützer für eine junge Dame«, antwortete Sandhurst, und das schlechte Gewissen plagte ihn heftig. Wenn ihre Mutter nur nicht gestorben wäre, dann gäbe es all diese Probleme nicht!

»Das ist dumm, und das weißt du auch. Findest du es richtig, daß ich erzogen werde von –«

»Mein Lord?« riefen Rupert und Patience einstimmig. »Dein Vater wartet.«

»Ich komme schon.« Er blickte auf Cecilys ernstes kleines Gesicht hinab und sagte: »Darüber reden wir später. In Ordnung?« Als er dann den Korridor hinunter zum Schlafzimmer des Herzogs ging, spürte Sandhurst nur, wie die vertraute Feindseligkeit in ihm aufstieg. Das hier war immerhin *sein* Haus, und er war zweiunddreißig Jahre alt, und trotz seines beharrlichen Widerstands seit mehr als zwölf Jahren versuchten andere Leute immer noch, *sein* Leben zu manipulieren. Sie kamen ohne Einladung, kommandierten ihn herum –

»Andrew? Andrew, wo bist du?« klang die nörglerische Stimme seines Vaters.

Lord Sandhurst blieb einen Augenblick stehen und schloß die Augen. Alte Instinkte stiegen in ihm auf, aber er drängte sie zurück. Er hatte vor Jahren gelernt, daß Auseinandersetzungen mit seinem Vater ihm nichts als Frustration brachten, auch wenn es ihn noch viele Jahre gekostet hatte, das subtilere Verhalten zu perfektionieren, das er jetzt im Alltagsleben praktizierte. Als er die Augen öffnete, schenkte er Rupert und Patience sein charmantestes Lächeln und schritt durch die Tür ins Zimmer seines Vaters.

»Vater, wie schön, dich zu sehen.« Sandhurst ging zum Bett und streckte die Hand aus.

Der Herzog von Aylesbury trug ein altes Nachtgewand mit Fuchsbesatz. Er saß aufrecht im Bett, einen Berg von Kissen im Rücken, das weiße Haar aus dem kantigen Gesicht gekämmt.

In der Jugend war der Herzog seinem gutaussehenden Sohn nicht unähnlich gewesen, aber jetzt unterstrich sein kräftiger Knochenbau nur die eingefallene Wangen und sein spitzes Kinn. Sein Leben war bitter gewesen, war noch bitterer geworden durch seinen rebellischen Sohn und Erben, der die Unverschämtheit besaß, ihn in vorgetäuschter Zuneigung anzulächeln und ihm die Hand hinzustrecken.

»Ich bin zu alt für deine Spiele, Andrew. Setz dich.«

An Sandhursts Kinn zuckte ein Muskel, aber er gehorchte schweigend und dachte nach. Er wagt es, mir in meinem eigenen Haus Befehle zu erteilen!

»Ich sehe keinen Sinn darin, Zeit mit nutzlosem Geschwätz zu verschwenden«, fuhr der Herzog fort. »Ich bin gekommen, um dir zu sagen, daß du heiraten wirst. König Heinrich hat eine Frau für dich gefunden, und ich habe zugestimmt.«

Kapitel 6

London, England – 5. und 6. Februar 1532

Lord Sandhursts braune Augen blickten verschreckt. »Ich glaube, ich habe mich verhört. Du hast mit König Heinrich eine *Frau* für mich ausgesucht? Ja, ich würde beschwören, daß du das gesagt hast!« Ihm entfuhr ein halb unterdrücktes Lachen.

Der Herzog konnte einfach dem Impuls nicht widerstehen, einen Augenblick mit seiner Beute zu spielen, und lächelte. »Ich habe nicht gesagt, daß *ich* eine Frau für dich ausgesucht habe. Du brauchst in der Angelegenheit nur dem König zu danken. Ich habe nur das Siegel unter seine Pläne gesetzt.« Aylesburys Lächeln wurde boshaft und breiter.

»Habe ich dabei nichts zu sagen? Habe ich keine Stimme, wenn es um mein eigenes Schicksal geht?« Irgendwie schaffte Andrew es, ruhig und vernünftig zu klingen, doch auf seiner linken Hand, die die geschnitzte Stuhllehne festhielt, färbten sich die Knöchel weiß.

Das Lächeln des Herzogs erstarb. »Du kannst sagen, was du willst, mein goldiger Sohn, aber ich denke, du wirst dich gegen den Willen des Königs nicht so auflehnen, wie du dich immer gegen mich aufgelehnt hast. Du mußt langsam lernen, daß es wichtigere Dinge gibt als *deine* Wünsche! Du hast nie die kleinste Kleinigkeit getan, um mir, deinem Vater, eine Freude zu machen, aber jetzt wirst du mir eine Freude machen, ob du willst oder nicht!« Er stieß ein heiseres, bellendes Gelächter aus. »Seit Jahren habe ich dich gebeten, dich für meinen Besitz zu interessieren, bei mir zu leben und von mir zu lernen. Ich habe mich danach gesehnt, dich verheiratet zu sehen, mit eigenen Söhnen, bevor ich sterbe. Ich habe dich ermuntert, die Beziehung zum König zu pflegen, dir einen Platz bei Hof zu erobern, aber es sieht so aus, daß du dich nur darum kümmern konntest, deinen Charme an Heinrichs Lieblingsdamen zu verschwenden. Selbst die künftige Königin gerät bei der Erwähnung deines Namens ins Träumen! Du bist ein *Narr*, Andrew, und jetzt wirst du dafür bezahlen!«

Der alte Mann beugte sich vor, sein Gesicht war krebsrot geworden, während er seinen Sohn beschimpfte. Was ihn anging, so dachte Sandhurst, einen Alptraum zu durchleben. Schwach hörte er sich sagen: »Vielleicht habe ich mich von dir abgewandt, weil ich spürte, daß dein Interesse nicht mir persönlich, sondern nur dem Familientitel gilt. Als der zukünftige Herzog sollte ich geformt werden wie ein Klumpen Ton, nicht wie ein Mensch. Es war dir immer wichtiger, mich unter Kontrolle zu halten, als mich zu lieben oder zu verstehen.«

»Pah! Du brauchtest eine feste Hand! Du brauchst sie immer noch! Wenn du Liebe und Verständnis willst, hättest du auf mich hören und schon vor Jahren eine Frau heiraten sollen. Dazu ist eine gute Frau da.« Der Herzog lächelte dünn. »Siehst du, ich tue dir einen Gefallen. Wenn deine französische Braut dir erst das Bett wärmt, wirst du mir dankbar sein. Das junge Ding wird vermutlich nicht einmal Englisch sprechen, was ein Segen wäre. Wenn sie nicht mit dir reden kann, dann kann sie nur eins tun – die Beine breit machen!«

Beim Geschwätz seines Vaters hätte Andrew sich am liebsten die Ohren zugehalten. »Das ist Wahnsinn«, murmelte er.

»Das kannst du dem König sagen«, schoß der alte Mann zurück.

Mit einem Blick zum Himmel schob Andrew den Teller über den Tisch. »Wie kannst du ausgerechnet jetzt noch essen?«

»Ich bin ja nicht der Mann, der mit einer Unbekannten verheiratet wird ... einer aus *Frankreich*«, antwortete Culpepper vergnügt. »Glaubst du, daß das junge Ding überhaupt Englisch spricht? Was wirst du tun, wenn sie es nicht kann?«

Lord Sandhurst warf seinem Freund einen vernichtenden Blick zu und sagte: »Wenn du das amüsant findest, kannst du nach oben gehen und ein bißchen mit meinem Vater lachen.« Er trank noch einen Schluck und fügte dann hinzu: »Weißt du, jetzt läßt der Schock nach, weil ich einen Tag zum Nachdenken hatte. Ich habe ernste Zweifel, daß ich mich an dieser Farce überhaupt beteiligen kann.«

Sir Jeremy Culpepper war ein ziemlich untersetzter junger Mann mit lockigem rötlichblondem Haar, einem losen Mundwerk und einer Neigung zum Erröten, wenn er von Emotionen überwältigt wurde. Mit geröteten Wangen meinte er: »Sei vernünftig, Sandhurst! Du bist ruiniert, wenn du dich weigerst, den Plan des Königs auszuführen! Du wirst nicht nur mittellos dastehen, sondern auch vom Hof verjagt werden. Wenn du es dir genau überlegst, wirst du von *allen* in Britannien davongejagt!«

»O bitte, sprich nicht weiter! Du machst mir angst!«

»Aber wie wolltest du wohl leben?«

Andrew spürte, wie er sich entspannte und die Muskeln lockerer wurden. Ein Lächeln umspielte seinen attraktiven Mund. »Ich glaube, daß ich allein ganz gut zurechtkommen würde. Dieses Haus gehört bekanntlich mir. Die Pferde, die ich in Gloucestershire gezüchtet habe, haben mir einen guten Gewinn eingebracht, davon konnte ich es bezahlen. Ich könnte es wieder verkaufen und von dem Erlös ein neues auf dem Land erstehen. Und meinen Lebensunterhalt kann ich mir durchaus mit der Pferdzucht verdienen.« Er schwieg und fuhr in einer für ihn typischen Bewegung mit dem Zeigefinger über die Unterlippe. »Die Aussicht, nicht mehr unter der Knute meines Vaters zu stehen, ist ziemlich reizvoll, das kannst du mir glauben.«

»Also sieh mal, Sandhurst, du mußt diese Angelegenheit sorgfältig bedenken! Es geht um eine Entscheidung, die den Rest deines Lebens bestimmt - und das Leben deiner Nachkommen über Generationen hinweg. Die tatsächlich anmaßenden Versuche deines Vaters, über dich zu bestimmen, machen dich wütend. Gut. Aber deswegen mußt du dich doch nicht ins eigene Fleisch schneiden! Er ist ein alter Mann, er wird bald sterben. Wie wirst du dich dann fühlen, wenn du auf irgendeinem Landsitz Pferde züchtest, während *Rupert* Herr über Schloß Aylesbury und die *Sandhurst*-Ländereien in Gloucestershire ist?! Was wirst du deinen Kindern sagen? Zieh nicht wieder die Augenbraue hoch! Wenn da niemand mehr ist, der dir befiehlt, eine Frau zu nehmen, dann wirst du genau das tun wollen. Davon bin ich fest überzeugt. Wie werden deine Kinder dein Handeln beurteilen, wenn sie heranwachsen und erfahren, daß *Ruperts* Nachkommen das besitzen, was eigentlich ihnen gehört?« Jeremy atmete tief durch und beugte sich dann vor, um sein As auszuspielen. »Und was würde deine Mutter wohl sagen, wenn sie hier wäre?«

Sandhurst lächelte nicht mehr. Er schloß die Augen und trank den Humpen leer. »Ich kann einfach nicht wie ein Lamm zur Schlachtbank gehen, Jeremy.« Er seufzte.

»Damit hätte mein Vater mich an die Leine gelegt, und ich würde meines Lebens nie wieder froh werden.«

»Ich weiß, ich weiß. Und du würdest deinen Zorn zweifellos an deiner armen kleinen französischen Frau auslassen und später an deinen Kindern«, regte Culpepper sich auf. Er trank aus seinem Humpen, die Augenbrauen nachdenklich zusammengezogen.

Auch Andrew dachte nach, ließ sich immer wieder die verschiedenen Aspekte der Situation durch den Kopf gehen und sehnte sich danach, einen Lichtstrahl in der Dunkelheit zu entdecken.

»Es ist ja durchaus möglich«, murmelte Jeremy zögernd, »daß das Mädchen in Frankreich eine Schönheit ist. Vielleicht ist sie klug und charmant, sogar ein bißchen rebellisch wie du, und sie wollen sie deswegen ins Exil schicken!« Während er sich mit seinen Vorstellungen anfreundete, griff er nach einer angebissenen Praline und kaute fröhlich darauf herum; dann fuhr er fort: »Denk doch mal nach, Sandhurst, vielleicht ist das alles der Wille Gottes! Was, wenn sich das französische Mädchen als die perfekte Gefährtin für dich herausstellt? Es könnte doch sein, daß du dich auf den ersten Blick in sie verliebst!«

»Hmmmm.« Sandhursts Tonfall war ironisch und belustigt, aber die Verrücktheiten, die sein Freund gesät hatte, gingen in seinen Kopf auf. »Wahrscheinlich ist Mademoiselle Tevoulère eine schlichte, schüchterne Vierzehnjährige mit Pickeln ... oder eine fette Witwe, deren Anblick der französische König nicht länger ertragen kann.« Er ließ die Fingerspitze wieder über die Lippen gleiten und starrte ins Leere. »*Aber* ... es könnte klug sein, weiter nachzuforschen, bevor ich eine Entscheidung treffe.«

Sir Jeremy Culpepper schluckte die Praline hinunter und beugte sich über den Tisch, um Sandhursts Unterarm zu ergreifen. »Ja! Ja! Du bist brillant! Das ist die Lösung!« Ein Schatten zog über sein Gesicht, als er sich wieder auf seinen Stuhl fallen ließ. »Aber wie willst du das *anstellen*?«

Sandhurst zog die Augenbrauen hoch und antwortete: »Ich weiß es noch nicht. Ich werde wohl nach Frankreich reisen müssen. Das Mädchen soll bis zur ›Hochzeit‹ im April am französischen Hof bleiben, also hätte ich fast zwei Monate Zeit.«

»Willst du damit sagen, daß du dich vor Franz hinstellen und ihm erklären wirst: ›Sire, ich bin hier und möchte Micheline Tevoulère begutachten, erst dann stimme ich der Hochzeit zu.‹?«

Andrew lachte leise. »Natürlich nicht. Nein. Ich werde unter falschem Namen auftreten müssen.«

»Und warum solltest du dann am Hof willkommen sein?«

»Ja, das ist das Problem. Natürlich kann ich nicht meinen Titel benutzen, um vorgelassen zu werden. Also muß ich mir überlegen, was ich sonst noch zu bieten habe.« Er lächelte. »Meine Leinwand und meine Pinsel könnten endlich einmal von Nutzen sein, Jeremy.«

Culpepper hatte fast vergessen, daß Sandhurst malen konnte. Schon als Kind hatte er Talent bewiesen, und die Herzogin hatte ihn nach Florenz geschickt, wo er ein Jahr bei italienischen Meistern studierte. Das war mehr als zehn Jahre her, und die Mutter hatte damals zwei Ziele verfolgt: Sie wollte den Sohn vom Vater trennen und seine künstlerischen Fähigkeiten fördern.

»Kannst du gut malen?« fragte Jeremy direkt. Bei der Frage mußte der Freund laut lachen.

»Ja, das kann ich tatsächlich. Schwer zu glauben? Du wirst sogar noch mehr staunen, wenn du erfährst, daß ich manchmal immer noch male. Wenn ich in Sandhurst Manor bin, greife ich gern zum Pinsel. Erinnerst du dich an das Porträt von Cecily in der Halle?«

Überrascht sah Jeremy ihn an. Das exquisite Bild von Lord Sandhursts Schwester beherrschte die große Halle des Stadthauses. Culpepper war immer davon ausgegangen, daß Holbein oder einer der anderen bei Hof beliebten Künstler es gemalt hatte. »Du foppst mich«, murmelte er, nahm eine Kerze vom Tisch und ging nach draußen, um sich das Bild genauer anzusehen. In der unteren rechten Ecke der Leinwand entdeckte er das vertraute *S*, kaum einen Ton dunkler als die Rose auf Cecilys Rock.

Ein Küchenmädchen war hereingekommen, um vor dem nächtlichen Rückzug endlich den Tisch abzuräumen, daher merkte es Sandhurst erst gar nicht, daß sein Freund den Salon wieder betrat. Jeremy stand da und umklammerte die Kerze.

Sein Mund stand vor Erstaunen offen, dann rief er heiser: »Es ist unglaublich – unfaßbar!«

»Komm her und setz dich, bevor du ohnmächtig wirst«, sagte Andrew lachend. Er wandte sich dem kleinen Dienstmädchen zu: »Bring uns, bitte, neue Humpen mit Bier, Mary, und dann ab ins Bett. Es ist spät geworden.«

Jeremy schwankte zu seinem Stuhl zurück. »Warum hast du nichts gesagt? Ich hätte nie gedacht ...«

Sandhurst nahm das kühle Bier entgegen und wartete, bis Mary wieder in die Küche verschwunden war, bevor er Jeremy antwortete: »Es gab nie einen Grund, darüber zu reden. Es hat Cecily immer Spaß gemacht, daß die Identität ihres Malers unser Geheimnis war. Die Malerei war immer nur ein Zeitvertreib für mich, ein reines Vergnügen, um mir die langen Stunden auf dem Land zu verkürzen. Doch jetzt könnten sich meine Talente als höchst nützlich erweisen.«

»Wenn *ich* so malen könnte, würde ich überall damit angeben! Bei Gott, Sandhurst, du kannst dich am französischen Hof als Künstler ausgeben! Das ist gar keine Frage. Und außer deinem Talent hast du Charme und Witz und siehst außergewöhnlich gut aus. An einen Mißerfolg ist überhaupt nicht zu denken!«

»Du schmeichelst mir, Jeremy, aber ich bin durchaus deiner Meinung. Die Maskerade müßte eigentlich gelingen, wenn ich meinen Verstand zusammennehme.« Er lachte laut, während der Plan Gestalt annahm. »Es wäre doch sehr amüsant, unter solchen Umständen die Bekanntschaft von Micheline Tevoulère zu machen! Was für eine vergnügliche Eskapade!«

Jeremy nickte strahlend: »Bei Gott, ich wünschte, ich könnte dabeisein!«

»Du *wirst* dabeisein«, informierte Sandhurst ihn ruhig. »Du begleitest mich. Ich brauche ein Paar Augen und Ohren zusätzlich, von einem Kammerdiener gar nicht zu reden. Ich muß glaubwürdig auftreten, weißt du. Joshua ist sehr wohl in der Lage, sich um meine Kleidung zu kümmern, aber ich glaube nicht, daß er sich für so ein Täuschungsmanöver eignet. Außerdem will ich ihn in die Geschichte nicht hineinziehen. Je weniger er weiß, was wir vorhaben, desto besser.«

Jeremys Mund stand schon wieder weit offen. »Aber ... aber ... das heißt ... ich weiß nicht, wie ...« Er schwieg, versuchte die Worte seines Freundes zu verdauen und kniff dann plötzlich die Augen zusammen. »Warte einen Augenblick! Du hast gesagt, du willst mich als *Kammerdiener* vorstellen, wenn wir in Frankreich sind!?«

»Sei nicht gleich beleidigt, mein Alter. Ich wollte damit nicht sagen, daß du irgendwie von niedrigerem Stand bist als ich.«

»Also weiter.«

»Sieh mal, du wirst nicht direkt mein Kammerdiener *sein*; wir tun nur so, als ob du es wärst. Du wirst eine Rolle spielen, wie ich meine Rolle als Porträtmaler spiele.« Andrew schenkte ihm sein aufmunterndstes Lächeln. »Für ein paar Wochen sind wir beide Bürgerliche. Das wird ein Jux!«

Sir Jeremy Culpepper schüttelte den Kopf. »Das alles paßt mehr zu dir als zu mir, Sandhurst. Was, wenn man uns auf die Schliche kommt? Bei Gott, stell dir die Demütigung vor!«

Von der Tür her war eine kräftige weibliche Stimme zu hören. »Ich geh mit, Andrew. Laß *mich* dein Kammerdiener sein!«

»Cecily! Wieso, zum Teufel, bist du auf?« fragte ihr Bruder.

Lady Cecily Weston trat ins Licht. Sie trug ein langes weißes Nachtgewand, und ihre schwarzen Locken fielen ihr über den Rücken. »Ich konnte nicht schlafen, also bin ich nach unten gekommen, aber als ich euch reden hörte, beschloß ich, mich zu verstecken und zuzuhören«, antwortete sie ehrlich.

Sie war ihm so ähnlich, daß Sandhurst ihr nicht böse sein konnte. Er versuchte, sie ernst anzusehen, aber sein Mund zuckte vor Belustigung. Cecily kam durch den Salon gehüpft, schlang ihre Arme um seinen Hals und legte ihre Wange an die seine.

»Kind, du bist unverbesserlich«, murmelte Andrew

leicht tadelnd. In Wirklichkeit war er bezaubert, weil sie ihre Zuneigung so offen zeigte. »Eigentlich müßte ich dich verhauen!«

Cecily kicherte und rollte sich auf dem Sessel neben ihm zusammen. »Du bist schon wieder dumm, liebster Bruder. Und du glaubst vermutlich, daß *ich* dumm bin, weil ich mich als Kammerdiener angeboten habe. Das bin ich aber *nicht*! Es war mir todernst. Jeremy will nicht mit, aber ich möchte dich begleiten. Warum also nimmst du nicht mich? Ich kann mich als Junge verkleiden und unbemerkt durchschlüpfen, weil ich so klein bin. Und ich werde auf jedes Wort achten, das ich höre, und ...«

Sandhurst hob die Hand, um sie zum Schweigen zu bringen. »Nein«, sagte er liebevoll.

Jeremy wußte jetzt, was er zu sagen hatte, und räusperte sich. »Eigentlich, Lady Cecily, wollte ich die Aufgabe die ganze Zeit übernehmen. Es ist ... hm ... ein altes Spiel zwischen deinem Bruder und mir, in solchen Fällen zu streiten.« Er wußte, daß diese Erklärung genauso lahm klang, wie sie war, aber das war das Beste, was er im Augenblick machen konnte.

»Was für ein Haufen Unsinn!« rief das Mädchen.

»Jedenfalls würde ich dich nicht mitnehmen, mein Kind«, sagte Andrew sanft zu ihr. »Es gäbe zu viele Risiken. Ich bin dein Bruder, und es ist meine Aufgabe, dich zu beschützen. Ich kann dich doch nicht unbekannten Gefahren aussetzen.«

»Willst du damit sagen, daß ich wieder in das scheußliche feuchte Schloß zu meiner scheußlichen Familie zurückkehren muß?«

»So ist es. Und was die scheußliche Familie angeht, sind Anwesende wohl ausgenommen!« Sandhurst neckte sie sanft, und seine Augen waren voller Liebe. »Ja, ich fürchte, du mußt mit ihnen nach Hause zurückkehren, fürs erste jedenfalls. Ich verspreche dir, ernsthaft über deine Lage nachzudenken, wenn ich aus Frankreich zurück bin. Ist das ein faires Angebot?«

Cecily verzog das Gesicht, gab aber nach. »Ich denke, ja.«

»Nun schmoll nicht.« Er nahm sie auf seinen Schoß und küßte ihr glänzendes Haar. »Himmel, du bist ja fast schon eine Frau!«

Sie konnte ein Lächeln nicht unterdrücken. »Das habe ich dir immer gesagt.«

»Also, wenn das so ist, gehst du lieber wieder ins Bett. Heranwachsende Mädchen brauchen ihren Schlaf. Und, Cecily, du erzählst niemandem etwas von meinen Reiseplänen, versprochen?«

»Natürlich nicht!« rief sie verletzt, gab ihm aber einen Gutenachtkuß. »Können wir morgen zusammen frühstücken? Ich glaube, Vater möchte früh aufbrechen.«

»Wir beide können allein in meinem Zimmer frühstükken«, versprach er und hob die Hand, um ihre Locken zu streicheln. »Gute Nacht, Cecily.«

Jeremy beobachtete die Geschwister und fand, daß Sandhurst sich hier von einer Seite zeigte, die er selten zu sehen bekommen hatte: liebvoll, warmherzig, zärtlich und sanft. Cecily blieb neben Jeremys Stuhl stehen und gab ihm lächelnd einen Kuß auf die Wange, dann ging sie zur Tür. Dort blieb sie noch einmal stehen und sah die beiden Männer an.

»Ich hoffe, daß Mademoiselle Tevoulère ein Ekel ist!«

Bevor Lord Sandhurst auch nur mit den Augen zwinkern konnte, war Cecily fort. Er zog die Augenbrauen hoch, kicherte verwundert und wandte seine Aufmerksamkeit wieder Jeremy Culpepper zu.

»Einen Trinkspruch, mein Freund!« Sie erhoben ihre Humpen, und Andrew rief aus: »Auf unser Abenteuer!«

»Und sein gutes Ende«, murmelte Jeremy. Er nahm einen großen Schluck, während Sandhursts Gelächter in seinen Ohren nachhallte.

Kapitel 7

Château de Fontainebleau – 22.–27. Februar 1533

Anne d'Heilly stand in dem prachtvollen ovalen Schlafzimmer des Königs und wartete, daß er von der morgendlichen Ratssitzung zurückkehrte. Sie hatte den Brief in der Hand, der am Vortag von König Heinrich VIII. eingetroffen war, und übte in Gedanken, was sie Franz sagen wollte. Wenn er erriet, daß sie hinter dieser plötzlich arrangierten Heirat von Micheline Tevoulère steckte, dann wußte nur Gott, was passieren würde. Jetzt, da die Ereignisse in England in Bewegung geraten waren, wurde sich Anne bewußt, was für ein Risiko sie eingegangen war. Alles, worauf sie jahrelang hingearbeitet hatte, könnte verlorengehen, wenn der König ihren Plan aufdeckte.

Besorgt ging sie zum Fenster und suchte Franz unten in dem ovalen Hof. Der Anblick, der sich Annes Augen bot, vertrieb alle Zweifel und ließ wieder einmal verzehrende Eifersucht aufflackern. Micheline kam gerade durch die goldene Pforte aus den Gärten geschlendert, während der König die Ratszimmer verließ und den Hof von der anderen Seite her betrat. Zwar war er von Höflingen umgeben, doch er verließ sie sofort und ging auf Micheline zu, die im Licht der Wintersonne besonders hübsch aussah. Sie war in einen laubgrünen, fuchsbesetzten Samtumhang gehüllt und trug ihre hellbraunen Lokken offen, die ihr über Schultern und Rücken fielen.

In Anne stieg Zorn auf, als sie das schöne Lächeln ihrer Rivalin sah, deren Gesicht strahlte, als der König näher kam und ihr mit einer Verbeugung die Hand küßte. Das Mädchen war Franz' *Freundin* geworden. Wochenlang hatte Micheline seine Annäherungsversuche sanft abgewiesen, bis er sich zurückgezogen hatte und sich anscheinend mit dem zufriedengab, was die junge Frau zu geben bereit war. Anne wußte jedoch, daß er nicht aufgegeben hatte. Im Gegenteil, der König war vermutlich entschlossener als je zuvor. Micheline langsam zu verführen, war ein ständiger Prüfstein für seine Geduld und eine Herausforderung an seinen Einfallsreichtum.

Anne d'Heilly konnte keinen Augenblick länger zusehen. Sie wandte sich vom Fenster ab und ging in dem langen Raum auf und ab, bis sich schließlich die äußere Tür öffnete und der König erschien. Er war prachtvoll gekleidet, trug seine übliche schwarze Samtkappe, ein weit ausgeschnittenes Hemd, Weste und den pelzbesetzten Umhang, alles mit zahlreichen kostbaren Juwelen besetzt. Mit seiner lebenssprühenden Anwesenheit füllte er den ganzen Raum.

»Was ist, Anne?« fragte Franz überrascht. »Was tust du hier? Ich dachte, meine Töchter hätten heute morgen ihre erste Lateinstunde!«

»Sie schreiben ein paar Sätze ab, *mon cher*, daher habe ich mich davongestohlen, um ein privates Wort mit Euch zu wechseln.« Sie ging lächelnd zu ihm. Ihre Halskrause unter ihrem hellen, rosigen Gesicht wirkte wie die weißen Blütenblätter einer Rose. »Warum setzt Ihr Euch nicht, und ich bringe Euch Wein?«

»Genau das hatte ich vor. Ich muß vor der Messe noch einige Depeschen durchsehen, daher hoffe ich, daß dein Anliegen kurz ist.«

»Ich werde es so kurz wie möglich machen«, versprach Anne. Sie stellte einen juwelenbesetzten Weinpokal neben ihn auf den Tisch, dann beugte sie sich vor, streichelte seinen sauber geschnittenen Bart und küßte ihn ein paarmal, in der Hoffnung, ihn milde zu stimmen. Franz grinste sie an. Dadurch ermuntert, setzte sich Anne ihm gegenüber auf den Stuhl und nahm ihren Mut zusammen. »Ich erhielt einen Brief von König Heinrich, der mir viel Grund zum Nachdenken gab, Sire.«

Zufrieden seinen Wein schlürfend, hatte Franz sich in seinen geschnitzten Nußbaumstuhl zurückgelehnt, doch jetzt sah er überrascht auf. »Warum sollte Heinrich *dir* schreiben?«

Sie zuckte mit den Achseln. »Das habe ich mich auch gefragt, bis ich merkte, daß der Brief etwas zu tun hat mit einer Hochzeit, die er arrangieren möchte. Ich nehme an, er dachte, ich sei die Person, die man bei ... Herzensangelegenheiten konsultiert.«

»Worum geht es überhaupt?«

»Kennt Ihr den Herzog von Aylesbury? Oder seinen Sohn, den Grafen von Sandhurst?«

»Ich habe den Vater vor ein paar Jahren kennengelernt, beim Treffen mit Heinrich, in der Nähe von Calais, soweit ich mich erinnern kann. Mit dem Sohn bin ich nicht bekannt, aber ich habe gehört, daß er von der flotten Art ist. Unkonventionell und unabhängig.«

»Ja, und eine ständige Quelle der Sorge für seinen Vater«, ergänzte Anne, froh über die Anwort ihres Königs. »Offensichtlich stirbt der Herzog, und er möchte seinen Sohn verheiratet sehen, daher hat er Heinrichs

Hilfe und Autorität gesucht, um das zustande zu bringen.«

»*Mon Dieu*! Was kann das überhaupt mit *dir* zu tun haben?«

»Naja, es scheint, daß Lord Sandhurst eine Vorliebe für Französinnen hat, daher dachte sein Vater, er würde einer Ehe leichter zustimmen, wenn die Braut Französin wäre ... und schön und intelligent natürlich!«

»Als nächstes wirst du mir erzählen, daß Heinrich *dich* vorgeschlagen hat!« Franz' haselnußbraune Augen zwinkerten, aber es war auch ein mißtrauisches Glitzern zu erkennen.

»Neckt mich nicht!« schimpfte Anne mit einem Kichern. »Ich persönlich halte die ganze Idee für wunderbar. Stellt Euch vor, *mon cher*, eine Französin am englischen Hof, und bald ist sie eine englische Herzogin. Heinrich selbst schrieb, daß eine solche Ehe dazu beitragen würde, die Bande der Freundschaft zwischen unseren beiden Ländern zu stärken, und ich muß ihm zustimmen.«

Franz dachte einen Augenblick darüber nach, und sein Gesichtsausdruck verriet Anne, daß er ihr Argument vernünftig fand. »Es könnte eine gute Sache sein, sicherlich auch vom Standpunkt der Diplomatie, obwohl wir gegenwärtig in der Region die Stärkeren sind.«

»Aber es ist immer weise, für die Zukunft zu planen, Sire«, sagte Anne, und ihre weit geöffneten blauen Augen waren voller Ehrlichkeit.

»Das stimmt.« Der König nickte. »Möchte Heinrich, daß du eine Braut für den Grafen von Sandhurst suchst?«

»Nicht direkt. Er hat bereits eine im Sinn.« Sie holte tief Luft und betete, in der Reihe von Lügen, die sie gleich erzählen würde, keinen fatalen Fehler zu machen.

»Es sieht so aus, als wäre einer der englischen Besucher Anfang letzten Monats aus Fontainebleau heimgekehrt und hätte das Loblied von Madame Tevoulère gesungen.«

»Micheline?« Franz war sofort mißtrauisch gegen den Mann, der es gewagt hatte, sich in die von ihm angebetete Blume der Tugend zu verlieben.

»Ja, so ist es.« Anne brauchte all ihre Selbstbeherrschung, um weiterhin liebenswürdig und besorgt zu klingen; dabei sehnte sie sich eigentlich danach, den Weinpokal zu ergreifen und ihm über den Kopf zu gießen. »Offensichtlich ist Heinrich überzeugt, daß nur Madame Tevoulère eine geeignete Kandidatin als Herzogin von Aylesbury wäre – und, Sire, ich muß ihm zustimmen.«

»*Warum*?« fragte Franz jammernd. Als ihm dann aber einfiel, daß seine Geliebte keine Ahnung hatte, wie wichtig ihm Madame Tevoulère war, bemühte er sich, ruhiger und gleichgültiger zu wirken. »Ich meine, sie trauert immer noch um ihren Mann. Es muß eine Frau geben, die besser geeignet ist.«

»Seht Ihr nicht, daß es eine perfekte Lösung für Michelines Problem wäre? Hier in Frankreich kann sie ihren toten Mann nicht vergessen. Selbst sechs Monate nach seinem Tod sehnt sie sich noch nach ihm. Ihr müßt mir glauben, daß ich das freundlich meine, Sire: Wenn sie allein bleibt, wird sie vielleicht nie wieder das Leben genießen. Sie braucht vielleicht einen liebevollen Anstoß. Eine neue Umgebung, einen gutaussehenden neuen Mann, Wohlstand und eine gesellschaftliche Stellung – all das würde für Micheline einen Neubeginn bedeuten. Wenn wir wirklich ihre Freunde sind, werden wir tun, was am besten für sie ist.«

Während er Anne zuhörte, trieb das schlechte Gewissen dem König die Schamröte ins Gesicht. »Ich glaube, es wäre egoistisch von uns, Micheline eine solche Gelegenheit zu nehmen«, murmelte er. »Gut. Du kannst mit ihr sprechen, und wenn sie einverstanden ist, werde ich es auch sein.«

Während der gesamten Messe dachte Anne d'Heilly über ihren nächsten Schritt nach. Ihr Gespräch mit dem König war ein Erfolg gewesen, und obwohl er ihr aufgetragen hatte, mit Micheline Tevoulère zu sprechen, wußte Anne, daß sie sorgfältig die Grundlagen schaffen mußte, bevor die Unterhaltung stattfinden konnte. Sie wußte genug über die Persönlichkeit und den Charakter ihrer Rivalin, um sich im klaren zu sein, daß Micheline einer arrangierten Heirat mit einem Fremden nie zustimmen würde. Dabei spielte es keine Rolle, wie vorteilhaft diese Ehe auch sein mochte. Sie war eine Romantikerin, sonst würde sie nicht noch immer um Bernard Tevoulère trauern und die Aufmerksamkeiten fast aller Männer am Hof, einschließlich des Königs, zurückweisen.

Der Priester sprach. Vor Anne, die mit den beiden jungen Prinzessinnen zusammensaß, kniete Franz neben Königin Eleonore. Die Messe war oft der einzige Zeitpunkt, an dem er mit seiner Frau zusammen war. Links vom König saßen der Herr von St. Briac, seine Frau und seine beiden äußerst bezaubernden Kinder, am Ende der Reihe Micheline Tevoulère. Anne studierte immer wieder das Gesicht des betenden Mädchens. Sie entdeckte hinter der Schönheit auch die Sensibilität und die Intelligenz, die so klar erkennbar waren, während Micheline schweigend Zwiesprache mit Gott hielt.

Sie denkt an ihren toten Mann, dachte Anne. Sie fühlt sich ihm immer noch verbunden, und darum ist sie unfähig, an irgendeinen anderen Mann zu denken.

Anne d'Heilly hatte Bernard bei seinen immer häufigeren Aufenthalten am Hof ganz gut kennengelernt. Im Laufe der Zeit schien seine ernsthafte Schüchternheit dahinzuschmelzen. Er gewann Selbstvertrauen, als seine Leistungen und Fähigkeiten als Ritter immer besser wurden, und dann hatte er eines Tages eine Affaire mit einem der jüngeren Mädchen am Hof angefangen. Bald trank er zuviel und wurde ein immer größerer Angeber. Dennoch, es gab stets Damen am Hof, die bereit waren, sich von Bernard unterhalten zu lassen, und nach und nach hatte Anne fast vergessen, daß Bernard eine Ehefrau hatte ... bis zu dem Tag, an dem Thomas und Aimée mit der feinen, trauernden Micheline Tevoulère im Schlepptau in Fontainebleau eintrafen. Die junge Frau wußte nichts von dem ausschweifenden Leben ihres toten Mannes und nichts über den unehrenhaften Tod durch die Hand eines eifersüchtigen Ehemanns. Offenbar dachten alle, daß seine tugendhafte Witwe Schutz vor den grausamen Realitäten des Lebens brauchte.

Während sie über all das nachdachte, wurde Anne klar, wie schwer es werden könnte, die idealistische Micheline dahin zu bringen, der Vergangenheit den Rükken zu kehren und die Ehe mit einem Fremden in England zu akzeptieren.

Frostig und klar brach die Morgendämmerung herein. Micheline teilte mit Aimée und deren Töchtern knuspriges Brot, Früchte und Milch. Dann, kurz nach acht, warf sie ihren Umhang über, verabschiedete sich von den anderen und machte sich auf ihren gewohnten Morgenspaziergang in den Wäldern von Fontainebleau. Micheline mochte den Kontrast zwischen dem ursprünglichen grauen Wald mit den nackten Ästen und dem Teppich aus welken Blättern, der die Pflanzen im Winter wärmte und ernährte, und der prunkvollen Künstlichkeit des Châteaus des Königs – wo nur wenige Leute oder Dinge wirklich das waren, was sie nach außen hin vorgaben zu sein.

Während sie nun durch das feuchte braune Laub ging, entdeckte Micheline einen großen Rehbock, der jetzt grau war und sich kaum von der Farbe der Baumstämme abhob. Er hatte den Kopf gesenkt, während er an einem späten Frühstück kaute, aber er schaute sofort auf, als er Michelines Schritt vernahm. Sie blieb stehen, lächelte in seine Richtung und war dankbar, als sie merkte, daß er sie inzwischen kannte und ihr vertraute. Statt wegzulaufen, kehrte er zu der wenigen grünen Nahrung zurück, die er entdeckt hatte.

Wieder einmal dachte Micheline darüber nach, daß sie sich hier im Wald fast heimischer fühlte als am »zivilisierten« Hof. Thomas und Aimée waren wunderbar und unverdorben, und sie mochte inzwischen auch den König gern, aber es schien eine unsichtbare Barriere zwischen ihr und fast allen anderen Menschen am Hof zu bestehen. Micheline konnte nicht entscheiden, ob die Fremdheit von ihr oder von den anderen ausging, aber das alles war ihr nicht wichtig genug, um irgend etwas zu verändern. Ihr Herz war immer noch bei Bernard; hier vielleicht mehr als im Château du Soleil, denn hier hatte er ohne sie gelebt. Micheline stellte sich ständig vor, wie er sich in ihrer Situation verhalten würde, wie er mit denselben Leuten redete und dieselben Zimmer wie sie bewohnte.

Aimée hatte fast jeden Tag versucht, Micheline zu überreden, langsam die Vergangenheit ruhen zu lassen und nach vorn auf ein neues Leben zu blicken, aber

Micheline hatte gemerkt, daß sie sich mit ihren Erinnerungen sicherer fühlte. Ihre Instinkte hatten ihr gesagt, daß sie einen Fehler machen würde, wenn sie ihre Zukunft am Hof von Fontainebleau suchte. Außer bei ihren wenigen Freunden hatte Micheline bisher keine tieferen Gefühle oder Wärme gespürt, und es stellte sich auch keine Harmonie zu denjenigen ein, die versucht hatten, ihre Gunst zu erringen. Deren Werte waren anders als ihre eigenen. Manche Leute meinten, ihre behütete Vergangenheit sei das Problem: Sie rieten ihr, ihren Horizont zu erweitern und sich mehr der Welt zuzuwenden, aber Micheline hatte es gelernt, ihrem Herzen zu vertrauen, und das riet ihr immer wieder, ganz sie selbst zu sein. Alles würde sich ganz natürlich entwickeln, in ihrem Inneren. Sie mochte jetzt nicht daran denken, aber die Erinnerung an Bernards offenbar erzwungene Veränderung verfolgte sie bis in ihre Träume. Er hatte versucht, ein Mensch zu sein, der er von Natur aus nicht war, und dabei hatte er sein Leben verloren.

Mit rosigen Wangen und erfrischt tauchte Micheline nach mehr als einer Stunde wieder aus dem Wald auf. Sie hatte ein bißchen Brot vom Frühstück mitgenommen und blieb jetzt am Teich stehen, um die Krümel an die Karpfen zu verfüttern, die aus dem Wasser geschossen kamen. Nachdem sie den ganzen Teich entlang gegangen war, blieb sie stehen und hielt den Atem an, als sie auf der anderen Seite einer geschnittenen Hecke Stimmen hörte.

»Ich habe dieses ›Frommer als du‹-Getue von Micheline Tevoulère gründlich satt«, klagte ein Mädchen.

Micheline war verlegen, sie wollte sich aber lieber zeigen, statt die Unterhaltung zu belauschen, doch eine zweite weibliche Stimme hielt sie davon ab.

»Geht das nicht *allen* so? Es juckt uns, ihr zu erzählen, wie ihr heiliger Bernard *wirklich* war. Wenn sie wüßte …«

»Daß er mit mir geschlafen hat?« kicherte das erste Mädchen. »Das war Monate, bevor ich überhaupt wußte, daß er eine Frau *hatte*! Der Mann war schamlos.«

»Und du warst nicht die einzige, Felice, falls du das vergessen hast. Nach allem, was ich gehört habe, hat Bernard Tevoulère mit der Hälfte der Frauen am Hof geschlafen!«

»Er soll sogar St. Briacs Frau ins Bett gezerrt haben.«

»Naja, ich bin nicht sicher, ob ich *das* glaube, aber ich habe genug Geschichten über die unanständigen kleinen Spielchen gehört, die er so gern spielte.«

»Und ich kann dir versichern, diese Geschichten sind *wahr*! Ich kann das bezeugen! Je länger er am Hof war, desto unverschämter wurde Bernard.«

»Mit Sicherheit war niemand überrascht, als Arnaud Guerre ihn bei dem Turnier erledigte. Arnaud stand schon Wochen vorher die Mordlust in den Augen geschrieben, aber Bernard schien es Spaß zu machen, ihn zu quälen, ihn an die Tatsache zu erinnern, daß Elise Guerre im Bett seine Talente denen ihres Mannes vorzog. Bernard war zu großspurig geworden, er schien Arnaud zum Schlimmsten herauszufordern!«

»Armer kleiner Bernard!« seufzte Felice. »Ich gebe zu, er fehlt mir! Ich werde nie vergessen, wie er mir eine Schale Trauben ins Bett brachte. Ich frage mich, was seine züchtige kleine Witwe sagen würde, wenn sie erführe, was er mit diesen Trauben *gemacht* hat!«

Die beiden Frauen brachen in schallendes Gelächter aus.

Micheline hatte das Gefühl, sich auf der Stelle erbrechen zu müssen. Sie wandte sich ab und rannte davon. Ihre Röcke verhedderten sich, sie stolperte, riß sich aber zusammen und rannte weiter, zurück zum Schloß Fontainebleau, das nun so düster vor ihr lag wie die Hölle auf Erden.

Unfähig, zu sprechen oder gar zu denken, schaffte Micheline es, die starke Übelkeit zu unterdrücken, als sie mit gesenktem Kopf über den Hof eilte, vorbei an allen, die sie grüßten. St. Briac war einer von ihnen, und er starrte ihr überrascht nach, bevor er in seine Gemächer zurückkehrte, um seine Frau aufzusuchen.

Michelines Räume waren bescheiden, gaben aber einen großartigen Blick auf die Gärten hinter dem ovalen Hof frei. Auf jeden Fall hatte sie sich in dieser einfachen Kammer heimischer gefühlt, als wenn man ihr eine luxuriösere Unterkunft angeboten hätte. Jetzt warf sie sich auf das Bett und versuchte, alle Gedanken auszuschalten. Sie gab sich alle Mühe, das abzublocken, was sie gehört hatte, und wenn ihr auch das mißlang, so tat sie die belauschte Unterhaltung als eitles Geschwätz und Lügen ab. Dennoch. Das Mädchen mit Namen Felice hatte so selbstverständlich davon gesprochen, mit Bernard geschlafen zu haben, daß Micheline instinktiv die Wahrheit erkannte. Erinnerungen überfielen sie wie herzzerreißende Pfeile: Bernards Kühle, die während seiner Besuche zu Hause mit Unbehagen abwechselte, seine lahmen Ausreden, wenn er eher als geplant an den Hof zurückkehren wollte, die emotionale Entfernung zwischen ihnen, die sie gespürt hatte, wenn sie sich liebten. Alles ergab jetzt einen Sinn.

Bernards Tod hatte eine Wunde hinterlassen, die gerade zu heilen begann. Jetzt hatte Micheline das Gefühl, diese Wunde würde weiter aufgerissen als je zuvor. Sie war unfähig zu weinen. Sie hatte sich wie ein Baby auf dem Bett zusammengerollt, starrte die Wand an und fragte sich, ob sie sterben würde. *Konnte* man an gebrochenem Herzen überhaupt sterben?

»Micheline?« rief eine sanfte Stimme auf dem Korridor. »Ich bin's, Aimée. Darf ich hineinkommen?«

Sie konnte nicht antworten, und einen Augenblick später öffnete sich die Tür zögernd. Micheline sah wie durch einen Nebel, daß Aimée sich dem Bett näherte, ihr Gesichtsausdruck war besorgt.

»Was ist, *chérie*? Bist du krank?« Sie setzte sich aufs Bett und streichelte Michelines Haar. »Hat jemand etwas gesagt, was dich umgeworfen hat?« Irgendwie spürte Aimée, daß der Schmerz ihrer Freundin eher seelisch als körperlich war.

Weil sie Aimée nicht aufregen wollte, brachte Micheline hervor: »Mir geht es gut. Es ist ... nichts, wirklich.«

»Du kannst mir alles erzählen, das weißt du«, sagte Aimée liebevoll. Ein Verdacht breitete sich aus wie ein dunkler Fleck. Sie wußte von Bernards immer schamloserer Untreue, wenn er am Hof war. Thomas hatte sie vor kurzem daran erinnert, als er von seiner eigenen Frustration sprach, weil Micheline offenbar unfähig war, ihre Trauer abzulegen. Ihre Ergebenheit gegenüber ihrem unwürdigen toten Mann setzte sie beide matt, aber sie konnten keine Lösung finden, ohne Micheline die grausame Wahrheit sagen zu müssen, und das kam für sie nicht in Frage.

Jetzt fragte Aimée sich, ob nicht jemand genau das getan hatte. Warum sonst sollte ihre Freundin so verzweifelt sein?

»Es gibt nichts zu erzählen«, flüsterte Micheline.

Mühsam setzte sie sich auf, zeigte ein schwaches Lächeln. »Ich fühlte mich nur ein bißchen erschöpft. Vielleicht zuviel Bewegung.« Auch wenn Michelines Augen trocken waren, so hörte Aimée die Tränen in ihrer Stimme, und sie selbst hätte aus lauter Mitgefühl am liebsten auch geweint.

Die Zimmertür war halb offen geblieben, nun ging sie ganz auf. »Madame Tevoulère, kann ich ein paar Worte mit Ihnen wechseln?«

Aimée blickte überrascht auf und sah Anne d'Heilly ins Zimmer treten. Bevor sie protestieren konnte, sagte Micheline benommen: »O ja, natürlich. Nehmen Sie Platz.«

»*Merci*!« Mit strahlendem Lächeln setzte sich Anne auf den Stuhl neben dem Bett. Sie sah bezaubernd aus in einem Kleid in der Farbe wilder Rosen, aber ihre Blicke waren scharf, als sie Micheline mit gesenkten Lidern prüfend anschaute. Sie war zufrieden mit dem, was sie sah, und fragte sich, ob Franz diesem blassen, gequält aussehenden Mädchen immer noch so zugetan wäre.

Micheline ihrerseits war dankbar für die Ablenkung – von ihrem eigenen verzehrenden Schmerz und von Aimées Fragen. Sie konnte niemandem erzählen, was sie erfahren hatte, niemals.

»Ich habe etwas von großer Wichtigkeit mit Ihnen zu besprechen«, sagte Anne freundlich, »es ist aber recht *persönlich*.«

Aimée machte keine Anstalten, die beiden allein zu lassen, und Micheline murmelte nur: »Sie können frei reden in Gegenwart von Madame de St. Briac.«

»Nun, wenn Sie meinen.« Anne strich verärgert ihre Röcke glatt. Warum mußte Aimée sich überall einmischen? »Der König selbst hat mich gebeten, diese Angelegenheit bei Ihnen zur Sprache zu bringen, Madame.« Sie trug dann dieselbe Geschichte vor, die sie Franz erzählt hatte, erwähnte besonders den guten Ruf des Grafen von Sandhurst, die Schönheit Englands und die Ländereien, die dem neuen Herzog und der Herzogin von Aylesbury eines Tages gehören würden, und die neue, strahlende Zukunft, die vor Micheline lag. »Natürlich ist es auch eine Ehre, als zukünftige Braut von Lord Sandhurst ausgewählt zu werden. Denken Sie, Madame, bald sind Sie Gräfin! Es ist eine Chance, ein ganz neues Leben anzufangen, weit weg von ... den Erinnerungen an die Vergangenheit.« Anne schwieg, damit ihre Worte einsinken konnten, dann fügte sie fröhlich hinzu: »Und der Graf ist, wie ich zweifellos erwähnt habe, ein äußerst gutaussehender und charmanter Mann. Alle heiratsfähigen Mädchen in England haben schon ihre Angeln ausgeworfen, um seine Frau zu werden. Welch ein Glücksfall für *Sie*, daß er eine Vorliebe für Französinnen hat!«

Aimée war wie vom Donner gerührt. Sie hätte ihre Meinung am liebsten sofort gesagt, aber sie war überzeugt, daß Micheline gegen diese lächerlichen Heiratspläne selbst Einspruch erheben würde, deshalb schwieg sie.

»Können Sie mir sagen, wann und wo die Hochzeit stattfinden soll, Mademoiselle?« fragte Micheline zu Aimées Überraschung. Sie sah ziemlich benommen aus.

»*Mais oui*!« rief Anne. »Sie würden im April nach England reisen, und wenn ich es richtig verstanden habe, beabsichtigt König Heinrich, persönlich an der Zeremonie teilzunehmen. Sie wird in der Kirche von Schloß Aylesbury in Yorkshire stattfinden. Natürlich wird König Franz dafür sorgen, daß Sie alle notwendigen Dinge bekommen, bevor Sie Frankreich verlassen. Wir werden viel Spaß haben, wenn wir Ihre Garderobe planen!«

Micheline seufzte, und Aimée sah sie scharf an, gleichzeitig stieg ein plötzliches Gefühl der Panik in ihr auf. Doch bevor sie ein Wort hervorbringen konnte, sagte Micheline weich: »Also, wie Sie wollen ... Ich werde den Antrag dieses Grafen annehmen und ihn heiraten.«

Kapitel 8

27. Februar 1533

Die Abenddämmerung zog herauf, sie hatte sich durch einen kalten, durchdringenden Wind angekündigt. Der Wald von Fontainebleau schien sich über den beiden Reitern zu schließen.

»Mir gefällt das nicht, Sandhurst«, klagte Sir Jeremy Culpepper. »Kein bißchen. Die ganze Umgebung sorgt für eine Gänsehaut bei mir.«

In Andrews Augenwinkeln zeigten sich Lachfältchen. »Zu spät, mein Freund! Du kannst *jetzt* nicht mehr umkehren! Außerdem wirst du dich anders fühlen, wenn du mit einem Glas Wein und einem heißen Abendessen vor einem flackernden Feuer sitzt.«

»In der Küche der Dienerschaft!«

»Langsam, langsam«, beruhigte Sandhurst ihn und versuchte, sein Lachen zu unterdrücken. »Man kann nie wissen; sie können auch *mich* dorthin schicken! Ich bin gar nicht sicher, welchen Rang unbekannte Maler in der Hierarchie eines Königshofs einnehmen.«

Jeremy war zu verstimmt, um zu antworten. Er schaute zu seinem Freund hinüber, der ein kleines Stück vorausritt, und fand es höchst unwahrscheinlich, daß Sandhurst je in die Unterkünfte der Dienstboten verbannt wurde, selbst wenn er tatsächlich ein Dienstbote *wäre*! Einen so großartigen Mann wie ihn konnte man einfach nicht verstecken. Selbst jetzt, am Ende eines langen Tages, saß er anmutig und aufrecht im Sattel, sein windzerzaustes Haar wurde von der späten Nachmittagssonne vergoldet; sein Profil wirkte leicht belustigt und unverkennbar aristokratisch, und sein geschmeidiger Körper sah so gut aus in dem Lederwams, den Reithosen und Stiefeln, daß Jeremy regelrecht übel wurde vor Neid.

»Eins muß ich noch sagen!« hörte Jeremy sich rufen.

Sandhurst drehte den Kopf langsam um und gab sich Mühe, ernst auszusehen. »Also, mach es nicht so spannend!« bat er.

»Wo du mich jetzt, gegen mein besseres Wissen, in diesen *unglaublichen* Plan hineingezogen hast, möchte ich hinzufügen, daß er sich auch lohnen sollte. Wenn ich mich *herablasse* und in den nächsten Wochen so tue, als wäre ich dein Lakai, dann solltest du verdammt dafür sorgen, daß mir das was bringt. Guck mich nicht so an! Ich rede von dem Mädchen, und das weißt du genau. Wenn sie dir nicht gefällt, würde ich es zu schätzen wissen, wenn du das sofort entscheiden würdest, damit wir diese *Dummheit* beenden und *nach Hause* zurückkehren können. Und wenn wir länger bleiben, dann solltest du das junge Ding auch wirklich heiraten, denn *meine Zeit* ist kostbar, ob du das einsiehst oder nicht!« Jeremys Gesicht war schon kräftig gerötet, bevor er seine Tirade beendet hatte.

»Bei Gott!« rief Andrew aus, und das leise Zittern seines Mundes verriet seine Belustigung. »Du bist hungriger, als ich dachte! Was diese Ansprache angeht, so war sie höchst eindrucksvoll, aber ich kann noch nicht versprechen, daß ich alle Befehle befolgen werde.« Sanft trieb er sein Pferd mit den Knien an, und als es in Galopp verfiel, blickte er zurück zu Jeremy und fügte hinzu: »Ich muß zugeben, daß ich nicht viel Hoffnung hege, was das Ergebnis unseres Unternehmens angeht.«

»Was!« schrie Culpepper ungläubig.

»Ich meine, welche Frau würde sich einverstanden erklären, einen Mann zu heiraten, den sie noch nie gesehen hat? Nicht *meine* Sorte, fürchte ich.«

Wie sich herausstellte, trugen eine heiße Mahlzeit und mehrere Becher Wein viel dazu bei, um Sir Jeremy Culpeppers Sicht der Dinge zu verbessern. Er saß allein an dem langen geschrubbten Tisch in der Küche und nahm das Chaos in seiner Umgebung fast nicht wahr. Das Abendessen für den König und seinen Hof wurde zubereitet, aber der Chefkoch war mitfühlend gewesen und hatte Jeremy nicht warten lassen. Zu dem *pain moullet*, weichem Brot mit Milch und Butter, gab es eine dampfende Schüssel mit Kanincheneintopf mit Erbsen und Karotten und bestreut mit Granatapfelkernen und frischen Kräutern. Jeremy hatte sein Leben lang noch nichts so Schmackhaftes gegessen.

In einem anderen Teil des Château betrachtete der Graf von Sandhurst, der sich jetzt Andrew Selkirk nannte, König Franz' unvollendete Galerie. Der Rahmen war vollendet, aber die geplanten Fresken und die geschnitzten Paneele würden noch Jahre brauchen. Der König selbst stand an der Seite und las einen Brief, der mit dem Wappen des Grafen von Sandhurst versiegelt war.

An Seine Majestät, den König von Frankreich

Der Überbringer dieses Briefes, Andrew Selkirk, ist ein sehr talentierter Maler, der meisterhafte Porträts von Mitgliedern meiner Familie geschaffen hat. Als ein Beispiel seiner Kunst bringt er Euch ein Bild meiner Schwester, Lady Cecily Weston, mit.

Es ist meine Hoffnung, daß Ihr Selkirk während seines Aufenthalts in Frankreich einen Platz an Eurem Hof einräumen könnt. Eurer Majestät Ruf als Mäzen der Künste führt mich zu der Annahme, daß Ihr Selkirks Besuch als eine Bereicherung empfindet werdet.

Mit höchstem Respekt,
Andrew Weston, Graf von Sandhurst

Franz blickte von dem Pergament auf und sah den gutaussehenden Mann prüfend an, der wartend dastand.

»Wie gefällt Ihnen meine neue Galerie, M'sieur?«

»Ich habe gerade die Teile der Täfelung bewundert, die bereits fertiggestellt sind, Sire. Sehr beeindruckend.«

Franz stellte fest, daß er den unbeschwerten Charme des Engländers sympathisch fand. »Ich höre, Ihr König Heinrich läßt in seinen Häusern viel vergolden. Ich dagegen entscheide mich nur selten für Vergoldungen. Ich bevorzuge Holz in feiner Verarbeitung und verschiedenen Farben, wie Ebenholz oder Rotholz.«

»Ich bewundere Euren Geschmack, Sire. Ich gestehe ein, daß diese Hölzer prächtiger sind als jede Vergoldung und zweifellos auch haltbarer.«

»Genauso denke ich.« Der König strahlte. »Ich heiße Sie an meinem Hof willkommen, M'sieur Selkirk. Ich denke, wir werden gut miteinander auskommen.«

»Eure Majestät sind freundlich und großzügig.«

Als sie gemeinsam über die Galerie gingen, fragte Franz beiläufig: »Der Graf von Sandhurst ist Ihr Mäzen?«

»Ich habe einige Bilder für ihn gemalt.«

»Sind Sie gut miteinander bekannt?«

Andrew setzte eine nachdenkliche Miene auf. »Nur wenig, Sire.«

»Darf ich Sie nach Ihrer Meinung über den Mann fragen?«

»Es steht mir eigentlich nicht zu, ein Urteil abzugeben«, sagte er. Irgendwie ließ ihn seine innere Belustigung über das Gespräch nach außen hin ernst bleiben.

»Bitte, ich dränge Sie, offen zu sein. Sehen Sie, Lord Sandhurst ist einer meiner Damen am Hof anverlobt, und ich möchte sie gern glücklich wissen.«

»Anverlobt, sagt Ihr? Wie interessant! Also, das ist eine Überraschung. Als Antwort auf Eure Frage kann ich nur sagen, daß diese Dame nichts anderes als glücklich sein kann in einer Ehe mit Graf Sandhurst. Er hat sehr viel zu bieten. Vielleicht wäre es sinnvoller zu fragen, ob die Dame *ihn* glücklich machen könnte.«

Franz blickte konsterniert drein. »M'sieur, ich kann Ihnen versichern, daß Micheline Tevoulère *jeden* Mann glücklich machen würde! Sie ist eine besondere Favoritin von mir, und ich gestehe, daß ich sie ungern Ihrem Landsmann übergebe.« Seine haselnußbraunen Augen sahen in die Ferne. »In der Tat, vielleicht sollten Sie Ihre Bemühungen damit beginnen, daß Sie sie malen. Ich würde gern ein Bild von ihr haben, wenn sie Frankreich hinter sich gelassen hat.« Der König blieb stehen und sah Andrews unbeteiligten Blick. »Es besteht kein Grund, ihr zu sagen, daß Sie den Grafen von Sandhurst kennen. Je weniger über ihn geredet wird, desto besser. Ich habe immer noch die Hoffnung, daß sie trotz allem ihre Meinung ändert ...«

»Es wird mich freuen, das Porträt dieser Dame zu malen, Sire, und Ihr könnt Euch auf meine Diskretion verlassen, soweit es Lord Sandhurst betrifft«, antwortete Andrew ernst. In seinem Innern lagen ein Bedürfnis zu lachen und Bestürzung über Franz' Enthüllungen im Widerstreit. Mußte er davon ausgehen, daß Micheline Tevoulère die Mätresse des Königs war?

Aimée hatte seit Tagen an Micheline appelliert, ihre Meinung zu ändern. Der König würde das verstehen, sagte sie. Wie konnte Micheline nur eine Ehe mit einem Fremden in Betracht ziehen? Es war ein Fehler! Eines Tages würde Michelines Herz geheilt sein, und sie würde die Liebe wiederentdecken. Aber alle ihre Einwürfe konnten Micheline nicht von ihrer dumpfen Entschlossenheit abbringen.

»Ich bin schlicht am Ende meiner Weisheit, Thomas!« sagte Aimée, als sie aus dem Bad stieg und nach den Leintüchern griff, die vor dem Feuer angewärmt wurden.

»Das habe ich bemerkt«, meinte ihr Mann in der Schlafkammer nebenan. »Warum kommst du nicht her und läßt dich von mir ablenken?«

Mit einem hilflosen Lachen ging Aimée hinüber und setzte sich nackt auf St. Briacs Schoß, dann küßte sie ihn intensiv. Er war halb angezogen für das Abendessen, und das Gefühl ihrer weichen, feuchten Brüste auf seiner nackten Brust ließ ihn alles andere vergessen.

»Thomas ... bitte, wir können doch nicht ...«

»*Vraiment*?« murmelte er, hielt sie fest und legte mit Küssen eine brennende Spur über Aimées Schulter bis zur zarten Innenseite ihres Arms. »Wer sagt das?«

Sie schauderte, war erregt, als er mit dem Mund die

empfindliche Armbeuge berührte. »Ich sage das. Zumindest jetzt. Nach dem Abendessen haben wir ...« Sie holte tief Luft. St. Briacs Lippen hatten ihr Handgelenk gefunden, und Aimée wußte, daß er gleich ihre Hand heben und jeden Finger einzeln liebkosen würde. Ihr war auch klar, daß er sich der feuchten Hitze zwischen ihren Beinen durchaus bewußt war. Noch einen Augenblick und es gäbe keine Umkehr mehr. Sie klammerte sich in Gedanken an Micheline, die allein und verletzlich der Boshaftigkeit der Hofdamen ausgeliefert war, und befreite sich. »Nicht, daß ich nicht *will*, Thomas! Ich denke an Micheline! Du und ich, wir haben die ganze Nacht zum Herumtollen im Bett.«

St. Briac ließ sie los und griff statt dessen nach seinem Hemd. Er war sich bewußt, daß ein Teil von ihm eifersüchtig war auf all die Aufmerksamkeit, die seine Frau Micheline Tevoulère zukommen ließ, und er schämte sich deswegen. Zwar mochte auch er das Mädchen gern, aber die egoistische Seite in ihm war insgeheim froh, daß sie nach England verschwand. Nichts, was er und Aimée für sie getan hatten, schien viel Wirkung gehabt zu haben, und er wollte seine Frau wieder für sich allein haben. Dennoch, das schlechte Gewissen ließ St. Briac seufzen und sagen: »Es ist schon in Ordnung. Ich verstehe. Es ist genauso, wie wenn man im entscheidenden Augenblick im Bett beiseite geschoben wird, weil eins der Babys weint. Ich bin es gewöhnt.« Aimée war gerade dabei, Unterwäsche aus der Kommode zu nehmen, und lächelte ihn warmherzig an. Und dieses Lächeln machte ihn noch großherziger. »Ich kenne deinen Standpunkt in der ganzen Angelegenheit, *Miette*, aber was hat Micheline dazu zu sagen?«

»Oh, sie sagt immer wieder dasselbe, bis ich schreien

könnte!« Funken schienen aus Aimées grünen Augen zu sprühen. Sie befestigte die feinen Spitzen ihres Hemds und griff fast ärgerlich nach ihren Unterröcken. »›Für mich gibt es hier nichts‹«, ahmte Aimée sie nach. »›Ich kann die Vergangenheit nicht vergessen! In England kann ich wenigstens versuchen, ein neues Leben zu beginnen.‹ *Das* sagt sie!«

»Bist du auf die Idee gekommen, daß es *tatsächlich* das Beste für Micheline sein könnte? Ich bin überrascht, daß du nicht mehr Mitgefühl für ihre Not hast, *Miette*. Du wolltest doch selbst einmal so verzweifelt deinem Schicksal entkommen, daß du mit dem Hofstaat des Königs weggelaufen bist, als der in ein anderes Schloß umzog.«

»Das war etwas anderes!« antwortete Aimée hitzig. »Ich war jünger. Ich hatte nicht die Gelegenheiten und Vergünstigungen wie Micheline – und ich war verkauft worden, um eine Ehe mit diesem entsetzlichen Armand Rovicette einzugehen! *Das* ist ein Grund für mein Mitgefühl für Micheline, Thomas! Was, wenn dieser Lord Sandhurst ein schrecklicher Mensch ist? Weißt du, Michelines Leben könnte ein Alptraum werden. Sie hat einfach keinen Grund, etwas so Dummes zu tun.«

St. Briac beobachtete seine Frau, wie sie ein smaragdgrünes Satingewand über den Kopf gleiten ließ, und trat hinter sie, um es am Rücken zu schließen. »Mein Liebling, ich verstehe deine Gefühle, aber du mußt Micheline erlauben, ihre Entscheidungen selbst zu treffen. Vor allem du müßtest verstehen, wie sie sich fühlt, wenn man sie bedrängt, selbst wenn es eine liebevolle Freundin wie du ist.«

Die sanfte Zärtlichkeit seiner Stimme ließ Aimée die Tränen in die Augen treten. Sie drehte sich um, verbarg ihren Kopf an seiner frischen Hemdbrust und weinte einen Augenblick still vor sich hin. St. Briac hielt sie fest und ließ einen Finger zärtlich über ihre Wirbelsäule gleiten. »Siehst du das denn nicht ein, Thomas?« schluchzte sie endlich und hielt sich an ihrem Mann fest, »*das* ist der wichtigste Grund, warum ich nicht will, daß Micheline diesen Plan ausführt. Sie weiß gar nicht, was ihr bis jetzt gefehlt hat ... und was ihr ein Leben lang entgeht, wenn sie den Grafen von Sandhurst heiratet!« Sie hob das Gesicht, sah ihrem Mann in die Augen und sagte: »Liebe, wahre Liebe zwischen Mann und Frau, ist ein Wunder. Micheline muß das Wunder suchen, nicht vor der Herausforderung weglaufen, indem sie nach England flieht.«

Micheline war wie gelähmt und hatte die meiste Zeit keinerlei Empfindungen. So brauchte sie sich keine schmerzlichen Gedanken über sich und ihre Zukunft zu machen und war geschützt vor Erinnerungen. Sie schlief immer noch nicht gut, und ihre Träume ließen sich nicht unterdrücken, aber irgendwie spürte sie, daß alles noch schlimmer sein könnte.

Aktivitäten waren zwar eine Ablenkung, aber oft auch mit Risiken belastet. An diesem Abend, als sie sich zum Essen anzog, wünschte sich Micheline heiß, nicht hinuntergehen und sich nicht unter die Hofgesellschaft mischen zu müssen. Sie lebte mit der Angst, daß sie die Stimmen vom Karpfenteich hören würde. Und das bedeutete dann, daß sie einer der Frauen gegenüberstand, mit der ihr Mann geschlafen hatte. Manchmal, wenn der Hof vor den Mahlzeiten gesellig zusammenkam, stellte sich Micheline vor, wie die Leute über sie flüsterten, auf sie zeigten, über sie lachten. Sie wußten alle Bescheid über

Bernard, das war ihr jetzt klar, und sie mußten sie alle für eine Närrin halten.

Aber es wäre schlimmer, wenn sie in ihrem Zimmer bleiben würde. Dann würden alle denken, sie hätten gewonnen. Sie würden offen über sie klatschen und sie feige nennen. So badete sie jeden Abend, kleidete sich an und steckte ihre Locken nach der neusten Mode auf, um dann mit erhobenem Kopf zusammen mit Thomas und Aimée zum Abendessen zu gehen.

In ihrer Angst dachte Micheline wenig darüber nach, was in England auf sie zukam. Doch neben dem starken Bedürfnis, Frankreich und all seinen schmerzlichen Erinnerungen zu entkommen, fand sie gelegentlich Trost in dem Wissen, daß es am Hof von Franz nur wenige Damen gab, die nicht gern mit ihr getauscht hätten, wenn es nur ginge. Von König Heinrich selbst gebeten zu werden, den zukünftigen Herzog von Aylesbury zu heiraten, war Ehre genug, aber die gesellschaftliche Stellung und die Reichtümer, die Micheline erwarteten, müßten ausreichen, daß sich Felice und alle anderen Frauen, mit denen Bernard Ehebruch begangen hatte, vor Neid wanden.

»Micheline, bist du fertig?«

Es war St. Briac, der vor ihrer Tür leise nach ihr rief, wie er es jeden Abend tat. Micheline blieb stehen, um in den Spiegel zu schauen und die Locken, die ihr etwas blasses, aber schönes Gesicht umrahmten, und das elegante Gewand aus goldfarbenem Samt zu begutachten. Es war mit winzigen Smaragden und Topasen besetzt und umschloß perfekt ihre Taille, während der tiefe viereckige Ausschnitt ihrem Busen schmeichelte. Sie trug nur eine Halskette, ein Band mit Smaragden, dazu Ohrringe aus Topasen und Smaragden, die ihr hellbraunes Haar perfekt zur Geltung brachten.

»Ja, ich bin fertig«, sagte Micheline und öffnete die Tür mit einem überzeugenden Lächeln.

Andrew hätte sich gern an den kunstvoll geschnitzten Kaminsims gelehnt, aber das nach Wacholder duftende Feuer hielt ihn davon ab. Er wußte ganz genau, daß Anne d'Heilly seit Jahren die Favoritin des Königs war, aber da stand sie, plauderte und lächelte ihn so kokett an, daß er ganz nervös wurde. Noch zwei Zentimeter, und die Dame würde ihn küssen.

Mit Blick auf die prächtig gekleideten Männer und Frauen, die die Halle füllten, sagte Andrew: »Ich fange an zu bedauern, daß ich keine Zeit hatte, zu baden und passendere Kleidung anzuziehen. Ich fürchte, ich werde unangenehm auffallen beim Essen.«

»*Pas du tout.*« Anne lachte. Ihre Blicke glitten über das Lederwams und die Reithosen, die seinen geschmeidigen, maskulinen Körper attraktiver umhüllten als jede Menge Samt, Juwelen und Pelze es je könnten. »Sie sind gerade eingetroffen, M'sieur; das werden alle verstehen. Außerdem, Sie sind ein *Künstler*. Solche Leute können sich kleiden, wie es ihnen gefällt.« Hätte sie schon ein bißchen mehr Wein getrunken, hätte Anne vielleicht auch noch gesagt, daß Andrew Selkirk, ganz gleich, was er trug, attraktiver war als jeder andere Mann im Raum ... zumindest bis St. Briac eintrat. Der Maler sagte zwar, er habe nicht gebadet an diesem Abend, doch sein Haar glänzte im Schein des Feuers wie frisch geprägtes Gold, und sie war ihm nahe genug, um zu wissen, daß er unwiderstehlich duftete.

»Sie sind sehr freundlich, Mademoiselle«, lächelte Andrew.

»Nennen Sie mich Anne ...«

Seine Aufmerksamkeit wanderte jedoch zu der Treppe am anderen Ende der Halle. Ein schönes Paar stieg herab, aber es war die junge Dame hinter den beiden, auf die sein Blick fiel. Selbst auf diese Entfernung erkannte er die Intelligenz und Sensibilität in ihrem Gesicht und den Glanz ihrer Augen. Das Haar der jungen Frau wirkte im Licht der Fackeln wie eine Mischung aus Gold und Feuer, und obwohl ihr Gewand schön war, ertappte Andrew sich dabei, wie er die eleganten Kurven anstarrte, die der Samt umhüllte.

»M'sieur!« rief Anne und tat, als ob sie schmollte. »Haben Sie mich vergessen?«

»Hmmm? O nein, natürlich nicht.« Er schenkte ihr ein unkonzentriertes, dennoch umwerfendes Lächeln und fragte: »Können Sie mir den Namen der jungen Dame ohne Begleitung sagen, die da am Fuß der Treppe steht?«

Anne sah mit zusammengekniffenen Augen zu Micheline und fragte: »Warum wollen Sie das wissen?«

Als Meister ablenkender, charmanter Antworten sagte Andrew schnell: »Die Dame hat ein interessantes Gesicht. Es ist nicht so schön wie Ihres, Mademoiselle, aber es könnte eine Herausforderung sein, es zu malen.«

»Oh.« Anne versuchte zu entscheiden, ob er ihr ein Kompliment gemacht hatte. »Also, das ist Micheline Tevoulère. Sie ist einem Landsmann von Ihnen anverlobt – dem Grafen von Sandhurst.«

»Wirklich!« Andrew atmete langsam aus und rieb sich mit dem Zeigefinger den Mund. »Das ist sehr interessant ...«

Teil II

Kapitel 9

27. und 28. Februar 1533

Bevor Sandhurst sich eine Möglichkeit ausdenken konnte, um Micheline Tevoulère kennenzulernen, kam der König zu ihnen und legte besitzergreifend einen Arm um Annes Taille.

»Ich bin froh, daß meine Anne Sie unterhalten hat.« Er lächelte. Franz trug Silber, schwarzen Samt, Diamanten und Hermelin und gab eine großartige königliche Figur ab. »Das Abendessen wird gleich serviert, aber zunächst ...« Er blickte besorgt über die Menge. »Zunächst möchte ich Sie Ihrem ersten Modell vorstellen.«

»Ah!« rief Andrew in gespielter Überraschung. »Sehr aufmerksam von Euch, Sire!«

Als ob der König eine stille Botschaft ausgesandt hatte, tauchte Micheline nur ein paar Schritte entfernt in der plaudernden Gesellschaft auf.

»Madame Tevoulère!« rief Franz. Der Klang seiner erhobenen Stimme ließ die anderen verstummen, und Micheline sah sich sofort um. »Würden Sie zu uns kommen?«

Als sie sich lächelnd aus der Menge löste, fand Sandhurst sie noch schöner als auf der Treppe in der Entfernung.

»Wie kann ich Eurer Majestät zu Diensten sein?« fragte sie respektvoll.

Der König war zufrieden, daß Micheline wirklich nach England gehen und den Grafen von Sandhurst heiraten wollte, aber ihm gefielen die Schatten unter ihren Augen nicht, und auch ihr Verhalten war in den letzten paar Tagen merkwürdig gewesen. Anne versicherte ihm, daß es vermutlich nur eine Nervensache war, also hoffte Franz jetzt, daß der gerade eingetroffene Künstler mit seiner charmanten Persönlichkeit ihre Stimmung aufheitern würde.

»Ich möchte, daß Sie einen Gast an unserem Hof kennenlernen, *ma chère*«, sagte er freundlich zu ihr. »Erlauben Sie mir, Ihnen Andrew Selkirk vorzustellen, einen begabten Maler aus England, der zugestimmt hat, einige Porträts zu malen, solange er bei uns ist.« Der König wandte sich an Sandhurst und lächelte. »M'sieur, Sie haben die Ehre, Micheline Tevoulère kennenzulernen, ein wahres Juwel unter den Damen meines Hofes.«

»Es ist mir eine Freude, M'sieur«, murmelte Micheline. Zum erstenmal seit Tagen merkte sie, daß da etwas den Nebel, der sie umgab, durchdrang: Andrew Selkirks warmherziger Blick aus braunen Augen.

»Die Freude, das kann ich Ihnen versichern«, sagte er lächelnd, »ist ganz auf meiner Seite.« Andrew nahm ihre Hand und drückte einen Kuß auf ihre Finger, dabei wunderte er sich über das plötzliche Rasen ihres Pulses.

»Vielleicht möchten Sie neben M'sieur sitzen, wenn wir zu Abend essen«, sagte Franz zu Micheline. »Da er gerade angekommen ist, kennt er sonst niemanden.«

»Gern, Sire«, antwortete sie gehorsam. Aus irgendeinem Grund hatte sie das Gefühl, ihre Wangen hätten sich gerötet, und sie sah nach unten, damit der Fremde aus England sie nicht mißverstand.

Die Tafeln waren gedeckt, und die Hofgesellschaft wanderte hinüber, um Platz zu nehmen. Es war ein eindrucksvoller Anblick. Die riesige Halle war mit Walnußholz getäfelt. Gobelins, die König Franz in verschiedenen Augenblicken des Triumphes während seiner Herrschaft zeigten, schmückten die Wände. Davor standen Diener und hielten brennende Fackeln, kleine Weinfässer und goldene Schüsseln in den Händen. Der Klang französischer Stimmen erfüllte die Luft, während die prächtig angezogenen Damen und Herren ihre Plätze einnahmen.

Sandhurst nahm das alles mit seiner üblichen, eher beiläufigen Neugier auf. Er hatte mit König Heinrich in verschiedenen Schlössern Englands zu Abend gegessen, daher war ihm die Ehrfurcht längst vergangen. Ein Diener goß aus einem Zinngefäß mit langer Tülle Wein in seinen Silberpokal. Andrew nippte daran und drehte sich um, um das Mädchen anzusehen, von dem alle meinten, daß er es heiraten sollte. Sie hatte die Finger um den Stiel ihres Pokals gelegt, erhob ihn aber nicht. Statt dessen starrte sie in die Ferne, anscheinend auf eine Fackel an der gegenüberliegenden Wand; in ihren unglaublich schönen veilchenblauen Augen lag eine geheimnisvolle Melancholie.

»Würden Sie das Glas mit mir erheben, Mademoiselle?« bat er sanft.

»Oh! Natürlich, M'sieur!« Hastig wandte sich Micheline ihm zu und lächelte auch. »Sie werden mir verzeihen, wenn ich unhöflich wirkte, hoffe ich. Ich ... war in letzter Zeit nicht ganz ich selbst.«

»Dann lassen Sie uns auf die Wiedergeburt Ihrer guten Laune trinken!«

Micheline nickte, sie erhoben ihre Pokale und nahmen einen Schluck. Gute Laune, dachte sie ironisch. Wie lange war es her, daß ich dieses Vergnügen kannte?

»Und jetzt«, fuhr Sandhurst fort, »möchte ich einen eher egoistischen Trinkspruch ausbringen – als Glücksbringer.«

Diesmal mußte sie sich nicht zum Lächeln zwingen. »Tun Sie das, M'sieur.«

»Würden Sie mit mir auf Frankreich trinken?« Micheline hatte bereits ihren Pokal erhoben, aber er machte eine abwehrende Handbewegung. »Warten Sie, da ist noch mehr.«

»Ich fand nicht, daß das sonderlich egoistisch war«, hörte sie eine Stimme leichthin sagen, und diese Stimme klang wie ihre eigene.

»Das war nur der Anfang!« Andrew lachte. »Wir müssen auf einen glücklichen Aufenthalt für *mich* in Frankreich trinken.«

»Ausgezeichnet«, stimmte Micheline zu.

Sie hatte den Pokal fast an die Lippen gesetzt, als er hinzufügte: »Und auf viele wertvolle Freundschaften ... für uns beide.«

Sie sah ihm beim Trinken zu, während er über dem silbernen Rand seines Pokals die Augenbrauen hochzog. Unerklärlicherweise waren ihre Wangen wieder warm, aber irgendwie gelang es ihr, den Wein zu trinken.

Bevor Micheline sich fragen konnte, ob sie krank war, sorgte ein Pfau in vollem Federkleid für Abwechslung. Unter Trompetenfanfaren und dem Applaus aller Anwesenden wurde er auf den Tisch gestellt. Der Schnabel des Vogels war golden, die Schwanzfedern prachtvoll ausgebreitet, und er stand auf einer braunen Masse, die grün angemalt war, um eine Wiese vorzutäuschen. Acht seidene Banner waren um den Pfau herum arrangiert, der sich über alle anderen Anordnungen auf dem Tisch erhob.

»Sehr eindrucksvoll«, murmelte Sandhurst.

Micheline meinte einen Hauch von Ironie in seiner Stimme zu entdecken und sah mit Erstaunen zu ihm hinüber. Ein fröhliches, ungewohntes Vergnügen stieg in ihr auf, dann wurde sie wieder rot, und Andrew blinzelte ihr flüchtig zu. Jetzt hatte er Micheline wirklich verwirrt, und sie wandte ihre Aufmerksamkeit dem Essen zu. Plötzlich fühlte sie sich, als hätte man sie an einem unbekannten Ort abgesetzt und ihr vollkommen neue Gefühlen geschenkt. War sie krank? Es konnte doch nicht Andrew Selkirks Schuld sein! Er hatte nichts getan, hatte sie nur angelächelt und freundlich mit ihr geredet – und sie auf eine Weise angesehen, die sie vermuten ließ, er könne ihr direkt in die Seele schauen. Das mußte ein Produkt ihrer Phantasie sein, befand Micheline, als sie den Pfau probierte. Der Mann hatte einfach magische Augen. Vermutlich wurde die alte Frau, bei der er Milch und Butter kaufte, auch rot, wenn er *sie* lächelnd ansah. Charme konnte eine gefährliche Gabe sein, besonders für die Empfänger.

Außer dem Pfau gab es noch viel mehr zu essen. Micheline aß von dem Stör, der in Essig und Petersilie gekocht und dann mit gemahlenem Ingwer bestreut worden war, vom gebratenen und mit *foie gras* bestrichenen Wildschwein, sie aß winzige Feldammern und saftige Reiherbrust. Der nächste Gang war ein Salat, der aus rohem und gekochtem Gemüse und roten Hahnenkämmen bestand.

Als ihr das Schweigen zwischen ihr und Andrew Selkirk bewußt wurde, versuchte Micheline die Anzeichen ihrer Verunsicherung zu verwischen und wandte sich mit einer höflichen Frage an ihn: »Schneidet unser Essen im Vergleich mit dem in England vorteilhaft ab, M'sieur?«

Einen Augenblick lang sah es so aus, als wollte er sie auslachen, aber dann zog er die Brauen zusammen, was sie als gespielte Ernsthaftigkeit erkannte, und antwortete: »O ja, Mademoiselle. Sehr vorteilhaft. Vor allem, weil es nicht zu meinen Gewohnheiten gehört, mit König Heinrich zu speisen!« Andrew beugte sich verschwörerisch zu ihr. »Können Sie ein Geheimnis für sich behalten?«

Micheline nickte nervös. Ihr Herz pochte, und sie war sicher, daß er das rasche Heben und Senken ihrer Brüste bemerkt hatte. Warum übte die Nähe dieses Mannes eine solche Wirkung auf sie? Sie holte tief Luft, und das verschlimmerte ihre Situation nur noch, denn dabei atmete sie seinen anziehenden maskulinen Duft ein.

Andrew schien Michelines inneren Aufruhr nicht zu bemerken und flüsterte: »Ich esse im allgemeinen nicht gerade *Pfau* zu Abend. Sie werden mich für einen Bauern halten, behaupte ich, aber wahr ist, daß ich abends normalerweise nur drei Gänge zu mir nehme.« Goldene Funken tanzten in seinen braunen Augen, als er sie fragte: »Sind Sie schockiert?«

Micheline hörte das hilflose Gelächter einer Frau. War es ihres? »Nein, M'sieur. Ich bin nicht schockiert! In der Tat, ich werde Ihnen auch ein Geheimnis anvertrauen.« Die Art, wie er voller Vorfreude seinen Kopf neigte, war so bezaubernd, daß ihr Herz einen Schlag lang auszusetzen schien. Dann fuhr sie fort: »Ich bin auch nicht an Pfau gewöhnt. Ich wuchs in Angoulême auf, und auch wenn mein Vater Lehnsherr unseres Dorfes war, lebten wir einfach. Nach meiner Heirat war mein Leben noch einfacher, und um ehrlich zu sein, ich ziehe das bescheidene Leben vor. Ich bin nur hier, weil meine liebste Freundin, Madame de St. Briac, dachte, das aufregende Hofleben würde mir helfen ...«

Sandhurst spürte, daß sie nicht vorgehabt hatte, soviel von sich preiszugeben. Aber er wollte nicht, daß sie jetzt schwieg. »Ja?«

Ihre Augen hatten sich verdunkelt, und sie erzählte leise weiter: »Mein Mann starb im letzten Sommer, und seitdem habe ich ständig unter irgendwelchen Schmerzen gelitten, so scheint es jedenfalls.«

Er blinzelte, hob einen Finger und rieb sich den Mund. Micheline Tevoulère war *Witwe*? Der Stoff seiner arrangierten Heirat fing an, ein paar unerwartete Falten zu bekommen ...

»Es tut mir leid, Mademoiselle – oder sollte ich sagen, Madame? –, von Ihrem Verlust zu hören, und mir tut auch die Gedankenlosigkeit meines ersten Trinkspruchs leid.« Ohne nachzudenken nahm Andrew die Hand vom Mund und legte sie auf ihre. »Dennoch, nur Mut. Sie sind jung, haben Ihr ganzes Leben vor sich. Man kann nie wissen, was noch kommt.«

Gerade noch von Trauer überwältig, spürte Micheline jetzt ein Schwindelgefühl, als sie auf die Hand sah, die ihre bedeckte. Andrew Selkirks Haut war golden, selbst im Winter. Seine Hand war wohlgeformt, rechteckig und stark, die Finger waren lang, und Micheline war bereits die besondere Anmut in den Bewegungen aufgefallen. Wichtiger noch, sie spürte Wärme und Kraft, die aus seiner Hand in ihre zu strömen schienen. In ihrem Arm und Gesicht, auf dem Rücken und in ihren Brüsten nahm sie ein angenehmes Kribbeln wahr.

Ein Diener stellte in Scheiben geschnittenen Loire-Lachs mit Eiern vor sie hin, und sie befreite ihre Hand, während ihr Herz wie verrückt klopfte.

»Ich ... ich weiß Ihr Mitgefühl zu schätzen, M'sieur. *Merci.*« Sie spießte ein Stück Lachs auf ihre Gabel, ein

Werkzeug, das sie erst hier in Fontainebleau kennengelernt hatte, und schenkte Andrew ein schwaches Lächeln.

Sandhurst übersah den Teller, der vor ihm stand, und erhob statt dessen seinen Pokal. Er trank von dem köstlichen Wein und fragte sich, ob Micheline Tevoulère es ernst meinte oder ob sie geschickt eine List anwandte und ihn täuschen konnte. Dennoch, was konnte sie gewinnen? Sie hatte keine Ahnung, wer er wirklich war, und soweit Andrew wußte, war ihr nicht einmal bekannt, daß er sie malen sollte. Seine Gedanken drehten sich im Kreis. Wenn Micheline so ehrlich und herzzerreißend traurig war, wie sie wirkte, *warum* sollte sie zustimmen, einen Fremden aus einem unbekannten Land zu heiraten? Konnte es sein, daß sie von der vorgeschlagenen Verlobung nichts *wußte*?

»Madame ...«, versuchte er es nach einer Weile noch einmal, »Sie werden mir hoffentlich verzeihen, wenn meine Neugier mich dazu treibt, zuviel zu wagen, aber ich muß fragen.«

Micheline hatte ihren Lachs nach drei Happen liegen lassen und trank jetzt reichlich Wein; es war ein Versuch, sich wieder in den sicheren, benommenen Zustand zu versetzen, an den sie sich gewöhnt hatte. »Fragen Sie nur, M'sieur«, sagte sie leichtsinnig.

»Es mag nur ein Gerücht sein, das ich gehört habe, es kann vollkommen unwahr sein, aber ich hatte den Eindruck, daß Sie dem Grafen von Sandhurst anverlobt sind.«

»Oh!« Sie wußte gar nicht, was sie ihm zu dieser Angelegenheit sagen sollte.

»Ich habe gehört, daß Sie im April nach England gehen, um mit Lord Sandhurst verheiratet zu werden«, beharrte Andrew. »Irre ich mich?«

»Nein ... nein, Sie irren sich nicht.« Micheline hielt ihren Pokal einem vorbeigehenden Weinkellner hin, trank weiter. Sie konnte sich nicht überwinden, Andrew Selkirks zwingendem Blick zu begegnen. »Doch ich möchte diese Sache nicht mit Ihnen besprechen, M'sieur!«

»Hmm.« Er zog die Augenbrauen hoch, sah auf seinen Teller mit Lachs und Eiern und seufzte: »Gut, ich werde Ihren Wunsch respektieren, Madame, aber ...« Jetzt lenkte Sandhurst seinen Blick auf Michelines leicht abgewandtes Profil. Im Schein der Fackeln und Kerzen schien ihr Haar zu funkeln, und ihre Gesichtszüge waren exquisit. »Ich mag Sie, und wir können wirklich Freunde werden. Sehen Sie, der König hat mich gebeten, Sie als Modell für mein erstes Gemälde in Frankreich zu wählen.«

Micheline fuhr herum und starrte ihn an, dabei formte sich ihr Mund zu einem O. »Ich verstehe das nicht«, sagte sie endlich.

»Seine Majestät hat eine hohe Meinung von Ihnen. Wenn er Sie schon nicht in Fleisch und Blut hier haben kann, möchte er mindestens ein Porträt von Ihnen als Erinnerung behalten.«

Wieder durchströmte heißes Blut ihre Wangen, und sie wandte sich ab, nur um zu entdecken, daß nicht nur Franz, sondern auch ihre Freundin Aimée sie über den Tisch hinweg anstarrte. Was war los?

»Schauen Sie«, sagte Andrew sanft, »wir schließen einen Pakt. Da wir viel Zeit miteinander verbringen müssen, bis das Porträt fertig ist, verspreche ich, nicht über Ihren verstorbenen Mann oder Ihren Verlobten zu sprechen, wenn Sie nicht mit dem Thema beginnen. Was meinen Sie dazu?«

Schalen mit Feigen, Datteln, Walnüssen, roten Zukkerpflaumen und Pfirsichkuchen wurden gereicht, dazu ein süßer Dessertwein. Micheline wählte eine Zuckerpflaume und biß ein winziges Stück ab; dabei fragte sie sich, wie es denn sein konnte, daß sie diesem Fremden ein tieferes Vertrauen entgegenbrachte als Aimée oder dem König.

Micheline spürte, daß Andrew Selkirk eine Art Verwandtschaft zu ihrem Verstand und ihrer Seele hatte, auch wenn sie bezweifelte, daß er tatsächlich Genaueres wußte. Es war ihr, als sei das Band zwischen ihnen schon in dem Augenblick geknüpft worden, als sie sich kennengelernt hatten ... oder viel früher. Er kannte sie bereits. Wie lange konnte sie *irgend etwas* vor einem solchen Mann verbergen?

»*Eh bien, M'sieur*«, antwortete Micheline und dachte, daß sie wohl keine Wahl hatte. »Ich stimme Ihrem Pakt zu. Und ich wäre gern Ihre Freundin, wenn Sie mich haben wollen.«

Es war lange nach Mitternacht, als Sandhurst in seine bescheidene Kammer zurückkehrte. Er teilte sie mit seinem »Kammerdiener«, dem ehemaligen Sir Jeremy Culpepper. Nach dem Abendessen hatte Unterhaltung auf dem Programmm gestanden. Vor allem Jongleure und Bodenakrobaten waren auf dem mit Binsen und frischen Kräutern bestreuten Fußboden herumgetollt, aber Andrew hatte das nicht sehr unterhaltsam gefunden. Anne d'Heilly hatte ihn mit Beschlag belegt, sobald sie die Tafel verlassen hatten, und sie hielt seinen Arm ein bißchen zu fest, als sie ihn herumführte und ihn mit den anderen Mitgliedern des Hofes bekanntmachte. Im Gedränge hatte Sandhurst gelegentlich einen Blick auf

Micheline werfen können. Sie stand abseits, zusammen mit einem hübschen, dunkelhaarigen Mädchen, und während ihre Freundin sich sehr fröhlich gab, lächelte sie ein wenig abwesend. Als er endlich frei war, war Andrew dorthin gegangen, wo Micheline zuletzt gestanden hatte. Er hatte die Bekanntschaft der bezaubernden Frau des Seigneur de St. Briac gemacht und von ihr erfahren, daß Micheline über Erschöpfung geklagt hatte und zu Bett gegangen war. Sie hatten sich ein wenig unterhalten. Dabei hatte Sandhurst, enttäuscht und besorgt, gar nicht bemerkt, wie Aimée ihn abschätzend und nachdenklich anschaute. Die Festlichkeit ging unvermindert weiter, doch Andrew entschuldigte sich nach einer Weile.

Seufzend öffnete er jetzt die Tür, hoffte, daß Jeremy schlief, damit er nachdenken konnte.

»*Endlich*!« rief eine verärgerte Stimme. »Wo bist du gewesen?«

»Ich habe meine Rolle beim König und am Hof gespielt«, antwortete Sandhurst kurz.

»O *ja*! Eine schwere Aufgabe, nehme ich an! Du warst gezwungen, all die feinen Gerichte zu essen. Ich durfte den Köchen bei der Vorbereitung zusehen ... Und du mußtest den köstlichen Wein trinken! Wie war der *Pfau*?«

Andrew mußte lächeln. »So ist es, ich mußte essen und trinken«, sagte er trocken. »Warum bist du so aufgeregt?«

Jeremy setzte sich in seinem schmalen Bett auf, seine Wangen waren inzwischen stark gerötet. »Vielleicht kann ich nicht schlafen auf dieser schrecklichen Strohmatratze! *Dein* Bett hat übrigens keine. *Du* hast Gänsedaunen!«

Während er Hemd und Wams öffnete, zog Andrew eine Augenbraue hoch und meinte ganz ernsthaft: »Das ist gut so. Ich habe sie *verdient*, findest du nicht?«

»Willst du einen Streit vom Zaun brechen, Sandhurst? Ich würde dich gern fordern, schon allein wegen des *Namens*, den du mir verpaßt hast, als du mich dem obersten Kammerherrn vorgestellt hast! Warum durfte ich mir meinen falschen Namen nicht *selbst* aussuchen?«

Andrews Lippen zuckten, als er sich hinsetzte, um die Stiefel auszuziehen. »Dir gefällt ›Jeremy Playfair‹ nicht? Ich finde, das klingt sehr ehrenwert.«

»Hast du eine Ahnung, wie oft ich heute abend ›Playfair‹ genannt wurde?« schrie Culpepper. »Es macht mich *wahnsinnig*!«

»Bleib ruhig, Jeremy, sonst kriegst du noch einen Herzanfall.« Seufzend zog Sandhurst den zweiten Stiefel aus. »In solchen Situationen fehlt mir Finchley wirklich. Ein Mann genießt es, wenn sich am Ende eines harten Tages jemand um ihn kümmert.«

»Jetzt gehst du aber zu weit«, knurrte Jeremy und sah sich nach einer Waffe um. »Als nächstes wirst du vorschlagen, daß ich privat genauso deinen Kammerdiener spiele wie in der Öffentlichkeit ... Aber dann finden sie dich zerschmettert unter dem Fenster auf dem Hof!«

Leise lachend beugte sich Sandhurst vor und legte seine Reithose ab. Er war zu müde, um sich nach Waschwasser umzusehen, schlug die Bettdecke zurück und streckte sich mit einem zufriedenen Seufzer aus. »Ich necke dich doch nur, Jeremy. Das *weißt* du, oder nicht?«

In seinen wenigen Augenblicken der Ernsthaftigkeit war Sandhurst absolut entwaffnend. Culpeppers Wangen wurden wieder blasser, und er murmelte: »Ja, vermutlich ja.«

»Ich könnte diese Maskerade ohne dich nicht durchhalten.«

Die beiden Männer tauschten ein freundschafliches Lächeln aus. »Ich bin froh, daß ich hier bin ... in gewisser Weise«, räumte Jeremy ein. »Das ist wieder so ein Abenteuer, über das wir später lachen werden. Und wenn es tatsächlich hilft, dann ...«

»Ich habe sie heute abend kennengelernt. Micheline Tevoulère, meine ich.« Sandhurst starrte den einfachen grünen Samtbaldachin an und spürte, wie ihm der Name süß auf der Zunge zerging.

Plötzlich schämte Jeremy sich, weil er mit seinem lächerlichen Ausbruch Zeit vergeudet hatte. Er stützte sich auf seinen Ellenbogen und sah seinen Freund an: »*Und*?«

»Das ist eine lange Geschichte, und ich bin erschöpft. Morgen werde ich dir alles erzählen. Gib dich für den Augenblick damit zufrieden, daß die Situation viele Möglichkeiten bietet.«

Kapitel 10

1. März 1533

»Heute kann ich meinen Morgenspaziergang nicht machen«, sagte Micheline zu Aimée, während sie ihr leichtes *petit déjeuner* beendeten. Ninon hatte sich in eine Ecke gesetzt, wo sie für ihren lebhaften Welpen einen Tennisball hin und her rollte. Ihr rosiger kleiner Mund war mit Honig und Krümeln verschmiert, daher feuchtete Aimée eine Serviette an und gab sie Juliette, die sich stolz daranmachte, Mutter zu spielen.

»Warum nicht?« fragte Aimée ein bißchen abwesend. Wenn Juliette das Gesicht von Ninon zu kräftig rieb, würde die Zweijährige anfangen zu weinen, deshalb galt Aimées Aufmerksamkeit halb den Töchtern.

»Dieser Engländer wird um halb neun mit der Arbeit an meinem Porträt anfangen.« Micheline blieb im Tonfall so neutral wie möglich, denn in Wahrheit wußte sie nicht, was sie davon halten sollte, soviel Zeit mit Andrew Selkirk zu verbringen. Einerseits gefiel es ihr nicht, daß ihre Tage nicht ihr allein gehören sollten, aber gleichzeitig war sie ziemlich aufgeregt. Und dieses Gefühl war entschieden beunruhigend. Der Mann quälte sie und versetzte sie gleichzeitig in Alarmstimmung. Am meisten verwirrte sie die Feststellung, daß sie nicht alarmiert war, weil *er* irgend etwas gesagt oder getan hatte, sondern ihre eigene Reaktion auf ihn beunruhigte sie. Am vergangenen Tag war Micheline dem Engländer aus dem Weg gegangen, bis ihr abends der rothaarige Kammerdiener eine Nachricht von seinem Herrn gebracht hatte. In makellosem Französisch hatte Andrew Selkirk sie höflich darum gebeten, sich mit ihm an diesem Morgen im zweiten Vorzimmer des Königs zu treffen, um mit der Arbeit an dem Porträt zu beginnen.

Micheline stand nun auf, um die Verabredung einzuhalten. Ihre Gefühle waren gemischt, aber es war auch eine angenehme Ahnung von Vorfreude dabei.

»Gut!« rief Aimée aus und überlegte, welche Meinung sie dazu hatte. »Das wird sicher ein aufregendes Erlebnis für dich.«

»Ruhig dazusitzen, während mich jemand malt?«

»Es ist bestimmt eine *Abwechslung*.« Dann fügte Aimée hinzu: »Und die Gesellschaft von M'sieur Selkirk ist sicherlich höchst unterhaltsam! Ich gebe zu, daß für mich allein schon der *Anblick* dieses Mannes ein aufregendes Erlebnis ist.«

Das spitzbübische Lachen ihrer Freundin ließ Micheline erröten. »Aimée, du solltest dich schämen. Du bist mit dem Mann verheiratet, der von allen hier am Hof am besten aussieht! Und was mich angeht, ich habe keinerlei Interesse an Andrew Selkirk oder irgendeinem anderen Mann, und das weißt du ganz genau.«

»Vergiß den Grafen von Sandhurst nicht«, sagte Aimée leichthin, bedauerte aber diesen Ausrutscher sofort. Wenn Micheline sich ärgerte, würde sie nur noch eigensinniger sein.

Die junge Frau wandte sich von Aimée ab, um ihre flammenden Wangen zu verbergen. »Ich komme zu spät. *Au revoir.*«

Das zweite Vorzimmer des Königs im alten Wehrturm war vor kurzem von dem italienischen Künstler Primaticcio mit Fresken und Stuck ausgeschmückt worden. Gegenwärtig arbeitete der Meister an der prächtigen Galerie von Franz.

Zu dieser Stunde war der König unten bei seiner Ratssitzung, daher war es in dem riesigen quadratischen Raum ruhig. Micheline trat zögernd ein und sah Andrew Selkirk sofort. Er saß an einem Tisch, der mit schwerem Papier, einem Tintenfaß und mehreren weißen Schwanenfedern bedeckt war. Durch die großen Fenster strömte das Sonnenlicht und vergoldete das zerzauste Haar des Engländers, der sich über ein Blatt Papier beugte und zu schreiben schien.

»*Bonjour*, M'sieur«, sagte Micheline leise.

Er blickte überrascht auf und schenkte ihr ein Lächeln, das so rein und so bezaubernd war, daß ihr Herz sofort zu klopfen begann. »Es ist gut, Sie zu sehen, Madame! Sie sehen wunderbar aus!«

Für einen Augenblick verschlug es Micheline die Sprache. Sie stand wie angewurzelt auf der Stelle, sah zu, wie er sich erhob und auf sie zu kam. Andrew trug ein Wams und Reithosen aus graugrünem Samt, ein Hemd aus weißem Leinen und feine Lederstiefel. Wenn er sich bewegte, war er ein Bild maskuliner Anmut, und Micheline fiel wieder ein, wie elegant seine Handbewegungen bei dem gemeinsamen Abendessen gewesen waren. Irgendwann wurde ihr bewußt, daß sie ihm entgegengehen mußte, aber da war es schon zu spät. Als Andrew Selkirk ihre Hand nahm und sie mit warmen, festen Lippen küßte, mußte sie sich gegen den Impuls wehren, einfach davonzulaufen. Bei Gott, warum hatte *dieser* Mann, der nur ein Fremder war, eine solche überwältigende Wirkung auf ihre Seele und ihren Körper? Noch nie in ihrem Leben, nicht einmal bei Bernard, hatte sie solche Gefühle gehabt.

»Geht es Ihnen gut?« fragte er freundlich.

»Oh ja! Natürlich!«

»Fein.« Er lächelte, und Micheline wurde es ganz schwindelig, während er weiterhin ihre Hand hielt. »Sie sehen ein bißchen blaß aus. Habe ich gespürt, daß Sie zittern? Aber nein, das muß ich mir eingebildet haben.«

Ihr Gesicht war plötzlich heiß. *Wußte* er es? Konnte es sein, daß er sie verspottete? »Es geht mir gut, M'sieur.«

»Ah, ja, ich sehe jetzt die Farbe auf Ihren Wangen. Ich hoffe, Sie halten mich nicht für unhöflich, aber ich habe nur gefragt, weil das Modellsitzen für ein Porträt bemerkenswert ermüdend sein kann. Mein letztes Modell hat immer laut geklagt. Ich mußte sie schließlich reden lassen, während ich malte, denn nach zehn Minuten konnte sie den Mund schon nicht mehr halten.« Mit einer Handbewegung deutete Andrew ihr an, vor ihm durch das Zimmer zu gehen. »Ich hoffe, der Stuhl ist bequem für Sie. Wenn nicht, protestieren Sie ruhig, dann werden wir einen besseren finden.«

Micheline merkte, wie ihre Nerven sich bei seinem unbeschwerten Charme beruhigten, genau wie an dem Abend, an dem sie ihn kennengelernt hatte. Der Stuhl, auf den er deutete, stand so, daß sie die wärmende Sonne im Rücken hatte.

»Der ist gut, M'sieur«, versicherte sie ihm.

Sandhurst ging zu seinem Tisch und sah sie einen Augenblick lang an, dann kehrte er zurück, um den Stuhl anders hinzustellen. »Das Licht ist sehr wichtig für mich«, erklärte er und blickte Micheline mit zusammengekniffenen Augen an. »Es muß einfach stimmen, darum können wir nur am frühen Morgen oder am Spätnachmittag arbeiten.«

»Oh!« Micheline merkte plötzlich, daß sie seit Betreten des Zimmers nichts als Belanglosigkeiten von sich gegeben hatte. Auf der Suche nach einem geeigneten Thema hörte sie sich fragen: »Wer war die Dame, die Sie gemalt haben und die nicht stillsitzen und schweigen konnte?«

Sandhurst zwinkerte mit den Augen. Es wäre alles einfacher, dachte er, wenn *er* die Zügel des Gesprächs in der Hand behielte. »Sie war zu der Zeit erst zwölf, aber sie ist eine Lady, wenn auch nur durch den Titel. Mein Modell war Lady Cecily Weston ...« Er biß sich auf die Lippe und fügte dann hinzu: »Die Schwester des Grafen von Sandhurst.«

»Oh!« wiederholte Micheline. Sie atmete tief durch, aber mehr fiel ihr nicht ein. Andrew Selkirk mußte den Grafen von Sandhurst kennen! Einerseits hätte sie gern Dutzende von Fragen gestellt, andererseits fürchtete sie sich vor den möglichen Antworten. Denn sie wollte einfach noch nicht an ihren zukünftigen Ehemann denken.

Andrew setzte sich hinter seinen Tisch hin und versuchte, nicht zu lächeln. Er hatte die Überraschung und Neugier in Michelines großen Augen gesehen, aber auch die Panik erkannt. Sie *wollte* nichts über den Mann wissen, den sie heiraten würde. Warum nicht? Und wieder fragte er sich, wie und warum sie diese Ehe überhaupt wollte.

»Wo ist Ihre Leinwand, M'sieur?« fragte Micheline, glücklich, das Thema zu wechseln. »Und Ihre Farben und ...«

Er hob lachend die Hand. »Nicht so schnell! Wenn wir ein richtiges Porträt malen wollen, müssen ein paar vorbereitende Skizzen sein!«

»Ach ja?« fragte sie. Wovon redete er?

»Ja!« Die Mischung aus Arglosigkeit, Nervosität und Intelligenz dieses Mädchens war einfach bezaubernd. Da war jedoch auch etwas Geheimnisvolles in ihrem Verhalten, und zu all dem kam eine Schönheit, die strahlender war als alles, was Sandhurst je gesehen hatte. »Ich möchte erst eine Reihe von Skizzen machen. Federzeichnungen. Daran arbeite ich heute, und wenn die Ergebnisse zufriedenstellend sind, können wir mit dem richtigen Porträt *vielleicht* morgen beginnen.«

»Wozu sind die Zeichnungen?«

»Sie helfen mir, mich mit Ihrem Gesicht, Ihrem Körper und Ihrer Seele vertraut zu machen.« Als Micheline plötzliche errötete, schaute Andrew rücksichtsvoll zur Seite. Er nahm eine der Schwanenfedern, tauchte sie in das Tintenfaß und fing an zu skizzieren. »Um ein Porträt mit Tiefe zu schaffen, ist es mir wichtig, ein Gespür für den Charakter des zu Porträtierenden zu entwickeln. Ihn zu verstehen, wenn Sie wollen. Die Zeichnungen helfen mir auch bei der Entscheidung, wie ich das Bild am besten anlege.« Während er sich mehr und mehr mit seiner Arbeit beschäftigte, sprach Sandhurst immer schneller. »Die Position Ihres Körpers, die Neigung Ihres Kopfes, der Ausdruck Ihres Gesichts, die schmeichelndste Anordnung Ihres Haars und Gewandes – das ist wichtig. Entscheidend.« Er traf ihren Blick und lächelte kurz. »Wenn Sie wollen, werden wir uns die Skizzen gemeinsam ansehen, und Sie können mir sagen, welche Ihnen am besten gefällt. Wenn Sie irgendwelche Ideen haben, wie Sie aussehen möchten, lassen Sie es mich wissen. Immerhin, es wird nicht irgendein beliebiges Porträt ...«

»Ich weiß«, unterbrach Micheline. »Und ich möchte gern die fertigen Zeichnungen sehen, M'sieur. Das ist ein sehr freundliches Angebot.«

»Keineswegs freundlich. Wenn ein Gemälde gelobt wird, hat das Modell mindestens zur Hälfte Anteil daran. Jedenfalls ist das meine Überzeugung. Deswegen male ich nicht gern Gegenstände, sondern lieber Menschen. Sie können mitreden und aktiver am künstlerischen Prozeß teilnehmen.«

Nicht nur, daß ihre Gefühle in der Gegenwart von Andrew Selkirk immer stärker wurden, Micheline war jetzt auch darüber beunruhigt, mit jemandem Konversation machen zu müssen, der kaum Blickkontakt mit ihr aufnahm. Er betrachtete prüfend ihr Haar oder ihren Nacken oder ihre Nase, während sie sprach, so daß sie nicht genau wußte, ob er ihr zuhörte. Und wenn er intensiv skizzierte, hatte sie den Eindruck, sie sollte besser gar nicht reden.

Nach einer langen Minute des Schweigens lachte Andrew leise und suchte Michelines Blick. »Nicht so steif, Madame! Entspannen Sie sich. Wir sind nicht in der Kirche, und ich kann Ihnen versichern, daß an meiner Arbeit nichts Heiliges ist.« Der Anblick ihres nervösen, gehorsamen Lächelns belustigte ihn nur noch mehr. »Warum reden Sie nicht mit mir? Wenn ich mich richtig erinnere, sind Sie in Angoulême aufgewachsen. Erzählen Sie mir davon.«

Es schien, als hätte Micheline kaum eine Wahl. Voller Unbehagen sagte sie: »Es ist keine sehr aufregende Geschichte, M'sieur. Wir wohnten in einiger Entfernung östlich der Stadt Angoulême. Auf dem Land. In der Nähe von Nieuil. Als ich Kind war, hatte König Franz eine Jagdhütte in der Nähe des Châteaus meiner Familie, aber er war nicht sehr oft dort. Ich war wohl nicht älter als zehn, als er mit der Armee in den Krieg nach Italien zog, und dann wurde er ja über ein Jahr gefangengehalten. Nach seiner Rückkehr machte er einen Besuch, und meine Eltern nahmen an einem Fest in der Jagdhütte teil, aber bald darauf ging sie in den Besitz eines Mannes namens Grunn über. Vermutlich gehörte diesem Grunn Land in der Nähe von Schloß Chambord, das der König gern haben wollte, also machten sie einen Tausch.«

Sandhurst hatte nicht erkennen lassen, ob er ihr zuhörte, aber jetzt blickte er auf und bemerkte trocken: »Sehr interessant. Und was ist mit *Ihnen*?«

»Naja ...« Sie zögerte und errötete. »Da gibt es nicht viel zu erzählen. Weil wir auf dem Lande lebten, hatte ich eine ruhige Kindheit. Mein Bruder Paul war viele Jahre älter und leistete mir nicht oft Gesellschaft. Ich verbrachte viel Zeit im Freien. Ich mochte den Wald, mag ihn immer noch. Ich liebe Tiere. Meine Mutter sorgte dafür, daß ich lesen lernte. Wir besaßen eine wunderbare Bibliothek. Ich glaube, mein Vater liebt Bücher mehr als Menschen, aber wenigstens die Bücher wurden auch meine Freunde.« Micheline entspannte sich jetzt, betrachtete ein Fresko und fuhr dann fort: »Solange ich denken kann, war Bernard Tevoulère mein bester Freund unter den Menschen. Er war ein Jahr älter als ich, und von ihm lernte ich zu reiten, zu schwimmen und auf Bäume zu klettern. Er brachte mir alles bei. Als ich zwölf war, schenkte er mir eines seiner eigenen Pferde zum Geburtstag.« Sie lächelte weich, als sie sich an die Freude erinnerte, die sie an dem Tag bei dem gemeinsamen Galopp über die Wiesen empfunden hatte.

»Sie mögen Pferde?« Sandhurst konnte sich diese Frage nicht verkneifen.

»Mögen? Weit mehr als das!« erklärte sie. »Ich kann gar nicht sagen, wie sehr mir mein Gustave in den letzten Monaten gefehlt hat. Er wird alt, aber irgendwie liebe ich ihn deswegen noch mehr als zuvor. Manchmal denke ich, daß Pferde menschlicher sind als die Menschen selbst.«

Andrews Augenbrauen gingen in die Höhe, als er darüber nachdachte. »Ich neige dazu, Ihnen zuzustimmen, Madame. Aber bitte – verzeihen Sie die Unterbrechung. Ich höre viel lieber etwas über Sie als über die Jagdhütte von König Franz!«

Seine Stimme war warm und ermunterte sie, fortzufahren. Einen Augenblick zögerte Micheline, sagte sich dann, daß sie Andrew Selkirk nach diesem Monat vermutlich nie wieder sehen würde. Ihre Bekenntnisse schienen bei ihm sicher aufgehoben.

»Also, überlegen wir mal ...« Sie seufzte, als sie überlegte, was als nächstes an der Reihe war. »Dieser zwölfte Geburtstag bedeutete das Ende meiner Kindheit. Im

Jahr darauf starb meine Mutter, Paul ging fort nach Paris und ließ mich mit Papa allein. Ich weiß nicht, was ich ohne Bernard gemacht hätte. Ich mußte meinen Vater versorgen, und er nahm sich kaum Zeit, mit mir zu reden, es sei denn, er wollte etwas haben. So rückten Bernard und ich enger zusammen als je zuvor, und wir wuchsen gemeinsam heran. Ich blieb bei Papa, solange ich es ertragen konnte, und mit sechzehn heiratete ich Bernard. Uns waren vier gemeinsame Jahre vergönnt.«

Micheline fühlte eine Hand auf dem Gelenk, dann auf ihren Fingern. Tränen glitzerten in ihren irisblauen Augen, und als sie aufblickte, sah sie, wie Andrew Selkirk neben ihrem Stuhl hockte.

»Tut mir leid, Michelle.« Ohne nachzudenken, wählte er die Kurzform ihres Namens. »Ich wollte keine schmerzlichen Erinnerungen wachrufen, als ich Sie ermunterte, mir etwas von Ihrer Vergangenheit zu erzählen.«

»Entschuldigen Sie sich nicht! Irgendwie fühle ich mich jetzt besser. Hier in Fontainebleau kommt mir mein altes Leben manchmal vor wie ein Traum. Als ich Ihnen von diesen Jahren erzählte, wurden sie wieder Wirklichkeit.«

Er hob den Zeigefinger und fing eine Träne auf, die über Michelines Wange lief. Als sie in seine tiefbraunen Augen schaute, fühlte sie ein unerklärliches Schaudern, das sie bis ins Mark erschütterte.

»Das Licht schwindet«, sagte Andrew sanft. »Warum leihen wir uns nicht zwei der besten Pferde des Königs aus und machen einen schönen, langen Ritt.«

Der kalte Wind auf dem Gesicht und die kräftigen, rhythmischen Bewegungen des Pferdes waren wie geschaffen, um Micheline aufzuheitern. Sie und Andrew ritten über die Felder am Rande des dunklen Waldes. Die helle Mittagssonne strahlte auf sie herab und erwärmte die kalte Luft.

Sandhurst sah immer mal wieder zu Micheline hinüber, erkannte und bewunderte mit erfahrenem Blick ihr Können. Es war klar, daß sie gut und mit großer Begeisterung ritt, aber sie ritt auch formvollendet. Eine unbestreitbare Eleganz lag in den Bewegungen ihres Körpers; sie und das Pferd waren eins. Die Kombination von Selbstvergessenheit, weiblicher Anmut und der Einheit von Pferd und Reiterin brachte bei Andrew eine Saite zum Klingen. Pferde waren eine seiner großen Leidenschaften. In der Vergangenheit hatte er Frauen gekannt, die durchaus Spaß am Reiten hatten, aber sie hatten immer behauptet, die Reiterei wirklich zu *lieben*, und dabei hatten sie gehofft, seine Gunst zu erringen. Es war das Pech dieser Frauen, daß Sandhurst solche Listen und Tücken instinktiv erkannte. Schon lange hatte er die Hoffnung aufgegeben, daß eine Frau einfach zu sich selbst stehen würde, daß sie ihrem eigenen Wert vertraute und nicht Zuflucht nahm zu allerlei kunstvollen Spielchen, um ihn zum Narren zu halten.

»M'sieur!« rief Micheline fröhlich über die Schulter zurück. »Bleiben Sie etwa zurück, damit ich das Gefühl bekomme, besser zu sein?«

»Ich glaube, Sie haben sich das schnellere Pferd genommen.« Er lachte. Nach vorn gebeugt preßte Sandhurst die Knie fest gegen die Flanken des Hengstes, schloß zu Micheline auf und ritt dann leicht voraus. Auch sie lachte, als sie um die Wette ritten, und er spürte eine Welle der Freude beim Anblick ihres lockigen, braunen Haars, das hinter ihr herflatterte wie ein Banner. Micheline war in rostfarbenen Samt gekleidet. Eine weiche, mit Smaragden besetzte Kappe blähte sich im Wind, und über dem Gewand trug sie einen passenden, mit Zobel besetzten Umhang.

»Geben Sie doch nicht so an!« rief sie, als er langsam an ihr vorbeiritt. Sie hatte sich noch nie kampflos verloren gegeben, und so trieb Micheline ihr Pferd an, aber sie holte ihn nicht ein, und trotz ihrer Enttäuschung darüber, mußte sie Andrews Reitkunst und seine maskuline Schönheit bewundern.

Sandhurst ließ sein Pferd im Schritt gehen und wartete, daß Micheline zu ihm aufschloß. »Wir wollen etwas essen«, schlug er vor und schwang sich vom Rücken des Hengstes.

Als sie in der Nähe einen Teich sah, wo die Pferde saufen konnten, nickte Micheline; sie war völlig außer Atem. Andrew kam, um ihr beim Absteigen zu helfen, und obwohl sie seine Hilfe wirklich nicht brauchte, glitt sie in seine wartenden Arme. Als seine starken Hände ihre Taille umfaßten, spürte sie eine angenehme Erregung.

»Ich entschuldige mich«, sagte er mit einem Lächeln. »Wenn ich ein richtiger Kavalier wäre, hätte ich Sie gewinnen lassen.«

»Machen Sie sich nicht lächerlich!« erklärte Micheline. »Ich mag solche Leute nicht. *Ich* hätte *Sie* mit Sicherheit nicht gewinnen lassen, wenn ich einen Einfluß darauf gehabt hätte.«

»Ich weiß.« Er schien sich über diese Erkenntnis zu freuen.

Gemeinsam lösten sie die Bündel mit dem Essen vom Sattel seines Pferdes, dann trabten die beiden Hengste davon.

Sandhurst hatte mit Jeremys kenntnisreicher Hilfe die Schloßküche geplündert, während Micheline sich für den Ausritt umgezogen hatte. Ihre Augen wurden immer größer, als er ein Tuch auf dem hohen Gras ausbreitete und einen duftenden Brotlaib, Aprikosen und Erdbeeren aus dem Gewächshaus des Königs in der Nähe von Paris, Scheiben von Kükenfleisch und Schinken, einen kleinen Binsenkorb mit Weißkäse aus Vincennes und eine Flasche Wein zum Vorschein brachte. Selbst Becher, Servietten, Messer und Butter waren vorhanden.

»Oh, M'sieur, das ist ja ein richtiges Festmahl!« rief Micheline aus. Plötzlich spürte sie Heißhunger.

»Warten Sie.« Sandhurst hob die Hand. »Bevor wir essen, möchte ich etwas klären.«

Sie war dabei, sich ein Stück Brot abzubrechen, hörte damit auf und wartete.

»Sind wir Freunde?«

»Wieso? Ja ... ich denke, das sind wir, M'sieur.«

»Dann tun Sie mir den Gefallen, mich Andrew zu nennen.«

»*D'accord* ... Andrew. Werden Sie mich Michelle nennen?« Sie errötete unter seinem warmherzigen Blick und gab zu: »Es hat mir gefallen, wie Sie das vorhin gesagt haben.«

»Mir gefiel es auch.« Sandhurst lächelte. »Und es wäre eine Ehre für mich.«

Sie nahmen einen direkteren Weg zurück zum Château, durch den Wald von Fontainebleau. In einer Stunde würde das Licht vorteilhaft weich sein, und Andrew wollte unbedingt zu seinen Skizzen zurückkehren.

»Ich bin froh, daß einer von uns den Weg kennt«, sagte er zu Micheline, als sie vor ihm ritt.

»Ich nehme immer diesen Weg, wenn ich mich so weit vom Château entferne. Man kann sich im Wald leicht verirren. Er ist auch breiter als alle anderen, daher können wir schneller reiten.«

Zwischen ihnen herrschte ein freundliches Schweigen. Andrew wurde oft von Michelines anmutiger Gestalt abgelenkt. Sein Blick wanderte über ihre Rückenlinie, bewunderte das Feuer der herabfallenden Locken und die Schönheit ihres Profils, wenn sie sich zu ihm umwandte. Daher nahm er die scharfe Biegung des Weges kaum wahr, hinter der Micheline verschwunden war. Plötzlich war ein lautes, krachendes Geräusch zu hören, dem der Schrei einer Frau folgte.

Sandhurst zügelte seinen Hengst mitten in der Biegung des Pfades. Nur wenige Fuß vor einem riesigen Haufen gekappter Birkenäste kam das Pferd zum Stillstand. Andrew schwang sich aus dem Sattel und sah ein Hindernis auf dem Weg, das ihm fast bis zur Taille reichte. Michelines Wallach befand sich auf der anderen Seite und tänzelte unruhig umher, während die Reiterin zusammengekrümmt auf einem Lager aus braunem Laub lag.

Er war sofort an ihrer Seite. Micheline versuchte, sich aufzusetzen, und Andrew kniete sich neben sie, so daß sie sich bei ihm anlehnen konnte.

»Sind Sie verletzt? Was ist passiert?«

Sie blinzelte verwirrt. »Oh, ich komme mir so dumm vor! Das Pferd – geht es ihm gut? Es sprang und war dabei aufmerksamer als ich, aber der Sprung kam so schnell, daß ich keine Zeit hatte, mich vorzubereiten. Auf einmal fiel ich ...«

»Haben Sie Schmerzen?«

Vorsichtig beugte sie Arme und Beine und bewegte

den Oberkörper von einer Seite zur anderen. »Nein, es ist nichts gebrochen, da bin ich sicher.« Micheline lächelte Andrew beruhigend an und bemerkte, daß er sie auf eine Weise anstarrte, die sie alles andere vergessen ließ. *Bon Dieu*, gütiger Gott! dachte sie, noch nie habe ich so unwiderstehliche Augen gesehen! Plötzlich war sie sich seiner Gegenwart voll bewußt: Da waren die harten Oberschenkel, die sich an sie drückten, die starken Finger in ihrem Haar, der maskuline Brustkorb, der seinen Schatten auf ihre zarte Gestalt warf.

»Michelle.« Andrews Stimme war heiser. Jetzt, da sie in seinen Armen lag, war ihr Verstand ausgeschaltet. Ihre Augen waren weit offen, die weichen Lippen leicht geöffnet, und auf ihren Wangen erschienen rote Flecken. Die Sehnsucht nach ihr, die Sandhurst seit dem Augenblick ihres Kennenlernens unterdrückt hatte, stieg in ihm auf und beherrschte alles.

Michelines Herz klopfte, als er sie in seinen Armen umdrehte. Ihre Brüste berührten seinen Brustkorb, fingen an zu kribbeln und schickten einen Wärmestrom durch ihren ganzen Körper. Selbst in den intimsten Augenblicken ihrer Ehe hatte sie nie so intensive Gefühle erlebt. Ohne nachzudenken, streckte sie die Hände aus und berührte Andrews Gesicht ... und dann küßte er sie.

Schon oft hatte Micheline auf den Mund geschaut, der sie nun berührte. Seine Lippen waren warm, fest, erfahren – zuerst sanft, tastend und schmeckend, dann öffneten sie sich entschlossener, während die Leidenschaft wuchs und fast übermächtig wurde. In seinen Armen tauchte Micheline ein in ein tiefes Glücksgefühl,in dem sie sich verlor. Ihre Sinne sagten ihr, daß Andrew kräftiger, wärmer und beweglicher als Bernard war. Andrew roch sogar besser – sein sauberer, männlicher Duft war betörend, und er schmeckte wunderbar! Er küßte sie jetzt lange und hungrig, dabei glitt sein Daumen sanft über ihren Wangenknochen, und seine schlanken Finger spielten mit ihrem glänzenden Haar. Auch Micheline war hungrig. Sie preßte sich an ihn, sehnte sich danach, ihm noch näher zu sein. Doch dann stampfte ihr Pferd wiehernd neben ihnen auf, und sie befreite sich.

»Es ist nur das Pferd«, murmelte Sandhurst belustigt. »Es wird keinem etwas erzählen.«

Sie spürte seinen warmen Mund auf ihrem Hals, und wieder durchströmte ein Schauder ihren Körper. Plötzlich versteifte sie sich.

»Lassen Sie mich los!«

Er zog sich überrascht zurück.

»Ich seh' in Ihren Augen, daß Sie sich über mich lustig machen!« warf sie ihm unsinnigerweise vor. »Lassen Sie mich frei!«

Andrew starrte sie an, als fürchtete er, sie hätte den Verstand verloren. Dann hockte er sich auf die Hacken und hob kapitulierend die Hände. Dabei wurde er sich schmerzlich bewußt, daß seine Reithose den Beweis für sein Verlangen nicht verbergen konnte. »Aber ich mache mich doch nicht lustig über Sie«, protestierte er. »Was ist denn los?«

Sie fühlte sich plötzlich verletzbar und gedemütigt, wie sie da so im Laub lag. Micheline kämpfte, um wieder auf die Beine zu kommen, dann schrie sie: »Sie haben versucht, mich zu *benutzen* wie ein Küchenmädchen, M'sieur. Hier draußen im Wald! Am hellichten Tag!«

»Ich hatte nichts Derartiges vor.«

»Sie glauben, daß ich ein lockeres Frauenzimmer bin, weil ich schon einmal verheiratet war, und daß ich jetzt nach der Berührung durch einen Mann brenne. Aber ich kann Ihnen versichern, daß mir überhaupt nichts gefehlt hat!«

Sandhurst erhob sich geschmeidig und klopfte Blätter von seinem Samtwams ab. Er reagierte auf Michelines Ausbruch mit einem kurzen Blick und murmelte spöttisch: »Tatsächlich? Naja, vielleicht ist das der entscheidende Punkt. Vielleicht hat dir dein ganzes Leben lang die Berührung durch einen Mann gefehlt, ohne daß du es wußtest ... Bis vor wenigen Augenblicken ...«

»Sie schmeicheln sich selbst!« unterbrach sie wütend. »Auf jeden Fall geht diese Frage nur meinen *Ehemann* etwas an, M'sieur. Ich bin bekanntlich einem anderen Mann anverlobt, und das wissen Sie.«

Andrew schwang sich locker auf sein Pferd, zog dann kühl beide Augenbrauen hoch, und sein Mund zitterte auf eine Weise, die ihr Gesicht brennen ließ. »Wie schnell wir doch vergessen ...«

Kapitel 11

1. und 2. März 1533

Nach der Rückkehr im Schloß wandte sich Sandhurst an Micheline und erklärte ihr klipp und klar, daß er an diesem Nachmittag keine Skizzen mehr machen würde. Dann ging er zu den *appartements des bains*, um die Nervosität und das Begehren, das nach dem Vorfall im Wald zurückgeblieben war, abzuschrubben und auszuschwitzen. Jeremy wurde herbeigerufen, um frische Kleidung zu bringen, und er wartete, bis sein Freund sich angekleidet hatte. Dann gingen die beiden Männer gemeinsam in ihr Zimmer zurück.

Andrew hatte einen grüblerischen Blick, den nur wenige Leute je bei ihm sahen. Jeremy kannte ihn gut. Ihm gefielen die Anzeichen nicht: am Kinn bewegte sich ein Muskel, gleichzeitig biß Sandhurst die Zähne zusammen, lockerte sie dann wieder, und die Narbe oberhalb seines Mundes war fast weiß.

Jeremy hoffte, daß ein bißchen Humor helfen würde, und unternahm einen vorsichtigen Versuch: »Ist etwas nicht in Ordnung, Herr? Bin ich nachlässig in der Ausübung meiner Pflichten gewesen?«

Ohne seinen Schritt zu verlangsamen und ohne Jeremy eines Blickes zu würdigen, sagte Andrew mit einem sparsamen Lächeln: »Du bist ein Trottel!«

Jeremy fiel darauf keine passende Antwort ein. Als sie in ihrem Zimmer waren, trat Andrew an den Tisch, der vor dem Fenster zum Hof stand.

»Mach dich nützlich, Jeremy, und guck dir das hier an.«

Er sah, daß sein Freund neue Federzeichnungen ausgebreitet hatte. »Ist das ...«

»Micheline. Ja, das ist sie.«

»Großer Gott, Sandhurst, und diese Zeichnungen stammen wirklich von *dir*?« fragte er erstaunt.

Die Skizzen, wenn auch einfach, waren bemerkenswert lebensnah. Der Künstler hatte ein Bild von sanft gerundeter Anmut zu Papier gebracht. Durch Schraffierungen hatte er Licht und Schatten entstehen lassen. Culpepper konnte die zarten Kurven von Michelines Gesicht fast fühlen: ihre hohen Wangenknochen, die eher kurze Nase, das winzige Grübchen am Kinn, die sinnliche Fülle ihrer Oberlippe, den Schwung der langen Wimpern und die Augen, die schön, intelligent und zugleich auch traurig waren. Im Gegensatz zu den ausdrucksvollen Einzelheiten des Gesichts waren Haar und Schultern nur angedeutet.

»Was denkst du?« fragte Andrew und ließ die Frage seines Freundes unbeantwortet.

»Ich denke, daß du ein Genie bist!« rief Jeremy aus, und die roten Locken hüpften, so nachdrücklich nickte er. »Ich hatte ja keine Ahnung!«

»Das meine ich nicht«, sagte Sandhurst langsam, während sein Blick auf die Serie der Zeichnungen fixiert war. »Was denkst du über das Mädchen?«

»Oh! Also, sie ist schön! Ich habe sie hier und da kurz gesehen, und ich möchte sagen, du hast ihr Aussehen mit ungewöhnlicher Genauigkeit eingefangen.« Er dachte an ihr Gespräch in London und lachte. »Sie ist mit Sicherheit ganz anders als die Person, die wir uns in England vorgestellt haben. Keine Vierzehnjährige mit Pickeln oder eine fette Witwe, deren Verbannung der König herbeisehnt. Stell dir vor, ich habe gestern abend gehört, daß Franz eigentlich selbst Lust auf sie hat. Ich sprach mit einem der Mädchen von Anne d'Heilly, und dieses Mädchen meinte, die Mätresse des Königs hätte vielleicht persönlich einen englischen Ehemann für Madame Tevoulère gesucht. Sie fürchtete, daß Madame irgendwann nicht mehr trauert und auf die Annäherungsversuche von Franz reagiert ...«

Mit einem kurzen Seufzer zog Sandhurst eine Augenbraue hoch. »Tatsächlich? Wenn das der Fall ist, dann hat Anne uns allen umsonst das Leben schwergemacht. Ich bezweifele, daß Micheline auf die Annäherungsversuche *irgendeines Mann* reagiert.«

»Oh!« Verblüfft fragte sich Jeremy, ob der Graf von Sandhurst vielleicht gerade seine erste leidvolle Zurückweisung erlebt hatte – durch seine Verlobte. Welche Ironie! »Soll ich davon ausgehen, daß euer Ausflug in den Wald eine ungünstige Wende nahm?«

Andrew warf ihm einen drohenden Blick zu. »Das Essen war gut! Das junge Ding fing gerade an, mir zu *gefallen*! Es passierte später, nach ihrem Sturz vom Pferd, als ich sie ... naja ... tröstete.«

»Ich verstehe.«

»Nein, du verstehst gar nichts. Eine Zeitlang gefiel ihr alles sehr gut. Vielleicht zu gut! Und auf einmal erinnerte sie mich daran, daß sie ja schließlich mit einem anderen Mann verlobt ist.«

»Aber der Mann bist *du*! Ich hätte vermutet, das würde dich *freuen*!«

»Nein, das tut es nicht!« Sandhurst warf die Zeichnungen vom Tisch und begann hin und her zu gehen. »Wie würde es dir gefallen, wegen eines *Fremden* abgewiesen zu werden?«

Jeremy war vollkommen verwirrt. »Aber der Mann bist doch du!« wiederholte er.

»Micheline weiß das nicht.«

»Warum erzählst du es ihr nicht einfach und machst dem Wahnsinn ein Ende? Wir können sie mit nach England nehmen, und dann leben alle glücklich bis an ihr Lebensende.«

»Mit Sicherheit *nicht*!«

Kopfschüttelnd setzte sich Jeremy auf sein bescheidenes Bett. Es kam ihm alles ganz einfach vor, aber wie üblich konnte Sandhurst sich nicht für den leichten Weg entscheiden.

»Hast du denn nun beschlossen, sie nicht zu heiraten?« fragte er ziemlich kleinlaut.

»Ich bin mit Sicherheit nicht in sie verliebt, wenn du das meinst.«

»Seit wann ist Liebe eine Voraussetzung für die Eheschließung?«

»Das muß sie vielleicht nicht sein, aber wenn ich den Rest meines Lebens mit einer Frau verbringe, dann wäre es sehr viel angenehmer, wenn wir uns lieben würden. Die Vorstellung, meine Frau auf dem Land zu lassen, während ich in London das Leben genieße, finde ich abstoßend. Auf jeden Fall, es ist zweifelhaft, daß Micheline Tevoulère so ein Arrangement hinnehmen würde.«

»Ich will ja nicht neugierig sein, aber ich bin in einem gewissen Maß persönlich betroffen. Würde es dir daher etwas ausmachen, mir etwas über deine weiteren Pläne zu erzählen? Du willst dem Mädchen nicht sagen, wer du bist, du bist nicht verliebt, sie ist einem Fremden treu, von dem sie nicht weiß, daß du das bist ...«, Jeremy verstummte.

»Ich kann es noch nicht genau sagen«, sagte Sandhurst nachdenklich. »Vielleicht werde ich einfach abwarten und sehen, was sich entwickelt.«

Jeremy nickte traurig. Schon vor der Abreise aus Britannien hätte er wissen müssen, daß es für seinen Freund kein einfaches Ja oder Nein gab. Es lag in Sandhursts Charakter, immer gegen den Strom zu schwimmen, statt sich von der Strömung treiben zu lassen. Jeremys Instinkte sagten ihm, daß Sandhurst vielleicht alles riskieren würde, um herauszufinden, ob Micheline Tevoulère sich in einen mittellosen Künstler verlieben und ihm den Vorzug vor einem englischen Adeligen geben würde. Er seufzte herzerweichend und fragte sich, wie lange es wohl dauerte, bis die Situation sich auf irgendeine Weise klären würde.

»Du brauchst nicht zu jammern und zu klagen, denn das hilft gar nichts«, sagte Sandhurst gereizt. »Immerhin, es geht ums Prinzip.«

Jeremy brachte ein wenig überzeugtes Nicken zustande. »Das habe ich befürchtet ...«

Dampfwölkchen stiegen auf, als Micheline sich in ihrem Bad zurücklehnte. Sie streckte ein schlankes, wohlgeformtes Bein aus, seifte es gemächlich ein und genoß den Maiglöckchenduft, der sie umgab. Das Wasser war sehr heiß; beim Füllen der Wanne hatten die Dienstmädchen sie gewarnt, zu früh hineinzusteigen, aber ihr war die Hitze gerade recht. Ihre Brüste schimmerten rosig im Wasser, und Micheline war es rundherum wohlig. Wie tröstlich wäre es, dachte sie schläfrig, wenn sie die Berührungen und die Küsse Andrew Selkirks von ihrem Körper abwaschen könnte. Noch schwieriger war es, ihn aus ihren Gedanken zu verbannen.

»*Bonsoir*!« rief Aimée vom Korridor aus. »Darf ich hereinkommen?«

»Ja, natürlich!« Micheline lächelte; Aimée, immer voller Energie und Gesprächsstoff, würde eine wunderbare Ablenkung sein.

Die Freundin war bereits zum Abendessen angekleidet. Ihr glänzendes ebenholzfarbenes Haar war aufgesteckt und mit Amethysten geschmückt, und sie trug ein wunderschönes Kleid aus lavendelfarbener Seide. Sie blieb an der Kommode stehen, goß sich ein Glas Rotwein ein und fragte: »Wie war dein Tag? Hast du das Modellsitzen für das Porträt genossen?«

»Einigermaßen, denke ich.«

Aimée setzte sich auf ein *caquetoire*, einen Stuhl mit einem trapezförmigen Sitz und weit nach außen gebogenen Armlehnen. Diese praktischen Möbelstücke boten reichlich Platz für die voluminösen Röcke der Damen. Michelines Ton hatte angedeutet, daß sie die Angelegenheit nicht weiter diskutieren wollte, und jetzt schien sie vollkommen damit beschäftigt zu sein, ihren linken Arm zu waschen.

Da sie sich in keiner Situation leicht abweisen ließ, blieb Aimée auch jetzt hartnäckig. »Hast du den ganzen Tag für M'sieur Selkirk Modell gesessen? Ich habe dich nach dem Frühstück nicht mehr gesehen.«

»Er machte Skizzen von mir, bis das Licht zu hart wurde«, sagte Micheline vorsichtig. »Dann ... dann ritten wir eine Weile aus.«

Aimée beugte sich, um einen Blick auf das Gesicht der Freundin zu werfen. »Das erklärt, warum ihr beide bei der Mittagsmahlzeit abwesend wart! Habt ihr ein *déjeuner* eingenommen?«

Micheline nickte nur.

»Was für ein Vergnügen! Sieht ganz so aus, als ob du mit M'sieur Selkirk Freundschaft geschlossen hast!«

»Es wird kalt in dieser Wanne. Würdest du mir die Handtücher geben?«

»Selbstverständlich!« Aimée breitete zwei von ihnen auf dem Fußboden aus, damit sich Micheline draufstellen konnte, und gab ihr dann die restlichen. »Warum ziehst du nicht einen schönen warmen Morgenrock an und trinkst mit mir einen Schluck Wein, *chérie*? Ich hab' das Gefühl, das könnte dir gut tun.«

Micheline gehorchte schweigend und nahm auf einem Stuhl gegenüber von Aimée Platz. Lange saß sie fast unbeweglich da, trank von dem kräftigen Wein und starrte ins Feuer.

Nach einer Weile beugte sich Aimée vor und berührte die Hand der Freundin. »Warum siehst du mich nicht an? Wenn du mir doch nur erzählen würdest, was dir Sorgen macht. Hat dieser Engländer etwas getan, das dich beleidigt hat?« Ihr kam plötzlich der schreckliche Gedanke, daß Selkirk ihrer Freundin im Wald Gewalt angetan hatte. Bitte, lieber Gott, nur das nicht!

Micheline setzte ihren Wein ab und begann, das feuchte Haar auszukämmen. »Andrew ist nicht unehrenhaft, wenn du das meinst«, sagte sie zögernd. »Zumindest *glaube* ich nicht, daß er es ist.« Bei der letzten Aussage mußte sie lächeln, auch wenn ihr eigentlich nicht danach zumute war.

Aimée blinzelte, als sie hörte, daß die Freundin Selkirks Vornamen benutzte. »*Irgend etwas* ist passiert. Ich *weiß* es! Ich frage dich nicht aus Neugier, Micheline. Du solltest mit jemandem reden. Du hast im vergangenen Jahr soviel durchgemacht und hast so viele Gefühle für dich behalten. Du kannst sie leichter ordnen, wenn du mit einer Freundin redest. Das wird dir helfen.« Aimée überlegte, daß sie eigentlich sehr wenig über diesen englischen Maler wußten. Umwerfend gutes Aussehen und Charme waren ja schön und gut, aber konnte man dem Mann trauen? Je besser Aimée über Selkirks Verhalten informiert war, desto besser könnte sie eingreifen, wenn Probleme drohten.

»Du brauchst gegenüber Andrew nicht mißtrauisch zu sein«, sagte Micheline sanft. »Er ist wirklich sehr freundlich zu mir gewesen. Er scheint mich ehrlich zu mögen. Wir hatten einen schönen Tag.« Sie griff nach ihrem Wein und trank nachdenklich. »Er hat eine besondere Ausstrahlung, bei der man sich entspannt und ganz offen redet. Man fühlt sich bei ihm wohl. Er ist charmant, ja, aber das ist kein hohler Charme. Er ist warmherzig, verfügt über einen trockenen Witz, und ich hatte das Gefühl, daß er an allem, was ich sagte, ehrlich interessiert war. Er ermutigte mich zum Reden, während er mich heute morgen zeichnete. Dadurch wurde die Sitzung weniger eintönig, und ich ertappte mich dabei, daß ich ihm alles über meine Vergangenheit erzählte. Irgendwie war das alles ganz natürlich und selbstverständlich!«

Aimées Kopfhaut prickelte merkwürdig, und das Gefühl wanderte weiter ihre Wirbelsäule hinunter. Sie hatte Micheline noch nie so reden hören. Die Anzeichen waren klar. Ob es Micheline bewußt war oder nicht, sie war vernarrt in diesen Andrew Selkirk, und Aimée betete nur, daß es nicht Liebe war. Nur mit Mühe konnte sie in unbeteiligtem Ton sprechen.

»War euer Ausritt in den Wald so schön wie der Morgen?«

»Ja, zum größten Teil. Wie sich herausgestellt hat, teilt Andrew meine Liebe zu Pferden, und wir hatten viel Vergnügen, als wir um die Wette über die Wiesen ritten. Er hat natürlich gewonnen, aber das machte ihn nicht so selbstgefällig, wie Männer es oft sind. Wir nahmen eine wunderbare Mahlzeit ein – er hatte alle möglichen Sachen aus der Küche gestohlen! Ich kann mich nicht erinnern, wann ich zuletzt soviel Spaß hatte.«

Als sie den verträumten Ausdruck in Michelines blauen Augen sah, spürte Aimée eine leichte Übelkeit. *Wie* hatte das passieren können, und *was* konnte man tun? »Du mußt mir auch noch den Rest erzählen, *chérie*. Da muß etwas schiefgegangen sein; das konnte ich vorhin von deinem Gesicht ablesen.«

»Es war nicht Andrews Schuld. Wir ritten durch den Wald zum Schloß zurück. Ich ritt voran, weil ich den Weg kannte, und vermutlich war ich nicht aufmerksam. Der Weg machte eine Biegung, und dahinter lag ein riesiger Haufen Äste. Mein Pferd schaffte den Sprung, aber es passierte alles so plötzlich, daß ich aus dem Sattel flog ...«

»*Mon Dieu*!« rief Aimée aus. »Bist du verletzt?«

»Nein, nein, ich muß richtig gefallen sein, und die Blätter waren wie ein Kissen. Aber Andrew eilte zu meiner Hilfe, und er zog mich an sich ... und er küßte mich.«

»Ich hab' es gewußt!«

»Das ist aber alles. Es war nur ein Kuß. Als ich ihn bat aufzuhören, tat er es auch.«

Aimée nickte nachdenklich und trank ihren Wein, dann fing sie Michelines Blick auf und hielt ihm stand. »Und warum hast du ihn gebeten aufzuhören?«

»Naja, weil es unrecht war! Ich ... ich bin mit einem anderen Mann verlobt!« Ihre Wangen waren rot vor Emotionen.

»Weißt du genau, daß es keinen anderen Grund gab?« fragte Aimée liebevoll.

Micheline schloß die Augen und legte zur Kühlung die Hände auf das Gesicht. »Es ist so schwer, auch nur daran zu denken, geschweige denn, es auszusprechen!« Als sie die Augen öffnete, waren sie voller Tränen. »Oh, Aimée, erinnerst du dich an den Tag, an dem ich dir sagte, daß ich mich wohl nie wieder zu einem Mann hingezogen fühlen würde?«

»Bei Andrew Selkirk hast du deine Meinung geändert, nicht wahr? Aber, Micheline, dieser Mann ist ein Maler! Er ist keiner von denen, die eine Ehe eingehen, sonst wäre er längst verheiratet. Es ist ganz offensichtlich, daß M'sieur Selkirk die Frauen liebt – und sie lieben ihn. Er bricht Herzen, ohne es zu wollen. Weiß er von deiner Verlobung?«

Micheline nickte stumm und unterdrückte die Tränen.

»Und selbst wenn es wahre Liebe bei ihm wäre, was

für ein Leben würdest du führen? Selkirk muß herumreisen, um zu malen, vielleicht besitzt er nicht einmal ein Zuhause!«

»Das spielt alles keine Rolle, Aimée. Ich habe zugestimmt, den Grafen von Sandhurst zu heiraten, und ich habe vor, mein Wort zu halten.« Micheline sprach mit großer Selbstbeherrschung, entschlossen, nicht zu weinen. »Was ich für Andrew empfinde, ist nur ein vorübergehender Anflug von Vernarrtheit. Von jetzt an werde ich meine Gefühle unter Kontrolle halten. Das wird eine Prüfung meiner Reife sein.«

Bei den Worten ihrer Freundin zuckte Aimée leicht zusammen und fragte: »Aber was, wenn es nicht nur ein ›Anflug von Vernarrtheit‹ ist? Was, wenn es *Liebe* ist?«

Micheline wandte den Blick ab. »Ich will mich nicht wieder verlieben. Auch darum habe ich zugestimmt, Lord Sandhurst zu heiraten. Die Liebe bringt mehr Schmerz als Freude.«

Der Hof setzte sich gerade zum Abendessen, als Micheline Tevoulère den Saal betrat. Die Gesellschaft war so groß, daß niemand ihre Verspätung bemerkte. St. Briac machte zu seiner Linken Platz für sie, und sie schenkte ihm ein strahlendes Lächeln.

An der anderen Seite des Tisches saß Sandhurst und beobachtete Micheline, gleichzeitig versuchte er, Konversation mit seiner Nachbarin, Königin Eleonore, zu machen. Er hatte Mitleid mit der von Natur aus lebhaften Königin, die mit großen Hoffnungen in die Ehe mit Franz gegangen war. Aber diese Ehe hatte Anne d'Heilly sofort zerstört. Seit ihrer Ankunft in Frankreich vor drei Jahren hatte sich Eleonore auf peinliche Weise fehl am Platz gefühlt. Königin Claude war 1524 gestorben, und Anne hatte ihre Position am Hof gefestigt, nachdem der König vor sieben Jahren aus der spanischen Gefangenschaft zurückgekehrt war. Eleonore war als Verhandlungsobjekt zwischen ihrem Bruder, Kaiser Karl V., und Franz benutzt worden, und obwohl sie jetzt Königin und Ehefrau war, benahm sich ihr Mann meistens so, als gäbe es sie gar nicht. Franz wollte nicht einmal Kinder von ihr; Claude hatte ihm sieben geschenkt, von denen fünf noch am Leben waren. Eleonore war eine Frau von großer Leidenschaft, aber sie schlief immer allein; und die Macht, die ihr als Königin eigentlich zustand, hatte Anne d'Heilly zum größten Teil längst für sich selbst in Anspruch genommen.

»Sind Sie verheiratet, M'sieur Selkirk?« fragte die Königin auf französisch mit spanischem Akzent.

»Nein.« Er zwang sich, Micheline nicht mehr anzuschauen, und wandte sich Eleonore mit einem Lächeln zu. »Doch meine Freunde sagen, ich würde langsam alt und sollte mir eine Frau nehmen.«

»Wie traurig für alle anderen von uns«, murmelte sie und schob sich ein Stück gebratene Lerche in den Mund; kauend betrachtete sie ihn. Dieser Engländer sah so atemberaubend gut aus, daß seine intelligente, charmante Persönlichkeit fast zur Nebensache wurde. An diesem Abend trug er ein enganliegendes Wams aus schiefergrauem Samt, dazu ein Hemd aus schneeweißem Leinen mit gefältelter Halskrause. Das Licht der Fackeln und Kerzen unterstrich nicht nur die zahlreichen goldenen Strähnen in Andrews hellbraunem Haar, sondern auch die fein modellierten Konturen seines Gesichts und die Narbe oberhalb seines Mundes. Anders als bei allen anderen anwesenden Männern war seine Kleidung nicht mit Juwelen besetzt, und er trug keine Ketten um den Hals. Viele Höflinge schmückten alle ihre Finger mit

Ringen, Andrew Selkirk dagegen trug nur einen in Gold gefaßten Saphir am kleinen Finger der linken Hand.

Jetzt war sein attraktives Gesicht im Profil zu sehen, denn er sah Micheline Tevoulère an. Die Königin, die um jeden Preis weiterhin seine Aufmerksamkeit erregen wollte, fragte: »Wie kamen Sie zu Ihrer Narbe, M'sieur?«

Seine Augenbrauen gingen in leichtem Erstaunen in die Höhe. »Ich bin von einem sehr großen Pferd gefallen, als ich noch sehr klein war, Majestät. Man erzählte mir, ich sei direkt auf das Gesicht gefallen und ein spitzer Stein habe diese Verletzung verursacht.«

»Und dennoch tragen Sie keinen Bart«, meinte sie nachdenklich. »Wissen Sie, mein Gemahl hat sich ursprünglich einen Bart wachsen lassen, um ein paar Narben im Gesicht zu verstecken, und es scheint so, daß es ihm jeder Mann nachmacht.«

»Soll ich auch?« fragte Andrew belustigt.

»O nein!« rief sie. »Es wäre ein Verbrechen, *Ihr* Gesicht zu verstecken, M'sieur. Und diese Narbe ist ... gefährlich anziehend.«

Weil er kaum wußte, wie er reagieren sollte, antwortete er vorsichtig: »Ihr schmeichelt mir, Majestät!« Dann wandte er seine Aufmerksamkeit der Lerche auf seinem Teller zu.

Sandhurst war der Ausdruck im Gesicht der Königin nur allzu gut bekannt. Ihre dunklen, mandelförmigen Augen waren verträumt, und ihre sehr sinnlichen Lippen waren leicht geöffnet, als sie ihn ansah, als fände sie ihn appetitanregender als das Essen. Andrew seufzte innerlich. Das konnte er jetzt gerade noch gebrauchen, daß die Königin von Frankreich ihn begehrte!

Micheline schien derweil Sandhurst in seiner Not gar nicht wahrzunehmen. Sie machte Konversation mit Robert de la Marck, Lehnsherr von Florange, der zu ihrer Linken saß. Florange war ein ebenso alter Freund des Königs wie St. Briac. Obwohl er inzwischen über vierzig war, wurde er immer noch »der junge Abenteurer« genannt, und er liebte die Frauen wie eh und je. An diesem Abend erfreute er sich an Micheline Tevoulères Schönheit. Ihr Kleid war aus schwerem, blauem Samt und mit Perlen und Rubinen übersät. Edelsteine und Perlen schmückten auch ihren Hals und die aufgesteckten Lokken.

»Ich werde Sie vermissen, wenn Sie nach England gehen, Madame«, sagte Florange offen und trank einen Schluck Wein.

»Es wird eine andere Dame geben, die dann meinen Platz bei Hofe einnimmt, Monseigneur«, antwortete sie. Das Dessert wurde gereicht, und Micheline nutzte die kleine Unterbrechung, um kurz zu Andrew hinüberzusehen, während sie nach den Weintrauben griff. Michelines Gesicht brannte, als sie Königin Eleonores verzückten Gesichtsausdruck sah, während sie wild gestikulierend mit Andrew sprach.

»Es gibt bestimmte Damen, die kann man nicht ersetzen«, sagte Florange wehmütig. »Vor ein paar Jahren war unsere Freundin Aimée ein solcher Sonderfall. Sie wurde St. Briac anverlobt, bevor irgendein anderer von uns überhaupt eine Chance hatte, und nun ist dasselbe mit Ihnen passiert!«

»Sie schmeicheln mir, Monseigneur!«

Sie plauderten bis der letzte Gang, der *boute-hors*, bestehend aus Wein mit Gewürzen, serviert worden war.

Florange fand den Gegensatz zwischen Micheline und Aimée genauso faszinierend wie die Schönheit seiner Nachbarin. Aimée war immer überschäumend und hemmungslos aufrichtig gewesen. Micheline dagegen war weit reservierter, sogar vorsichtig. In ihren großen blauen Augen lag ein geheimnisvolles Strahlen, das nicht nur Traurigkeit, sondern auch Leidenschaft vermuten ließ. Ihre Haltung verriet eine selbstbewußte Intelligenz und gute Herkunft; sie bemühte sich nicht darum, andere zu beeindrucken. Florange fand, daß Micheline Tevoulère ein quälendes Rätsel war, und er wünschte sich, er selbst dürfte die Lösung suchen.

Die Tafel wurde aufgehoben, als die Jongleure und Akrobaten in die Halle strömten. Ein tanzender Affe tollte zwischen den frischen Kräutern und Binsen herum, die auf den Boden gestreut waren, und benahm sich zum Vergnügen des Hofes unglaublich schlecht. Micheline fühlte sich langsam unbehaglich, als der Lehnsherr sie so genau musterte, und so nutzte sie diese Unterbrechung, um sich Thomas und Aimée zuzuwenden.

Bald darauf erschien ein Sänger, der seine Lieder zu Harfenbegleitung vortrug. Zu Michelines Überraschung kam der König zu ihr und bat sie, mit ihm zu tanzen. Sie schien keinerlei Wahl zu haben und war froh, daß ihr die *gaillarde* vertraut war.

»Sie sind außergewöhnlich schön heute abend, *ma chère*«, bemerkte der König mit einem Augenzwinkern.

Es kam Micheline vor, als sei die Unehrlichkeit wie eine Seuche unter den Franzosen ausgebrochen. »Wie freundlich Ihr seid, Sire.«

»Ich sage nur die Wahrheit.« Er griff nach ihrer Hand und nahm eine Tanzposition ein. »Wie geht es mit Ihrem Porträt voran?«

Schon der Gedanke an Andrew Selkirk ließ sie erröten, aber sie hoffte, daß der König dem Licht des nach Rosmarin duftenden Feuers die Schuld daran geben würde. »M'sieur Selkirk hat bisher nur Federzeichnungen gemacht, Sire, aber ich konnte sie mir ansehen, und er scheint sehr begabt zu sein.«

»Die Zeichnungen waren Ihnen ähnlich?«

»Auf schmeichelhafte Weise ja.«

»*Bon*!« Franz strahlte. »Ich kann allerdings nicht sagen, daß ich überrascht bin. Er brachte ein Gemälde der Schwester des Grafen von Sandhurst mit, um mir ein Beispiel seiner Arbeit vorzuführen, und es war absolut großartig.«

Micheline war immer noch dabei, diese Information zu verarbeiten, als die Musik endete. Der König verbeugte sich, sie machte einen Hofknicks und nahm seinen Arm, um zu den anderen zurückzukehren. Kaum hatten sie sich getrennt, als auch schon Andrew Selkirk vor ihr auftauchte und um den nächsten Tanz bat.

Micheline wollte fast schon ablehnen, aber da war etwas in seinen dunkelbraunen Augen, das sie zögern ließ. »Wenn Sie möchten, M'sieur.«

»Ich möchte sehr.«

Die Musik setzte ein, und mindestens zwei Dutzend Paare begaben sich in die Mitte der Halle. Sandhurst und Micheline waren die Letzten und standen sich ziemlich lange gegenüber, wobei sie sich in die Augen sahen. Die Musik spielte schon, und die anderen Tänzer hatten bereits eine vollständige Figur ausgeführt, bevor Sandhurst sich bewegte. Und dann machte er auch nur einen Schritt nach vorn, berührte ihre Hand und erklärte: »Ich möchte mit Ihnen reden. Allein ...«

Micheline blinzelte überrascht und wurde rot. »Das ist nicht möglich, M'sieur.«

»Was ist los? Haben Sie Angst, daß ich den Verstand verliere und Sie schände?« Fast hätte er sie gefragt, ob sie das vielleicht wolle, aber er hielt seine Zunge im Zaum. »Ich bitte nur um einige Augenblicke für eine private Konversation draußen auf dem Hof.«

Gefangen von dem Zauber seiner Augen und unter dem Druck seiner harten männlichen Hand, kapitulierte Micheline.

»*Alors*«, flüsterte sie. Was konnte schlimm sein an ein paar Augenblicken, die sie allein mit Andrew Selkirk verbrachte?

Kapitel 12

2.–6. März 1533

Es war nach Mitternacht, und über den schwarzen Himmel zogen silbrigblaue Wölkchen. Der Ausgang, den Sandhurst zufällig gewählt hatte, führte nicht auf den Hof, sondern in die Gärten, und so fanden sich Micheline und der Engländer in den Hecken wieder, die die Gärtner zu einem grünen Tunnel geschnitten hatten.

»Alle haben gesehen, daß wir hinausgegangen sind«, flüsterte Micheline verzweifelt. »Ich spürte, wie sie ihre Blicke auf uns richteten!«

»Was kümmert Sie das? Sie verlassen Frankreich in ein paar Wochen, oder nicht?«

»*Oui*, M'sieur!« Micheline war verwirrt, weil sie so böse auf ihn war, aber dadurch war ihr seine Nähe nicht so bewußt. Im Mondlicht sah sie seine funkelnden Augen, und wenn sie nur einen Schritt machte, würden ihre Körper sich berühren.

»Sprechen Sie englisch?« fragte Andrew plötzlich.

»Natürlich!« antwortete Micheline in seiner Muttersprache. »Und ich spreche auch fließend spanisch und deutsch.«

Ihr Akzent machte ihm Spaß. Sie sprach mit sicherer Perfektion, und jedes Wort kam klar und deutlich, aber ihr Englisch hatte einen ausgesprochen reizvollen französischen Akzent. Sandhurst lachte leise, und Micheline spürte, wie ihr Herz auf einmal klopfte.

»Was wollten Sie mir sagen, M'sieur?« fragte sie ernst. »Ich hoffe, ich habe mich nicht dem Klatsch des gesamten Hofes ausgesetzt, nur damit Sie mich fragen, ob ich englisch spreche.«

Er sehnte sich danach, sie zu berühren, ihren weichen Körper an sich zu pressen, ihren Mund zu schmecken, ihr Kleid zu öffnen ... Aber all das kam gar nicht in Frage.

»Ich habe Ihnen versprochen, daß ich nichts über Ihre Verlobung mit dem Grafen von Sandhurst sagen werde, wenn Sie nicht mit dem Thema beginnen, aber die Ereignisse dieses Nachmittags zwingen mich, dieses Versprechen zu brechen.« Der quadratische Ausschnitt von Michelines Kleid gab ihre hohen, runden Brüste weitgehend frei, die im Mondlicht schimmerten. »Ich möchte eines wissen: Wie können Sie es rechtfertigen, einen Mann zu heiraten, den Sie noch nie *gesehen* haben!«

»Warum wollen Sie das wissen?«

»Mir ist nicht nach Spielchen zumute, Michelle. Sie und ich, wir beide sind keine Fremden. In Wahrheit sind wir Freunde ... Und mehr, vermute ich. Langsam habe ich das Gefühl, Sie zu kennen, Sie sogar bis zu einem gewissen Maß zu verstehen, und je mehr ich über Sie weiß, desto weniger begreife ich, wie es zu dieser Verlobung kommen konnte. Sie sind doch nicht die Sorte Frau, die sich mit einem vollkommen Fremden verheiraten läßt, ganz gleich, welchen Titel er hat und wie reich er sein mag.«

Micheline entzog sich seinem Blick und wandte ihm ihr Profil zu, als sie leise antwortete: »Es ist nicht wichtig, ob ich diesen Mann kenne oder nicht. Mich kümmern auch sein Titel und sein Reichtum nicht. Ich werde im Wohlstand leben, und das reicht mir. Selbst wenn ich mit dem Grafen von Sandhurst persönlich bekannt wäre, könnte ich ihn nicht beurteilen. Das weiß ich jetzt. Ich habe erst vor kurzem gelernt, daß nur Narren glauben, einen anderen Menschen so gut zu kennen wie sich selbst ... oder Menschen, die bedingungslos lieben.« Sie blickte auf, sah, wie er sie anstarrte, und schenkte ihm ein liebes, bedauerndes Lächeln. »Vielleicht *sind* Menschen, die lieben, Narren, und in Zukunft will ich weder das eine tun, noch das andere sein. Niemand kennt einen anderen Menschen wirklich, das haben Sie zweifellos auch gemerkt, als Sie meine Bekanntschaft machten, M'sieur. Jeder trägt eine Maske, spielt eine Rolle, von der er glaubt, daß sie vom Publikum am ehesten akzeptiert wird.«

»Sie haben ziemlich wenig Illusionen. Bemerkenswert bei einer so jungen Dame wie Ihnen«, murmelte Sandhurst.

»Ich habe mehr erlebt als die meisten meines Alters, und ich denke, daß ich jetzt realistisch bin. Ich habe meine Sehnsucht nach Träumen verloren.«

»Und nach Liebe?«

»Ja.« Micheline wandte ihren Blick wieder ab.

»Sehnsucht kehrt manchmal zurück«, meinte er nachdenklich.

»Ich werde daran denken, M'sieur, und auf der Hut sein.«

Sandhurst streckte langsam die Hand aus und umfaßte ihren schlanken Arm. Sie sah ihn immer noch nicht an, und er fühlte, wie sie starr wurde.

»Hast du keine *Gefühle*, Micheline?«

Betroffen drehte sie sich um, wollte antworten und fand sich in seinen Armen wieder. Wie ein Schmetterling im Netz unterwarf sie sich Andrews Stärke. Ein heftiger Wirbel der Gefühle nahm sie gefangen, machte sie schwach und versetzte sie gleichzeitig in Hochstimmung. Was am Nachmittag zwischen ihnen passiert war, hatte nicht dazu beigetragen, Michelines Sehnsucht nach diesem Mann zu unterdrücken. Im Gegenteil, ihr Hunger war nach diesem Vorfall nur noch größer geworden. Sie hatte versucht, derartige Sehnsüchte in Schach zu halten, doch als Andrew sie jetzt berührte, siegten ihre Sinne mühelos über ihren Verstand.

Andrew hatte eine Hand auf ihren Rücken gelegt, und sie schien ihr durch den Samt hindurch die Haut zu verbrennen, die andere Hand lag in ihrem Nacken, und die starken Finger spielten mit ihrem Haar. Sie spürte die Muskeln seiner Arme, und dann lag sein Mund auf dem ihrem.

Quelle splendeur, dachte Micheline. Immer und immer wieder küßten sie sich zärtlich, lernten die Lippen des anderen kennen. Dann wurde er heftiger, öffnete seinen Mund, so daß sie ihn schmecken konnte, und Micheline wußte, daß ihre Beine sie nicht mehr tragen würden, wenn er sie nicht in seinen Armen hielte. Sogar ihre Knochen schienen weich zu werden, gleichzeitig breitete sich zwischen ihren Beinen eine merkwürdige, wunderbare Hitze aus. Bei Bernard hatte sie *nie* solche Gefühle kennengelernt. War Andrew Selkirk ein Hexer?

Sie erwiderte seine Küsse mit sinnlich geöffneten Lippen, und Sandhurst spürte das Blut in seinen Lenden pulsieren. Er ließ seine Hand liebevoll von ihrem Nacken gleiten. Wie weich ihr Hals war! Maiglöckchenduft stieg ihm in die Nase, als er mit den Fingerspitzen Michelines schwellende Brüste berührte. Instinktiv drängte sie sich enger an ihn, und er fühlte ihre harten Brustwarzen durch den Samt hindurch. Er legte die Hand auf ihren festen, üppigen Busen.

»Dein Herz schlägt wie verrückt«, flüsterte Sandhurst.

Micheline konnte nicht sprechen. Sie starrte ihn mit aufgerissenen Augen an, ihre Wangen glühten, die Lippen waren rosig. Als sein Mund noch einmal ihren Hals liebkoste, sagte sie atemlos: »*Nom de Dieu* ... was tue ich?«

»Du fühlst, Michelle«, murmelte Andrew, wohl wissend, wie sein warmer Atem auf sie wirkte. »Entspann dich.«

Irgendwie fand sie sich auf einer Steinbank weiter hinten im Garten wieder. Er liebkoste ihre Arme durch den Samt ihres Kleides, küßte sie auf die Stirn, die Augenlider, den Hals, die Schultern und auf die Kurven ihrer Brüste. Sie schienen geschwollen zu sein, schmerzten genauso wie ihr Schoß. Andrew öffnete ihr Kleid.

»Du riechst wunderbar«, hörte Micheline sich flüstern, als sie ihr Gesicht in seinem glänzenden Haar verbarg. Sie wollte ihm sagen, wie sehr sie seine Hände liebte, aber irgend etwas hielt sie davon ab.

»Du auch, Liebste«, erwiderte er und brachte mit einem bezaubernden jungenhaften Lächeln ihr Herz zum Schmelzen. »Und du schmeckst sogar noch besser.«

»*Sangdieu*!« Sie benutzte St. Briacs Lieblingsschimpfwort, als Sandhursts Mund plötzlich ihren nackten Busen berührte. Durch ihre Adern schien flüssiges Feuer zu strömen und hinterließ wahre Funkenschauer. Erst küßte er ihre feste Brustwarze zärtlich und umkreiste sie dann mit seiner warmen, feuchten Zungenspitze. Micheline war einer Ohnmacht nahe. Dann küßte er die eine Brust und streichelte gleichzeitig die andere.

Nicht einmal im Traum hätte Micheline sich eine solche Erregung vorstellen können. Sie fühlte Andrews Herz an ihrem Körper schlagen, und plötzlich bemerkte sie, daß auch er erregt war. Bei dem Gedanken an seine Männlichkeit zitterte sie vor Aufregung.

»Selkirk! Sind Sie da?« Es war St. Briac, der vom Château her nach ihnen rief, und Micheline hart in die Wirklichkeit zurückholte.

»Helfen Sie mir, M'sieur«, bat sie aufgeregt, während sie an den Bändern ihres Kleides nestelte.

»Wir sind nicht zu einer Antwort verpflichtet«, sagte Andrew mit leiser Stimme, während seine braunen Augen die ihren suchten.

»Doch! Wir müssen zurück!« Ihre Wangen brannten. »Mir ist das so peinlich. Was sollen wir sagen?«

»Wir brauchen niemandem etwas zu erklären, Michelle. Du und ich, wir sind erwachsen!« Ihre offensichtliche Scham bekümmerte ihn, dennoch schob er ihre Hände beiseite und schloß das Oberteil des Kleides ordentlich.

»Es ist kalt! Wir hätten nicht in die Nacht hinausgehen sollen.« Plötzlich zitterte Micheline am ganzen Körper.

Sandhurst blinzelte, half ihr auf und legte einen Arm um sie. »Ich entschuldige mich, Madame, es war gedankenlos von mir.«

»Nein, nein, ich war dumm. Ich habe einfach nicht *nachgedacht*!«

Als er auf sie hinabschaute, sah er den vertrauten besorgten Ausdruck auf ihrem schönen Gesicht und wußte, daß die Barrieren wieder errichtet waren.

»Geh hinein. Ich werde es St. Briac erklären.«

Sie gehorchte dankbar, als sie sich dem Château näherten. Thomas' große, breitschultrige Gestalt hob sich von den beleuchteten Fenstern ab, und Micheline war erleichtert, als sie erkannte, daß sein Gesichtsausdruck eher besorgt als verärgert war.

»Wir gingen spazieren und plauderten über das Porträt«, sagte Andrew beiläufig, »und vergaßen dabei die Zeit. Micheline ist es ein bißchen kühl geworden, deshalb geht sie hinein.«

»*Bonsoir*, die Herren«, rief sie über die Schulter, dann schloß sie die Tür hinter sich.

St. Briac starrte ihr nach. »Sie wissen, daß die Dame verlobt ist.«

»Es scheint, als ob ich stündlich an diese Tatsache erinnert werde. War es die Sorge um Madame Tevoulères Ehre, die Sie nach uns suchen ließ?«

»Nein. Ich bin Michelines Freund, nicht ihr Aufpasser. Der König stellte Spekulationen über Ihre Abwesenheit an, und ich wollte nur größere Schwierigkeiten abwenden. Wenn Franz Ihnen Absichten auf Madame unterstellen würde, wäre Ihnen die sofortige Verbannung vom Hof sicher.«

»Warum? Weil die Dame seine eigenen Absichten durchkreuzt hat?«

St. Briac rieb sein bärtiges Kinn und lächelte ironisch. »Vielleicht. Micheline ist eine faszinierende Frau, und für den König um so faszinierender, da sie eine Herausforderung war. Er hatte dieser Verlobung mit dem Grafen von Sandhurst nur zugestimmt, weil er einsehen mußte, daß Micheline ihm nicht nachgeben würde ... oder irgendeinem anderen Mann. Er mag sie sehr gern, und als sie nachdrücklich versicherte, daß sie diese Verlobung wollte, stimmte er zu. Ich habe allerdings gesehen, wie er Sie beide heute abend beobachtet hat, und ich versichere Ihnen, der König wird nicht zulassen, daß ein anderer Mann da Erfolg hat, wo er selbst eine Niederlage einstecken mußte.«

»Aus irgendeinem Grund dachte ich, daß diese Verlobung eine Idee des Königs war.«

Thomas schüttelte den Kopf. »Meine Frau erzählte mir, daß die Bitte von König Heinrich kam und daß Micheline ausdrücklich erwähnt wurde. Anscheinend hat Lord Sandhurst eine Schwäche für Französinnen.«

»*Wirklich*!« rief Andrew voller Überraschung aus und unterdrückte ein wildes Verlangen zu lachen. »Und wieso hat er Madame Tevoulère ausgewählt?«

»Im Januar waren einige Besucher aus England bei Hof, und es heißt, sie hätten nach ihrer Heimkehr ein Loblied auf Micheline gesungen.«

»Ich verstehe. Das ist sehr interessant.«

»Naja, es geht mich nichts an, und auch wenn ich nicht sicher bin, ob ich diese Ehe richtig finde, so scheint Michelines Entscheidung festzustehen. Ich hasse den Gedanken, daß ... man sie bis dahin noch verletzen könnte.«

»Wie Sie sagen, ihre Entscheidung steht fest, und sie beeindruckt mich als eine besonders willensstarke Frau. Es ist höchst unwahrscheinlich, daß sie von Leidenschaft davongetragen wird und ich schuld daran wäre, meinen Sie nicht?« Sandhurst gab einen Ton von sich, aus dem gleichzeitig Sorge und Mißbehagen herauszuhören war. »Auf alle Fälle, ich mag Madame Tevoulère sehr gern.

Ich habe nicht die Absicht, ihr zu schaden. Ich hoffe genau wie Sie, daß sie glücklich wird.«

St. Briac kniff die Augen leicht zusammen, um beim Mondlicht im Gesicht des Engländers lesen zu können. »Gut. Ich höre das mit Erleichterung.«

»Da wir das alles geregelt haben, bin ich bereit, wieder hineinzugehen. Ich könnte noch ein Glas Wein vertragen und dann einen langen Schlaf.«

Am nächsten Morgen ging der König mit einigen seiner Höflinge, darunter auch St. Briac, auf die Jagd. Eine Gruppe privilegierter Damen schloß sich im allgemeinen den Männern bei diesen Ausflügen an, aber wegen des kalten Wetters blieben sie dieses Mal im Schloß. Drei Tage ohne weibliche Begleitung waren für Franz eine Tortur. Er stellte fest, daß er viel zu oft an Micheline Tevoulère dachte und über die Szene zwischen ihr und Andrew Selkirk nachdachte. Ihr gemeinsamer Tanz hatte allseits zu Kommentaren geführt, was für ein schönes Paar sie doch abgaben; aber das große Raunen am Hof hatte sich erst erhoben, als der Engländer Micheline in den Garten führte. Was hatten die beiden da so lange gemacht? Wenn Selkirk sich einbildete, er könne Micheline haben, dann war es die Aufgabe des Königs, ihn zu korrigieren. Es war schwer genug für Franz, sich *selbst* zurückzuhalten, aber irgendwie ertrug er die Niederlage leichter in dem Wissen, daß Micheline einen Fremden heiraten würde. Irgendein bürgerlicher Maler würde ihr bestimmt nicht den Kopf verdrehen, nein, das würde er nicht zulassen.

Die Jagdgesellschaft kehrte am Abend des dritten Tages nach Fontainebleau zurück, und am folgenden Morgen schickte Franz nach seiner Ratssitzung Andrew Selkirk eine Nachricht: Er würde ihn gern sofort im königlichen Gemach sehen.

Ein Page überbrachte Sandhurst diese Botschaft, der zwei Räume weiter im Vorzimmer an dem Porträt von Micheline arbeitete. Das Licht war perfekt, weich und golden, und mit dem Pinsel in der Hand betrachtete er sein Modell intensiv.

Seit der Nacht im Garten war Micheline sehr distanziert gewesen, und Sandhurst hatte ihre unausgesprochenen Regeln akzeptiert. Er spürte ihre Angst vor den Gefühlen, die er in ihr wachgerufen hatte, und er war ehrlich genug, zuzugeben, daß er diese Gefühle erwiderte. Doch dieses Eingeständnis machte er nur sich selbst, denn er war nicht bereit, sich diesen Gefühlen zu stellen. Es war leichter, Abstand zu halten, charmant, geistreich und beiläufig zu sein und zu malen. In den vergangenen drei Tagen hatten sie weiterhin Gespräche geführt, aber nicht über persönliche Dinge. Micheline stellte Fragen zu seiner Kunst und beobachtete die Fortschritte bei ihrem Porträt. Sie sprachen über Pferde und ihre Heimatländer, manchmal sogar in englisch, und manchmal lachten sie zusammen, hörten aber sofort auf, wenn sich zuviel Vertrautheit einstellte und die Atmosphäre sich auflud. Diese Spannung lag nur allzu oft in der Luft. Manchmal reichte schon ein überraschender Blick oder ein Lächeln, und Micheline und Andrew schienen sich über die Entfernung hinweg zu berühren; dabei litten beide schweigend, weil es nicht zu dieser Berührung kam.

Als der Page mit der Nachricht von König Franz eintraf, las Sandhurst sie mit einer gewissen Überraschung. Er wußte, daß der König erst am Vorabend zurückgekehrt war, und jetzt war es knapp neun Uhr morgens. Was war so wichtig?

»Es scheint, daß Ihr König mich sehen will«, informierte er Micheline, während er die Hände an einem Lappen abwischte. Zum Pagen gewandt, fragte er: »Soll ich mich erst waschen?«

»Nein, M'sieur. Seine Majestät forderte mich auf, Sie sofort mitzubringen.«

Sandhurst sah Micheline bedauernd an und zuckte mit den Achseln. »Ich habe keine Ahnung, worum es geht oder wie lange es dauern wird. Wenn Sie etwas anderes tun möchten ...«

»Ich werde warten.« Sie lächelte. »Ich kann nachsehen, ob auf dem Gemälde Fehler sind.«

»Da es keine gibt«, erwiderte Andrew lachend, »werden Sie bis in alle Ewigkeit damit beschäftigt sein.«

Er folgte dem Pagen in das königliche Schlafgemach, blieb einen Augenblick in der Tür stehen, um den großen ovalen Raum mit seinen antiken Einfassungen, der prachtvollen Decke und dem großartigen Kamin zu bewundern.

»Ah, M'sieur Selkirk! Da sind Sie ja!« Franz erhob sich von einem geschnitzten Stuhl aus Walnußholz und lächelte zum Gruß.

»Zu Euren Diensten, Sire«, antwortete Andrew mit einem Anflug von Spott, »vorausgesetzt, Ihr toleriert mein Aussehen.«

Der König kniff die Augen für einen Moment zusammen. Der Engländer sah ziemlich flott aus mit seinem zerzausten, glänzenden Haar, den aufgerollten Ärmeln, ohne Wams und mit dem geöffneten Hemd, das einen Blick auf seine Brust freigab. Nicht nur Andrews Hände und Unterarme waren mit verschiedenen Farben bespritzt, auch sein weißes Hemd und und das sonnengebräunte Kinn hatten etwas abbekommen.

»Machen Sie sich nichts daraus. Ich bin froh zu sehen, daß Sie schwer arbeiten. Setzen Sie sich, wenn Sie mögen.«

Sandhurst nahm auf einem Stuhl gegenüber vom König Platz. Ein Diener brachte juwelenbesetzte Weinpokale und entfernte sich dann nach einem Kopfnicken des Monarchen.

Die beiden Männer plauderten kurz über das Wetter und die gerade beendete Jagd, dann fragte Franz, wie Andrew mit dem Porträt von Micheline vorankam.

»Es läuft recht gut«, antwortete Sandhurst vorsichtig und beobachtete den Franzosen über den Rand seines Pokals hinweg. »Madame Tevoulère ist ein ideales Modell. Nicht nur ihr Gesicht ist schön, sie verfügt auch über einen schönen Geist. Es ist eine Herausforderung für mich, beides auf der Leinwand einzufangen, das Innere und das Äußere dieser Frau.«

»Sie scheinen von der Dame ganz angetan zu sein.« Franz klang unbeteiligt, aber seine haselnußbraunen Augen waren leicht zusammengekniffen, während er sich über den gepflegten Bart strich und auf Antwort wartete.

»Welcher normale Mann wäre das nicht?«

»Das ist alles sehr schön, M'sieur, aber ich muß Sie bitten, Ihre Bewunderung für sich zu behalten. Wie Sie sehr wohl wissen, ist Micheline mit einem Ihrer nobelsten Landsleute verlobt ...«

»Dabei handelt es sich wohl kaum um eine Verbindung aus Liebe, Sire«, unterbrach Andrew ihn mit gleichmäßiger, klarer Stimme.

»Madame Tevoulère hat ihre Wahl freiwillig getroffen. Lord Sandhurst wird eines Tages Herzog sein! Sein Ruf ist untadelig; er ist wohlhabend; er hat alles zu bieten!«

Andrew sah einen Augenblick auf seinen Wein, bevor er aufschaute, um zu antworten. »Kurz, der Graf von Sandhurst ist alles, was ich nicht bin – auch nicht ehrenhaft, wenn ich es richtig verstehe.«

»Ich möchte mich nicht mit Ihnen streiten, M'sieur Selkirk. Die Wahrheit ist, daß ich Sie sehr gern mag, und ich habe großen Respekt vor Ihrem beachtlichen Talent. Doch Sie *sind* ein Bürgerlicher ... und Sie sind Künstler. Ich habe nie einen Maler kennengelernt, der ein beständiges Leben führte. Wegen Ihrer Arbeit müssen Sie reisen. Was könnten Sie einer Dame wie Madame Tevoulère bieten, selbst wenn sie für Sie erreichbar wäre?«

»Vielleicht Liebe?« fragte Sandhurst ironisch und legte den Zeigefinger an den Mund.

»Aber, aber, M'sieur, seien wir doch ernsthaft!« rief Franz mit einem lauten Lachen aus. »Wir sind beide Männer, Sie können offen zu mir sein! Sie lieben nicht Micheline, sondern die Herausforderung! Sie sind gesegnet mit gutem Aussehen und beachtlichem Charme, und Sie sind es zweifellos gewohnt, die Zuneigung jeder Dame zu gewinnen, die Sie sich aussuchen. Sie sind ein Freigeist. Ich bin sicher, Sie haben die Gunst der hochwohlgeborenen, schönen und oft verheirateten Frauen in Ihrem Bett genossen, aber Micheline ist nicht wie diese Damen.«

»Das ist mir bewußt, Sire.«

»Wenn das so ist, dann werden Sie Abstand halten. Diese Dame ist verletzbar. Ihr Herz muß nach dem Tod ihres geliebten Mannes noch heilen. Ich fordere Sie auf, sie in Ruhe zu lassen.«

Sandhurst erhob sich, wohl wissend, daß das ungehörig war, denn der König hatte ihn noch nicht entlassen. »Ich weiß Euren Rat zu schätzen, Sire, und als Antwort kann ich nur wiederholen, was ich zu dem Lehnsherrn von St. Briac vor kurzem nachts im Garten gesagt habe. Ich habe nicht die Absicht, Madame Tevoulère weiteres Leid zuzufügen. Ich bewundere die Dame sehr und schätze ihr Glück genauso hoch ein wie Ihr.«

Franz stand auf und sah den Engländer mit zusammengekniffenen Augen an. »Dann werden Sie auch keine Schwierigkeiten haben, sich daran zu erinnern, wo Ihr Platz ist. Ich wünsche nicht, ein Gespräch wie dieses wiederholen zu müssen.«

Mit einer angedeuteten Verbeugung antwortete Andrew: »Auch ich nicht, Sire. Wenn Ihr mich entschuldigen wollt, ich sollte zu meiner Arbeit zurückkehren.«

»Auf jeden Fall. Ich hoffe, Sie werden Ihre ganze Aufmerksamkeit darauf richten. Guten Tag, M'sieur.«

Als er wieder allein war, ließ sich der König auf seinen Stuhl fallen und nahm einen Schluck Wein. Er spürte, daß er diese geistige Schlacht verloren hatte, aber sein Gegner hatte sich so subtil durchgesetzt, daß er ihm eigentlich nicht böse sein konnte. Er wollte das Gemälde vollendet sehen, aber sollte Selkirk in Zukunft wieder um Michelines Gunst werben, würde er ihn bitten, Fontainebleau zu verlassen.

Auf der anderen Seite des Raums stand die Tür zum zweiten Vorzimmer der Königin leicht offen, hinter der Anne d'Heilly zurücktrat und die Augenbrauen nachdenklich zusammenzog. Vom ersten Augenblick an hatte sie sich stark zu Andrew Selkirk hingezogen gefühlt, aber jetzt schien es vorteilhafter zu sein, die Beziehung zwischen ihm und Micheline zu fördern. Es ärgerte sie maßlos, sich ihre Rivalin mit einem so umwerfend attraktiven Mann vorzustellen, aber insgesamt gesehen, konnte es für sie vorteilhafter sein als ihr ursprünglicher

Plan, Micheline mit einen englischen Adeligen zu verheiraten.

Wenn die junge Frau mit einem mittellosen Künstler davonliefe, dann würde sie sich nicht nur selbst blamieren, sondern auch ihren König, denn *er* mußte dem sitzengelassenen Bräutigam eine Erklärung geben. Wie *wütend* Franz sein wird! dachte Anne schadenfroh und rieb sich die zarten Hände. Das wäre wirklich eine perfekte Lösung. Ein so ungeheuerliches Verhalten würde Michelines ständige Abwesenheit vom französischen Hof zu einer absoluten Gewißheit machen.

Kapitel 13

10. und 11. März 1533

Anne d'Heilly war ganz in Rosa gekleidet und sah aus wie eine süße, reife Erdbeere. Sie saß an ihrem Schreibtisch und starrte hinaus. Es würde bald schneien. Das sagten alle. Man hatte ein schweres Unwetter vorausgesagt – eine Seltenheit in Frankreich, aber nicht unmöglich. Die Temperatur stimmte, gerade eben unter dem Gefrierpunkt, und draußen lag eine unheimliche Stille in der Luft, die regelmäßig von plötzlichen Windstößen unterbrochen wurde. Eine dicke Wolkenschicht bedeckte den farblosen Himmel. Diese Anzeichen bedeuteten Schnee, viel Schnee, sagten die Leute.

Anne drehte ihre lange Perlenkette um einen Finger und dachte nach. Einen Schneesturm könnte man ausnutzen, um Micheline Tevoulère und Andrew Selkirk zusammenzubringen. Die Frage war nur, wo und wie?

Thomas war mit dem König ausgeritten. Aimée vermißte die Gesellschaft der Freundin, und so beschloß sie, sich nach dem Stand der Dinge zu erkundigen und dem Vorzimmer einen Besuch abzustatten, in dem das Porträt von Micheline entstand.

»Darf ich hereinkommen?« fragte sie zögernd an der Tür.

Einen Farbpinsel zwischen den Fingern, machte Sandhurst mit einer Hand eine ausholende Willkommensgeste. »Willkommen, Madame.« Er lächelte. »Zweifellos wünscht sich mein Modell nichts sehnlicher, als einmal ein anderes Gesicht als nur meines zu sehen.«

Micheline trug ein Kleid aus pfirsichfarbenem, weichem Samt, das vorn geteilt war und einen seidenen, blattgrünen Unterrock zum Vorschein kommen ließ. Sie sah darin besonders hübsch aus. Obwohl von der Sonne an diesem Morgen nichts zu sehen war, glänzten ihre Locken weich, und ihr zufriedenes Lächeln ließ sogar ihre Auge strahlen.

»Wie schön, dich zu sehen!« rief Micheline und erhob sich, um ihre Freundin zu umarmen. »Ich ließ vorgestern nach dir rufen, aber Suzette sagte, Ninon fühle sich nicht wohl, und du seist bei ihr. Sag mir, daß mein kleiner Engel wieder gesund ist!«

»Kleiner Teufelsbraten paßt besser, wie du weißt!« Aimée lachte und erwiderte Michelines Umarmung. Wie schön es war, ihre liebe Freundin strahlen und lachen zu sehen, was auch immer der Grund sein mochte! »Ninon klagte über Halsschmerzen, und sie schniefte ein oder zwei Stunden, aber ich glaube, sie ist noch stärker als ihr Vater. Nach einem Nickerchen aß sie, als wäre sie total ausgehungert, und jetzt hüpft sie in unseren Räumen auf und ab, voller Vorfreude auf den Schnee!«

»Ach, das freut mich! Und ich bin so froh, daß du gekommen bist. Du hast mir schrecklich gefehlt, Aimée.«

»Das beruht auf Gegenseitigkeit, *chérie*. Ich fand, ich sollte endlich einmal herausfinden, ob sich all die Stunden deiner Abwesenheit auch gelohnt haben. Darf ich das Porträt sehen?«

Micheline blickte auf. »Andrew?«

»Warum nicht?« antwortete er leichthin. »*Ich* habe nichts zu verbergen!«

Während sie sich dem Maler und seiner Leinwand näherte, glitten Aimées Blicke über Andrew Selkirk, und fast hätte sie laut geseufzt. Selbst in Kniebundhosen aus Hirschkalbleder und einem einfachen, mit Farbe beschmierten weißen Hemd war er der bestaussehende Mann, den sie je kennengelernt hatte – außer St. Briac natürlich, der eine Kategorie für sich war. Auch dieser Engländer verdient vielleicht eine eigene Kategorie, überlegte Aimée, denn auch er scheint über die seltene Kombination von großartigem Aussehen und charismatischer Persönlichkeit zu verfügen. Beide Eigenschaften waren anders als bei ihrem Mann, aber nicht weniger ausgeprägt. Aimée dachte über all das ganz leidenschaftslos nach, denn sie liebte St. Briac, aber sie mußte sich die Frage stellen, welche Wirkung Andrew Selkirk wohl auf Micheline hatte. Ihr Herz war wie eine knospende Blume, die sich danach sehnte, sich zu öffnen.

»Was denkst du?« fragte ihre Freundin.

»Denken Sie einfach daran, daß das Bild alles andere als fertig ist«, warf Andrew ein.

Aimée wandte ihre Aufmerksamkeit von den beiden ab und dem Porträt zu. »*Parbleu*!« flüsterte sie. »Es ist außergewöhnlich!«

Obwohl das Gemälde unfertig war, war es unbestreitbar Micheline, die sie von der Leinwand ansah – oder vielmehr Andrew Selkirk, denn ihre schönen irisblauen Augen waren voller Sehnsucht und Trauer. Auch das restliche Gesicht entsprach vollkommen Michelines Aussehen, von der stolzen Neigung ihres Kinns mit dem winzigen Einschnitt in der sinnlichen Unterlippe bis hin zu ihrer kurzen Nase und den zarten Wangenknochen. Aimée war wie erstarrt.

»Micheline auf der Leinwand einzufangen, war eine ungeheure Herausforderung für mich«, murmelte Andrew, während er selbst das Gemälde zum tausendsten Mal studierte. »Das ist natürlich unmöglich ...«

»O nein, M'sieur, Sie haben das mit erstaunlichem Erfolg getan!« rief Aimée aus.

»Ist er nicht begabt?« stimmte Micheline ein. »Sieh dir den Hintergrund an!« Er bestand aus Bäumen, die aus dem Frühlingswald von Fontainebleau stammen konnten. Eine sanfte Wiese führte zu diesen Bäumen, die durch einen feinen Nebel verschleiert waren. »Andrew benutzte eine Technik, *sfumato* genannt. Die hat er von einem Meister gelernt, der bei Leonardo da Vinci ausgebildet wurde. Übereinandergelegte Ölschichten machen den Hintergrund weicher, daher liegt dieser Dunst auf den Bäumen.«

Sandhurst erklärte ziemlich geistesabwesend: »Ziel ist, eine traumhafte Atmosphäre nur für den Hintergrund zu schaffen. Man geht davon aus, daß dadurch das Innerste des Modells besser zur Geltung kommt. Bei diesem Bild gefällt mir der Kontrast. Bei Micheline scheint die Technik zu funktionieren ... sie hebt die Schönheit und die Ausstrahlung ihres Geistes noch mehr hervor.«

»Ich stimme Ihnen zu, M'sieur«, Aimée nickte und sah zu ihm auf. Er war so auf das Porträt konzentriert, daß er ihren prüfenden Blick nicht wahrzunehmen schien. Konnte Andrew Selkirk ihre Freundin Micheline wirklich lieben – für immer? Dieses Gemälde gab ihr die Antwort. Sie lautete: ja. Doch selbst mit der perfektesten Technik konnte niemand in Michelines Seele eindringen, oder etwa doch? Aimée beschloß, sich das andere Porträt anzusehen, das er es als Beispiel für seine Arbeit mit nach Fontainebleau gebracht hatte. Sie wollte die beiden miteinander vergleichen.

Inzwischen war Micheline rot geworden, fühlte sich unbehaglich, weil so viele Emotionen in der Luft lagen. »Es ist doch ein Glück für mich, daß Andrew in Florenz so gut ausgebildet wurde! Er kennt alle erdenklichen Tricks, um mich auf diesem Porträt schöner aussehen zu lassen, als ich im Leben je erhoffen könnte.«

Sandhurst drehte nur den Kopf und starrte sie aus seinen braunen Augen so intensiv an, daß Michelines Wangen noch röter wurden. Obwohl Aimée zwischen ihnen stand, fühlte sie sich, als sei sie für die beiden gar nicht da.

»Das ist Unsinn«, sagte er weich auf englisch. »Kein noch so großes Maß an Ausbildung oder Talent könnte dir Gerechtigkeit widerfahren lassen, Michelle.«

Aimée sprach kein Englisch, aber der Ton seiner Stimme war auch so verständlich. Sehnsucht schien das ganze Zimmer in Schwingung zu versetzen, und Aimée wäre gern unauffällig verschwunden.

»Ich sollte gehen«, murmelte sie heiser. »Meine Tochter wird mich suchen.«

In diesem Augenblick erschien ein Page mit einer Nachricht für Andrew. Er brach das Siegel auf – es war das von Königin Eleonore – und las die Worte mit gerunzelter Stirn.

»Die Königin bittet Micheline und mich, zu ihrem Häuschen im Wald zu kommen. Sie erwartet uns, und offenbar wird auch der König dort zu Abend essen. Die beiden wünschen eine kleine private Mahlzeit mit uns, um die Fortschritte mit dem Porträt zu besprechen.« Er blickte auf. »Ziemlich merkwürdig, nicht?«

»Vielleicht sollen Sie auch die Königin malen«, meinte Micheline.

»*C'est possible* ...«, stimmte Aimée zu und runzelte verwirrt die Stirn.

»Mir gefällt es nicht, wie der Himmel aussieht. Und wenn ein Schneesturm niedergeht, während wir in diesem Haus sind?« sagte Andrew besorgt.

»Ich bin schon einmal in dem kleinen Schlupfwinkel der Königin im Wald gewesen.« Aimée beruhigte Sandhurst. »Er ist schöner als die meisten Häuser in Frankreich. Sehr gemütlich, und es gibt reichlich zu essen und reichlich Feuerholz. Der König ließ das Häuschen tief im Wald bauen, in der Hoffnung, daß die Königin sich dorthin zum Meditieren zurückziehen und ihn mit Anne allein lassen würde, denke ich. Auf jeden Fall: Ich kann mir schlimmere Orte vorstellen, an denen man durch Schnee festgehalten wird. Wenn es überhaupt so weit kommt.«

»Wenn der König dort ist, werden wir vermutlich nicht lange im Schnee feststecken«, fügte Micheline hinzu. »Außerdem klingt es nach einer angenehmen Abwechslung für mich. Ich werde den Ritt genießen.«

»Gut, dann begeben wir uns dorthin.« Sandhurst lächelte ironisch. »Als ob wir überhaupt eine Wahl hätten ...«

Als Andrew und Micheline zum Haus der Königin aufbrachen, hatte der Schnee bereits eingesetzt und wirbelte um sie herum, aber die Böen wirkten noch ziemlich harmlos.

Sie ritten dieselben Pferde wie bei ihrem letzten Ausflug, und beide Reiter waren zum Schutz gegen die Elemente dick vermummt. Micheline trug einen Kapuzenumhang aus grünem Samt, der mit Fuchs gefüttert und besetzt war, während Andrew Reithosen, Weste und ein pelzgefüttertes Wams aus dunkelbraunem Samt angezogen hatte. Weste und Wams waren mit feinem Goldfaden bestickt. Micheline hatte ihn noch nie so prachtvoll gekleidet gesehen. Und wie sie so hinter ihm herritt, fand sie, daß Andrew wahrlich königlich aussah. Er besaß mit Sicherheit alle Eigenschaften eines Herrn von hoher Geburt. Anmutig aufrecht saß er im Sattel und strahlte ruhiges Selbstbewußtsein aus. Micheline hatte noch nie ein aristokratischeres Profil gesehen. Zu allem Überfluß war er auch noch äußerst intelligent, stark und dennoch sanft, und er verfügte über einen herzhaften Sinn für Humor.

Warum konnte Andrew Selkirk nicht der Graf von Sandhurst sein und nicht nur ein bürgerlicher, herumreisender Maler? Trotz all seiner Titel und seines edlen Blutes konnte ihr Verlobter unmöglich ein besserer Mann sein. Micheline seufzte leise, und ihr Atem bildete eine Wolke in der kalten Luft. Es ist schon alles so in Ordnung, sagte sie sich. Liebe war eine Falle; niemand wußte das besser als sie. Sie hatte Bernard seit der Kindheit geliebt und ihm vertraut. Wenn er ihr nicht treu sein konnte, dann konnte das niemand. Es wäre sogar noch gefährlicher, sein Herz einem Mann wie Andrew zu schenken, der jede Frau haben konnte, die er wollte. Der Gedanke war einfach lächerlich, er könne ein Leben lang mit einer einzigen Frau zufrieden und ihr treu sein. Es war vermutlich besser, daß er nicht geheiratet hatte.

Was den Grafen von Sandhurst betraf, so schien er sich offenbar auch nicht mehr nach Liebe zu sehnen als sie. Sie würden Freunde werden, hoffte Micheline, und ein gemeinsames Leben aufbauen, das auf gegenseitigem Respekt begründet war. Sie würde viele Kinder haben, zahlreiche Freunde, Häuser voller Bücher, und sicherlich wären da wunderbare Pferde. Das Leben würde bequem und sicher sein, und genau danach sehnte sie sich.

»Ist bei Ihnen alles in Ordnung?« rief Andrew und drehte sich im Sattel um, um nach ihr zu sehen. »Warm genug?«

»O ja!« Ihr Herz machte einen Sprung beim Anblick seines sanften Lächelns. Schneeflocken glitzerten wie Diamanten auf seinem zerzausten goldenen Haar.

»Gut. Sie haben schrecklich ernst ausgesehen.«

»Ich habe mich gerade gefragt, was Königin Eleonore von uns will.«

»Ach, das werden wir schon früh genug erfahren. Nach ihrer Wegbeschreibung zu urteilen, sind wir schon halb da.«

Eine Minute später entschied Andrew sich an einer Gabelung für den rechten Weg, der sie tiefer in den Wald hineinführte, und eine weitere halbe Stunde später erkannte Micheline durch die Bäume und den dichter werdenden Schneefall hindurch ein Steingebäude.

Das Häuschen wirkte bezaubernd, wie Aimée versprochen hatte, und an der Rückseite gab es einen kleinen Stall mit reichlichem Heuvorrat, doch aus den Schornsteinen stieg kein Rauch auf. Sandhurst versorgte zuerst die Pferde, dann ging er zu Micheline, die vor dem Haus wartete.

»Ich glaube nicht, daß die Königin schon eingetroffen ist«, sagte sie und sah verwirrt aus.

»Ich schlage vor, wir finden das heraus.« Er klopfte, erhielt aber keine Antwort. »Wir sollten einfach hineingehen und warten. Oder wären das schlechte Manieren?«

»Ich glaube, die Königin würde uns bei diesem Wetter kein formvollendetes Verhalten abverlangen. Auf jeden Fall ist sie eine nette Person. Selbst bei Sonnenschein würde sie zweifellos erwarten, daß wir es uns bis zu ihrem Eintreffen bequem machen.«

»Es überrascht mich, daß keine Diener vorausgeschickt wurden, um Feuer zu machen und Vorbereitungen zu treffen«, bemerkte Andrew. Er öffnete die schwere Holztür und blieb stehen, um Micheline den Vortritt zu lassen.

»*Mon Dieu*!« rief sie aus. »Ist das schön!«

»Nicht schlecht«, antwortete er trocken.

Was von außen wie ein gepflegtes größeres Bauernhaus aussah, war innen weit prachtvoller. Die Wände waren mit geschnitztem Eichenholz getäfelt, und der Fußboden, reich gefliest in einem Muster in Rot, Blau und Elfenbein, war mit frischen Kräutern und getrockneten Rosenblättern bestreut. Zu den eleganten Möbeln aus Nußbaum gehörten rotgepolsterte Stühle, eine Kommode voller Schüsseln, ein langer Tisch mit Bänken und am anderen Ende des Raums ein luxuriöses, geschnitztes Bett mit blaugoldenen Samtvorhängen. Auf dem dicken Federbett lag eine Decke aus weißen Fuchsfellen.

An einer Wand war reichlich trockenes Holz aufgestapelt, und Sandhurst machte sich daran, in beiden Steinkaminen große Feuer zu entzünden. Micheline öffnete inzwischen die Türen von Kommode und Küchenschrank und entdeckte verschiedene frische Vorräte. Da waren

Kartoffeln, Äpfel, Möhren, Granatäpfel, ein großes Stück geräucherter Schinken, Eier, ein Henkelkrug mit Sahne, ein Glas mit Süßigkeiten und getrockneten Feigen, mehrere verkorkte Flaschen mit kräftigem Wein und eine Schale mit Butter. Zusätzlich fand Micheline vier frisch getötete Tauben an der hinteren Tür hängen.

»Hier muß niemand verhungern«, bemerkte sie, »aber ich sehe nicht, was die Königin uns und dem König zum Abendessen servieren will.«

»Vielleicht bringen die Diener vom Schloß etwas mit. Ganz offensichtlich hat sich jemand um dieses Haus gekümmert. Die Tauben da können nicht älter als einen Tag sein.«

»Alles ist ziemlich frisch, wohl auch, weil es so kalt ist, denke ich. Die Sahne sieht aus, als käme sie direkt von der Kuh.« Micheline ging zum Feuer, zog die Ziegenlederhandschuhe aus und hielt die Hände in die Nähe der lodernden Flammen. Das Haus war ziemlich klein, und die beiden brennenden Kamine erwärmten es schnell. Aus dem Augenwinkel sah Micheline, wie Andrew am Fenster stehenblieb und nachdenklich in das dichte Schneegestöber blickte. »Denken Sie dasselbe wie ich?« meinte sie nach einer langen Minute des Schweigens. »Daß die Königin vielleicht nicht kommt?«

»Ich bin auch schon auf den Gedanken gekommen«, antwortete Sandhurst mit einem düsteren Lächeln. »Wenn sie Verstand hat, wird sie im Château bleiben, und ich bezweifle nicht, daß auch der König nach seinem Ausritt dorthin zurückgekehrt ist. Der Schnee ist jetzt so dicht, daß man kaum die Bäume sehen kann.«

Micheline stellte sich neben ihn. Sie starrte die wirbelnden, weißen Flocken an, die das Laub auf dem Boden bereits vollständig bedeckt hatten. Sie spürte Andrews Nähe ganz intensiv und war sich bewußt, daß sie beide allein in diesem Haus waren. Es gab keinen Menschen weit und breit, nicht einmal ein zweites Zimmer, in das sie sich zurückziehen konnte. Sie erschauderte vor Erregung.

»Was machen wir nun?« fragte sie mit schwacher Stimme.

»Ich würde nicht einmal die Pferde in diesen Schneesturm hinausschicken, von *Ihnen* gar nicht zu reden«, sagte Sandhurst mit Nachdruck. »Wir haben keine andere Wahl, als hierzubleiben und auf besseres Wetter zu hoffen.« Er sah Micheline vor sich mit ihren großen blauen Augen und rosigen Wangen und versuchte, sich daran zu erinnern, daß man von ihm erwartete, sich wie ein Ehrenmann zu verhalten. »Ich habe mittlerweile Hunger. Lassen Sie uns mal nachsehen, ob wir was Heißes zubereiten können.«

Zwei Stunden später lag der Schnee mehrere Zentimeter hoch, die Königin war nicht erschienen und würde offenbar nie kommen, aber das Haus war warm und duftete. Andrew hatte die Tauben gerupft und ausgenommen und dann erklärt, daß *er* sie zubereiten würde. Beim Kartoffelschälen hatte Micheline ungläubig zugesehen, wie er sein Wams abgelegt und die Ärmel hochgekrempelt hatte. Er hatte frische Kräuter und Brotkrümel gemischt, sie mit Ei verrührt und die Täubchen damit gefüllt. Die kamen in einen Topf mit Rotwein, Gewürznelken und Ingwer, dazu tat er ein paar Handvoll Schnee, und nun köchelten sie einladend über dem Feuer neben Michelines Topf mit Kartoffeln und Möhren.

Andrew brachte Becher mit Wein für beide, und sie saßen nebeneinander auf den Nußbaumstühlen; die

Füße, an denen sie nur Strümpfe trugen, lagen auf einem Schemel neben dem Herd.

»Wo haben Sie kochen gelernt?« fragte sie.

Er schenkte ihr ein geheimnisvolles Lächeln. »Meine Mutter hat es mir beigebracht.« Er wollte sie nicht anlügen und wußte, daß sie diese Erklärung akzeptieren würde, denn sie hielt ihn ja für einen Mann von armer Herkunft. In Wahrheit hatte die Herzogin von Aylesbury sich in jeder Beziehung aristokratisch verhalten. Nur hatte sie die Angewohnheit, die Köchinnen zu entlassen und die Küche selbst zu übernehmen. Als kleiner Junge hatte Andrew ihr an regnerischen Nachmittagen in Gloucestershire geholfen, Zutaten zu zerkleinern und zu mischen – das war nun zu einer lieben Erinnerung geworden. Seine Mutter war glücklich und entspannt gewesen, hatte die Zubereitung einer Mahlzeit genossen, und er hatte sich als kleiner Helfer in ihrem Ruhm gesonnt.

»Es ist ein größes Glück für Sie, Ihre Mutter noch zu haben. Ich kann gar nicht sagen, wie sehr ich meine vermisse.«

»Mir geht es nicht anders als dir, Michelle. Auch meine Mutter starb. Vor fünf Jahren.«

»Tut mir leid.« Micheline schaute ihn traurig an, und es kam ihr vor, als sähe sie seine Seele in der Tiefe seiner Augen. Sie wollte ihre Hand ausstrecken und seinen Arm streicheln, die Wärme seiner Haut fühlen. Den ganzen Nachmittag hatte sie plötzlich immer wieder Wellen des Glücks gespürt. Noch nie in ihrem Leben hatte sie eine so reine Freude kennengelernt wie in Andrews Gegenwart, vor allem jetzt, wo sie von dem Rest der Welt abgeschnitten waren. Micheline trank ihren Wein und fand es erstaunlich einfach, alle warnenden Stimmen aus ihren Gedanken zu verbannen.

Sandhurst seinerseits bemühte sich, seinem Gewissen zu lauschen. Er wollte, daß Micheline sich um seiner selbst willen für ihn entschied, aus Liebe, nicht aus schlechtem Gewissen, weil er mit ihr ins Bett gegangen war. Diese Situation forderte jedoch seine ganze Widerstandskraft heraus. Sie trank ihren Wein, saß in Reichweite, arglos, aber sehr sinnlich, und wirkte, als hätten sie ein ganzes Leben gemeinsam verbracht. Das Licht des Feuers spielte auf ihrem braunen Haar, das sie zum Trocknen heruntergelassen hatte. Es ergoß sich in langen, offenen Locken über ihre Schulter, verbarg aber nicht die schimmernden Rundungen ihrer Brüste, die sich über dem Ausschnitt wölbten. Der schmale Schnitt des Kleides betonte Michelines winzige Taille, und ein weiter Rock verbarg die Linien ihrer Hüften und Beine. Sandhursts Augen wanderten zu ihren schlanken Fesseln und schmalen Füßen.

Micheline lächelte verträumt. »Es ist schön hier, nicht? Ich bin ganz froh, daß die Königin nicht gekommen ist. Dieses Häuschen ist eine willkommene Abwechslung zu den Menschenmengen und den Sälen des Châteaus.«

Unter großer Anstrengung zwang sich Andrew, an die augenblicklichen Probleme zu denken. Mit einem tiefen Seufzer sagte er: »Vielleicht denke ich zu langsam, aber ich verstehe immer noch nicht, warum Sie entschlossen sind, den Grafen von Sandhurst zu heiraten. Gibt es einen Grund, warum Sie Ihren Ehemann nicht lieben wollen?«

Micheline sah ihn an und blinzelte, als hätte er sie verletzt. »Ich sehe nicht ein, warum Sie das *jetzt* zur Sprache bringen müssen!«

»Wann wäre der Zeitpunkt besser?« erwiderte er

scharf und war plötzlich entschlossen, Barrieren zwischen ihnen aufzubauen.

»Ich glaube nicht, daß es *irgendeinen* richtigen Zeitpunkt für Fragen wie Ihre gibt, M'sieur!« Mit blitzenden Augen saß sie kerzengerade auf ihrem Stuhl. »Warum sollte ich Ihnen Dinge erzählen, nach denen selbst meine liebsten Freunde nicht fragen?«

Sein Blick wurde weicher. »Ich glaube, du kennst die Antwort darauf, Michelle.«

Ihr war nach Schluchzen zumute. Da war etwas zwischen ihr und Andrew Selkirk, aber was immer es sein mochte, es hatte keine Zukunft. Nur für diesen einen Tag hätte sie gern die Beziehung zu ihm ganz unbeschwert genossen. Warum mußte er unbedingt Fragen stellen, die sie nicht beantworten konnte? Sie konnte einfach niemandem etwas über Bernards Untreue erzählen; der Schmerz tief in ihren Herzen und die Demütigung waren noch zu groß. Während sie ins Feuer starrte, spürte Micheline eine plötzliche Woge des Ärgers. Dieser Mann hatte nicht das Recht, von ihr zu verlangen, daß sie ihre Seele vor ihm bloßlegte, und für sie bestand keine Verpflichtung, ihm die Wahrheit zu sagen.

»*D'accord*«, sagte Micheline hitzig. »Wenn Sie unbedingt den Grund wissen wollen, warum ich nicht aus Liebe heiraten kann, bitte: Ich kann meinen lieben Ehemann Bernard einfach nicht vergessen. Ich werde ihn bis in alle Ewigkeit lieben, darum ist es mir unmöglich, mein Herz einem anderen Mann zu schenken.«

Sandhursts Augenbrauen gingen in die Höhe. »Tatsächlich! Bist du sicher?«

Irgendwie schaffte sie es, seinem intensiven Blick standzuhalten. »Vollkommen.«

»Hmmm. Das ist sehr anrührend, Micheline, aber ich glaube es nicht.«

»Das ist *sehr* bedauerlich, M'sieur!« rief Micheline. »Und jetzt ist die Reihe an mir, *Ihnen* eine Frage zu stellen!«

»Ich kann es gar nicht erwarten«, sagte Sandhurst trocken.

»Sie haben mir neulich abends erzählt, daß Sie die Schwester des Grafen von Sandhurst gemalt haben. Bitte, sagen Sie mir, was Sie über ihn wissen.«

»Du erwartest sicher nicht von mir, daß ich das Loblied meines Mitbewerbers singe!«

»Wir beide sind angeblich *Freunde*, oder nicht? Ich wußte nicht, daß Sie ein Mitbewerber um meine Hand sind.«

Er mußte ihre Nerven bewundern. Lächelnd antwortete Andrew: »Jetzt kennst du mein Geheimnis.«

»Necken Sie mich nicht! Ich würde es zu schätzen wissen, wenn Sie einfach so nett wären, meine Frage zu beantworten!«

Farbflocken erschienen auf ihren Wangen, und ihre Augen funkelten auf eine Weise, die Sandhurst einfach erregend fand. In Micheline war soviel Leidenschaft verborgen, von der sie selbst gar nichts wußte.

»Du solltest diese Dinge selbst herausfinden, bevor du dein Herz verpfändest, Liebes«, sagte er sanft, »aber ich kann dir sagen, daß Lord Sandhurst kein Ungeheuer ist. Er ist nicht alt und fett und langweilig, wenn dir das Sorgen macht. Und was seine guten Eigenschaften angeht ... da bin ich nicht der richtige Mann, um sie aufzuzählen.«

Micheline sah voller Enttäuschung zu, wie Andrew sich erhob, um nach den Täubchen zu sehen. Hilflos wanderten ihre Augen über seine schmale Taille und die Hüften unter dem weiten weißen Hemd, das nachlässig in die Hose gesteckt war.

»Sie sind fast fertig«, verkündete Andrew, drehte sich um und entdeckte, daß ihr Blick fest auf seinen Körper gerichtet war.

»Oh, ich sollte die Äpfel fertigmachen. Dann können wir essen.«

»Ja«, murmelte er und hatte plötzlich einen Heißhunger auf Micheline. »Das sollten wir wohl.«

Kapitel 14

11. März 1553

Die Abenddämmerung hüllte das kleine Haus in einen malvenfarbenen Mantel. Micheline sah durch die bleiverglasten Fenster nach draußen, während sie Teller und Kerzen auf den Tisch stellte. Die Schneeflocken sahen im Zwielicht wie flatternde rosa Schlüsselblumen aus.

Andrews Täubchen waren köstlich und saftig in ihrer Rotweinsoße; Kartoffeln mit Petersilie und Butter, Möhrchen und Schmoräpfel waren perfekte Beilagen. Hungrig wie sie waren, ergriffen beide die Gelegenheit auch zum entspannten Gespräch, und die meiste Zeit redeten sie über Bücher. Mit Erstaunen hörte Sandhurst, was Micheline alles gelesen hatte, und sie entdeckten viele gemeinsame Lieblingsbücher, da Micheline auch mit englischen Schriftstellern und Dichtern sehr vertraut war.

»Das war einer der Gründe, warum ich weitere Sprachen gelernt habe«, erklärte Micheline. »Papa spricht und liest alles von Latein bis Deutsch, daher standen in unserer Bibliothek viele Bücher in allen möglichen Sprachen. Ich las mit Begeisterung, und als ich jedes gedruckte französische Wort kannte, bat ich Papa, mir bei anderen Sprachen zu helfen.«

»Wie alt warst du da?« fragte Andrew erstaunt.

»Ach, noch ein Kind. Ich weiß noch, daß ich sogar eher als *Maman* ganz ordentlich englisch sprach. Ich muß sieben oder acht gewesen sein, als ich anfing, andere Sprachen zu erforschen.« Lächelnd trank sie einen Schluck Wein. »Ich glaube, es ist einfacher, wenn man sehr jung ist, meinst du nicht auch?«

»Ja, und wenn ein Kind lernen möchte, ist alles noch leichter. Mir wurden die Fremdsprachen von tyrannischen Schulmeistern aufgezwungen, also haßte ich natürlich jede Minute des Unterrichts.«

»Typisch Mann!« Micheline lachte. Sie hätte ihn gern nach seiner Erziehung gefragt, auch nach seiner Kindheit, fürchtete aber, daß es ihm peinlich sein könnte, ihr davon zu erzählen. Sie war inzwischen überzeugt, daß Andrews Familie zur Unterklasse gehörte und daß er durch harte Arbeit, angeborene Intelligenz und Talent so weit nach oben gekommen war. Angenehm überrascht vernahm sie, daß er überhaupt zur Schule gegangen war.

»Ich fürchte, ich habe meinen Eltern in der Hinsicht viel Kummer gemacht«, sagte er nachdenklich. »Ich wollte nie tun, was man mir sagte, immer hatte ich bessere Pläne. Jetzt bin ich natürlich dankbar, daß mir die Erziehung gegen meinen Willen aufgezwungen wurde. Wenn ich nie Französisch gelernt hätte, wäre ich vermutlich nicht hier – oder?« Er lächelte sie über die Kerzen hinweg an, aber seine Gedanken waren weit weg, bei den Jahren, die er am Corpus Christi College in Oxford verbracht hatte. Wie oft hatte er sich dagegen aufgelehnt, daß man ihm vorschrieb, was er zu lesen, zu schreiben und zu lernen hatte, denn oft interessierte ihn jedes andere Thema, nur nicht das, was gerade unterrichtet wurde. Die Kluft zwischen ihm und seinem Vater war in der Zeit gefährlich tief geworden, da der Herzog darauf bestanden hatte, daß er am College blieb. Als er in Oxford seinen Abschluß gemacht hatte, standen die beiden auf so schlechtem Fuß, daß seine Mutter das Jahr Kunststudium in Florenz arrangiert hatte. Jetzt, nach dem Gespräch mit Micheline, spürte Andrew, daß sein Herz gegenüber seinem Vater merkwürdig milde gestimmt war. Er hatte Glück gehabt, eine so gute und umfassende Ausbildung zu bekommen, und es war auch Glück, einen Elternteil zu haben, der klug und stark genug war, sich nicht der ungewöhnlichen Willensstärke des Sohnes zu beugen.

Micheline war unsicher, wie sie auf Andrews Worte reagieren sollte, deshalb stand sie auf, um den letzten Gang vorzubereiten. Sie schnitt Käse aus der Auvergne, hergestellt aus reiner, frischer Sahne, in Stücke und legte Süßigkeiten zurecht, dann zerteilte sie einen Granatapfel. Am Tisch schenkte Andrew für beide Wein nach, aber er blickte auf, als sie näherkam, und nahm den sanften Schwung ihrer Hüften und die Rundung ihres Busens über dem rechteckigen Ausschnitt wahr. Er beneidete den Smaragd, der warm zwischen ihren Brüsten lag, während die feine Goldkette im Schein des Feuers glitzerte.

Michelines Wangen wurden warm unter seinem Blick, und plötzlich fragte sie sich, wie sie die vor ihnen liegenden Stunden verbringen würden.

»Spielst du Schach, Andrew?« fragte sie unvermittelt.

Weil er den Grund für ihre Frage ahnte, kämpfte Sandhurst erfolglos mit einem belustigten Lächeln. »Natürlich, Madame!«

»Ich habe in der Truhe ein wunderbares geschnitztes Brett und Elfenbeinfiguren gesehen!« sagte sie. »Möchtest du eine Partie spielen?«

Er schluckte erst eine unpassende Antwort hinunter, dann lachte er, brachte schließlich ein Kopfnicken zustande. »Ihr Wunsch ist mir Befehl!«

Micheline brachte eilig das Brett mit den herumrollenden Elfenbeinfiguren, während Andrew beiläufig ein Stück Käse auswählte. Er hatte noch nie gesehen, daß jemand so erleichtert war wie Micheline, als sie das Schachbrett zwischen sie legte und die weißen und schwarzen Figuren aufbaute. Sandhurst lächelte vor sich hin und dachte, er müsse eigentlich beleidigt sein, aber merkwürdigerweise erwärmte es nur sein Herz, als er beobachtete, mit welchem Eifer sie eine Ablenkung suchte. Micheline war so ganz anders als die Frauen, die er kannte!

»Ich warne dich«, erklärte sie, »ich bin schrecklich gut!«

»Zweifellos ...« Mit belustigter Zuneigung suchte Andrew ihren Blick und hielt ihn fest, bis sie rot wurde.

Micheline hatte in dieser Schachpartie ihre Rettung gesehen, aber genau das Gegenteil war der Fall. Vor ihrer Hochzeit hatte sie oft mit ihrem Vater gespielt und gewonnen, aber hier war alles ganz anders. Die Stille und Andrews Nähe machten sie nervös. Sie merkte, daß sie sich mehr auf seine Finger auf den Schachfiguren konzentrierte als auf deren Ziel. Er naschte Käse und Granatapfelsamen, während sie sich ihre Züge überlegte, und Micheline konnte dem Wunsch nicht widerstehen, ihn mit gesenktem Blick genau zu betrachten. Als sie beobachtete, wie er mit der Fingerspitze einen roten Safttropfen vom Mund abwischte, spürte sie eine beängstigende Welle des Verlangens. Beim Anblick seines glänzenden Haars im goldenen Licht hätte sie am liebsten ihre Finger darin vergraben. Sie sehnte sich danach, die Narbe über Andrews Mund, seine modellierten Wangenknochen, die Stelle am Kinn, wo der Muskel sich anspannte, wenn er wütend war, zu küssen.

Gelegentlich blickte er plötzlich auf, ertappte sie in einem Augenblick, in dem ihr Begehren ganz stark war, und dann starrte Micheline mit flammenden Wangen schnell auf das Brett. Sie war schockiert, über sich selbst, über ihren Körper, der voll von Sehnsüchten zu sein schien, und die ihr Verstand nicht unterdrücken konnte. Dennoch, diese Stunden im Haus der Königin kamen ihr vor, als sei die Zeit stehengeblieben. Mit jeder Minute fiel es Micheline schwerer, an Vergangenheit und Zukunft zu denken, an Versprechen und Verantwortung. Die Barrieren gegen Andrew, die sie im Kopf und im Herzen so sorgfältig errichtet hatte, brachen zusammen.

»Schach.« Sandhurst bewegte seinen schwarzen Springer, um die Königin zu nehmen.

Micheline war entsetzt. Wie hatte das passieren können? Sie sah das Brett zum erstenmal klar vor sich und empfand brennende Scham, als sie sich an ihre Angeberei vor Beginn des Spiels erinnerte. Ohne ein Wort oder einen Blick der Überlegenheit hatte Andrew so gut gespielt, daß sie jetzt keine andere Wahl hatte, als Zuflucht zu einer Verteidigungsstrategie zu nehmen. Jetzt galt ihre ganze Aufmerksamkeit dem Brett. Während sie aufgeregt einen Schluck Wein trank, prüfte Micheline die Möglichkeiten. Sie versuchte, den König mit dem Turm zu schützen, doch Andrew war ihr um einige Züge voraus.

»Pech, Liebes«, murmelte er mit einem bedauernden Lächeln. Ein Zug seines Läufers, und er verkündete sanft: »Matt.«

Ängstlich atmend, blickte Micheline nach unten und bemerkte, wie sich ihre Brüste im schnellen Rhythmus des Herzschlags bewegten. Sie bemühte sich um ein fröhliches Lächeln. »Es muß an der ganzen Aufregung des Tages liegen. Ich konnte mich einfach nicht konzentrieren!«

»Vollkommen verständlich.«

Wenn er mit dieser leisen, maskulinen Stimme sprach, wurde Micheline von winzigen Schauern angenehmer Art überfallen. Von allen Männern, die sie kannte, hatte er wirklich die unwiderstehlichste Stimme. In der verrückten Hoffnung, daß der Anblick seines Gesichts sie beruhigen würde, sah sie langsam auf. Andrew starrte sie auf eine Weise an, die ihr den Atem nahm. Goldenes Licht vom Feuer spielte auf seinem Gesicht, warf sanfte Schatten und betonte seine Gesichtszüge, die wie gemeißelt wirkten. Doch vor allem seine Augen machten Micheline buchstäblich atemlos. Das Kinn leicht gesenkt, sah er sie mit einem warmen, schmelzenden Blick an, der zugleich ungeheuer zwingend und sinnlich war.

»Es wird Revanche geben«, brachte sie flüsternd heraus.

»Natürlich, aber nicht heute abend. Es wird kalt hier, und das Bett sieht so einladend aus.«

»Warum ziehst du nicht deine Weste an? Und dein Wams?«

»Ich kann angezogen nicht schlafen«, erklärte Sandhurst ihr mit einem kleinen, etwas boshaften Lächeln. »Außerdem, die Felle auf dem Bett scheinen warm genug zu sein.«

»Ich habe nicht gemeint, daß du dich fürs Bett anziehen sollst!«

»Ich weiß, was du gemeint hast, Michelle.« Er hob seinen Weinbecher und trank ihn leer. »Schau nicht so nervös. Ich beherrsche mich. Habe ich das nicht gerade bei unserem Schachspiel bewiesen?«

Was wird passieren? fragte sie sich aufgeregt. »Wollen Sie etwa, daß wir in demselben Bett schlafen, M'sieur?«

Sandhurst konnte ein leises Lachen nicht unterdrükken, das Micheline ungeheuer reizvoll fand. »Ich sehe, daß wir keine andere Wahl haben, Madame.« Er zog eine Braue hoch. »Sollen wir wieder förmlich werden? Wäre dann alles leichter für Sie?«

Sie kam sich so dumm vor und nahm einen neuen Anlauf: »Du brauchst dich nicht über mich lustig zu machen, *Andrew*. Es ist nur, daß ...«

»Sprich es nicht aus!« Er hob die Hand. »Ich weiß, du bist mit dem gefürchteten Grafen von Sandhurst verlobt! Keine Angst, Süße, deine Ehre ist bei mir gut aufgehoben. Ich komme nur auf deine Seite des Bettes, wenn du darauf bestehst.«

Sie streckte ihren Rücken und antwortete fest: »Wenn das so ist, werden wir beide gut schlafen.«

Er hatte einige respektlose Antworten auf der Zunge, aber es gelang ihm, sie hinunterzuschlucken. »Du bist mir ein solcher Trost«, sagte Andrew schließlich und schob seinen Stuhl zurück. Als er anfing, das schmutzige Geschirr einzusammeln, winkte Micheline ab.

»Nein, nein, du hast die Täubchen zubereitet. Ich bin an der Reihe mit dem Aufräumen. Du bist müde und dich friert, geh ins Bett.«

Er lachte. »Du solltest nicht so selbstlos tun. Wir wissen doch beide, worauf du hoffst, daß ich nämlich fest schlafe, wenn es Zeit für *dich* ist, unter die Felle zu schlüpfen!«

»Sei nicht ungezogen!« antwortete sie hitzig und stellte klappernd das Geschirr zusammen.

Mit einem Kopfschütteln stellte Sandhurst lächelnd einen Topf mit geschmolzenem Schnee auf das Feuer, damit sie heißes Wasser zum Spülen hatte, dann durchquerte er den Raum und fing an, sich auszuziehen. Micheline machte großes Aufheben um das Aufräumen, aber sie konnte der Versuchung nicht widerstehen, hin und wieder einen schuldbewußten Seitenblick in seine Richtung zu werfen.

Andrews Profil hob sich vor den orangefarbenen Flammen des zweiten Kamins ab, er hatte sein Hemd ausgezogen und beugte sich vor, um die Hose abzulegen. Micheline erhaschte einen Blick auf seine breiten Schultern und das Spiel der Muskeln auf Rücken und Armen, aber als die schmalen Hüften und die harte Kurve seines Gesäßes sichtbar wurden, wandte sie sich hastig ab. Ein verwirrender Strudel von Gefühlen erfaßte sie, und sie schwankte zwischen Erregung und Scham.

Schließlich war nichts mehr zu tun. Das Haus war jetzt wirklich kalt. Jede Schüssel und jeder Topf waren geschrubbt und weggestellt. Am anderen Ende des Raums hatte Andrew die Samtvorhänge des Bettes zugezogen; vermutlich schlief er. Micheline legte zwei Holzscheite ins Feuer, dann goß sie sich noch einen Becher Wein ein. Sie trank ihn im Aufstehen und hoffte, er würde ihr wild klopfendes Herz beruhigen, aber statt dessen schien er nur die Hitze zwischen ihren Beinen zu steigern.

Schließlich näherte sich Micheline dem Bett. Sie öffnete ihr Kleid, zog es aus und legte es über die Lehne eines in der Nähe stehenden Stuhls. Dann kam der Unterrock. Nur wenige Leute gingen bekleidet ins Bett, auch Micheline nicht, aber der Gedanke, nackt neben Andrew Selkirk zu schlafen, war einfach unvorstellbar, deswegen konnte sie hier nicht an ihren Gewohnheiten festzuhalten. Sie behielt ein dünnes Hemdchen an, teilte die Vorhänge, hob die Felldecke und die Bettdecke an und schlüpfte mit äußerster Vorsicht ins Bett. Die Samtvorhänge sperrten alles Licht und die Welt draußen aus. Micheline lag bewegungslos da, spürte Andrews Wärme und hörte seinen weichen, rhythmischen Atem. Sie hatte Angst, selbst zu atmen oder die kleinste Bewegung zu machen, die ihn stören könnte. Eine Zeitlang, die ihr wie Stunden vorkam, verharrte sie so, dachte, ihr Herz würde nie ruhiger schlagen, und fürchtete, überhaupt keinen Schlaf zu finden.

*

Tief in der Nacht träumte Sandhurst, daß reife Brüste ihn berührten und ein weiches, wohlgeformtes Bein über seine starken Gliedmaßen glitt. In der Zwischenzeit hatte sich eine Hand heimlich um seine nackte Taille gelegt.

»Mmmm.« Die Besitzerin der Stimme drückte ihr Gesicht an seine Schulter und gab einen weiteren zufriedenen Schlafton von sich.

Es war stockfinster, und er öffnete die Augen. Iris? fragte er sich verschwommen, doch dann kehrte nach und nach die Erinnerung zurück: daß er nicht in England, sondern in Frankreich war, nicht in seinem eigenen Bett lag, sondern ...

Seidiges Haar mit dem Duft nach Maiglöckchen liebkoste Sandhurst Kinn. Er hielt den Atem an. *Guter Gott*!

Es war Micheline! Schnell machte er sich klar, daß sie schlief. Vermutlich war ihr kalt geworden, und sie hatte sich auf der Suche nach Wärme an ihn gekuschelt, wobei sie sich überhaupt nicht bewußt war, was sie tat. Ja, so mußte es sein. Vollkommen unschuldig, dachte er ernst und biß die Zähne zusammen, um gegen seine unfreiwillige Erregung anzugehen. Genau in diesem Augenblick seufzte Micheline, und unter dem dünnen Stoff des Hemdchens wölbten sich ihre Brüste ihm entgegen. Gleichzeitig glitt ihre Hand nach unten zu Sandhursts Hüfte und streichelte ganz kurz seine harte Männlichkeit. Er dachte, sein Herz würde aufhören zu schlagen.

Mit einem heiseren Stöhnen drehte er sich langsam auf die Seite und sah Micheline an. Sie schmiegte sich an seine Brust. Langsam dämmerte es Andrew, daß ihr Verhalten, ob sie nun schlief oder nicht, gar nicht so unschuldig war. Vielleicht träumte sie gerade – von *ihm*–, aber irgendwie wußte Micheline genau, was sie tat.

Zögernd hob er unter der Decke seine Hand, umfaßte sanft ihre Brust und fühlte, wie die Brustwarze unter seiner Berührung hart wurde. Micheline bewegte den Kopf, schien sich in der Dunkelheit suchend umzusehen. Sandhurst brauchte keine weitere Ermunterung. Sein geöffneter Mund schloß sich über ihren köstlichen weichen Lippen. Nach einem Augenblick erwiderte sie seinen Kuß, war genauso leidenschaftlich wie er, und Andrew umfing sie in einer intimen Umarmung.

Als sie aufwachte, konnte Micheline in der Dunkelheit nichts sehen, aber sie wußte sofort, daß das hier kein Traum war und daß es der erfahrene Andrew Selkirk war, der sie glühend küßte. Sie dachte gar nicht an Widerstand. Ihr war alles egal, nur nicht der Heißhunger, der ihren Körper und ihre Seele gleichermaßen zu verzehren schien. Jetzt lag sie in Andrews starken Armen, und sie wünschte sich, daß er sie nie wieder losließ.

Micheline umschlang ihn ganz fest, genoß die Wärme seiner Haut und den betörend männlichen Duft. Körperliches Verlangen verband sich mit heftigen Gefühlen und ließ sie erschaudern. Als sie ihre Zunge in seinen Mund schob, ihn schmeckte und mit uneingeschränktem Eifer erforschte, spürte Sandhurst, wie ihre Lippen zitterten. Ihr Körper strahlte ein elementares Bedürfnis aus, viel stärker als simple körperliche Leidenschaft, und dabei wurde ihm das Herz ganz weit.

Er fand die Bänder ihres Hemdchens und öffnete sie geschickt, dann verlor er die Geduld und riß das zarte Kleidungsstück auf, um Michelines verführerisch kurvenreichen Körper ganz zu entblößen. Als er seinen Kopf in dem Tal zwischen ihren Brüsten vergrub, spürte Andrew das wilde Klopfen ihres Herzens und küßte die seidige Haut, die es bedeckte.

»Wie wundervoll du bist«, murmelte er zärtlich.

Micheline vergrub die Finger in seinem Haar und näherte sich dem Mund, der ihre schmerzende Brustwarze suchte. Aus ihrem tiefsten Inneren kam ein Stöhnen, während seine Zunge die empfindliche Erhebung verbrannte. Rhythmisch küßte er sie dort, bis sich ein Feuer nach unten auszubreiten schien, um zwischen ihren Beinen zu wüten.

Andrew verweilte begehrlich zwischen ihren Brüsten, gleichzeitig glitt seine rechte Hand weiter nach unten und ließ Michelines schlanken Beinen, ihrem flachen Bauch und den Rundungen ihrer Hüften federleichte Liebkosungen zuteil werden. Als seine beweglichen Finger sie nach einer Weile intim berührten, hätte er beinahe laut aufgestöhnt. Sie war heiß und feucht, preßte sich gegen seine forschende Hand. In diesem Augenblick könnte ich sterben, dachte Sandhurst, als Michelines Hand plötzlich seine pochende Männlichkeit fand. Nie zuvor hatte er eine so qualvoll wunderbare Erregung erlebt, nicht einmal mit Frauen, die tausendmal erfahrener als Micheline waren.

Andrew war kaum in der Lage, sich zusammenzunehmen, und küßte ihre Schultern, ihren Hals, Ohren und Augenlider, bis ihre Münder wieder zueinander fanden und er sie mit dem Rücken auf die Kissen drehte.

Jetzt streichelten ihre Finger die Muskeln seines Rükkens, während er ihr Gesäß umfaßte und dann sanft in sie eindrang. Begierig hoben sich ihre Hüften wie zu einem Willkommensgruß, dann paßten sie sich jedem Stoß an, und ihre Körper vereinten sich wieder und wieder in leidenschaftlicher Harmonie. Sie keuchte an seinem Mund, während ihr schlanker Körper sich in seiner Umarmung nach und nach anspannte, bis sie einen ungezügelten Schrei von sich gab. Es war ein unglaubliches Gefühl, wie Michelines Schoß sich rhythmisch um Andrews Männlichkeit zusammenzog, und dann kam Andrew zum Höhepunkt. Er war überwältigt von der Heftigkeit und merkte nicht einmal, wie sich ihre Nägel in seine Schultern krallten.

Freude überspülte Michelines Körper wie Wellen, die am Strand brachen. Nie im Leben hätte sie sich ein solches Erlebnis vorstellen können. Was geschah mit ihr? Wie hatte Andrew das gemacht? Sein Gesicht war jetzt in ihren Locken vergraben, und ihre Herzen pochten im Einklang. Es war ein schönes Gefühl, ihn noch in sich zu spüren, immer noch erregt durch die schöne Erinnerung.

»O Michelle«, flüsterte er und stieß einen Seufzer aus.

Das Haar, das lockig an seinem Nacken lag, fühlte sich feucht an, als sie es berührte. Micheline war unfähig zu sprechen und konnte nur antworten, indem sie Andrew das Gesicht zuwandte und seinen Mund küßte. Trotz der Dunkelheit brauchte sie ihn nicht zu suchen. Er war jetzt ein Teil von ihr.

Kapitel 15

11. März 1533

»Wie kannst du nur so ruhig bleiben?« fragte Aimée ihren Mann. »Mir ist richtig übel vor Sorge.«

Sie wanderte im Schlafgemach hin und her, während die kleine Ninon entschlossen hinter ihr hertapste.

»Paß auf, daß du nicht auf das Baby trittst«, warnte St. Briac liebevoll. Er saß am Fenster in der sanften Morgensonne und flocht Juliette das kastanienbraune Haar. Es war noch nicht einmal sieben Uhr, aber sie waren alle aufgestanden und angezogen, aufgescheucht von Aimée, die die ganze Nacht kaum geschlafen hatte.

»Was, wenn sie sich im Schneesturm verirrt haben?«, fragte sie jetzt weinend. »Micheline ist vielleicht erfroren.«

Thomas hob zweifelnd eine Braue. »*C'est impossible, Miette*, ganz unmöglich. Sie und Selkirk haben sich bei Tageslicht auf den Weg gemacht, mit klaren Angaben, wie sie zum Haus der Königin kommen. Der Mann ist bestens in der Lage, für Michelines Sicherheit zu sorgen, und ich denke sogar, sie würde auch ohne ihn zurechtkommen.«

»Aber das Ganze war ein Irrtum! Die Königin selbst

hat uns gestern abend gesagt, daß sie die beiden nie in das Haus eingeladen hat, und es war auch nie vorgesehen, daß Franz sich dorthin begeben sollte!«

Gaspard Lefait, seit zwanzig Jahren St. Briacs unermüdlicher und loyaler Diener, trat in diesem Moment ein und brachte eine frisch gewaschene Weste. Als er sah, wie sein Herr Juliette das Haar flocht, blieb er stehen und zuckte zusammen.

»O Monseigneur«, stöhnte er. »Was stellen Sie als nächstes an?« Mit einem tiefen Seufzer dachte er zurück an die Zeiten, in denen er St. Briac in die Schlacht gefolgt war und miterlebt hatte, wie er die begehrenswertesten Frauen Frankreichs verführte. Seit Aimée im Leben seines Herrn aufgetaucht war, hatte sich alles verändert.

St. Briac lachte. »Du bist nur eifersüchtig, du Schwätzer, weil du nicht so ein hübsches Mädchen wie meine Juliette hast, das auf *deinem* Schoß sitzt!« Er band die letzte Schleife an ihren Zöpfen und beugte sich vor, um seine Tochter auf die rosige Wange zu küssen, dann setzte er sie ab. Sie ging sofort zu Gaspard und hob ihm die Arme entgegen, weil sie dachte, sie müsse ihn trösten.

Das Herz des alten Mannes schmolz dahin. Er gab St. Briac die Weste, dann nahm er das kleine Mädchen auf den Arm. Als sie ihn auf die Wange küßte, wurde Gaspard rot und räusperte sich. »Vielleicht würde es den Kindern Spaß machen, wenn ich mit ihnen nach draußen gehe und im Schnee spiele«, schlug er schroff vor.

»Das ist sehr freundlich von dir, Gaspard!« stimmte Aimée zu, während Ninon und Juliette vor Aufregung jauchzten.

St. Briac lächelte nur, seine türkisfarbenen Augen glänzten in liebevoller Belustigung.

Als sie allein waren, fing Aimée wieder an, hin und her zu gehen.

»Tu mir den Gefallen und hör damit auf«, sagte vorwurfsvoll. »Micheline ist eine erwachsene Frau! Wie wäre dir wohl zumute, wenn jemand so überängstlich über *dir* schweben würde?«

»Ich mache mir nur Sorgen um ihre Sicherheit.«

Thomas seufzte. Er legte die Weste aus der Hand, ging zu seiner Frau und nahm sie in die Arme, dann hob er ihr Kinn und küßte sie innig. »Du weißt genauso gut wie ich, was passiert ist. Sie sind über Nacht zusammen in dem Haus geblieben, und das war das klügste, was sie tun konnten. Denk doch an den dichten Schneefall gestern abend. Im Haus ist immer mehr als genug zu essen, und ich bin sicher, sie haben es sich gut gehen lassen. Jetzt schneit es nicht mehr, und ich habe keine Zweifel, daß sie heute morgen zurückkehren werden. Wenn sie gegen Mittag nicht hier sind, reite ich selbst zum Haus. Geht es dir jetzt besser?«

Ihre grünen Augen waren immer noch voller Sorge. »Ach, ich weiß doch, daß du recht hast ...«

»Es ist gar nicht Michelines Sicherheit vor dem Schneesturm, die dir soviel Sorge macht, nicht wahr, *Miette*?«

Sie schüttelte den Kopf und lehnte sich dann an seine breite Brust. »Nein, ich glaube nicht. Ich habe sie gestern zusammen gesehen. Ich habe beobachtet, wie sie ihn anschaut. O Thomas, was ist, wenn ...«

»Sie sind beide erwachsen, Aimée.«

»Aber ...«

»Du kannst Micheline die Entscheidungen nicht abnehmen. Wenn jemand, den man liebt, Fehler macht, fällt das Zusehen schwer, das weiß ich, aber du kannst nicht eingreifen. Außerdem, sie ist ein intelligentes Mädchen ...«

»Das nichts über sein eigenes Herz weiß! Ich hatte das Gefühl, daß sie mit dieser Verlobung mit dem Grafen von Sandhurst einen schrecklichen Fehler begangen hat, aber diese ... Romanze, oder was immer es ist, mit Andrew Selkirk ist vielleicht noch schlimmer! Welche Aussichten hat sie denn, daß er ihr einen Heiratsantrag macht? Und wenn er das wirklich täte, was hätte er ihr zu bieten?«

»Ich stimme zu, daß Michelines Leben in letzter Zeit etwas kompliziert geworden ist, aber du wirst dich damit abfinden müssen, daß sie ihre Probleme selbst löst.«

»Ich werde M'sieur Selkirks Diener einen Besuch abstatten«, sagte Aimée plötzlich.

»Wie bitte?«

»Ich möchte das Porträt sehen, das Selkirk aus England mitgebracht hat. Ich habe dir erzählt, wie beeindruckt ich war; er hat wirklich Michelines Seele auf der Leinwand festgehalten. Wenn ihm das bei seinem anderen Gemälde nicht so gut gelungen ist, werde ich mich besser fühlen.«

»Dann geh, wenn es dich beruhigt. Ich ziehe mich fertig an und esse etwas.« Er nahm Aimées kleines Gesicht in seine Hände und küßte sie. Dabei wünschte er sich, sie würde ihm nur einen Bruchteil der Aufmerksamkeit schenken, die sie für Micheline übrig hatte.

Jeremy Culpepper kaute auf einer Pflaume herum und fragte sich, was Sandhurst jetzt wohl tun würde. Er hatte behauptet, die Königin habe ihn und Micheline in ihr Häuschen eingeladen, aber in der Küche wurde getratscht, daß Eleonore Schloß Fontainebleau nie verlassen wollte, und niemand wußte etwas von der Nachricht, die Andrew erhalten hatte. Angesichts des Schneesturms erwartete keiner die Rückkehr des Paares noch am selben Abend, aber alle Dienstboten redeten aufgeregt darüber, was die verlobte Madame Tevoulère mit dem gefährlich attraktiven englischen Maler in dem abgelegenen Haus wohl tun würde. *Quel scandale*!

Es klopfte, und Jeremy sprang auf. Sandhurst würde niemals klopfen, und die einzige andere Person, die ihn vielleicht besuchen könnte, war die verliebte kleine Soßenköchin, die ihm gern vorsäuselte, daß sie ihn anbetungswürdig fand. Es war *schrecklich* früh am Tag für solche Art von Besuchen ...

Er öffnete die Tür, und vor ihm stand die hübsche Frau des Lehnsherrn von St. Briac. Bei Gott! dachte Jeremy. Was, wenn sie eine von den verheirateten Frauen ist, die ein bißchen Abwechslung bei den Dienstboten suchen? Ihr Mann ist ein Riese!

»*Bonjour*, M'sieur«, sagte Aimée charmant. Beim Anblick von Selkirks Diener hätte sie am liebsten gekichert. Er war die personifizierte Fassungslosigkeit, die Augen standen hervor, während seine lockigen, unordentlichen Haare in verschiedenen Richtungen zu Berge standen. »Sie sind ...«

»Jeremy – äh – Playfair.« Er verschluckte sich bei dem Namen und verfluchte Sandhurst im stillen. »Wie kann ich Ihnen helfen, Madame Mardouet?« Das war wirklich *zuviel*. Er mußte nicht nur diesen idiotischen Namen nennen, sondern auch noch den Diener spielen, als wäre er nicht besser als ein Hund. Vielleicht hätte sie ja auch noch die Güte, ihm den Kopf zu tätscheln ...

»Ich weiß, daß es vielleicht merkwürdig klingt, M'sieur, aber ich habe eine große Bitte. Würden Sie mir das Gemälde zeigen, das Ihr Herr aus England mitgebracht hat? Ich habe das Porträt bewundert, das er von Madame Tevoulère malt, und ich bin begierig darauf, mehr von seiner Arbeit zu sehen.«

Wirklich merkwürdig, dachte Jeremy, vor allem um sieben Uhr morgens.

»Kommen Sie herein, Madame. Ich hoffe, Sie entschuldigen die Unordnung des Zimmers – und meine. Ich habe nicht erwartet ...«

»Ich muß mich bei *Ihnen* entschuldigen, M'sieur Playfair!« erklärte Aimée. »Es ist sehr früh, und ich kam aus einer Laune heraus. Verzeihen Sie mir meine Ungezogenheit.«

Jeremy fing an, die Dame zu mögen. Sie war überhaupt nicht herablassend, und sie plauderten unbeschwert, während er das Porträt von Lady Cecily Weston abdeckte und es auf den Tisch am Fenster stellte.

Aimée blinzelte. »*Parbleu*!«

»Hübsch, nicht?« sagte Culpepper stolz. Er hätte gern seine Anerkennung für Lord Sandhurst ausgesprochen und ihn dann als seinen Freund und Gleichgestellten vorgestellt, statt dessen mußte er seine Rolle weiterspielen: »Mister Selkirk ist außerordentlich begabt. Ich konnte es selbst nicht glauben, als ich das hier zum erstenmal sah. Es ist, als wäre Lady Cecily Weston hier, lebendig, in diesem Zimmer.«

»Cecily ... Weston?« Aimée starrte auf das Porträt, ihre Stimmung verschlechterte sich. Dieser Diener hatte recht. Wenn es Liebe war, die Selkirks Gemälde von Micheline so lebendig gemacht hatte, dann mußte er auch dieses Kind lieben, dessen Persönlichkeit deutlich zum Ausdruck kam. Miss Weston wirkte intelligent und auf charmante Weise eigensinnig, und auch wenn sie nicht viel älter als zehn Jahre sein konnte, waren auch ihre Augen von Liebe erfüllt. Natürlich schwang da nicht diese Sinnlichkeit mit wie bei Micheline, aber es war Liebe. »Weston …«, wiederholte Aimée geistesabwesend. »Der Name klingt vertraut.«

»Lady Cecily ist die Schwester des Grafen von Sandhurst.«

Aimée benutzte nie Umwege, um Informationen zu bekommen, und so beschloß sie, ganz ehrlich zu Selkirks Diener zu sein. »M'sieur Playfair, wissen Sie, daß Micheline Tevoulère mit dem Grafen von Sandhurst verlobt ist?«

Er wollte lachen, verkniff es sich aber und antwortete: »Ja, ich habe davon gehört, Madame.«

»Die Dame ist meine liebste Freundin, und wie Sie sich vorstellen können, bin ich ziemlich besorgt über die Tatsache, daß sie und der Graf sich nie kennengelernt haben.«

»Vollkommen verständlich.« Jeremy nickte.

»Ich hoffe, Sie verstehen meine Neugier, wenn ich Sie frage, ob Sie Lord Sandhurst irgendwie kennen. Ich möchte gern herausfinden, was für ein Mann er ist.«

Welche Antwort würde Andrew von ihm erwarten? Jeremy war von Natur aus offen und ehrlich, und dieser Dame gelang es wahrlich, das Vertrauen eines anderen Menschen zu erringen. »Der Graf ist ein sehr feiner Mensch«, sagte er schließlich; er hatte beschlossen, daß Ehrlichkeit der sicherste Weg sei. »Er ist mit außergewöhnlich gutem Aussehen, mit Intelligenz und Charme gesegnet. In Britannien gibt es wohl keine Dame im heiratsfähigen Alter, die nicht gern den Platz von Madame Tevoulère einnehmen würde. Verschwenden Sie keine Zeit damit, sich Sorgen zu machen. Ihre Freundin hat keine schlechte Wahl getroffen. Ich glaube nicht einen Augenblick daran, daß sie in dieser Ehe unglücklich wird ... oder daß sie ihren Ehemann nicht lieben wird.«

Aimée dankte ihm, warf einen letzten Blick auf das Porträt von Lady Cecily Weston und verließ Andrew Selkirks Räume. Als sie auf dem Korridor allein war, lehnte sie sich an die getäfelte Wand und seufzte frustriert. Wo in aller Welt lag die Lösung dieses Dilemmas? Das Leben ging eigentlich nicht sonderlich fair mit Micheline um. Wie konnte sie denn wählen zwischen einem Mann, den sie nie gesehen hatte, und Andrew Selkirk? Wenn Playfairs Worte stimmten, war Lord Sandhurst vielleicht noch anziehender als dieser verarmte Maler! War das *möglich*?

Weiches Sonnenlicht ergoß sich durch eine Spalte in den Bettvorhängen. Micheline wachte widerwillig auf, spürte, daß die Zeit nicht mehr stillstand. Andrew lag, ihr zugewandt, neben ihr und schlief noch, während sie auf dem Rücken ruhte und sich ganz eng an ihn schmiegte. Sie blickte in sein Gesicht, und dabei stiegen ihr die Tränen in die Augen. Alles an ihm war ihr so schrecklich lieb und teuer. Sie liebte jedes einzelne seiner braunen Haare, die Lachfalten rund um seine Augen, die einzigartige Form seiner Augenbrauen, die leicht ausgestellten Nasenflügel, die Narbe, die ihn von jedem anderen attraktiven Mann unterschied, und den frischen Stoppelbart, der im Sonnenlicht glitzerte, als wäre sein Gesicht mit Goldstaub gepudert.

Andrews rechter Arm mit den harten Muskeln lag gekrümmt unter ihrem schlanken Körper, seine Fingerspitzen ruhten leicht auf ihrer Brust. Micheline studierte seine Finger; sie waren kräftiger, als man sie bei einem Künstler erwarten würde, aber wunderschön geformt.

Und seine einfühlsame Begabung für die Malerei übertrug sich auf die Art und Weise, wie er diese Hände, Mund und den gesamten Körper beim Liebesakt benutzte.

Es tat gut, hier zu liegen und von Andrew zu träumen, denn später würde ihr Leiden nur noch schlimmer sein. Sie mußte das Bett verlassen, bevor er aufwachte. Noch erschreckender als der Gedanke an seine Küsse und seine überwältigende Liebe war die Aussicht, in seine honigfarbenen Augen zu sehen. Selbst in der Dunkelheit hatte sie deren Zauberkraft gespürt. Bei Tageslicht würde sie vermutlich in ihnen ertrinken und nie wieder einen Weg heraus finden.

Langsam rückte Micheline von ihm ab. Als seine Hand von ihrer Brust glitt, gab Andrew einen Ton von sich und rollte auf den Rücken; dabei gab er sie vollständig frei. Ihr war klar, daß es nur eine Frage der Zeit war, bis er ihre Abwesenheit spürte, daher glitt sie schnell und gleichzeitig vorsichtig zur Bettkante. Da lag ihr zerrissenes Hemd. Sie nahm es mit, als sie nackt in die sonnendurchflutete, kühle Luft des Hauses trat. Nachdem sie innerhalb der Vorhänge Andrews betörenden Duft eingeatmet hatte, war der Wechsel abrupt und versetzte ihrem Herzen einen scharfen Stich.

D'accord! dachte Micheline grimmig. Von jetzt an muß ich mich mit einem Leben ohne das gefährliche Vergnügen der Anwesenheit von Andrew Selkirk abfinden! Die Freuden der vergangenen Nacht müssen ein Leben lang ausreichen. Es wird zuerst schmerzlich sein, aber am Ende wird der Schmerz nachlassen. Ich bin schon gefährlich nahe daran, mich zu verlieben, aber ich bin noch einmal davongekommen! Ich darf nicht zurückschauen!

Immer wieder wiederholte Micheline diese Litanei, während sie ihren Unterrock, ihr Kleid und ihre Strümpfe anzog. Ohne das Hemd war sie sich ihrer zarten Brüste und ihrer Weiblichkeit doppelt bewußt. Sie wusch sich mit dem geschmolzenen Schnee vom Vorabend, stocherte dann in der Glut im Herd und legte Holz nach. Bald war das Häuschen wärmer. Micheline setzte sich vor das Feuer, um sich das Haar zu bürsten.

Am anderen Ende des Raums bewegten sich die Vorhänge auf Andrews Seite des Bettes.

»Michelle! Komm zurück!« stöhnte Sandhurst in gespielter Qual.

Sie versuchte, ihr Herz zu verschließen, und wünschte sich, sie müßte nicht gerade jetzt mit ihm reden ... oder ihn ansehen. Was, wenn er sie berührte?

»Du mußt aufstehen, Andrew«, sagte sie so gleichgültig, wie es ihr möglich war. Micheline ging zum Bett hinüber und zog die Vorhänge zurück, um den Sonnenschein hineinströmen zu lassen. Andrew lag immer noch auf dem Rücken und sah vor dem Hintergrund der weißen Kissen sonnengebräunt und verführerisch aus. Um das harte Licht abzuwehren, hob er den Unterarm und bedeckte die Augen damit.

»Es ist kalt«, klagte er, »komm wieder ins Bett.«

Als ihr das Blut heiß ins Gesicht schoß, wünschte Micheline sich, daß ihre Wangen sie nicht ständig verraten würden. »Der Morgen vergeht, und alle Leute in Fontainebleau werden sich Sorgen um uns machen. Wir sollten jetzt zurückreiten.«

Ihr Ton gab Sandhurst zu denken. Plötzlich war er ganz wach, setzte sich im Bett auf und griff nach Michelines Hand.

»Was ist los?«

Sie hockte auf der Bettkante, wandte aber die Augen ab, um sich vor seinem durchdringenden Blick zu schützen. »Nichts! Es schneit nicht mehr, die Sonne scheint, und wir müssen unterwegs sein, bevor sie uns suchen kommen.«

Er fragte sich, ob er träumte, und fuhr mit der freien Hand durch sein zerzaustes Haar. Er versuchte zu denken, aber die Situation wurde nur noch verwirrter. Sein Herz kannte er die Wahrheit über seine Gefühle. Und sein Herz sagte ihm auch, daß Micheline genauso fühlte. Kurz nach Einbruch der Morgendämmerung war Andrew aufgewacht und hatte gesehen, wie ihr nackter Körper sich vertrauensvoll an seinen kuschelte. Ihr Gesichtsausdruck und das zufriedene Lächeln, das sie sogar im Schlaf zeigte, hatten ihn wissen lassen, daß alles, was sie in der Dunkelheit miteinander erlebt hatten, Realität gewesen war. Micheline sah so verändert aus, wie er sich fühlte, aber jetzt, da sie wach war, schien alles anders zu sein.

»Sieh mich an, Michelle.«

Sie konnte ihm nur einen schnellen, schmerzlichen Blick zuwerfen. »Du mußt jetzt wirklich aufstehen und dich anziehen ...«

»Warum benimmst du dich, als hättest du Angst vor mir?«

»Red keinen Unsinn.« Instinktiv versuchte sie, ihre Hand aus seiner zu befreien, aber Andrew hielt sie fest.

»War die letzte Nacht Unsinn?« fragte er.

Micheline wurde dunkelrot. »Nein, nein ... natürlich nicht. Aber ... es war ein Zwischenspiel, nur zum reinen Vergnügen. Ich schäme mich nicht für das, was ich getan habe, aber du solltest verstehen, daß ich es nicht fortführen möchte. Die Nacht ist vorüber, und ich möchte sie hinter mir lassen. Was wir getan haben, hat nichts verändert.«

»In der Tat!« Die Muskeln an Sandhursts Kinn spannten sich. »*Du* hast dich nicht verändert?«

»Ich bin mit einem anderen Mann verlobt. Daran muß ich von jetzt an denken.«

Er seufzte schwer. »Du bist meiner Frage ausgewichen, aber ich will sie für den Augenblick vergessen. Ich muß dir etwas sagen, Michelle, und ich werde es nur einmal sagen. Die letzte Nacht war für mich viel mehr als nur ein ›Zwischenspiel zum reinen Vergnügen‹, und trotz deiner Proteste kennen wir beide die Wahrheit.« Sandhurst streckte die freie Hand aus, hob ihr Kinn und zwang sie, ihn anzusehen.

Mit pochendem Herzen stammelte Micheline: »Nein ... ich ...«

»Sei tapfer und erlaub mir, zu einem Ende zu kommen.« In seiner Stimme lag kein Charme, nur Entschlossenheit und ein Hauch von Ärger. »Ich habe mit genügend Frauen geschlafen, um den Unterschied zwischen einem rein körperlichen Vergnügen und einem Akt der Liebe zu kennen. Was wir gemeinsam erlebten, war fraglos ein Akt der Liebe. So etwas habe ich noch nie erlebt. Vielleicht weil ich älter und abgestumpfter als du bin, fühle ich mich so überwältigt von den ehrlichen Gefühlen, die in mir gewachsen sind, seit ich dich zum erstenmal auf der Treppe von Fontainebleau gesehen habe. Liebe ist ein kostbares Gut, Michelle. Ich hatte schon an ihrer Existenz gezweifelt, aber jetzt weiß ich es besser.« Er schwieg für einen Moment und ihren Blick. »Ich liebe dich, Micheline, und ich möchte, daß du meine Frau wirst.«

Andrews Worte wirkten wie ein Donnerschlag auf sie. Zitternd befreite sie sich und wandte sich ab. »Nein! So etwas darfst du nicht sagen! Es ist unmöglich. Wir müssen zum Schloß zurückkehren und so tun, als ob nichts passiert wäre!«

Er wollte sie festhalten und sie zwingen, ihm zu erzählen, was sie bedrückte, merkte aber, daß das nicht gut wäre. »Ich habe mich erklärt, Michelle, und ich werde meine Meinung nicht ändern. Solltest du die Wahrheit erkennen und dich entschließen, die Liebe dem Reichtum und dem Adel vorzuziehen, kannst du jederzeit zu mir kommen, bevor ich Fontainebleau verlasse, um nach England zurückzukehren.«

»Du reist bald ab?« Sie war unfähig, die Panik in ihrer Stimme zu unterdrücken.

»O nein, ich werde lange genug bleiben, um zumindest dein Porträt zu vollenden.« Sarkasmus schwang in seinen Worten mit. »Behaupte nicht, daß ich dir fehlen werde.«

Micheline wußte kaum, was sie darauf antworten sollte. »Ich hasse den Gedanken, daß ich dich vertrieben haben könnte.«

»Keine Sorge, Madame.«

Als Andrew die Decken zurückschlug und nackt das Bett verließ, floh Micheline zur anderen Seite des Raums. Schmerz durchströmte ihren Körper, als sie hörte, wie er sich anzog. Sie hätte gern geweint, konnte es aber nicht. Sie sehnte sich danach, die Wahrheit zu sagen, tat es aber nicht.

Kapitel 16

11.–22. März 1533

Sandhurst stürmte in sein Zimmer und knallte die schwere, getäfelte Tür zu. Jeremy Culpepper, der friedlich auf dem größeren Bett seines Freundes geschlummert hatte, sprang mit einem erstaunten Ausruf auf. Noch mehr überraschte es ihn, daß Andrew ihn nicht neckte und ihn auch nicht schalt, weil er sich während seiner Abwesenheit in sein Bett gelegt hatte. Das schien er nicht einmal zu bemerken.

»Zieh Stiefel und Wams an, wir machen einen Spaziergang.«

»He, Sandhurst, der Schnee liegt einen Fuß hoch, falls du das nicht bemerkt hast.«

»Deshalb brauchst du Stiefel. Beeil dich!«

Jeremy blinzelte bestürzt, tat aber, was ihm befohlen wurde. Erst als sie draußen auf dem Hof waren, traute er sich wieder, zu sprechen.

»Wo warst du die ganze Nacht? Der Hof redet über nichts anderes mehr als über dich und das Mädchen im Schnee ...«

»Im Haus der Königin im Wald«, korrigierte Andrew seinen Freund kurzangebunden.

»Königin Eleonore sagt, sie hätte dir nie eine Nachricht geschickt, und der König hat auch nie die Absicht gehabt, sich dorthin zu begeben. Es war ein Trick von dir, um mit Micheline Tevoulère allein zu sein, nicht wahr?«

»Jeremy, mir fehlt die Geduld für dieses hirnlose Gerede. Ich *habe* diesen von der Königin unterzeichneten Brief bekommen, und es spielt jetzt kaum noch eine

Rolle, *wer* ihn geschickt hat!« Mit langen Schritten stapfte er durch den Schnee. Culpepper konnte kaum mithalten.

»Naja, solange ihr beide in Sicherheit wart ...«

»In Sicherheit wovor?« rief Andrew und ließ seiner Frustration jetzt freien Lauf, weil sie weit genug vom Château entfernt waren. »Vor den Elementen? Mit dem verfluchten Schneesturm wäre ich leichter fertig geworden!«

»Oh, ich verstehe.« Aber Jeremy verstand nicht und wußte nicht, was er als nächstes sagen sollte.

»Sie ist ein Ausbund an Widersprüchen. Erzählt mir erst, daß Menschen, die lieben, Narren sind. Dann dreht sie sich um und sagt, daß sie einen Fremden heiratet, weil sie ihren toten Ehemann bis in alle Ewigkeit lieben wird!«

Jeremy ging davon aus, daß »sie« Micheline Tevoulère war. Er trottete neben seinem Freund her und entschied sich für eine Antwort, die ihm ungefährlich erschien: »Das junge Ding klingt ein bißchen verwirrt!«

»Vielleicht, aber da ist noch mehr. Es gibt etwas, das sie mir nicht erzählt!«

»Oh! Und was ist das?«

»Wie soll ich das wissen? Sie hat es mir nicht erzählt, du Narr!« Nachdenklich marschierte Sandhurst mit großen Schritten in den Wald, während Culpepper förmlich rannte, um mitzuhalten. Schließlich wurde Andrews Schritt langsamer. »Ach, ich kann es dir genauso gut erzählen. Ich habe Grund zu der Annahme, daß Micheline mich liebt.«

»*Liebt*!« rief Jeremy aus. Dieses Wort hörte er von Sandhurst so gut wie nie. Wenn dieses französische Biest ihn liebte, dann mußte Andrew schleunigst das Weite suchen.

»Es kommt noch schlimmer«, fuhr er in stiller Belustigung fort. »Ich liebe sie auch.«

Jeremy blieb wie festgefroren stehen. »Das glaube ich nicht.«

Sandhurst drehte sich um und sah ihn lächelnd an. »Es ist die Wahrheit. Es kommt mir vor, als hätte das Schicksal meinen Vater und die beiden Könige dazu überredet, uns zusammenzubringen.«

»Aber ...«

»Du hast das richtige Wort gewählt, mein Freund. *Aber* Micheline will mich nicht haben. Sie ist entschlossen, diese Ehe mit dem Grafen von Sandhurst einzugehen.«

Culpepper schüttelte heftig den Kopf und hoffte, seine Gedanken damit sinnvoll zu ordnen. »Aber das bist *du*!« Mehr fiel ihm dazu nicht ein, und das hatte er mindestens schon ein dutzendmal gesagt, seit sie in Frankreich waren.

»Siehst du das nicht ein? Das *zählt* nicht! Micheline hat keine Ahnung, wer ich in Wirklichkeit bin – und sie zieht einen Fremden dem Mann vor, den sie liebt. Du wirst denken, daß ich den Verstand verloren habe, aber ich bin ziemlich ärgerlich und eifersüchtig auf den Grafen von Sandhurst.«

»Du hast in einem Punkt recht: Ich denke *tatsächlich*, daß du verrückt geworden bist. Um Gottes willen, Sandhurst, sag dem Mädchen einfach die Wahrheit.«

»Das kann ich nicht. Siehst du das nicht ein? Wenn ich ihr das jetzt sage und wir heiraten, würde das immer zwischen uns stehen. Ich würde mich immer fragen, ob sie mich oder den Titel mehr liebt. Und ich würde traurig sein, daß ich nicht gut genug war, um sie nur mit meiner Persönlichkeit für mich zu gewinnen.« Andrew starrte in die Ferne. »Nein, ich habe nicht die Absicht, ihr zu sagen, wer ich bin. Entweder entscheidet sie sich für mich um meiner selbst willen und weil sie mich liebt, oder es wird keine Ehe geben.«

Im Laufe des März sah es so aus, als habe Sandhurst im Wald prophetische Worte gesprochen. Die Arbeit an dem Porträt ging weiter, aber Micheline war außerordentlich reserviert, wich seinem Blick aus, mied seine Berührung, Gespräche ... kurz, jede Form von persönlichem Kontakt mit Andrew. Es gab Momente, da entdeckte er etwas in ihren Augen – Schmerz oder vielleicht Angst –, das keinen Sinn für ihn ergab. Warum sollte Micheline Angst vor ihm haben?

Er spürte, daß Sehnsucht in der Luft lag, wenn sie in demselben Raum waren, und er fühlte, daß Micheline vielleicht kapitulieren würde, wenn er sie in den Arm nehmen, sie küssen und bitten würde, die Wahrheit zuzugeben, aber sein Stolz war zu groß. Entweder kam sie freiwillig zu ihm oder gar nicht.

An einem sonnigen Nachmittag saß Andrew auf einem Hocker vor Michelines Porträt und studierte nachdenklich das Bild. Er hatte sie früh entlassen, weil er sich in ihrer Gegenwart nicht konzentrieren konnte. Das Gemälde war sehr gut, zu gut vielleicht. Auf der Leinwand blickte Micheline ihn an, wie sie es in letzter Zeit nie mehr tat. Ihr schönes Gesicht glühte vor Liebe, die sie nicht zugeben konnte, und doch war da ein Hauch von Trauer, der ihn verblüffte. Sandhurst starrte das Porträt an und versuchte zu entscheiden, ob es Trauer, Bedauern oder Furcht war ... oder eine Kombination aus allem. Aber noch geheimnisvoller war der Grund für die schmerzlichen Schatten auf dem Gesicht eines frischen, jungen Menschen. Micheline würde ihm einreden, es sei die Trauer um ihren toten Ehemann, aber seine Instinkte sagten ihm etwas anderes.

»*Excusez-moi*, M'sieur ...«

Andrew drehte sich um und sah einen Pagen in der Tür stehen. »Ja, was ist?«

»Seine Majestät verlangt Ihre Anwesenheit im königlichen Schlafzimmer. Wenn Sie mir folgen wollen.«

Tief seufzend erhob sich Sandhurst. Was konnte der König um diese Zeit wollen? Sie hatten nach der Nacht des Schneesturms bereits Katz und Maus gespielt, und Andrew hatte nichts verraten. Seitdem war mit Sicherheit nichts zwischen ihm und Micheline vorgefallen, was das Mißtrauen des Königs noch weiter hätte erregen können!

»Ah, Selkirk!« Franz stand am Fenster und drehte sich zur Begrüßung des Engländers um. »Sie sehen recht abgespannt aus. Setzen Sie sich und trinken Sie Wein!«

»Danke. Jetzt, wo Ihr es erwähnt, merke ich es: Ja, ich bin müde. Wenn Ihr mich wegen Micheline Tevoulère gerufen habt ...«

»Nein, nein, absolut nicht!« Der König nahm auf einem Stuhl Platz, auch Andrew setzte sich, und dann tranken sie erstmal einen kräftigen ungarischen Wein. »Ah, das tut gut. Belebt den Geist, hmm?«

»Einigermaßen.« Andrew nickte kurz und wünschte sich, *sein* Geist könnte so leicht wiederbelebt werden.

»Wie der Zufall es will, bin ich zur Zeit sehr erfreut über Ihr Verhalten gegenüber Madame. Ich weiß, daß Sie Abstand gehalten haben, und ich kann beurteilen, wie schwierig das sein muß.« Franz' Brauen über den haselnußbraunen Augen gingen in die Höhe, um seine Worte zu unterstreichen.

Sandhurst hatte immer angenommen, daß auch der König etwas für Micheline empfand, aber dieses halbe Eingeständnis verwirrte ihn dann doch. Statt zu antworten, trank er seinen Wein und wartete.

»Ich schlage vor, daß wir Micheline aus unseren Köpfen verbannen und unsere Aufmerksamkeit ... empfänglicheren Menschen zuwenden. Sie wissen vielleicht, daß François Rabelais heute in Fontainebleau eingetroffen ist. Das ist unser höchst erstaunlicher Mönch, der vor drei Jahren das Kloster verlassen hat, um allen möglichen Beschäftigungen nachzugehen. Im letzten Jahr hat er als Arzt in Lyon eine Leiche seziert, und jetzt folgen Studenten seinem Beispiel. Er hat auch ein Buch geschrieben, *Pantagruel*, und er ist hergekommen, um mir ein Exemplar davon zu bringen. Eine interessante Geschichte über den König von Utopia, eben diesen Pantagruel, und seinen Freund Panurge.«

»Nachdem ich das Buch von Sir Thomas Morus gelesen habe, bin ich mit dem Thema Utopia vertraut«, merkte Andrew an. »Und ich habe auch von Eurem Rabelais gehört. Ein recht schillernder Charakter, nicht wahr?«

»*Mais oui*! Ich muß sagen, das Leben am Hof ist in letzter Zeit ziemlich langweilig geworden, und Rabelais' Erscheinen ist genau das richtige Heilmittel. Ich konnte den März nie ertragen. Wir alle haben den Winter satt, möchten am liebsten den ganzen Tag ausreiten und jagen, und dann kommt noch die Fastenzeit und macht den Monat noch lästiger. Vierzig Tage *Fisch*!« Der König verdrehte die Augen.

Sandhurst fragte sich langsam, ob der König vielleicht schon mit Rabelais Wein getrunken hatte, bevor er ihn rufen ließ. »Ja, also ...«

»Also, wir werden einen weiteren Besucher haben, der uns alle aufheitern wird, auch meine Kinder! Bei unserem Treffen im vergangenen Herbst waren Ihr König und ich uns einig, daß es eine gute Sache wäre, wenn sein Sohn an den französischen Hof käme und zusammen mit meinen Jungen erzogen würde. Ich erhielt heute morgen die gute Botschaft, daß der Herzog von Richmond in einer Woche eintrifft!«

Andrew wurde blaß. Der Herzog von Richmond und Somerset war in Wirklichkeit Heinrich Fitzroy, der uneheliche Sohn von Heinrich VIII. und Bessie Blount. Da es keine anderen Kinder gab, hatte der König dem damals sechsjährigen Jungen zwei bedeutende Titel verliehen. Inzwischen war der junge Herzog vierzehn und hatte den Grafen von Sandhurst bei zahlreichen Anlässen getroffen, und Andrew wußte, daß er sofort mit der Wahrheit herausplatzen würde, wenn sie sich in Fontainebleau begegneten.

»In einer Woche, sagt Ihr?« wiederholte er.

»Ja. Mein François ist im selben Alter wie der junge Heinrich, also freut er sich besonders auf dessen Eintreffen. Aber genug davon. Noch einen Schluck Wein?« Ein Diener eilte herbei, um die Pokale zu füllen. »Sie wundern sich, warum ich Sie sehen wollte, *n'est-ce pas*?«

Andrew nickte geistesabwesend, seine Gedanken gingen bei der Nachricht über den Herzog von Richmond wirr durcheinander.

»Wie ich weiß, sind Sie fast fertig mit Madame Tevoulères Porträt. Ich habe so wunderbare Dinge darüber gehört, daß ich gestern abend hingegangen bin, um es mir selbst anzusehen, und ich fand es atemberaubend. Glückwünsche, M'sieur!«

»Danke, Sire.«

»Das Herz meiner – äh – Freundin Mademoiselle d'Heilly hängt daran, Ihr nächstes Modell zu sein, aber heute bin ich auf eine andere Idee gekommen. Würden Sie gern den unvergleichlichen Rabelais malen?«

»Mir ist klar, Sire, daß diese Frage eine Ehre ist, und ich wünschte, ich könnte der Bitte nachkommen, aber leider muß ich in Kürze nach England zurückkehren.«

»In Kürze?« Die Augenbrauen des Königs zogen sich zusammen. »Wann?«

»Noch in dieser Woche ...«

Als Micheline am nächsten Abend zum Essen nach unten in die große Halle ging, trug sie ein prachtvolles Kleid aus hellblauem und weißem Samt, und ihr flammendes Haar war mit einem Silberreifen geschmückt. Diese Mahlzeiten waren zu einer Tortur für sie geworden, da sie sich stets vor allem der Anwesenheit Andrew Selkirks bewußt war.

An diesem Abend war es anders. Die Bretter waren wie immer auf Böcke gelegt worden und bildeten drei lange Tische. Am Kopf stand quer davor der Tisch des Königs. Seit seinem Eintreffen am Hof war Andrew stets ein Platz unter den Privilegierten zugewiesen worden, aber an diesem Abend sah Michelle, daß er weit weg an einem der drei langen Tische saß. Auf seinem bisherigen Platz neben Micheline saß nun François Rabelais.

Das exzentrische, charismatische Genie aus Chinon erwies sich als perfekter Tischherr. Obwohl schon drei Jahre nicht mehr im Kloster, trug er immer noch seine Mönchskutte, aber sein Verhalten war alles andere als fromm.

»Ah, meine gute Septembersuppe!« rief Rabelais stürmisch, als der erste Pokal mit Wein gefüllt wurde. »Trinken Sie aus, Madame. Ich schmecke die Essenz von Veilchen in diesem Wein. Er ist offensichtlich ein Produkt aus Chinon-Trauben!«

Gebannt tat Micheline, worum er sie bat, und bald fand sie die lebhafte Gesellschaft von Rabelais ausgesprochen wohltuend. Er hatte zu allem eine Meinung. Während Micheline Kaviar und Oliven genoß, redete Rabelais über Astrologie. Sein Ton war spöttisch, die Wahl seiner Worte humorvoll, und doch ergaben seine Ausführungen einen Sinn für Micheline.

Eine Suppe aus Forelle, Hering, gesalzenen Süßwasseraalen, Weißfisch, Mandeln, Ingwer, Safran und gemahlenem Zimt folgte. Granatapfelwein wurde ausgeschenkt, und Rabelais erklärte ihn für weniger gut als den Wein aus Chinon-Trauben, fand ihn aber dennoch wunderbar. Micheline lächelte und dachte, daß dieser »Michelangelo des Lachens«, wie man ihn nannte, *jede* Art von Speisen und Getränken zu genießen schien.

Bald lauschten alle bei Tisch Rabelais, auch der König. Niemand war sicher vor seiner spitzen, genialen Zunge. Er attackierte fröhlich die Sorbonne, verschiedene Theologen und aufgeblasene Gelehrte und trat mit seinem Humor der Monarchie gefährlich nahe. Seine Zuhörer lachten, wenn auch nervös.

Fisch aller Art kam auf den Tisch: Seezunge, Steinbutt, Karpfen aus der Marne und Brassen. Unter den Beilagen waren Orangen, Äpfel, Reis mit gerösteten Mandeln, Sauerampfer und Brunnenkresse. Das Licht der Fackeln kam Micheline heller vor als sonst, und einmal, als sie von allen Seiten Gelächter hörte, ertappte sie sich dabei, wie sie ihren Teller wegschob und an den intimen Abend dachte, den sie und Andrew in dem Haus im Wald verbracht hatten.

»Meditieren Sie, Madame?« fragte Rabelais.

Kuchen in der Form von Schwänen, in Rosenwasser gedünstete Pflaumen und weiße und zinnoberrote Zukkerpflaumen wurden zusammen mit einem süßen deutschen Wein gereicht. Immer wieder wurde nachgeschenkt, und die Gesellschaft führte inzwischen eine etwas ruhigere Konversation. Micheline lächelte den ehemaligen Mönch an.

»In gewisser Weise. Ich frage mich oft, warum die Dinge im Leben, die uns die meiste Freude schenken, auch die kompliziertesten sind.«

»Kompliziert durch *wen*?«

»Andere Menschen, nehme ich an, und auch durch uns selbst ...«

»Madame, Sie sind eindeutig eine intelligente junge Frau. Lassen Sie sich von mir etwas sagen, das ich nur langsam gelernt habe und für das ich den größten Teil meiner vierzig Lebensjahre gebraucht habe. Es gibt alle Arten von Narren in dieser Welt – den metaphysischen Narren, den prädestinierten Narren, den künftigen Narren und den majestätischen Narren.« Rabelais warf einen boshaften Blick auf den König. »Machen Sie sich nicht selbst zum Narren, indem Sie zulassen, daß andere Leute Druck auf Ihr Leben ausüben. Ich glaube inzwischen an die Freiheit. Wir haben nur ein Leben, und wenn es endet, können wir nur hoffen, in das große Vielleicht zu kommen. Mit dem Gedanken daran habe ich mir ein neues Motto zugelegt.«

Tanzbären und Esel, die Hüte trugen und Miniaturharfen spielten, unterhielten den Hof, aber Micheline nahm nichts davon wahr.

»Bitte, sagen Sie mir, M'sieur, wie Ihr Motto lautet?«

»*Faye ce que vouldras.*« Rabelais grinste und trank seinen Wein aus. »Tu, was du willst!«

Am nächsten Morgen war Micheline krank. Aimée, die an ihr Bett geeilt war, beobachtete besorgt, wie Micheline würgte, bis sie blaß und erschöpft dalag. Sie konnte nur beten, daß irgendeine Speise oder das anstrengende Fest der Grund dafür war, denn es hatte viele Trinksprüche zwischen Rabelais und Micheline gegeben.

Suzette, Aimées Mädchen, überbrachte Andrew die Nachricht, die er skeptisch aufnahm. Weit wahrscheinlicher war es, daß Micheline ihm einfach aus dem Weg gehen wollte, denn für die Vollendung des Porträts war ihre Anwesenheit nicht mehr notwendig.

Zwei weitere Tage vergingen. Sandhurst vollendete sein Gemälde und präsentierte es dem König. Franz war nicht mehr sonderlich zuvorkommend, seit Andrew sich geweigert hatte, in Fontainebleau zu bleiben und ihm zur Verfügung zu stehen. Der Anblick des Porträts vertrieb die schlechte Laune des Königs, und er rief sogar nach Anne d'Heilly, damit sie sich das Meisterwerk ansah.

»*Magnifique*!« rief sie aus. »Ach, Madame Tevoulère sieht fast wie eine Schönheit aus!«

»Ich hoffe doch, denn sie ist im Leben mehr als das«, sagte Andrew.

Anne zog die Krallen ein und lächelte den Engländer an. »M'sieur, haben Sie die arme Micheline besucht? Sie ist sehr krank gewesen.«

»War sie das? Ich hörte, daß sie sich nicht wohl fühlt, aber ich war nicht sicher, ob es ernst war.«

»Oh, *mais oui*! Madame de St. Briac hat um ihr Leben gefürchtet!«

Sandhurst sah den König scharf an. »Und Euer Arzt? Was hat er zu sagen?«

»Es ist eine Magenverstimmung. Ich glaube kaum, daß die Dame bereit ist, männliche Besucher zu empfangen.«

Als er beobachtete, wie Franz seine Mätresse ansah, wurde Andrew wieder mißtrauisch. Wahrscheinlich war all das nur eine List, um ihn von Micheline fernzuhalten – auf ihre eigene Bitte hin.

»Ich möchte Madames Gesundung nicht stören«, sagte Sandhurst gleichgültig. »Wenn es ihr besser geht, bevor ich Fontainebleau verlasse, werde ich sie noch sehen.«

»*Verlassen*?« rief Anne. »Wann werden Sie uns verlassen?«

»Bevor die Woche vorüber ist, Mylady. Im April habe ich dringende Geschäfte in England zu erledigen.«

Anne hatte gehofft, daß die Reihe nun an ihr sei, von dem unwiderstehlichen Engländer gemalt zu werden. Seufzend murmelte sie: »Wie traurig für uns. Ich hoffe jedoch, daß Sie in Zukunft kein Fremder sein werden.«

Sandhurst blickte auf, ein Lächeln umspielte seinen Mund. »Das wird man abwarten müssen, Mademoiselle.«

Kapitel 17

30. und 31. März 1533

Micheline träumte von Rabelais. Sein Gesicht, abwechselnd verschmitzt, ernst und lachend, kam näher, entfernte sich wieder und sagte ihr immer wieder: »Du hast nur ein Leben, und dann kommt das große Vielleicht. Tu, was du willst ... tu, was *du* willst ...«

Sie erwachte schweißgebadet, die Augen groß und aufmerksam.

»Aimée, ich muß M'sieur Rabelais sehen!«

»*Chérie*, das geht nicht! Er hat Fontainebleau vor zwei Tagen verlassen.« Aimée drückte ein kühles Tuch auf Michelines Stirn. »Warum um alles in der Welt willst du *ihn* sehen?«

»Ich hoffte, von ihm einen Rat zu bekommen – zur Liebe«, flüsterte sie.

»Welches Wissen könnte Rabelais zu so einem Thema haben? Er ist ein Mönch!«

»Ja«, stimmte Micheline zu, während ihr Magen auf vertraute Weise zu gluckern begann. »Aber er schien alles über das Leben zu wissen ...«

Aimée sah zu, wie ihre Freundin das Gesicht wegdrehte, um aus dem Fenster zu starren; ihre Augen waren von Melancholie erfüllt. Es tat Aimée weh, sie so zu sehen, aber auf lange Sicht war es bestimmt besser so. Sie würde Andrew Selkirk vergessen. Immerhin, Selkirks eigener Diener sang das Loblied des Grafen von Sandhurst! Konnte es eine bessere Empfehlung geben?

Micheline fiel den ganzen Tag über immer wieder in Schlaf und wachte nur auf, um etwas zu sich zu nehmen. Sie war sehr krank gewesen und noch außerordentlich schwach. In Erinnerung an die Schrecken des ersten Tages konnte Aimée nur Gott danken, daß ihre Freundin überlebt hatte.

Am Abend kam Suzette, um ihre Herrin abzulösen, so daß Aimée zusammen mit ihrer Familie essen konnte.

»Du mußt mich rufen, wenn Madame Tevoulère wieder krank wird«, befahl Aimée ihr freundlich. »Und sie muß allein sein, damit sie sich ausruht. Wenn irgend jemand vorspricht, sag ihm, daß sie noch keinen Besuch haben kann.«

»*Oui*, Madame.« Suzette nickte.

Es war nach acht Uhr, als es an der Tür klopfte. Micheline schlief unruhig, warf sich ächzend hin und her, wachte aber nicht auf. Suzette ging zur Tür, um sie zu öffnen.

»Ich möchte deine Herrin sehen.«

Es war Andrew Selkirk, der Engländer, der seit seiner Ankunft in Fontainebleau bei allen weiblichen Bediensteten für eine Gänsehaut gesorgt hatte. Suzette war seit sechs Jahren verheiratet, aber sie machte keine Ausnahme. Errötend sah sie Andrew mit verträumtem Blick an.

»Ich wünschte, ich könnte Ihnen gehorchen, M'sieur, aber ich habe Anweisung, keinen Besuch zu Madame zu lassen.«

Sandhurst war der Gesichtsausdruck des Mädchens nur allzu vertraut. Im allgemeinen haßte er es, weibliche Schwäche auszunutzen, aber hier schien ein Sonderfall vorzuliegen.

»Du bist offenbar ein Mädchen von außerordentlicher Schönheit und großem Verständnis«, murmelte er, und unter seinen Blicken schmolz ihre Abwehr dahin. »Könntest du in meinem Fall nicht eine Ausnahme machen? Ich bin sicher, daß Madame Tevoulère dir dafür danken würde. Weißt du, ich verlasse Fontainebleau morgen, und das hier ist meine einzige Gelegenheit, mich von ihr zu verabschieden.«

»Oh ... also ..., ich denke, in dem Fall ...« Suzette merkte, daß sie in seiner Gegenwart kaum sprechen konnte. »Die Sache ist nur die, sie schläft, und ich weiß nicht, ob es klug ist ...«

»Ich verspreche, vorsichtig zu sein, Mademoiselle. Ich werde sie nicht stören. Wenn sie nicht aufwacht, werde ich still wieder gehen.«

»*D'accord*«, antwortete Suzette schwach.

»Ich bleibe nur einen Augenblick.« Sandhurst schenkte ihr ein breites Lächeln. »Du vertraust mir, wenn ich mit Madame Tevoulère allein bin, nicht?«

Suzette nickte immer noch, als die Tür sich schloß und sie sich allein auf dem Korridor wiederfand.

Auf der anderen Seite der Tür drehte sich Sandhurst um, und sah Micheline, die in einem großen Himmelbett lag und in den Kissen ungeheuer blaß und klein wirkte. Er schämte sich, daß er je vermutet hatte, ihre Krankheit könnte eine Lüge gewesen sein, aber sein schlechtes Gewissen wich schnell der Sorge. Er ging zum Bett, hockte sich auf die Kante und nahm ihre schmalen Finger in seine starken, gebräunten Hände.

»Liebes, kannst du mich hören?«

Nach einem Augenblick blinzelte Micheline und lächelte schwach. Die Träume werden besser, dachte sie. Er scheint Wirklichkeit zu sein!

»Ich muß mit dir reden, Micheline. Es ist sehr wichtig. Verstehst du mich?«

Sie strahlte ihn an und nickte leicht.

»Ich muß Fontainebleau morgen verlassen, aber ich konnte nicht gehen, ohne dich noch einmal zu sehen. Hast du nachgedacht? Gibt es irgend etwas, was du mir sagen möchtest?«

Sein Gesicht verschwamm. So viele Gedanken gingen in ihrem Kopf durcheinander, und sie konnte sie nicht ordnen. Ja, das war es, was sie Andrew sagen wollte.

»Tu, was du willst«, flüsterte Micheline lächelnd.

»Ich verstehe.« Ein Muskel an seinem Kinn spannte sich an. »Also dann, auf Wiedersehen.«

Ihre Augen waren geschlossen. »Das ... große Vielleicht ...«, schien sie zu murmeln.

»Genau.« Sandhurst stand da und starrte lange Michelines schönes Gesicht an. »*Adieu*, Michelle.«

Am selben Abend machte Sandhurst einen Besuch bei Aimée de St. Briac, die ihm versicherte, daß Micheline nicht mehr in Gefahr war. Sie war jetzt nur geschwächt von den zwei langen Tagen mit schwersten Verdauungsstörungen, und der Arzt des Königs hatte sehr viel Ruhe verordnet.

»Hat er eine Ahnung, welche Ursache das hatte?« fragte Andrew, und seine Augenbrauen waren sorgenvoll zusammengezogen.

»Der Arzt sagt, es könnte nur etwas sein, was Micheline gegessen hat, aber da alle an dem Tisch von denselben Speisen gegessen haben, ist es uns ein Rätsel.«

»Hmm.« Nachdenklich legte er den Zeigefinger an den Mundwinkel.

»Ist da sonst noch etwas, M'sieur? Meine Töchter warten auf ihren Gute-Nacht-Kuß.«

»Ich wollte mich von Ihnen verabschieden, Madame. Ich kehre morgen nach England zurück.«

Aimée spürte eine tiefe Traurigkeit. Es war so schade, daß die Dinge sich nicht anders entwickelt hatten. Wenn Andrew Selkirk nur ein anderer Mann wäre ...

»Wir werden Sie vermissen, M'sieur«, sagte sie ernst. »Es war ein Vergnügen, Sie kennengelernt zu haben, und ich wünsche Ihnen Glück.«

Sandhurst hob ihre Hand, küßte sie leicht und brachte ein gequältes Lächeln zustande. »Ich habe dieselben Gefühle wie Sie. Auf Wiedersehen, Madame. Seien Sie so freundlich und geben Sie meinen Abschiedsgruß an Ihre Familie weiter.«

»Das werde ich tun. *Au revoir*, M'sieur.«

Aimée lag warm und nackt in dem Himmelbett und sah ihrem Mann zu, wie er sich vor dem Feuer auszog. Trotz ihrer gemischten Gefühle in bezug auf Andrew Selkirk schien eine Last von Aimées Schultern genommen, da er jetzt abreiste. Zumindest gab es keine Wahl mehr. Micheline würde den Grafen von Sandhurst heiraten *müssen*, und ihr sechster Sinn sagte Aimée, daß alles gut werden würde. Sie konnte ihre Aufmerksamkeit wieder Thomas zuwenden, und jetzt war genau der richtige Zeitpunkt gekommen, um damit anzufangen.

»Mmm«, schnurrte sie, »du hast mir gefehlt ...«

»Wirklich!« St. Briac sah zu seiner Frau hinüber, sein Mund zitterte vor belustigter Überraschung. »Seit wann hast du Zeit für derartig selbstsüchtige Gefühle?«

»Wenn du auf meine Beschäftigung mit Micheline anspielst, kann ich glücklicherweise berichten, daß die Dinge sich von allein und ohne mich zu bereinigen scheinen. Sie ist fast wieder so gut wie neu, und Andrew Selkirk reist morgen nach England. Es gibt nichts mehr, worum ich mir Sorgen machen müßte – im Augenblick jedenfalls nicht!«

Thomas hörte auf, seine Kniebundhosen aufzubinden. »Hast du gesagt, Selkirk reist ab?«

»So ist es, morgen früh. Er bat mich, dir Abschiedsgrüße zu übermitteln.«

St. Briac griff nach seinem Hemd und zog es wieder an. »Ich sollte mit ihm reden, bevor er abreist.«

»Was! *Jetzt*?« jammerte Aimée.

Er zog lächelnd eine Braue hoch. »Nun bekommst du einen Geschmack davon, was ich in den letzten Monaten erleiden mußte! Ziemlich unangenehm, *n'est-ce pas*?«

»Du bist ein schrecklicher Mensch!« warf sie ihm vor.

»Keineswegs. Es ist nur so, daß ich M'sieur Selkirk zufällig gern mag. Ich würde ihn gern daran erinnern, daß er mindestens einen Freund hier in Fontainebleau hatte.« St. Briac zog seine Weste an, beugte sich über das Bett und gab seiner Frau einen Kuß auf den schmollenden Mund. »Es wird Zeit, daß du Geduld lernst, *Miette*. Du bist viel zu verwöhnt.«

In der Tür schaute er zurück und sah, wie ein Kissen aus dem Bett geflogen kam. St. Briac wich dem Geschoß gerade noch aus, und dann hörte Aimée sein tiefes Lachen von der anderen Seite der Tür.

*

Thomas fand Andrew Selkirk in seinem bescheidenen Zimmer dabei, wie er Hemden faltete und Wein trank.

»Das sollten Sie aber Ihrem Diener überlassen«, merkte St. Briac an.

Der Gedanke an Jeremys Reaktion auf ein solches Ansinnen ließ Sandhurst lächeln. »Oh, Playfair ist fort, um einen langen Abschied von der kleinen Soßenköchin zu nehmen, die er ganz gut kennengelernt hat. In jedem Fall macht es mir nichts aus. Beschäftigung lenkt mich ab.«

Thomas brauchte nicht zu fragen, wovon der Engländer abgelenkt werden mußte. »Haben Sie Micheline gesehen? Weiß sie, daß Sie abreisen?«

»Ja als Antwort auf beide Fragen.« Andrew bot St. Briac einen Becher Wein an. »Wenn es Ihnen nichts ausmacht, ich möchte lieber nicht darüber sprechen.«

Als die Hemden gefaltet und verstaut waren, nahmen die beiden Männer auf Stühlen vor dem Feuer Platz. Die Flammen hüpften und tanzten, vergoldeten Sandhursts

Haar und sein attraktives Profil. Die beiden redeten eine Weile über Pferde, England und die Weine vom Château du Soleil. Nach einiger Zeit fragte Thomas: »Kennen Sie Paris? Ich kann Ihnen ausgezeichnete Unterkünfte empfehlen.«

»Das ist gut. Die Herberge, in die wir auf dem Weg hierher zufällig geraten sind, ließ viel zu wünschen übrig.« Der Herzog von Aylesbury besaß zwar ein prachtvolles Haus in Paris, aber Andrew hatte nicht die Absicht, dort zu übernachten. Er wollte nicht, daß sein Vater irgend etwas von seinem Aufenthalt in Frankreich erfuhr. »Wir aßen kaltes Gemüse und hartes Brot von einem fettigen Brett, und der Wein war *piquette*, sauer und schlecht. Playfair und ich mußten nachts abwechselnd schlafen, um für die Sicherheit unseres Eigentums zu sorgen. Ich brauche Ihnen nicht zu sagen, daß ich für Ihre Empfehlung dankbar bin.«

»Meine Schwester Nicole ist mit einem Künstler namens Michel Joubert verheiratet. Sie leben recht komfortabel am rechten Seineufer, und ich kann Ihnen versichern, daß sie überglücklich wären, Ihnen für eine Nacht Unterkunft zu geben.«

»Das wäre eine zu große Zumutung! Sie kennen mich doch gar nicht.«

»Vertrauen Sie mir, mein Freund. Gäste zu haben, genießt meine Schwester über alles. Ich schreibe eine Nachricht, die Sie ihr mitnehmen. Sie wird sich freuen, Sie kennenzulernen – genauso froh, Neuigkeiten über meine Familie zu hören.«

»Also, wenn Sie sich sicher sind ...«

St. Briac lachte. »Absolut!«

»Wenn das so ist, bin ich dankbar.«

Die beiden Männer erhoben sich und schüttelten sich

die Hände. »Es ist spät«, sagte Thomas. »Ich sage Ihnen jetzt auf Wiedersehen; und möge Gott mit Ihnen sein.«

»Es war mir ein Vergnügen, Sie kennenzulernen, M'sieur«, antwortete Andrew.

»Ich möchte Ihnen sagen, wie leid es mir tut, daß Ihre Beziehung zu Micheline kein glücklicheres Ende finden konnte. Ich hoffe nur, daß meine Frau recht behält und Micheline keinen Grund haben wird, ihre Wahl zu bedauern.«

»Madame ist für Lord Sandhurst?« fragte Andrew, und seine Braue ging zuckend nach oben.

»Sie hörte, daß er in jeder Hinsicht ein wunderbarer Mann ist.« Thomas zuckte mit den Achseln. »Und ich bin sicher, daß Sie Micheline auch Glück in ihrer Ehe wünschen, wenn sie Ihnen etwas bedeutet.«

Sandhurst sah zu, wie der andere Mann zum Tisch ging und nach einem Federkiel griff, um eine kurze Nachricht an seine Schwester zu schreiben. Auf ein weiteres Blatt Pergament schrieb er ihren Namen, Adresse und Hinweise, die Andrew helfen sollten, das Haus leichter zu finden.

»Schauen Sie nicht so böse, Selkirk«, mahnte Thomas, als er den Federkiel niederlegte. »Immerhin, die Dame hatte bereits ihr Wort gegeben, den Grafen von Sandhurst zu heiraten, bevor sie Sie kennenlernte!«

Als Andrew dann sprach, lag eine stählerne Härte in seiner Stimme: »Sie haben recht, und ich hoffe wirklich, daß Micheline glücklich wird. Aber es wird *nicht* der Graf von Sandhurst sein, der sie glücklich macht. Davon bin ich überzeugt.«

»Warum sagen Sie das?« fragte St. Briac äußerst überrascht.

»Vergessen Sie es. Ich habe nur phantasiert.«

Andrew lachte, aber Thomas fühlte sich unbehaglich und verabschiedete sich. Nachdenklich blieb er auf dem Korridor stehen. Er fuhr sich mit einer Hand durch sein kastanienbraunes Haar und dachte über die Worte des Engländers immer wieder nach. *Sangdieu*! Was konnte der gemeint haben?

»Zum Gruß, Mylord!«

St. Briac schaute auf und sah Jeremy Playfair, der winkend auf ihn zukam.

»Playfair!« rief er leise und erfreut. Der junge Mann wirkte mehr als leicht berauscht, was Thomas gerade recht war. Er nahm Jeremy beim Arm und zog ihn weiter weg von Andrew Selkirks Tür. »Ich muß Sie etwas fragen, und ich muß darum bitten, daß Sie mir eine ehrliche Antwort geben.«

Dieser Franzose war Jeremy immer merkwürdig vorgekommen, aber jetzt wirkte er in seiner Größe fast bedrohlich. »Natürlich, Mylord«, plapperte er, »wenn ich kann.«

»Vor ein paar Minuten sagte Ihr Herr, daß er Micheline Tevoulère glücklich sehen möchte, aber nicht der Graf von Sandhurst würde sie glücklich machen. Davon sei er überzeugt. Was meinte er damit?«

»Also ... also ... der Grund ist ... er hat nicht die Absicht, diese Ehe einzugehen!«

St. Briacs Verwirrung wuchs. »Wer?«

»Lord Sandhurst!« Als das heraus war, schielte Jeremy fast, weil er merkte, was er da gesagt hatte, aber Thomas sah immer noch nicht klar.

»Wie kann Andrew Selkirk das wissen?« Ein absolut verrückter Gedanke schoß ihm in den Kopf. »Das kann er nur ... Sie meinen doch nicht ...«

»Ich kann kein Wort mehr sagen, Monseigneur! Wenn

er es herausbekommt, läßt er mich hängen. Er läßt mich rädern und vierteilen! Ich muß jetzt gehen.«

St. Briac packte den jungen Engländer am Hemdkragen. »Langsam, mein Freund. Ich gebe Ihnen mein Wort, Ihr Vertrauen nicht zu verraten.«

»Schwören Sie? Schwören Sie, keiner Seele auf der Welt zu erzählen, daß Sandhurst selbst hier in Fontainebleau war!«

So war das also. Eine Wahrheit, die Thomas fassungslos machte. »Ich schwöre es«, seufzte er.

»Sandhurst wollte nichts Böses! Die Ehe ist ihm vom König und dem Herzog von Aylesbury aufgezwungen worden. Er wollte sich unumwunden weigern, aber die Hindernisse waren hoch, und daher hielten wir es für klug, wenigstens einen Blick auf das junge Ding zu werfen. Sehen Sie, ich bin auch nicht Playfair, ich bin Sir Jeremy Culpepper, Sandhursts Freund.«

»Ich glaube, ich kann den Rest erraten. Ihr Freund hat sich in Micheline verliebt, und sein Stolz wurde verletzt, als sie sich entschied, einem Fremden den Vorzug zu geben. Ich kann mir vorstellen, wie er sich fühlt.«

»Sandhurst war immer ein Zyniker in bezug auf Liebe und Ehe, aber jetzt glaube ich, daß er nie heiraten wird. Das ist schade, nicht wahr?«

»Ja, M'sieur Culpepper, das ist schade. Ich muß jetzt gehen. Danke, daß Sie sich Zeit genommen haben.«

»Sie werden daran denken?«

»An meinen Eid? Sie können beruhigt sein, M'sieur, mein Wort gilt.«

Bevor Schloß Fontainebleau um sechs Uhr erwachte, bestiegen Andrew und Jeremy ihre Pferde und ritten mit lautem Getrappel über den Innenhof.

»Bei Gott!« rief Culpepper. »Ich weiß nicht, wie es dir geht, aber ich werde verdammt froh sein, wenn ich wieder in England bin. Frankreich ist ja ganz schön, aber zu Hause ist es am schönsten.«

Sandhurst sah hinauf zu Michelines abgedunkelten Fenstern und seufzte tief. »Das ist wohl wahr ...«

Es war noch dunkel, als Micheline die Augen aufschlug. Sie hatte sich die ganze Nacht unruhig herumgeworfen, aber das hatte nichts mit ihrer Erkrankung zu tun. Sie fühlte sich im Gegenteil wieder ganz stark und fand, daß sie für den Rest des Lebens genug geschlafen hatte.

Sobald sich die ersten rosa Streifen am Osthimmel zeigten, rief Micheline nach Suzette und sagte ihr, daß sie ein Bad wünschte. Das war bald eingelassen, und während sie sich in der *cuve* wusch, übte Micheline jedes Wort, das sie Andrew sagen wollte. Die ganze Zeit, in der sie krank gewesen war, hatte sie von ihm geträumt. Seit ihrem Gespräch mit Rabelais schien alles einen Sinn zu ergeben. Die Aussagen des Mönchs waren ungewöhnlich gewesen, boten aber genau die richtige Lösung für ihre Probleme. Sie hatte zugelassen, daß dumme Ängste und Ereignisse aus der Vergangenheit, die nichts mit Andrew zu tun hatten, ihre Urteilsfähigkeit trübten. Rabelais hatte recht. Sie hatte nur ein Leben, und jetzt war sie entschlossen, es nicht zu vergeuden. Andrew war alles, was Bernard nicht hatte sein können; seine Stärke und seine Zärtlichkeit kamen aus einem starken Kern, während Bernard von Natur aus schwach war. Jetzt, da Micheline die Augen geöffnet waren, wußte sie, das sie Andrew nie wieder mit Bernard vergleichen würde.

Suzette regte sich lautstark auf, als Micheline sich anzog, statt sich wieder ins Bett zu legen. Das Mädchen sorgte sich, daß Madames plötzlicher Anfall von Energie einen Rückfall auslösen könnte, aber Micheline beruhigte Suzette, indem sie gesunden Appetit bewies und Brot und Orangenscheiben knabberte. Aber sie ließ sich nicht überreden, wieder ins Bett zu gehen.

Endlich war Micheline fertig. Sie trug ein Kleid aus gelber Seide und ließ die frisch gewaschenen Locken offen über den Rücken fallen. Es war jetzt nach sieben. Andrew würde sicherlich wach sein.

»Da gibt jemanden, den ich sehen muß, Suzette. Mach dir keine Sorgen – ich gehe nicht nach draußen.«

»Aber, Madame, was, wenn meine Herrin kommt? Was soll ich sagen?«

»Aimée verläßt ihre Gemächer nie vor halb neun, aber sollte sie auftauchen, bevor ich zurück bin, sag ihr einfach, daß du mich nicht halten konntest. Sag ihr, daß ich unbelehrbar war.« Fröhlich lachend öffnete Micheline die Tür und stand St. Briac gegenüber.

»*Bonjour*, Monseigneur!« begrüßte sie ihn. »Ich bin wieder gesund!«

»Das sehe ich.« Sein Lächeln war besorgt. »Micheline, ich muß mit dir reden.«

»Kann das warten? Ich war auf dem Weg, um mit Selkirk zu reden.«

»Spar dir deinen Atem, *chérie*. Ich hasse es, dir das zu sagen, aber er ist gerade nach England abgereist.«

Teil III

Kapitel 18

31. März 1533

»Abgereist? Abgereist? Aber wie kann das sein?« Das Blut wich aus Michelines Wangen, während St. Briac sie zu einem Stuhl führte.

»Er sagte, er hätte sich von dir verabschiedet, *ma petite*. Erinnerst du dich nicht daran? Ich hatte das Gefühl, er mochte nicht über das nachdenken, was zwischen euch passiert ist.«

»Ich ... ich dachte, Andrew wäre hier, aber später schien es so, als wäre es wieder ein Traum gewesen. Der Arzt gab mir so viele Schlafmittel, daß ich kaum bei Bewußtsein war, auch wenn ich wach zu sein schien. Was könnte ich zu Andrew gesagt haben?«

Um Micheline zu beruhigen, hielt St. Briac ihre zitternde Hände fest. »Ich weiß es nicht. Vielleicht erwartete er von dir, daß du deine Meinung zur Ehe änderst, als du von seiner Abreise hörtest.«

»Aber das hätte ich getan! Ich habe tagelang an nichts anderes gedacht und von nichts anderem geträumt!«

»Bist du sicher, Micheline? Ich möchte, daß du mir gegenüber ehrlich bist. Warum hast du ihn abgewiesen?«

Etwas in Thomas' Gesicht gab ihr Hoffnung. Wenn sie ihm alles erzählte, würde er vielleicht einen Weg finden, ihr zu helfen. So wurde Suzette aus dem Zimmer geschickt, und Micheline erzählte die Geschichte ihrer

Ehe mit Bernard. Sie sprach von ihrer Bewunderung für den jungen Mann, von ihrem tiefen Vertrauen zu ihm und von ihrer Unsicherheit, als er immer mehr Zeit am Hof verbrachte.

»Bernard ist der eine Sonnenstrahl in meinem Leben gewesen, seit *Maman* tot war, und jetzt, wenn ich zurückschaue, sehe ich, wie naiv ich war, und wie hungrig nach Liebe. Bernard schien die Erhörung aller meiner Gebete zu sein. Und als er sich langsam veränderte, wollte ich es nicht wahrhaben. Ich war überzeugt, daß der Fehler bei mir liegen mußte, also gab ich mir noch mehr Mühe, eine gute Ehefrau zu sein, und ich hoffte, Bernard würde bei mir in Angoulême bleiben.«

»Und statt dessen tat er das Gegenteil«, sagte St. Briac grimmig.

»Ich redete mir ein, daß alles gut werden würde ... im nächsten Monat oder in der nächsten Jahreszeit. Mein Leben schien ohne Bernard keinen Sinn zu haben. Als ich das Baby verlor, hatte ich das Gefühl, ich hätte ihn betrogen.«

Thomas streckte die Hand aus, um die Träne wegzuwischen, die über Michelines Wange lief.

»Du weißt, wie verzweifelt ich war, als Bernard starb. Unsere Ehe war mein Leben. Selbst nachdem ich an den Hof gekommen war, trauerte ich weiter, aber dann ...« Sie schluchzte.

»Vertrau mir, Micheline, ich werde dir helfen, wenn ich kann.«

Sie versuchte, durch die Tränen hindurch zu lächeln. »Ich war nicht in der Lage, es irgend jemandem zu erzählen, nicht einmal Aimée.« Nach einem tiefen Atemzug sah Micheline St. Briac in die Augen, die voller Mitgefühl waren, und dann erzählte sie noch einmal die Geschichte von Bernards Treulosigkeiten, die sie im Garten gehört hatte. Wie lange schien das her zu sein! Damals war sie ein anderer Mensch gewesen.

»Es brach mir das Herz. Ich fühlte mich meines letzten Fünkchens Stolz und meiner letzten Illusion über Bernard beraubt. Ich glaubte nicht, daß ich mich je wieder zu einem Mann hingezogen fühlen würde, schon gar nicht, daß ...«

»... du dich je wieder verlieben würdest?«

»So ist es. Und selbst als die Liebe zu Andrew mich fast überwältigte, versuchte ich sie zu leugnen. Ich hatte solche Angst, daß ich nur noch mehr Herzeleid erfahren würde, wenn ich mich von meinen Gefühlen beherrschen ließe. Ich hatte durch Bernard doch schon genug gelitten.«

»Was hat deine Meinung verändert?«

»Viele Dinge. Ich glaube, es war unvermeidlich. Ich hatte mich von der Wahrheit über meine Ehe abgewandt, und als sie mich einholte, hatte sie bedrohliche Ausmaße angenommen. Tief im Innersten wußte ich vielleicht seit dem Abend, an dem ich Andrew kennenlernte, daß ich am Ende meinen Gefühlen nachgeben mußte. In meinem Herzen haben seitdem Liebe und Angst ständig miteinander gekämpft. Und natürlich wurde alles nur noch schlimmer durch meine Verlobung mit dem Grafen von Sandhurst. Ich habe mich hinter dieser Verpflichtung versteckt, solange ich konnte.« Micheline lächelte ihn unsicher an. »Zu lange, scheint es. Dann lernte ich François Rabelais kennen. Was er zu mir sagte, wühlte meine tiefsten Gefühle auf und ließ mich die Wahrheit erkennen!«

»Aber dann wurdest du krank«, seufzte St. Briac. Er stand auf und ging vor dem Kamin auf und ab. »Bist du jetzt wirklich bereit, alle Vorsicht aufzugeben?«

»Ich sehe es etwas anders, Monseigneur. Andrew ist nicht Bernard. Das war natürlich von Anfang an zu sehen. Für mich war es viel schwerer, zu erkennen, daß er sich nicht genauso wie Bernard benehmen würde, nur weil er ein Mann ist. Als ich krank war, hatte ich viel Zeit, über Andrew nachzudenken. Endlich weiß ich, was es heißt, eine Frau zu sein, die einen *Mann* liebt. Niemand von uns weiß, was die Zukunft bringen wird, aber jetzt bin ich entschlossen, keinen weiteren Tag zu verschwenden, weil ich Angst vor dem Leben habe.«

»Und es macht nichts, daß er dir nicht Reichtum und Adel anbieten kann?«

Micheline lachte weich. »Natürlich nicht! Andrew ist besser als jeder Adelige. Ich bitte ihn nur darum, sein Leben mit ihm teilen zu dürfen – wenn er mich noch haben will.«

St. Briac rieb sich das bärtige Kinn und nahm gegenüber von Micheline Platz.

»Bitte«, flehte sie, und wieder traten ihr Tränen in die Augen, »sag, daß du weißt, wohin Andrew gegangen ist! Wenn ich ihn nicht finde ...« Der Gedanke war zu schrecklich, um ihn auszusprechen.

»Zufällig weiß ich es tatsächlich ...«

Micheline sprang fast auf St. Briacs Schoß. »Oh, Monseigneur, ich liebe dich!« rief sie und weinte und lachte gleichzeitig. »Sag es mir, bitte, sag es mir.«

»Ich tu etwas Besseres als das, *ma petite*. Ich selbst werde dich zu Andrew bringen, auch wenn nur Gott weiß, was Aimée dazu sagen wird.« Thomas stieß einen Seufzer aus bei dem Gedanken daran, das seiner Frau erklären müssen, ohne seinen Schwur gegenüber Jeremy Culpepper zu brechen. Dann erhob er sich und grinste Micheline an.

»Beeilen Sie sich, Madame. Gegen Mittag machen wir uns auf den Weg nach Paris!«

Als Aimée glaubte, daß ihre Freundin Andrew wirklich liebte, konnte St. Briac seine Frau davon überzeugen, daß Micheline mit ihrer wahren Liebe wieder vereint werden mußte. Doch als er ihr von der Abreise nach Paris noch am selben Tag erzählte, widersetzte sie sich energisch.

»Ich hoffe, du denkst nicht einmal im Traum daran, mich hierzulassen, Thomas!«

»In der Tat, das *tue* ich!« Er gab vor, mit dem Heraussuchen sauberer Kleidung für die Reise beschäftigt zu sein.

»Ich komme mit!« erklärte sie.

»Du mußt bleiben und auf die Kleinen aufpassen. Außerdem, ich werde vermutlich nicht länger als zwei Tage fort sein.«

»Suzette kann sich um die Mädchen kümmern, es handelt sich ja nur um eine kurze Zeit. Dieses Abenteuer soll mir nicht entgehen! Was, wenn etwas nicht richtig läuft? Micheline könnte mich brauchen! Außerdem möchte ich Nicole besuchen. Sie fehlt mir.«

St. Briac versuchte, ein Lächeln zu unterdrücken, während er daran zurückdachte, als er ihr das letztemal befohlen hatte, zu Hause zu bleiben, wie es sich für eine gute Ehefrau gehörte. Aimée war ihm nach Paris gefolgt – schwanger und als Junge verkleidet.

»Ich mag der Herr eines Dorfes und der gesamten umliegenden Ländereien sein, aber ich beherrsche meine eigene Frau nicht«, seufzte er.

Aimée durchquerte den Raum, stellte sich auf die Zehenspitzen und legte ihm die Arme um den Hals. »Sei nicht dumm. Ich werde dir gern erlauben, mich zu beherrschen, sobald wir heute abend allein im Bett sind.« Sie küßte ihn leidenschaftlich, dann fügte sie hinzu: »In Paris.«

Bevor Micheline aus Fontainebleau abreiste, hatte sie eine letzte Aufgabe zu bewältigen. Sie mußte Franz im königlichen Schlafgemach aufsuchen, um sich zu verabschieden. Thomas war dabei, um ihr zur Seite zu stehen, aber Micheline brauchte wenig Hilfe. Mit neuerwachtem Selbstvertrauen trug sie dem König ihren Fall vor, brachte ihre Dankbarkeit für seine Gastlichkeit und Freundschaft zum Ausdruck und hoffte, er würde ihr alles Gute wünschen.

Franz' Blick umwölkte sich, als er Michelines strahlende Erscheinung sah. Wenn doch nur ..., dachte er. Es kam ihm wie bittere Ironie vor, daß ein mittelloser englischer Maler es geschafft hatte, da Erfolg zu haben, wo er eine Niederlage hinnehmen mußte. Aber eigentlich war ihm klar, daß Micheline nie eine glückliche Mätresse geworden wäre – nicht einmal, wenn sie in der Gunst des Königs von Frankreich stand. Sie war gesegnet mit einem sehr mutigen Herzen und einer seltenen Intelligenz, und sie gehörte nicht in eine Reihe mit Königin Eleonore und Anne d'Heilly. Natürlich dachte Franz, daß Selkirk ein vollkommen unwürdiger Mann war, aber wenn er sie darauf hinwies, würde Micheline sich ganz von ihm zurückziehen. Sie war eindeutig erfüllt von romantischen Gefühlen – ein Zustand, den der König selbst als intensiv, aber flüchtig erlebt hatte. Er hegte die heimliche Hoffnung, daß sie eines Tages wieder zu Verstand kommen und an den französischen Hof zurückkehren würde.

Mit königlichem Lächeln murmelte Franz: »Sie verdienen das Beste im Leben, Madame. Mein Dank an Sie, daß Sie meinen Hof geschmückt haben.« Er drückte einen langen Kuß auf ihre Hand. »Ich wünsche Ihnen Freude.«

Micheline war erstaunt, daß sie Tränen aufsteigen spürte. »Ich werde Eure Freundlichkeit nie vergessen, Sire, und ich werde mich an meine Zeit in Fontainebleau immer mit großer Zuneigung erinnern.«

Dann eilte sie fort zu den Ställen, doch St. Briac blieb bei seinem Freund, bis sie außer Sichtweite war.

»Ich würde mir an Eurer Stelle keine Mühe machen, gerade jetzt an Heinrich zu schreiben, Sire«, riet er. Als Franz ihn überrascht ansah, fügte er hinzu: »Ich meine, der Ausgang ist immer noch nicht abzusehen. Warum nicht warten, bis ich aus Paris zurück bin und einen vollen Bericht abliefern kann?«

Dann nahm Thomas seinen Abschied, und der König trat ans Fenster. Anne d'Heilly erschien wie aufs Stichwort, um ihn zu trösten, aber als sie gemeinsam das Trio beobachteten, wie es aus den Ställen kam und durch die Goldene Pforte auf den Wald zuritt, umspielte ein zufriedenes Lächeln Annes hübschen Mund.

Der Tagesritt nach Paris kam Micheline endlos vor. Die Reisenden ritten nach Norden auf der königlichen Landstraße, die gepflastert und von majestätischen Platanen gesäumt war. In der Mittagspause in einer Herberge, wo sie die Pferde rasten ließen und Nahrung zu sich nahmen, merkte Micheline, daß sie keinen Bissen hinunter bekam. Sie war mit Leib und Seele ganz darauf konzentriert, zu Andrew zu kommen.

Als Thomas, Aimée und Micheline endlich die Wälle

und Befestigungen von Paris erreichten, war der Himmel violett. Weiche Schneeflocken, die aussahen wie feine Spitzen, schwebten durch die Luft.

»Ich bin so aufgeregt!« rief Micheline aus. Sie setzte sich aufrechter auf ihr Pferd. Die Kraft der Stadt, die hinter diesen dreihundert Jahre alten Mauern lag, schien sich auf sie zu übertragen. »Ich bin noch nie in Paris gewesen!«

Aimée strahlte ihre Freundin an und dachte an ihren eigenen ersten Besuch in der Stadt.

»Zumindest ist der Geruch zu dieser Jahreszeit nicht so ekelerregend«, räumte St. Briac ein.

Natürlich war ein großer Teil von Michelines Erregung auf Nervosität zurückzuführen. Eigentlich machte sie sich nicht viel aus Paris; es war nur aufregend, hier zu sein, weil Andrew sich irgendwo innerhalb der Stadtmauern aufhielt. Die Straße aus Orléans, die aus Gründen der Bequemlichkeit für den König ganz in der Nähe von Fontainebleau verlief, führte durch die Porte St. Jacques nach Paris hinein. Als Micheline durch die Tore ritt, stellte sie sich Andrew vor, wie er vor ein paar Stunden hier angekommen war.

Auf der Rue St. Jacques kamen sie nur langsam voran, denn sie war voller Karren, Vieh und Studenten von der Universität. Die jungen Herren besetzten einen großen Teil des linken Seineufers, es war eine riesige, ungeordnete Ansammlung von Kollegs, Türmen, Klosterschulen und Vorlesungshallen mit den dazugehörigen Wohnheimen, Tavernen, Bücherständen und Läden, in denen Akademiker ihre Dienste anboten. Micheline hatte sich nie so viele Häuser und Gebäude auf so engem Raum vorstellen können, auch die vielen engen Gassen erstaunten sie.

»Da ist die Sorbonne«, sagte Aimée. »Dort hat Thomas studiert.«

Micheline starrte im schwächer werdenden Zwielicht durch die herabfallenden Schneeflocken. Sie sah einen massiven gotischen Bau mit Türmen, die den hohen Bogen des Haupteingangs flankierten, und einen Kirchturm, der sich darüber erhob. Dahinter waren die Umrisse von zahlreichen weiteren Gebäuden zu erkennen, und Studenten und Lehrkräfte eilten auf dem Kopfsteinpflaster hin und her.

»Mein Vater hat mir von der Sorbonne erzählt«, sagte Micheline zu St. Briac. »Er meinte, sie sei das feinste Kolleg an der Universität. Und da soll es eine lateinische Bibliothek mit über tausend Bänden geben!«

»Das stimmt.« Er nickte. »Die Sorbonne ist immer ein ausgezeichnetes Kolleg gewesen, mit Fakultäten für Theologie, kanonisches Recht, Medizin und die Künste, aber ich muß es König Franz hoch anrechnen, daß er nicht nur die Sorbonne, sondern auch alle anderen Kollegs in der Universität verbessert hat. Der Lehrplan wurde erweitert, die Professoren bekommen Gehälter ...«

»Und nun sollte Franz ein Dekret erlassen, daß auch Frauen Zugang bekommen!« warf Aimée ein.

Ihr Mann lächelte. »Ich stimme theoretisch zu, *Miette*, aber ich fürchte, wir werden nicht erleben, daß das passiert, und leider unsere Töchter auch nicht.«

Michelines Gedanken waren bei Andrew. Hatte er all das heute zum erstenmal gesehen? Vermutlich nicht. Er war ein Dutzend Jahre älter als sie und mußte weitgereist sein; wahrscheinlich war ihm Paris genauso vertraut wie London. Was er jetzt wohl machte? Die Frage ließ sie nachdenklich werden, denn sie hatte die Frauen gesehen, die sich in Scharen um ihn drängten, um in seiner Nähe zu sein.

»Sind wir bald da?« fragte sie.

»Geduld, Micheline. Es ist nicht mehr weit.« St. Briac hörte das Drängen in ihrer Stimme und betete im stillen, daß nichts falsch laufen würde.

Sie bogen nach links ab auf den Quai St. Michel an der Seine. Am Fluß entlang schlossen Buchhändler ihre Kisten für die Nacht. Der Pont St. Michel brachte das Trio über die Seine auf die Ile de la Cité, die Insel, die das Herzstück von Paris war. Als sie rechts an den dunklen Türmen der Conciergerie vorbeiritten, tauschten Aimée und Thomas Blicke aus, weil sie an den Tag dachten, an dem sie ihr Leben riskiert hatten, um Georges Teverant aus der Zelle dieses Gefängnisses zu retten. Wer hinter diesen Mauern saß, war dem Tod geweiht.

Auf dem Pont au Change, der Brücke, die die Cité mit dem rechten Ufer verband, gerieten sie in ein Gedrängel von Pferden und Karren. Micheline nahm wenig Notiz davon. Sie blickte über die Seine, die im Mondlicht schimmerte, während Schneeflocken vom Nachthimmel tanzten; wenn sie auf das Wasser trafen, schmolzen sie dahin. Vier- oder fünfstöckige Häuser standen dichtgedrängt an den Flußufern, ein Fenster nach dem anderen wurde vom Kerzenschein erhellt. Nach der Eintönigkeit und der Einsamkeit von Fontainebleau war Micheline glücklich, in Paris zu sein ...

Als sie auf dem rechten Ufer ankamen, war das Tageslicht ganz geschwunden, und Micheline war ihren Gefühlen aus Furcht und Hochstimmung überlassen.

»Ich bin euch beiden so dankbar, daß ihr mit mir gekommen seid«, sagte sie nach einer Weile. »Mir war nie bewußt, daß es in Paris ein solches Gewirr von Straßen gibt!«

»Wir sind deine Freunde, *ma petite*«, antwortete St. Briac. »Es ist uns eine Freude, zu helfen, wenn wir können.« Er sagte nicht, daß er nicht nur mitgekommen war, um ihr bei der Suche nach Andrew zu helfen, sondern auch, um sie nach Fontainebleau zurückzubringen, wenn der Engländer seine Meinung geändert hatte, was seinen Aufenthalt bei Nicole anging – *oder* seinen Wunsch, Micheline zu heiraten.

Er bog in den engen Durchgang ein, der zu den Ställen hinter dem Haus seiner Schwester führte. Noch während sie abstiegen, kam Michel Joubert aus der Hintertür des schmalen vierstöckigen Wohnhauses.

»Wer da?« rief er.

»Michel, ich bin es, Thomas. Ich habe Aimée bei mir ... und eine Freundin von uns.«

Sie gingen, um ihn im Licht der Tür zu begrüßen. Michel war ein dunkelhaariger, schlanker Mann von Mitte Dreißig. Er war immer schon Künstler gewesen, und jetzt unterrichtete er auch Malerei an der Universität.

»Wie schön, euch beide zu sehen!« rief er aus und umarmte sie liebevoll. »Nicole wird begeistert sein!«

»Michel, ich möchte dir gern Micheline Tevoulère vorstellen«, sagte St. Briac und legte einen Arm um das Mädchen.

Nach herzlichen Begrüßungen betraten sie die Küche. Als erstes sah Micheline eine kleine Vase mit Krokussen auf dem langen gescheuerten Tisch stehen. Dann erschien Thomas' Schwester, eine Frau von bezaubernder Schönheit. Sie war über den unerwarteten Besuch ihres Bruders offenbar überhaupt nicht erstaunt. Nicole Joubert sah St. Briac sehr ähnlich. Sie war groß und anmutig, hatte schimmernde schwarze Locken, strahlende blaue Augen und eine fröhliche Ausstrahlung.

Nach dem gegenseitigen Vorstellen setzten sie sich alle an den Tisch und nahmen Schüsseln mit *galimafrée* in Empfang, einem Hühnerfrikassee mit Sauerwein und Gewürzen; dazu gab es eine Soße aus Essig, Brotkrumen, Zimt und Ingwer. Obwohl sie am Nachmittag in Barbizon herzhaft gegegessen hatten, merkte Micheline, daß sie plötzlich ziemlichen Hunger hatte.

»Wie schön zu sehen, daß euch allen mein Essen schmeckt!« lachte Nicole. »Euer Freund, M'sieur Selkirk, aß mit ähnlicher Begeisterung, bevor er heute abend ausging.«

St. Briac, der Michelines Fragen ahnte, hob die Hand, um sie zum Schweigen zu bringen. »Also ist Andrew eingetroffen?«

»*Mais oui*! Er kam heute nachmittag.« Nicole warf ihrem Bruder einen verwunderten Blick zu. »Wußtest du das nicht, *chéri*? Ich dachte, du hättest ihn hergeschickt!«

»Hab' ich auch. Ich habe mich nur gefragt, ob Selkirk meinen Rat annehmen würde.«

»Oh ja. Was für ein charmanter Mann – und so gutaussehend! Fast hätte ich bedauert, daß ich verheiratet bin!« Sie lachte, und Michel fühlte sich veranlaßt, sich zu ihr hinunterzubeugen und sie zu küssen.

»Unverbesserliches Frauenzimmer«, murmelte er.

Micheline hoffte, daß diese Aktivitäten die Jouberts von ihren brennenden Wangen ablenken würden, aber Nicole nahm alles wahr.

»Ah, Micheline, ich sehe, daß ich nicht die einzige Frau bin, die M'sieur Selkirk verzaubert hat«, neckte sie.

»*Ma soeur*, du hast ein loses Mundwerk«, merkte St. Briac an.

»Eine Familieneigenschaft!« erwiderte Nicole munter.

»Welche Frau könnte Andrew Selkirk übersehen!« rief Aimée. »Nur weil wir verheiratet sind, sind wir doch nicht tot! Aber sag mir, Nicole, besteht nicht die Gefahr, daß wir belauscht werden?«

»O nein. M'sieur Selkirk und sein Diener sind vorhin weggegangen, zu ihrer Lieblingstaverne aus vergangenen Jahren. Ich hatte das Gefühl, er wollte einen Kummer ertränken. Er wird zweifellos spät nach Hause kommen, – und wenn er einer *fille de joie*, einem Freudenmädchen, in die Hände fällt, wird er heute nacht gar nicht kommen!«

Aimée fand, es sei an der Zeit, daß sie die Dinge in die Hand nahm.

»Thomas, gibt es für dich und Michel nicht einige Männerthemen, die ihr allein diskutieren solltet?«

»Ja! Gut, daß du es erwähnst, es ist tatsächlich der Fall!« Ohne eine Ahnung zu haben, welche Themen das sein sollten, führte St. Briac seinen Schwager ins Nachbarzimmer und schloß die Tür.

Da Andrew Selkirk jeden Augenblick zurückkehren konnte, beschloß Aimée, keine Zeit zu verlieren. Auch wenn sie nichts von seiner wahren Identität wußte, beschrieb sie Nicole die Situation so, daß alle drei Frauen Tränen in den Augen hatten. Nicole wußte, was es hieß, aus Liebe und nicht wegen Reichtum oder Ansehen zu heiraten, denn sie hatte es auch so gemacht. In Michels Karriere als Künstler hatte es Höhen und Tiefen gegeben, aber sie hatte ihre Entscheidung nie bereut.

»Wie wunderbar für M'sieur Selkirk«, erklärte sie und lächelte Micheline zustimmend an. »Von dem Augenblick an, in dem er durch die Tür kam, dachte ich, daß er wie ein Mann aussah, der Liebe brauchte.«

»Und ich will sie ihm geben!« schwor Micheline.

»Dazu brauchen wir einander. Ich wußte nie, was wahre Liebe ist, bis Andrew in mein Leben trat. Nachdem ich diese Entdeckung gemacht habe, merke ich, daß nichts anderes wirklich wichtig ist, wenn man jemanden hat, den man liebt und der die Liebe erwidert. Für den Rest meines Lebens wünsche ich mir nur noch, Andrew an meiner Seite zu haben. Alles andere ist unwichtig.«

Nicole wischte sich eine Träne von der Wange. »Du hast die wichtigste Lektion gelernt, *chérie*, und die kann nicht gelehrt werden, nur erlebt.« Sie schwieg und machte sich Gedanken über die eher praktischen Einzelheiten der Situation. »Wie sollen wir das Zusammentreffen der beiden bewerkstelligen? Ich vermute, M'sieur Selkirk muß vielleicht überzeugt werden, daß Micheline es ernst meint.«

In Gedanken zählte Aimée die Schlafkammern im Haushalt der Jouberts. »Vielleicht brauchen sie nur eine Gelegenheit zum Alleinsein«, schlug sie vor.

Nicole lachte. »Das mag unvermeidlich sein, es sei denn, du willst ein Bett mit Micheline teilen, während Thomas bei Andrew schläft. Ich habe eine kleine Kammer für den Diener Playfair zurechtgemacht, aber das ist das letzte freie Bett.«

»Gut!« verkündete Aimée. »Das ist eine perfekte Lösung.«

Beide Frauen sahen Micheline an und suchten Zustimmung, und sie lächelte und nickte, trotz der Unruhe, die sie in der Magengrube spürte.

Kapitel 19

1. April 1533

Zufrieden kroch Aimée an diesem Abend zu ihrem Mann ins Bett. Sie war nackt, und als Thomas sie in seine Arme zog, machte ihr Herz einen Freudensprung.

»Thomas ...?«

Er küßte sie, dann wanderte sein Mund zu ihren Brüsten, schmeckte die Süße ihrer Haut und genoß jeden Zoll ihres schönen Körpers. Dann hob er den Kopf und fragte: »Ist das jetzt der richtige Zeitpunkt für ein Gespräch?«

»Ich wollte dir nur erzählen, daß ich noch einen Grund hatte, dich nach Paris zu begleiten ... und ins Haus deiner Schwester zurückzukehren.« Aimée war überglücklich, als sie fortfuhr: »Erinnerst du dich daran, was ich dir bei unseren ersten Besuch hier gesagt habe? Als wir uns in der Dachkammer vor Chauverge verstekken mußten?«

St. Briac lachte, küßte ihre Brustwarze und liebkoste sie mit der Zunge, als sie fest wurde. »Wie könnte ich das vergessen? Nie war ich so verärgert und froh zugleich wie damals, als du mir von dem Kind unter deinem Herzen erzählt hast. Nur eine Frau wie *du* konnte es wagen, in dem Zustand nach Paris zu reisen ...«

»Ich habe mich nicht verändert, *mon ange*«, warf sie ein und ließ ihre Hände über seine starken Rückenmuskeln gleiten.

Plötzlich ging ein Ruck durch St. Briac, er stützte sich auf die Ellenbogen und starrte Aimée in der Dunkelheit an. »Du willst doch nicht etwa sagen ...«

Mit einem Nicken legte sie ihre Arme um seinen Nakken und vergrub das Gesicht an seiner Schulter. »Ja. Und diesmal wird es ein Sohn. Das spüre ich.« Aimées Mund berührte seine Haut. »Ich habe nichts gegen Mädchen, aber es wäre schön ...«

»Ich kann es nicht glauben!« rief er, und es war ihm ganz gleich, ob ihn jemand hörte. »Du bist den weiten Weg nach Paris geritten, obwohl du *wußtest* ...«

»Schsch!« Aimée legte St. Briac einen Finger auf den Mund und grinste, als er zärtlich zubiß. »Dein Sohn möchte nicht verhätschelt werden. Außerdem braucht er von Anfang an Härte, damit er mit seinen Schwestern mithalten kann.«

»Was soll ich nur mit dir machen, *Miette*?«

»Dazu kann ich mehrere Vorschläge machen, Monseigneur.«

In Andrews Schlafkammer auf der anderen Seite des Korridors hörte Micheline kaum, daß St. Briac seine Stimme erhob. Ihre Gedanken waren mit Andrew Selkirk beschäftigt. Wo war er? Es war nach Mitternacht! Wann würde er zurückkommen? Und wenn er die Kammer betrat, was würde passieren?

Sie stellte sich alle möglichen Frauen vor, die sicherlich schöner waren als sie und sich in der Ecke einer Taverne um Andrew scharten. Man mußte keine *fille de joie* sein, um Andrew Selkirk zu begehren! Vielleicht war er mit einer bereitwilligen Dame nach Hause gegangen und würde in dieser Nacht gar nicht mehr in das Haus der Jouberts zurückkehren!

In diesem Augenblick ging die Tür auf, gab den Blick auf eine vertraute männliche Silhouette frei und schloß sich dann wieder. Micheline hielt den Atem an, war plötzlich erschrocken, während sie zusah, wie Andrew vor dem schwachen Feuer seine Kleidung abstreifte.

Nun ist er hier! dachte sie voller Freude, bevor eine weitere Woge der Furcht sie überspülte. Es war so lange her, daß sie ihn bei vollem Bewußtsein erlebt hatte, und seither hatte sie nur von ihm geträumt. Doch jetzt, wo Andrew wirklich da war, nackt und schön durch den Raum ging und dann sein Gesicht in einer Schüssel mit kaltem Wasser wusch, wünschte sich Micheline, der Boden würde sich öffnen und sie verschlingen.

Sie wünschte, sie wäre eine von diesen Frauen, die sich einfach auf einen Mann stürzten, wenn er ins Bett kam, aber sie war nun einmal nicht so. Statt dessen verhielt sie sich ganz still. Andrew schlüpfte zwischen die Laken und spürte sofort, daß jemand da war. Im ersten Augenblick glaubte er, das Dienstmädchen der Jouberts neben sich zu haben. Rosette war rot geworden, hatte verwirrt gestammelt und schließlich am Nachmittag versucht, ihn zu küssen.

Als er sich auf die Seite drehte, berührte Sandhurst eine Wange, die sich ungeheuer vertraut anfühlte. »Du kannst nicht bleiben, tut mir leid«, sagte er sanft.

Seine Nähe hatte Micheline vollkommen aus der Fassung gebracht. Als sie seine Finger auf ihrer Wange spürte, suchte sie seinen Mund. Kaum hatten sich ihre Lippen getroffen, zog Andrew sich zurück.

»Ich glaube, ich träume«, sagte er zu sich selbst.

»Ich bin in Versuchung zuzustimmen, M'sieur, und ich habe sehr lange von diesem Augenblick geträumt, deshalb bin ich auch nicht überrascht.«

»*Micheline*? Bist du es wirklich?«

Tränen schossen ihr in die Augen. »Ja. Ja! Natürlich bin ich es!«

»Moment mal. Beweg dich nicht.« Er kroch aus dem Bett, suchte auf dem Tisch nach einer Kerze, zündete sie im Kamin an, kehrte zurück und hielt die Flamme vor Michelines Gesicht.

Das Licht fiel auch auf sein Gesicht, und Micheline lächelte liebevoll. Eine Locke war ihm in die Stirn gefallen. Seine Augen waren vor Überraschung weit aufgerissen, und er öffnete und schloß den Mund abwechselnd wie ein Fisch, der nach Luft schnappt. Fassungslos rang er um Worte.

»Wie *schön* es ist, dich zu sehen«, flüsterte sie. Impulsiv legte sie die Hand auf seinen muskulösen Brustkorb. »Du bist warm. Es ist so schwer zu glauben, daß es nicht wieder ein Traum ist.«

Michelines Berührung löste eine lange unterdrückte Welle der Sehnsucht in Andrew aus. Er streckte die Hand aus, um die Kerze auf den Tisch zu stellen, dann nahm er Micheline in die Arme. Sein Mund legte sich auf den ihren, war gierig und leidenschaftlich, und in Micheline loderte das Feuer genauso heiß wie in Andrew. Sie waren beide nackt, knieten auf dem Federbett, die Körper aneinander gepreßt. Die weichen Kurven ihrer Brüste brannten an seinem Brustkorb, weiter unten trafen sich ihre Hüften, und Andrews voll erregte Männlichkeit lag zwischen ihren Beinen. Michelines Hände liebkosten sein volles Haar und seine breiten Schultern, während Sandhurst die Finger über die elegante Linie ihres Rükkens gleiten ließ, dann umfaßte er ihr Gesäß und zog sie noch enger an sich heran.

Micheline stöhnte, und ihr warmer Atem traf seinen Mund. Mit jeder Faser ihres Seins sehnte sie sich nach der Vereinigung ihrer Körper. Als wären sie zu einem Menschen zusammengeschmolzen, fielen sie in die Kissen, Micheline hob ihm ihren vor Sehnsucht schmerzenden Schoß entgegen, bis er ihn mit einem harten Stoß füllte. Sie bewegten sich in wildem Rhythmus, atmeten keuchend, und die Leidenschaft schien die Luft, die ihre zuckenden Körper umgab, zum Knistern zu bringen.

Schließlich wurde Micheline von einem Orgasmus erschüttert, der sich in rasenden, pulsierenden Wellen der Freude ausbreitete – über ihre Schenkel, über ihre Brüste, selbst bis in die Spitzen von Fingern und Zehen. Nur wenig später fand Sandhurst Erlösung, und danach lagen sie beide eng umschlungen da und rangen nach Atem.

Langsam konnte Andrew wieder einen zusammenhängenden Gedanken fassen. Er zwang sich zum Rückzug von der verführerischen Wärme von Michelines Körper und legte sich etwas entfernt von ihr auf den Rücken.

»Ich kann nicht glauben, daß ich es einfach getan habe. Verdammt!« fluchte er.

»Andrew, was ist los?« Micheline streckte verwirrt eine Hand nach ihm aus.

»Faß mich nicht an! In den vergangenen vierundzwanzig Stunden habe ich mich darauf eingestellt, ohne dich zu leben, ich habe mir befohlen, dich zu vergessen, habe mir einzureden versucht, daß ich stark genug bin, all das zu begraben, was in der Vergangenheit zwischen uns war, und mein Leben weiterzuleben. Heute bin ich mit Jeremy ausgegangen, ich habe Wein getrunken und ein paar alte Freunde getroffen, und einen Augenblick lang habe ich mich wirklich amüsiert. Langsam war ich ziemlich stolz auf mich und dachte, ich könnte das Herzeleid, das ich in Fontainebleau gespürt hatte, allein mit der Kraft meines Willens besiegen. Ha! Findest du das lustig? Ich bin in dieses Zimmer gekommen, habe dich gefunden, und die Kraft meines Willens und alle meine Entschlüsse flogen direkt aus dem verdammten *Fenster* da!«

»Wenn du mich mal erklären lassen würdest ...«

»Ja, recht so, *erklären*! Bist du für einen letzten Abschied hergekommen, weil du gestern abend nicht in dem Zustand warst, mich formvollendet wegzuschicken?«

Tief betroffen holte Micheline aus, um ihm eine schallende Ohrfeige zu verpassen, aber Sandhurst umfing ihr Handgelenk mit festem Griff. »Ersparen Sie mir Dramatik, Madame, und sagen Sie mir, was Sie nach Paris führt – und in mein *Bett*!«

Emotionen kochten in ihr hoch und ließen die Tränen über ihre Wangen laufen. »Ich … ich bin hergekommen, um dir zu sagen, daß ich dich liebe! Ich *liebe dich*, Andrew! Glaub mir!« Sie schluchzte. »Ich weiß nicht einmal mehr, daß ich gestern abend mit dir gesprochen habe. Der Arzt des Königs gab mir Schlafmittel, und nach einer Weile wirkte alles wie ein Traum. Als ich heute aufwachte, mich wohl fühlte und erfuhr, daß du Fontainebleau verlassen hast, da *mußte* ich dir folgen, Andrew. Ich *liebe* dich! Alles andere war ein Irrtum, das gebe ich jetzt zu. Es ist mein größter Wunsch, dich zu heiraten … wenn du mich noch haben willst.«

Sandhurst rieb sich mit beiden Händen das Gesicht, dann faltete er sie und preßte seinen Mund gegen die Knöchel. »O Gott.«

»Ist das alles, was du zu sagen hast? Hast du deine Meinung geändert?« fragte sie.

»Michelle, das ist alles schön und gut, aber weil du neue, freundlichere Gefühle zeigst, kann ich nicht einfach alles beiseite wischen, was du in der Vergangenheit gesagt hast.« Er drehte sich um und starrte sie im Halbdunkel an. »Du warst so unnachgiebig in deiner Entscheidung für die Ehe mit dem Grafen von Sandhurst, hast dich gegen meinen schlichteren, aber von Herzen kommenden Heiratsantrag ausgesprochen. Und was ist mit deiner Entscheidung, nie wieder zu lieben ... und deiner lebenslangen Ergebenheit gegenüber deinem toten Ehemann? Es ist schön zu hören, daß du die Richtung geändert hast und nun behauptest, *mich* zu lieben, aber woher soll ich wissen, daß du deine Meinung nicht noch einmal änderst? Morgen, nächsten Monat?«

»Andrew, ich schwöre dir, daß es mir ernst ist. Ich konnte mich früher meinen wahren Gefühlen einfach nicht stellen.«

»Warum nicht?« Ein harter Unterton strafte die Weichheit seiner Stimme Lügen. »Sag es mir, Michelle. Ich habe diesen verschreckten Blick in deinen Augen gesehen. Wenn du erwartest, daß ich dir glaube, dann mußt du erst einmal mit Ehrlichkeit anfangen.«

»*Alors*. Ich will es erklären.« Sie zitterte in der Kälte, und Sandhurst gab nach, streckte den Arm aus und zog sie eng an sich. Micheline fühlte sich sicher in seinen warmen Armen, lehnte den Kopf an seine Brust und erzählte stockend ihre Geschichte.

»Ich sehe meine Ehe jetzt in einem anderen Licht«, flüsterte Micheline schließlich. »Nachdem ich von Bernards Untreue am Hof gehört hatte und es mir dämmerte, daß ich mich an eine Illusion geklammert hatte, fühlte ich mich entehrt. Immer wenn ich an Bernard und unsere Ehe dachte, drehte sich ein Messer in meinem Herzen um. Erst als du in mein Leben getreten warst, sah ich die Vergangenheit klar. Bernard schenkte mir viel Glück, als wir jung waren. In gewisser Weise war er der Vater, den ich suchte, um Schutz und Liebe zu finden. Ich vermute, die Verantwortung wurde ihm zu groß, deshalb lief er fort. Ich bin nicht mehr verbittert wegen Bernard. Ich habe Mitleid mit ihm. Und ich selbst bin in den vergangenen Monaten erwachsen geworden, weil ich gelernt habe, mich auf mich selbst zu verlassen. Das war der erste Schritt. Und dann habe ich erkannt, was wahre Liebe bedeuten kann.«

Micheline erklärte weiter, welche Stufen sie durchlaufen hatte, bevor sie sich der Wahrheit stellen und sich ihre Liebe zu Andrew eingestehen konnte, und sie berichtete auch, welchen merkwürdigen Einfluß Rabelais auf sie gehabt hatte. Als sie mit der Reise nach Paris am Ende der Geschichte angekommen war, seufzte Micheline zufrieden. »Ich fühle mich so anders, aber ich glaube nicht, daß ich mich wirklich verändert habe. Erinnerst du dich an den Tag, an dem ich dir von den vielen Türen in mir erzählt habe, die ich verschlossen halte?«

»Ich erinnere mich an alles, Liebes«, antwortete Sandhurst und küßte ihr duftendes Haar.

»Ich hatte einfach Angst, diese Türen zu öffnen, weil ich nicht wissen konnte, was ich auf der anderen Seite fand. Als meine Liebe zu dir aufkeimte, wuchs mein Mut, und ich konnte mich nicht länger verstecken.«

»Was hast du auf der anderen Seite gefunden?«

»Freiheit. Befreiung von der Vergangenheit und von allen Ängsten, die mich erstickten. Ich fühle mich, als hätte ich eine ungeheure Last abgeschüttelt. Mein Herz ist jetzt unbeschwert, vielleicht zum erstenmal in meinem Leben.«

Andrew schwieg lange, war in Gedanken verloren, bis Micheline ihm das Gesicht zuwandte und ihn ansah.

»Du hast deine Meinung nicht geändert, nicht wahr?«

»Dich zu lieben? Dich zu heiraten?« Er lächelte und küßte sie zärtlich. »Nein. Nein. Ich habe meine Meinung nicht geändert. Ich verarbeite nur, was ich gerade gehört habe. Warum schlafen wir jetzt nicht ein bißchen? Am Morgen habe ich hoffentlich einiges geordnet.«

Das war nicht ganz das, was Micheline zu hören gehofft hatte, aber als sie sich unter die Decke kuschelten und sie in Andrews warmer Umarmung lag, machte sie sich keine Sorgen mehr. Sie glaubte, sie würde keinen Schlaf finden, doch wenige Augenblicke später atmete sie tief und gleichmäßig.

Sandhurst starrte in die Dunkelheit, dachte nach.

Blinzelnd schaute Micheline ins Sonnenlicht, das die Schlafkammer durchflutete, drehte das Gesicht zur Seite und versuchte noch einmal, die Augen zu öffnen.

»Guten Morgen, Michelle.« Sandhurst saß auf einem geschnitzten Stuhl in der Nähe des Bettes. Er war gewaschen, rasiert und angezogen und aß einen Apfel. Micheline befand, daß er wirklich gut aussah.

»Wie spät ist es?« Sie schob ihre Locken zurück und stützte sich auf einen Ellenbogen.

»Zehn Uhr. Guck nicht so schuldbewußt! Du hast den Schlaf gebraucht.« Ihm dagegen war es wichtig gewesen, früh aufzustehen, um mit St. Briac zu reden. Andrew hatte den Verdacht, daß jemandem ein Wort über seine wahre Identität herausgeschlüpft war, aber der Franzose hatte ihm versichert, er sei der einzige Mensch, der etwas wußte. Am wichtigsten war, daß Micheline immer noch glaubte, Sandhurst sei ein Maler namens Selkirk. St. Briac schwor, daß sie nur aus Liebe nach Paris gereist war, um den Mann zu suchen, den sie heiraten wollte.

»Was ist mit dir?« fragte sie. »Du wolltest einiges ordnen. Was hast du beschlossen, Andrew?«

Er verließ seinen Platz und setzte sich auf die Bettkante; dabei hielt er ihr den Apfel hin, und sie biß nur hinein, weil Andrew ihn in der Hand hatte.

»Ich habe beschlossen, dich mit nach England zu nehmen, Liebes. Ich kann nicht anders.«

»Oh, Andrew, ich liebe dich!« Sie streckte die Hand aus, um die Linien in seinem Gesicht nachzuziehen. Sie meinte, vor Liebe sterben zu müssen, als er ihre Hand nahm und auf seinen Mund legte.

»Und ich liebe dich, Michelle.« Er küßte ihre zarte Handfläche. »Das habe ich noch nie zu einer Frau gesagt, und ich habe in der Vergangenheit auch nie an eine Ehe gedacht. Doch jetzt ist es mir todernst, und daher möchte ich die Hochzeit verschieben, bis wir in England sind.«

Sie sah erschrocken aus. »Aber ...«

»Wir sind im Augenblick beide wie in einem Rausch, aber wir müssen daran denken, daß zu einer Ehe mehr gehört als Liebe.« Er lächelte ironisch. »Um ehrlich zu sein, bis ich dich kennenlernte, wußte ich nicht genau, ob man für die Ehe überhaupt Liebe braucht. Ich möchte, daß du siehst, wie dein zukünftiges Leben aussieht, solange du deine Meinung noch ändern kannst. Es gibt vieles, das du noch nicht von mir weißt ...«

»Ich weiß genug! Ich weiß, was für ein Mann du bist!«

»Es gehört noch mehr dazu, Michelle. Zwischen England und Frankreich gibt es große Unterschiede, und mein normales Leben sieht ganz anders aus als das, das ich in Fontainebleau geführt habe.«

»Andrew, ich wäre sogar glücklich mit dir, wenn du in einer armseligen *Hütte* leben würdest!«

Er mußte lachen. »Ich weiß das zu schätzen, und ich kann dir versichern, daß meine Verhältnisse nicht ganz so hoffnungslos sind, dennoch möchte ich, daß du es selbst siehst. In meiner Familie gibt es Menschen, die selbst *ich* schwer ertrage.«

»Ich werde sie alle lieben!« schwor sie.

»Das bezweifle ich. Das meine ich ziemlich ernst, Micheline, also versprich lieber nicht zuviel. Wir werden nach England reisen, du wirst selbst sehen, wie sich der Rest deines Lebens abspielen wird, wenn du mich heiratest. Und wenn du deine Meinung nicht änderst, werden wir die Hochzeit so feiern, wie du es verdient hast.«

Micheline seufzte und tat, als ob sie schmollte, dann schenkte sie ihm ein so strahlendes Lächeln, wie Sandhurst es noch nie bei ihr gesehen hatte.

»Ich gebe nach, Liebster«, sagte sie. »Aber können wir noch heute vormittag nach England abreisen?«

Kapitel 20

1.–4. April 1533

»Ist das einer deiner perversen Scherze, Sandhurst?« fragte Jeremy Culpepper. Seine Wangen waren vor Wut gerötet und vollgestopft mit dem frisch gebackenen Brot, das er gerade gekaut hatte.

»Schsch!« Andrew legte den Finger auf den Mund und schüttelte in gespielter Ernsthaftigkeit den Kopf. Er zog seinen Freund in eine Ecke der Küche und flüsterte: »Nur noch ein paar Tage, Alter! Nur noch, bis wir in London sind.«

»Ich kann es nicht glauben! Das junge Ding folgt dir nach Paris, bittet dich, sie zu heiraten, nach allem, was passiert ist, und du willst ihr *immer* noch nicht sagen, wer du wirklich bist! Manchmal denke ich, du spielst diese Posse nur weiter, weil es dir Vergnügen macht, wie ich mich erniedrige, auf ›Playfair‹ reagiere und die Rolle deines Dieners spiele!«

»Jeremy, hör auf zu schimpfen.« Das Fünkchen Humor war aus seinen Augen verschwunden. »Ich habe meine Gründe, Micheline nicht zu sagen, daß ich der Graf von Sandhurst bin, und ich kann dir versichern, daß sie nichts mit *dir* zu tun haben. Statt zu klagen, sieh doch lieber die schöne Seite. Es ist April, Frühling liegt in der Luft, und innerhalb der nächsten Stunde brechen wir nach England auf.« Er lächelte Culpepper besorgt an. »Komm, sei fröhlich!«

Die hübsche Thérèse Joubert, mit zehn das älteste der drei Kinder Nicoles, kam herein, und Andrew, froh über die Unterbrechung, begrüßte sie. Sie bot ihnen süße Butter zum warmen Brot an, und Jeremy nahm sie entgegen. Sein Appetit schien immer zuzunehmen, wenn er verärgert war.

Sandhurst entschuldigte sich, weil er nach den Pferden sehen wollte. Draußen sah er hinauf zu dem Fenster im dritten Stock; Micheline hatte es geöffnet, um die Sonne hereinzulassen. Der Schnee vom vergangenen Abend war jetzt nur noch eine Erinnerung, der Tag war warm und duftete nach Frühling. Micheline traf abschließende Vorbereitungen für die Reise nach London, und Aimée leistete ihr Gesellschaft dabei. Es war für lange Zeit die letzte Gelegenheit für die beiden jungen Frauen, miteinander zu reden.

Seufzend fragte Andrew sich noch einmal, ob es richtig war oder nicht, Micheline schon seine wahre Identität preiszugeben. Er wollte ihr eigentlich die Möglichkeit geben, sich langsam an die Veränderungen zu gewöhnen. In den letzten vierundzwanzig Stunden war soviel passiert. Was, wenn Micheline es sich auf der Reise nach England noch einmal überlegte? Es war wohl besser für sie, wenn sie sich langsam in ihr neues Leben hineinfand.

Sie mußte sogar die Möglichkeit haben, sich alles noch einmal zu überlegen.

Sandhurst hatte weitere Gründe, an die er nicht so gern dachte. In einem Winkel seines Herzens fürchtete er immer noch, Micheline könnte aus einer romantischen Laune heraus gehandelt haben. Es war schwierig, all das zu vergessen, was sie während der Wochen in Fontainebleau zu ihm gesagt hatte. Ebenso schwierig war es, zu glauben, daß die Schatten aus ihren Augen für immer verschwunden waren. Sie waren beide Anfänger in der Liebe, und es kam immer noch vor, daß Andrew distanziert blieb und die Ereignisse in zynischer Ungläubigkeit betrachtete. Auch er würde die nächsten paar Tage brauchen, um noch bestehende Zweifel an Michelines wahrer Liebe zu ihm abzubauen. Erst dann sollte sie erfahren, daß sie keinen Geringeren als den Grafen von Sandhurst heiratete und nicht den Maler Selkirk.

Außerdem hatte Andrew sich an seine neue Identität gewöhnt. Er hatte keine Eile, zu seinem Reichtum, seinen Titeln, seinen Verwandten zurückzukehren, schon gar nicht zu seiner Vergangenheit.

»Für einen Mann, der liebt, sehen Sie viel zu ernst aus«, meinte St. Briac, als er sich zu dem Engländer gesellte.

Sandhurst brachte ein schwaches Lächeln zustande. »In meinem Fall stellt sich heraus, daß die Liebe mit unerhörten Komplikationen belastet ist. Mein Herz mag von Freude erfüllt sein, aber mein Kopf ist übervoll von Sorgen.«

»Mögen Sie einen Rat von einem alten verheirateten Mann annehmen?«

»Mit Dankbarkeit.«

»Hören Sie auf Ihr Herz, wenn Sie anfangen zu verzweifeln. Sie und Micheline haben die wahre Liebe auf Ihrer Seite. Die Jahre mit Aimée waren alles andere als ruhig, aber ich habe in dieser Zeit gelernt, daß man Probleme lösen und später sogar vergessen kann, selbst wenn sie zunächst unüberwindlich erscheinen. Wenn die Liebe zwischen zwei Menschen groß genug ist, gelingt das fast immer. Haben Sie Vertrauen. Und geben Sie um Gottes willen nicht auf!«

»Das klingt, als ob Sie mich in den Krieg schickten«, bemerkte Andrew süffisant.

»Glauben Sie mir, Krieg ist viel einfacher als die Ehe ..., macht aber längst nicht soviel Spaß!«

St. Briacs ironisches Lachen war unwiderstehlich. Sandhurst stimmte ein und ergriff die Hand des Franzosen. »Ich weiß Ihren klugen Rat zu schätzen, denke ich!«

In der Küche der Jouberts wurde ein herzhaftes Mittagsmahl serviert, dazu gab es zahlreiche Trinksprüche auf das zukünftige Glück von Andrew und Micheline und auf die Gesundheit des nächsten St.-Briac-Babys. Und begleitet von »*Au revoir*!« und »*Bonne chance*!« ritten Andrew, Jeremy und Micheline schließlich hinaus auf die belebten Straßen und machten sich auf den Weg nach London.

Zunächst mußten sie Calais an der Nordküste Frankreichs erreichen. Sandhursts erster Gedanke war es gewesen, eine Kutsche zu mieten, aber Micheline wollte nichts davon wissen. Sie ritt für ihr Leben gern. Im Sattel würden sie Calais schneller erreichen, und da das Wetter gut war, was sollte da eine Kutsche?

Als sie Paris hinter sich gelassen hatten, beobachtete Andrew, wie Micheline vorausgaloppierte. Obwohl sie ein damenhaftes Kleid aus hyazinthblauem Samt trug, und ihre Locken unter einer perlenbesetzten Haube steckten, benahm sie sich wie ein unbeschwertes junges Mädchen!

»Was für ein wunderbarer Tag!« rief sie lachend, als sie sich über die Schulter nach ihnen umsah. »Trödelt nicht herum, ihr zwei! Wir haben einen langen Weg vor uns.«

Selbst aus der Entfernung erkannte Andrew das Funkeln in ihren blauen Augen. »Guter Gott, ich hoffe, sie wird sich nicht verpflichtet fühlen, sich zu ändern, wenn sie erst einmal erfährt, daß sie Herzogin wird«, murmelte er.

»Was ist los?« fragte Culpepper; auch er hatte den Blick auf Micheline gerichtet.

»Ich sagte, du sollst dich beeilen! Schämst du dich nicht? Willst du in der Staubwolke einer Frau zurückbleiben?«

Sandhurst lachte und trieb seinen Hengst voran. Die Sonne ließ Funken in seinem zerzausten Haar aufblitzen, als er Micheline einholte und ihre Hand für einen Augenblick ergriff.

»Ich bin die glücklichste Frau in ganz Frankreich!« verkündete sie und strahlte den Mann an, den sie liebte.

Andrew zog eine Braue hoch. »Ich hoffe nur, du wirst so etwas auch noch sagen, wenn du in England bist.«

Micheline lachte und hob das Gesicht, um sich von der jungen Sonne und der Aprilbrise küssen zu lassen. »Warum denn nicht? Ich werde dann Mistress Selkirk sein!«

Hinter ihnen verdrehte Jeremy Culpepper die Augen und fragte sich, ob er je miterleben würde, wie dieser Knoten gelöst wurde ...

*

Es war bereits seit einer Stunde dunkel, als die drei Reisenden an einer Herberge in der Nähe des Dorfes Poix östlich von Amiens haltmachten. Die Unterkunft wirkte sauber, was sie von den meisten Gasthäusern unterschied, und das Essen duftete appetitlich.

Sie aßen im Gastraum. Es gab einen deftigen Eintopf, der auf Zinntellern serviert wurde und mit dicken Brotstreifen belegt war. Micheline langte genauso zu wie die Männer; ihr schmeckte das Zusammengekochte aus Kalb, Rind, Schaf, Speck und Gemüse. Sie tranken einen kräftigen, aber sauren Wein aus Zinnbechern, dann bat Sandhurst den Gastwirt, ihnen ihre Räume zu zeigen. Micheline war froh, den Gastraum verlassen zu können, denn die Blicke der anderen männlichen Gäste, darunter zwei rotwangige Mönche, machten sie nervös.

»Ihre Kammern sind rechts am Ende des Korridors.« Der Wirt, der gerade Humpen mit Wein und Bier zu den anderen Gästen brachte, machte eine unbestimmte Bewegung mit seinem kahlen Kopf. »Es sind die beiden einzigen nebeneinander.«

Andrew sah Jeremy an. »Geh und kümmer dich bitte um die Pferde, Playfair!«

»Aber ...« Die Wangen des jüngeren Mannes verfärbten sich. »Wie Sie wünschen, *Herr*!«

Eine Etage höher betrat Micheline direkt hinter Sandhurst den ersten Raum und legte die Tasche mit ihren Habseligkeiten auf das größere der beiden Betten. Als die Strohmatratze raschelte, beklagte sie sich nicht.

»Weit entfernt von Fontainebleau«, sagte sie tapfer lächelnd, »aber es macht nichts, solange du an meiner Seite bist.«

Sandhurst durchquerte das Zimmer und öffnete eine Verbindungstür. »Ich weiß das zu schätzen, Liebes, aber du wirst hier schlafen.« Er nahm ihre Sachen und verschwand durch die Tür.

Micheline war überrascht, dann beschämt. Langsam folgte sie ihrem Verlobten in den kleineren Raum mit einem sauberen einladenden Bett für eine Person.

»Ich verstehe das nicht«, flüsterte sie.

Andrew konnte den Anblick von Michelines geröteten Wangen kaum ertragen.

»In der letzten Nacht habe ich einen Fehler gemacht, und ich habe nicht vor, ihn zu wiederholen, bis wir verheiratet sind«, erklärte er kühl. »Am besten binden wir uns nicht mit Worten – oder Taten – der Liebe aneinander, bis ... du absolut sicher bist, die richtige Wahl getroffen zu haben.«

Vor Erstaunen wurden ihre Augen immer größer. »Aber ich habe bereits meine Wahl getroffen! Ich will *dich*!«

»Vielleicht überlegst du es dir noch einmal, wenn wir in London sind.«

Sie sah auf sein fein geschnittenes Profil, das sich vor dem Feuerschein abzeichnete, und Sehnsucht ergriff sie, die durch sein kühles Verhalten nur noch gesteigert wurde.

»Was beunruhigt dich? Hast du Angst, daß ich den Grafen von Sandhurst kennenlerne und mich anders entscheide? Aber ich will Lord Sandhurst nicht! Wenn es nach mir geht, kann er seinen Titel und seinen Reichtum nehmen und sich zum Teufel scheren!«

Andrew zuckte leicht zusammen. Als ihre kleinen Hände die seinen ergriffen, trafen sich ihre Blicke, und er öffnete den Mund. Micheline wußte nicht genau, ob er sie küssen wollte oder nicht, und gleich darauf wandte er sich ab.

»Schlaf gut. Liebes. Wir haben einen langen Tag vor uns, wenn wir Calais gegen Abend erreichen wollen.«

Am nächsten Tag genoß Micheline den Ritt durch eine Landschaft, die ganz anders war als alle anderen, die sie kannte. Sie durchquerten Täler, die langsam grün wurden. Bauernhäuser und Dörfer lagen an Kanälen, an deren Ufern Weiden standen, und in der Ferne erhoben sich bewaldete Hügel. Micheline wünschte sich, Jeremy würde verschwinden; sie hätte gern mit Andrew eine Pause eingelegt, um unter einer der romantischen Weiden eine geruhsame Mahlzeit einzunehmen.

Statt dessen aßen sie hastig in der Dorfschenke und setzten dann den langen Ritt nach Calais fort. Die Abenddämmerung brach herein, als ihr Ziel am Horizont auftauchte. Seine Türme und Befestigungen schienen sich direkt aus dem Meer zu erheben, und ein breiter Torbogen führte durch die dicken Mauern hindurch. An den belebten, gewundenen Straßen standen rechts und links Holzhäuser mit treppenförmigen Giebeln und gepflegten Gärten. Sie ritten an der Kirche Notre Dame mit ihrem hohen, anmutigen Turm vorbei, dann über den Marktplatz mit dem Kopfsteinpflaster. Hier wurden viele Waren von den Schiffen angeboten. Schließlich machten sie halt vor dem hin und her schaukelnden Schild der »Schenke zu den gekreuzten Schlüsseln«. Andrew stieg ab und half Micheline vom Pferd. Sie genoß es, als er seine Hände um ihre Taille legte.

»So«, sagte er, »das Schlimmste liegt hinter uns. Wir segeln beim ersten Tageslicht, und du kannst dich auf dem restlichen Weg nach London entspannen.«

Entspannung war es gerade nicht, wonach sich Micheline sehnte, aber sie sah keine Möglichkeit, Andrew von seinem Entschluß abzubringen. Später an diesem Abend sah sie aus dem Fenster ihrer einsamen Kammer auf die unterschiedlichen Silhouetten der Schiffe an den Kais im Küstenvorland. In Mondlicht getaucht, dümpelten die Boote vor sich hin, während die Flaggen im Wind flatterten. Das Meer glitzte blauschwarz. Welches Schiff wird mich nach England bringen? fragte sie sich. Und was erwartet mich dort?

Micheline schlief wieder allein, träumte unruhig von Andrew, bis sich die Tür öffnete, obwohl es noch dunkel war, und eine Stimme drängend sagte: »Die Morgendämmerung bricht herein, Michelle, und wir müssen mit der Tide segeln.«

Eine Stunde später fand sie sich auf einem sauberen, geschmackvoll ausgetatteten Segler mit Namen *Day Dream* wieder. Die See war ziemlich kabbelig unter dem grauen Himmel, aber der Wind stand gut für sie. Als die Segel erst einmal gesetzt waren, kam Andrew zu Micheline an Deck. Seine übliche gute Laune kehrte zurück, jetzt, da sie Frankreich hinter sich ließen und England nur noch ein paar Stunden entfernt war.

»Woher hast du diese prachtvolle Yacht?« fragte Micheline.

Culpepper war gerade dabei, eine Leine loszumachen, und warf seinem Freund einen schnellen Blick zu.

»Das ist nicht wichtig«, sagte Sandhurst in einem Ton, der beiläufig und fest zugleich klang. »Es zählt nur, daß wir ein bequemes Reisemittel über den Kanal haben. Weißt du, es überrascht mich selbst, aber ich bin glücklich, nach England zurückzukehren.«

»Bist du auch glücklich, daß ich bei dir bin?« fragte sie und wollte eine Bestätigung hören.

»Ja, natürlich bin ich das.« Als er sah, wie Micheline

in der Seeluft zitterte, legte er den Arm um sie und zog sie eng an sich, dann suchte er nach einem unverfänglicheren Gesprächsthema. »Ich habe fast vergessen, es dir zu sagen: St. Briac wird alle deine Kleider und dein gesamtes Eigentum nach London schicken.«

Micheline war überrascht. Sie hatte an die vielen Kleider, Juwelen und Accessoires, die sie sich mit Blick auf ihre Heirat mit dem Grafen von Sandhurst zugelegt hatte, gar nicht mehr gedacht.

»Das ist nett, finde ich ..., obwohl ich froh bin, daß ich all das nicht brauchen werde, wenn wir verheiratet sind. Ich bevorzuge ein einfacheres Leben.«

»Ich mache mir Vorwürfe, weil ich dir nicht einmal eine Zofe besorgt habe!«

»Sei nicht dumm! Sie fehlt mir überhaupt nicht! Playfair spielt die Anstandsdame, nicht? Und wenn wir erst einmal verheiratet sind, möchte ich dich lieber ganz für mich allein haben. Diener stehen nur im Weg. Wozu sollte ich eine Zofe brauchen, wenn ich einen *Ehemann* habe, der mir das Haar bürstet und die Kleider öffnet?« Strahlende Sinnlichkeit stand ihr ins Gesicht geschrieben.

Sandhurst schloß kurz die Augen und wünschte sich, überhaupt nicht denken zu müssen. »Warum gehst du nicht unter Deck, Liebes? In der Kabine findest du Essen und Wein und auch ein paar Bücher.«

Da lag etwas in Andrews Augen, das sie gehorchen ließ, auch wenn sie trotz der Kälte lieber bei ihm geblieben wäre und sogar gehofft hatte, ein bißchen über das Segeln zu lernen. Wenn er diesen in die Ferne gerichteten Blick hatte, war sie immer verunsichert. Am meisten verwirrte sie die Tatsache, daß sie keine Erklärung für sein Verhalten fand. Warum hielt er sich von ihr fern? War es möglich, daß er sie eigentlich gar nicht heiraten wollte, daß sie mit ihrem schamlosen Verhalten bei den Jouberts seine Zustimmung erzwungen hatte? Diese Vorstellung war ihr unerträglich. Dankbar dachte sie an die Bücher, die unter Deck auf sie warteten. Hoffentlich waren sie so spannend, daß sie von den Sorgen des wirklichen Lebens abgelenkt wurde.

Eine rauhe See ließ die Kanalüberquerung länger als geplant dauern, und es war dunkel, als die Yacht in Dover vor Anker ging. Sandhurst fand, ein heißes Abendessen in einer kleinen Schenke würde ihnen allen gut tun, aber danach wollte er sofort die restliche Strecke die Themse hinauf nach London weitersegeln. So sehr er sich einerseits vor der Rückkehr in sein wahres Leben und der Offenbarung der Wahrheit gegenüber Micheline fürchtete, so sehnte er sich andererseits auch danach, die ganze Maskerade zu beenden.

Micheline hatte erwartet, sie würden die Reise auf dem Landweg beenden, aber sie stellte Andrew keine Fragen. Wenn er die Yacht gemietet hatte, müßte er sie doch eigentlich in Dover lassen? Daß er das nicht tat, machte sie neugierig, aber sie spürte einen inneren Frieden. Sie ahnte, daß Andrew etwas vor ihr verbarg, aber sie wußte auch, daß es keine Geheimnisse mehr geben würde, wenn sie erst einmal in London waren.

Nach dem Abendessen legten sie im Mondlicht ab und schlugen einen nordöstlichen Kurs ein, segelten die Küste entlang, bis es nach Westen in Richtung London ging. Micheline blieb eine Weile an Deck, fest in ein schweres wollenes Cape gewickelt, das sie in der Kabine gefunden hatte. Der Stoff duftete nach Andrew, und sie fragte sich nicht zum erstenmal, ob ihm wohl diese Yacht gehörte.

»Dich muß ja schrecklich frieren«, sagte er, als er von seinen Karten aufblickte.

»Nur ein bißchen.« In Wirklichkeit fühlte sie sich besser denn je seit ihrer Abreise aus Paris. Andrew wirkte entspannter, und obwohl sie sich auf einer Reise ins Unbekannte befand, fühlte Micheline sich von den Händen des Schicksals sicher in die Zukunft getragen. Alles würde sich zum Besten wenden.

Andrew hatte das Deck überquert, stand jetzt hinter ihr und zog mit dem Finger ihre Nackenlinie nach. »Wir werden nicht vor Tagesanbruch in London sein, Liebes. Die Koje in der Kabine ist recht bequem. Warum schläfst du nicht ein bißchen?«

Beim Anblick seines schönen, vom Silbermond beschienenen Gesichts krampfte sich ihr Herz vor lauter Liebe zusammen. »Ich werde gehen, unter einer Bedingung.«

»Nennen Sie sie, Mylady!« Sandhurst lachte, und seine Zähne blitzten in der Dunkelheit auf.

»Kommst du mit und gibst mir einen Gute-Nacht-Kuß?«

»Gut, wenn du versprichst, meine Widerstandskraft nicht auf die Probe zu stellen.«

»Ich verspreche es!«

Glücklich ging sie voran. In der Kabine lehnte sich Andrew an das Schott und versuchte, nicht hinzusehen, als Micheline eilig ihre Kleider abstreifte und dann, mit dem Unterhemd bekleidet, in die kuschelige Koje kletterte.

»Was für ein artiges Mädchen du bist«, meinte er kichernd.

»Schlag mich ein.« Sie lächelte.

»Es ist Zeit, daß du lernst, wie wir in England zu bestimmten Dingen sagen, Liebes. Deine Grammatik ist recht gut, aber es gibt einige typisch britische Redewendungen.«

»Bitte, unterrichten Sie mich, M'sieur.« Micheline strahlte. Die gesamte Kabine schien von Liebe erfüllt zu sein.

Er beugte sich mit liebevollem Blick über sie und verpackte ihren schlanken Körper fest in warmen Dekken. »Siehst du, ich *decke dich zu.*«

»Ich will es mir merken, auch wenn ich nicht glaube, daß ich diesen speziellen Ausdruck bei irgendeinem meiner neuen Bekannten in London benutzen werde.«

Sandhurst strich ihr lächelnd über das Haar. »Es ist nicht wichtig, was du sagst, Michelle. Alle werden dich lieben ... genau wie ich.«

»Hoffentlich nicht *genau* wie du!« Sie lachte weich. »Vergiß meinen Gute-Nacht-Kuß nicht, Andrew!«

Er nahm ihr Gesicht in die Hände und beugte sich über sie. Micheline wurde es angenehm schwindelig, als seine geöffneten Lippen die ihren berührten. Sie wollte ihre Arme um seinen Hals schlingen und sehnte sich danach, seinen ganzen Körper an ihrem zu spüren, aber sie dachte an ihr Versprechen ...

Schließlich hob Sandhurst den Kopf und seufzte. »Ich gehe lieber an Deck, bevor Jeremy die *Day Dream* in Ramsgate auflaufen läßt.«

Mit einem tapferen Kopfnicken flüsterte Micheline: »*Bonsoir, mon cher*.«

Er erhob sich und ging zur Tür, blieb aber am Schott stehen, um sich noch einmal nach ihr umzusehen. »Gute Nacht, Michelle. Denk daran: Ich liebe dich.«

Der Himmel wurde gerade hell, als Micheline voller Aufregung erwachte. Sie hatte einen Krug mit frischem Wasser, eine Schüssel und einen Riegel weiße Seife vorgefunden, wusch sich und zog dann saubere Unterwäsche und ein Kleid aus blauem Samt an, dessen tief ausgeschnittenes Oberteil mit Perlen und Goldspitze besetzt war. Sie legte eine Perlenkette und Perlohrringe an, dazu trug sie außerdem eine dünne Goldkette mit einem Saphir. Schließlich kämmte sie ihr Haar und befestigte die langen Locken mit einer goldenen Spange. In einem kleinen Spiegel überprüfte sie ihr Aussehen, lächelte sich zu und fand, daß sie weder sich selbst noch Andrew blamieren würde, wenn sie den Fuß zum erstenmal auf Londoner Boden setzte.

Micheline war etwas weniger selbstbewußt, als sie die Kabine verließ. Alles war so still, sie hörte nur das Geräusch des Flusses, und sie hatte keine Ahnung, wo Andrew war oder wo er die Nacht geschlafen hatte.

Sie fand ihn an Deck, er sah ausgeruht aus und war frisch rasiert. Er trug ein goldbraunes Wams, das sie noch nie gesehen hatte, und sein zerzaustes Haar glänzte im Licht der aufgehenden Sonne.

»Michelle! Du bist aber früh aufgestanden!« Sandhurst schaute sie liebevoll und überrascht an, als er das Deck überquerte und sie in die Arme nahm. »Wie schön du bist!«

Als Antwort schenkte sie ihm ein betörendes Lächeln. Es schien, als läge Michelines ganzes Herz in diesem Lächeln und ihren funkelnden Augen. Andrew staunte über die magische Glut ihres Körpers, die sich auf ihn übertrug, dann beugte er sich hinab, um sie zu küssen, erst ganz zart, dann leidenschaftlicher, schließlich umfaßten Michelines schlanke Arme seine Schultern, ihre Finger spielten in seinem Haar, und sie zog ihn noch enger an sich.

»Ah-hm!« Jeremy mußte sich mehrmals auf unterschiedliche geräuschvolle Weise räuspern, ehe das Paar ihn wahrzunehmen schien.

Nach einer Weile hob Sandhurst den Kopf und zog eine Braue hoch. »Was ist – *Playfair*?«

Der andere starrte ihn an. »Der Tower ist in Sicht. Ich dachte, Sie wüßten das gern.«

Als Andrew sie losließ, sah Micheline sich neugierig um. Ein blaßrosa Nebel hing über der Themse, dennoch konnte sie die Masten von Seglern vor ihnen auf dem Fluß ausmachen und einen Wald von Türmen, die sich über Dächern und Giebeln erhoben. London! Sie waren angekommen!

Je näher sie kamen, desto mehr Schiffe sah Micheline. Auf der Themse herrschte reger Betrieb, selbst zu dieser frühen Stunde.

»Die Stadt hat so enge Straßen, daß die Menschen sich lieber auf dem Wasser fortbewegen«, erklärte Andrew.

»Sieh mal!« rief sie voller Freude und zeigte auf drei Schwäne, die in einer Linie an der *Day Dream* vorbeiglitten.

»Du wirst dich an sie gewöhnen«, sagte er lächelnd, »aber faß sie nicht an. Sie beißen gern.«

Sie segelten direkt am Tower vorbei und kamen bald zur London Bridge mit ihren neunzehn Bogen. Dort gingen sie an einem der zwanzig Piers zwischen größeren Handelsschiffen vor Anker, und bald saß Micheline in einem Kahn und wurde durch die Stromschnellen gerudert.

Andrew saß still neben ihr und tauschte nur gelegentlich einen Blick mit Jeremy, der verzweifelt Grimassen schnitt, um die Aufmerksamkeit seines Freundes auf sich zu lenken. Doch der tat so, als sähe er ihn gar nicht. Micheline fragte sich allmählich, ob der arme Diener vielleicht an irgendeiner Nervenkrankheit litt.

Schließlich legte das Boot an einem im Wasser gelegenen Tor an, das zu einem prächtigen Herrenhaus aus rosa Backstein führte. Alles, was sie bisher gesehen hatte, erfüllte Micheline so mit Ehrfurcht, daß sie gar nicht mehr überrascht war. Andrews Haus mußte irgendwo dahinter liegen, denn das konnte unmöglich sein Zuhause sein, überlegte sie. Er half ihr bei dem ersten Schritt aufs Trockene, während Jeremy pflichtbewußt den Fährmann bezahlte.

Sandhurst hatte vor, sich mit Micheline in den Garten zu setzen und ihr alles zu erzählen, aber dieser Plan wurde zunichte gemacht durch das Auftauchen eines jungen Dieners, der die Stufen herabeilte, um sie zu begrüßen.

»Willkommen zu Hause, Mylord!« rief der Junge begeistert. »Wir wußten nicht, ob Sie je zurückkehren würden!«

»Hallo, Bartholomew«, murmelte Sandhurst und zuckte zusammen, als er den Jungen hinter sich rufen hörte: »Sir Jeremy!«

Micheline sah in verwirrt an. »Warum nennt er dich ›Mylord‹ und Playfair ›Sir Jeremy‹?« Ein kalter Schauer lief ihr über den Rücken. »*Andrew*?«

»Ich wollte dir gerade alles erklären, Michelle.« Er führte sie zu einer Steinbank am anderen Ende des gepflegten Gartens. Die grünen Triebe von Narzissen und Hyazinthen zeigten sich bereits zwischen weißen, rosa und lila Krokussen.

»Bitte, *tu* das!« rief Micheline. »Ich war noch nie so durcheinander. Wessen Haus ist das, und warum sind wir hier?«

Andrew starrte auf den Fluß, doch er nahm die schnellen Schiffe und die Stadtgemeinde Southwark am Südufer der Themse kaum wahr. Er seufzte tief, wandte sich um und sah Michelines drängende Blicke.

»Dieses Haus gehört mir, Liebes, genau wie die *Day Dream*. Wirst du mich noch lieben, wenn ich dir sage, daß ich nicht arm, sondern reich bin?«

»Du weißt ganz genau, daß ich dich bedingungslos liebe, aber ich verstehe nicht, wie ...«

»Warte. Da ist noch etwas. Ich muß wohl viele Dinge beichten. Ich heiße auch nicht Selkirk, es ist der Mädchenname meiner Mutter. Und ich verdiene meinen Lebensunterhalt nicht mit der Malerei.«

In Michelines Kopf drehte sich alles, und einen Augenblick lang konnte sie an nichts anderes als an das denken, was sie im Dezember entdeckt hatte: daß Bernard während der ganzen Ehe ein Fremder geblieben war, ein Mann, der sie anlächelte und ihr seine Liebe beteuerte, selbst als er sie betrog.

»Liebste Michelle, es wird Zeit, daß du die Wahrheit erfährst. Ich bin Andrew Weston, Graf von Sandhurst.«

Kapitel 21

London, England – 4. April 1533

»Du willst mich zum besten halten, nicht wahr?« flüsterte Micheline, nachdem sie lange geschwiegen hatte.

»Du weißt, daß ich bei solchen Dingen keine Scherze machen würde.« Sandhurst nahm ihre beiden Hände in die seinen und bemerkte, daß sie eiskalt waren. »Es ist sicherlich ein Schock für dich, aber wenn du dich erst einmal an den Gedanken gewöhnt hast, wirst du ihn ganz angenehm finden.«

»Angenehm?« wiederholte sie schwach. »Soll ich darüber jubeln, daß du mich vom ersten Augenblick unserer Bekanntschaft an belogen hast? Wußten es die anderen? Haben alle hinter meinem Rücken gelacht?«

Er schloß für einen Moment die Augen und seufzte. »Niemand hat über dich gelacht, Liebes, und niemand in Fontainebleau kannte meine wahre Identität bis auf Jeremy. Ich vermute, St. Briac hat es am Ende herausbekommen, aber ...«

»Das muß alles ein böser Traum sein!« rief Micheline plötzlich und befreite ihre Hände. »Vor ein paar Minuten war ich so glücklich! Ich hatte das Gefühl, nach Hause zu kommen. London umarmte mich, weil ich bei dir war und weil dies die Stadt ist, in der wir gemeinsam leben wollten. Jetzt erfahre ich, daß ich dich überhaupt nicht kenne! Du bist ein Fremder, der mich getäuscht hat!«

»Natürlich kennst du mich!« protestierte Sandhurst. »Das einzige was anders ist, ist mein Familienname, Michelle. *Ich liebe dich*. Das ist es doch, was zählt.«

Tränen glänzten in ihren schönen Augen. »Wie kann ich dir glauben? Wie kann ich je wieder glauben, was du sagst?«

Voller Verzweiflung fuhr er sich mit der Hand durchs Haar. »Das hier ist nicht der Ort, um diese Fragen zu diskutieren, und es gibt viel zu sagen. Laß uns hineingehen. Du kannst deine Zimmer sehen und dich frisch machen, dann setzen wir uns hin, und ich versuche dir zu erklären, wie das alles kam.« Andrew schenkte ihr ein hoffnungsvolles Lächeln, aber Micheline senkte den Blick.

»*D'accord*«, seufzte sie. »Ich scheine wohl keine Wahl zu haben.«

Sie gingen Seite an Seite den sauberen Kiespfad hinauf, der zu einem schönen Eingang mit Torbogen führte. Sandhurst war über Michelines Verhalten beunruhigt, denn sie hielt Abstand zu ihm und sah nicht einmal in seine Richtung.

In der großen Halle mit der geschnitzten Täfelung und der Balkendecke warteten eine alte Frau und ein alter Mann, um ihren Herrn zu begrüßen. Die Zuneigung, die aus ihren Augen sprach, hob Andrews Stimmung.

»Michelle, ich möchte, daß du Throgmorton, meinen Oberverwalter, und Mistress Goodwyn, die Haushälterin von Weston House, kennenlernst.« Mit einem Lächeln für die beiden Dienstboten erklärte er: »Das ist Madame Micheline Tevoulère. Sie wird bei uns wohnen.« Er wollte sie gern als seine zukünftige Frau vorstellen, wußte aber nicht genau, ob das immer noch stimmte.

Mistress Goodwyn, eine kleine, weißhaarige Frau mit roten Wangen, ging auf Andrew zu, um ihn zu umarmen. Da sie in jungen Jahren die Zofe der Herzogin von Aylesbury gewesen war und diesen Jungen seit seiner Geburt kannte, konnte sie unmöglich eine respektvolle Distanz bewahren.

»Willkommen zu Hause, Mylord!« Sie gab ihm einen schmatzenden Kuß auf die Wange. »Ich habe mir Sorgen um Sie gemacht!«

»Das weiß ich zu schätzen, Nan.« Er drehte sich um und ergriff Throgmortons ausgestreckte Hand. Der alte Mann, der im Haushalt des letzten Herzogs Page gewesen war, hatte jetzt einen krummen Rücken und war fast kahl, aber sein Verstand war so scharf wie immer.

»Sie haben uns gefehlt, Mylord«, begann er, und ein warmherziges Lächeln erhellte sein faltiges Gesicht. »Es ist gut, Sie sicher wieder zu Hause zu haben.«

Dann begrüßten die beiden Micheline, die die Szene mit Interesse beobachtet hatte.

»Madame Tevoulère wird eine Zofe brauchen, Nan«, sagte Sandhurst. »Ich dachte an Mary. Sie scheint ein liebes Mädchen zu sein.«

»Das stimmt, Mylord, aber sie hat keine Ausbildung als Zofe ...«

»Das macht mir nichts aus«, warf Micheline in ihrem perfekten Englisch mit dem leichten Akzent ein. »Ich bin es nicht gewohnt, ein eigenes Mädchen zu haben, so können wir gemeinsam lernen.«

Mistress Goodwyn schürzte die Lippen. »Ich werde es dem Mädchen also sagen. Sie wird überglücklich sein, vermute ich.«

»Würden Sie Madame Tevoulère das Rosenzimmer zeigen?« fragte Andrew. Dann sah er Throgmorton an. »Bartholomew ist draußen. Warum bitten Sie ihn nicht, Madames Sachen nach oben zu bringen?«

»Sehr wohl, Mylord.« Beide nickten.

Micheline folgte der alten Frau über eine breite Holztreppe mit wunderbar geschnitzten Spindelpfosten, Handläufen und Geländer nach oben. Das war ganz anders als alles, was sie bisher gesehen hatte. Alle Treppen, die sie in Frankreich kannte, waren Wendeltreppen aus Stein.

»Was für ein prachtvolles Haus!« sagte Micheline, um das Schweigen zu beenden.

»Ach, Weston House ist nichts, verglichen mit Sandhurst Manor oder dem prachtvollen Schloß Aylesbury, aber es ist viel gemütlicher. Lord Sandhurst hat es selbst gekauft, wissen Sie, mit eigenem Geld aus der Pferdezucht in Gloucestershire. Er hätte ein viel großartigeres Haus haben können, aber er ist nie ein Mann gewesen, der auf Äußerlichkeiten Wert legt.« Als sie die oberste Stufe erreicht hatte, drehte sich Mistress Goodwyn um und sah die junge Französin an. »Ich habe mein ganzes Leben lang der Familie gedient, Madame, und als Lord Sandhurst einen eigenen Haushalt gründete, *entschlossen* sich Throgmorton und ich und viele der anderen Diener, mit ihm zu gehen. Er ist wirklich der feinste Herr, den ich je kennengelernt habe, weil er weiß, daß er trotz seines Titels sterblich ist wie wir anderen auch.« Sie lächelte liebevoll. »Lord Andrew ist ein Schatz. Schon als Kind war er ein Schatz. Und so hübsch! Sein goldenes Haar war wie eine Krone. Wenn nur der Herzog nicht so bösartig wäre ... und wenn die Herzogin nicht gestorben wäre, dann wäre Lord Sandhurst heute ein glücklicher Mann, genauso glücklich wie als Kind.«

Mistress Goodwyn führte Micheline den Korridor entlang und redete weiter. »Das soll nicht heißen, daß er *unglücklich* ist, aber dieser Ärger mit seinem Vater hat einen Schatten auf sein Leben geworfen. Ich habe immer gesagt, alles, was Lord Andrew braucht, ist die wahre Liebe einer guten Frau, aber er faßt so schwer Vertrauen.«

Sie öffnete eine getäfelte Tür und trat zur Seite, so daß Micheline als erste eintreten konnte. »Naja, Sie wissen, wie Männer sind. Ich habe versucht, mir keine Sorgen um Lord Sandhurst zu machen. Ich denke mir, er wird mit dieser und jener herumtändeln, und dann wird er eines Tages aufwachen und feststellen, daß er liebt, doch dann wird es zu spät sein zum Kämpfen!« Die alte Frau lachte liebevoll. »Ich stelle mir oft die hübschen Babys vor, die er haben würde. Ich möchte sie so gern noch sehen, bevor ich sterbe!«

Micheline wußte nicht, was sie auf den Erguß der Haushälterin erwidern sollte, und so wandte sie ihre Aufmerksamkeit dem bezaubernden Zimmer zu. Durch die großen, blitzenden Fenster konnte man die Gärten und den Fluß sehen. In dem geräumigen Raum stand ein riesiges Himmelbett mit geschnitzten ionischen Pfosten. Decke, Vorhänge und der Volant des Himmels waren rosa und elfenbeinfarben bestickt. Hübsche blaßrosa, getrocknete Rosenknospen und frische Kräuter waren auf den Boden gestreut, und jedes einzelne Möbelstück war schön und zweckdienlich.

»Es ist einfach wunderbar«, murmelte Micheline.

»Das Zimmer einer Dame«, meinte Mistress Goodwyn und nickte. »Es wird im allgemeinen nur benutzt, wenn Lady Cecily zu Besuch kommt. Das geschieht mciner Mcinung nach nicht oft genug!« Kopfschüttelnd wandte sie ihre Aufmerksamkeit wieder der Besucherin aus Frankreich zu. »Bleiben Sie lange?«

Micheline wurde rot. »Ich weiß es noch nicht, Mistress Goodwyn.«

»Naja, es ist schön, eine Dame im Haus zu haben!« stellte sie fest. »Möchten Sie ein Bad?«

»*Oui*. Ich meine, ja. Das wäre wunderbar.«

»Kann ich sonst noch etwas für Sie tun, Madame?«

»Ich hätte nichts gegen ein Glas kühlen Wein ..., und es wäre mir eine Freude, wenn Sie mich Micheline nennen würden.«

Die Haushälterin blinzelte vor Überraschung und nickte. »Wie Sie wünschen – Micheline.« Zum erstenmal fragte sich Mistress Goodwyn, wer dieses Mädchen wohl war und weshalb es hier war.

Unten im Haus wurde Sandhurst ein Humpen eiskaltes Bier gebracht, und er setzte sich damit in den Wintergarten, um zu überlegen, was er Micheline sagen mußte. Jeremy war nach Hause gegangen, so konnte er ihn wenigstens nicht mehr an das Garnknäuel erinnern, in dessen Faden er sich durch eigene Schuld verheddert hatte. Je mehr Andrew nachdachte, desto trübsinniger wurde er. *Warum* sollte Micheline ihm je wieder vertrauen? Nach allem, was sie ihm über ihren Ehemann und seine Liebschaften erzählt hatte, konnte er sie sehr gut verstehen.

Etwa eine halbe Stunde war vergangen, in der er beobachtet hatte, wie Dienstmädchen die Eimer mit dampfendem Wasser für Michelines Bad nach oben trugen, als Throgmorton in der Tür erschien.

»Lady Dangerfield ist da und möchte Sie sehen, mein Herr.«

Bevor Sandford ihm auftragen konnte, sie fortzuschicken, schob sich Iris an dem Verwalter vorbei, und kniete an Andrews Seite nieder.

Hilflos zog er die Brauen hoch und murmelte: »Das ist alles, Throgmorton.«

»Ja, Mylord.«

Iris vergrub ihr Gesicht in seinem Schoß und genoß es, die harten Muskeln seiner Schenkel an ihrer Wange zu spüren. »Oh, mein Liebling, endlich bist du wieder zu Hause! Ich bin fast täglich gekommen, habe gebetet, daß du zurückkehrst, und nun wurden meine Gebete erhört!«

»Ich wußte gar nicht, daß du mit Gott auf so vertrautem Fuße stehst«, bemerkte Sandhurst spitz.

Sie hob den Kopf und sah ihn aus zusammengekniffenen grünen Augen an. »Andrew, freust du dich nicht, mich zu sehen? Du hast London ohne ein Wort verlassen, was wirklich ungezogen von dir war, aber ich habe dein schlechtes Benehmen übersehen. Fast zwei Monate lang habe ich nicht gewußt, ob du lebst oder tot bist. Ich bin fast wahnsinnig geworden!«

»Wie geht es Timothy?« fragte er.

»Wie bitte?«

»Timothy Dangerfield, deinem Ehemann.« Sandhurst griff nach seinem Bierhumpen und wich absichtlich ihrem Blick aus.

»Warum sprichst du in so einem Augenblick von ihm?« Sie rutschte weiter nach oben und rieb ihr Gesicht an seinem weichen Wams. »Hast du mich nicht vermißt, Mylord? Hast du dich nicht nach mir gesehnt, wie ich mich nach dir sehne?«

»Iris, du bist mit einem anderen Mann verheiratet, und wie ich im Februar hörte, ist Timothy deine Untreue leid. Vielleicht wäre es klug von dir, wenn du deine Aufmerksamkeit deiner Ehe zuwendest.«

»Ich will Timothy nicht!« Jetzt saß sie auf seinem Schoß, liebkoste ihn an Wange und Ohr. »Ich will *dich*!«

Sandhurst seufzte. »Es hat keinen Sinn, in einer Phantasiewelt zu leben, Iris, und das hast du die meiste Zeit in den letzten vier Jahren getan. Du bist die Frau eines anderen Mannes!«

Sie zog sich zurück und starrte ihn an. »Das hat dich vorher nie gestört! Seit wann hast du dir solche Skrupel zugelegt, Andrew?«

Er mußte lächeln. »Ich weiß nicht, ob es Skrupel sind, Süße, aber ich habe mich in gewisser Weise verändert. Weißt du, zum erstenmal in meinem Leben liebe ich, und ich hoffe sehr, die Dame zu meiner Frau zu machen.«

Der Schock traf Iris' Herz wie ein Schlag. Sie konnte nicht glauben, was sie gehört hatte. »Was für ein Unsinn!« rief sie. »*Du? Lieben?* Wie lächerlich! Als nächstes wirst du mir erzählen, daß es sich um diese französische Hure handelt, von der die Leute sagen, daß du sie auf Befehl des Herzogs heiraten sollst.«

Andrews Brauen zogen sich zusammen. »Das reicht, Iris.« Er streckte die Hand aus, um sie von seinem Schoß zu schieben. »Geh jetzt lieber.«

»Nein! Du mußt mich anhören! Du redest nur solche Dummheiten, weil du in den letzten Wochen fort gewesen bist! Wenn du dich wieder daran gewöhnt hast, zu Hause zu sein, wirst du alles wieder so haben wollen, wie du es gewohnt warst! Bitte, Andrew, denk daran, wie es zwischen uns war ...« Sie kuschelte sich an ihn, suchte und fand seine Lippen, und während sich ihre Arme wie zwei dünne Stahlbänder um seinen Hals legten, preßte sie ihren offenen Mund auf den seinen.

Als Sandhurst versuchte, Iris von sich zu lösen, sah er Micheline durch die die Tür kommen. Sie trug ein bezauberndes Kleid aus gelber Seide und ihre hellbrauen Locken fielen ihr über die Schultern. Ihr zaghaftes Lächeln verwandelte sich in blankes Entsetzen, als sie die beiden sah und fluchtartig den Raum verließ.

»Verdammt!«

Iris, die das Mädchen in der Tür gesehen hatte, fragte eher neugierig: »War das die Dame deines Herzens?«

Diesmal war Sandhurst nicht höflich. Er hob Iris derb hoch und stellte sie in einigem Abstand von sich auf die Beine. »Wolltest du nicht gehen?«

»Ich hoffe, daß die Gerüchte, die ich gehört habe, nicht stimmen, Andrew! Erzähl mir nicht, du hättest dich deinem Vater gebeugt und willst nun ernsthaft eine *Fremde* heiraten! Ich hielt dich für einen *Mann*!«

»Iris, ich fordere dich zum letzten Mal auf zu gehen!« Andrews Kinnmuskeln spannten sich an, während er sich erhob. »Wenn du jemanden belästigen mußt, geh nach Hause und belästige deinen Mann. Er hat die Ehre verdient, und vielleicht glaubt er dann, daß er dir wirklich etwas bedeutet.«

Dann verließ Sandhurst mit großen Schritten den Raum, aber seine Wut legte sich, als er die Treppe halb hinaufgestiegen war. Jetzt mußte er sich um Micheline kümmern, und das würde eine schwierige Aufgabe sein.

Er klopfte an ihre Tür, bekam aber keine Antwort. »Michelle! Bist du da?«

Ihre einzige Reaktion war ein unterdrücktes Schluchzen. Seufzend öffnete Andrew die Tür und sah die Frau, die er liebte, auf der Decke sitzen und weinen, als würde sie gleich sterben.

»Bitte, laß mich allein.«

Er holte tief Luft, durchquerte den Raum und setzte sich neben sie auf das Bett. »Ich weiß, daß das, was du eben dort unten gesehen hast, ziemlich eindeutig wirkte, aber ich versichere dir, es gibt eine logische Erklärung.«

Micheline hob das verweinte Gesicht und starrte ihn wütend an. »O ja, ich weiß, wie geschickt ihr Männer mit Erklärungen seid! Das habe ich alles schon einmal durchgemacht. Ich lasse mich nicht ein zweites Mal zur Närrin machen, und ich werde nicht gehorsam lächeln, während du meine Gefühle ins Lächerliche ziehst!«

»Um Gottes willen, Micheline, ich bin *nicht* Bernard Trevoulère!«

»Nein, das bist du nicht. Er hat wenigstens die Wahrheit gesagt über seinen *Namen* und seine Herkunft, und er hat es geschafft, auf leidenschaftliche Umarmungen mit anderen Frauen zu verzichten, wenn er sich im selben Haus mit mir aufhielt!« Ihre Stimme klang bitter.

»Jesus!« Sandhurst wußte nicht, wo er überhaupt mit dem Versuch einer Erklärung beginnen sollte. Schon vor der Szene mit Iris war alles kompliziert genug gewesen, aber *jetzt* ...

»Weißt du, nachdem ich vorhin mit Mistress Goodwyn gesprochen hatte, war ich bereit, mir deine Geschichte ohne Vorbehalte anzuhören«, sagte Micheline nachdenklich. »Ich bin nach unten gegangen, um dir das zu sagen. Ziemlich rührend, nicht wahr? Ich nehme an, ich gehöre zu jenen Menschen, die nie dazulernen, doch ich brauche keinen Schlag auf den Kopf, um die Wahrheit zu erkennen. Mir ist jetzt alles ganz klar.«

»Was ist dir klar?« fragte er und ahnte, daß ihm die Antwort nicht gefallen würde.

»Also, ich kann nicht bleiben. Offensichtlich hast du seit dem Tag deiner Ankunft in Frankreich irgendein Spiel gespielt. Es war nicht genug, eine Ehe mit einer Fremden zu arrangieren, du mußtest auch noch dafür sorgen, daß ich mich in dich verliebte! Ich hatte recht, als ich mich entschloß, der Liebe um jeden Preis aus dem Weg zu gehen. Ich hatte recht, als ich zu Aimée sagte, die Liebe bringe mehr Schmerz als Freude. Du hast meinen schlimmsten Alptraum Wirklichkeit werden lassen, Andrew.«

»So, das reicht jetzt!« Sandhurst packte sie mit starken Händen bei den schmalen Schultern. »Du irrst, Micheline! Warum vertraust du nicht deinen Instinkten? Du hast mir vertraut vom ersten Moment an, in dem sich unsere Blicke in Fontainebleau trafen, und du hattest recht damit.«

Sie wandte das Gesicht ab, und Tränen fielen auf seine Finger. »Laß mich los.«

»Nicht, bevor du dir angehört hast, was ich zu sagen habe.« Er seufzte schwer. »Willst du mich nicht ansehen, Liebling?«

»Nein«, flüsterte sie. »Du wirst mich mit deinen Augen in Bann schlagen.«

Andrew mußte fast lachen. »Wie du willst.« Er nahm eine Hand von ihrer Schulter und streichelte mit der Rückseite des Zeigefingers ihre nasse Wange. »Bitte, wein nicht mehr!«

Seine zärtliche Liebkosung erfüllte Micheline mit einer bittersüßen Sehnsucht. »Ich dachte, Sie hätten mir etwas zu sagen, Mylord.«

»Das habe ich, aber mir wäre es lieber, du würdest nicht ›Mylord‹ zu mir sagen.« Als sie nichts erwiderte, fuhr Sandhurst fort. »Erstens sollte ich dir von Iris erzählen. Das heißt, von Lady Dangerfield. Sie gehört der Vergangenheit an, und da soll sie auch bleiben. Ich habe sie nie geliebt, Michelle; sie ist gar nichts im Vergleich mit dir! Wahrscheinlich hat sie unsere – nun ja – Freundschaft nicht so leicht genommen wie ich. Das hast du heute gesehen. Ich sagte ihr, daß ich zum erstenmal in meinem Leben liebe und daß ich die Absicht habe, zu heiraten. Als du hereinkamst, versuchte Iris, meine Meinung zu ändern, aber ich habe sie sofort weggeschoben!«

Micheline sah ihn kurz an und zog eine Augenbraue hoch. »Wie seltsam, daß ich *zufällig* genau in dem Augenblick hereinkam, in dem ihre Lippen deine berührten – natürlich bevor du sie weggeschoben hast!«

Mit einem beschwörenden Blick zum Himmel versuchte Sandhurst es erneut. »Wenn ich lügen wollte, meinst du nicht, daß ich mir eine bessere Geschichte ausgedacht hätte? Bei Gott, sie ist so erbärmlich, daß es die Wahrheit sein *muß*!«

Es lag soviel verzweifelte Ehrlichkeit in seiner Stimme, daß sich Michelines Herz umstimmen ließ. »Nehmen wir für den Augenblick an, daß ich dir glaube. Was ist mit dieser Dame? Wie lange hat diese *Freundschaft* zwischen euch gedauert?«

»Oh, vier Jahre oder so, aber ...«

»Wie kannst du so ein Ekel sein!« rief sie aus, und ihre Augen blitzten. »Das arme Mädchen! Wie muß sie sich fühlen, wenn sie dich vier lange Jahre geliebt hat, und plötzlich tauchst du mit einer neuen Auserwählten auf!«

Sandhurst blinzelte. Gab es denn kein Entrinnen aus diesem Durcheinander? »Iris hätte keinesfalls meine Frau werden können, Michelle! Sie ist mit einem anderen Mann verheiratet!«

Ihr Mund öffnete sich. »Gibt es denn keinen Menschen mit moralischem Grundsätzen in dieser Welt? Du sprichst von Ehebruch, als ob er all deine anderen Sünden entschuldigen könnte!«

Sein Geduldsfaden, vorher schon bis aufs äußerste gespannt, riß in diesem Augenblick. »Genug damit! Werde ich für jeden Fehler zur Verantwortung gezogen, den ich bis zu dem Abend, an dem wir uns kennenlernten, gemacht habe? Hör mir zu, Micheline. Ich behaupte nicht, ohne Fehl und Tadel zu sein, und mein Verhalten in der Vergangenheit war alles andere als heiligmäßig. Vor drei Nächten in Paris hast du geweint und mich um Verständnis gebeten für Dinge, die du gesagt hast, und dafür, wie du dich gelegentlich mir gegenüber in Fontainebleau verhalten hast. Weil ich dich liebe, habe ich mir deine Geschichte nicht nur mit offenem Verstand, sondern auch mit offenem Herzen angehört. Ich bitte dich jetzt, den Schmerz, den Bernard dir zugefügt hat, zu vergessen und mich als eigenständige Person zu beurteilen. Ich möchte dir erzählen, was mich unter einem anderen Namen nach Fontainebleau geführt hat, und ich bitte dich, daran zu denken, daß wir uns sonst gar nicht erst begegnet wären, denn eine Unbekannte hätte ich nie geheiratet.«

Michelines Unterlippe zitterte. »Du wirst mir vermutlich als nächstes erzählen, daß dein strenger Ehrenkodex dich daran gehindert hätte, eine arrangierte Ehe einzugehen.«

»Du weißt, daß ich dir dafür einen Klaps geben sollte! Halt deine boshafte Zunge ein paar Minuten im Zaum und hör mir zu.«

Micheline spürte einen Schauder der Erregung, und der wurde noch stärker, als sie den Funken liebevoller Belustigung in seinen Augen erhaschte. »Zu Befehl, Mylord.«

Sandhurst erhob sich und ging in dem sonnendurchfluteten Raum auf und ab. »Ich will nicht behaupten, daß mein Leben tragisch war, aber ich hatte meine Gründe, nicht an die Liebe zu glauben. Anders als dich hat mich das nie gequält. Ich bin einfach nie auf den Gedanken gekommen, lieben zu können, und es war mir auch gleichgültig. Meine Mutter starb vor fünf Jahren, aber selbst als ich noch jung war, gab es keine Wärme zwischen ihr und meinem Vater. Ja, und dann ist da der Herzog, einer der Verwandten, die ich in Paris erwähnt habe. Nur wenige Menschen haben wohl ein größeres Talent als er, schlichtweg *un*liebenswert zu sein. Auch andere Familienmitglieder haben mich in meinem Wunsch nach Unabhängigkeit bestärkt. Mit sechzehn ging ich nach Oxford, und seitdem habe ich immer selbständig gelebt.«

»Was ist mit deiner Schwester, die du gemalt hast und die nie stillsitzen konnte?« fragte Micheline.

»Cecily?« Er sah sich um, und sein schönes Gesicht wurde weicher. »Nur ihretwegen bedaure ich die Entfremdung von meinem Vater. Ich liebe dieses Kind und – also, dieses ist nicht der Zeitpunkt für alle Einzelheiten der Familienbeziehungen. Zuerst das Wichtigste.« Andrew wanderte wieder durch das Zimmer und blieb neben dem Bett stehen. »Ich habe bis vor kurzem nie viel darüber nachgedacht, aber ich glaube, daß die Mauern, die ich zwischen mir und meinem Vater aufgerichtet habe, sich auf andere Bereiche meines Lebens übertragen haben. Daher war meine Beziehung zu Iris Dangerfield so zweckmäßig. Sie war unterhaltsam, sie befriedigte bestimmte Bedürfnisse, und doch mußte ich ihr nie mein Herz öffnen.«

»Warum bist du auf diese arrangierte Ehe mit mir eingegangen?« fragte Micheline sanft und verunsichert.

»Nicht ich. Der Herzog, mein Vater, traf hier eines Tages im Februar ein und *verkündete* mir die verdammte Angelegenheit! Er und der König hatten den Plan geschmiedet, und wenn ich nicht mitgespielt hätte, wären die gesamten Familienländereien und alles Hab und Gut an den unehelichen Trottel, meinen Halbbruder Rupert Topping, gefallen.«

»Aber man erzählte mir, du hättest eine Vorliebe für Französinnen.«

Sandhurst lächelte gequält. »Ich weiß, St. Briac hat diese Geschichte in Frankreich herumerzählt. Recht amüsant. *Mir* dagegen hat man erzählt, daß irgend jemand am französischen Hof dich loswerden wollte und König Heinrich gebeten hatte, einen englischen Ehemann zu finden. Da er wegen seiner Scheidung französische Hilfe beim Papst braucht, war er glücklich, der Bitte nachkommen zu können. An dem Punkt kommt mein Vater ins Spiel. Er hat mir immer in den Ohren gelegen, zu heiraten und ihm einen Enkel zu schenken, und ich saß wie ein Kaninchen in der Falle.«

»Das verstehe ich nicht! Warum hat man uns unterschiedliche Geschichten erzählt?«

»Wer weiß?« Er zuckte mit den Achseln. »Meine Instinkte sagen mir, daß Anne d'Heilly hinter dem Plan steckt. Franz' ungestilltes Verlangen nach dir schien ihr langsam Sorgen zu machen. Doch das ist jetzt nicht mehr wichtig. Als man sich in der Sache verständigt hatte, entwickelte sie ein Eigenleben.«

Sandhurst machte eine Pause und starrte aus dem Fenster. »Nun ja, ich saß in der Falle, aber rebellisch wie immer, war ich entschlossen, mich herauszuwinden. Ich sagte meinen Vater, er solle sich zum Teufel scheren, und König Heinrich könne er gleich mitnehmen. Mir war es egal, wenn ich den Familienbesitz verlor, bis Jeremy mich daran erinnerte, daß *Rupert* alles bekommen würde, was rechtens an meine Kinder gehen müßte. Da hatte er ein gutes Argument angeführt. Es war ja durchaus möglich, daß ich eines Tages heiraten würde, und ich *wünschte* mir Kinder. Aber deswegen konnte ich doch nicht eine Unbekannte heiraten, und so schlossen Jeremy und ich einen Kompromiß.«

In Michelines Kopf setzten sich die Einzelteile zu einem Gesamtbild zusammen. »Ihr habt beschlossen, nach Frankreich zu reisen und einen Blick auf mich zu werfen«, ergänzte sie.

Andrew lachte leise. »Es schien damals ein großes Abenteuer zu sein, und genau das brauchte ich als Gegenmittel zu dem Gefühl, von meinem Vater in die Ecke getrieben worden zu sein.« Er ließ sich neben ihr auf das Bett fallen und ergriff ihre Hand. »Um ehrlich zu sein, ich habe nie erwartet, daß etwas dabei herauskommen würde. Eigentlich hoffte ich, daß ich dich abstoßend finden würde, dann wäre es vollkommen gerechtfertigt gewesen, wenn ich dem Herzog ins Gesicht gespuckt hätte ... und theoretisch auch dem König.«

Sie spürte, wie ihre Mundwinkel nach oben gingen. »Es hat nicht ganz so funktioniert, wie du es geplant hast, nicht?«

»O Michelle.« Sandhurst schloß die Augen, als ihn eine warme Welle der Liebe davontrug. »Ich glaube, ich liebte dich schon, als ich dich auf der Treppe von Fontainebleau sah. Ich wußte nicht einmal, wer du warst! Ich stand mit Anne d'Heilly zusammen. Ich fragte sie nach deinem Namen, und als sie antwortete, war ich überwältigt. Natürlich dachte ich damals noch nicht an Liebe. Deine scheinbare Gleichgültigkeit hat mich verrückt gemacht! Jedesmal, wenn du mich abgewiesen und mir erklärt hast, du seist mit dem Grafen von Sandhurst verlobt, brannte ich vor Eifersucht.«

»Auf dich selbst«, murmelte sie und schluckte ein kaum zu unterdrückendes Lachen hinunter.

»Das ist es, was Jeremy immer gesagt hat. Er schrie immer: ›Aber das bist *du*!‹« Bei der Erinnerung daran kicherte Andrew. »Mir war es egal. Ich wußte nur, daß du mich wegen eines Fremden abgewiesen hast. Es machte mich wahnsinnig, und ich beschloß, daß es keine Hochzeit geben würde, wenn du mich nicht um meiner selbst nehmen würdest.«

Michelines ungeheure Wut schien dahinzuschmelzen, aber es blieben genügend Zweifel: »Andrew, wie kannst du sicher sein, daß du wahre Liebe für mich empfindest?

Oder ist es doch nur die Herausforderung, die dich gereizt hat?«

»Ich bin kein Kind mehr, Liebes. Ich bin ein erwachsener Mann. Ich habe vielleicht in der Vergangenheit nicht viel über die Liebe gewußt, aber ich halte mich für klug genug, sie jetzt zu erkennen.« Er beugte sich vor und hauchte ihr einen Kuß auf die Wange. »Auf jeden Fall könnte ich dich dasselbe fragen. Du hast gedacht, du liebtest Tevoulère, aber in Paris hast du mir gesagt, daß du die Bedeutung des Wortes gar nicht gekannt hast, bis du mich kennenlerntest. Wie soll ich wissen, daß du nicht nur vernarrt bist?«

»Schon verstanden.« Sie lächelte. »Ich glaube, für uns beide ist es an der Zeit, die Logik zu vergessen und auf unsere Herzen zu hören.«

»Bedeutet das, daß du mir vergibst?«

»Sagen wir, ich ... verstehe.«

»Können wir die Vergangenheit vergessen« – Andrew küßte sie zärtlich auf den leicht geöffneten Mund – »und einen neuen Anfang machen?«

»Ja, Lord Sandhurst, ich glaube, das können wir.«

Mit quälender Langsamkeit hob er die Arme, und dann umklammerten sie sich wie zwei Ertrinkende. Micheline stöhnte vor Erleichterung und Begehren zugleich, als ihre Lippen sich trafen. In den vergangenen Stunden hatte sie sich gefühlt wie ein Schiff, das keinen Ankerplatz mehr hatte, aber jetzt war sie wieder zu Hause.

»Madame?« Es klopfte an der Tür.

Mit einem Seufzer der Enttäuschung stand Sandhurst auf, um zu öffnen. »Ja, Throgmorton, was gibt es?«

»O verzeihen Sie, Herr, ich wußte nicht, daß Sie hier sind!« Der alte Mann schien doch tatsächlich rot zu werden. »Es ist nur, das Abendessen ist serviert, und Master Topping ist eingetroffen. Er hat bereits am Tisch Platz genommen.«

Kapitel 22

4. April 1533

»Erst Iris und jetzt *Rupert*?« rief Sandhurst ungläubig und hob die Hände. »Warum veranstalten wir nicht einfach einen Ball und laden ganz London ein?«

Throgmorton hustete, unsicher, ob der Graf eine Antwort erwartete. »Ich ...«

»Schon gut, Throgmorton. Es ist ja nicht Ihre Schuld. Ich weiß die Vorwarnung zu schätzen. Wir werden gleich unten sein.«

»Ja, Mylord. Danke.«

Als die Tür wieder geschlossen war, rieb sich Andrew das Gesicht. »O nein!«

Micheline mußte lächeln. »Hast du nicht gesagt, daß Rupert ein Trottel ist? Armer Kerl. Er betet dich wahrscheinlich an.«

Sandhurst verdrehte die Augen, kehrte zum Bett zurück und ließ sich fallen. »Du weißt nicht einmal die Hälfte.«

»Du solltest dir Mühe geben, nett zu ihm zu sein.«

»Sag nicht sowas, bevor du nicht eine Stunde in Ruperts Gesellschaft verbracht hast. Er ist absolut ...« Er suchte vergeblich nach einem passenden Wort, um seinen Halbbruder zu beschreiben.

Der Anblick von Andrew, wie er auf dem Rücken auf ihrem sonnenüberfluteten Bett lag, war eine zu große

Versuchung, und Micheline konnte ihr nicht widerstehen. Verschmitzt raffte sie ihre Röcke zusammen und kroch zu ihm hinüber. Sie legte ihr Gesicht an seinen Hals und atmete den sauberen Duft seiner weißen Halskrause ein. Sein Arm umfaßte sie, zog sie näher heran, bis sich ihre Brüste an seine Rippen preßten.

»Ich will nicht nach unten gehen«, stellte Sandhurst schlicht fest.

»Wir müssen.« Micheline strich mit den Fingern über die weiche Weste, die seine Brust bedeckte.

»Hier habe ich alle Nahrung, die ich brauche.« Er drehte sich auf die Seite, so daß er sie anschauen konnte, dann glitt er mit seiner rechten Hand langsam Michelines Wirbelsäule hinunter, erforschte durch den Stoff ihres Kleides und ihrer Unterröcke die Kurven ihres Pos.

Sie tauschten einen süßen, langen Kuß.

»Sie haben einen Gast, Mylord«, erinnerte sie ihn, obwohl die Erregung in ihren Adern brauste.

»Der Teufel soll meinen Gast holen. *Ich* will ihn mit Sicherheit nicht haben«, knurrte Andrew. Er küßte sie noch einmal, dann zum drittenmal. »Was das Abendessen angeht, du bist unendlich viel köstlicher als alles andere.«

Micheline drückte ihn leicht von sich weg. »Ich dachte, du hast gesagt, wir wollen uns nicht mehr lieben, bis wir verheiratet sind.«

»Ich überprüfe meine Einstellung in dieser Angelegenheit.«

Sein Mund schien ihren Hals zu verbrennen, und ihre Brüste kribbelten bereits, aber Micheline nahm all ihre Widerstandskraft zusammen. »Ich würde lieber mit dir hierbleiben, Andrew, aber dieses ist mein erster Tag in deinem Haus, und der Eindruck, den ich heute mache, könnte bestimmend für die Zukunft sein. Ich denke wirklich, daß wir hinuntergehen sollten, bevor deine Angestellten – *und* dein Halbbruder – sich eine schlechte Meinung von mir bilden.«

Sandhurst seufzte schwer und gab sie frei. Er setzte sich auf. »Du hast natürlich recht.« Benommen schüttelte er den Kopf. »Ich werde offenbar wahnsinnig.«

Als sie am Spiegel vorbeiging, lachte Micheline hinein und überprüfte ihr Aussehen. Ein schneller Strich mit der Bürste bändigte die wenigen widerspenstigen Locken, die über ihren Rücken fielen. Andrew wartete bereits an der Tür.

»Nach *dir*«, sagte er mit einer ironischen Verbeugung und folgte Micheline auf den Korridor.

Unten legte Andrew ihre Hand in seine Armbeuge und führte sie in den Salon, wo Rupert Topping allein an einem Tisch saß, der für drei gedeckt war.

Micheline hätte am liebsten laut gelacht, zwang sich aber zu einem Lächeln. War es möglich, daß diese dünne, bläßliche, frettchengesichtige Person ein Blutsverwandter von Andrew war? Der junge Mann, der dümmlich lächelnd auf sie zukam, war kaum größer als sie selbst, hatte strähniges, dünnes Haar, kleine, nervöse Augen, lange Zähne, ein fliehendes Kinn und schmale Schultern. Er trug eine schlechtsitzende Jacke aus apfelgrüner Seide, eine Wams aus Goldstoff, Ringe, Halsketten, Ärmelspangen und mit Rubinen besetzte Strumpfbänder unterhalb der knochigen Knie. Seine großen Füße in spatenförmigen Schuhen zeigten nach außen, wenn er ging.

»Sandhurst! Du bist zu Hause! Alle waren sehr besorgt um dich! Wo bist du gewesen?« rief er, als er mit ausgestreckten Armen auf Andrew zuging.

Andrew hielt ihm die Hand hin, um die brüderliche

Umarmung zu vermeiden, die Rupert suchte. »Hallo, Rupert. Darf ich dir Madame Micheline Tevoulère, meine zukünftige Frau, vorstellen?«

»Was?! Habe ich richtig gehört? *Frau*?« Mit einem hysterischen Lachen wandte er sich an Micheline. »Bongschur! Ha, ha, so sagt man doch in Frankreich, was? Ja, ja, ich muß sagen, das *ist* eine Überraschung!«

Irgendwie gelang es Micheline, zu lächeln: »Es ist mir ein Vergnügen, Sie kennenzulernen, M'sieur Topping!«

»Donnerwetter!« sagte Rupert und guckte Sandhurst an. »Sie spricht englisch! Gut gemacht, alter Junge!« Er drehte sich um, griff mit seinen verschwitzten Fingern nach Michelines Hand und küßte sie schmatzend. »Nichts mit diesem Miss-jöh unter uns! Ich gehöre immerhin zur Familie! Du mußt mich Rupert nennen, und ich sage zu dir Micheline.«

»Wie süß von dir, Ru-pähr!«, erwiderte Micheline, die sich diese kleine Boshaftigkeit nicht verkneifen konnte.

Er starrte sie an, lachte nervös auf. »Vielleicht solltest du noch ein bißen üben, Micheline. In England sagen wir Ru*pert.*«

Am liebsten hätte Andrew den Raum sofort wieder mit Micheline verlassen, aber die Dienstboten traten mit Platten voller Speisen ein. »Ich habe einen Heißhunger«, sagte er. »Setzen wir uns.«

Sie nahmen ihre Plätze ein, Sandhurst am Kopf des Tisches, Micheline und Rupert rechts und links neben ihm. Wein wurde ausgeschenkt, dann gab es einen Eintopf aus Muscheln und Fenchel mit Klößen.

»Wie anders das Essen hier ist!« meinte Micheline nach ihrem ersten Biß in einen Kloß. »Es schmeckt mir!«

Sandhurst lächelte liebevoll. Ihr hellbraunes Haar, dem die Sonne goldene Glanzpunkte aufsetzte, fiel herab und unrahmte ihr unvergleichlich schönes Gesicht. Am besten gefiel ihm im Augenblick jedoch ihre rechte Wange, die sich wölbte, weil sie den Kloß nicht hinunterschlucken konnte.

»Du siehst bezaubernd aus!« kicherte er. »Versuch, den Happen hinunterzukriegen, Liebes, und dann rate ich dir zu einer etwas weniger abenteuerlichen Annährungsweise an Nahrungsmittel, die du nicht kennst. Du darfst nicht erwarten, daß du an einem Tag zur Engländerin wirst!«

Die Zuneigung, die sie in Sandhursts Augen lesen konnte, ließ Micheline schwindelig werden. Sie vergaß alles andere, schluckte den Kloß mit Leichtigkeit, merkte dann, was passiert war, und stimmte in sein Lachen ein.

»Willst du sagen, daß es in Frankreich keine Klöße gibt?« Rupert schien ob dieser Möglichkeit wirklich erschüttert zu sein. »Ein Glück, daß ich Reisen hasse! Ich könnte ohne meine Klöße nicht leben!«

In Erinnerung an den nervtötenden Akzent in seinem Französisch wollte Micheline eigentlich sagen, daß seine mangelnde Bereitschaft, sein Heimatland zu verlassen, auch ein Glück für Frankreich war, aber sie hielt ihre Zunge im Zaum.

Sandhurst warf seinem Halbbruder einen scharfen Seitenblick zu. »Das erinnert mich. Warum bist du *hier*, Rupert? Du hättest wirklich nicht den weiten Weg von Yorkshire machen müssen, nur um mich zu besuchen.«

Ein Salat aus Bürzelkraut, Estragon und Brunnenkresse wurde serviert, dann folgten frische rosa Garnelen und Hecht mit Stachelbeersoße. Rupert probierte alles, bevor er antwortete: »Ich würde jeden Weg auf mich nehmen, um dich zu besuchen, Sandhurst! Das weißt du!

Ich würde jede Entfernung überwinden, jede Härte ertragen, wenn das bedeuten würde, daß ...«

»Ich weiß, ich weiß. Erspar mir den Diskurs über deine verwandtschaftliche Ergebenheit und sag mir, warum du in London bist.«

»Naja, naja ...« Rupert rutschte unbehaglich auf dem Stuhl hin und her und warf einen Blick auf Micheline. »Weißt du, der Herzog, unser Vater, hat mich nach Süden geschickt, damit ich herausfinde, was mit dir passiert ist. Er war recht besorgt, daß du vielleicht ... hm ... aus dem Hühnerstall entwischt bist, wenn du verstehst, was ich meine.«

»Wunderbar. Jetzt kannst du nach Schloß Aylesbury zurückkehren und dem Herzog berichten, daß ich nur nach Frankreich ›entwischt‹ bin. Ich wollte Madame Tevoulère kennenlernen, bevor ich sie zu lebenslangem Kerker in meiner Gesellschaft verurteile. Zu meinem Glück scheint die Dame mich genug zu mögen ...« – an dieser Stelle lachte Micheline leise und berührte seine Wange – »... und wir sind beide froh, daß das, was eine arrangierte Sache sein sollte, nun eine Liebesheirat wird.« Sandhurst aß von den Garnelen, dann fügte er trocken hinzu: »Ich bin sicher, daß Vater sehr erleichtert und erfreut sein wird, wenn er erfährt, wie glücklich ich mit dem Arrangement bin.«

»O ja, ich bin sicher, das wird er sein!« Rupert nickte nachdrücklich. »Er hat wegen dieser Angelegenheit schrecklich viel gegrübelt und sich ausgemalt, wie du dir etwas ausdenkst, um alle seine Pläne zu durchkreuzen. Aber ich habe alles getan, um ihn zu beruhigen, wie du ja sicher weißt! Ich habe mich immer auf deine Seite gestellt, Sandhurst, weil du ja nie da warst, um dich selbst zu verteidigen.«

»Ich habe dir schon einmal gesagt, daß es mir lieber wäre, wenn du das nicht tätest.«

»Bei Gott, ich werde so glücklich sein, wenn die Fastenzeit vorüber ist!« rief Rupert aus. »Fisch, Fisch, Fisch! Nicht, daß du keinen guten Koch hättest, Sandhurst, aber mir wird übel bei dem Zeug. Der Wildhüter im Schloß brachte letzte Woche ein prachtvolles Stück Rotwild, und uns allen lief vor Vorfreude das Wasser im Munde zusammen.«

»Hmmm.« Die Blicke von Micheline und Andrew trafen sich, und seine Augenbrauen zitterten fast unmerklich.

Ein Serviermädchen brachte eine Schüssel mit Spinat-Krapfen, von denen Micheline zögernd einen probierte. Dabei entdeckte sie, daß es sich dabei um eine Mischung aus Spinat, Brotkrumen, Ei und Korinthen handelte, die mit Ingwer und Zimt gewürzt war.

»Das schmeckt sehr gut!« Als Sandhurst sie mit zweifelnder Belustigung ansah, kicherte sie. »*Vraiment*! Das heißt, *wirklich*! Ich mag dieses Gericht sehr gern!

»Wenigstens ist es kein Fisch!« warf Rupert ein.

Auf der Suche nach einem erträglichen Gesprächsthema fragte Andrew: »Wie geht es meiner Schwester Cecily?«

»Ihre Gesundheit ist bestens.« Plötzlich beschäftigte er sich intensiv mit seinem halb gegessenen Hecht.

»Und sonst?«

»Naja, naja, du weißt, daß ich nicht gern Geschichten erzähle, aber ich muß sagen, daß Cecily in letzter Zeit keine sonderlich angenehme Gesellschaft war. Patience, die zweifellos gutmütig ist, wie du dich erinnern wirst, hat versucht, unsere Schwester für deine bevorstehende Hochzeit zu interessieren, doch das Mädchen läuft weiterhin schmollend durch das Schloß. Ich muß sagen, sie hat deiner Sache bei dem Herzog nicht genützt, Sandhurst, denn Cecily behauptet weiterhin, daß du nicht heiraten wirst. Sie sagt, daß du damit nichts zu tun haben willst und über die ganze Situation sehr wütend bist.« Er wurde unter Andrews kalten Blicken rot und räusperte sich. »War wohl nicht ganz taktvoll von mir, was? Entschuldigung, Micheline.«

Diese schenkte ihm ein bezauberndes Lächeln. Das Abendessen war für sie zu einer unterhaltsamen Komödie geworden, und nichts konnte ihre Belustigung stören.

»Nur Mut!« beruhigte Rupert sie. »Es gibt mindestens einen Menschen auf Schloß Aylesbury, der nett zu dir sein wird, und das ist meine liebe Frau Patience. Sie hat bereits begonnen, ihr Hochzeitskleid zu lüften, falls du aus Frankreich keins mitgebracht hast.«

»Wir werden das Kleid von Patience *nicht* brauchen«, erklärte Sandhurst kategorisch.

Mit beleidigtem Blick versuchte Rupert, sein nicht vorhandenes Kinn vorzustrecken. »Sie möchte nur helfen.« Er schmollte.

»Bitte, sag deiner Frau, daß ich ihr freundliches Angebot zu schätzen weiß«, sagte Micheline. Dieser Bursche war ein Trottel, aber offensichtlich konnte er nicht anders. Sie wünschte sich, Andrew würde seine Verachtung nicht ganz so deutlich erkennen lassen, wenigstens nicht in Ruperts Anwesenheit!

Kandierte Orangen und grüne, in kochenden Sirup getauchte Zuckerwalnüsse schlossen die Mahlzeit ab. Nach einer Weile schlug Sandhurst vor, ihren gewürzten Wein im Garten zu trinken.

»Ich nehme an, du willst heute nachmittag wieder auf dem Rückweg nach Yorkshire sein, Rupert«, sagte er, als sie in der Sonne saßen. Micheline zuckte bei seiner Ungezogenheit leicht zusammen.

»Ich dachte, ich gehe erst noch nach Hampton Court. Der Herzog wollte, daß ich König Heinrich die Nachricht von deiner Rückkehr zukommen lasse.«

»Mach dir nicht die Mühe. Ich habe vor, mit Micheline in den nächsten ein oder zwei Tagen hinzugehen, und ich werde selbst mit dem König sprechen.«

Rupert sah seinen Halbbruder an und wollte schon protestieren, als er gerade noch rechtzeitig sah, wie der verräterische Muskel an seinem Kinn sich spannte. »Na, gut. Ich wollte dir die Mühe nur abnehmen.«

»Ich habe es dir immer wieder gesagt, aber du scheinst es nicht zu kapieren.« Sandhurst blieb auf dem Weg stehen und sah den kleineren Mann hart an. »Es ist *mein* Leben, Rupert. Ich kümmere mich selbst um meine Angelegenheiten und regele sie, wie es mir richtig erscheint, ob es nun um meinen Vater, den König oder meine Ehe geht, und ich würde es zu schätzen wissen, wenn du deine Aufmerksamkeit auf *dein* Leben richten würdest!«

Einen Augenblick lang befürchtete Micheline, Rupert würde anfangen zu weinen. Sein Kinn zitterte, als er mit einem Kopfnicken antwortete, dann blickte er auf den Fluß hinunter. Sie merkte, daß sie ihn genauso bedauerte, wie sie Kinder bedauerte, deren Fröhlichkeit von hartherzigen Eltern gedämpft wurde. Sie wünschte sich, daß sie Andrew in seiner Haltung Rupert gegenüber ein wenig milder stimmen könnte, aber er ging den Weg zum Fluß hinunter, entfernte sich von ihnen, und die angespannte Haltung seiner Schultern sagte ihr, daß er nicht nachgeben würde.

Im nächsten Augenblick schien Rupert die Unfreundlichkeit vergessen zu haben. »Sieh mal!« rief er mit schriller Stimme und zeigte flußabwärts. »Das ist die neue Barke von Anne Boleyn!« Vor Aufregung darüber, daß er etwas wußte, von dem Sandhurst keine Ahnung hatte, beeilte er sich, Informationen zu liefern. »Weißt du, sie gehörte immer Königin Katharina, Heinrichs erster Gemahlin. Wie ich hörte, war Anne so wütend, daß Katharina ihre neue Position als königliche ›Witwe‹ nicht akzeptieren wollte, daß sie ihrem Kammerherrn befahl, Katharinas Barke auf der Themse zu kapern. Der König wußte nichts davon! Anne erteilte Anweisung, das Wappen der Königin zu entfernen, und dann wurde die Barke mit *Annes* heraldischen Farben geschmückt – blau und purpurrot. König Heinrich gestand ihr ein eigenes Wappen zu, und wie ich höre, das ist jetzt an der Barke angebracht. Lieber Himmel, wie aufregend! Kannst du sie überhaupt sehen? All das passierte in den letzten beiden Tagen. London *schwirrt* von Gerüchten!«

Micheline schützte ihre Augen gegen die Sonne und versuchte, einen Blick auf die Insassen der Barke zu erhaschen, als diese an Weston House vorbeifuhr. Das Schiff war voller Dienstboten in Annes blauroter Livree, die einzige Frau an Bord saß im Schatten. Plötzlich stand sie auf und winkte Sandhurst zu.

»*Donnerwetter*! Das war Anne Boleyn persönlich!« rief Rupert. »Das habe ich fast vergessen. Du kennst sie ganz *gut*, Bruder, nicht wahr?«

»Wir sind miteinander bekannt.«

Micheline fühlte einen scharfen Stich der Eifersucht, als er Anne Boleyn mit erhobener Hand grüßte. Aus der Entfernung wirkte die Marquise von Pembroke sehr attraktiv. Juwelen glitzerten in ihrem dunklen Haar, ihre Figur konnte sich sehen lassen, und sie zeigte ein hübsches Lächeln, das auf Micheline eindeutig kokett wirkte.

Als Andrew das Lächeln erwiderte, wurde der Stich in ihrem Herzen schärfer.

»Stimmt es, daß Anne und der König im Januar heimlich geheiratet haben? Ich habe in Frankreich keine Bestätigung dafür gehört«, sagte Andrew.

»O ja, das ist inzwischen allgemein bekannt«, berichtete Rupert selbstgefällig. »Es heißt, sie sei guter Hoffnung.«

»Daran zweifle ich nicht«, warf Micheline ein.

Voller Überraschung sah Sandhurst auf sie hinab und beobachtete, wie ihre Wangen rote Flecken bekamen. Es dämmerte ihm, wie es um sie stand, und er legte den Arm um sie. Sie kuschelte sich glücklich an seine Brust und hoffte, daß Anne Boleyn sie immer noch beobachtete.

Während ihm der Duft ihres Haars in die Nase stieg, sagte Andrew zu seinem Halbbruder: »Du machst dich besser auf den Weg, Rupert, wenn du das Tageslicht nutzen willst.«

»Ja, natürlich. Ich gehe jetzt. Da fällt mir ein, habe ich nicht Lady Dangerfield weggehen sehen, als ich um die Mittagszeit hier eintraf?« Er versuchte, Andrew verschwörerisch zuzublinzeln. »Ich wette, sie ist die erste Person, die keine Glückwünsche aussprach, als sie von deiner bevorstehenden Eheschließung erfuhr – auch wenn sie in London natürlich nicht die einzige Dame mit gebrochenem Herzen ist, was?«

Sandhurst schloß seine Augen für einen Moment und schluckte einen Kraftausdruck hinunter. »*Auf Wiedersehen*, Rupert!«

Micheline spürte, daß dies nicht der Zeitpunkt war, um mit Andrew über Rupert zu reden, und sie erkannte, daß er diese Störung des Hausfriedens durch seinen Halbbruder vergessen wollte. Sie hielt es für richtiger, ihn anzusprechen, wenn ein paar Tage vergangen waren und seine Verärgerung nur noch eine Erinnerung war.

Am Nachmittag ritten sie aus. Sandhurst führte sie durch die Straßen von London; sie waren so eng und verstopft von so vielen Wagen, Mist-, Hand- und Lastkarren, daß die beiden manchmal überhaupt nicht vorankamen. Der Strand mit den Häusern der Reichen war so schön, daß Micheline auf den Schmutz und das Gedränge im Inneren der Stadt ziemlich unvorbereitet war, aber sie sah das alles als ein Abenteuer. Solange Andrew neben ihr war, wurde jeder Augenblick zum Abenteuer.

Cheapside war eine der wenigen breiten Straßen Londons und gleichzeitig der Standort des größten Marktes in der Stadt. Wie in einem Kaleidoskop aus Farben und Geräuschen standen Leute vom Land dicht gedrängt hinter aufgebockten Tischen mit ihren Körben voller Waren. Es gab alles, von Butter und Eiern bis hin zu Stör und Garnelen. Micheline war fasziniert von dem Stimmengewirr, wenn sich Käufer und Verkäufer über Preis und Qualität der Ware stritten.

Sandhurst kaufte ihr eine hübsche Schachtel Konfekt mit einem Bild von London auf dem Deckel, dann machten sie kehrt und schlugen langsam den Rückweg nach Weston House ein. Als sie wieder in ihrer Straße waren, fragte er sie jedoch, ob sie Lust auf einen richtigen Ritt hätte. Micheline bejahte sofort, und sie ritten weiter aufs Land unterhalb von Charing Cross hinaus.

Nach kurzer Zeit sahen sie einen prachtvollen Palast am Flußufer, und auf unendlich großen Flächen auf der anderen Seite der öffentlichen Durchgangsstraße waren neue Gebäude errichtet worden.

»Das ist Whitehall-Palace«, erklärte Andrew. »Er war der Sitz von Kardinal Wolsey, aber vor fünf Jahren hat er ihn dem König geschenkt. All das« – er zeigte auf die Ansammlung von Galerien, Türmen, Unterkünften und Hallen – »ist seitdem gebaut worden.«

»Warum hat der Kardinal einen so prachtvollen Sitz aufgegeben?«

»Ach, das war nicht das erstemal. Auch Hampton Court hat einmal Wolsey gehört. Allerdings machte er Whitehall dem König zu einem Zeitpunkt zum Geschenk, als er schon nicht mehr in der Gunst des Monarchen stand. Der König erwartete von ihm, daß er seine Scheidung von Katharina von Aragón erfolgreich betrieb, und als das nicht gelang, war das Wolseys Niedergang.«

»Mußte er in ... den Tower?« Micheline hatte entsetzliche Geschichten über diesen Ort gehört. Es hieß, daß jeden ein grausames Schicksal ereilte, der in den Tower von London geworfen wurde. Und englische Könige konnten aus einer Laune heraus Männer in seine Verliese verbannen.

»Nein, aber ich bin sicher, er wäre dort gelandet. Doch er ist vorher gestorben.«

Ein Schaudern rann über Michelines Rücken. »Das scheint eine harte Strafe für etwas zu sein, das vielleicht gar nicht in der Macht des Kardinals stand. Ich meine, der Papst trifft doch die endgültige Entscheidung, oder nicht?«

»Du hast recht, Liebes, aber es war mehr als nur die nicht geglückte Scheidung, was Wolsey in Ungnade fallen ließ. Weißt du, es wimmelt nur so von Intriganten am königlichen Hof. Der Kardinal war ein raffinierter, mächtiger Mann, der sich viele Feinde machte – und vermutlich hatte er sie auch verdient.« Er fuhr sich mit der Hand durch sein glänzendes Haar und lächelte grimmig. »Sei es, wie es ist. Ich habe mit den Machenschaften am Hof von König Heinrich nie engere Bekanntschaft gemacht. Ich halte mich so weit wie möglich fern, das gefällt mir besser.«

»Gut.« Als sie unter einer der kürzlich erbauten Brükken hindurchritten, die den alten Palast mit den neuen Flügeln verbanden, streckte Micheline die Hand nach Andrew aus, und er ergriff sie fest. »Ich habe mich in Fontainebleau nie wohl gefühlt. Ich mag ein gemütliches Heim ... und die Gesellschaft von den wenigen Menschen, die ich liebe und denen ich vertraue.«

»Da sind wir einer Meinung.« Sandhurst lächelte, als er sagte: »Die Dämmerung zieht herauf. Warum kehren wir nicht in mein schönes *gemütliches* Heim zurück und befassen uns ein bißchen genauer mit Menschen, die wir lieben und denen wir vertrauen?«

Kapitel 23

4.–6. April 1533

Andrew und Micheline nahmen ein leichtes Abendessen zu sich, dann hielten sie sich in der Bibliothek im ersten Stock auf. Berge von Briefen und fälligen Rechnungen warteten auf Sandhursts Schreibtisch, also setzte er sich hin, um Geschäftliches aufzuarbeiten, während Micheline in den Bücherregalen stöberte.

»Eine wunderbare Sammlung!« rief sie aus.

Andrew schaute auf und lächelte geistesabwesend. »Ich freue mich über deine Meinung. Die Bibliothek in

Sandhurst Manor ist noch umfangreicher, und vielleicht sollte ich dir nicht erlauben, sie zu betreten.«

Erschreckt wirbelte sie herum. »Warum *nicht*?«

»Es könnte ja sein, daß du dich in den Büchern vergräbst und deinen Ehemann vergißt.«

Micheline errötete unter Andrews strahlendem Blick. »Irrtum, mein Herr. Das kann *nicht* geschehen, wenn Sie der fragliche Ehemann sind.«

»Ich glaube durchaus, daß ich dieser Ehemann bin. Es sei denn, du überlegst es dir noch einmal angesichts der Tatsache, so einen Menschen wie Rupert in der Verwandtschaft zu haben.« Andrew erwähnte Ruperts Namen nur, um das Thema Schlafzimmer zu vermeiden. Das Verlangen war da, selbst wenn keiner von beiden auch nur ein Wort gesagt hatte, und die Versuchung war groß. Andererseits mußte sich Andrew endlich um einen Stapel lange vernachlässigter Geschäftssachen kümmern.

»O nein, ich kann Rupert ertragen«, antwortete Micheline. »Ich werde mit deiner Familie bestimmt gut zurechtkommen, denn meine eigene ist alles andere als vollkommen. Ich muß allerdings sagen, es *ist* schwer zu begreifen, daß es ein und derselbe Mann war, der dich und Rupert gezeugt hat!«

Er erbrach das Siegel eines Briefes auf und lächelte. »Ich nehme das als ein Kompliment.«

Micheline wollte gern noch ein bißchen bei dem Thema Rupert bleiben und sagte: »Eigentlich tut er mir ziemlich leid. Er scheint es gut zu meinen. Ich verstehe durchaus, daß er dich reizt, aber irgendwie finde ich, daß ...«

»Schatz, zu jedem anderen Zeitpunkt würde ich gern mit dir plaudern, aber jetzt muß ich wirklich die Korrespondenz hier durchsehen. Sie ist immerhin zwei Monate lang liegengeblieben.«

»O natürlich. Tut mir leid.«

Sandhurst schien das schon nicht mehr zu hören. Micheline beobachtete ihn eine Weile und versenkte sich in den Anblick seines ernsten, von Kerzenlicht beleuchteten Gesichts. Auf den Wangenknochen und der festen Linie seines Kinns spielten Schatten. Von Zeit zu Zeit fuhr er sich mit den Fingern durch das zerzauste Haar, oder er legte die Schwanenfeder an den Mund, bevor er eine Eintragung in seinem Hauptbuch vornahm.

Die Bücher! Micheline wandte sich ihnen wieder zu. Ein helles Feuer loderte in dem weißen gemauerten Kamin, und in den Wandleuchtern an jedem der senkrechten Balken zwischen den Bücherborden brannten Bienenwachskerzen und gaben Micheline genug Licht, um die Titel lesen zu können.

Da standen Bücher zu jedem Thema: Philosophie, Sprachen, Sprichwörter, Geographie, Medizin, Chemie, Botanik und Geschichte. Zusätzlich entdeckte sie Bände mit Gedichten, Liedern, Biographien, Dramen, sogar Romanen. Viele Bücher hatte sie bereits gelesen und wußte, daß es englische Übersetzungen gab, doch Andrew hatte hier die Originalausgaben.

»Tut mir leid, daß ich dich störe«, sagte sie, nachdem ungefähr eine Stunde vergangen war, »aber ich bin so neugierig! Hast du sie alle gelesen?«

»Hmm? Oh, ja, natürlich. Die meisten dieser Bücher sind Duplikate von meinen Lieblingsbüchern aus der Bibliothek in Sandhurst Manor«, sagte er, ohne aufzublikken.

Micheline war beeindruckt. Ihre Gedanken gingen zurück zu der Nacht, die sie in Königin Eleonores Haus verbracht hatten. Damals hatte sie zu ihrem Erstaunen erfahren, daß der Mann, den sie von niedrigem Stand hielt, zur Schule gegangen war. Jetzt stellte sich heraus, daß Sandhurst nicht nur in Oxford gewesen war, sondern offensichtlich auch aus eigenem Interesse viel gelernt hatte. Beide verfügten über einen wachen, neugierigen Verstand, und das war eine wichtige Gemeinsamkeit.

Eine weitere Stunde verging. Micheline setzte sich auf einen Stuhl am Feuer und sah den hohen Stapel Bücher durch, die sie aus den Regalen genommen hatte, um zu entscheiden, welches sie als erstes lesen wollte. Ein Roman aus dem 15. Jahrhundert, *Chevalier Délibré* von Olivier de la Marche, erregte ihr Interesse. Als sie den französischen Text durchblätterte, entdeckte sie einen Holzschnitt, der den Ritter vor einem Schloß zeigte. Auf den Befestigungen standen Frauen, während unten ein junger Mann mit traurigem Gesicht die Zügel vom Pferd des Ritters hielt. Unter der Miniatur stand der Text: »Wie der Handelnde vom Weg abkam und den Palast der Liebe erreichte, in den ihn das Begehren einlud, während ihn die Erinnerung zurückhielt.«

Micheline lächelte. Noch vor weniger als zwei Wochen hatte sie vor demselben Dilemma gestanden wie der Chevalier Délibré. Gott sei Dank, daß sie die richtige Wahl getroffen hatte!

Angenehm schläfrig, schloß sie für einen Moment die Augen, um sie kurze Zeit später wieder zu öffnen, als Sandhurst neben ihrem Stuhl kniete und die pulsierende Ader an ihrem Hals küßte.

Michelines Herz tat einen Sprung. »Ich ... ich muß eingeschlafen sein!«

Er schenkte ihr ein unwiderstehliches Lächeln. »Du bist schön, wenn du schläfst. Verletzlich ... weich ...«

Seine Finger liebkosten ihre Wangen und ihren Nacken. »Warm ... und duftend ...«

»Du mußt deine Arbeit beenden!« konnte Micheline ihn noch necken, aber da wanderte sein Mund schon zu ihren Brüsten.

»Ist für heute erledigt.«

Andrews warme, erfahrene Lippen schickten wahre Feuerströme durch ihren Körper. Sie sehnte sich danach, ihr Gesicht in seinem Haar zu vergraben, ihn zu berühren, sich vollkommen hinzugeben, aber an diesem Morgen hatte sie eine Entscheidung getroffen, an die sie sich auch halten wollte.

»Ich bin schrecklich müde, Andrew. Es war ein langer, aufregender Tag und ...«

»Du bist reif fürs Bett«, ergänzte er. »Ich auch. Mehr als reif.«

Er half Micheline auf und guckte etwas erstaunt, als sie das Buch mitnahm, das ihr vom Schoß geglitten war. Hand in Hand machten sie einen Rundgang durch die Bibliothek, löschten die Kerzen und betraten dann den Korridor. Als Sandhurst vor einer Tür stehenblieb, täuschte Micheline Überraschung vor.

»Das ist nicht mein Schlafzimmer!«

»Ich dachte, du würdest gern einmal sehen, wo Lady Sandhurst schlafen wird«, sagte er leise.

»Mit Lord Sandhurst?«

Andrew lachte vor sich hin und öffnete die Tür. »So stell ich mir das eigentlich vor, Liebes.«

Micheline sah ein Zimmer, daß noch geräumiger und prachtvoller war als das ihre. Schön geschwungene Fenster nahmen fast die gesamte Südwand ein, die auf die Themse hinausging. Vor den Fenstern stand eine Gruppe von Stühlen. Die Wände waren mit goldfarbener Eiche getäfelt und nur von einem Kamin aus Backsteinen unterbrochen. Auf dem Boden lagen Teppiche, und es gab wunderschön geschnitzte Kommoden und Truhen, aber der Mittelpunkt des Raums war ein riesiges Bett mit taubengrauen Vorhängen, die mit blauen Stickereien verziert waren. Die Decken waren ordentlich zurückgeschlagen und gaben den Blick auf dicke, einladende Kissen und ein Daunenbett frei. Michelines Augen wanderten zu dem Tisch neben dem Bett, auf dem eine Kerze, eine kleine Vase mit Krokussen, eine Weinkaraffe und zwei venezianische Glaspokale standen.

»Wäre es da drinnen nicht bequemer für dich? Dieser Korridor ist ziemlich zugig.« Sandhursts Andeutung war unmißverständlich.

Micheline schluckte und dachte an ihren Entschluß. »Ich werde gern hineingehen, und ich werde gern unendlich viele Tage mit dir in diesem wundervollen Bett verbringen, wenn ich Lady Sandhurst bin.« Sie griff nach seiner warmen, starken Hand und schaute zu ihm auf. »Ich habe über das nachgedacht, was du vor zwei Nächten zu mir in der Herberge gesagt hast, und ich habe eingesehen, daß du recht hast. Unser nächster Liebesakt wird in unserer Hochzeitsnacht stattfinden.«

»Aber ich habe das doch nur gesagt, weil du noch nicht wußtest, wer ich bin. Ich fand, ich war sowieso schon viel zu unehrlich gewesen, ohne ...«

»Tatsache bleibt, daß du recht hast, Andrew«, sagte sie mit fester Stimme.

»Ich bin ein *Narr*!« Er schloß die Augen, als ob er Schmerzen hätte, und murmelte: »Eines Tages werde ich es lernen, den Mund zu halten.«

»Schmoll nicht!« schalt Micheline liebevoll. »Du bist ein starker Mann, du kannst ein paar Wochen warten.«

In Erinnerung daran, wie sie sich geliebt hatten, Sandhurst aufstöhnen. »Ja, ich bin ein Mann ... genau da liegt das Problem!«

»Gehst du mit mir bis zu meiner Tür und gibst mir einen Kuß zur guten Nacht?« schmeichelte sie.

»Ah, ich verstehe! Du willst mich während dieser erzwungenen Enthaltsamkeit quälen!«

Micheline lachte und führte ihn den Korridor hinunter. Vor ihrer Tür drehte sich sich um, streckte die Arme aus und schlang sie um seinen Hals. Auch für sie war es eine Qual, als er sie an seinen starken Körper zog und ihre Lippen sich fanden. Der Druck seines Mundes, der Geschmack und das Gefühl seiner Zunge und die deutlichen Beweise seiner Erregung, die sie selbst durch die Stoffschichten ihres Kleides und ihrer Unterröcke spürte, ließen sie in seiner Umarmung zittern. Sie küßten sich eine Ewigkeit, bis Michelines die Kraft und die Sinne schwanden und sie nur noch wildes Begehren spürte.

Schließlich wanderten seine Lippen weiter und verbrannten ihren Hals, ihr Ohr, und er flüsterte: »Es ist *lächerlich*. Ich verspreche, dir zu verzeihen, wenn du deine Meinung änderst.«

Beinahe hätte Micheline nachgegeben, schaffte es aber irgendwie, standhaft zu bleiben. »Du wirst es mir in deinem Hochzeitsbett danken«, murmelte sie.

Mit einem tiefen Seufzer gab Andrew sie frei und trat einen Schritt zurück. »Vielleicht – wenn ich dann noch *lebe*!«

Zwei Tage später stand Micheline morgens sehr früh auf, um sich auf ihre Fahrt nach Hampton Court vorzubereiten. Sie war schrecklich aufgeregt, aber auch ziemlich beklommen. König Heinrich, Anne Boleyn und der englische Hof waren ihr völlig unbekannt. Was, wenn die Leute sie nicht mochten, weil sie Französin war oder weil sie etwas Falsches sagte? Andrew wollte zwar wenig Kontakt mit dem Königshof haben, aber er war nun einmal ein Graf und würde eines Tages Herzog sein – und, so Gott wollte, sie seine Frau.

Was der kleinen Mary, ihrem Mädchen, an Geschicklichkeit noch fehlte, machte sie durch Begeisterung und Einsatz wett. Sie bereitete ein kostbar parfümiertes Bad vor und wusch Micheline das Haar so gründlich, als wollte sie nie wieder aufhören. Irgendwann meinte Micheline, nun sei es wirklich genug. Mary half ihrer Herrin beim Ankleiden, und ihre überschwenglichen Komplimente versetzten Micheline in gute Laune. Die Kleine lobte unermüdlich jede Farbe, jedes Band und jedes Schmuckstück, das Micheline ausgewählt hatte.

Die Entscheidung war schwierig gewesen. Schließlich hatte sie am Abend zuvor Sandhurst um seine Meinung gebeten, und zu ihrer großen Erleichterung hatte er ihre Wahl ohne jede Einschränkung akzeptiert. Das Kleid, das Micheline jetzt für ihren ersten Auftritt beim englichen König anzog, war aus weichem, frühlingsgrünem Samt und in der Mitte geteilt. Dort kam ein blaßgelber Seidenunterrock zum Vorschein. Die Puffärmel mit den goldenen und gelben Bändern hatten Schlitze, aus denen gelbe Seide hervorblitzte. Das goldbestickte und mit Smaragden besetzte Oberteil mit dem rechteckigen Ausschnitt betonte ihre hohen Brüste. Ein Gürtel aus feinem Filigrangold gab dem Kleid den letzten Pfiff.

Mary half Micheline, das glänzende Haar zu frisieren, das sie in der Mitte teilte, und legte ihr dann ein goldenes, mit Smaragden besetztes Stirnband an. Ihre irisblauen Augen, die bei all der Aufregung noch lebhafter als sonst funkelten, bildeten einen interessanten Kontrast zu den anderen Farben.

Sie hatte gerade zwei dünne Halsketten aus Gold angelegt und sich umgedreht, um ihr Erscheinungsbild im Spiegel zu überprüfen, als es an der Tür klopfte.

»Es ist Zeit zu gehen«, sagte Micheline nervös. »Das muß Andrew sein.«

Mary öffnete die Tür, um Lord Sandhurst einzulassen, und als er sich schweigend verbeugte, entfernte sie sich eiligst. Micheline, die am anderen Ende des Zimmers im Sonnenschein stand, sah unglaublich schön und bezaubernd kokett zugleich aus.

»Ich habe schreckliche Angst!« ließ sie Andrew wissen.

Sandhurst ging zu ihr durch den Raum und liebkoste mit dem Handrücken ihre geröteten Wangen. »Sei nicht albern. Du siehst betörend aus, und ich bin überzeugt, du wirst großen Erfolg haben. Meine einzige Sorge ist, daß der König sich wahnsinnig in dich verliebt und beschließt, daß er dich und nicht Anne heiraten will.«

»Ich fürchte, ich würde ihn abweisen müssen«, antwortete sie und lächelte bei der Vorstellung einer solchen Szene. »Und um unsere Köpfe zu retten, müßten wir beide dann fliehen und versteckt als Bürgerliche leben. Wir könnten den Namen Selkirk annehmen.«

»Du wärst lieber Mistress Selkirk als die Königin von England?«

»Allein der Gedanke, daß ich eine solche Entscheidung treffen müßte, bringt mich zum Lachen, Mylord«, antwortete Micheline, »denn keine Königin der Welt hat dich zum Mann.«

Sie schenkte ihm ihr strahlendstes Lächeln, das noch heller als die Sonne zu sein schien, und sein Herz floß über vor Liebe. »Was habe ich doch für ein Glück«, flüsterte er.

»Auch hier sind wir einer Meinung.«

Andrew küßte sie zärtlich und merkte mit Erstaunen, wie stark die Anziehungskräfte zwischen ihren Körpern waren.

»Ich habe dir ein Geschenk mitgebracht«, murmelte er schließlich. »Sei ein braves Mädchen und dreh dich um.«

Auch wenn Micheline ihn lieber noch länger geküßt hätte, gehorchte sie. Im Spiegel sah sie, wie seine gebräunten Finger ihr eine wunderschöne Kette aus Diamanten und Smaragden umlegten.

»Oh, ist die prachtvoll! Etwas so Großartiges und Kostbares habe ich doch gar nicht verdient«, protestierte sie.

»Sie gehörte meiner Mutter. Als zukünftige Herzogin von Aylesbury wirst du alle ihre Juwelen bekommen, Michelle.«

»Ich sollte sie erst tragen, wenn wir verheiratet sind!«

»Fällt dir noch etwas ein, das erst sein darf, wenn wir verheiratet sind? Das wird inzwischen langweilig«, sagte Sandhurst trocken. »Diese Halskette hat meine Mutter mir gegeben, und ich mache sie dir zum Verlobungsgeschenk.«

Zögernd hob Micheline ihre Hand und berührte erst die Edelsteine, die kühl an ihrem Hals lagen, dann Andrews warme Hände.

»Danke.«

Er lächelte. »Laß uns gehen. Das Boot wartet, und die Zeit rast.«

Als Sandhurst den Raum durchquerte, um ihr die Tür zu öffnen, sagte Micheline plötzlich: »Wie gut du aussiehst! Es war selbstsüchtig von mir, das nicht sofort zu bemerken!«

Als er sich noch für Andrew Selkirk ausgab, hatte Micheline ihn nie so elegant gekleidet gesehen, und dennoch wirkte er von Kopf bis Fuß männlich. Sandhurst trug eine eng ansitzende Weste aus schwerem blauem Samt, die sparsam mit Goldfäden bestickt und mit Diamanten und Rubinen besetzt war. Aus dem modisch hohen Kragen schauten die Falten einer weißen Halskrause heraus. In den kleinen Schlitzen an beiden Ärmeln und der Kniehosen zeigte sich weiße Seide, und unterhalb seines linken Knies trug Sandhurst ein goldenes Hosenband, das mit einem Rubin, einem Saphir und einem Diamanten besetzt war.

Er lehnte es immer noch ab, seine Hände mit schweren Juwelen zu schmücken, und trug nur den schlichten Saphirring. Micheline war auch nicht überrascht zu sehen, daß er keine Federkappe trug. Sein von der Sonne vergoldetes Haar hatte er lässig aus dem Gesicht gebürstet.

»Du solltest nicht denken, ich hätte keine feine Kleidung«, antwortete Andrew, »aber ich gebe zu, daß ich die Sachen vorziehe, die ich in Fontainebleau getragen habe.«

Als sie die Tür erreichte, ließ Micheline besitzergreifend ihre Hand über seine Brust gleiten. »Du wirst der großartigste Mann in Hampton Court sein, und mich wird jede Frau beneiden, die ein Auge auf dich geworfen hat.«

»Guter Gott!« Er lachte liebevoll. »Demnächst wirst du dich meinetwegen noch duellieren!«

»Das würde ich mit Sicherheit tun, wenn es notwendig wäre«, meinte Micheline und betrat vor ihm den Korridor. Dann blickte sie zurück und fügte fröhlich hinzu: »Und ich wäre die Siegerin!«

Auf der Fahrt mit der Barke die Themse aufwärts fühlte Micheline sich wie im Paradies. Auch wenn sie von Mary und Finchley, Sandhursts Diener, und zwei Fährleuten begleitet wurden, waren die beiden Liebenden in ihrer eigenen Welt versunken. Sie saßen auf Kissen, sprachen leise miteinander, tranken Wein, küßten sich und teilten sich eine köstliche Mahlzeit, die Sabine, die Köchin, für sie eingepackt hatte. Die Ufer der Themse waren jetzt hellgrün, und an Zweigen und Ästen zeigten sich bereits knospende Blätter; Lerchen, Finken und Rotkehlchen leisteten singend ihren Beitrag zum Frühling. Inzwischen folgten Schwäne, Stockenten und Lappentaucher der Barke und fraßen die Brotbrocken, die Micheline ins Wasser warf.

Schließlich brach Andrew den Zauber und murmelte ihr ins Ohr: »Da ist es.«

Vor ihnen erstreckten sich kunstvolle Gärten am rechten Flußufer, führten zu niedrigen Mauern, hinter denen weitere Gärten mit Bäumen lagen. In dem weitläufigen Gelände warem Türme, Befestigungen und Bauten aus roten Backsteinen auszumachen. Hoch oben auf dem Palast ragten schlanke Türmchen und Schornsteine in den Himmel.

Plötzlich wurden Michelines Handflächen feucht. »Müssen wir wirklich?«

»Ich fürchte, ja.« Sandhurst nickte. »Keine Angst, Liebste. Du hast nichts zu befürchten, solange ich an deiner Seite bin.«

»Das stimmt!« Nachdem sie sich so lange ohne Hilfe durchgeschlagen hatte, dachte Micheline manchmal nicht daran, daß sie ja nun nicht mehr allein war. »Du wirst mich nicht verlassen?«

»Es ist mein heißer Wunsch, ständig bei dir zu sein – Tag *und* Nacht! Und das weißt du auch.«

In seinen Augenwinkeln tauchten Lachfältchen auf, die ihr signalisierten, sich zu entspannen. An Andrews Seite war es leicht, in den aufregenden Ereignissen, die vor ihr lagen, einfach nur ein vergnügliches Abenteuer zu sehen.

Nicht das prächtige Schloß schüchterte Micheline ein, sondern die fremden Menschen, die dort auf sie warteten, machten sie beklommen. Sie war mit Prunk im Überfluß vertraut, und dieser durchaus prachtvolle Palast war keineswegs größer und schöner als Fontainebleau. Als sie mit Sandhurst den Weg vom Fluß hinaufging, erfuhr sie den Grund für die Neubauten: König Heinrich hatte mit der Erweiterung und Verschönerung seiner Residenzen nur begonnen, um Franz Konkurrenz zu machen; das war allgemein bekannt.

Prächtig gekleidete Höflinge und Damen wandelten umher, viele von ihnen kamen herbei, um Lord Sandhurst zu begrüßen und seine zukünftige Frau kennenzulernen. Micheline sah nicht nur Neugier, sondern auch Verachtung in den Augen der anderen. Sie wußte, daß sie als Französin nicht bei allen angesehen war. Wenn die Aristokraten mit Andrew sprachen, als sei sie eine Idiotin, die nichts verstand, machte sie sich einen Spaß daraus, in makellosem Englisch zu antworten.

Als Sandhurst erfuhr, daß der König gerade sein Abendessen beendet und den Palast noch nicht verlassen hatte, machte er sich auf den Weg dorthin.

»Willst du dein Zimmer sehen? Vielleicht möchtest

du eine Weile ausruhen?« Schon als er das sagte, ahnte er ihre Antwort.

»Zimmer? Bleiben wir über Nacht?«

»Michelle, wir müssen. Es wäre unhöflich, plötzlich aufzubrechen, und in jedem Fall würde die nächtliche Heimfahrt vier Stunden dauern.«

Seufzend begleitete sie Andrew durch zwei gepflasterte Innenhöfe. Als sie einen dritten Hof betraten, in dessen Mitte das Wasser einer Fontäne sie wie ein zarter Schleier einhüllte, ging Sandhurst zu einem Portal und führte Micheline eine Treppe hinauf. Oben trafen sie auf einen Diener.

»Graf von Sandhurst möchte den König sprechen. Ist er bereit?«

Wenige Minuten später wurden sie in das Audienzzimmer von Heinrich VIII. gebeten. Auf dem Weg dorthin mußten sie mehrere offizielle Räume durchqueren. Alle waren prachtvoll mit phantastischen Gobelins dekoriert und mit Orientteppichen ausgelegt; die Decken waren prunkvoll, die Sitzmöbel mit Damast bezogen. Micheline war beeindruckt, aber als der König eintrat, schienen alle Reichtümer des Palastes im Vergleich mit diesem Menschen zu verblassen.

Riesig und mit Juwelen geschmückt, breitete Heinrich grüßend seine Arme aus.

»Sandhurst! Wie lange ist es her, daß Sie geruhten, den Hof mit Ihrer Anwesenheit zu beehren?«

Andrew lächelte, hörte den sarkastischen Unterton in der jovialen Stimme des Monarchen. »Verzeihung, Sire«, murmelte er in gespielter Reue und verbeugte sich. »Es ist mir eine Ehre, Euch meine zukünftige Frau, Madame Micheline Tevoulère, vorzustellen.«

»So haben Sie also endlich einmal das getan, was man

Ihnen gesagt hat. Ich könnte mir selbst schmeicheln und behaupten, daß *mein* Einfluß den Herzog in seinen Absichten bestärkte, aber es war wohl doch nicht so.« Der König hielt Micheline eine rundliche, beringte Hand hin, die sie berührte, während sie gleichzeitig einen anmutigen Hofknicks machte. »Welch ein Glück für uns, Frankreich eine solche Schönheit gestohlen zu haben! Ich wette, mein Freund Franz hat Sie höchst widerwillig gehen lassen, Madame.« Bei dem Gedanken daran breitete sich ein Lächeln auf seinem fleischigen Gesicht aus. »Auf jeden Fall heiße ich Sie willkommen.«

»Danke, Sire. Ich bin glücklich, hier zu sein.«

Der König sah zu Sandhurst. »Sie haben die Gabe, aus jedem Hindernis einen Vorteil zu machen, mein Freund.«

»In diesem Fall habe ich nur Euch und meinem lieben Vater zu danken, Sire«, antwortete er mit leichter Ironie. »Ihr habt mir den größten Schatz in meinem Leben präsentiert.«

Als er das strahlende Lächeln sah, das die Französin ihrem Verlobten schenkte, räusperte sich König Heinrich voller Bestürzung. »Es sieht ja tatsächlich so aus, als ob ihr zwei euch *liebt*!«

Sandhurst biß sich auf die Lippen, damit er nicht laut lachte. »So ist es, Sire. In der Tat, und ich denke, Gott hat Euch als Instrument benutzt, um uns zusammenzubringen.«

Der König, der wegen seiner Scheidung im Streit mit Papst Clemens VII. lag, war hocherfreut, daß Sandhurst ihn in einem Atemzug mit Gott nannte.

Wein und Süßigkeiten wurden serviert. Dann erklärte Heinrich, er wolle die Geschichte dieser glücklichen Romanze hören.

Andrew erzählte sehr unterhaltsam und wurde hin und wieder von seiner strahlenden Liebsten unterbrochen, die einfach nicht widerstehen konnte, die eine oder andere eigene Anekdote beizusteuern. Im Laufe der Geschichte interessierte sich der König jedoch viel mehr für die Tatsache, daß der Graf von Sandhurst zwei Monate in Fontainebleau in der Umgebung von Franz verbracht hatte. Er mußte mit Sandhurst allein reden. Sobald sich eine Gelegenheit bot, ohne daß seine Absicht erkennbar wurde, meinte Heinrich: »Meine liebe Madame Tevoulère, Sie haben mich mit Ihrem Witz und Ihrer Schönheit bezaubert, und ich bestehe darauf, daß Sie meine Anne sofort kennenlernen! Sie wird genauso erfreut sein wie ich, wenn sie von Ihrer Verlobung mit Lord Sandhurst hört. Wir alle dachten, dieser Spitzbube würde sich nie durch die wahre Liebe zähmen lassen!«

Micheline haßte es, von Andrew getrennt zu werden, aber sie schien keine Wahl zu haben, und Minuten später folgte sie einem Pagen aus dem Audienzzimmer. Beim Abschied flüsterte Sandhurst ihr beruhigend zu: »Ich bin gleich wieder bei dir, Michelle.«

Kaum hatte sich die Tür geschlossen, wandte sich der König dem Grafen zu. Unter seinen Edelleuten war Sandhurst derjenige, der am wenigsten Fügsamkeit zeigte. »Ich möchte mit Ihnen reden, Sandhurst. Setzen Sie sich und hören Sie mir zu.«

Plötzlich wünschte Andrew sich, er wäre an jedem anderen Ort der Welt, nur nicht in Hampton Court. Er biß sich auf die Unterlippe, lehnte sich an die unbequeme geschnitzte Stuhllehne und wartete mit schlimmen Vorahnungen auf das, was der König zu sagen hatte.

Kapitel 24

6. April 1533

Heinrich nahm einen großen Schluck Wein und griff dann zu einer Praline. »Ich muß mich kurz fassen.« Sein Ton war trügerisch beiläufig. »Es steht ein Tennisspiel auf dem Programm. Möchten Sie spielen?«

»Wenn Ihr es wünscht, Sire«, antwortete Sandhurst umgänglich und fragte sich, was der gerissene Monarch wirklich vorhatte.

»Wie bereitwillig Sie sich fügen, mein Freund! Das gibt mir Hoffnung! Darf ich offen sein?«

»Das wäre mir am liebsten, Sire.«

»Sie wissen natürlich, daß ich mich im vergangenen Herbst mit dem französischen König getroffen habe. Wir haben versucht, uns gegenseitig zu helfen, was die Beziehungen zu Kaiser Karl V. angeht. Und was meinen Streit mit dem Papst betrifft, der meine Scheidung zu einer so schwierigen Angelegenheit gemacht hat, so hat König Franz behauptet, auf meiner Seite zu sein und Sympathien für mich zu hegen. Außerdem hat er versprochen, sich mit dem Papst zu treffen und ihm meinen Fall vorzutragen. Doch leider konnte er diesen Schritt nicht so schnell unternehmen, wie ich gehofft hatte. Ich konnte nicht länger damit warten, die Marquise von Pembroke zu meiner Frau zu machen. Ich wette, Sie verstehen das, da Sie doch Madame Tevoulère bald heiraten wollen.«

»Natürlich, Sire.« Andrew trank einen Schluck Wein, um sein Lächeln zu verbergen. Natürlich wurde kein Wort von Anne Boleyns offensichtlicher Schwangerschaft erwähnt – der wahre Grund für ihre überstürzte, heimliche Hochzeit im Januar.

»Ich möchte, daß Sie Ihrem König einen wichtigen Dienst erweisen, Sandhurst. Es gibt nur wenige Männer, denen ich die Ausführung eines solchen Planes anvertrauen würde, aber ich habe stets Ihre Intelligenz und Ihren Einfallsreichtum bewundert. Als ich von Ihrer Maskerade am französischen Hof hörte, war ich einmal mehr davon überzeugt, daß Sie den delikatesten aller Aufträge durchführen müssen.«

»Ihr schmeichelt mir, Sire.«

Heinrichs kleine Augen wurden durchdringend. »Ich möchte, daß Sie nach der Hochzeit mit Madame Tevoulère nach Frankreich zurückkehren. Ich höre, sie ist eine große Favoritin von König Franz, und wenn erst einmal bekannt wird, daß Sie in Wahrheit der Graf von Sandhurst sind, werden Sie beide am Hof sicherlich im Mittelpunkt stehen. Ich möchte, daß Sie die Freundschaft mit dem König pflegen, so daß Sie vielleicht sein Vertrauen gewinnen ... und mit ihm reisen, wenn er sich mit Papst Clemens trifft. Sie könnten durch Ihre zahlreichen Verbindungen in Frankreich viele wichtige Dinge für mich in Erfahrung bringen. Und wie Sie wissen, kann ich sehr großzügig sein, wenn mir jemand gute Dienste erweist.«

Ein Muskel an Sandhursts Kinn spannte sich. Der Graf setzte seinen Pokal ab und erwiderte den Blick des Königs unerschrocken. »Ich weiß das Kompliment, das Ihr mir macht, zu schätzen, Sire, aber ich fürchte, ich muß Euch die Bitte abschlagen. Meine erste Sorge gilt im Augenblick Micheline und dem neuen Leben, das wir gemeinsam beginnen wollen. Ihr kennt meine Familie, und Ihr werdet verstehen, daß sie eine Herausforderung darstellt, die im Augenblick unsere ganze Aufmerksamkeit erfordert. Dazu kommt, daß Micheline sich in ein neues Land und eine neue Kultur einfügen muß. Ich möchte, daß sie sich so mühelos wie möglich an ihr neues Heim und an ihre Rolle als Gräfin von Sandhurst gewöhnt. Ich fürchte, wir können gerade jetzt nicht in Erwägung ziehen, nach Frankreich zurückzukehren, und ich vertraue darauf, daß Ihr meinen Wunsch, Michelines Bedürfnisse an die erste Stelle zu setzen, anerkennen werdet. Da Ihr Euch selbst gerade neu vermählt habt, könnt Ihr gewiß meinen Gedanken folgen.« Sandhurst fügte nicht hinzu, daß er König Franz keinesfalls ausspionieren würde, und er sagte auch nicht, daß ihm die Dankbarkeit König Heinrichs gleichgültig war.

»Welcher andere Engländer würde es wagen, sich seinem König zu verweigern?« fragte Heinrich in einem Tonfall, der Ärger und zugleich zähneknirschende Bewunderung verriet. »Ich weiß kaum, wie ich reagieren soll! Dieses Mal lasse ich Ihnen Ihre Widerspenstigkeit durchgehen, da Sie sich immerhin meiner Bitte gefügt haben, Madame Tevoulère zu heiraten. Doch in der Zukunft ...«

»Eure Majestät haben ein wohlwollendes Herz«, sagte Sandhurst so demütig, wie er konnte, und schenkte dem König sein liebenswürdigstes Lächeln. »Schreibt meine Narretei Gott Amor zu! Zweifellos hat sein Pfeil meinen Verstand getroffen! Gehen wir auf den Tennisplatz, Sire. Wenn Ihr mich erst einmal deutlich geschlagen habt, wird Eure Laune sich bessern.«

Inzwischen folgte Micheline einem Pagen in einen Flügel, in dem sich Dienstboten in blauroter Livree tummelten, auf deren Westen die Worte »*La Plus Heureuse* gestickt waren. Das machte Micheline zornig, bevor sie ihre zukünftige Königin überhaupt kennengelernt hatte. Wie konnte sie es wagen, sich die »glücklichste Frau« – und dann noch auf *französisch*! – zu nennen, wenn sie mit diesem aufgeblasenen, dicken Mann da oben verheiratet war? Offensichtlich hatte die Frau keine Ahnung, was Glück sein konnte!

Nach und nach kam Micheline auf den Gedanken, daß sie und Anne Boleyn verschiedene Vorstellungen von Glück hatten. Als sie das Schlafgemach der Marquise betrat, befand sich Micheline in einer Umgebung, die noch prächtiger war als die Räume, die sie bisher gesehen hatte. Das Holz der Wände war vergoldet, und die geschnitzten Liebesschleifen trugen die verschlungenen Initialen *H* und *A*. Goldene Vasen mit roten und weißen Rosen standen auf jedem kostbaren Möbelstück, und das riesige, kunstvoll geschnitzte Bett war mit goldenem Stoff verhängt. Mitten in all dieser Pracht stand eine junge Frau in Hemd und Korsett, umringt von Schneiderinnen, wie Micheline annahm. Phantastische, kaum zu beschreibende Gewänder waren auf den Stühlen drapiert, während Anne Boleyn unter Dutzenden von Pelzen auswählte, die ihr zur Anprobe vorgelegt wurden.

Als der Page Micheline ankündigte, drehte sich Anne um und begrüßte sie mit einem Lächeln.

»Ach! Sie müssen Sandhursts kleines Mädchen aus Frankreich sein! Sprechen Sie englisch?«

»Ja. Es ist mir eine Freude, Sie kennenzulernen.«

»Sieh an! Andrew hat wieder einmal Glück gehabt! Er hat Schönheit und Intelligenz in einer Person gefunden – und das alles ganz zufällig. Setzen Sie sich, Madame. Möchten Sie Wein?«

Micheline, die zu diesem Zeitpunkt ziemlich überwältigt war von dem, was sie bisher gesehen hatte, nahm dankend an, und man brachte ihr den Wein in einem goldenen Pokal mit eingelassenen Diamanten. Anne Boleyn wandte ihre Aufmerksamkeit wieder den Pelzen zu, und Micheline beobachtete sie mit Interesse.

Die zukünftige Königin war nicht schön. Ihre Haut war fahl, ihr Gesicht ziemlich lang, und sie hatte fast keinen Busen, aber ihre schwarzen Augen, ihr schlanker Hals und die fein geschwungenen Brauen schufen einen gewissen Ausgleich für die fehlende Schönheit. Micheline hatte gehört, daß Katharina von Aragón ernst und fromm war, wahrscheinlich fühlte Heinrich sich daher mehr von Annes Lebhaftigkeit als von ihrer körperlichen Schönheit angezogen. Das, fand Micheline, warf eigentlich ein gutes Licht auf den Charakter des Königs.

»Gut, ich habe mich entschieden.« Anne wandte sich wieder ihrer Besucherin zu. »Was sagen Sie, Micheline? Würde dieses Gewand aus weißem Stoff nicht am schönsten mit Hermelin aussehen?«

»O ja!« Begeisterung schien angebracht. »Es wird wunderschön sein!«

»Also dann, gut! Das ist alles für heute«, sagte Anne zu den Schneiderinnen.

Ein Dienstmädchen kam eilig herbei, um der Herrin in ein dunkellila Kleid zu helfen, das übersät war mit Saphiren und Diamanten. Anne setzte sich zu Micheline, während ein weiteres Mädchen ihr dunkles, seidiges Haar bürstete.

»Ich wette, daß Sie ein glückliches Mädchen sind«, sagte Anne zu Micheline und trank einen Schluck Wein. »Zweifellos lieben Sie Sandhurst.«

»Um die Wahrheit zu sagen, ja.«

»Wer könnte ihm widerstehen?« Schweigend versuchte sie, die junge Französin einzuschätzen, und schürzte leicht ihre Lippen. Das junge Ding war eine Schönheit. Überrascht hatte Anne von Rupert Topping vernommen, daß Sandhurst sich auf diese arrangierte Ehe einlassen würde, aber jetzt verstand sie das durchaus. In den Jahren, seit sie die Gunst des Königs errungen hatte, hatte es viele Augenblicke gegeben, in denen Anne Boleyn sich fast unwiderstehlich zum Grafen von Sandhurst hingezogen gefühlt hatte. Manchmal, wenn sie in Heinrichs erstickender Umarmung lag, fragte sie sich, wie es wohl sein würde, von Sandhurst geliebt zu werden, und in ihren schlimmsten Augenblicken hatte Anne gedacht, daß sie darauf verzichten würde, Königin zu werden, wenn Sandhurst ihr auch nur den geringsten Hinweis darauf gab, daß er sie attraktiv fand. Dann würde sie einfach mit ihm weglaufen. Natürlich geschah das nicht. Sandhurst war selten am Hof, und wenn er erschien, gab er sich stets umgänglich und charmant, aber er baute immer eine Barriere zwischen sich und dem Rest der Welt auf. Außerdem ist ja alles nur ein dummer Traum von mir gewesen, dachte Anne jetzt. Alle Frauen wollten Sandhurst haben, weil er unerreichbar war, und ihre eigene Sehnsucht war in den Jahren der Niedergeschlagenheit gewachsen. Jetzt sollte sie endlich Königin von England werden. Oft hatte es so ausgesehen, als würde das nie geschehen. Aber nun nahm sie durch Heinrichs Kind an Umfang zu, und so hatten sie ihre heimliche Hochzeit im Januar bekanntgegeben. In ein paar Wochen würde sie die Krone der Königin tragen!

Der verträumte, versonnene Ausdruck in Anne Boleyns Augen erzeugte Unbehagen bei Micheline. Sie versuchte, das Thema zu wechseln: »Es war sehr freundlich vom König, uns nach Hampton Court einzuladen. Ich habe vor allem die Fahrt auf der Themse genossen.«

»Wie freuen uns immer, wenn Sandhurst bei uns ist«, antwortete Anne lächelnd, »und natürlich wollten alle unbedingt *Sie* kennenlernen. Aber sagen Sie mir, wie geht es *Ihrem* König? Ich mag Franz und Frankreich sehr gern! Wissen Sie, ich habe als Kind am französischen Hof gelebt.«

Bevor Micheline antworten konnte, öffnete sich die Tür und ein Page kündigte an: »Lady Dangerfield für Sie, Mylady.«

»Oh, wunderbar! Führ sie herein!«

Iris, deren kupferfarbene Locken im Sonnenlicht in Flammen zu stehen schienen, kam in das Zimmer gerauscht. Sie trug ein Kleid aus blauem und heliotropfarbenem Satin, mehrere Perlketten und an jedem Finger einen Ring.

»Ich begrüße Sie, Mylady, und Glückwünsche!« säuselte sie.

»Danke, Iris.« Anne stand auf, um ihre Besucherin zu umarmen. »Kennen Sie Madame Tevoulère?« Ihre dunklen Augen wanderten von einer Dame zur anderen, und sie war sich der Situation wohl bewußt.

»Wir sind uns noch nicht begegnet«, erwiderte Iris kühl.

Micheline erhob sich. »Guten Morgen, Lady Dangerfield. Ich habe viel von Ihnen gehört.«

Wie alle anderen war Iris erstaunt über das perfekte Englisch des Mädchens, und ihre grünen Augen wurden erst groß, dann ganz schmal.

»Ich sollte auch Ihnen Glückwünsche aussprechen, Madame«, sagte sie weich, »und ich wünsche Ihnen Glück. Sie werden es brauchen, um da erfolgreich zu sein, wo so viele andere Fehlschläge erlebt haben.«

Micheline hob das Kinn, als sie antwortete: »Ich weiß Ihre guten Wünsche zu schätzen, Mylady. Wenn Sie mich jetzt entschuldigen würden, ich muß zurück zu Andrew.«

»Im Augenblick können Sie sich nicht hinter ihm verstecken, Madame«, sagte Iris mit einem boshaften Lächeln. »Er spielt mit dem König Tennis, und die beiden werden vermutlich *stundenlang* beschäftigt sein.«

Micheline saß in ihrem geräumigen Schlafgemach in Hampton Court, und ihre Entrüstung wuchs von Minute zu Minute, während sie darauf wartete, daß Andrew zurückkehrte. Den ganzen Nachmittag hatte er in männlicher Gesellschaft verbracht. Es war fast Zeit für das Abendessen, und er hatte immer noch nicht an ihre Tür geklopft. Micheline hatte in der Zwischenzeit noch ein Bad genommen, während Mary ihr Kleid lüftete. Jetzt saß mit mit frisch frisiertem Haar vor dem Spiegel und sah noch schöner aus als am Morgen, denn der Ärger trieb ihr Röte in die Wangen und ließ die Augen funkeln.

»Wo kann er *sein*?« fragte sie Mary.

Das junge Mädchen wand sich voller Unbehagen. »Zweifellos wird sich alles aufklären, Ma'am. Lord Sandhurst ist ein sehr rücksichtsvoller Mann. Zu mir ist er immer schrecklich nett gewesen, seit ich in seinem Haus bin. Die meisten feinen Herren nehmen gar keine Notiz von einem einfachen Küchenmädchen, aber Lord Sandhurst ist so aufmerksam ...«

Micheline verdrehte die Augen. »Mary, wenn du meine Zofe bleiben willst, dann solltest du etwas mehr Anstand besitzen. Bei Anlässen wie diesem, tu wenigstens so, als wärst du auf meiner Seite!«

»Ja, Ma'am«, antwortete Mary kleinlaut.

Micheline fiel wieder ein, daß Marys Schwester als Zuckerbäckerin hier im Palast arbeitete. Vielleicht wollte Mary sich gern mit ihr treffen, deshalb sagte Micheline:

»Mary, du bist für diesen Abend entschuldigt. Ich brauche dich erst morgen früh wieder.«

»Oh.« Marys herzförmiges Gesicht hellte sich auf. »Danke, Ma'am!« An der Tür drehte sie sich noch einmal um und fügte hinzu: »Ich finde Sie einfach wunderbar!«

Allein in dem riesigen Raum, murmelte Micheline: »Ich bin froh, daß mich wenigstens ein Mensch wunderbar findet.«

Dann richtete sie sich auf und lauschte. Kamen diese Stimmen von der anderen Seite der Verbindungstür? War Andrew in sein Zimmer gegangen, ohne überhaupt zu ihr zu kommen und sich zu entschuldigen? Erneute Wut ließ sie zu der getäfelten Tür gehen und mit der Faust dagegen schlagen.

»Andrew? Bist du da? Ich will dich *sofort* sehen!«

»Dann komm doch um Himmels willen herein!« lud er sie ein und klang aufreizend belustigt.

Mit Schwung öffnete Micheline die Tür und betrat mutig sein Zimmer. Zu ihrer Bestürzung entdeckte sie Sandhurst, wie er in einem dampfenden Badezuber vor dem Kamin lag.

Der ach so diskrete Joshua Finchley ordnete die Kleidung seiner Lordschaft auf dem Bett, aber als er Michelines schockierten Gesichtsausdruck sah, schluckte er peinlich berührt.

»Du kannst uns verlassen, Finchley. Ich brauche dich heute abend nicht mehr.«

Dankbar entfernte sich der alte Mann in aller Eile.

Micheline stand wie gelähmt am anderen Ende des Raums, wußte nicht, was sie tun oder sagen sollte, bis ihr Verlobter beiläufig fragte: »Was hast du heute nachmittag gemacht?«

Sie schnappte nach Luft. »*Ich*? Was *ich* gemacht habe?«

»Habe ich dich das nicht gerade gefragt?«

Die Tatsache, daß er nackt im Bad lag, fand Micheline plötzlich nebensächlich, als sie quer durch das Zimmer auf ihn zuging: »*Ich* habe mich schließlich nicht davongemacht, um stundenlang Tennis zu spielen, nachdem ich versprochen hatte, nicht von der Seite meiner Verlobten zu weichen.«

»Muß ich davon ausgehen, daß du wütend bist?« Sandhurst versuchte mit wenig Erfolg, besorgt und zerknirscht auszusehen, doch sein Mund zuckte und seine Augen zwinkerten.

Micheline fand diesen Ausdruck besonders reizvoll und versuchte, sich davonzustehlen, um Andrews Zauber zu entkommen. »Wie aufmerksam Sie sind, Mylord!«

Er hatte sich gerade die Brust eingeseift, unterbrach aber seine Tätigkeit und berührte ihre Hand mit seinen nassen Fingern. »Sarkasmus steht dir nicht, Liebes. Du mußt wissen, daß ich gar keine andere Wahl hatte, als mit dem König Tennis zu spielen. Dir blieb ja auch nichts anderes übrig, als der meinte, du solltest Anne Boleyn kennenlernen. Außerdem wollte ich gern, daß du bei unserem Spiel zusiehst. Ich bat Lady Dangerfield, dir den Weg zur Galerie bei den Tennisplätzen zu zeigen.«

Hilflos merkte Micheline, wie sie nachgab. Wenn er mit dieser leisen Stimme sprach und sie mit diesem weichen Augenausdruck ansah, konnte sie einfach nicht böse sein. »Lady Dangerfield?« wiederholte sie ein wenig vorwurfsvoll. »Warum hast du ausgerechnet dieser Frau eine Nachricht für mich gegeben? Sie haßt mich, Andrew!«

»Der König und ich trafen sie auf der Treppe. Sie sagte, daß sie zu Anne Boleyn wollte. Da schien es das einfachste zu sein.«

»Naja, jedenfalls hat sie mir nichts gesagt. Die feine

Iris ist eine Hexe! Wie hast du sie nur so lange lieben können?«

»Ich habe sie nie geliebt, Schatz, das habe ich dir gesagt. Auf jeden Fall ist sie erst zur Hexe geworden, als du die Bühne betreten hast.«

»Weißt du, was sie gemacht hat? Sie hat mir *tatsächlich* gesagt, daß du Tennis spielst; gleichzeitig deutete sie aber an, daß wir deshalb den Rest des Nachmittags getrennt sein würden. Später war ich im Garten und traf eine Menge fremder Leute. Alle starrten mich an, als sei ich *absonderlich*. Es war schrecklich! Ich hab' mich ziemlich allein gefühlt. Eine Weile hat mir ein langweiliger Mann namens Cromwell Gesellschaft geleistet. Ich wußte ja nicht einmal, daß ich bei deinem dummen Tennisspiel zugucken durfte!« Sie dachte mit zusammengekniffenen Augen nach. »Ich nehme nicht an, daß *Iris* zufällig in der Galerie auftauchte?«

Andrew fuhr fort, seine Brust einzuseifen, sah genau hin, als wollte er keine einzige Stelle auslassen. »Jetzt, wo du es erwähnst ..., ich glaube wirklich, daß ich sie gesehen habe.«

Micheline trat ärgerlich neben den Badezuber. »Ich hab' es gewußt! Diese Hexe! Ich hasse sie, und ich hasse diesen Ort, und ich wünschte, wir wären nie hergekommen!«

»Liebes, komm her. Setzt dich neben mich.« Er deutete auf einen niedrigen Hocker neben dem Kamin. Nach einer Weile gehorchte sie widerwillig, und Sandhurst ergriff ihre Hand. »Auch das ist ein Grund, warum ich dich an den Hof mitnehmen wollte, *bevor* wir heiraten. Ich bin Graf, und als meine Frau wirst du Gräfin sein. Wir werden immer eine gewisse Zeit am Hof verbringen müssen, und wenn es nur darum geht, mit König Heinrich in Frieden zu leben. Ich habe genug Schwierigkeiten, mich seinen Bemühungen, mich zu einem ergebenen Höfling zu machen, zu entziehen.«

»Was meinst du damit?«

Er seufzte. »Nichts. Ich werde es dir später erklären, wenn wir Hampton Court verlassen haben.« Andrew hätte sich Micheline liebend gern anvertraut, aber er wollte sie nicht beunruhigen, indem er ihr Einzelheiten über mögliche Schwierigkeiten mit dem König erzählte. Sie hatte mehr als genug mit den Ereignissen ihres ersten Tags am englischen Hof zu tun. »Eins vor allem ist jetzt wichtig: Du mußt begreifen, daß es mehr Belastungen als nur meine Verwandten gibt, wenn du meine Frau bist.«

Sie senkte den Kopf und preßte ihre Wange an seine starke, feuchte Hand. »Manchmal wünsche ich mir, du wärst nur der einfache Andrew Selkirk.«

»Ich auch, Liebes, das kann ich dir versichern! Doch das Schicksal hat die Karten für mich anders verteilt. Wäre ich ein Bürgerlicher, hätte ich auch keine Verpflichtungen gegenüber dem König und könnte auch die Tür hinter meiner Vergangenheit schließen. Wenn du mich heiratest, kommt einiges auf dich zu. So wie es ist, mußt du dich auch immer mit Frauen auseinandersetzen, die ich vor dir kannte und mit denen ich zusammen war. Ich bin ein Dutzend Jahre älter als du, Michelle, und ich bin ein Mann. Iris ist nicht der einzige Geist aus meiner Vergangenheit, der uns heimsuchen wird. Leider wimmelt es am Hof von Frauen, die einst hofften, die nächste Gräfin von Sandhurst zu werden.«

»Du brauchst nicht so anzugeben!«

Andrew lächelte und freute sich, daß ihr Humor wieder aufblitzte. »Ich *versuche*, ehrlich zu sein. Ich möchte, daß du alle Möglichkeiten kennst und die guten und die schlechten Seiten einer Ehe mit mir vorher abwägen kannst. Ich wäre zutiefst betrübt, dich später unglücklich zu sehen.«

Jetzt schämte sich Micheline ihrer harten Worte. Sie sah Sandhurst an und sehnte sich nach ihm. Sein muskulöser, nackter Körpers wirkte im Schein des Feuers wie eine modellierte Statue, und plötzlich wurde sie sich bewußt, daß sie ihn zum erstenmal bei Licht vollständig entkleidet sah. Sie war aber nicht mutig genug, um mehr als seine Arme, seinen Oberkörper und seine auf dem Rand des Zubers liegenden Beine zu betrachten. Mit einem kleinen Seufzer dachte Micheline, wie schön es wäre, wenn sie ihr prächtiges Kleid ablegen und mit ihm ins Bett klettern könnte, um die königliche Versammlung unten zu vergessen.

Aber Andrew hatte recht. Sie mußte das Beste aus ihrem Aufenthalt in Hampton Court machen. Es war keine Lösung der Probleme, wenn sie weiterhin abwechselnd zürnte und schmollte.

»Ich sehe Ihren Standpunkt ein, Mylord«, sagte sie ernst. »Ich muß es lernen, selbst mit Lady Dangerfield und derartigen Leuten fertig zu werden. Ich entschuldige mich dafür, daß ich mich wie ein verzogenes Kind benommen habe.«

»Die Entschuldigung ist überflüssig, Michelle.« Sanft zog er sie an sich heran, bis sich ihre Lippen berührten. Nach einem zärtlichen Kuß erklärte er: »Außerdem könnte ich auf keinen Fall eine Heilige lieben. Du bist nie bezaubernder, als wenn du wütend bist.«

Tränen stiegen ihr in die Augen. Voller Bedauern flüsterte sie. »Ich denke, ich sollte gehen und mich fertig anziehen.«

»Das solltest du wohl«, stimmte Andrew mit einem gespielten Seufzer zu. »Wenn du bleibst, werde ich mich überhaupt nicht anziehen!«

Kapitel 25

6. und 7. April 1533

Das Abendessen verlief recht angenehm. Der Hof tafelte in der großen Halle, die erst vor kurzem umgebaut worden war und eine hohe geschnitzte Balkendecke und eine reich verzierte Galerie für die Sänger bekommen hatte. Es gab Fisch in jeglicher Form, von Lachs und Flunder bis hin zu gesalzenem Aal und Weißfisch. Als neuem Gast hatte man Micheline den Platz zwischen König Heinrich und Andrew zugewiesen, und hier fühlte sie sich recht gut beschützt. Der König war freundlich zu ihr, auch wenn er von Zeit zu Zeit in einer Weise auf ihren Busen schaute, die ihr unangenehm war.

Der Tisch des Königs war reserviert für die Elite des Hofes. Er stand auf einem erhöhten Podest, während der Rest der Gesellschaft an Tischen saß, die sich über die gesamte Länge der Halle erstreckten. In der Nähe des Podestes war ein offener Herd mitten in den Boden eingelassen; der Rauch suchte sich seinen Weg unter das Dach und verzog sich durch ein kunstvoll gestaltetes Abzugsloch ins Freie.

In der Nähe von Micheline saßen einige Berühmtheiten des englischen Hofes: Thomas Howard, Herzog von Norfolk; der Graf und die Gräfin von Oxford; der Herzog von Suffolk; Thomas Wyatt, der elegante Dichter, von dem es hieß, daß er Anne Boleyn liebte; Thomas Cranmer, der gerade erst geweihte Erzbischof von Canterbury, und Thomas Cromwell, der mißmutige erste Minister des Königs; er nahm den Platz ein, den Kardinal Wolsey geräumt hatte. Micheline beobachtete und lauschte aufmerksam und fing bald an, Namen mit Gesichtern zu verbinden und sich Meinungen über die betreffenden Personen zu bilden.

Endlich wurden die Süßigkeiten gereicht. Es gab Gelees in allen Farben und Formen, gezuckerte Nüsse und kandierte Zitronen. Dann brachten zwei livrierte Pagen ein riesiges Kaninchen aus Mandelpaste, Marzipan und Zucker. Damit es einem richtigen Kaninchen ähnelte, hatte man das Konfekt mit Zimt bestreut. Anne Boleyn lachte vor Freude, als das süße Tier vor ihr hingestellt wurde.

»Meine süße Anne hat seit einigen Tagen Heißhunger auf Kaninchen«, flüsterte Heinrich seiner Nachbarin Micheline zu. »Bis nach Ostern muß das hier reichen.«

»Sehr aufmerksam von Euch, Sire«, sagte sie lächelnd. Eigentlich war das alles hier gar nicht so schwierig, fand sie. Sie brauchte nur zuzustimmen, zu lächeln und Komplimente zu machen, um hier am englischen Hof zurechtzukommen. Ein geringer Preis, den sie dafür zahlen mußte, daß sie Andrew liebte. Und das Wissen, daß er die Situation nicht mehr genoß als sie, tröstete sie auch.

Es war spät, als die Bretter und Böcke aus der großen Halle entfernt wurden. Micheline unterdrückte ein Gähnen und hoffte, gemeinsam mit Andrew nach angemessener Zeit verschwinden zu können. Doch mit wachsender Verwirrung sah sie, daß alle unter Gelächter die Halle verließen.

»Der König hat ein Maskenfest geplant«, erklärte Sandhurst, als ob er ihre Gedanken gelesen hätte. »Auch wir müssen uns maskieren.« Seine Stimme klang spöttisch.

»Ach, ist das dumm!« protestierte sie. »Ich habe kein anderes Kleid dabei, nur das einfache, das ich morgen anziehen muß. Alle werden mich erkennen!«

Leise lachend führte Andrew sie auf den Korridor. »Wir setzen einfach Masken auf, Schatz, und die liegen für alle bereit – in den Farben von Annes Wappen. Nur ein einziger Mensch muß hier unterhalten werden: der König. Er bildet sich ein, in seinem Kostüm nicht erkannt zu werden, und macht gern ein Spiel daraus, seine Dame zu suchen.«

Wieder einmal hatte Sandhurst recht. Als sie in der großen Halle wieder zum Rest des Hofes stießen, spielten die Musikanten fröhlich auf ihrer Galerie, und blaurot maskierte Tänzer tollten herum. Es dauerte nicht lange, bis ein weiterer Festteilnehmer in ihrer Mitte erschien. Der von der frechen Federkappe bis zu den Schuhen ganz in Grün gekleidete Mann sollte der »Frühling« sein, und er war nicht nur groß, sondern auch breitschultrig und fettleibig. Sein Samtkostüm war mit Schlitzen und Puffärmeln kunstvoll gearbeitet und mit Diamanten, Rubinen und grünen Seidenblättern geschmückt. Kleine Augen strahlten glücklich durch eine mit Smaragden besetzte Maske, während die roten Wangen zu der ansonsten hellen Haut und dem rötlich-goldenen Bart in auffälligem Kontrast standen.

»Hmmm«, überlegte Sandhurst, »ich frage mich, wer *das* wohl sein könnte!«

Micheline kicherte. »Ich kann es mir gar nicht denken!«

Der »Frühling« blieb vor jeder weiblichen Blume stehen, die ihm unter die Augen kam, küßte Hände, liebkoste Hälse und atmete dabei die verschiedensten Düfte ein. Als er zu Micheline kam, lächelte sie nur höflich und ließ die Untersuchungen über sich ergehen. Als sei es geplant, stand Anne Boleyn am anderen Ende der Menschenmenge. Sie trug jetzt ein extravagantes, mit Juwelen besetztes Kleid aus Goldstoff, dessen glockenförmige Ärmel umgeschlagen waren, um das Zobelfutter freizugeben. Eine goldene Kappe verbarg ihr Haar, und ihre blaurote Maske war mit Rubinen besetzt. Als der König sie schließlich erreichte, tat er so, als sei er unsicher. Er drückte ihr Küsse auf den Hals und ließ die Finger über das Oberteil des Gewandes gleiten, dann zerdrückte er sie fast in seiner Umarmung und stieß ein stürmisches Triumphgelächter aus.

»Wie sonderbar«, sagte Micheline leise. Die Musiker fingen wieder an zu spielen, und Heinrich führte seine künftige Königin zur Eröffnung des ersten Tanzes.

Sandhurst wollte gerade etwas sagen, als ein stämmiger, gut genährter junger Mann vor ihnen erschien. Wie König Heinrich konnte er seine Identität nicht hinter einer schlichten Maske verbergen, denn sein karottenfarbenes Haar und die roten Wangen waren Hinweis genug.

»Mylady, würden Sie mit mir tanzen?« bat er geheimnisvoll.

Micheline war zu überrascht um mitzuspielen. »M'sieur Playfair, sind *Sie* es?«

»Wie hast du das erraten?« neckte Andrew.

»Ja, das möchte ich auch wissen«, regte Jeremy sich auf. »Wo bleibt der Spaß bei diesen Masken, wenn jeder weiß, wer man ist? Und ganz nebenbei, Madame, mein Name ist Culpepper, nicht Playfair.«

»Ich bitte um Verzeihung, Sir Jeremy«, entschuldigte sie sich. »Ich werde es nicht wieder vergessen.«

»Wenn wir schon davon reden, unerkannt zu bleiben«, warf Sandhurst ein, »woher hast du gewußt, wer *wir* sind?«

»Ihr seid doch meine besten Freunde, nicht? Außerdem seid ihr das schönste Paar des Abends, und ich habe dich schon einmal in diesem Wams gesehen, Sandhurst.«

Andrew brach in Gelächter aus. »Es ist schön, dich hier zu sehen, Jeremy. Wann bist du gekommen?«

»Am Spätnachmittag. Ich sah euch beide beim Abendessen, aber ich saß am anderen Ende der Halle. Nicht jedem wird die Ehre zuteil, einen Platz neben dem König zu bekommen.«

»Ich hätte Ihre Gesellschaft vorgezogen, Sir«, sagte Micheline ehrlich. »Und ich bin schrecklich froh, daß Sie Andrews Freund sind, nicht sein Diener.«

»Damit stehen Sie nicht allein!« meinte Jeremy. »Ich muß allerdings sagen, daß die Demütigungen, die ich in Frankreich erfahren mußte, sich gelohnt haben, wenn ihr beide alles geregelt habt. Es heißt, ihr werdet trotz allem heiraten!« Er lächelte seinen Freund an und schüttelte den Kopf. »Nur *dir* konnte es gelingen, den Kopf aus dieser Schlinge zu ziehen, in der du vor zwei Tagen noch gesteckt hast, Sandhurst! Mit Charme gelingt alles, he?«

»Nicht mit Charme, sondern mit Liebe«, antwortete er ruhig.

»Ach, das hätte ich gar nicht gemerkt.« Als er sah, wie Micheline ihren Verlobten ansah, wurde er ein bißchen neidisch. Kein Wunder, daß Sandhurst von der Liebe endlich besiegt worden war. »Wie ist es also mit einem Tanz?«

Auf dem Tanzparkett war es jetzt voll. Der gesamte

Hof schien zu tanzen, alle lachten fröhlich und gaben vor, einander nicht zu erkennen. Micheline fand Jeremy sehr liebenswert, auch wenn er von Zeit zu Zeit einen falschen Schritt machte und ihr auf die Zehen trat. Auf der anderen Seite des Raums sah sie Andrew, der sich an eine getäfelte Wand lehnte. Er beobachtete sie voller Zuneigung, und mit Freude sah Michelle ihn den Kopf schütteln, als sich ihm eine Gestalt näherte, die sie als Lady Dangerfield erkannte.

Auf ihren Tanz mit Jeremy folgten zwei mit Andrew. Dann bat Thomas Wyatt um den nächsten, und als er sie ins Gedränge führte, spürte sie, wie ihr etwas in den Ärmel geschoben wurde. Es schien ein Stück Papier zu sein, aber sie vergaß es sofort, als sie mit dem Dichter plauderte und tanzte.

Lange nach Mitternacht meinte Sandhurst, es sei an der Zeit, schlafen zu gehen, und sie wünschten dem König und Anne Boleyn eine gute Nacht.

»Wann wird Ihre Hochzeit stattfinden?« fragte Anne.

»In zwei Wochen, Mylady«, antwortete Andrew und sah König Heinrich an. »Ich weiß, Ihr wolltet dabeisein. Bei Eurem ersten Gespräch über diese Ehe habt Ihr das meinem Vater zugesagt, aber es ist uns klar, daß die Umstände sich inzwischen verändert haben. Zweifellos werden die Vorbereitung für die Krönung der Marquise es unmöglich machen, daß Ihr Euch auf die Reise nach Yorkshire begebt.« Andrew wußte, daß der König ihm nach dem voraufgegangenen Gespräch nicht mehr sonderlich gewogen war, und er verstand das sogar.

Heinrich nickte nachdenklich, während er ein stummes Zwiegespräch mit dem Grafen von Sandhurst führte. »Natürlich würden wir die lange Reise nicht *Ihretwegen* machen, Sandhurst!« meinte er schließlich. Sandhurst verstand die Anspielung. »Sie haben recht. Es gibt viele Gründe, aus denen wir im Mai in der Nähe von London bleiben sollten. Doch ...« – der König wandte sich strahlend Micheline zu und zog ihre Hand an seine kleinen, geschürzten Lippen – »... wir finden, daß die bezaubernde Madame Tevoulère besondere Beachtung verdient, und es gibt einige Leute an unserem Hof, die bereits den Wunsch ausgesprochen haben, an Ihrer Hochzeit teilzunehmen. Ich kann nichts versprechen, aber wenn es in unserer Macht steht, werden wir eine kurze Reise nach Schloß Aylesbury unternehmen.«

»Wie immer beweisen Eure Majestät außergewöhnliche Aufmerksamkeit und Großzügigkeit«, sagte Sandhurst. »Eure Anwesenheit wäre uns eine große Ehre, und mein Vater wäre gleichermaßen erfreut.« Mit einer Verbeugung vor Anne Boleyn fügte er hinzu: »Mylady, ich hoffe, Sie in Yorkshire zu sehen. Ihr Erscheinen würde neuen Glanz in den gesamten Landstrich bringen.«

Nach weiteren höflichen Abschiedsworten entfernten sich Andrew und Micheline schließlich und stiegen die Stufen zu ihren Räumen im ruhigen Flügel des Palastes hinauf.

»Wie ich diese gekünstelte Konversation hasse!« schimpfte Sandhurst und spielte mit seiner Maske.

»Aber du machst das durchaus geschickt«, meinte Micheline und unterdrückte ein Gähnen. Auf einmal war sie sich ihrer Erschöpfung bewußt. Stimmen, Gesichter, Musik und all die Erlebnisse des Tages wirbelten ihr durch den Kopf; sie würde sich in den Schlaf flüchten, um all dem zu entkommen.

»Zum Überleben braucht man hier Geschick, fürchte ich. Ich habe mir die Mißbilligung des Königs zugezogen, weil ich mich nicht wie ein gehorsamer Untertan verhalten habe. Andererseits war die Verzückung des Königs bei deinem Anblick nicht zu übersehen. Ich hoffe, das stimmt ihn milder.« Er blickte zum Himmel. »Ich bin nicht zum königlichen Lord geschaffen, fürchte ich. Gehorsam liegt mir nicht im Blut.«

»Wirst du auch gegen die Fesseln der Ehe aufbegehren?«

Sie hatten Michelines Tür erreicht, und er schlang seine Arme um ihre schlanke Taille. »Zum erstenmal in meinem Leben komme ich mit Freude einer Verpflichtung nach. Und ich glaube auch nicht, daß du mich beherrschen willst.«

»Das ist wahr.« Sie öffnete den Mund zu einem schläfrigen, sinnlichen Kuß. »Und auch du wirst *mich* nicht beherrschen!«

»Wenn ich das für möglich hielte, könnte ich dich nicht so lieben, wie ich es tue«, sagte Sandhurst ehrlich. »Wir denken und fühlen gleich, Michelle, und wir verstehen und respektieren einander. Abgesehen davon ...« – er küßte sie auf die gesenkten Augenlider – »gibt es ja noch andere erfreuliche Gemeinsamkeiten. Zweifellos wirst du mit Erleichterung hören, daß ich zu müde bin, um dich deswegen zu bedrängen. Meine Erschöpfung ist so groß, daß ich heute nacht bestimmt nicht lange in quälender Einsamkeit wach liegen werde.«

»*Je t'adore* ...«, flüsterte Micheline und sah ihn voller Bewunderung an.

»Geh ins Bett«, sagte Sandhurst leise lachend. »Der Schlaf wird dich klarer denken lassen! Nicht, daß ich Widerspruch einlegen würde ...«

Sie tauschten noch einen süßen, schläfrigen Kuß und trennten sich dann. Als sie allein in ihrem Schlafgemach war, gelang es Micheline sogar, den Rückenverschluß ihres Kleides ohne Hilfe zu öffnen. Sie streifte die Samtärmel herunter, und da fiel ein kleines Stück Pergament auf den Boden. Sie erinnerte sich an den Augenblick in der großen Halle, als sie gemerkt hatte, wie es ihr jemand zugesteckt hatte. Verwirrt legte Micheline Kleid und Unterröcke ab, hob dann das Papier auf und setzte sich zum Lesen im Hemd auf das Bett.

In winzigen, kaum lesbaren Druckbuchstaben standen da die Worte: »*Verschwinde allein aus England oder du stirbst.*«

Verwirrt blinzelte Micheline. Als sie die Botschaft begriff, bekam sie heftiges Herzklopfen, und ihre Hände waren sofort schweißnaß. Das konnte doch nicht wahr sein! Benommen ging sie in dem riesigen Raum umher, nahm die Spange aus den Locken, bürstete das Haar, wusch sich das Gesicht und reinigte sogar die Zähne, und die ganze Zeit versuchte sie die bedrohliche Nachricht aus ihren Gedanken zu verbannen. Vielleicht wollte sich jemand einen Scherz machen. Eine merkwürdige Vorstellung! Vielleicht war das Papier zufällig in ihren Ärmel gelangt und gar nicht für sie bestimmt.

Schließlich blies Micheline die Kerzen aus und kroch in das große Bett, aber schlafen konnte sie nicht. Immer wieder dachte sie daran, Andrew zu wecken, aber das schien ihr überflüssig zu sein. Ihre eigene Tür war verriegelt, und wer würde ihr Schaden zufügen, wenn Sandhurst im Nebenzimmer war? Und außerdem, gab es überhaupt einen Menschen, der ihr Schaden zufügen wollte? Könnte Iris Dangerfield so boshaft sein? Wenn sie die Nachricht geschrieben hatte, war es vielleicht nur eine leere Drohung – ein Versuch, sie so zu erschrecken, daß sie nach Hause nach Frankreich floh ... unverheiratet.

Eine Stunde verging, und immer noch raste ihr Herz wie verrückt. Gelegentlich waren Schritte und Stimmen auf dem Korridor zu hören. Jedes neue Geräusch regte sie auf, – und dann plötzlich, als alles ruhig war, hörte Micheline ein leises Kratzen an ihrer Tür. Mit aufgerissenen Augen und voller Angst vor der Dunkelheit saß sie schlagartig aufrecht im Bett, doch da hörte das Kratzen auch schon auf. Eine Minute saß Michelle bewegungslos und ohne zu atmen da, dann ... *kratz-kratz*. Das Geräusch wurde immer bedrohlicher.

Irgendwie löste Micheline sich aus ihrer Erstarrung. Sie kroch auf der anderen Seite aus dem Bett, lief durch die Dunkelheit und stieß sich an Möbeln. Der schwache Schein des Feuers reichte kaum aus, um die Umrisse der Verbindungstür zu Sandhursts Zimmer zu erkennen. Sie betete, daß Andrew sie nicht abgeschlossen hatte, fand den Riegel, hob ihn an und lehnte sich so fest an die Tür, daß diese aufflog.

»Andrew!« rief Micheline atemlos. Der Kamin in seinem Zimmer spendete mehr Licht, so daß sie das Bett und Andrews Umrisse erkennen konnte, als er sich aufsetzte.

»Michelle?« fragte Sandhurst. War das ein Traum? Wunschdenken?

Im nächsten Moment war sie bei ihm, klammerte sich an ihn und zitterte am ganzen Leib.

»Schatz, was ist los? Hattest du einen Alptraum?« Er hielt sie fest, streichelte ihre glänzenden Locken und rieb ihr den Rücken. »Ich spüre, wie dein Herz an meiner Brust schlägt! Sag mir, was ist los? Du bist hier in Sicherheit.«

»*C'est vrai*, ich weiß.« Es stimmte; im Schutz von Sandhursts starken Armen fühlte sie sich hundertmal besser. Zitternd vergrub sie das Gesicht an seinem Hals. Er versuchte immer wieder, sie zu beruhigen, küßte Augenbrauen und Schläfen, redete zärtlich auf sie ein, bis Micheline sich so weit entspannt hatte, daß sie ihm erzählen konnte, was passiert war.

»Jemand hat mir ein winziges Stück Papier in den Ärmel geschoben, als ich mit Thomas Wyatt tanzte. Ich habe es kaum wahrgenommen und sogar ganz vergessen, bis ich mein Kleid auszog und die Nachricht herausfiel. Sie lautete ... sie lautete ...«

»Es ist alles in Ordnung, Michelle«, beruhigte er sie, »du bist jetzt bei mir.«

»Sie lautete, daß ich England verlassen muß, allein ... oder ich muß sterben!« Bei dem letzten Wort sank ihre Stimme zu einem Flüstern.

»Was?!« Sandhurst konnte es nicht glauben. »Warum hast du mir die Botschaft nicht sofort gebracht?«

»Ich weiß nicht. Ich dachte, du schläfst schon, und die Sache schien so lächerlich und unglaublich zu sein. Zuerst hab' ich mir eingeredet, daß es sich um einen Irrtum handelt ... oder einen verrückten Witz ..., aber ich konnte nicht schlafen, und dann ..., gerade eben hat jemand an meiner Tür gekratzt!«

»Gekratzt!«

»Vermutlich um mir Angst zu machen. Es war zuerst ein sehr leises Geräusch, aber dann wurde es lauter und lauter, und mich packte das Entsetzen.«

»Das will ich gern glauben«, sagte Sandhurst grimmig. »Laß mich einen Moment los, Liebes, ich zünde eine Kerze an und sehe mich um.«

Micheline nickte tapfer und brachte sogar ein Lächeln zustande, während sie die Decken eng um sich herumzog. Ihre Augen folgten ihm, als er eine Hose und ein weißes

Hemd anzog, dann eine Kerze nahm und in ihr Zimmer ging. Kaum eine Minute später kehrte Andrew zurück. Er verriegelte die Verbindungstür sorgfältig und setzte sich neben Micheline auf das Bett.

»Wer auch immer es war – er ist natürlich weg.« Er hielt ein kleines Stück Pergament hoch. »Hier ist die Nachricht, ich nehme sie an mich.« Nachdenklich starrte er sie an. »Ich erkenne keinen Sinn darin. Wer sollte *dir* drohen? Und *warum*?«

»Ich weiß es nicht!« Ihre Stimme brach, als sie zu schluchzen begann. »Es gibt nur eine Person, die mir einfällt.«

Andrew sah sie an. »Iris? Nein, zu so einer Sache ist sie einfach nicht fähig. Hinter ihrer kratzbürstigen Fassade ist sie in Wirklichkeit recht weich und liebevoll.«

»Ich will keine abfälligen Bemerkungen über deine ehemalige Mätresse machen«, hörte Micheline sich boshaft antworten, »aber du weißt nicht, wie das ist, wenn man dich liebt.«

Seine Augenbrauen gingen leicht in die Höhe. »Wie bitte?«

»Ich kann Lady Dangerfields Qualen beurteilen, denn ich stelle mir meine eigene Verzweiflung in so einer Situation vor. Da erklärst du plötzlich, daß du eine andere Frau liebst und heiraten willst. Ich glaube, ich würde auch auf Mordgedanken kommen!«

»Zwischen dem Gedanken und der Tat, Michelle, liegt ein großer Unterschied.«

»Vielleicht hofft Iris nur, mich so zu erschrecken, daß ich gehe.«

»Also denkst du, daß *sie* heute nacht an deiner Tür gekratzt hat?« fragte er ungläubig.

»Wer *sonst* könnte es sein?«

Sandhurst biß sich auf die Lippe und seufzte. »Ich weiß es nicht.«

Leise fragte Micheline: »Erlaubst du, daß ich heute nacht hierbleibe? Bei dir?«

»Natürlich bleibst du hier! Morgen früh fahren wir nach London zurück, und bis dahin lasse ich dich nicht mehr aus den Augen. Und diesmal halte ich mein Versprechen auch.«

Er schenkte ihr ein beruhigendes Lächeln, aber seine Blicke waren auf das bedrohliche Stück Papier gerichtet, das er auf den Tisch gelegt hatte. Geistesabwesend zog er das Hemd über den Kopf, dann machte er sich daran, die Hose auszuziehen, und bemerkte nicht die Röte, die sich auf Michelines Wangen ausbreitete.

Hilflos wanderte ihr Blick über seinen langen Rücken und die schmale Taille und blieb auf den harten Rundungen seines Gesäßes haften. Als Andrew dastand, um die Kerze auszupusten und sie auf die Truhe zu legen, erhaschte sie einen kurzen Blick auf seine Männlichkeit in einem Nest dunkelgoldener Locken. In diesem Augenblick spürte er das Feuer ihres Blicks und vergaß die geheimnisvolle Nachricht.

Als Sandhurst die Decken zurückzog und zu ihr ins Bett kletterte, wollte auch Micheline diese erschreckende Nachricht aus ihren Gedanken verdrängen. Sie kuschelte sich zitternd an ihn, als könne sie ihm gar nicht nahe genug sein.

»Dir ist kalt, Schatz!« stellte er sanft fest, als ihr nackter Fuß den Weg zwischen seine Waden fand.

»Andrew, ich liebe dich. Ich liebe dich.«

»Und ich liebe dich, Micheline.«

Von seinen starken, warmen Armen umschlungen, suchte Micheline seinen Mund und küßte ihn leidenschaftlich. Sie schlang die Arme fest um Sandhursts Hals und hielt sich fest, als ob sie ertrinken würde und er das rettende Ufer sei. Als sie sich küßten, spürte Micheline an ihrem Schenkel, daß Andrew ganz hart wurde.

»Jesus!« keuchte er schließlich, als er ihre hungrigen Lippen an Kinn, Hals, Ohr und Augen spürte. »Was *machst* du?«

Sie kicherte boshaft. »Weißt du das nicht?«

»Was ist aus deinem Keuschheitsgelübde geworden?« Sandhurst wußte, daß sie nur versuchte, das Entsetzen auszulöschen. Morgen würde sie es bedauern, wenn sie sich jetzt liebten.

»Müssen wir jetzt reden?« Micheline küßte seinen Hals.

»Du wirst es kaum glauben, aber ja, wir müssen.« Er stöhnte auf und sah zum Himmel, als er ihre Arme von seinen Schultern löste. »Denk an diesen Augenblick, wenn du dich nächstesmal fragst, wie sehr ich dich wirklich liebe. Ich bin jetzt über mich *selbst* erstaunt.«

»Was ist los? Ich dachte, du wolltest ...«

»Ich wollte. Ich will! Aber nicht so, Michelle.« Er legte sich auf den Rücken und zog sie an seine Brust. Die pochende Hitze in seinen Lenden war eine Qual. »Du bist jetzt ganz durcheinander, und es wäre egoistisch von mir, deine Lage auzunutzen.«

Verwirrt durch ihr schamloses Verhalten, ihre starke Erregung und das Verlangen nach Linderung, wurde Micheline plötzlich ganz starr. Tränen stiegen ihr in die Augen.

Sandhurst merkte, daß sie sich gedemütigt fühlte. Er streckte die Hand aus und strich Micheline das weiche Haar aus dem Gesicht. »Sei wieder fröhlich, Liebes«, redete er ihr gut zu und küßte lächelnd ihre Augenbrauen. »Du wirst mir danken, weißt du ... in unserem Hochzeitsbett!«

Kapitel 26

Yorkshire, England – 18. April 1533

Der Tag, der Andrew und Micheline nach Schloß Aylesbury brachte, begann geruhsam, denn sie hatten die vergangene Nacht in einem Gasthof in York verbracht. Ein noch etwa einstündiger Ritt, und sie würden am Ziel sein.

Sie wurden auf ihrer Reise nicht nur von Mary, Finchley und den beiden Burschen, die sich um die Kutsche und die Pferde kümmerten, begleitet, sondern auch Sir Jeremy Culpepper hatte sich ihnen angeschlossen. Micheline war nicht sonderlich überrascht gewesen, als sie herausfand, daß Jeremy auf dem Nachbargut von Schloß Aylesbury aufgewachsen war. Seit der Kindheit waren Jeremy und Andrew wie Brüder gewesen, und jetzt wollte er einen Besuch bei seiner Familie in Yorkshire damit verbinden, an Sandhursts Hochzeit teilzunehmen.

Jeremys Begleitung hatte die Reise nach Norden zu einem Vergnügen gemacht, obwohl sie auch anstrengend war, weil so viele Leute dabei waren. In den Herbergen hatten sich die beiden Freunde eine Kammer geteilt, während Mary bei Micheline schlief und die drei Dienstboten ein Zimmer für sich hatten. Andrew und Micheline waren kaum einmal allein. Da es immer wieder regnete, bestand Andrew darauf, daß Micheline in Begleitung von Mary in der Kutsche reiste, so daß sie im allgemeinen nur bei den Mahlzeiten zusammen waren – und die waren geprägt von Culpeppers endlosem Redestrom.

An diesem letzten Morgen standen sie beide früh auf und trafen sich im Gastraum der Herberge. Als Sandhurst einen Arm um Michelines Taille legte und sich hinabbeugte, um ihre Lippen leicht zu berühren, errötete sie vor Aufregung. Es schien, als gehörten diese intimen Augenblicke der Vertrautheit zu einem anderen Leben, denn jetzt schien jede noch so beiläufige Berührung wie Feuer in ihren Adern zu brennen.

Andrew machte mit Micheline einen kurzen Spaziergang durch York, und beide hatten nur Unsinn im Kopf, wie junge Leute, die den wachsamen Augen der Eltern entkommen sind. Zuerst gingen sie die Stonegate entlang, und Andrew erklärte ihr, daß das in York oft gebrauchte Wort »gate« von dem skandinavischen Wort für »Straße« abgeleitet war. Vermutlich Mitte des 9. Jahrhunderts hatten die Wikinger York eingenommen, und ihre Einflüsse waren noch heute zu spüren.

»Du bist wahrscheinlich selbst Nachfahre eines Wikingers!« meinte Micheline und beugte sich zurück, um sein goldenes Haar zu betrachten.

»So behaupten es die Gerüchte«, sagte er lächelnd. »Tatsächlich steht Schloß Aylesbury auf dem Platz einer Wikingerfestung. Der größte Teil Englands wurde von den Dänen überrannt, Yorkshire dagegen wurde von den Normannen erobert.« Leise lachend fügte Sandhurst hinzu: »Meine Mutter hat mir immer die Geschichte von dem schönen angelsächsischen Mädchen erzählt; das von einem gutaussehenden Wikinger mit flachsfarbenem Haar gefangengenommen und auf die Festung gebracht – jetzt unser Schloß –, wurde, und zur Überraschung aller nahm er es zur Frau. Glaubt man Mutter, stammen die Westons von dieser stürmischen Verbindung ab.«

»Das erklärt die wilde Seite an dir«, überlegte sie.

»Wenn es diese Seite tatsächlich gibt, dann schlage ich nach meinem Vorfahren. Selbst er, der ungläubige Heide, war anfällig für die besänftigende Macht der Liebe.«

Micheline schob ihre Hand unter seinen Arm und lehnte sich an seine Schulter. Andrew trug ein Wams aus braungelbem Samt, das nur mit einer Handvoll runder Smaragde besetzt war, und ihr war, als sehe er jeden Tag besser aus. Sein Haar, lässig aus dem schön modellierten Gesicht gekämmt, schimmerte in dem weichen rosigen Licht der Morgendämmerung, und mit seiner schlichten, eleganten Kleidung hob er sich nicht nur von den Armen ab, die die Straßen bevölkerten, sondern auch von den protzig gekleideten Reichen.

Glücklich über ihr Zusammensein, bummelten sie nach Norden zur Petergate, wo Micheline zum erstenmal das große Münster sah. Sandhurst nahm sie mit in die Kathedrale, damit sie sich das spektakuläre, neunzig Fuß hohe gewölbte Schiff und die zu Recht gerühmten Glasmalereien ansah. Im südlichen Querschiff bestaunten sie das Rosenfenster, das an das Ende des Rosenkrieges vor etwa fünfzig Jahren erinnerte. Andrew und Micheline knieten gemeinsam nieder, beteten schweigend und zündeten dann eine Kerze an, bevor sie das Gotteshaus wieder verließen.

Auf der Low Petergate blieb Sandhurst stehen, um warme, gezuckerte Brötchen zu kaufen. Dann erstand er einen Strauß Veilchen von einer alten Blumenfrau, um sie Micheline, die ein Kleid aus rosa und lavendelfarbener Seide trug, anzustecken.

Die Petergate wand sich bis hin zur Shambles, einer besonders schmalen Straße mit Schlachterläden, deren überhängende Dachvorsprünge an manchen Stellen fast die Köpfe der Passanten berührten. Die Sonne stand voll über dem Fluß, als Andrew und Micheline wieder zu ihrem Gasthof zurückgingen. Er wählte einen kurvenreichen Weg, der sie am Ende zu ihrer Unterkunft in der Stonegate zurückbrachte.

»Mir gefällt York«, sagte Micheline. »Ich mag bisher alles an England ..., ausgenommen vielleicht Hampton Court.« Da sie Sandhursts Blicke auf sich ruhen spürte, sprach sie schnell weiter. »Ich genieße die Unterschiede zwischen England und Frankreich, aber es macht auch Freude, Ähnlichkeiten festzustellen.«

»Ich bin froh, daß du England magst, Michelle«, sagte er, blieb vor der Tür des Gasthofs stehen und zog sie an sich. »Das war eine meiner Hauptsorgen, bevor wir Frankreich verließen. Es gibt so vieles, an das du dich gewöhnen mußt, und ich befürchtete, vielleicht kein angemessener Ausgleich zu sein für die Seiten in deinem neuen Leben, die dir nicht gefallen.« Andrew seufzte und atmete den Duft ihres Haares ein. »Ein neues Land, neue Sitten, eine neue Familie, neue Freunde, Verpflichtungen im Umgang mit einem neuen König – es ist alles eine große Belastung.«

»Ich stelle mich der Herausforderung, Mylord«, ließ Micheline ihn wissen, und in ihrer Stimme lag Belustigung. »Immerhin, ich lerne sogar, *Klöße* zu mögen!«

Lachend führte Sandhurst sie in die Herberge, wo sie Jeremy und die Diener vorfanden, die bereits auf sie warteten und die Reise gern zum Ende bringen wollten. Eine Stunde später war die Gruppe unterwegs nach Schloß Aylesbury.

Micheline schaute aus dem Fenster der Kutsche und sah die großen Wiesen mit den Narzissen, die bis an die wunderbaren weißen Mauern von York heranreichten.

Sie fragte sich, welche Überraschung der Rest des Tages für sie bereithielt.

Der Himmel wurde im Laufe des Vormittags dunkler, dennoch fand Micheline Yorkshire auf eine seltsam schwermütige Weise schön. Graue Wolken jagten über hellgrüne Täler hinweg. Sie sah die Bäume, die zahlreichen gelben Flecken mit Butterblumen, und überall weideten Schafe. Besonders interessant für Micheline waren die Kalksteinmauern, die sich endlos durch die windgepeitschte Landschaft zu schlängeln schienen. Als plötzlich die Umrisse eines Schlosses vor dem grauen, unruhigen Himmel sichtbar wurden, schlug Michelines Herz bis zum Hals.

Sandhurst ritt neben der Kutsche und bestätigte mit einer Handbewegung, daß Schloß Aylesbury vor ihnen lag. Anders als die bezaubernden, friedlichen Châteaus in Frankreich, die mitten in Parks und Gärten lagen, wirkte dieses Schloß trist und wild. Je näher sie der Ansammlung von Befestigungen, Zinnen und Türmen kamen, desto nervöser wurde Micheline. Der Ort wirkte überhaupt nicht einladend, und sie konnte sich dieses Schloß auch nicht als ihr Zuhause vorstellen.

Als sie den ängstlichen Gesichtsausdruck ihrer Herrin bemerkte, beruhigte Mary sie: »Es ist nicht so schlimm, Ma'am, und seine Lordschaft kommt selten her. Sie werden Sandhurst Manor viel lieber mögen, da bin ich sicher.«

Micheline nickte tapfer, aber das schmucklose Äußere des Schlosses konnte nur ein Vorzeichen auf die Atmosphäre innerhalb der Mauern sein.

Ein kühler Wind drang in die Kutsche, als sie einen gewundenen Weg zum Schloß hinauffuhr. Andrew ritt über die Zugbrücke voraus, und sie erreichten das Vorwerk innerhalb der Mauern. Eine zweite Zugbrücke folgte, dann das große Tor, und schließlich waren sie in dem riesigen Innenhof von Schloß Aylesbury. Die Dienstboten eilten herbei, um den Grafen von Sandhurst zu begrüßen.

Andrew schwang sich vom Pferd und gab seinem Burschen die Zügel, dann bahnte er sich den Weg durch die Gruppe von vertrauten, glücklichen Menschen und begrüßte jeden von ihnen mit Namen. Als er die Kutsche erreicht hatte, öffnete er den Schlag, half Micheline heraus und hielt sie eng an sich gedrückt, während er bekanntgab: »Ich möchte, daß ihr alle Madame Micheline Tevoulère kennenlernt, die meine Frau und die Gräfin von Sandhurst wird, sobald wir die Hochzeit arrangieren können!« Bei ihren aufgeregten Rufen lachte er und fügte hinzu: »Für viele von euch wird das vielleicht zusätzliche Arbeit bedeuten, aber ich vertraue darauf, daß ihr meine Lage versteht und Mitleid mit mir habt. Jeder Tag des Wartens ist eine Qual!«

Sandhursts übertriebener Ausdruck des Schmerzes löste bei den Dienstboten Gelächter aus, und alle begrüßten die schöne Französin mit einer eiligen Verbeugung oder einem Knicks. Andrew stellte jeden einzelnen vor, und Micheline fiel auf, daß seine Besuche ein Anlaß zum Feiern zu sein schienen. Wenn der Herzog wirklich so griesgrämig war, wie man ihr erzählt hatte, dann hungerte sein Gefolge offenbar nach der Zuneigung und dem Respekt des Grafen.

Micheline war es ein wenig beklommen zumute, als Andrew sie zum Eingang des Schlosses führte, wurde dann aber abgelenkt durch ein hübsches, dunkelhaariges Mädchen, das durch das Portal gelaufen kam und sich Sandhurst in die Arme warf.

»Andrew! O Andrew! Du bist wirklich gekommen!« Sie weinte vor Freude und vergrub ihr Gesicht an seiner Schulter.

Mit einem warmherzigen Lächeln sah er das Mädchen an.

»Natürlich bin ich gekommen, mein Kind. Hast du denn je daran gezweifelt?«

»Verlaß mich nie wieder, Andrew. Ich könnte es nicht ertragen! Bitte, du mußt es *versprechen*!«

»Ich habe dich schon einmal gebeten, mir keine Versprechen abzuverlangen, die ich nicht einhalten kann, und jetzt ist auch nicht der Zeitpunkt, uns darüber zu unterhalten. Laß mich los, Cecily, damit du die Bekanntschaft deiner neuen Schwester Micheline machen kannst.«

Das Mädchen preßte die Lippen zusammen und löste widerwillig die Arme von Andrews Hals. Micheline war ein wenig erstaunt über die gefühlsbeladene Szene, deren Zeugin sie gerade geworden war, und lächelte das junge Mädchen an. Auch wenn Cecily die Augen abgewandt hatte, war sehr schnell zu erkennen, daß sie eine Schönheit war. Glänzende schwarze Locken fielen über ihre Schultern und das leicht gewölbte Oberteil ihres rosa Satinkleids, und ihr zartes Gesicht war einfach bezaubernd.

»Guten Tag, Cecily. Ich bin so glücklich, dich endlich kennenzulernen, denn ich weiß, wie lieb Andrew dich hat.«

Cecily hob den Blick und sagte förmlich: »Willkommen auf Schloß Aylesbury, Mademoiselle.«

»Ich bin sicher, ihr beide werdet dicke Freundinnen«, sagte Andrew mit gezwungener Fröhlichkeit. Im stillen erinnerte er sich an die Worte, die seine Schwester an jenem Abend in London zu ihm gesagt hatte: »Ich hoffe, daß Mademoiselle Tevoulère ein Ekel ist!« Dabei war Cecily das bei weitem liebenswürdigste Familienmitglied. Wenn *sie* Micheline nicht ihr Herz öffnete, wie sollte sich dann eine glückliche Beziehung zwischen seiner Frau und ihrer neuen Familie entwickeln?

Andrew zuliebe beschloß Micheline, einen neuen Annäherungsversuch zu machen. »Weißt du, Cecily, ich habe mir immer eine Schwester gewünscht. Auch ich hatte nur einen älteren Bruder, und genau wie deiner hatte er die Familie schon verlassen, ich in deinem Alter war. Vielleicht haben wir beide jetzt in der anderen eine Schwester gefunden.«

Das jüngere Mädchen zuckte mit den Achseln. »Aber wir sind keine richtigen Schwestern. Außerdem habe ich schon einmal neue Familienmitglieder geerbt. Aber Rupert und Patience entsprechen nicht gerade meiner Vorstellung von ...«

Sandhurst nahm sie fest am Arm und unterbrach sie: »Micheline ist nicht Rupert oder Patience, mein Kind ..., das kann ich dir versichern! Laß uns nun hineingehen. Ich kann es kaum erwarten, den Rest meiner *wunderbaren* Familie zu sehen!« Seine Stimme war voller Sarkasmus.

Cecily hatte zwar immer Angst, ihren Bruder zu verärgern, aber jetzt waren ihre Vorbehalte gegen Micheline stärker als ihr Bedürfnis nach Andrews Zustimmung. Sie ließ sich ins Schloß zerren, und als er ihr einen drohenden Blick zuwarf, erwiderte Cecily ihn trotzig.

Die drei stiegen hintereinander eine Wendeltreppe zu einem breiten Korridor hinauf, an dem sich die Gemächer der Familie befanden. Micheline sah sich im Gehen um, bemerkte die feinen Gobelins an den weißen Mauern und die gewebten Binsenmatten, die statt der üblichen losen Binsen auf dem Boden lagen. Sie hatte einen düsteren Ort erwartet, aber das Innere des Schlosses war bemerkenswert hell und sauber.

Sie kamen in den Söller, der als Wohnraum diente. Die südliche Lage und die hohen, geschwungenen Fenster erfüllten den luftigen Raum mit dem Licht der Aprilsonne. Die Halle im angrenzenden Ostflügel dagegen war zu groß und zu schattig für Zusammenkünfte im kleinen Kreis.

In einem mit Samt gepolsterten Stuhl saß ein knochiger alter Mann mit zerklüftetem Gesicht und sah Micheline aus zusammengekniffenen Augen entgegen. Eine pelzgefütterte Satindecke lag über seinem zusammengeschrumpften Körper, und seine Füße standen auf einem Eichenhocker. Hinter ihm stand Rupert Topping, während eine blasse, langgesichtige junge Frau auf der Wandbank in der Nähe der Fenster saß. Sie legte eine kunstvolle Stickerei aus der Hand und beobachtete die Vorgänge mit winzigen, wachen Augen.

»Du siehst gut aus, Vater«, sagte Andrew zur Begrüßung. Er hielt Micheline bei der Hand und zog sie durch den Raum, bis sie beide vor dem Herzog von Aylesbury standen.

»Pah! Ich sterbe, und du weißt das!« Der Mann ergriff kurz die Hand, die der Sohn ihm hinstreckte.

Sandhurst hätte am liebsten den Söller verlassen, statt dessen biß er lächelnd die Zähne zusammen. »Laß uns also hoffen, daß deine Gesundheit durch ein paar glückliche Nachrichten wiederhergestellt wird. Vater, ich möchte dir Madame Micheline Tevoulère vorstellen. Sie wird meine Frau und damit deine Tochter. Deiner Bitte folgend, sind wir zur Hochzeit nach Schloß Aylesbury gekommen.« Es fiel ihm besonder schwer, den letzten Satz ohne Emotionen auszusprechen, denn Andrew konnte sich nicht erinnern, daß der Herzog je eine »Bitte« geäußert hatte. Sein Vater neigte dazu, stets Forderungen an ihn zu stellen, die zu erfüllen er sich immer geweigert hatte. Doch jetzt würde es vielleicht zum Familienfrieden beitragen, wenn er so tat, als sei Micheline auf Wunsch des Herzogs hier. Andrew hätte alles getan, um ihr neues Leben so angenehm wie möglich zu gestalten. Die Abwendung von seiner Familie, als er allein und unabhängig war, das war eine Sache, doch jetzt waren neue Überlegungen nötig – nicht nur wegen Micheline, sondern auch wegen der Kinder, die sie haben würden.

Micheline trat einen Schritt vor und deutete einen Hofknicks an. Das Lavendelblau ihres Kleides und das Veilchensträußchen im Oberteil unterstrichen die lebhafte Farbe ihrer Augen. Die Sonne schenkte ihrem Haar Glanz, und ihr wunderschönes Gesicht hatte eine ganz besondere Ausstrahlung.

»Ich bin so erfreut, Sie endlich kennenzulernen, Hoheit.«

»Du sprichst englisch? Gut, gut. Und du bist eine Schönheit. Mein Sohn hat sehr viel Glück.«

»Nicht so viel Glück wie ich, Hoheit«, antwortete sie fest.

»Mmmpf!« Der alte Mann zog seine weißen Augenbrauen hoch. »Das ist Ansichtssache, aber naja, Andrew hatte immer eine große Begabung, die Damen zu bezaubern.« Er wandte seine Aufmerksamkeit wieder seinem Sohn zu. »Vermutlich erwartest du von mir, daß ich dich mit Lob überschütte, weil du das getan hast, was man dir gesagt hat!«

Sandhursts gesamter Körper war angespannt. »Alles andere als das, Vater. Ich heirate Micheline, weil wir uns lieben, und ich hatte gehofft, daß wir beide ihr zuliebe einen Waffenstillstand schließen.«

»Das dachte ich mir. Du kannst es einfach nicht lassen. Dauernd sagst du mir, daß du etwas tust, weil *du* es willst, und nicht, weil *ich* es gewünscht habe! Wie üblich gehst du deinen eigenen Weg ohne Rücksicht auf andere Leute – am wenigsten auf deinen Vater!«

»Willst du damit sagen, daß du *glücklich* wärst, wenn Micheline und ich uns nicht liebten, wenn ich sie nur heiraten würde, weil man es mir *befohlen* hat?« Seine Augen waren dunkel vor Zorn.

»Plapper mir nichts von Liebe vor, mein Sohn! Das ist gar nicht der Punkt. Ich kann dir nicht verzeihen, daß du für volle zwei Monate verschwunden bist! Niemand wußte, wo du warst; angesichts deiner bisherigen Aufsässigkeit war es unmöglich, Hochzeitspläne zu machen. Nun tauchst du unangemeldet auf und erklärst, daß du ein gehorsamer Junge gewesen bist. Und ich soll lächeln und dir den Kopf tätscheln! Der April ist fast vorüber. Für das Verschicken der Hochzeitseinladungen nach London ist es zu spät. Ich wollte, daß alle Adeligen Englands zu diesem Anlaß nach Schloß Aylesbury kommen, aber ...«

»Erstens«, unterbrach ihn Andrew barsch, »daß mir jemand den Kopf tätschelt, und dann noch ausgerechnet *du*, ist das Letzte, nach dem ich mich in diesem Leben sehne! Zweitens, es ist meine Hochzeit mit Micheline – nicht deine. Wäre es nach mir gegangen, hätten wir vor zwei Wochen in London geheiratet, aber du hast den Wunsch geäußert, die Zeremonie hier stattfinden zu lassen, und ich habe mich in der Hoffnung gefügt, dir eine

Freude zu machen. Ich hatte darauf gesetzt, daß dieses Ereignis für uns alle eine Gelegenheit wäre, Frieden zu schließen und einen neuen Anfang zu machen. Und was deinen Wunsch angeht, jeden Adeligen Englands nach Schloß Aylesbury zu holen – *mir* ist es vollkommen gleichgültig, wer an dieser Zeremonie teilnimmt, solange Micheline und ich und der Priester dabei sind. Es wäre schön, auch Familie und Freunde dabeizuhaben, aber selbst das finde ich persönlich für nicht notwendig. Wenn du willst, daß wir wieder abreisen und woanders heiraten, dann sag es einfach. Ansonsten würde ich es zu schätzen wissen, wenn du den Versuch machen würdest, deine Zunge im Zaum zu halten, zumindest in Anwesenheit von Micheline.«

Das Gesicht des Herzogs hatte sich nach und nach hellrot verfärbt. »Ich *wußte*, daß du dich nicht geändert hast. Ich habe gehört, daß du das Mädchen heiraten willst, aber ich wußte, daß du nie eine Niederlage hinnehmen würdest.«

Micheline hätte sich gern geäußert und gefragt, warum ein Vater seinem eigenen Sohn eine Niederlage beibringen wollte, aber es lag soviel Spannung in der Luft, daß sie nicht den Mut dazu fand.

»Ich bin kein gebrochener Mann, wenn du das meinst«, sagte Sandhurst hart. »Und wie du weißt, ich habe keine Lust, deine perversen kleinen Spielchen weiter mitzuspielen, deren Ziel es zu sein scheint, meinen Geist zu brechen. Ich kann meine Zeit mit wichtigeren, lohnenderen Dingen verbringen.«

»Oh, das ist mir durchaus klar. Du hattest immer etwas Besseres zu tun, als deinem Vater zu gehorchen.« Der Herzog stieß einen traurigen Seufzer aus, ließ den Kopf nach hinten gegen die Lehne fallen, und dann sah er schwach lächelnd zu Rupert. »Zum Glück sind nicht alle meine Nachkommen so arrogant und selbstsüchtig.« Jetzt wandte der alte Mann seine Aufmerksamkeit wieder Micheline zu, die verwirrt und schmerzerfüllt zugleich wirkte. Mit samtweicher Stimme murmelte er: »Ich muß mich für Andrew entschuldigen, meine Liebe. Das war zweifellos eine unerfreuliche Szene für dich. Ich versichere dir, eure Hochzeit *wird* hier stattfinden, und ich werde dafür sorgen, daß sie ein schönes Ereignis wird. Ich hatte gehofft, sie zu einem Tag zu machen, an den ganz England noch lange denken würde, aber ...«

»Ich versichere Ihnen, Hoheit, daß nur die Trauungszeremonie für mich zählt«, antwortete Micheline so höflich, wie sie konnte. »Ob ganz England daran denkt oder nicht, ist nicht wichtig. Der Tag, an dem ich Andrews Frau werde, wird für mich der bedeutsamste in meinem ganzen Leben sein, und darüber hinaus ist es mein einziger Wunsch, seine Familie an unserer Freude teilhaben zu lassen.«

Der Herzog zuckte mit den Achseln und wandte den Blick von ihr ab, als ob sie ein Kind sei, das Unsinn von sich gab. »Sogar der König hat seinem Wunsch Ausdruck verliehen, dabeizusein.«

»Vater, ich habe selbst mit König Heinrich gesprochen. Micheline und ich haben ihn in Hampton Court gesehen. Er war erfreut über unsere Verlobung und schickt dir seine besten Grüße. Ich dachte, die Vorbereitungen für Anne Boleyns Krönung im nächsten Monat würden ihn daran hindern, an unserer Hochzeit teilzunehmen, aber er hofft, die Reise trotz allem machen zu können und die Marquise von Pembroke und andere Mitglieder des Hofes mitzubringen. Er konnte es nicht versprechen, aber ...«

Der alte Mann wandte sein zerfurchtes Gesicht ab und sah aus dem Fenster, als hätte er nichts gehört.

In die folgende Stille hinein räusperte sich Rupert.

»Ich habe noch nicht Gelegenheit gehabt, euch beide zu begrüßen!« rief er laut. Er kam herbeigeeilt, schüttelte seinem Halbbruder die Hand, wandte sich dann Micheline zu. »Madame, Sie sind schöner denn je! *Tress* bell, was?«

Trotz ihrer Anspannung gluckste Micheline vor Belustigung. »Da bist du ja wieder, Ru-pähr! Aber nein, das ist falsch! Hallo, Ru-*pört.*«

Selbst Sandhurst vergaß für einen Augenblick seinen Zorn und lächelte. Er dankte Gott für Micheline. Was hätte er nur ohne sie gemacht? Er legte die Hand um ihre winzige Taille, zog sie an sich heran und küßte sie auf das glänzende Haar.

»Du mußt meine liebe Frau kennenlernen«, erklärte Rupert. »Sie hat sich so sehr darauf gefreut!« Er drehte den Kopf um, ohne den Blick von Micheline abzuwenden. »Patience, Liebling, komm her zu uns!«

Schüchtern lächelnd gehorchte Patience. Als Ruperts Frau näher kam, stellte Micheline mit Bedauern fest, daß sie außerordentlich unattraktiv war. Sie war viel größer als Rupert, fast so groß wie Andrew, und ihre Brüste oder Hüften waren kaum erwähnenswert. Ihr Gesicht war lang und bläßlich, hatte dünne Lippen, eine scharfe Nase, runde, kleine Augen und ein fliehendes Kinn, das dem ihres Mannes nicht unähnlich war. Das strähnige Haar von unbestimmbarer Farbe, in der Mitte geteilt und unter eine unvorteilhafte spitze Haube gesteckt, rundete das Bild ihres unansehnlichen Äußeren ab. Micheline hatte Mitgefühl mit ihr.

»Das ist Micheline, Liebste«, schwärmte Rupert. »Ist

sie nicht genauso, wie ich dir gesagt habe? Ist es nicht ein Glück, sie zu unserer *Schwester* zu haben?«

Sandhurst zuckte leicht zusammen, aber Patience lächelte Micheline voller Ehrfurcht an. »Das haben wir wirklich, mein lieber Mann. Hallo, Schwester, und willkommen in unserer Familie.«

»Danke, Patience.« Leicht verwirrt sah sich Micheline im Raum um, und ihr Blick fiel auf eine bockige Cecily, den verschrumpelten, sauertöpfischen Herzog von Aylesbury, den linkischen, übereifrigen Rupert und Patience, die das Gesicht eines Pferdes, aber nichts von dessen Eleganz besaß. Schließlich hob Micheline ihren Blick zu Andrew. Um seinen Mund und in der Art, wie er seine Brauen hochzog, lag ein Anflug von Humor, so als wollte er sagen: Ich habe dir *gesagt*, daß sie anders sind!

Unter seinem warmherzigen Blick schmolz ihre Verzweiflung dahin. Solange sie zusammen waren, konnten sie jedes Hindernis überwinden und jede Last tragen.

Diese Überzeugung wurde Minuten später auf eine Belastungsprobe gestellt, als Patience sich freundlich anbot, Micheline ihre Schlafkammer zu zeigen, wo sie sich erst einmal waschen und ausruhen konnte.

»Hier wirst du bis zur Hochzeit vor Andrew sicher sein, falls er ungeduldig wird!« verkündete Patience stolz. »Sein Zimmer ist am anderen Ende des Korridors!«

»Oh.« Micheline nickte, und ihr wurde ein wenig übel. »Wie rücksichtsvoll von dir.«

Kapitel 27

18.–19. April 1533

Sandhurst stand in seinem Schlafzimmer und legte zusammengefaltete Kleidungsstücke in eine geschnitzte Truhe, als Cecily in der Tür erschien.

»Ich hab' dir Wein mitgebracht«, sagte sie zögernd und hielt ihm den Zinnbecher hin. »Und ... ich wollte dir sagen, daß es mir leid tut, wie ich mich benommen habe.«

Er war immer noch verärgert, aber als er sie so klein und reumütig in der Tür stehen sah, siegte sein weiches Herz. Cecily war schließlich noch ein Kind und hatte Nachsicht verdient.

Andrew streckte den Arm aus und lächelte, und sie stellte den Wein ab und kam auf ihn zugelaufen.

»Sag mir, daß du mir verziehen hast!« bettelte sie und drückte das Gesicht an seine Brust. »Du bist der einzige Mensch auf der Welt, den ich liebe!«

»Natürlich verzeihe ich dir, mein Kind. Das ist doch selbstverständlich. Aber« – er hob ihr Kinn hoch und sah ernst in ihre tränenerfüllten Augen – »du darfst nie wieder so garstig zu Micheline sein. Sie braucht deine Hilfe, damit sie sich hier wohl fühlt, und natürlich wirst du ihre Schwester sein und dich entsprechend verhalten.«

Cecilys Lippen wurden ganz schmal. »Ich verstehe nicht, wie du so reden kannst, Andrew. Ich hab' gehört, was du an dem Abend damals in London gesagt hast. Du und Jeremy, ihr habt euch über sie lustig gemacht. Du wolltest sie nicht heiraten. Was meinst du, wie mir zumute war, als alle über dich geredet haben. Alle haben sich gewundert, daß du dich dem König und Vater fügst und eine Fremde heiraten willst ...«

»Wer ist *alle*?« unterbrach er kühl.

Sie senkte den Blick. »Ich habe Ende Februar unsere Tante in Oxfordshire besucht. Hier konnte ich es nicht mehr aushalten, und Rupert mußte nach London, da hat er mich unterwegs in Oxfordshire abgesetzt. Letzte Woche bin ich wiedergekommen. Wir waren auch in Hampton Court und haben bei einem Turnier zugesehen. Es war kurz nachdem du mit – deiner *Verlobten* – dort warst, und der Hof hatte kein anderes Gesprächsthema. Natürlich wußte ich schon von deinem Entschluß, die Frau auf jeden Fall zu heiraten, aber richtig geglaubt hab' ich das erst in Hampton Court.«

»Warum hast du uns in London nicht besucht?« fragte er. »Und wie bist du nach Yorkshire zurückgekommen? Du hättest mit Micheline und mir kommen können!«

»Rupert hat mich zurückgebracht. Ich kann ihn zwar nicht leiden, aber ich bin mit ihm abgereist, weil ich nicht sehen wollte, wie du von der Französin träumst.«

»Ich dachte, Rupert wäre schon am vierten April hierher zurückgekehrt.«

»Ist das nicht egal? Ich war mit ihm in Hampton Court verabredet, und wenigstens er hat sich an meine Existenz erinnert. Das kann man von dir ja nicht gerade sagen!«

Sandhurst konzentrierte sich ganz auf seine Schwester. »Cecily, setz dich.« Er holte sich den Becher mit Wein und trank einen großen Schluck. »Ich muß gestehen, daß ich deine Ablehnung gegenüber Micheline nicht begreifen kann. Ich weiß, was ich vor zwei Monaten in London gesagt habe, aber da kannte ich sie noch nicht. In Frankreich war alles anders. Ich habe mich in sie verliebt, obwohl ich das gar nicht wollte, und *sie* hat sich auch verliebt, aber nicht in den Grafen von Sandhurst, sondern in den Maler Andrew Selkirk. Verstehst du denn nicht? Micheline hat die Ehe, die König Franz für sie arrangiert hatte, abgelehnt und sich für den Mann entschieden, den sie liebte. Überzeugt dich das nicht davon, daß sie ein guter, ehrlicher Mensch ist?«

Cecily beschäftigte sich angestrengt mit den Falten ihres Satinrocks und mied seinen Blick. »Du bist vernarrt. Als ob dich jemand verzaubert hätte, aber das geht vorbei! Madame Tevoulère hat dich nicht verdient. Wahrscheinlich hat sie die ganze Zeit gewußt, wer du wirklich bist.«

Er setzte sich neben sie und ergriff ihren Arm. »Hast du dich mit unserem Vater verbündet? Wollt ihr beide mich unglücklich machen? Cecily, du bist mir immer die Liebste in der Familie gewesen, und das weißt du. Auch in Zukunft können wir so fröhlich und unbeschwert miteinander umgehen wie immer, aber erst mußt du all deine unsinnigen Vorstellungen über Micheline aufgeben! Ich kenne sie so gut wie mich selbst, und ich sage dir, sie ist ein kluges und zärtliches Geschöpf. Sie möchte *gern* deine Freundin sein!«

»Sie kann niemals meine Schwester werden«, antwortete Cecily eigensinnig. »Ich werde nie andere Geschwister außer dir haben und könnte niemanden so lieben wie dich.«

Sandhurst hatte das Gefühl, mit dem Kopf gegen eine Wand zu rennen. »Du stellst meine Geduld auf eine harte Probe, mein Kind. Ich kann nicht verstehen, warum du so gegen Micheline eingenommen bist. Du beklagst dich über unsere Familie – zu Recht. Aber jetzt ist ein Mensch in unsere Welt gekommen, der nicht nur mein Leben, sondern auch deins verschönern möchte. Wenn ich erst einmal verheiratet bin, kannst du uns in Sandhurst Manor und in London besuchen, denn Micheline wird sich um dich kümmern, wenn ich nicht da bin. Sie ist die wunderbarste, bezauberndste Frau, die ich je kennengelernt habe. Warum lehnst du sie ab?«

Cecily dachte: Ich will sie nicht, ich will *dich* für mich allein haben. Aber das konnte sie ihm nicht sagen. Statt dessen flüsterte sie mit gebrochener Stimme: »Mein ganzes Leben lang habe ich dich am meisten geliebt, Andrew. Nach Mutters Tod warst du so gut zu mir, und in letzter Zeit habe ich gedacht, du holst mich zu dir, und ich kann bei dir leben.« Die Tränen liefen ihr über die Wangen. »Seit diese Frau da ist, hat sich alles verändert. Du hast offenbar ganz vergessen, daß es noch andere Menschen auf der Welt gibt!«

»Liebes Kind, dir war doch wohl immer klar, daß ich eines Tages heiraten *muß*. Ich bin erwachsen, und die Liebe zwischen Micheline und mir ist eine andere als meine Liebe zu dir. Ich bin dein Bruder, ich werde dich immer lieben. Nichts kann daran etwas ändern.«

Alle Antworten, die Cecily einfielen, waren gemein, deswegen sagte sie lieber nichts. Statt dessen weinte sie nur still vor sich hin. Andrew war der Mittelpunkt ihres Lebens gewesen, und nun hatte sie das Gefühl, ihn verloren zu haben.

»Wenn du mich lieb hast«, fuhr er sanft fort, »dann mußt du doch mein Glück wollen. In Micheline habe ich einen Schatz gefunden, sie bereichert mein Leben. Ich flehe dich an, meine Freude mit mir zu teilen. Und reiche der Frau, die ich liebe, doch bitte die Hand zur Freundschaft.«

Cecily konnte nichts dazu sagen. Nur eines hätte sie ihrem Bruder gern mitgeteilt, nämlich daß es ihr größter Wunsch war, Micheline Tevoulère wäre nie geboren worden. Oder Andrew wäre ihr wenigstens nie begegnet. In der Gegenwart dieser Französin kam er ihr wie verhext vor, denn er sah sie auf eine Weise an, die Cecily nicht kannte. Auf alle anderen Menschen konnte er jetzt verzichten, auch auf seine geliebte Schwester. Im Augenblick schenkte er ihr zwar seine Zeit und seine Aufmerksamkeit, aber er konnte nur über ein Thema reden – *Micheline*!

»Wirst du freundlich zu Micheline sein?« fragte Sandhurst noch einmal. »Um mir einen Gefallen zu tun?«

Cecily hob das Kinn. »Ich kann nichts gegen meine Gefühle machen, Andrew, du kannst das ja auch nicht. Ich will versuchen, höflich zu ihr zu sein, aber mehr als das will ich nicht versprechen.«

An seinem Kinn zuckte ein Muskel. »Langsam denke ich, daß Vater auf dich abfärbt.«

»Ich kann genauso gut gehen. Wir haben das einzige Thema, über das du in diesen Tagen reden kannst, offenbar erschöpfend behandelt.« Sie verpaßte ihrem Bruder einen eisigen Blick, jedenfalls hoffte sie, frostig zu wirken. Dann stand sie auf und rauschte durch die Tür. Als sie um die Ecke bog, stieß sie fast mit Micheline zusammen, die wie erstarrt dastand. Ihre Augen waren voller Tränen, und sie hatte eine Hand auf den Mund gepreßt.

»Du Lauscherin!« schimpfte Cecily.

»Ich wollte nicht ...«, versuchte Micheline zu erklären, aber Andrews Schwester hatte sich bereits abgewandt und ging den Korridor hinunter.

Plötzlich stand Sandhurst hinter Micheline, nahm sie in die Arme und zog sie in sein Schlafzimmer. Er schloß die Tür und führte sie zu dem Bett mit den Samtvorhängen.

»Tut mir leid«, flüsterte er. Micheline hatte ihre Arme fest um seinen Hals gelegt, während sie lautlos weinte.

»Ich hoffe, du hast nicht viel gehört. Meine Schwester scheint sich während meiner Abwesenheit in eine kleine Hexe verwandelt zu haben.«

Am liebsten hätte sie dasselbe wie in Hampton Court gesagt, nämlich daß sie den Ort haßte und bedauerte, je hergekommen zu sein, aber sie schwieg. Sie hatte nicht vergessen, was Andrew ihr damals gesagt hatte. Irgendwie mußte sie einen Weg finden, mit Schloß Aylesbury und seinen Menschen zurechtzukommen. Hier war die Herausforderung sogar noch größer als am englischen Königshof, und sie mußte sie unbedingt annehmen, denn das hier war das Schloß von Andrews Vorfahren, und diese Leute waren seine Familie.

»Cecily verachtet mich«, sagte sie schluchzend. »Was habe ich ihr getan, daß sie so boshaft ist?«

»Nichts. Du hast ihr nichts getan. Meine Schwester ist einfach zu besitzergreifend; sie muß langsam lernen, daß ich nicht ihr gehöre!«

Micheline hob ihr tränenüberströmtes Gesicht, und er beugte sich zu ihr herab, um sie zu küssen. »Vielleicht ist der Tod eurer Mutter das Problem«, überlegte sie. »Er muß eine ungeheure Leere in Cecilys Leben hinterlassen haben, und sie hat beschlossen, daß du diese Leere ausfüllst. Wenn ich mich in ihre Lage versetze und mir vorstelle, hier mit deinem Vater, Rupert und Patience leben zu müssen, dann verstehe ich besser, wie ihr zumute ist.«

»Glaub mir, ich habe mich in den vergangenen fünf Jahren mit dem Problem herumgequält, und seit Cecily zu einem jungen Mädchen herangewachsen ist, sind meine Schuldgefühle nur noch stärker geworden.«

»Ich habe mit angehört, daß sie ihre Hoffnung darauf gesetzt hat, in deinem Haus leben zu können. Andrew, wäre das denn nicht möglich? Gibt es irgendeinen Grund, warum Cecily nicht bei uns ein Zuhause finden sollte?«

Er war überrascht. »Das kann du nicht ernst meinen! Als jungverheiratete Frau würdest du tatsächlich die Anwesenheit dieses unerzogenen, kleinen Drachens hinnehmen?«

»Wir könnten es doch versuchen. Dann sähe ihr Leben doch gleich ganz anders aus. Sie hätte ihren Platz in einem normalen, liebevollen Zuhause, und sie könnte mit jungen Leuten ihres Alters zusammenkommen. Natürlich müßte sie ihre Einstellung zu mir ändern, aber ich würde über Nacht keine Wunder erwarten. Wenn ich allerdings um mein Leben fürchten müßte, würde ich ihr die Tür weisen!«

Micheline lächelte über den letzten Satz, denn sie hatte absichtlich übertrieben, aber Sandhurst schaute geistesabwesend und mit grimmigem Gesicht aus dem Fenster. »Ich werde darüber nachdenken, Liebes. Aber ich liebe dich für diesen großherzigen Vorschlag.« Zum Beweis küßte er sie lange und intensiv, wobei er ein leises Stöhnen nicht unterdrücken konnte. »Das ist die reine Folter für mich. Bist du nur mit der Absicht hergekommen, mich zu quälen?«

Ihr Lächeln wich. »Nein, ich bin gekommen, als ich merkte, daß ich ziemlich ängstlich bin. Mein Zimmer ist so weit von deinem entfernt. Es ist dumm von mir, ich weiß, aber nach dem Erlebnis in Hampton Court ...«

»Nein, das ist gar nicht dumm. Wir werden es so einrichten, daß Mary das Zimmer wieder mit dir teilt, und ich sorge dafür, daß die Tür ein richtiges, sicheres Schloß bekommt.«

»Ich weiß, daß ich mich hier vor nichts fürchten muß – außer vielleicht vor einem Gespräch mit deinem Vater –, aber ich werde diese unsinnigen Ängste einfach nicht los. Mit der Zeit werden sie bestimmt vergehen, und wenn wir erst einmal verheiratet sind, werde ich mich *viel* besser fühlen! Wovor sollte ich dann noch Angst haben, wenn du in meinem Bett liegst?«

»Mmm.« Sandhurst preßte seine warmen Lippen auf ihren Hals. »Dann wirst du dich vielleicht nur noch darum sorgen, ob du je wieder Schlaf findest ...«

»Andrew«, fuhr sie vorsichtig fort, »da ich den Herzog schon erwähnt habe, kann ich dich genauso gut fragen: Ist da irgend etwas, das ich anders machen sollte, um seine Gunst zu erringen? Ich habe heute nachmittag versucht, taktvoll zu sein, aber ihm schien alles, was ich zu sagen hatte, nicht zu gefallen.«

»Um Gottes willen, du darfst nicht einmal daran denken, nur das zu sagen, was er hören will! Mach genauso weiter wie bisher, sag die Wahrheit und sei ganz du selbst. Es ist alles ein Spiel! Wenn er eine Schwäche spürt, wird er sich darauf stürzen und versuchen, dich zu beherrschen, genau wie er diesen jammernden Kerl von Halbbruder beherrscht.«

Micheline seufzte. »Ach, wären wir doch schon verheiratet – und allein in Sandhurst Manor.«

»Wie immer, Liebes, sind wir einer Meinung.« Schweigend ging er in Gedanken noch einmal alles durch, was an diesem Tag geschehen und gesagt worden war. »Wirklich, ich sehe keinen Grund, länger als notwendig in Yorkshire zu bleiben. Wir werden heiraten, sobald es irgendwie möglich und zu schaffen ist. Ich habe dem König gegenüber etwas von zwei Wochen angedeutet. Wenn er sich zum Kommen entschließt, wird er rechtzeitig eintreffen. Warum sollten wir die Hochzeit auf später verschieben?«

Micheline schenkte ihm ein umwerfendes Lächeln. Auf einmal kehrte die Freude zurück, und sie neckte ihn: »Patience hat mich gewarnt. Sie meinte, du könntest ein bißchen übereifrig sein und deine Rechte als Ehemann vor der Zeit ausüben wollen!«

Sandhurst grinste. Seine rechte Hand glitt langsam bis ans Ende ihrer Wirbelsäule, dann zog er Micheline fest an sich. »Dieses eine Mal in ihrem Leben hat Patience absolut recht.«

Ein endloses, spannungsgeladenes Abendessen in der zugigen Halle bestärkte Sandhurst nur in seinem Entschluß. Er wartete, bis sich alle zurückgezogen hatten, um dann mit seinem Vater zu sprechen.

Der Herzog saß wieder in seinem Lieblingsstuhl im Söller und las beim Schein von zwei Kerzen in einem Buch. Als Andrew hinüberging und sich ihm gegenüber hinsetzte, tat der alte Mann so, als bemerkte er es nicht.

»Vater, es gibt etwas, das ich mit dir besprechen möchte.«

Eine Ewigkeit schien zu vergehen, bis der Herzog endlich aufschaute. »Das ist ja selten genug. Was für ein Glück, daß du zufällig hier auf dem Schloß bist und nicht in London oder in Gloucestershire oder in Frankreich! Das Leben besteht aus glücklichen Zufällen, oder?«

»Mehr oder weniger«, stimmte Sandhurst lakonisch zu. »Würde ich dich sehr enttäuschen, wenn ich unumwunden sage, worum es geht?«

»Überhaupt nicht.« Diese Gespräche mit seinem Sohn erinnerten ihn an seine Waffengefechte in jungen Jahren. Die Regeln waren mit Sicherheit dieselben. »Sprich. Ich möchte mich gern wieder meinem Buch zuwenden.«

»Es wird nicht lange dauern. Ich wollte dich nur wissen lassen, daß Micheline und ich so schnell wie möglich heiraten möchten. In ihrem Leben ist in der letzten Zeit soviel passiert, und ich denke, es wäre gut, die Hochzeit nicht hinauszuzögern. Wenn wir verheiratet sind, kann ich sie nach Sandhurst Manor mitnehmen, und dort wird sie dann zur Ruhe kommen und ein bißchen Frieden und Beständigkeit genießen. Ich habe König Heinrich einen Zeitraum von zwei Wochen genannt, und die wäre morgen um. Seine Zeit ist auch kostbar. Warum lassen wir die Hochzeit nicht in zwei Tagen stattfinden?«

Der Herzog lächelte boshaft und beobachtete seinen starken, attraktiven Sohn. Andrew sah besser aus als je zuvor. Mehr als einmal hatte er sich gefragt, ob sein eigenes Leben nicht eine Wende zum Besseren genommen hätte, wenn er mit solchen körperlichen Vorzügen gesegnet gewesen wäre.

»Als nächstes wirst du mir erklären, daß dein Drängen nichts mit deinem Verlangen zu tun hat, dieses freche, französische Biest zu beschlafen!« schnaubte der alte Mann. »Ich dachte, du seist Manns genug, ihr die Beine schon in Frankreich zu spreizen!«

Andrews Gesicht wurde weiß vor Wut. Er brauchte all seine Selbstbeherrschung, um seinen eigenen Vater nicht zu schlagen. »Ich werde dieses vulgäre Gerede überhören, jedenfall für dieses Mal«, antwortete er in einem Ton, der erkennen ließ, daß es für den alten Herzog gefährlich wurde. »Stimmst du zu, daß die Hochzeit in zwei Tagen stattfindet? Die Dienstboten versichern mir, alles schaffen zu können. Ich reite morgen los, um den Priester zu informieren und Freunde einzuladen. Sir Jeremy Culpepper hat uns auf unserer Reise hierher begleitet, er wird sicher dabeisein wollen, und zweifellos werden auch seine Eltern kommen. Wenn du weitere Gäste einladen möchtest, informiere mich freundlicherweise morgen früh.«

Micheline schlief unruhig. Sie dämmerte vor sich hin und träumte, dann wachte sie auf und starrte auf die beiden schmalen Fenster, von denen man weit über die Landschaft von Yorkshire blicken konnte. Mondstrahlen fielen hell in den Raum und ärgerten Micheline so sehr, daß sie sich schließlich aufrappelte und die seitlichen Bettvorhänge zuzog.

Mary lag in einem kleinen Feldbett in der Nähe. Es war gut, sie hier zu haben; seit Hampton Court fürchtete Micheline sich davor, in der Dunkelheit allein zu sein. Doch das kleine Dienstmädchen schlief ungewöhnlich fest, atmete tief und gab von Zeit zu Zeit leise Töne von sich. Wahrscheinlich träumte sie.

Mitternacht kam, und es wurde immer später. Micheline sehnte sich danach, in Andrews Armen zu liegen, seine Wärme zu spüren und seinem Herzschlag zu lauschen, während er schlief. Tatsächlich fühlte sie sich verloren in diesem riesigen Bett und fror trotz der vielen Decken ganz schrecklich. Im Halbschlaf drehte sie sich auf den Bauch, vergrub sich in die Kissen und versuchte sich vorzustellen, sie kuschelte sich an Andrew.

Ein Geräusch, ein Rasseln aus der Ferne störte sie noch mehr. Nach und nach wurde Micheline hellwach und fragte sich verwirrt, woher dieses störende Geräusch kommen könnte. Irgend etwas schien an der Tür zu sein.

Sie öffnete die Augen, und ihr Herz begann heftig zu klopfen. Inzwischen war das Rasseln verstummt, und sie rief sich in Erinnerung, daß sie ja in Sicherheit war, denn Andrew hatte ein schweres Eisenschloß an der Schlafzimmertür angebracht. Es war dem nicht unähnlich, das Heinrich VIII. stets von einem Palast zum anderen mitnahm, damit seine Privatsphäre und seine Sicherheit geschützt wurden.

Hatte jemand trotz des Schlosses versucht, die Tür zu öffnen? Erinnerungen an die schreckliche Nacht in Hampton Court kehrten zurück.

»Mary? Mary, bist du wach?«

»Hmmm?« murmelte das Mädchen.

Micheline warf die Decken zurück und eilte an das Bett des Mädchens. »Hast du das Geräusch eben gehört? Das Rasseln an der Tür?«

Mary stützte sich auf einen Ellenbogen und blinzelte in das Mondlicht. Ihre Herrin sah wirklich erschrocken aus. »Nein, Ma'am, ich habe nichts gehört! War es ein Geräusch wie das Kratzen im Palast des Königs?« Man hatte ihr die Geschichte am nächsten Tag erzählt, und seitdem hatte sie sich ziemlich unbehaglich gefühlt, wenn sie das Zimmer mit Micheline teilen mußte. Doch jetzt fragte Mary sich, ob die Französin vielleicht eine zu lebhafte Phantasie hatte. Die einzigen anderen Menschen hier, die sich auch in Hampton Court aufgehalten hatten, waren Lord Sandhurst und Joshua Finchley, und mit Sicherheit würde keiner der beiden mitten in der Nacht herumschleichen und an Türen kratzen!

»Nein, nein, es war anders, als ob jemand versuchte, das Schloß zu öffnen.«

»Entschuldigen Sie, wenn ich das sage, Ma'am, aber ich frage mich, ob Sie das vielleicht geträumt haben. Sie sind nach dieser Nacht am Hof noch beunruhigt, und die Zeit so kurz vor der Hochzeit ist aufregend. Vielleicht haben Sie das Geräusch im Traum gehört. Ich habe viele solcher Träume.«

»Du bist ganz sicher, daß du nichts gehört hast?« fragte Micheline ängstlich.

»Nichts.« Marys Stimme war fest.

»Also gut«, seufzte Micheline, »vielleicht hast du recht. Tut mir leid, daß ich dich gestört habe, Mary.«

»Ist schon gut, Ma'am. Ich habe manchmal auch Alpträume. Wissen Sie, wir sind in Sicherheit mit dem Schloß, das Lord Sandhurst an der Tür angebracht hat. Warum schlafen Sie nicht weiter und bestellen sich einen fröhlichen Traum über Ihre Hochzeit?« Das Mädchen strahlte im Halbdunkel. »Bedenken Sie, Ma'am, bald sind Sie die Frau des Mannes, den jedes andere englische Mädchen nur in seinen Träumen treffen kann! Sie sollten einfach glücklich sein und sich nicht von einem kleinen Rasseln an der Tür stören lassen!«

Micheline lächelte. »Du hast natürlich recht. Danke, Mary.«

»Gute Nacht, Ma'am.«

Micheline kroch wieder in ihr Bett und schloß die Augen. Wortlos wiederholte sie: »Es war nur ein Traum.« Immer wieder, bis sich schließlich der Schlaf einstellte.

Kapitel 28

19. und 20. April 1533

Der neue Tag brachte strahlenden Sonnenschein, und Micheline konnte über das beunruhigende Geräusch der vergangenen Nacht lachen. Bei Tageslicht betrachtet, schien der gesamte Vorfall mit ihrer verständlichen Nervenschwäche zusammenzuhängen.

Nach einem erfrischenden Duftbad zog Micheline ihr

Lieblingskleid aus gelber Seide an, das ihr glänzendes Haar und ihre blauen Augen unterstrich. Mary war gerade dabei, ihr die Locken auszubürsten, als es an der Tür klopfte.

Das Mädchen öffnete und ließ Lord Sandhurst herein, der die fröhliche Stimmung noch steigen ließ. Sein Haar schimmerte im Morgenlicht, und er brachte eine große Orange und einen Strauß aus Narzissen und Glockenblumen mit.

»Guten Morgen, meine Damen! Habt ihr je einen schöneren Tag gesehen?« Seine weißen Zähne blitzten im gebräunten Gesicht auf, als er Micheline die Geschenke präsentierte. Als seine Hände frei waren, umfaßte er ihr Gesicht und küßte sie liebevoll. »Eins ist sicher: Kein Mann hat je eine schönere Frau gesehen. Mit dir wird jeder Tag ein guter Tag.«

»Sie sind voreingenommen, Mylord.«

»Aber ehrlich. Ehrlichkeit ist nur eine meiner lauteren Eigenschaften.«

Micheline strahlte vor Liebe, als sie in seine warmen, braunen Augen sah. »Sieht so aus, als ob dir nur die Bescheidenheit fehlt«, neckte sie ihn.

Mit einem leichten Achselzucken gab Sandhurst einen gespielt ernsten Seufzer von sich. »In meinem Fall ist es schwer, gleichzeitig ehrlich und bescheiden zu sein.«

Sie lachte, als er sie auf den Hals küßte. »Woher kommt diese gute Laune?«

»Weißt du es denn noch nicht? Ich liebe!« Er trat einen Schritt zurück, verlangte die Orange und fing an, sie zu schälen, dabei lächelte er Micheline an. Sie steckte gerade ihre Nase in die Blumen, auf denen immer noch der Tau glitzerte.

»Ich habe das Gerücht schon gehört, Mylord.«

»Oh!« Er spielte den Überraschten. »Gut, dann laß es mich mit noch einem Gerücht versuchen. Hast du auch gehört, daß ich heirate ... morgen?«

Sie ließ fast die Blumen fallen. »Was? Ist das ein Scherz? Wie ist denn das möglich?«

Er nahm ihr die Blumen ab und stellte sie in einen Wasserkrug, dann steckte er ihr lachend ein Stück Orange in den vor Überraschung aufgesperrten Mund. »Ich habe es einfach möglich gemacht, Liebes«, erklärte Sandhurst fröhlich.

Weil sie den Mund noch voll hatte, konnte sie nicht sprechen, und dann küßte er sie, holte sich von ihr ein wenig von dem Orangensaft. Eine Welle der Leidenschaft durchströmte Michelines Körper, als seine großen Hände über ihre Hüften glitten und sie näher heranzogen. Es gab Augenblicke wie diesen, in denen die Gefühle des Herzens und die körperlichen Empfindungen zusammen unglaublich explosiv zu sein schienen. Eines Tages würde ihr das Herz einfach zerspringen, davon war sie überzeugt.

»Jesus«, murmelte Andrew heiser, während er ihr Ohr mit heißen Lippen küßte, »sogar ein einziger Tag scheint noch eine ganze Ewigkeit zu sein. Ich weiß nicht, ob ich bis morgen überlebe.«

»Das solltest du lieber tun!« warnte sie ihn zitternd. Ihre Haut war so empfindlich, daß jede Berührung seines Mundes sofort Ströme der Erregung in allen Fasern ihres Körpers auslöste. »Morgen. Morgen!« Verwundert wiederholte sie die Worte und streichelte dabei die Locken hinter seinen Ohren. Sandhurst spürte, wie das Feuer in seinen Lenden fast unerträglich wurde.

»Andrew, was soll ich denn anziehen?! Werde ich mir das Hochzeitskleid von Patience ausleihen müssen?«

Er ließ sie los und sah sie mit hochgezogenen Augenbrauen an. »Jetzt werden wir *ernst*, wie ich sehe!« Als ihm Mary, die sich mit weit aufgerissenen Augen an die gegenüberliegende Wand drückte, einfiel, drehte Sandhurst sich um. »Mary, wirst du rot? Versuch dich zusammenzureißen und zeig deiner Herrin, was sie bei ihrer Hochzeit tragen wird.«

Das Mädchen konnte vor Aufregung nur nervös mit dem Kopf nicken, dann rannte es blitzartig aus dem Zimmer. Sandhurst hockte sich auf die Bettkante. Wenn er nicht verrückt werden wollte, sollte er vermeiden, daß es zu längeren Berührungen zwischen seinen und Michelines Hüften kam.

»Iß deine Orange, mein Schatz«, bat er. »Du mußt dir deine Kraft für das Ehebett erhalten.«

Sie bot ihm ein Stück an und sah zu, wie er aß – ein Bild der Lässigkeit in seiner gutsitzenden Weste aus burgunderrotem Samt, den Kniebundhosen und den schwarzen Lederstiefeln. Micheline sehnte sich danach, neben ihm zu sitzen und den Saft von seinen gebräunten Fingern zu saugen, aber sie versuchte, sich mit der Orange zufriedenzugeben.

»Du trägst Stiefel«, merkte sie an. »Bist du schon ausgeritten?«

»Ich mußte ein paar Besuche machen« – Sandhurst nickte – »vor allem bei dem Priester unserer Gemeinde. Er war meine einzige wirkliche Sorge, aber er wird morgen hier sein. Ich war auch in Greenwood bei den Culpeppers, um Jeremy und seine Familie zu alarmieren. Und heute nachmittag werde ich noch einmal wegreiten.«

»Was sagt dein Vater zu all dem?«

»Warum stellst du solche Fragen, wenn du weißt, daß dir die Antwort nicht gefallen wird?« Er seufzte, als sie seine Lieblingsreaktion nachmachte und wortlos die Brauen hochzog. »Du wirst vermutlich erraten, was der Herzog gesagt hat. Er hätte sich über jedes Datum beschwert und mir selbstsüchtige Arroganz vorgeworfen. Mein Vater ist ein unverbesserlicher und bösartiger alter Mann, und da man ihm nie etwas recht machen kann, habe ich schließlich gelernt, einfach das zu tun, was ich für das Beste halte.« Sandhursts Gesichtsausdruck wurde weicher, als er zusah, wie Micheline in das letzte Stück Orange biß; ihre Lippen und Finger waren feucht von dem Saft. »Nun muß ich natürlich auch deine Interessen berücksichtigen, und die sind weit wichtiger als irgendwelche Überlegungen meines Vaters.«

»Naja, du kennst ihn sicherlich besser. Wir können meiner Meinung nach nicht viel mehr tun als hoffen, daß er eines Tages auftaut. Mag der Herzog Kinder?«

Sandhurst zuckte mit den Achseln. »Ich meine mich an ein Lächeln beim Anblick der kleinen Cecily zu erinnern, aber da war er ein ganz anderer Mensch. Meine Mutter hätte seine ständige Gereiztheit nicht hingenommen.«

»Hat er deine Mutter geliebt?«

»Ich habe nie viel darüber nachgedacht, aber ich vermute, daß er das tat. Sie war ein Mensch, an dem er nie einen Fehler entdeckte, soviel ist sicher. Er hielt Mutter für die Verkörperung der Frau schlechthin.«

Micheline setzte sich neben ihn auf das Bett. »Na gut, dann besteht vielleicht noch Hoffnung für ihn. Wir müssen einfach geduldig sein.«

»Geduldig?« Sandhurst hob ihre schlanke, nach Orange duftende Hand und küßte jeden Finger einzeln. »Wenn es dir nichts ausmacht, überlasse ich das dir.«

»Hast du noch mal über Cecily nachgedacht?«

»Jetzt weiß ich, warum du neben mich gerutscht bist! Damit willst du meine Abwehrkräfte schwächen!« Er lächelte immer noch, glitt forschend mit den Lippen über Michelines Finger und Handflächen, als seien sie ihre intimsten Körperteile. »Offen gesagt, ich dachte, du würdest deine Meinung zu Cecily ändern, aber wenn du willst, daß sie bei uns lebt, dann stimme ich einem Kompromiß zu.«

Seine Lippen verbrannten die zarte Innenseite ihres Handgelenks, und Micheline zitterte. »Warum fühle ich mich nackt, obwohl ich vollständig angezogen bin?« stöhnte sie in halbherziger Abwehr. »Muß ich auch noch Handschuhe anziehen?«

Sandhurst überhörte das und fuhr fort: »Ein paar Wochen möchte ich allein mit dir in Sandhurst Manor sein, aber Cecily kann rechtzeitig zu Anne Boleyns Krönung Ende Mai zu uns nach London kommen. Im Juni geht sie dann mit uns nach Gloucestershire – auf Versuchsbasis. Solange sie sich anständig benimmt und ihr beide miteinander zurechtkommt, darf sie bleiben, aber ich will nicht, daß Cecily dir das Leben in deinem eigenen Haus schwermacht. Für mich ist dein Glück das Allerwichtigste, Liebes.«

Danach küßte Andrew Micheline noch einmal liebevoll die Hand und sah sie an. Micheline seufzte. Sein zwingender Blick allein hatte schon die Macht, sie zu erregen.

In der Tür räusperte sich Mary unüberhörbar.

»Ich habe das Hochzeitsgewand, Mylord!« Ihre Arme waren mit Unmengen weißer Seide beladen.

»Danke, Mary.« Sandhurst ging zu ihr, um sie von ihrer Last zu befreien, und breitete dann das Kleid auf dem dunkelgrünen Überwurf des Bettes aus.

Micheline stellte sich neben ihn und starrte lange Zeit wortlos vor sich hin, während Andrew sie beobachtete und auf ihre Reaktion wartete.

»Mir ist klar, daß es nicht nach der neusten Mode ist«, sagte er und hatte Sorge, daß es ihr nicht gefiel, »aber ich dachte …«

»O Andrew!« sagte sie atemlos. »Es ist einfach wunderbar! Von so einem Hochzeitskleid habe ich als Kind geträumt.«

Das stimmte. Diesen etwas altmodischen Stil liebte Micheline. Das Kleid war aus schwerem, weißem Satin gearbeitet und hatte einen sehr tiefen, runden Ausschnitt mit feiner Blumenstickerei in Gold und Rosa. Der Kragen aus goldenen Spitzen stand im Nacken hoch. Die Ärmel waren bis zum Ellenbogen gebauscht, lagen dann an den Unterarmen eng an und waren über die gesamte Länge mit Blüten und winzigen grünen Blättern bestickt. Die Taille war eng und lief spitz zu, der Rock war oben gefältelt, bauschte sich nach unten glockenförmig und endete in einer langen Schleppe. Anders als bei der augenblicklichen Mode war der Rock vorn geschlossen und gab nicht den Blick auf einen Unterrock frei.

Micheline beugte sich ehrfürchtig vor, um die zarten rosa und goldenen Blumen in der spitzen Taille zu berühren, dann strich sie mit den Fingern über den romantischen Kragen. »Es ist einfach wunderbar.«

»Du möchtest nicht lieber ein mit Juwelen besetztes Hochzeitsgewand?«

»O nein!« Erschrocken blickte sie zu Andrew auf und sah, daß er lächelte. »Ich liebe diese kleinen Blumen, ich liebe alles an diesem Kleid! Woher hast du es?«

»Es gehörte meiner Mutter. Ich glaube, Vater hat vergessen, daß es das Kleid noch gibt, ich nicht. Als ich noch ein Kind war, half ich Mutter eines Tages, im Lagerraum des Turms etwas zu suchen. Sie öffnete eine Kiste und nahm es heraus, um es mir zu zeigen. Sie erzählte mir, daß die rosafarbenen Blumen Schlüsselblumen sein sollten, die es nur auf den Wiesen von Yorkshire gibt. Die goldenen sind Butterblumen, denn beide waren ihre Lieblingsblumen. Damals stellte Mutter sich hin und hielt sich das Kleid an ..., ich sehe sie immer noch vor mir. Ist es nicht merkwürdig, daß du immer von so einem Hochzeitskleid geträumt hast? Als Junge habe ich lange gedacht, daß alle Bräute so ein Kleid trügen.«

Tränen brannten in Michelines Augen. »Es ist, als wären wir unser ganzes Leben lang einer Meinung gewesen.«

Er zog Micheline an sich und küßte ihr glänzendes Haar. »Schön gesagt, Liebes.«

»Ich freue mich so, daß du dich an dieses Kleid erinnert hast, Andrew, und es ist mir eine Ehre, es zu tragen, aber wird es dem Herzog auch nichts ausmachen?«

»Hör auf, dir Sorgen um Vater zu machen. Ich wäre überrascht, wenn er es überhaupt wiedererkennt. Du siehst meiner Mutter gar nicht ähnlich, daher wird er kaum auf den Gedanken kommen, ein Gespenst vor sich zu haben. Mutter würde sich auf jeden Fall freuen, das weiß ich.

»Es wird sein, als wäre sie bei uns«, meinte Micheline.

»Gut, das also ist geregelt, aber es gibt heute noch sehr viel mehr zu tun, und ich sollte mich lieber auf den Weg machen.«

»Ich begleite dich in den Hof. Vielleicht gehe ich eine Weile auf den Hügeln spazieren.«

Arm in Arm betraten sie den breiten Korridor. Micheline schaute in Richtung Söller und hielt den Atem an beim Anblick einer großen, schlanken Frau mit kupferfarbenem Haar.

Das kann nicht sein! dachte sie verwirrt.

Langsam drehte sich die Frau um, und Micheline starrte in die eiskalten, grünen Augen von Lady Dangerfield.

Als er fühlte, daß Micheline erstarrte, schaute Sandhurst sie an, folgte dann ihrem entsetzten Blick zum Söller.

»Iris! Was machst *du* hier?«

»Schäm dich, Andrew.« Sie schmollte. »Ist das eine Art, eine deiner ältesten und liebsten Freundinnen zu begrüßen?«

Da alle sie beobachteten, hatte er keine andere Wahl, als sich ein Lächeln abzuringen und mit Micheline Iris Dangerfield zu begrüßen.

»Verzeihung, Madame«, sagte Sandhurst knapp. Er deutete eine Verbeugung an, zog ihre Hand an den Mund und berührte sie kurz mit kühlen Lippen. »Ich war nur überrascht, Sie hier zu sehen.«

Eine zweite fremde Stimme kam von der Bank am Fenster. »Wir sind Ihnen nicht etwa gefolgt, Sandhurst.« Timothy Dangerfield trat vor, um sich neben seine Frau zu stellen. Er war sehr groß und dünn, hatte dunkles Haar und eine blasse Haut, Nase und Kinn waren spitz, und seine Zähne ähnelten denen eines Kaninchens. »Auf Geheiß des Königs ist eine Gruppe von uns nach Norden gereist, und wir sind gestern abend angekommen, als Sie sich schon zurückgezogen hatten.«

»Das habe ich gehört«, antwortete Andrew. »Ich mußte heute morgen das Schloß verlassen, als noch niemand von Ihnen aufgestanden war, daher wußte ich nicht, daß Sie und Ihre Frau bei der Gruppe waren. War die Reise angenehm?«

Dangerfield zuckte mit den Achseln. »Zu lang. Wir sind alle ziemlich erschöpft. Alle haben Sie schon gesucht. Die anderen sind schließlich fortgegangen, um einen Rundgang ums Schloß zu machen. Sie werden zweifellos mit Freude hören, daß Seine Majestät und die Marquise von Pembroke heute noch eintreffen werden.«

»Micheline und ich sind glücklich, zu diesem frohen Anlaß alle unsere Freunde hierzuhaben.« Andrews aufmerksamer Blick traf auf den des jüngeren Mannes, und er dachte daran, daß Dangerfield von der Untreue seiner Frau wußte. Es gab nur einen möglichen Grund für seinen Wunsch, an dieser Hochzeit teilzunehmen: Er wollte Iris bestrafen und ihr vor Augen führen, daß Lord Sandhurst nicht mehr zur Verfügung stand. »Vor allem wird es meinen Vater freuen, daß König Heinrich und der Adel Londons bei dieser Hochzeit vertreten sind«, meinte Andrew. »Dangerfield, ich glaube nicht, daß Sie meine Verlobte kennengelernt haben, als wir in Hampton Court waren.«

Mißtrauisch ließ Micheline das gegenseitige Vorstellungszeremoniell über sich ergehen, dann schaute Sandhurst auf seine Uhr und zog weiche Handschuhe aus Rehleder an. »Ich vertraue auf Ihr Verständnis, wenn Micheline und ich es den anderen Mitgliedern der Familie überlassen, Sie zu unterhalten. Wir haben noch viel zu tun.«

»Keine Sorge, Sandhurst!« meldete sich Rupert eilfertig und kam herbeigehastet, um die Aufmerksamkeit seines Bruders auf sich zu lenken. »Patience und ich haben ein Glücksspiel für den Nachmittag geplant. Die Würfel und die Karten liegen bereit, und ich werde unseren

Gästen beibringen, wie man *Passe-dix* und *Lansquenet* spielt! Natürlich wird das nicht so amüsant wie deine Taschenspielereien sein, aber ich werde mir Mühe geben, dich gut zu vertreten.«

Micheline zog die Nase kraus bei Ruperts fürchterlicher Aussprache der französischen Worte, während Sandhurst ihn mit milder Überraschung ansah.

»Wo hast du *Passe-dix* und *Lansquenet* gelernt?«

»Oh, ein Franzose hat es mir in einer Taverne in London beigebracht.« Rupert wandte sich aufgeregt an die Dangerfields und gestikulierte mit den spindeldürren Armen. »Sie können nach Ihrer Rückkehr dem königlichen Hof diese Spiele beibringen. Damit werden Sie sich sehr beliebt machen, wette ich!«

»Wir überlassen die Unterhaltung also dir«, sagte Andrew trocken, während er sich fragte, wieviel Ähnlichkeit Ruperts Auslegung der Spiele mit dem Original haben würde.

Als sie den Söller verließen, spürte Micheline Lady Dangerfields brennende Blicke auf der Stelle, wo Sandhursts Hand auf ihrem Rücken lag. Jetzt, wo sie wußte, daß Iris im Schloß gewesen war, mußte sie wieder an das Geräusch in der vergangenen Nacht denken, aber die Vorstellung war wohl doch dumm und abwegig. Wenigstens war Timothy Dangerfield anwesend, um ein Auge auf seine Frau zu haben, und Micheline wollte in ihrem Glück keinen Gedanken an die Gefühle verschwenden, die Iris haben mochte.

Als sie ins Sonnenlicht hinaustraten, schaute Micheline in Sandhursts nachdenkliches Gesicht. »Warum hast du mir nichts von diesen wichtigen Besuchern gesagt?«

Er lachte und nahm sie in die Arme. »Um die Wahrheit zu sagen, ich habe es vergessen! Deine Nähe und die

Hochzeit haben alle anderen Gedanken aus meinem Kopf vertrieben.«

Micheline war ganz schwindelig vor Glück, aber ein drohender Schatten blieb. Als Andrew sein Pferd aus dem Stall in den sonnigen Hof führte und sie fragte, ob sie ihn vielleicht begleiten wollte, kam sie in Versuchung.

»Du meinst vermutlich, daß ich vor Angst zittere, weil deine Iris Dangerfield auf dem Schloß ist!«

Er lächelte liebevoll, als er sah, wie sie mit ihrer kleinen Hand die Augen vor der Sonne schützte und das Kinn in gespieltem Trotz hob.

»Sie ist nicht *meine* Iris Dangerfield!« protestierte er.

»Naja, sie war es einmal.« Micheline tat, als schmollte sie. »Und sie wäre es gern noch.«

Sandhurst ließ sein Pferd stehen, kam zu Micheline und zog sie ganz fest an sich. »Sie war *niemals meine* Iris Dangerfield«, berichtigte er mit leiser, hypnotisierender Stimme. »Ich habe nur die Zeit überbrückt, bis ich dich fand.« Sein Mund berührte ihren. »Du bist meine beste Freundin ...« Noch einmal küßte er sie leidenschaftlich. »... meine große Liebe ... und morgen meine Frau.« Micheline Lippen öffneten sich für Andrew, und einen Augenblick lang berührten sich ihre Zungen liebevoll. Dann nahm Andrew ihr wunderschönes Gesicht in beide Hände und schaute sie zärtlich an.

»Meine Micheline.«

Kaum war Andrew davongeritten, traf Micheline auf den Rest der Gruppe aus London. Sie hatten nach dem Rundgang noch den Wachturm inspiziert und kehrten nun in den Hof zurück. Die Herzöge von Suffolk und Norfolk, Thomas Wyatt und Robert Cheseman, der Falkner des Königs, waren dabei. Prachtvoll gekleidete Damen vom

Hof begleiteten sie, und Micheline begrüßte sie mit all dem Charme, den sie aufbringen konnte. Sie wurde zwar den Eindruck nicht los, daß die Mitglieder des englischen Adels sie sehr kritisch musterten und sogar ein bißchen auf sie herabsahen, aber das machte ihr nicht viel aus. Die Erinnerung an Andrews Stimme und Berührung war noch ganz frisch und ließ sie von ihm träumen.

Als die anderen hörten, daß für den Nachmittag französische Würfel- und Kartenspiele vorgesehen waren, zogen sie sich ins Schloß zurück. Micheline dagegen war wild entschlossen, im Freien zu bleiben und einen Ritt über die Hügel Yorkshires zu machen. Ein Stallbursche gab ihr eine gutmütige Stute, und bald darauf ritt Micheline in leichtem Galopp dahin, vorbei an Kalksteinmauern, an Lämmern, die schwarze Strümpfe zu tragen schienen, und an kleinen Wäldchen, in denen Meisen zwitscherten und auf der Suche nach Insekten geschäftig umherflogen.

Nach einer Weile stieg Micheline ab, weil sie einen Strauß Primeln und Butterblumen pflücken wollte, um daraus zur Hochzeit einen Kranz für ihr Haar zu flechten. Doch sie konnte all den anderen Frühlingsblumen nicht widerstehen, die in so verschwenderischer Fülle an den Hängen blühten. Bald war ihr Arm voll mit duftenden Blumen: Trollblumen, kleinen gelben Sumpfdotterblumen, wilden Stiefmütterchen, Gänseblümchen und blaßrosa Wasserkresse. Unter schattigen Hecken entdeckte sie Veilchen im Überfluß und Vogelmilch, die der Spätwinterkälte getrotzt hatte und nun zwischen Farn und Efeu die weißen Blüten öffnete.

Der Nachmittag war fast vorüber, als Micheline die geduldige Stute wieder bestieg und sich auf den Rückweg zum Schloß machte. Ihr war plötzlich eingefallen, daß der König und Anne Boleyn in Kürze eintreffen könnten, und da Andrew abwesend war, sollte sie wenigstens zur Begrüßung da sein. Vorher mußte sie auch Frisur und Kleidung noch ein bißchen in Ordnung bringen. Micheline trieb die Stute zum Galopp an, warf den Kopf in den Nacken und genoß die kühle, nach süßem Frühlingsgras duftende Luft auf ihrem Gesicht. Pieper, Steinschmätzer und Berghänflinge zwitscherten und hüpften über die Kalksteinmauern.

Micheline war so glücklich und zufrieden, daß sie kaum das merkwürdig aufblitzende Licht bei den Bäumen auf dem Hügel wahrnahm. Aber die Stute wurde von dem Licht überrascht, es blendete sie so stark, daß sie ohne Vorwarnung scheute und die ahnungslose Michelle abwarf. Für eine weniger gute Reiterin hätte dieser Unfall schwere Verletzungen oder gar den Tod bedeutet, aber Micheline war in ihrem Leben schon so oft vom Pferd gestürzt, daß sie sich im Fallen instinktiv zusammenrollte und entspannte. Als sie sich aufsetzte und ihre Knochen untersuchte, bemerkte sie, daß sie ganz dicht an einer dieser Steinmauern gelandet war. Michelines Herz begann zu klopfen, als sie über diesen Lichtblitz nachdachte. Woher konnte er stammen, wenn nicht von einem Spiegel?

Entsetzen überfiel sie, und sie schloß die Augen. Dann schob sie ihre Angst beiseite. Irgend jemand wollte ihr Schaden zufügen, aber offenbar fehlte ihm der Mut, sich direkt an sie heranzumachen. Und es konnte ja auch sein, daß die merkwürdigen Ereignisse auf Schloß Aylesbury keine direkten Drohungen waren, sondern ihrer überreizten Phantasie entsprangen. Micheline faßte den festen Vorsatz, sich von nichts und niemandem die Freude am Vorabend ihrer Hochzeit nehmen zu lassen.

Immer noch zitternd, sammelte sie ihre verstreuten Blumen wieder zusammen, ging zu der Stute, streichelte ihr den Hals und flüsterte ihr beruhigende Worte zu, die allerdings nicht nur dem Pferd galten, sondern auch ihr selbst. Als sich schließlich beide beruhigt hatten, ritten sie langsam zurück nach Schloß Aylesbury und überquerten die beiden Zugbrücken, die in den inneren Hof führten. Sie hatte gehofft, daß Andrew vor ihr zurück sein würde, damit sie sich unter den vielen Gästen nicht so allein fühlte. Aber vermutlich waren alle noch mit den Spielen beschäftigt und würden sie gar nicht wahrnehmen, wenn sie in ihr Zimmer schlüpfte. Mit Rupert als Spielleiter würde die Veranstaltung wahrscheinlich bis zum Abendessen dauern.

Als sie die Wendeltreppe zu den Familiengemächern hinaufstieg, spürte Micheline, wie ihre Ängste verflogen. Vielleicht war alles nur ein Unfall gewesen. Sie *wollte* das glauben, damit dieser Abend nicht von trüben Gedanken überschattet wurde!

Sie hatte erwartet, daß im Wohnbereich des Schlosses hektische Aktivität ausgebrochen war, aber zu ihrer Verwunderung herrschte Totenstille auf dem Korridor. Um sich abzulenken, aber auch aus Neugier schlich Micheline auf Zehenspitzen nach unten, um in den Söller hereinzuschauen.

»Hmmmpf!« knurrte der Herzog von Aylesbury, als sie um die Ecke guckte. »Was drückst du dich hier herum? Willst du jemanden ausspionieren?«

Micheline zuckte zusammen, als sie sah, wie er da ganz allein in dem sonnendurchfluteten Raum hockte. Der alte Mann saß in seinem Lieblingsstuhl, trug ein mit Kaninchenfell gefüttertes Nachtgewand und war zugedeckt mit einer verschlissenen Decke aus grauer Seide.

Sie trat ein. »Natürlich nicht, Hoheit! Ich würde nie jemanden ausspionieren! Ich habe mich nur gefragt, ob die anderen noch spielen. Ich gebe zu, ich wollte nicht entdeckt werden. Ich fürchtete, sie würden mich zum Mitspielen auffordern, und ich müßte ablehnen, und das könnte ungezogen wirken.«

Seine Reaktion auf ihre Offenheit war ein kaum wahrnehmbares Augenzwinkern. Es war schwierig, dieser frischen, jungen Schönheit mit ihren kräftigen, vom Wind zerzausten Locken, ihren von der Sonne geröteten Wangen und dem Arm voller Wiesenblumen zu widerstehen.

»Wenn das so ist, mache ich dir keinen Vorwurf, daß du dich versteckst. Sie sind alle auf ihre Zimmer gegangen, um sich auf die Ankunft des Königs vorzubereiten«, antwortete der Herzog schroff. »Ein ziemlich großer Strauß, den du zusammengestellt hast. Ich hoffe, du hast noch ein paar Blumen auf den Hügeln zurückgelassen.«

»O ja, natürlich, Hoheit! Es fällt gar nicht auf, daß ich welche gepflückt habe! Sind sie nicht wunderschön? Sie haben so viele Blumen hier in England, die ich in Frankreich noch nie gesehen habe. Ich glaube, sie wachsen dort gar nicht.« Ihre blauen Augen wurden lebhaft, als sie einige aussuchte, den Söller durchquerte und sie dem Herzog hinhielt. »Wollen Sie die nicht für Ihre Gemächer nehmen? Sie duften wunderbar. Wissen Sie, ich wollte nur ein paar für einen Kranz pflücken, aber ich war so begeistert, daß nun dieser große Strauß daraus geworden ist.«

Der Herzog ergriff die Blumen mit seiner knochigen Hand. Er kam sich vor wie ein alter Narr, konnte sich aber dem Charme dieses Mädchens nicht entziehen. »Du hältst dich also für würdig, Gräfin von Sandhurst und eines Tages Herzogin von Aylesbury zu werden?«

Micheline wußte, daß dies eine Prüfung war, und antwortete daher vorsichtig: »Um ganz ehrlich zu sein, Hoheit, ich habe über meinen Titel nicht viel nachgedacht. Ich weiß nur, daß ich Ihren Sohn mehr liebe als mein Leben, und ich werde alles tun, was in meiner Macht steht, damit unsere Ehe glücklich wird. Ich werde das mit großer Freude tun, weil ich Andrew an meiner Seite weiß, und er unterstützt mich in meinem Bestreben. Unser Heim und unsere Familie werden für uns beide wichtig sein, und es erfüllt mich sicherlich mit Stolz, ab morgen Gräfin Sandhurst zu sein.« Sie holte Luft, streckte impulsiv die Hand aus und berührte den Arm des alten Mannes. »Mit der Hilfe Ihres klugen Sohnes habe ich gelernt, in der Gegenwart zu leben und Gefühle zu zeigen. Doch ich verspreche Ihnen, nach dem Beispiel zu leben, das Ihre Frau als Herzogin von Aylesbury gegeben hat, wenn Andrew eines Tages Ihren Titel erbt.«

Für einen Augenblick schnürte es dem Herzog den Hals zu. Er blinzelte, wandte dann den Blick von Micheline ab. »Also gut«, murmelte er hustend. »Geh jetzt, mein Kind, ich möchte mich ausruhen.«

Sie entfernte sich, sah sich aber noch einmal um, bevor sie den Korridor betrat. Andrews Vater saß vornübergebeugt da und starrte auf die wilden Blumen, die er mit seinen knotigen Händen fest umfaßte.

Michelines Gespräch mit dem Herzog von Aylesbury vertrieb alle dunklen Gedanken aus ihrem Kopf. Vielleicht konnte es zwischen Andrew und seinem Vater doch Frieden geben! Unruhig ging sie in ihrem Zimmer auf und ab und wartete ungeduldig auf Andrews Rückkehr.

Ein weicher, bläulichrosa Schleier bedeckte den Himmel, als Micheline das Getrappel von Hufen auf dem

Kopfsteinpflaster hörte. Sie sah aus ihrem Fenster, das tief in eine Nische eingelassen war, und erkannte Reitknechte in der Livree des Königs.

Ohne lange nachzudenken, verließ Micheline ihr Zimmer, um König Heinrich und sein Gefolge zu begrüßen. Jetzt war es nicht mehr ruhig im Schloß. Das Geräusch von Stimmen und Schritten folgte ihr, als sie die getäfelte Tür hinter sich schloß und sich auf den Weg zur Wendeltreppe machte. Ihr einziger Wunsch war es, Andrew an ihrer Seite zu haben.

Sie kannte die dunklen, engen Wendeltreppen gut, denn in Frankreich gab es gar keine anderen Treppen, aber diese hier war besonders steil, und Micheline hatte gelernt, darauf zu achten, wohin sie ihren Fuß auf den trügerischen, keilförmigen Stufen setzte. Heute jedoch waren ihre Gedanken bei der Ankunft der königlichen Reisegesellschaft und bei ihrer bevorstehenden Hochzeit.

Sie war erst ein paar Stufen hinabgestiegen, als sie hinter sich einen unbestimmten Schatten wahrnahm, dann fühlte sie einen Stoß in ihrem Rücken, bevor ihre Füße den Halt verloren. Verzweifelt krallte Micheline ihre Nägel in die weichen Steinmauern, suchte vergeblich nach einem rettenden Mauervorsprung, ehe sie schreiend die steile Treppe hinunterfiel.

Kapitel 29

19. und 20. April 1533

Micheline war kopfüber die Treppe hinuntergefallen, aber kurz bevor ihr Gesicht gegen eine scharfe Stufenkante schlagen konnte, hatte Sandhurst sie aufgefangen. Der Aufprall ihres Körpers ließ ihn gegen die runde Wand taumeln, und fast hätte er selbst den Halt verloren. Aber die reine Willenskraft rettete ihn, und er blieb stehen.

Es kam Micheline vor wie eine Ewigkeit, bis sie überhaupt merkte, was passiert war. Eben noch hatte sie das blanke Entsetzen gepackt, denn dieser Sturz schien den sicheren Tod zu bedeuten, und nun lag sie in Andrews Armen. Sein Atem ging schwer, und sein Herz hämmerte. Langsam erwachte Micheline aus ihrer Benommenheit.

»Andrew ... wie ... wo ...?«

»Ich wollte gerade die Treppe hinaufgehen, als ich dich schreien hörte! Micheline, um Gottes willen, was ist denn nur *passiert*?« Sandhursts Stimme war heiser, als hätte der Tod ihn selbst gestreift.

Er hielt sie so fest, daß sie kaum atmen konnte. »Ich weiß es nicht. Ich muß das Gleichgewicht verloren haben. Ich habe an dich gedacht, an die Hochzeit, und ich habe nicht richtig auf die Stufen geachtet.«

»Du bist nicht verletzt?«

»Nein. Mir fehlt nichts.« Micheline versuchte, ihren Kopf aus Andrews festem Griff so weit zu befreien, daß sie zu ihm aufblicken konnte. »Weil du da bist, Andrew, du hast mir das Leben gerettet!«

Plötzlich entließ Andrew sie aus der eisernen Umarmung, packte sie hart bei den Schultern und sah sie wütend an. In seinen Augen sprühte goldene Zornesfunken und seine Nasenflügel zitterten, während seine Kinnmuskeln sich anspannten.

»Sei ja *nie* wieder so gedankenlos! Verstehst du mich? Weil du nicht richtig auf die Stufen geachtet hast, könntest du jetzt verdammt *tot* sein, wenn ich nicht zufällig an genau der richtigen Stelle gestanden hätte, um dich aufzufangen! Wie sind deiner Meinung nach die Aussichten, daß ich ein zweites Mal rechtzeitig zur Stelle bin? Sie sind gleich null! *Himmel*, Michelle, wenn dir etwas passiert wäre ...« Tränen glitzerten in seinen Augen, als er sie noch einmal eng an sich zog. »Sei vorsichtig. *Bitte*!«

Michelines Antwort war nicht zu hören, weil sich Gäste an ihnen vorbeidrängten und zur Begrüßung von König Heinrich und Anne Boleyn eilten. Es blieb den beiden kaum etwas anderes übrig, als sich der Versammlung im Hof anzuschließen, und für den Augenblick war Michelines Begegnung mit dem fast sicheren Tod vergessen.

Dieses eine Mal war König Heinrich mit kleinem Troß unterwegs. Nur ein Dutzend Pferdeburschen und zwei weitere Dutzend ausgewählte Dienstboten begleiteten ihn, außerdem ein großer Wagen, bepackt mit den notwendigen Annehmlichkeiten.

Heinrich und Anne waren in einer prachtvollen Kutsche gereist, und es war ein erhebender Anblick, wie sie nun ausstiegen und auf den im Dämmerlicht liegenden Hof traten. Die Marquise von Pembroke strahlte in purpurrotem Samt, der mit Smaragden und Hermelin besetzt war, während der König pflaumenblauen Satin und Tuch aus Gold trug. Seine Finger waren mit unzähligen juwelenbesetzten Ringen geschmückt, und um seinen Hals lag eine Goldkette mit einem walnußgroßen Diamanten.

»Eure Majestät«, sagte Sandhurst, der mit Micheline auf das Paar zuging. »Ihr erweist uns eine große Ehre.«

»Willkommen, Sire«, fügte Micheline hinzu. Sie machte einen tiefen, anmutigen Hofknicks vor dem riesigen Monarchen und erhob sich erst, als er seine Hand nach ihrer ausstreckte.

»Die Reise war die Mühe wert, denn nun darf ich Ihr wunderschönes Gesicht schauen, Madame«, sagte Heinrich.

Anne Boleyn wurde begrüßt, dann traten die Gäste des Schlosses nacheinander vor, um ihre Ehrerbietung zu erweisen. Schließlich brüllte Heinrich: »Ich habe einen Bärenhunger! Ich hoffe, Ihre Köche waren fleißig.«

Andrew lächelte. »Mein Vater erwartet uns in der großen Halle, wo Ihr sofort zu Abend essen könnt, wenn Ihr wollt, Sire. Gehen wir zu ihm?«

Sandhurst ließ Micheline an diesem Abend nicht aus den Augen, und das war eine ungeheure Freude für sie. Nach dem Abendessen zogen sich der müde König und seine Begleiterin in ihre Gemächer zurück, so daß sich Andrew und Micheline früh davonstehlen konnten. Er begleitete sie auf ihr Zimmer, wo sie bis Mitternacht Schach und Piquet spielten. Als sie über den Karten einnickte, bat Andrew sie, ins Bett zu gehen. Als sie sich entkleidete und unter die Decke glitt, wandte er den Blick von ihr. Zwar war es der Vorabend ihrer Hochzeit, und seit Wochen war er wild und unruhig wie ein Hengst gewesen, doch seine Stimmung war an diesem Abend eher angespannt als liebevoll. Es war, als fürchtete er, das Schicksal könnte ihm Micheline noch vor der Hochzeit wegnehmen. Aber das würde er auf gar keinen Fall zulassen. Es war ein unsinniger Gedanke, aber Sandhurst glaubte wirklich, es könne kein Leid mehr über Micheline kommen, wenn sie erst einmal seine Frau war.

Als sie im Bett lag, öffnete Micheline die Augen gerade so weit, daß sie Andrews Profil erkennen konnte. Mary, die in dem Feldbett am anderen Ende des Raumes lag, gab ihre üblichen Schlafgeräusche von sich.

Viele Male an diesem Abend hatte Micheline daran gedacht, Andrew von dem Reitunfall zu erzählen. Sie wollte auch von dem vermeintlichen Schatten berichten und davon, daß sie einen Stoß im Rücken gespürt hatte, bevor sie die Treppe hinabstürzte. Aber dann würde Andrew sich nur noch mehr sorgen, und helfen würde es gar nichts. Sie war auf der Treppe so in Gedanken gewesen, deshalb war sie jetzt gar nicht mehr so sicher, daß da wirklich ein Schatten aufgetaucht war. Und der Stoß in den Rücken – es war doch durchaus möglich, daß sie die Wand hart berührt hatte. Nein, wenn Micheline nicht eindeutig sagen konnte, wer sie auf der Treppe gestoßen hatte, dann hatte es keinen Sinn, Andrew zu beunruhigen. Jetzt war alles vorbei, und er paßte gut auf sie auf.

Wenn wir erst einmal verheiratet sind, muß Iris Dangerfield sich an die Tatsachen gewöhnen, dachte Micheline benommen, als sie die Augen schloß. Die Frau würde sich einen anderen Liebhaber suchen und sie und Andrew in Frieden lassen.

Bei Tagesanbruch wachte Micheline auf und fand Andrew schlafend auf einem Stuhl neben ihrem Bett; er war vollkommen angezogen und hatte die Füße auf eine Fußbank gelegt. Seine Augen waren noch fest geschlossen, und seine Bartstoppeln glänzten golden im morgendlichen Sonnenlicht.

Schläfrig streckte Micheline die Hand aus und liebkoste leicht seine Wange. Sandhurst öffnete langsam die Augen und zog gleichzeitig die Brauen in die Höhe. Er ergriff ihre Finger und küßte sie.

»Guten Morgen, Mylord«, murmelte sie.

»Schlaf weiter, Liebes. Du brauchst zusätzlich Ruhe, um wach zu bleiben« – er grinste verschmitzt – »*später.*«

Bei dem Gedanken mußte sie lächeln, und ehe sie es merkte, war sie wieder eingeschlafen. Jetzt träumte sie, daß sie vom Pferd fiel, durch die Luft wirbelte, um dann sicher auf der Wiese zu landen. Dort wartete Andrew auf sie. Beide waren sie nackt. Er lächelte ihr zu, entfernte Veilchen, Butterblumen und Primeln von ihren Brüsten und ihrem Bauch, dann beugte er sich zu ihr herab und küßte sie da, wo vorher die Blumen gewesen waren.

»Aufwachen!« rief Mary. »Es ist der Tag Ihrer Hochzeit, Ma'am!«

Micheline drehte sich um und öffnete die Augen. Der Stuhl neben dem Bett war leer. »Wo ist Lord Sandhurst?«

»Wo soll er denn sein? In seinen eigenen Räumen, vermute ich. Haben Sie Geduld, Ma'am, Sie werden ihn neben sich haben, wenn wieder ein neuer Tag anbricht!« Das Mädchen seufzte leise. »Denken Sie nur, Sie werden die Frau des Grafen von Sandhurst sein, dem bestaussehenden und charmantesten Mann in ganz Britannien, und Sie werden auch noch Gräfin. Eine glücklichere Frau hat es nie gegeben.«

Micheline hatte weder Lust, darüber zu reden, noch hatte sie die Zeit, sich zu fragen, was mit Andrew war, denn Mary hatte sie bald aus dem Bett geholt und in ein dampfendes, duftendes Bad gesteckt. Es war fast zehn Uhr, und es gab vor der Hochzeit am Nachmittag noch viel zu tun.

Um die Mittagszeit saß Micheline in ihrem seidenen

Spitzenhemd und ihren Unterröcken auf einem Stuhl in ihrem Zimmer, und aß eine Pflaume, während Mary damit beschäftigt war, aus den korallenfarbenen Primeln und gelben Butterblumen einen ungewöhnlichen Kranz zu winden, der Michelines Haar schmücken sollte. Als er fertig war, half das kleine Dienstmädchen seiner Herrin in ihr Hochzeitsgewand. Mary hatte erwartet, daß der Graf eine aufwendige, juwelenbesetzte Kreation bei den besten Schneidern Londons bestellen würde, aber wenn ihre Herrin dieses Kleid so sehr liebte, war alles andere unwichtig.

Micheline stand vor dem Spiegel, die weiße Satinschleppe breitete sich hinter ihr aus, als Cecily in das Zimmer kam.

Andrews Schwester sah hübscher aus als je zuvor. Die weichen Kurven ihrer Figur wurden durch ein Kleid aus dunkelrosa Seide und Goldbrokat betont. Saphire umrahmten den eckigen Ausschnitt und glitzerten auf dem goldenen Netz, das Cecilys dichte, dunkle Locken bändigte.

»Hallo, Micheline«, sagte sie. Ihr zurückhaltender Ton strafte die Farbflecken auf ihren Wangen Lügen. »Ich denke, ich sollte dir alles Gute wünschen.«

Micheline versuchte, die etwas unterkühlte Art des Glückwunsches zu ignorieren, ging quer durch den Raum auf Celily zu und schenkte ihr das liebevollste Lächeln, das sie zustande bringen konnte.

»Danke. Ich verspreche, mich gut um deinen Bruder zu kümmern.«

»Zweifellos«, murmelte das Mädchen.

»Cecily, ich habe eine Neuigkeit für dich und glaube, sie wird dir gefallen.« Sie nahm auf einem Stuhl am Fenster Platz und lud Cecily mit einer Handbewegung ein, sich zu ihr zu setzen. »Ich weiß, wie unglücklich du hier auf Schloß Aylesbury bist und wie wichtig es dir ist, mit Andrew zusammen zu sein. Als ich jung war, befand ich mich in einer ähnlichen Lage wie du, und ich kann verstehen, was du empfindest. Ich habe Andrew gefragt, ob du bei uns in Sandhurst Manor wohnen darfst.«

Cecily hätte Micheline einerseits gern in die Arme genommen, aber Vorbehalte und Argwohn waren stärker. »Und?«

»Er hat zugestimmt, aber ein paar Bedingungen daran geknüpft. Andrew sagt, daß du im nächsten Monat zu uns nach London kommen kannst, rechtzeitig zur Krönung von Anne Boleyn. Danach kehren wir alle nach Gloucestershire zurück, wo du bleiben wirst ..., vorausgesetzt, wir beide können friedlich zusammenleben. Andrew wird es nicht hinnehmen, wenn in unserem Haushalt ständig schlechte Stimmung und Feindseligkeit herrschen, und ich neige dazu, ihm beizustimmen. Doch wenn wir beide lernen können, Freundinnen zu sein ...«

In diesem Augenblick kam Iris Dangerfield in das Zimmer gerauscht.

»Ach, ist das nicht die Beinahe-Braut mit ihrer Beinahe-Schwester? Was für ein trauliches Familienbild!«

Micheline stand auf, erwiderte den boshaften Blick der anderen Frau mit der gleichen Unfreundlichkeit. Sie war überzeugt, daß Iris hinter all den bedrohlichen Vorfällen steckte, die sie in letzter Zeit beunruhigt hatten, aber sie war genauso überzeugt, daß der Hochzeitstag allen Sorgen ein Ende setzen würde. Micheline hatte immer noch den Verdacht, daß Iris sie furchtbar erschrekken wollte und hoffte, sie würde daraufhin die Verlobung lösen. Aber nachdem das mißlungen war, hatte sie wohl in einem Augenblick der Verzweiflung versucht, ihr körperlichen Schaden zuzufügen. Wenn Andrew sich einmal zu Iris Dangerfield hingezogen gefühlt hatte, dann konnte sie im Herzen nicht böse sein, davon war Micheline überzeugt. Diese Frau war ein Mensch mit einer ungeheuren Schwäche für den Grafen von Sandhurst, was sie nur allzu gut verstehen konnte.

»Guten Morgen, Lady Dangerfield«, begrüßte sie Iris ganz ruhig.

»Da steht also die Braut in ihrer ganzen Pracht und Schönheit. Ich muß Ihnen Komplimente zu Ihrem Kleid machen, Madame. Ich finde es sehr feinsinnig – Blumen anstelle von Juwelen im Haar.« Iris selbst trug eine prachtvolle Kreation aus cremefarbenem Satin und grünem Samt, besetzt mit Perlen und Smaragden.

»Ich freue mich, daß es Ihnen gefällt«, erwiderte Micheline mit einem Anflug von Ironie. »Mit diesem Kleid hat es eine besondere Bewandtnis, denn Andrews Mutter trug es bei der Hochzeit mit dem Herzog.«

»Das ist sehr rührend, aber sollten Sie wirklich *weiß* tragen? Immerhin ist allen bekannt, daß Sie keine Jungfrau mehr sind.«

Micheline schob das Kinn nach vorn. »Es war Andrews Wunsch, daß ich dieses Kleid trage, Mylady. Seine Meinung ist die einzige, die für mich zählt.« Sie wandte sich ab. »Wenn Sie mich jetzt entschuldigen wollen ...«

Kaum war Lady Dangerfield gegangen, nicht ohne einen giftigen Blick auf ihre Gastgeberin zu werfen, den Micheline jedoch gar nicht wahrnahm, meldete Cecily sich zu Wort.

»Wie kannst du es wagen, das Kleid meiner Mutter zu tragen?« rief sie. »Das ist ungeheuerlich!«

»Ich wage es nur, weil dein Bruder mich darum gebeten hat«, antwortete Micheline schnell.

»Du wirst nie ihren Platz einnehmen!«

»Cecily, ich habe nur einen einzigen Wunsch, nämlich Andrews Frau zu sein. Auch wenn er ein mittelloser Bürgerlicher wäre, würde ich ihn mit Freuden heiraten. Es ist die Liebe, die mich führt, nicht die Gier oder der Wunsch nach Titeln. Und was deine Mutter angeht, ich ehre ihr Andenken. Ich habe keinerlei Absicht, an ihre Stelle zu treten …, selbst wenn ich eines Tages Herzogin von Aylesbury werden sollte. Ich kann nur ich selbst sein und mein Bestes geben.«

Das Mädchen schien nichts von dem zu hören, was Micheline sagte. Ihre Augen blitzten auf, als sie schwor: »Du denkst vielleicht, daß du Andrew liebst, aber du kennst ihn kaum! Ich kenne ihn seit dreizehn Jahren! Du wirst ihn nie so gut verstehen wie ich.«

Micheline wurde vor einem Wutausbruch bewahrt und brauchte keine Antwort zu geben, weil Patience Topping genau zum richtigen Zeitpunkt auftauchte. Sie schien die Situation sofort richtig einzuschätzen und schenkte Micheline ein mitfühlendes Lächeln.

»Die Gäste treffen ein«, verkündete sie. »Cecily, Liebes, du wirst unsere neue Schwester verlassen müssen, damit sie ihre Vorbereitungen beenden kann.«

Das Mädchen stampfte durch das Zimmer, blieb in der Tür stehen und erklärte: »Ich habe keine *Schwestern*!«

Die Hochzeitsmesse wurde in der Kapelle im Turm abgehalten. Braut und Bräutigam war es ziemlich gleichgültig, wer außer ihnen beiden und dem Priester anwesend war, aber die Hochzeitsgesellschaft war das Feinste, was England zu bieten hatte. König Heinrich und Anne Boleyn, mit glitzernden Juwelen geschmückt, saßen neben dem

Herzog von Aylesbury und seiner Familie, und hinter ihnen hatte sich die Creme des englischen Adels versammelt. Die Kapelle war bis auf den letzten Platz besetzt, denn auf Andrews Einladung waren Freunde und Dorfbewohner aus der Gegend rund um York in Scharen herbeigeströmt.

Als Micheline jedoch durch das Kirchenschiff schritt, nahm sie die prachtvoll gekleideten Gäste überhaupt nicht wahr. Ihre ganze Aufmerksamkeit war auf den Mann gerichtet, den sie liebte.

Selbst aus der Entfernung spürte sie die liebevolle Wärme in Sandhursts Blicken, und sie fand, daß er noch nie so schwindelerregend gut ausgesehen hatte, nicht einmal an dem Abend, an dem sie sich kennengelernt hatten. Damals war er ihr in seinem schlichten Hirschlederwams schon attraktiver als jeder andere Mann am französischen Hof vorgekommen. Bei seiner Hochzeit nun trug Andrew ein Wams und Kniehosen aus taubengrauem und blauem Samt, beide mit Silberfäden genäht. Die weiße Seide seines Hemdes schimmerte durch die geschlitzten Ärmel und unterstrich die Bräune seines Gesichts, während sein zerzaustes Haar golden in den Sonnenstrahlen schimmerte, die durch die Glasfenster in die Kapelle fielen. Sein Lächeln wurde immer unwiderstehlicher, je näher Micheline kam.

Micheline hatte ihre Locken passend zum Stil des Hochzeitskleides aufgesteckt, und der Kranz aus Primeln und Butterblumen wirkte wie eine Krone. Andrew war hingerissen von der Schönheit seiner Braut, aber am allerschönsten fand er das freudig erregte Lächeln, das das Gesicht der Frau erhellte, die er liebte, und er wurde von heftigen Gefühlen für sie beinahe überwältigt. In seinem Herzen spürte er tiefe Liebe in ihrer reinsten

Form, aber da war auch das fast schmerzliche Verlangen nach der Vereinigung ihrer Körper.

Micheline legte ihre kleine Hand in die seine und spürte, wie die Wärme seines Körpers ihren eigenen durchströmte. Beide hatten sie die vielen Menschen in der Kapelle vergessen, und nur schwach vernahm Micheline die Stimme des Priesters. Sie kniete neben Andrew, versuchte zu beten, aber sie konnte nur an seinen kräftigen Körper denken.

Nach einer Weile erhoben sie sich und sahen sich tief in die Augen.

»Ich, Andrew, nehme dich, Micheline, zu meinem angetrauten Weib«, sagte er und legte sein ganzes Herz in seine Stimme.

»Ich, Micheline, nehme dich, Andrew, zu meinem angetrauten Ehemann«, gelobte sie leise und versank in seinem Blick.

Von einem Ohr bis zum anderen grinsend, trat Sir Jeremy Culpepper vor und überreichte seinem Freund einen Ring aus schwerem Gold, der ihn geschickt mit zwei Fingerspitzen festhielt. In einem Ton, der so innig und vertraut war, als seien sie allein, sagte Andrew zu Micheline: »Mit diesem Ring nehme ich dich zur Frau. Dieses Gold und Silber schenke ich dir. Mit meinem Körper bete ich dich an.« Er machte eine Pause und lächelte fast unmerklich. »Und alle meine weltlichen Güter gebe ich dir. Im Namen des Vaters« – er ließ den Ring halb über ihren Daumen gleiten, zog ihn aber gleich wieder zurück – »und des Sohnes« –, jetzt starrte Micheline auf seine starken Finger, die nacheinander jede einzelne ihrer Fingerspitzen mit dem goldenen Ring steichelten – »und des Heiligen Geistes.« Als er den Ringfinger erreicht hatte, schob Andrew den

Ring sanft an die richtige Stelle und vollendete: »Amen.«

Nur wenige Augenblicke später, nach einem Segen des Priesters, versank Micheline in Sandhursts Umarmung. Eine Hand vergrub er in ihren Locken, während die andere ihre Taille umfaßte, und dann berührten sich ihre lächelnden Lippen. Es war ein sanfter, liebevoller, sinnlicher Kuß voller Versprechungen. Micheline wurde schwach vor Glück.

Sie blieben noch in der Kapelle, um aus einem Liebespokal Wein zu trinken, und nahmen dann die ersten Glückwünsche von König Heinrich, Anne Boleyn und den anderen Gästen entgegen. Nur Cecily, Iris und der Herzog von Aylesbury hielten sich im Hintergrund. Die beiden Frauen beobachteten Braut und Bräutigam voller Unmut, während der knochige alte Mann seine neue Schwiegertochter mit Tränen in den Augen anstarrte. Als Andrew fragend zu ihm hinübersah, kam der Herzog schließlich zu ihnen. Erst streckte er seinem Sohn die Hand hin, dann wandte er sich an Micheline.

»Du siehst genauso schön aus wie meine Jessica, als sie dieses Kleid vor fünfunddreißig Jahren trug. Butterblumen und Primeln ...« Seine Stimme klang bewegt. »Ich wette, sie sieht jetzt zu und ist so stolz wie ich, dich in unserer Familie zu begrüßen, Gräfin. Mein Sohn ist ein glücklicher Mann.«

Sandhurst spürte einen Anflug von lange vergessenem Gefühl, als er seinen Vater beobachtete. Statt eine Antwort zu geben, küßte Micheline den alten Mann auf die pergamentähnliche Wange – eine symbolische Geste des Friedens. Andrew konnte kaum sprechen.

»Ich habe dir zu danken, Vater«, sagte er sanft. »Du hast uns zusammengeführt.«

Teil IV

Kapitel 30

20. April 1533

Die Hochzeitsgesellschaft versammelte sich in der großen Halle, einem langen, prächtigen Raum mit einer Decke aus Eichenbalken, einem riesigen Kamin mit einem kunstvoll geschnitzten Sims und gemauerten Wänden, die mit kostbaren Gobelins behängt waren.

Die Trauungszeremonie schien nur das Vorspiel zu dem eigentlichen Ereignis dieses Tages gewesen zu sein: Es herrschte Völlerei und Lustbarkeit im Übermaß. Die nächsten Stunden nahm Micheline wie durch einen Schleier wahr. Lautes Gelächter übertönte die Gespräche an ihrem Tisch, während Gang auf Gang serviert wurde, und die meisten Anwesenden keinen einzigen auszulassen schienen. Wein und Bier flossen in Strömen. Micheline trank duftenden Burgunder aus einem mit Edelsteinen besetzten Pokal. Die Hitze in ihrem Schoß wurde stärker, als Andrew unter dem Tisch seinen Schenkel an ihren drückte. Wenn ihre Hände sich berührten, errötete Micheline. Selbst bei ihrem ersten gemeinsamen Abendessen in Fontainebleau war sie in seiner Nähe nicht so aufgeregt gewesen. In ihrem Herzen vermischten sich Befangenheit und Erregung, als sie immer wieder daran dachte, was an diesem Abend noch vor ihnen lag.

Dutzende von Trinksprüchen wurden ausgebracht, darunter mehrere von Rupert Topping, der ziemlich betrunken wirkte. Einmal stand er taumelnd auf und rief: »Ich bringe einen Trinkspruch aus auf den großartigsten Bruder, den je ein Engländer gehabt hat!« Er nahm einen kräftigen Schluck, bekleckerte sein Wams aus apfelgrünem Samt, während genauso angeheiterte Gäste mit ihm tranken. »Und ein Hoch auf die Gräfin von Sandhurst, deren Schönheit und Charme sie zu der einzigen Frau machen, die es wert ist, die Frau meines Bruders zu sein!«

»Hört, hört!« rief der König und nahm einen kräftigen Schluck. Er und Anne Boleyn saßen dem Brautpaar gegenüber. Es hatte wenig Gelegenheit zum Gespräch gegeben, aber jetzt, als die Trinksprüche weniger wurden, beugte sich Heinrich über den Tisch, das fleischige Gesicht vom Wein gerötet, und wandte sich an Micheline: »Ich kann kaum Worte finden, um Ihnen zu sagen, wie erfreut wir sind, daß Sie jetzt eine englische Gräfin sind, Lady Sandhurst!«

Micheline gab eine sittsame Antwort und sah dann ihren Mann mit strahlenden Augen an.

»In der Tat«, fuhr Heinrich mit Nachdruck fort, »ich wünschte, Sie beide würden in naher Zukunft eine Reise nach Frankreich in Betracht ziehen! Sie wären äußerst attraktive Botschafter! Was sagen Sie dazu, Mylady?«

An diesem Punkt griff Sandhurst ein. »Ich will nicht respektlos sein, Sire, aber wie ich Euch bereits erklärt habe, möchten Micheline und ich im Augenblick in England bleiben.«

Die Hände des Königs ballten sich zu fetten, kräftigen Fäusten und verrieten seinen Unmut, aber sein Lächeln wich kaum von seinen Lippen. »Würden Sie Ihrer Frau erlauben, selbst zu antworten?«

»Ich fürchte, ich muß Andrew zustimmen, Eure Majestät«, sagte Micheline. »Ich möchte mich mit unserem neuen, gemeinsamen Leben vertraut machen und England genießen. Eines Tages werde ich vielleicht gern nach Frankreich zurückkehren, aber nur um Freunde zu besuchen. Es zieht mich keineswegs an den französischen Hof zurück. Er gehört zu einem anderen Leben.«

Heinrichs Lippen wurden schmal, als er Sandhurst ansah. »Ich kann nur hoffen, daß Sie beide es sich noch einmal überlegen.«

Anne Boleyn hatte diesen Wortwechsel mit wachsender Unruhe verfolgt. »Können wir nicht über fröhlichere Dinge reden? Verzeihung, daß ich das sage, Sire, aber ich glaube, Ihr solltet Sandhurst in dieser Angelegenheit nicht bedrängen. Laßt ihn seinen Hochzeitstag genießen.«

Der König sah sie wütend an, war verärgert, daß sie sich gegen ihn auf Andrews Seite schlug, aber ein weiterer Trinkspruch von Rupert hinderte ihn daran, zu antworten.

Andrew beobachtete angewidert, wie sein Halbbruder wild mit den Armen herumfuchtelte und wirres Zeug redete, dann sah er lächelnd zu Micheline. »Reicht es dir?« flüsterte er.

»Durchaus!« Fast hätte sie über den Schalk in seinen Augen gekichert.

Sandhurst beugte sich vor, um mit seinem Vater zu sprechen, der zustimmend nickte, winkte dann die Dienstboten fort, die mit Quark- und Käsetorten und Orangenpudding kamen. Er erhob sich geschmeidig und wandte sich an die versammelten Gäste.

»Meine Frau und ich möchten Ihnen allen danken, daß Sie heute hierher gekommen sind, um an unserem Glück teilzuhaben.« Er nickte König Heinrich zu und hoffte, dessen Groll zu vertreiben. »Nachdem die Bretter der Tafel entfernt worden sind, bleiben wir für einen Tanz, und ich denke, Sie werden verstehen, wenn wir uns danach zurückziehen.« Lächelnd schwieg er einen Moment. »Ich habe viel Respekt vor Traditionen, aber ich hoffe, daß Sie nicht enttäuscht sind, wenn wir heute auf das Zubettbringen der Braut ... und damit verbundene Bräuche verzichten. Ich habe lange Zeit auf diesen Tag gewartet, und ich möchte Lady Sandhurst *selbst* entkleiden.«

Die Sonne war gerade untergegangen, als Andrew die getäfelte Tür zu dem Gemach schloß, das bis dahin Micheline allein bewohnt hatte und das sie von nun an teilten. Im weißen Kamin flackerte ein gerade angezündetes Feuer und ließ fröhliche Schatten auf den Wänden tanzen. Aus der Halle klang die Musik herauf.

Als erstes sah Micheline eine feine Goldschatulle, die mitten auf dem Bett lag. »Was ist das?« fragte sie und nahm sie in die Hände.

»Ich weiß es nicht! Die muß jemand als Hochzeitsgeschenk zurückgelassen haben.«

Voller Freude hob Micheline den Deckel hoch, aber ihr Gesichtsausdruck war voller Entsetzen, als sie sah, was sich in der Schatulle befand. Auf weißem Satin lag ein goldener Ehering – in zwei Hälften zerbrochen. »Andrew! Was hat das zu bedeuten?«

Sofort nahm er ihr die Schatulle weg und ließ den Deckel zuschnappen. »Ein grausamer Scherz. Zweifellos will uns jemand die Freude an dieser Nacht verderben.« Er nahm sie in die Arme und flüsterte: »Du mußt das vergessen. Vergiß alles bis auf uns beide.«

Merkwürdigerweise konnte Micheline mühelos gehorchen. Ihr Glück war so groß, daß sie nichts anderes mehr berührte.

»Ich will mich nur noch um das hier kümmern, mein Schatz«, sagte Andrew. »Es dauert nur einen Augenblick.«

Auf dem Korridor traf er zum Glück auf Jeremy Culpepper.

»Nimm das Ding hier und laß es für immer verschwinden«, sagte Sandhurst kurz und knapp, während er seinem Freund den Inhalt der Schatulle zeigte.

Culpeppers Augen weiteten sich, und ein kalter Schauder lief ihm über den Rücken. »Wer tut denn so etwas? Iris Dangerfield?«

»Ich weiß es nicht, und heute abend ist es mir auch egal.« Andrews Gesicht war ganz hart vor Wut. »Aber ich werde es noch herausfinden. Zu viele düstere Vorfälle haben sich in der letzten Zeit ereignet, und ich will wissen, wer dafür verantwortlich ist.«

Damit wandte er sich ab und ging zurück ins Zimmer. Lächelnd schloß er die Tür. »Also, wo waren wir stehengeblieben?«

Merkwürdig nervös saß Micheline auf der Bettkante, spürte das heiße Blut, das ihr Flecken auf die Wangen trieb. Sie sah ängstlich zu, wie Andrew eine Kerze anzündete und sie auf den Tisch neben dem Bett stellte. Eine unruhige Leidenschaft erfüllte sie beim Anblick seines schlanken Körpers.

»Ich möchte dich sehen«, sagte Sandhurst heiser, »wenn wir uns zum erstenmal als Mann und Frau lieben.«

»Oh!« Ihre Lippen formten den Ausruf, aber sie brachte keinen Ton heraus.

»Was ist los, mein Schatz?« Andrew setzte sich neben Micheline, zog die schlanke Hand an seinen Mund und küßte den Ring an ihrem Ringfinger. »Du hast doch sicher keine Angst vor *mir*?« Liebevoll betonte er das letzte Wort, als ob er ihre Befangenheit ein wenig belustigend fand.

»Nein ...« Sie schnappte unwillkürlich nach Luft, als er anfing, langsam und sinnlich an ihrer Fingerspitze zu saugen. »Nein, natürlich habe ich keine Angst vor dir.« Ein Beben der Erregung wanderte abwärts durch ihren Körper bis zwischen ihre Beine.

»Ich weiß.« In Andrews Lächeln lagen Verständnis und Ausgelassenheit zugleich. Jetzt hielt er einfach Michelines Hand fest und sah ihr in die Augen. »Bei den anderen Gelegenheiten hat es sich ganz überraschend ergeben, daß wir uns liebten. Jetzt fühlst du dich unbehaglich, weil es unvermeidlich ist ... und du meine Frau bist.«

Sie nickte stumm.

»Liebes, ich mache mir doch auch Gedanken, ob ich dich glücklich machen kann, weil ich doch weiß, daß unsere Liebe alles ist, was zählt. Das hier« – Sandhurst zog sie an sich und küßte sie mit unverhohlenem Begehren, dann flüsterte er ganz dicht an ihrem geöffneten Mund – »das hier ist nur ein körperlicher Ausdruck dieser Liebe. Solange unsere Gefühle ehrlich sind, können wir uns gegenseitig nicht enttäuschen.«

Micheline wurde warm ums Herz bei seinen zärtlichen, einfühlsamen Worten, dennoch blieb sie ein wenig ängstlich. Es war, als versuchte die Vergangenheit, sie zurückzuholen, zurück in die Sicherheit ihres einsamen Lebens. Die Verantwortung, die die Liebe zu Andrew mit sich brachte, schien plötzlich erdrückend zu sein. Konnte sie ihn überhaupt glücklich machen? Schon fürchtete sie, daß er von dieser ersten Nacht ihrer Ehe enttäuscht sein würde; wie konnte sie ihm Jahr für Jahr für den Rest ihres Lebens genügen? In ihren Gedanken lag ihre gemeinsame Zukunft vor ihr, belastet mit Risiken und der Möglichkeit des Scheiterns.

Micheline mußte an den Tag denken, an dem sie Bernard Tevoulère geheiratet hatte. Sie hatte erst in letzter Zeit begriffen, daß sie die wahre Kraft der Liebe nicht gekannt hatte, und doch war sie an jenem Hochzeitstag vertrauensvoller gewesen als an diesem. Micheline wußte, daß sie mit sechzehn weit naiver gewesen war, und allein diese Tatsache ließ sie nachdenklich werden. Wenn sie nicht in der Lage gewesen war, Bernard Erfüllung zu schenken, wie konnte sie denn einem so wunderbaren und vielseitigen Menschen wird Andrew genügen?

Als Sandhurst den besorgten Ausdruck in ihren Augen sah, erriet er ihre Gedanken.

»Michelle«, sagte er beruhigend, »laß die Vergangenheit und die Zukunft ruhen. Wir wollen uns mit der Gegenwart befassen, Augenblick für Augenblick, Tag für Tag.«

Sie seufzte schwer. »Aber ...«

Er legte einen Zeigefinger unter ihr Kinn und hob ihr Gesicht, so daß sie seinen durchdringenden Blicken nicht ausweichen konnte. »Ich liebe dich.« Er senkte seinen Mund auf den ihren, und ihre Lippen trafen sich. »Ich begehre dich.«

Diese schlichten Worte besiegten Micheline. Alle Zweifel fielen von ihr ab, als sie sich dem Zauber von Andrews Nähe hingab. Er erreichte alle ihre Sinne, und es gab Augenblicke, da konnte schon der Klang seines leisen, männlichen Lachens die Glut des Verlangens in Brand setzen. Vielleicht lag da das eigentliche Problem, denn manchmal hatte Micheline das Gefühl, von dem Mann regelrecht besessen zu sein. Es war schwer, die Angst, ihn zu verlieren, ständig in Schach zu halten, aber für den Augenblick gingen solche Sorgen unter in einer steigenden Flut der Erregung.

»Ich begehre dich auch, Andrew«, sagte sie zitternd. Micheline streckte die Hand aus und liebkoste ihn. Selbst durch das Samtwams hindurch spürte sie die Wärme seiner Haut. »Ich liebe dich.«

»Dann gibt es nichts, worum wir uns sorgen müssen«, sagte Sandhurst sanft, doch mit einem Ton der Endgültigkeit.

Micheline sah zu, wie seine starken und zugleich anmutigen Finger ihr Kleid öffneten. Sie spürte die Hitze und die Feuchtigkeit zwischen ihren Beinen, und dann streckte sie die Hand aus, um sein Wams zu öffnen. Andrew streifte ihr das Oberteil des Kleides mit lustvoller Langsamkeit ab, nahm das Unterhemd gleich mit, bis ihre Brüste, rund und glänzend im Schein des Feuers, entblößt waren. Die dunkelrosa Brustwarzen waren aufgerichtet, und Sandhurst senkte seinen goldenen Kopf, um sie abwechselnd genüßlich zu küssen, bis Micheline vor Freude aufstöhnte.

Schließlich waren sie beide nackt, und Andrew stand auf, um den grünen Überwurf zurückzuziehen. Michelines Blicke wurden magisch von seiner aufgerichteten Männlichkeit angezogen. Wie schön er gebaut ist! dachte sie und sehnte sich schmerzlich danach, ihn zu berühren. Als er sie anlächelte und auf das wartende Bett zeigte, entdeckte Micheline, daß die Seidenlaken mit bunten Blumen bestreut waren: mit gelben Schlüsselblumen, Veilchen, rosa Wasserkresse, Apfelblüten und winzigen Glocken weißer Hyanzinthen. Ihre Augen wurden blind vor Tränen.

Sandhurst zog sie in seine Arme, und sie knieten, eng aneinander geschmiegt, lange Minuten da und küßten sich leidenschaftlich. Die Sehnsucht überfiel Michelines Körper in langen, wunderbaren Wellen. Sie schmolz dahin, während ihre Finger über jeden festen Muskel seines Rückens und seiner Schultern und dann hinunter zu den harten Kurven seines Gesäßes wanderten.

Bald lagen sie mitten in den duftenden Frühlingsblumen. Micheline nahm es dankbar als zusätzliches Geschenk an, daß sie Andrew sehen konnte, denn in der Vergangenheit hatten sie sich in vollkommener Dunkelheit geliebt. Sie genoß die Wärme in Andrews Augen und blickte im Schein der Kerze voller Freude auf sein Gesicht, die straffen Muskeln an Nacken und Schultern, die starken Arme und die schlanke Schönheit seines Brustkorbs. Selbst als Micheline die brennenden Küsse genoß, die er auf ihrem Körper verteilte, blieb ihr die Eleganz seiner Bewegungen nicht verborgen. Nie hatte sie sich eine solche Kombination aus Stärke und Anmut vorstellen können.

Sandhurst wußte genau, wo und wie er sie berühren mußte. Sein Mund fand die sensiblen Stelle an ihrem Nacken, der Armbeuge, der Innenseite des Handgelenks, verweilte dann auf ihren Brüsten, bevor er mit seinen Lippen eine brennende Linie über ihren Bauch nach unten zu den Innenseiten der Schenkel zog. Micheline wand sich, war unfähig, noch mehr Erregung zu ertragen. Schiere Leidenschaft hatte alle störenden Gedanken weggebrannt. So sehr sie sich auch wünschte, Andrews Körper zu berühren und zu küssen, in diesem Augenblick war das Verlangen, ihn in sich zu spüren, stärker als alles andere.

»Bitte!« flüsterte sie.

Als Sandhurst schließlich ihren Mund leidenschaftlich küßte, streckte Micheline ihre Hand aus, um mit den

Fingerspitzen über seine Männlichkeit zu gleiten. Sie war hart wie Stahl, dennoch warm, und pulsierte leicht an ihrer Handfläche.

»O Andrew«, flüsterte sie, und ihre Stimme brach schluchzend, »ich liebe dich.«

Er hob seinen Kopf, um sie anzusehen. »Michelle, du bist mehr als meine Frau. Du bist meine Gefährtin. Ein ganzes Leben lang.«

In dem Augenblick drang er in sie ein, erfüllte sie, stöhnte laut, als er die süße, feuchte Wärme spürte, die ihn umschloß. Sie bewegten sich hitzig in gleichem Rhythmus, und der Klang ihres Keuchens erfüllte den Raum, bis ein wilder, heißer Höhepunkt Micheline bis in die Seele hinein erschütterte. Im nächsten Augenblick fand Sandhurst bebende Erleichterung. Als sein Atem etwas langsamer ging, hob er sein Gesicht aus der Wolke ihres Haars und streichelte mit der Rückseite seiner Fingerspitzen ihre feuchten Brauen. Ihre Körper waren immer noch vereint, und auf Andrews Gesicht breitete sich langsam ein Lächeln aus, das mehr sagte, als Worte je ausdrücken könnten. Micheline fühlte sich, als schwebte sie auf einer Wolke unbeschreiblichen Glücks.

Später, nachdem sie sich schweigend liebkost hatten, schenkte Andrew einen Pokal Wein für sie ein, und sie lehnten sich an die Kissen und tranken. Micheline legte Blumen auf seine Brust, und er kam auf die Idee, Schlüsselblumen in das Gewirr der Locken zwischen ihren Beinen zu stecken.

Sein schelmisches Grinsen entzündete in ihr ein neues Feuer der Liebe.

»Ich bin so glücklich, Andrew, und das macht mir Angst. Hat es irgendein Mensch verdient, so glücklich zu sein?«

»Nur du, Liebes«, versicherte Sandhurst ihr. Er streckte die Hand aus, um den Weinpokal auf den Tisch am Bett zu stellen, dann drehte er sich um und fand Michelines Lippen. Dann fügte er mit seinem unwiderstehlichen Lächeln hinzu: »Und *ich* natürlich!«

Kapitel 31

Gloucestershire, England – 25. und 26. April 1533

Auf der Reise vom Nordosten des Landes nach Sandhurst Manor kamen Andrew und Micheline auch durch Stratford-upon-Avon, einem malerischen Städtchen mit nicht einmal zweihundert Fachwerkhäusern. Wie üblich wurden sie von Finchley, Mary und zwei Burschen begleitet und verbrachten die Nacht in einer gemütlichen Herberge an der Chapel Lane.

Micheline schlief wenig. In Andrews Arm gekuschelt, dachte sie über die ersten glücklichen Tage ihrer Ehe nach und fragte sich, wie ihr neues Leben aussehen würde. Dreimal hörte sie den Nachtwächter vorbeigehen, bis sie einschlief.

Am Morgen strahlte Micheline voller Energie und Vorfreude.

»Jeder Tag ist ein Abenteuer«, sagte sie beim Frühstück zu Andrew, »weil ich vieles zum erstenmal sehe.«

Er lächelte Micheline liebevoll an. Die Begeisterung seiner Frau war ansteckend; Sandhurst hatte das Gefühl, England neu zu entdecken, weil er es mit ihren Augen sah.

Nachdem Andrew die Rechnung bezahlt hatte – vierundzwanzig Pence für Unterkunft, Mahlzeiten, Futter für die Pferde und Feuer in ihren Räumen –, ritt die Gruppe gemächlich aus Stratford-upon-Avon hinaus. Sie folgten dem Fluß, der sie direkt in die schönen Hügel von Cotswold führte, eine der schönsten Landschaften Britanniens.

Der blaue Himmel über ihnen war mit weißen Wolkentupfern übersät, und die warme Luft duftete nach Frühling. In den Sumpfwiesen entlang des Avon blühten Veilchen, wilder Thymian und gelbe Schlüsselblumen. Es war ein wenig dunstig, und Micheline fühlte sich an das Loiretal in Frankreich erinnert.

Nach einiger Zeit wandten sie sich nach Süden. Micheline hatte ihre Freude an den sanften Hügeln und den abgeschiedenen Tälern mit den Weiden und den silbrigen Bächen. Die Landschaft strahlte einen Zauber aus, der Micheline ein Glücksgefühl vermittelte, das ganz anders war als das Glück mit Andrew. Es war, als würden die sanften Hügel sie umarmen und endlich zu Hause willkommen heißen.

Als sie in das Dorf Chipping Campden hineinritten, stellte Micheline überrascht fest, daß alle Gebäude aus honigfarbenem Stein gebaut waren. Die Hauptstraße wirkte im Mittagslicht wie ein goldenes Band.

»Das ist Cotswold-Kalkstein«, erklärte Sandhurst, weil er ihre Frage ahnte. »Er ist einzigartig, weil er von hellem Grau zu der warmen Honigfarbe nachdunkelt, die du hier siehst.«

Es war Markttag, und sie mußten sich ihren Weg durch die vielen Menschen, Karren und Tiere bahnen. Andrew schwieg, ließ Micheline alles beobachten, bis sie an eine Kirche mit einem hohen, eleganten Turm kamen.

»Das ist eine ›Woll‹-Kirche«, erklärte er. »Es gibt in fast jeder Stadt eine, die Wollhändler haben sie erbaut.

Die Herren sind darauf bedacht, zumindest einen Teil ihres Reichtums für Werke der Frömmigkeit und Mildtätigkeit auszugeben. Zweifellos hoffen sie, im Himmel genauso gut leben zu können wie auf Erden. Und dank der vielen Schafe mit ihrer einzigartigen Wolle leben sie verdammt gut hier unten.«

In einer der ruhigeren Gassen legten sie etwas später in einem Gasthaus eine Pause ein und nahmen eine Mahlzeit aus Taubenpastete, Spargel in Öl und Essig, braunem Brot mit Honig und gedämpften Äpfeln zu sich. Zu Michelines Überraschung erkannte der Wirt Sandhurst und rief Frau und Kinder herbei, damit sie »Seine Lordschaft« begrüßten. Als Andrew sie informierte, daß die Dame an seiner Seite die Gräfin von Sandhurst sei, behandelten sie Micheline wie eine Prinzessin.

Nachdem sie das Gasthaus wieder verlassen hatten, meinte Andrew trocken: »Wir sind noch zwei Stunden vom Dorf Sandhurst entfernt. Wenn du meinst, diese Leute hätten dich mit Ehrerbietung behandelt, dann solltest du dich besser auf eine noch weit größere einstellen, Michelle. Seit Jahren haben die Dorfbewohner mir in den Ohren gelegen, ich sollte doch heiraten. Alle schienen sich verschworen zu haben, mich zur Ehe zu überreden.«

Als sie in Sandhurst ankamen, einem Weiler, mitten in den Hügeln gelegen, war es Spätnachmittag, und die meisten Leute hatten sich in ihre Behausungen zurückgezogen, um sich von den Mühen des Tages zu erholen. Denjenigen, die herbeigeeilt kamen, um sie zu begrüßen, erklärte Andrew, er wolle jetzt gern sein Haus aufsuchen, aber er würde ihnen bald einen richtigen Besuch abstatten. Micheline spürte die neugierigen Blicke der Leute und lächelte.

Sie hatte kaum Gelegenheit, sich das Dorf anzusehen. Auf den ersten Blick war es den anderen, die sie an diesem Tag gesehen hatte, sehr ähnlich. Auch hier waren die Gebäude goldbraun, und es gab eine wunderschöne Kirche, die, wie Micheline fand, Würde und Schlichtheit zugleich ausstrahlte.

»Es ist eine normannische Kirche«, sagte Andrew knapp, »kein Wunder, daß sie dir gefällt!«

Südlich des Dorfes lagen Schafweiden und Felder, die mit Ochsen gepflügt wurden. Gelegentlich erkannte einer der Landarbeiter Sandhurst und rief ihm einen Gruß zu. Michelines Verwunderung wuchs, als sie ihn antworten hörte: Andrew sprach jeden mit seinem Namen an.

»Diese Leute arbeiten für mich«, erklärte er.

»Aber wie kannst du sie aus dieser Entfernung erkennen?«

Andrew zuckte leicht mit den Achseln. »Instinkt, vermute ich. Die meisten dieser Männer kenne ich mein Leben lang.«

Schließlich erreichten sie die Kuppe eines Hügels, und Sandhurst zügelte sein Pferd. »Da ist es«, sagte er voller Wärme, »das ist dein neues Zuhause.«

Unter ihnen, in einem tiefen, runden Tal, lag Sandhurst Manor. Micheline konnte nur erkennen, daß das ausgedehnte Gebäude mit den vielen Schornsteinen rosafarben, nicht golden war. Sanfte, gepflegte Gärten zogen sich bis zu den Hängen der der Hügel hin, und im Norden gab es Buchenwälder.

»Einige Leute nennen es Sandhurst-im-Loch«, sagte er mit einem ironischen Lächeln. »Du siehst, warum.«

Micheline war bereits wie verzaubert. »Es ist einfach wunderbar.«

Als sie ins Tal hinabritten, erklärte Andrew: »Das Herrenhaus wurde in meiner Jugend umgebaut. Weil meine Mutter mutig war, wurden Backsteine verwendet, nicht der übliche Kalkstein. Was den Rest angeht ..., ich habe nie genau herausgefunden, wer dafür verantwortlich war. Sollte es Mutter gewesen sein, dann hatte sie mehr Phantasie, als ich je bemerkt habe. Auf jeden Fall entspricht das Haus genau meinem Geschmack. Es ist, als hätte man beim Bauen an mich gedacht.«

Die Pferde gingen im Schritt, als sie an einem Seerosenteich und an gestutzten Eiben vorbeiritten. Vor ihnen erhob sich ein ungewöhnlich prachtvolles Herrenhaus aus Backsteinen, das seinen besonderen Charme aus seiner Unregelmäßigkeit bezog. Die Türmchen, Giebel und verzierten Schornsteine waren wie zufällig angeordnet. Die Fachwerkgiebel waren von unterschiedlicher Größe, genau wie die Türmchen an der Ostseite. Das Eingangsportal befand sich nicht in der Mitte der Fassade, und selbst die großen, rechteckigen Fenster schienen willkürlich eingebaut zu sein.

Micheline starrte das Haus lange wortlos an und wandte sich dann strahlend Sandhurst zu. »Ich glaube, ich träume! Ist das wirklich dein Zuhause?«

»*Unser* Zuhause«, berichtigte er. Andrew folgte ihrem Blick und zog die Mundwinkel leicht nach oben. »Ziemlich merkwürdig, nicht?«

»Eher *wundervoll*«, verbesserte Micheline ihn nachdrücklich. »Ich liebe es schon jetzt!«

»Dann sind wir wieder einer Meinung.«

»Es ist ein Haus, das Glück ausstrahlt«, befand sie.

Sandhurst stimmte zu. Er hatte zwar die ganze Zeit recht unbeschwert getan, aber jetzt war er doch ungeheuer erleichtert über Michelines Reaktionen. Bei anderen Frauen hätte er vielleicht Heuchelei vermutet, niemals aber bei Micheline. Seit dem Augenblick, in dem sie ihre schlecht verborgenen Gefühle für ihn eingestanden hatte, war er nie auf den Gedanken gekommen, an ihren Worten zu zweifeln.

»Es ist *wunderschön* in seiner Merkwürdigkeit.« Sie tat, als müsse sie das Haus verteidigen, als hätte es schon immer ihr gehört und Sandhurst sei der Neuankömmling.

»Entschuldige mal.« Lachend griff er nach ihrer Hand. »Du braucht mich nicht zu überzeugen. Ich habe nichts an diesem Haus auszusetzen.«

Als sie sich dem Herrenhaus näherten, bemerkte Micheline die langbeinigen Pferde auf einem Hügel, während Schafe im Tal grasten. Dazwischen waren Steinwälle gezogen. Im Westen lagen ausgedehnte Pferdeställe, und Micheline war richtig aufgeregt, als sie sich fragte, wie viele Tiere dort wohl stehen mochten. Das Paradies konnte nicht schöner sein, davon war sie überzeugt.

Andrew selbst war in Gedanken ganz mit seiner Heimkehr beschäftigt. Er spürte, wie das Haus zum Leben erwachte, und fragte sich, ob die Stallburschen sich richtig um die Pferde gekümmert hatten, ob die Gärten in seiner Abwesenheit gediehen waren und ob sich innerhalb des Hauses etwas verändert hatte.

Als sie den Eingang erreicht hatten und abstiegen, eilten Stalljungen herbei, um die Pferde zu übernehmen. Kaum hatte Sandhurst Micheline aus dem Sattel gehoben, kam eine rundliche Frau mittleren Alters mit hellbraunem Haar, das stramm zurückgekämmt unter einer Haube steckte, mit ausgestreckten Armen förmlich aus dem Haus geflogen.

»Mylord, Mylord!« rief sie, und die Tränen liefen ihr über die rosigen Wangen. »Sind Sie es wirklich?«

»Natürlich bin ich es, Betsy«, beruhigte er sie und nahm sie in die Arme. Als die Frau sich aus der Umarmung befreite, um ihn anzusehen, streckte Sandhurst eine Hand nach Micheline aus. »Ich habe eine Überraschung für dich. Das ist meine Frau, Lady Sandhurst. Micheline, darf ich dir Betsy vorstellen, auch als Mistress Trymme bekannt. Sie sorgt seit Jahren dafür, daß hier alles reibungslos läuft. Ich könnte nicht mit gutem Gewissen fortgehen, wenn es Betsy hier nicht gäbe.«

»Eine Frau!« rief Mistress Trymme aus. »Unser Herrgott hat meine Gebete erhört.«

Micheline fühlte sich sofort zu der älteren Frau hingezogen und streckte ihr die Hand entgegen. »Es ist mir eine Freude, Sie kennenzulernen, Mistress Trymme.«

»O nein, Mylady, die Freude ist auf *meiner* Seite!« Als sie zu Sandhurst aufblickte, nickte sie zustimmend, und es war klar zu erkennen, daß zwischen den beiden schon lange eine tiefe Vertrautheit bestand. »Sie haben sich eine wunderschöne Gräfin ausgesucht, Lord Andrew! Und wissen Sie was? Von jetzt an wird niemand von uns Ruhe geben, bis ein Kind unterwegs ist!«

Er reagierte mit gespielter Verzweiflung. »Ich tue mein Bestes! Nan Goodwyn hat schon in London angefangen, mich mit genau dieser Angelegenheit zu belästigen, zwei Wochen, bevor Micheline und ich überhaupt verheiratet waren.«

Zu Michelines Erstaunen lachte Betsy und antwortete: »Soll ich etwa glauben, daß ein paar schlichte, in der Kirche gesprochenen Worte für Sie entscheidend sind? Das erwarten Sie doch hoffentlich nicht von mir!« Sie drohte ihm mit dem Finger. »Ich kenne Sie besser, mein Junge.«

Sandhurst zwinkerte ihr zu und lachte vor sich hin.

»Wollen Sie mich vor meiner errötenden Braut als Wüstling darstellen?«

»Ihre Gemahlin sieht aus, als hätte sie ihren Verstand beisammen, Lord Andrew, und ich habe nie erwartet, daß Sie eine andere als eine kluge Frau heiraten würden. Ich habe bestimmt nicht mehr gesagt, als sie bereits weiß!« Betsy strahlte Micheline an, kniff sie in die Wange und meinte dann: »Sie müssen müde sein, und zweifellos möchte unsere Gräfin gern mehr von ihrem neuen Zuhause sehen.«

Die Gebäude des Herrenhauses waren um einen quadradratischen Hof mit bezaubernden Blumenbeeten und geschnitzten Bänken gruppiert. Die Zahl der Räume im Haus war verwirrend: zwanzig Schlafzimmer, ein privates Eßzimmer mit Sommer- und Wintersalon, eine über zwei Stockwerke reichende Halle mit hohem Gewölbe und anschließender Kapelle, eine Speise- und eine Vorratskammer, außerdem eine Bäckerei, eine Wäscherei und Wäschekammern. Auch eine prachtvolle Bibliothek war vorhanden, und es gab eine lange Galerie mit Fenstern auf der einen Seite und feinsten flämischen Gobelins auf der anderen. Die kunstvolle Täfelung trug entscheidend dazu bei, daß das Haus so warm und einladend wirkte.

Die große Halle war in Sonnenlicht getaucht, und der Boden war mit frischen Kräutern und duftenden Hyazinthen bestreut. An den Wänden hingen Gemälde, und Micheline wollte sie gerade betrachten, als ein Spaniel in den Raum gesprungen kam. Der Hund lief direkt auf Sandhurst zu, der sich lachend niederkniete, um ihn zu begrüßen.

»Das ist Wimbledon«, sagte er zu Micheline.

»Ein recht ungewöhnlicher Name!« Sie ging zu den beiden, um dem Spaniel den Kopf zu kraulen. Wimbledon war vorwiegend weiß und hatte nur ein paar dunkelbraune Flecken auf dem Körper und an den langen, seidigen, goldbraunen Ohren.

»Ich habe Cecily einen Namen für ihn aussuchen lassen, als er noch ein Welpe war. Das war ein Fehler. Sie war damals erst fünf oder so und fand, daß er wie Sir Percy Wimbledon, einer meiner Freunde, aussah. Wenn Percy dann einen seiner Besuche machte, mußte ich den Hund immer verstecken. Ich kann mir nicht vorstellen, daß es schmeichelhaft für ihn gewesen wäre, seinen Namensvetter kennenzulernen.«

Wimbledon gab ein kleines Wuff der Zustimmung von sich und leckte die Wange seines Herrn. Als Sandhurst aufstand und mit Micheline zu den Gemälden hinüber ging, trottete der Spaniel neben ihm her und versuchte, sich einen Platz zwischen den beiden zu erobern.

»Ach, du lieber Himmel«, flüsterte Micheline mit gespielter Ängstlichkeit, »ich fürchte, dein Freund ist eifersüchtig. Er hat hoffentlich nicht die Angewohnheit, auf deinem Bett zu schlafen.«

Andrew lachte, und seine weißen Zähne blitzten auf. »Bleiben Sie ganz ruhig, Mylady. Du wirst eine Hundepforte auf der Treppe vorfinden. Die sorgt dafür, daß Wimbledon da bleibt, wo er hingehört.« Er bückte sich und zog den widerspenstigen Spaniel sanft, aber entschieden auf seine rechte Seite. »Wo wir gerade davon sprechen, Wimbledon, du gehört *hier* her. Guck mich nicht so an! Die Dame ist meine Frau, und ich werde sie nicht mit dir teilen.«

Wimbledon ließ den Kopf hängen. »Da siehst du es!« sagte Sandhurst zu Micheline. »Er ist nicht auf dich eifersüchtig, sondern auf mich! Das Tier hat offensichtlich gehofft, dich mir wegnehmen zu können. Stellt sich einfach zwischen uns! Wenn Wimbledon den Frauenhelden spielen will, muß er das ein bißchen unauffälliger anstellen.«

Auch wenn Micheline leise lachte, so hatte sie doch Mitgefühl mit dem Hund. Zweifellos war er es gewohnt, die ungeteilte Aufmerksamkeit seines Herrn zu bekommen, denn es war unwahrscheinlich, daß Sandhurst viele Damen mit auf den weiten Weg nach Gloucestershire genommen hatte. Ihr Instinkt sagte ihr, daß er das gesellschaftliche Leben in London und das ruhigere Leben in Sandhurst Manor, weit weg von der Hauptstadt, durchaus zu trennen wußte. Schon an diesem Tag hatte Micheline einige Aspekte seiner Persönlichkeit entdeckt, die ihr bis dahin völlig unbekannt waren. Sie fand es aufregend, daß er sie offenbar an jeder Phase seines Lebens beteiligen wollte.

Micheline zeigte auf ein kunstvolles Gemälde einer dunkelhaarigen Dame und fragte: »Das ist deine Mutter?«

»Woher weißt du das?«

»Naja, das schien mir nur logisch zu sein, und außerdem besteht eine Familienähnlichkeit. Auf den ersten Blick sieht sie aus wie Cecily, aber ihre Augen sind genau wie deine. Außerordentlich warm und zwingend.«

Sandhurst beschrieb mit dem Zeigefinger der einen Hand Kreise um den Daumen der anderen. Das war eine gelegentliche Angewohnheit, und Micheline wußte inzwischen, daß er in solchen Augenblicken intensiv nachdachte oder starke Gefühle empfand. »Merkwürdig, daß du Mutters Augen erwähnst. Sie war eine richtige Dame, sehr zurückhaltend, doch man lernte, ihre Stimmungen einzuschätzen, wenn man ihr in die Augen sah. Als ich das Bild gemalt habe, war der Ausdruck der Augen am schwierigsten einzufangen.« Er lächelte Micheline von der Seite an. »So war das auch, als ich dich gemalt habe. Fast noch schwieriger, denke ich.«

»Das lag daran, daß ich alle meine Gefühle in mir eingesperrt hatte …, und als ich in einem Raum mit dir war, braute sich ein wahrer Sturm in mir zusammen!« Sie lachte leise, als sie sich daran erinnerte. »Ich habe gewußt, daß du dieses Bild gemalt hast, Andrew. Aber erzähl mir nicht, daß *alle* hier von dir sind!«

»So ist es, aber versprich mir, daß du das nicht gegen mich verwenden wirst«, antwortete er ein wenig kleinlaut. »In der Vergangenheit habe ich fast jede Minute in Sandhurst Manor entweder draußen mit den Pferden oder auf der Galerie mit der Malerei verbracht. Nach Mutters Tod kam ich auf die Idee, dieses Porträt zusammen mit dem meines Vaters aufzuhängen. Die pfiffige Betsy behauptete dann immer wieder, daß diese Wand ein ›Gleichgewicht‹ brauchte, und bald holte sie nach und nach alle anderen Gemälde hervor, die ich versteckt hatte. Ich fürchte, der Raum sieht langsam aus wie ein Museum für meine ziemlich durchschnittlichen Kunstwerke.«

»Durchschnittlich?« wiederholte Micheline. »*Pas du tout*, überhaupt nicht! Du bist sehr begabt!«

Er zuckte leicht mit den Achseln. »Ich male nur, weil es mir Spaß macht. Es ist eine Herausforderung, und es entspannt mich. Die Ergebnisse sind zufällig.«

Micheline war weitergegangen, um das Porträt des Herzogs von Aylesbury zu betrachten. Er war jünger, sein sandfarbenes Haar war von weißen Strähnen durchzogen, und seine Gesichtszüge wirkten viel weicher.

»Ich habe es vor zwölf Jahren gemalt, direkt nach der Rückkehr von meinem Studium in Florenz. Mutter gab es zu Vaters Geburtstag ›in Auftrag‹. Ich glaube, sie hoffte, daß es die Beziehung zwischen Vater und mir verbessern würde. Aber wie immer ging die Sache schlecht aus. Er hatte soviel an dem Bild auszusetzen, daß ich es hierher zurückbrachte und in einen Schrank stellte. Es vergingen Jahre, bis ich es mir überhaupt wieder angesehen habe.«

»Meinst du nicht, daß der Herzog sich in letzter Zeit ein bißchen verändert hat?«

Der Ton, den Sandhurst von sich gab, war halb Seufzer, halb Lachen. »Vielleicht. Und vielleicht hast du das erreicht. Sieh dir an, was du aus *meinem* wohlgeordneten Leben gemacht hast!« Er legte einen Arm um ihre Taille und küßte sie aufs Haar. »Aber ich wäre auch nicht am Boden zerstört, wenn Vater zu seinem bösartigen Verhalten zurückkehren würde. Ich habe mich inzwischen daran gewöhnt. Wenn er sich verändert *hat*, würde mich das für ihn freuen, nicht für mich. Ich brauchte die väterliche Zustimmung schon nicht mehr, als ich noch zu Hause war. Und jetzt brauche ich nur dich, Michelle.«

Das klang so bestimmt und selbstverständlich, daß die Worte noch in ihr nachklangen, als die Besichtigung der anderen Bilder schon lange beendet war. Andrew hatte zwei Dorfszenen gemalt, ein Bild von den Cotswold-Hügeln bei Sonnenuntergang, eins von Cecily neben einem wunderschönen Pferd, eins von Betsy – »Das war die größte Aufregung ihres Lebens«, sagte er ironisch – und schließlich ein lustiges Porträt von Wimbledon, dem Spaniel.

»Laß uns nach oben gehen und ein Bad nehmen«, sagte Sandhurst, als sie den Rundgang durch die Halle beendet hatten. »Gemeinsam.«

Micheline tat so, als fände sie das unanständig,

schlang dann aber doch ihre Arme um seinen Hals und preßte sich ganz eng an Andrew. »Mit Vergnügen ..., wenn die Einladung nicht auch für Wimbledon gilt.«

Der Spaniel stand auf der anderen Seite der geschnitzten Hundepforte und sah ganz verloren aus, als sie die breite Treppe hinaufgingen und aus seinem Blickfeld verschwanden.

Kapitel 32

26. April – 29. Mai 1533

Als Micheline in der Morgendämmerung aufwachte, lag sie in Andrews Armen, das Gesicht an seiner muskulösen Brust. Die Vorhänge aus grünem Samt waren bis an die Pfosten zurückgezogen, und erste Sonnenstrahlen fielen auf das breite Himmelbett. Sandhursts Körper sah in diesem Licht aus, als sei er in flüssiges Gold getaucht. Voller Bewunderung sah Micheline auf sein schön geschnittenes Gesicht; die Lippen waren im Schlaf leicht geöffnet und ließen ihn verwundbar erscheinen.

Zwischen ihnen herrschte jetzt vollkommenes Vertrauen. Doch das brauchten sie sich nicht stets und ständig mit Worten zu versichern. Eine Berührung oder ein Blick reichten, um die Gefühle des anderen zu verstehen, und Micheline war glücklich darüber.

In der warmen Frühlingsnacht hatte Sandhurst im Schlaf die Decken weggeworfen, und Micheline betrachtete seinen Körper. In all den Jahren mit Bernard hatte sie nie eine so intime Vertrautheit erlebt wie jetzt, nach so kurzer Zeit schon, mit Andrew. Sie kannte jede Linie seines Gesichts und jeden Muskel seines Körpers, selbst seine weichen blonden Haare an seinen Armen und Beinen – und an anderer Stelle – waren ihr vertraut. Was die Männlichkeit anging, so hatte Micheline in der Vergangenheit bei ihrem ersten Ehemann immer leichte Scham empfunden. Und weder Micheline noch Bernard hatten den Liebesakt sonderlich genossen. Mit Andrew war alles ganz anders. Sie teilten alles, jedes Gefühl, jede Freude. Im Bad am Tag zuvor hatte Micheline ihn aufs äußerte gereizt, bis Sandhurst sie in seiner Erregung im Wasser hochhob und sie mit der ganzen Länge seiner Härte aufspießte. Zu ihrer Überraschung war ihr das nicht peinlich gewesen, sondern sie hatte überwältigende Freude und Befriedigung empfunden, als sie sich rhythmisch im Wasser bewegten.

Jetzt glitten ihre Blicke über Andrews schlanke Taille und weiter nach unten, und Micheline fand, daß seine Männlichkeit genauso schön war wie seine Hände. Als sie Andrew leicht berührte, wurde er langsam wach.

»Guten Morgen«, flüsterte er ihr heiser ins Ohr und knabberte an ihrem Ohrläppchen. »Meine Ehefrau. Wie schön das klingt.«

Auch wenn sie sich in der vergangenen Nacht dreimal geliebt hatten, stellte Micheline fest, daß ihr Hunger nach ihm noch längst nicht gestillt war, und preßte sich mit Brüsten und Hüften eng an seinen Körper.

»Ich bin so glücklich, daß ich hier bin«, flüsterte sie lächelnd, »so glücklich, deine Frau zu sein.«

Sandhursts Küsse verbrannten ihren Hals, gleichzeitig wanderten seine erfahrenen Hände über ihren Rücken nach unten und erforschten die weichen Kurven ihres Gesäßes.

»Mmm!« Mehr brachte sie nicht heraus.

An diesem Vormittag nahm Andrew seine Frau mit zu den Pferdeställen. Es war ein wunderbarer Tag. Die Sonne strahlte, die leichte Brise duftete nach wilden Blumen, und selbst Wimbledon sprang gutgelaunt herum.

Die Ställe waren aus Stein gebaut und sehr gepflegt. Pferdeburschen waren damit beschäftigt, die Pferde draußen herumzuführen oder sie zu striegeln. Ein großer, grobknochiger Mann mit vom Wind zerzausten Haar kam herbei, um den Grafen und die Gräfin von Sandhurst zu begrüßen.

»Willkommen zu Hause, Mylord«, sagte er knapp, aber in seinen warmen, grauen Augen war große Freude zu erkennen. »Es ist gut, Sie wieder hier zu haben.«

»Es ist schön, wieder da zu sein.« Andrew streckte lächelnd die Hand aus. »Ich möchte Ihnen Lady Sandhurst vorstellen. Schatz, das hier ist Trymme, der Marschall von Sandhurst Manor – und er ist auch Betsys Mann. Trymme ist für die Stallungen zuständig, für die Pferdeburschen und natürlich für alle Pferde.«

»Ich freue mich, Sie kennenzulernen, Trymme«, sagte Micheline aufrichtig.

»Ganz meinerseits, Mylady. Ich hoffe, Ihr neues Zuhause gefällt Ihnen.«

Ihre blauen Augen glänzten vor Freude. »Ich liebe es!«

»Meine Frau ist begeistert von Pferden, Trymme«, erzählte Andrew. »Ich meine, sie sollte sich es aussuchen ... und ich sollte eigentlich meinen guten alten Hengst Hampstead begrüßen. Es geht ihm gut, denke ich?«

»Sehr! Er hat Willow bedient, die junge Stute, die Sie ausgesucht hatten, und das lief sehr gut. Er ist gerade gestriegelt worden und wartet darauf, Sie wiederzusehen,

Mylord. Ich habe mir schon gedacht, daß Sie ihn bewegen wollen.«

»Danke, Trymme. Und wie geht es der kleinen Stute Stroller? Hat sie ihr Fohlen schon?«

»Nein, Mylord. Es kann aber jeden Tag kommen.«

Micheline hörte nur mit halbem Ohr zu, wie die beiden Männer sich unterhielten. Sie gingen gemeinsam an den Stallboxen entlang, wo sie von großen, hoffnungsvollen Augen angeschaut wurden. Andrew begrüßte jedes einzelne Tier mit einem liebevollen Klaps.

»Ich habe noch nie so wunderschöne Pferde gesehen!« rief Micheline schließlich aus. »Sind sie aus deiner eigenen Zucht?«

Sandhurst konnte sich ein Lachen nicht verkneifen. »Keineswegs, Liebes, das hier sind alles Araber. Meiner Meinung nach gibt es kein feineres Pferd auf Erden, und ich sorge dafür, daß sie weitgehend reinrassig bleiben. Wir haben allerdings ein wenig experimentiert ... mit Kreuzungen zwischen den Arabern und einigen Walisischen Bergponys. Die Waliser sind den Arabern in Aussehen und Temperament sehr ähnlich, aber natürlich kleiner. Der König droht ständig mit einem Erlaß, durch den Tiere unterhalb eines bestimmten Stockmaßes verboten würden. Die Waliser wären davon betroffen, also haben wir daran gearbeitet, diese schönen Ponys ein bißchen größer zu machen. Wir haben auch einige Araber mit Chapman-Pferden aus Yorkshire gekreuzt, weil wir sehen wollten, welche Verbesserungen sich bei der einheimischen Rasse erreichen lassen.« Er lächelte ironisch. »Täusch dich nicht, ich mag britische und europäische Pferde sehr gern, aber wenn man sich erst einmal an Araber gewöhnt hat ...«

»Ist man für alle anderen verdorben?« ergänzte

Micheline. Langsam verstand sie, was Andrew meinte. Jedes dieser Pferde hatte einen wunderbaren Kopf mit großen Augen und einem kleinen Maul, getragen von einem eleganten Hals. Die Körper waren kompakt, die Beine lang, schlank und stark. Auffallend war die seidige Struktur von Fell, Mähne und Schwanz bei allen Tieren.

Sandhurst nickte. »Es gehört viel mehr dazu als Schönheit, das wirst du noch merken. Araber sind intelligent, fröhlich und sanft. Sie sind auch außergewöhnlich schnell, verfügen über ein großes Durchhaltevermögen und können viel Gewicht tragen. Am meisten begeistert mich jedoch an diesen Pferden, daß sie den Menschen so lieben. Und ich erwidere diese Liebe. Das ist der wahre Grund, warum ich sie züchte.«

Er war vor einer offenen Box stehengeblieben, in der ein junger Stallbursche einem eleganten goldbraunen Hengst das Zaumzeug anlegte. Als das Pferd Sandhurst sah, wieherte es leise und nickte mit dem Kopf.

»Das ist Hampstead.« Er ging zu seinem Lieblingspferd und begrüßte es, eine Szene, die Micheline unglaublich anrührend fand. Andrew mit der für ihn typischen geschmeidigen Kraft und diese schönen Pferde schienen einfach zusammenzugehören. »Komm und sag hallo, mein Schatz.«

Sandhurst gab Micheline ein Stück Apfel, und sie bot es dem Hengst mit sanften Begrüßungsworten an. Geräuschvoll zermahlte Hampstead die Frucht, als ob er die Spenderin prüfen und sich ein Urteil über sie bilden wollte, dann zeigte er sein starkes, weißes Gebiß und sah aus, als ob er lächelte.

Ein Glücksgefühl stieg in Micheline auf, als sie ihm die gepflegte Mähne und das Fell streichelte. In der Vergangenheit hatte es nur wenige Menschen gegeben, denen sie genauso vertraute wie den Pferden. Sie dachte an ihren treuen Gustave, der in Angoulême geblieben war und sie bestimmt vermißte.

Andrew nahm Hampsteads Zügel und führte ihn aus der Box. »Hast du schon ein Pferd gesehen, das dir gefallen könnte?« wollte er von Micheline wissen.

»O Andrew, eins ist schöner als das andere! Ich wüßte nicht, wo ich anfangen ...« In diesem Augenblick fielen ihre Blicke auf ein unglaublich schönes, langbeiniges Stutfohlen, das in der Sonne gestriegelt wurde. Das Pferd hatte eine warme kastanienbraune Farbe, weiße Strümpfe und eine lange, weiße Blesse, die die Schönheit des Kopfes noch unterstrich. Als ob das Tier Michelines Bewunderung spürte, hob es leicht den Kopf und erwiderte den Blick.

»Aha.« Sandhursts Murmeln war kaum zu hören. Er lächelte in Trymmes Richtung. »Ich denke mal, da haben soeben zwei zueinander gefunden.«

Im Laufe des nächsten Monats gewöhnte sich Micheline schnell an das Leben in Sandhurst Manor, und es kam ihr vor, als wäre sie immer dort gewesen. Selbst in dem Haus, in dem sie aufgewachsen war, hatte sie sich nicht einmal annähernd so glücklich gefühlt.

Sandhurst und seine Frau standen jeden Morgen früh auf und aßen auf dem Weg zu den Ställen meistens ein wenig frisches Obst. Micheline war fasziniert von der Pferdezucht mit all ihren verschiedenen Aspekten und langweilte sich nie bei den oft recht langen Gesprächen zwischen Andrew und Trymme. Häufig war sie früh genug da, um Primrose, ihr Stutfohlen mit den weißen Strümpfen, mit einem leichten Frühstück aus Hafer, Heu mit Gras und Klee, Erbsen, Karottenscheiben und Apfelschalen zu füttern. Dann bewegten Andrew und sie Hampstead und Primrose, ritten entweder nach Süden über die Hügel oder nach Norden ins Dorf. Im allgemeinen unterbrachen sie ihren Ritt irgendwo, ließen die Pferde grasen und an einem Fluß saufen, während sie sich auf die Wiese legten.

Die Abhänge der Hügel waren von Blumen übersät, und Micheline war begeistert, immer neue zu entdecken, die sie aus Frankreich nicht kannte.

Eines Tages lag sie mit Sandhurst in einem Meer von Schlüsselblumen und Vergißmeinnicht, während Wimbledon unerreichbare weiße Schmetterlinge und kleine Lämmer auf unsicheren Beinen über den Abhang jagte. Sie waren weit entfernt vom Herrenhaus, scheinbar allein in einer Welt, die nur ihnen gehörte. Andrew öffnete das Oberteil ihres Kleides, um ihre warmen Brüste zu befreien. Micheline streckte sich wohlig aus und genoß den Schauder, der ihren ganzen Körper durchströmte,als seine Lippen und Hände sie berührten. Auch sie liebkoste ihn, ihre Hände glitten zärtlich über die Erhebung in seiner Reithose. Auf einmal waren ihre Röcke irgendwie hochgeschoben, und Micheline spürte weiches Gras und wilde Blumen unter ihren Schenkeln. Sie öffnete Andrews Hosenbeutel, und ihre Körper vereinten sich in einem Sturm süßen Verlangens. Der Himmel über ihr war blau, »von der Farbe des Paradieses«, wie Andrew einmal gesagt hatte. Aber als sie sich auf der in Sonne getauchten Wiese vereinten, war Micheline überzeugt, daß nicht einmal das Paradies ein so wunderbares Leben zu bieten hätte wie das, das sie gemeinsam hier auf Erden führten.

Selbst wenn sie nicht zusammensein konnten, war Micheline glücklich. An manchen Nachmittagen malte

Sandhurst oder kümmerte sich um das Geschäft, während sie allein mit Primrose ausritt oder sich mit den Arbeiten in ihrem neuen Haushalt vertraut machte. Die Dienstboten beteten Micheline an, weil sie nicht überheblich und dünkelhaft war, und selbst die Köchin, eine stämmige alte Frau namens Lettice, begrüßte sie gern in der Küche. Gemeinsam bemühten sie sich darum, neue Gerichte zu erfinden, und das, was Micheline an der französischen Küche am besten gefallen hatte, mit der herkömmlichen englischen Zubereitungsart zu verbinden.

Der erste Mai kam, und Fenster und Türen des Herrenhauses waren mit Blumengirlanden und Rotdornzweigen geschmückt. An diesem Nachmittag trug Micheline ein Kleid aus weißem Musselin, das mit schmalen gelben Seidenbändern besetzt war, und Mary half ihr, einen Kranz aus bunten Blumen in ihren schimmernden Locken zu befestigen. Sie und Andrew ritten in das Dorf, wo sie den Vorsitz bei der Krönung der Maikönigin führen sollten. Diese Ehre war einem wohlgestalteten Milchmädchen namens Isabell zuteil geworden. Die Leute im Dorf tanzten und sangen den ganzen Tag lang; und viele von ihnen tollten im Kreis um den blumengeschmückten Maibaum in der Nähe der Kirche herum. Alle mochten die neue Gräfin von Sandhurst, die schöner und fröhlicher war als jedes der rotwangigen Dorfmädchen.

Im Laufe des Mai wuchs Michelines Zufriedenheit immer mehr. Das Ausbleiben des monatlichen Flusses bestätigte ihren glücklichen Verdacht, daß sie und Andrew in diesem Frühling ein neues Leben gezeugt hatten. Sandhurst freute sich, war aber weit entfernt davon, überrascht zu sein. Lachend erzählte er ihr, daß seine Verwunderung größer gewesen wäre, wenn sie immer noch *kein* Kind unter dem Herzen trüge.

Doch die Wirklichkeit, die Micheline zwangsweise in Yorkshire beschäftigt hatte, konnte nicht auf ewig aus ihrem Leben ferngehalten werden. Die dritte Maiwoche brachte einige Regentage, die die Landschaft erfrischten, aber Micheline und Andrew im Haus hielten. Eines Nachmittags saßen sie nebeneinander an einem Fenster der Bibliothek und lasen gemeinsam *Merlin*.

Sandhurst streckte seine schlanken, muskulösen Beine aus. Er war längere Untätigkeit nicht gewohnt und fand es von Minute zu Minute schwieriger, dem ihn ablenkenden Charme seiner jungen Frau zu widerstehen. Als Regentropfen an das Fenster klatschten, wanderte Andrews Blick von der gedruckten Buchseite zu Michelines Busen, den sie über einem tiefen, rechteckigen Ausschnitt großzügig zur Schau stellte.

»Wohin sehen Sie, Mylord?« fragte sie züchtig.

»Ich finde Sie viel fesselnder als Merlin, Mylady.« Er senkte den Kopf, um die verführerischen Kurven ihres Fleisches zu küssen.

»Eine interessante Wortwahl«, merkte Micheline an und bewegte sich auf eine Weise auf ihrem Platz, die ihm anzeigte, daß sie bereits erregt war.

Er blickte auf und lächelte jungenhaft. »Sehr passend.« Seine Augen wurden weich beim Anblick ihres Gesichts – es war ein Bild strahlender Schönheit, von einer Fülle hellbrauner Locken umrahmt. Er konnte sich nicht erinnern, wann sie sich seit der Ankunft in Sandhurst Manor zuletzt das Haar aufgesteckt hatte. »Du glühst ja förmlich!«

»Die Ehe ... und dein Kind scheinen mir zu bekommen.« Sie ließ die Finger durch Andrews dichtes Haar gleiten. Die langen Tage, die er in der Sonne verbrachte, hatten es ganz blond werden lassen und gleichzeitig sein Gesicht gebräunt.

Zärtlich küßte er sie auf den Mund. »Ich bin froh, daß du hier glücklich bist.« Er setzte sich wieder neben sie und zeichnete mit dem Zeigefinger gedankenverloren ein Muster auf den Rücken von Michelines schlanker Hand. »Ich hasse es eigentlich, das Gespräch darauf zu bringen, aber dir ist vermutlich klar, daß wir mit den Vorbereitungen für die Reise nach London beginnen müssen. Wenn es nicht ausgerechnet um die Krönung ginge, würde ich mich den Teufel darum scheren und hierbleiben, aber so einfach ist das leider nicht. Wenn wir uns nicht die Mühe machen, wird König Heinrich uns das nie vergessen.«

»Da ist noch etwas, Andrew. Wir wollen Cecily in London treffen. Das hattest du doch nicht vergessen?«

Er seufzte. »Ich habe es versucht. Liebes, willst du denn trotz des Kindes an den alten Plänen festhalten? Ich möchte nicht, daß Cecily dein Leben durcheinanderbringt. Ich befürchte, daß du kein Wort sagen wirst, wenn du dich mal unwohl fühlst.«

»Du mußt dir *keine* Sorgen machen«, sagte sie mit Nachdruck. Sie wußte, daß er so beunruhigt und besorgt war, weil sie in ihrer ersten Ehe ein Kind verloren hatte. »Als ich damals ein Kind erwartete, fühlte ich mich vom ersten Tag an ganz anders. Es war, als sei es nicht die Bestimmung dieses Kindes gewesen, auf die Welt zu kommen.«

»Schwör mir, daß du es mir sagen wirst, wenn du irgendwelche Schmerzen hast.«

»Ehrlich, ich habe mich nie im Leben besser gefühlt! Du hast gesehen, wie gut ich gegessen habe! Ich blühe auf, Andrew.«

»Du sollst schwören!« beharrte er und drückte ihr die Hand.

»Gut, dann schwöre ich.«

Der 29. Mai fiel auf einen Donnerstag. Die Morgendämmerung erhellte kaum den Londoner Himmel, als es an der Tür von Andrews und Michelines geräumigem Schlafgemach in Weston House klopfte.

Sandhurst öffnete langsam ein Auge und erkannte als erstes, daß seine Frau ihn voller Verwirrung ansah. »Wenn das Rupert ist, bringe ich ihn diesmal mit Sicherheit um«, schimpfte er, und seine Stimme war noch heiser vom Schlaf.

»Bitte nicht. Ich hasse Gewalttätigkeit.« Micheline zog sich spielerisch die Decken über den Kopf, um seinem vernichtenden Blick auszuweichen.

Es klopfte noch einmal, und Andrew fragte: »Wer ist da?«

Es war Cecily, die antwortete: »Andrew, du hast doch nicht vergessen, daß du versprochen hast, mich flußabwärts mitzunehmen, damit ich den Einzug der Königin in die Stadt verfolgen kann?«

»Ich bin noch nicht wach genug, um zu denken, und die Pläne für den Tag gehen überhaupt noch nicht in meinen Kopf!« Er fiel wieder in die Kissen zurück und schloß die Augen. »Komm in zwei Stunden wieder, und dann laß ich dich wissen, was ich vergessen habe!«

»Hör auf, mich zu necken!« Ihre Stimme erhob sich kindisch.

»Ich versichere dir, ich meine es ziemlich ernst. Die Prozession der Schiffe nach Schloß Greenwich wird London nicht vor Mittag verlassen. Ich bin nicht so alt und tatterig, daß ich ein halbes Dutzend Stunden brauche, um mich anzuziehen und nach draußen zur Barke zu gehen.«

»Aber der Fluß ist schon voller Schiffe!«

»Für eines mehr ist da immer noch Platz. Hiermit beende ich das Gespräch und rate dir, dich bis acht Uhr unsichtbar und unhörbar zu machen.«

»Aber *Andrew* ...«

»Laß uns in Ruhe! Wenn du schon jetzt nach Greenwich fahren willst, dann laß dich von Rupert mitnehmen. Ich will noch *schlafen*!«

Als kein weiteres Widerwort vom Korridor kam, vergrub sich Sandhurst unter den Decken und nahm Micheline in die Arme. »Eigentlich stimmt das nicht *ganz*. Mmm, du bist warm.« Er küßte ihren Hals, gleichzeitig liebkoste er Brust, Hüfte und ihren schlanken Schenkel. »Und weich.« Seine Hand wanderte zärtlich die Innenseite ihres Beins hinauf, bis Micheline leicht zurückzuckte.

»Deine Schwester mag mich immer noch nicht.«

»Ich finde, sie hat sich bisher ganz gut benommen«, murmelte er geistesabwesend. »Auf alle Fälle besser als in Yorkshire.«

»Hast du nicht gemerkt, wie sie mich absichtlich nicht einbezogen hat, als sie von den Plänen für den heutigen Tag sprach? Irgendwie macht sie sich vor, es gebe mich eigentlich nicht.«

»Oh, es gibt dich durchaus, meine Liebe. Dafür kann ich mich verbürgen.«

Seine erfahrenen Finger erforschten intime Bereiche, und Michelines Schenkel öffneten sich. Cecily war vergessen, als Sandhursts Mund auf dem ihrem lag; der Liebessturm, der ihr Leben beherrschte, schwoll zu einem weiteren Orkan an.

Während der ganze Fluß an diesem Nachmittag von Schiffen übersät war, standen die Menschen dichtgedrängt an den Ufern der Themse. Alle wollten die prächtige Prozession für Königin Anne sehen, auch wenn für die meisten Untertanen Katharina noch immer die eigentliche Königin war. Zwar hatte es vor kurzem einen Erlaß des Erzbischofs von Canterbury gegeben, der die erste Ehe König Heinrichs für ungültig erklärte, aber die entsprechende Bestätigung des Papstes fehlte noch!

Micheline konnte sich kein aufwendigeres Historienspiel vorstellen als das, was um sie herum auf der Themse stattfand. Vielleicht hatte der Hof die Prozession so überwältigend verschwenderisch gestaltet, um die skeptischen Bürger zu beeindrucken und für sich einzunehmen. Und alle, die unbelehrbar störrisch an ihrem Widerstand festhielten, bevölkerten die Verliese des Tower. So erzählte man sich jedenfalls.

Musik, Kanonenschüsse und Fanfarenklänge erfüllten die warme Luft. Zahlreiche Schiffe waren vor mehr als einer Stunde nach Schloß Greenwich gesegelt. Jetzt kehrten sie zurück. Cecily, in einem hübschen, neuen Kleid aus rubinroter Seide, klatschte vor Aufregung in die Hände, während Rupert immer wieder »Ich muß schon *sagen*!« ausrief.

In der ersten Barke befand sich die in ein goldfarbenes Gewand gekleidete Königin Anne selbst, begleitet von Bischöfen und Edelleuten in bunt geschmückten Segelbooten. Der Bürgermeister hatte sogar einen leibhaftigen mechanischen Drachen an Bord, der um sich schlug und Feuer in den Fluß spuckte. Mehr als zweihundert weitere Boote folgten, alle geschmückt mit klingelnden Glöckchen und Annes Wappen, das mit dem des Königs verbunden war. Banner flatterten und tanzten im Wind, und auf jedem Boot spielten Musiker mit vollem Einsatz.

Als die Barke der Königin die Wasserpforte des Towers von London erreichte, schossen die großen Kanonen Salut. Der Konstabler und der Leutnant der Wache lösten sich aus der Menge, um Anne zu begrüßen und sie zum König zu geleiten, der am hinteren Tor wartete.

»Sie wird die nächsten beiden Nächte in den Gemächern der Königin im Tower verbringen«, erklärte Andrew seiner Frau. »Das ist eine alte Tradition. Am Samstag wird eine weitere Prozession stattfinden – diesmal durch die Straßen von London nach Westminster, wo Anne am Sonntag gekrönt wird.«

Cecily knabberte an Zuckerwerk und erklärte: »Ich habe die Absicht, eines Tages Königin zu sein, aber ich fürchte, bis dahin muß ich noch viel Geduld aufbringen.«

Micheline lächelte schwach. Zum erstenmal in ihrer Schwangerschaft spürte sie die Hitze und stellte eine entnervende Übelkeit fest, die von all der Bewegung und der nicht enden wollenden Musik hervorgerufen wurde. »Es ist alles sehr aufregend.« Sie warf Sandhurst einen hoffnungsvollen Blick zu. »Kehren wir jetzt nach Hause zurück?«

Aber Andrew hatte bereits ein Zeichen gegeben, und die Ruderblätter tauchten in das glitzernde Wasser ein. Als die Barke flußaufwärts glitt, sagte er: »Denk auch mal an Micheline. Sie trägt ein Kind unter dem Herzen, wie ich dir erzählt habe, und deshalb braucht sie besondere Rücksichtnahme.«

Das Mädchen zog bockig die Stirn kraus. »Es ist der aufregendste Tag in meinem Leben. Ich sehe nicht ein, warum ...«

»Nur keine Aufregung«, rief Rupert, machte einen

Schritt auf Andrew zu und schlug ihm leicht auf den Rücken. »Patience und ich würden Cecily gern mitnehmen, damit sie die Festlichkeiten genießen kann, ist es nicht so, mein Liebling?«

Patience sah sie einen nach dem anderen aus ruhigen, winzigen Augen an. Ihr Gesicht war farblos im Sonnenlicht. »Natürlich«, sagte sie lächelnd.

Kapitel 33

31. Mai – 5. Juni 1533

Am Samstag stand Micheline zusammen mit Cecily, Rupert und Patience hinter einem der Gitter, die den Prozessionsweg von Königin Anne durch die Straßen von London säumten. Micheline fühlte sich an diesem Tag zwar besser, aber sie vermißte Andrew ganz besonders, weil sie von ihren neuen Verwandten umgeben war. Und die waren alles andere als eine ideale Gesellschaft für sie.

Durch die mit Gobelins, Samt und Seide geschmückten Straßen ritten zwölf Franzosen in blauen Samtmänteln mit gelben Ärmeln. Die meisten kannte Micheline aus Fontainebleau, aber dieses war nicht der Zeitpunkt, um Grüße auszutauschen.

Den Franzosen folgten zahlreiche Persönlichkeiten des Hofes in Festkleidung, allen voran die Ritter in ihren purpurroten Gewändern und schließlich die Edelleute in dunkelrotem Samt. Und dann tauchte auch Andrew Graf von Sandhurst auf. Sein Haar glänzte in der Sonne, und er war wie üblich trotz der Menschenmenge nicht zu übersehen.

»Sieht er nicht prächtig aus!« rief Cecily winkend.

Micheline lächelte nur. Sandhurst entdeckte die winkende Hand und zwinkerte mit den Augen, aber sein versteckter Gruß galt seiner Frau.

»Ich glaube, dieser dunkelrote Samt würde jedem Mann schmeicheln«, bemerkte Patience gleichgültig.

Rupert übernahm die Verteidigung seines Halbbruders. »Sandhurst ist in jeder Gesellschaft der bestaussehende Mann! Das ist dir doch wohl klar, meine Liebe!«

Weitere prächtig gekleidete Vertreter von Hof, Staat und Kirche erschienen, darunter der Kanzler, der Bürgermeister von London und mehrere Erzbischöfe und Botschafter. In ihrer Mitte war Anne zu erkennen, die in einer offenen, ausgeschlagenen Sänfte saß, die von zwei glänzenden Schimmeln getragen wurde. Anne trug ihr dunkles Haar offen, und eine mit Edelsteinen besetzte Haube zierte ihren Kopf. Ihr Überwurf und der mit Hermelin gefütterte Mantel waren aus Silberbrokat. Ruhig saß die Königin unter dem goldenen Baldachin, den vier Ritter trugen, musterte die Menschenmenge und suchte nach Anzeichen der Bewunderung.

Die Bürger bewunderten vielleicht ihre Schönheit, aber Anne wollte Zuneigung und als Königin verehrt werden, und da hielten sich die Untertanen doch sehr zurück. Micheline fiel auf, daß nur wenige Männer ihre Kopfbedeckung abnahmen, und der Jubel klang doch recht gedämpft und wenig begeistert. Die Leute schienen eher neugierig als respektvoll zu sein.

Am Rande der Parade machte Annes persönlicher Hofnarr seine Kapriolen; er wollte dem Jubel ein bißchen nachhelfen und rief in die Menge: »He, hat der Skorbut euch allen die Köpfe zerfressen? Oder warum wagt ihr nicht, sie zu entblößen?«

Die Menge weigerte sich hartnäckig, zu lachen oder der Anspielung entsprechend zu reagieren.

»Warum wurden wir nicht aufgefordert, in einem der Wagen mitzufahren?« wollte Cecily von Micheline wissen, als sie die dunkelrot gekleideten Damen sah, die Anne in geschmückten Wagen folgten.

»Ich weiß es nicht genau«, antwortete Micheline ehrlich. »Vielleicht weil ich Französin und noch nicht lange genug Gräfin bin. Oder vielleicht wußte man am Hof auch nicht mit Bestimmtheit, daß wir hier sein würden. Andrew hat uns ja erst gestern abend gesagt, daß er an der Prozession teilnehmen müßte. Wie auch immer, ich fühle mich nicht in meinen Gefühlen verletzt. Ich habe in den letzten Monaten genug Prunk gesehen.«

Cecily tauschte einen ungläubigen Blick mit Patience aus, sagte aber nur: »Du bist nachsichtiger als ich. Ich würde mich an deiner Stelle ziemlich beleidigt fühlen.«

»Ich bin zu glücklich über die wirklich wichtigen Dinge in meinem Leben, um mich durch Belanglosigkeiten beleidigen zu lassen.«

Als die Prozession vorüber war, zerstreuten sich die Menschenmassen. Den ganzen Tag wurde überall in der Stadt gefeiert. Der Rheinwein floß in Strömen aus den Brunnen Londons, und Musik erfüllte die Luft. Micheline sah zu, wie Rupert die Becher für sich, Cecily und Patience füllte. Jetzt, da die Königin fort war, schlug die Stimmung in offene Fröhlichkeit um, aber Micheline hatte keine Freude daran. Sie spürte die fremden Männerhände, die sie in der Menge berührten, und außerdem hatte sie inzwischen Kopfschmerzen bekommen.

»Trink einen Schluck Wein, liebe Schwester«, drängte Rupert. »Das wird deine Stimmung aufheitern.«

»Danke, aber ich muß ablehnen. Es ist bestimmt

schon nach sieben, und der Tag war anstrengend. Ich möchte gern nach Hause und auf Andrew warten, der bald aus Westminster zurückkehren muß.«

»Die Frau meines Bruders scheint alles daranzusetzen, unser Vergnügen zu stören«, sagte Cecily zu Patience, als ob Micheline nicht anwesend wäre. »Als nächstes wird sie verlangen, daß wir sie nach Weston House begleiten.«

»Das ist nicht nötig, Mylady.« Finchley verließ seinen Platz hinter ihnen und trat einen Schritt vor. »Es wird mir eine Freude sein, die Gräfin nach Hause zu begleiten.«

Micheline schenkte dem Diener ein dankbares Lächeln, seine übliche Reserviertheit schmolz dahin, und er strahlte, als sie sagte: »Wie freundlich von Ihnen, Finchley!«

Man verabschiedete sich, und Micheline machte sich mit Finchley auf den Weg, während ihre Verwandten sie über den Becherrand hinweg beobachteten.

»Bist du sicher, daß du dich der Sache gewachsen fühlst?« fragte Sandhurst noch einmal. Er saß in einem Stuhl am Fenster und sah zu, wie Mary das Haar ihrer Herrin mit Diamanten und Saphiren schmückte.

»Hör auf, die langweilige Frage zu wiederholen! Ich war in letzter Zeit nur ein bißchen erschöpft. Das ist normal in meinem Zustand. Denkst du, ich gehöre zu den Frauen, die bei der kleinsten Unpäßlichkeit Zuflucht im Bett suchen?« Sie holte tief Luft in der Hoffnung, diese unbestimmte Übelkeit zu bezwingen, die sie quälte. »Außerdem würde ich diese Krönung für nichts in der Welt verpassen wollen.«

Andrew hob die Hände und seufzte. »Was soll ich nur mit dir machen?«

»Das ist einfach.« Sie lächelte ihn bezaubernd an, doch er kniff nur die Augen zusammen. »Sie bringen mich nach Westminster, Lord Sandhurst, und erlauben mir, das Vergnügen zu genießen, als Ihre Frau vorgestellt zu werden.«

»Du wirst es mir sagen, wenn du auch nur das leiseste Unbehagen spürst?«

»Hab' ich das nicht geschworen?« Micheline sah Mary an, die die Szene mit aufgerissenen Augen beobachtete. »Findest du nicht, daß mein Mann heute großartig aussieht, Mary?«

»Oh ..., o ja, natürlich, Mylady!« Das war eine bemerkenswerte Untertreibung, denn das Mädchen hatte den ganzen Morgen verstohlene Blicke voll ehrfürchtiger Bewunderung auf Andrew geworfen. Der trug ein maßgeschneidertes Wams und Kniebundhosen aus schwerem, bernsteinfarbenem Samt, beides mit Goldfaden genäht und mit Diamanten besetzt. Die Farben unterstrichen seine sonnengebräunte Haut, die warmen braunen Augen und das glänzende Haar.

»Meinst du, du kannst dem Gespräch eine Wende geben, indem du an meine Eitelkeit appellierst?« fragte Sandhurst seine Frau; er war halbwegs belustigt über diese durchschaubare List. Er stand auf, ging zu ihr hinüber und schaute ihr in die Augen.

»Ein mutiges Unterfangen, das mußt du zugeben.« Sie lachte.

Er schüttelte lächelnd den Kopf. Mary war fertig mit der Frisur ihrer Herrin und trat nun einen Schritt zurück, um das Ergebnis zu bewundern.

»Du siehst großartig aus«, murmelte Andrew, und seine Stimme wurde weicher.

Micheline sah in den Spiegel. Ihre Robe aus violettem und mit Saphiren und Diamanten besetztem Satin teilte sich in der Mitte und gab einen mit Goldfäden reich bestickten Unterrock aus saphirfarbener Seide frei. Der Ausschnitt war tief und schmeichelhaft, und auch aus den Schlitzen der gebauschten Ärmel schaute saphirfarbene Seide hervor. Micheline trug einen goldenen, mit Diamanten besetzten Filigrangürtel, an dem eine Kette mit einem kleinen Spiegel hing. Ihr Schmuck bestand nur aus einer feinen Kette aus Gold und Perlen, kleinen Saphirohrringen und ihrem Ehering.

Sandhursts liebevoller Blick wanderte über die noch schmale Taille seiner Frau, über die Wölbung ihrer Brüste und den Hals und verweilte dann auf ihrem Gesicht. Er liebte das kleine Grübchen im Kinn, ihren sinnlichen Mund, die Neigung ihrer Nase und die beredte Schönheit ihrer irisblauen Augen mit den dichten Wimpern. Sanft berührte er ihre Wange und lächelte, als sie errötete.

»Ich werde noch ungeheuer eitel, wenn du mich weiter so anstarrst«, flüsterte sie.

»Die Diamanten und Saphire in deinem Haar wirken matt im Vergleich mit deinen Augen, Liebes. Du bist die schönste Frau in England.«

»Meine Nase ist zu kurz«, protestierte Micheline schwach.

Andrew mußte lachen. »Deine Nase ist perfekt.« Er beugte sich vor, um sie zu küssen, und berührte ihre geöffneten Lippen. »Perfekt, weil sie ein Teil von dir ist.«

Micheline erlebte diesen Tag wie hinter einem Schleier. Sie stand in der Westminsterabtei neben ihrem Mann, als die neue Königin durch den Mittelgang geschritten kam. Anne trug eine Robe und einen Umhang aus purpurrotem Samt mit Hermelinbesatz. Ihre Schleppe wurde von der Herzoginwitwe von Norfolk getragen, und die

Schöße ihrer Robe wurden von vier Bischöfen gehalten. Micheline erkannte in dem Mann, der voranging und die Krone des heiligen Eduard trug, den Herzog von Suffolk, der seit dem Sturz von Kardinal Wolsey mit aller Macht versucht hatte, diese Krönung zu verhindern. Annes Gesichtsausdruck verkündete Triumph, als sie auf den Rükken dieses Mannes starrte.

Man hatte sich keine Mühe gegeben, zu verbergen, daß die Königin im fünften Monat ihrer Schwangerschaft war. Micheline hatte das am Abend zuvor Andrew gegenüber erwähnt, und er hatte erklärt, daß Heinrich VIII. meinte, seine Untertanen würden mit dieser Ehe einverstanden sein, weil Anne dem Land einen Prinzen schenken würde. Offensichtlich war der König gar nicht auf den Gedanken gekommen, daß er vielleicht eine weitere Tochter gezeugt haben könnte. Es gab ja mit Mary bereits eine Tochter, deren Mutter Katharina von Aragón war.

Am Hochaltar vollzog Thomas Cranmer, der Erzbischof von Canterbury, die Zeremonie in lateinischer Sprache, danach wurde Anne gesalbt, bevor ihr langsam die schwere, juwelenbesetzte Krone auf das Haupt gesetzt wurde. Dazu wurden ihr ein Zepter in die rechte Hand und ein Elfenbeinstab mit einer Taube in die linke gegeben. Voller Triumph wandte die soeben gekrönte Königin von England ihr Gesicht den versammelten Gästen zu.

»Naja«, flüsterte Micheline zweifelnd, »ich hoffe, sie wird glücklich. Sie hat bestimmt lange genug auf diesen Tag gewartet.«

»Sechs Jahre«, nickte Sandhurst. »Leider habe ich das Gefühl, daß ihre Sorgen größer werden und nicht aufhören. Unser König ist keiner von den Männern, die sich mit den Segnungen der Gegenwart zufriedengeben. Er will immer genau das haben, was er nicht besitzt.«

Bei dem Bankett, das der Krönung folgte, gehörten der Graf und die Gräfin von Sandhurst zu den privilegierten Gästen. Als weiteres Familienmitglied war Cecily an diesem Tag eingeladen, und sie saß neben Lord und Lady Dangerfield an einem der vier langen Tische in der Westminster Hall, während Micheline zusammen mit anderen ausgewählten Damen einen Platz am Tisch der Königin auf dem Podium hatte.

Der König selbst war nicht anwesend, sondern saß in einer Kammer in der angrenzenden Kirche von St. Stephen und beobachtete von hier aus das Festmahl durch ein Loch in der Wand, das er extra für diesen Tag hatte schlagen lassen. Lord Sandhurst gehörte zu den Grafen, die dazu ausersehen waren, die neue Königin zu bedienen. Er tranchierte das Fleisch, während andere Edelleute die Pokale trugen und niedere Dienste beim Servieren verrichteten.

In ihrem Staatsgewand und mit Cranmer zu ihrer Rechten sonnte sich Königin Anne in all dem Glanz. Sie erlaubte ihrem alten Günstling Thomas Wyatt, duftendes Wasser aus einem Krug über ihre Hände zu gießen, dann wurde der erste Gang, der aus siebenundzwanzig verschiedenen Gerichten bestand, aufgetragen. Während des Banketts ritten der Herzog von Suffolk und Lord William Howard unter den Klängen der Trompeten und Oboen in der Halle hin und her, um jeden neuen Gang anzukündigen.

Nicht zum erstenmal in dieser Woche wünschte Micheline sich und Andrew nach Sandhurst Manor zurück. Auf all das üppige Essen und die noble Gesellschaft hätte sie gern verzichtet. Sie sehnte sich nach einem strammen Galopp auf Primrose über die Cotswold-Hügel und einem Nachmittag in Andrews Armen auf einem Bett aus Wiesengras und wilden Blumen.

»Guten Morgen, Mylady!« Betsy Trymme betrat das geräumige Schlafgemach und trug ein Tablett mit warmem Ingwerbrot und rosigen Pfirsichen herein. »Wie fühlen Sie sich?«

»Müde, aber glücklich, weil ich wieder hier bin.« Micheline setzte sich lächelnd im Bett auf. »Ich habe dieses Haus und euch alle vermißt.«

»Und wir haben Sie vermißt, Mylady.« Betsy stellte das Tablett auf einen Kasten neben dem Bett und strahlte ihre Herrin an. »Es ist, als ob Sie schon immer hier gelebt hätten. Selbst mein Mann sagt, daß man sich kaum noch die Zeit vorstellen kann, als Lord Andrew unverheiratet war.«

»Da wir von Lord Andrew reden ...«

»Er ist zu den Ställen gegangen. Er wollte Sie nicht wecken, denn er ist sehr besorgt um Sie, müssen Sie wissen, und bat mich, Ihnen das hier zu bringen, wenn Sie aufwachen.«

Micheline machte Anstalten, das Bett zu verlassen. »Wie spät ist es?«

»Halb zehn, Mylady.« Mistress Trymme drückte sie fest in die Kissen zurück. »Es besteht kein Grund zur Eile. Lord Andrew und Ihre Primrose können warten. Sie haben ein Kind, an das Sie denken müssen. Ich habe sogar einen Becher frische Milch mitgebracht. Seine Lordschaft hat mir gesagt, daß Sie in der vergangenen Woche nicht richtig gegessen haben, und ich habe vor, etwas dagegen zu unternehmen! Gönnen Sie sich einfach ein nettes, ruhiges Frühstück, und ich lasse Ihnen ein Bad heraufschicken.«

Seufzend gab Micheline nach. »Es sieht so aus, als hätte ich keine Wahl.«

»Gar keine!« erklärte Betsy mit einem Grinsen.

Bevor die Haushälterin durch die Tür verschwand, fragte Micheline noch: »Wie geht es Lady Cecily ... und Mistress Topping?«

»Lady Cecily ist mit ihrem Bruder ausgeritten, und Mistress Patience macht Handarbeit in der Galerie, Mylady.«

»Oh! Also, noch einmal danke.«

Als sie wieder allein war, trank Micheline die Milch, stellte den Becher dann ab und starrte den grünen Samtbaldachin des Bettes an. Es war eine große Erleichterung für sie, wieder in Sandhurst Manor zu sein, aber es gab da ein paar Dinge, über die sie sich Sorgen machte und die ihre Zufriedenheit beeinträchtigten. Hoffentlich würden sie sich als unbegründet herausstellen. Bevor sie die Stadt verließen, hatte Rupert seinen Halbbruder über den neusten Wunsch ihres Vaters informiert. Der alte Herzog wollte, daß seine Söhne sich in London um seine Geschäfte kümmerten. Nach Ruperts Vorschlag sollten die Frauen allein nach Gloucestershire zurückkehren. Andrew hatte abgelehnt und gesagt, seine Hauptsorge gelte seiner Frau, aber Micheline hatte gespürt, daß er doch die Verkürzung des Aufenthalts in der Stadt irgendwie bedauerte. Sie wußte auch, daß er sich um eigene Geschäfte kümmern mußte und hatte ein quälend schlechtes Gewissen gehabt, weil ihr »Zustand« ihn in seinen Aktivitäten einschränkte. Daher hatte sie darauf bestanden, daß er an den letzten beiden Tagen in London seinen Verpflichtungen ohne sie nachging; sie hatte ihn sogar dazu überredet, mit Cecily zu einem Maskenfest nach Whitehall Palace zu gehen, weil sie selbst zu erschöpft war.

Der Gruppe, die nach Sandhurst Manor reiste, hatte sich auch Patience angeschlossen. Wenigstens das konnte man für sie tun, sie dorthin einladen, wenn Rupert noch in London festgehalten wurde. Patience hatte eine ruhige, zurückhaltende Art, aber Micheline fühlte sich doppelt unbehaglich, wenn sie mit ihren »Schwestern« alleingelassen wurde. Ihr Instinkt sagte ihr, daß Patience auf Cecilys Seite stand.

Derweil zeigte sich Lady Cecily Weston von ihrer besten Seite. Sie war stets höflich zu Micheline, vor allem wenn Andrew in der Nähe war, aber in ihrer Stimme oder ihrem Verhalten lag keine echte Zuneigung. Cecily schien sich im Gegenteil zu wünschen, daß es ihre Schwägerin gar nicht gäbe. Als sie eines Tages allein im Sommersalon von Weston House saßen, hatte Micheline beschlossen, nicht mit einem Gespräch anzufangen, weil sie einfach einmal sehen wollte, wie ihre Schwägerin reagieren würde. Aber Cecily hatte sich hartnäckig geweigert, von ihrem Buch aufzusehen, und so getan, als wäre Micheline Luft für sie.

Micheline seufzte, während sie jetzt auf ihr Tablett mit dem Frühstück starrte. Sie fühlte sich in diesen Tagen, als sei ihr alle Energie abhanden gekommen, aber sie hoffte, daß sie durch die Ruhe und in der schönen Umgebung wieder zu Kräften kommen würde. Schließlich waren sie erst am Abend zuvor angekommen, und es war eine ziemlich lange Reise gewesen. Plötzlich traten Micheline Tränen in die Augen, als sie daran dachte, daß Cecily an ihrer Stelle mit Andrew ausritt. Ritt sie vielleicht sogar Primrose?

Betsy tauchte wieder auf, um den Dienstmädchen, die die Badewanne aus Kupfer und eimerweise dampfendes Wasser brachten, Anweisungen zu erteilen. Sie schimpfte Micheline aus, weil sie nichts gegessen hatte, dann stellte sie sich neben das Bett und blieb so lange stehen, bis ihre Herrin es geschafft hatte, ein paar Bissen Ingwerbrot hinunterzubringen. Mary kam, um ihr das Haar zu waschen, dann bat Micheline darum, allein gelassen zu werden, weil sie eine Weile in der Wanne liegen wollte.

Sie legte den Kopf an den Kupferrand, schloß die Augen und konnte kaum gegen die starke Müdigkeit ankämpfen, die sie befiel. Dieses große Schlafbedürfnis war ihr völlig neu, und sie fand es außerordentlich frustrierend. Sie sehnte sich danach, sich anzuziehen und nach draußen zu eilen, um Andrew bei den Ställen zu treffen, wenn er von seinem Ausritt zurückkehrte, aber allein schon bei dem Gedanken an soviel Aktivität wurde sie noch matter. »Nur noch ein paar Minuten Ruhe ...«, seufzte Micheline, und eine Träne lief ihr über die Wange, als sie unbeweglich liegenblieb.

»Für eine so schöne Person siehst du viel zu traurig aus.«

Schlagartig öffnete Micheline die Augen. »Andrew!«

»Der und kein anderer.« Er lehnte an einer geschnitzten Kommode, trug das Wams aus Hirschkalbleder, die Kniebundhosen und die Stiefel wie am ersten Abend in Fontainebleau und strahlte Eleganz und Kraft aus. Seine braunen Augen beobachteten sie intensiv. »Was bedrückt dich, Schatz?«

Micheline suchte die Seife. Es war ein Versuch, dem Blick ihres Mannes auszuweichen. »Du weißt genau, was mich bedrückt ... und wie sehr ich mir wünsche, ich würde mich besser fühlen, aber es gibt ja immerhin einen guten Grund!«

»Ich spreche nicht von deiner neuen Leidenschaft, dem Schlaf«, sagte Andrew, ging hinüber und hockte sich neben die Badewanne. Zärtlich zeichnete er mit der Fingerspitze den Lauf der Träne auf ihrer Wange nach. »Was ist denn los?«

Micheline legte ihre Wange an seine warme Hand und seufzte. Sie hatte nicht die Absicht, ihn mit ihren unbedeutenden Sorgen zu belasten. »Ich weiß nicht, was mit mir nicht in Ordnung ist. Ich bin einfach nicht ich selbst, und das gefällt mir genauso wenig wie dir.«

»Michelle, ich mag dich *immer*.« Sandhurst ließ ein Lachen aufblitzen, und ihr Herz schmolz dahin. »Ich brauche ein Bad. Denkst du, da ist noch Platz für mich?«

Micheline lächelte strahlend, ahmte seinen Tonfall nach und versicherte ihm: »Mylord, für Sie ist *immer* Platz!«

Kapitel 34

9.–11. Juni 1533

Wenn Andrew in der Dämmerung aufstand, wachte Micheline jedesmal auf, aber dann spülte eine Welle des Schlafes sie für weitere lange, von Träumen erfüllte Stunden davon. Wie betäubt kam sie zu Bewußtsein, um dann wieder im Vergessen zu versinken. Die größte Überwindung kostete der Entschluß, irgendwann wach zu bleiben und dann aufzustehen und zu baden und sich anzuziehen.

Als Micheline sich eines Morgens vor elf Uhr draußen im Garten befand, war sie in einer Stimmung, zu der sie sich selbst beglückwünschte. Sie trug ein Sommerkleid aus weißer und blauer Seide und ging über die ausgetretenen Wege und durch schattige Alleen, vorbei an verschlungenen Pfaden und Beeten mit Moschusrosen, Akeleien, Löwenmaul, Nelken und roten Himmelsröschen. Immer wieder bückte sie sich, schnitt ein paar Blumen und legte sie in ihren Korb.

»Donnerwetter, du siehst ja richtig aus wie eine Edelfrau vom Lande!«

Micheline blickte auf und sah Cecily über den Rasen näherkommen.

»Ich bin gern hier«, antwortete sie und überhörte den Anflug von Spott in der Stimme des jüngeren Mädchens. »Es ist besonders erfreulich im ersten Jahr, weil ich nicht weiß, was die Natur wohl als nächstes preisgeben wird.«

Cecily nahm eine duftende Moschusrose aus dem Korb und hielt sie sich an die Nase. »Du wirst froh sein zu hören, daß es deiner Stute Primrose gut geht. Ich habe sie in deiner Abwesenheit bewegt und komme gerade von den Ställen; sie bemühen sich darum, den weißen Hengst Zachariah mit einer gerade bereiten Stute zu paaren. Ich glaube, es wird Stunden dauern, bis Andrew zurückkommt.«

Trotz eines Stiches in der Herzgegend gelang Micheline ein Lächeln. »Ich weiß deine Hilfe bei Primrose zu schätzen. Ich bin sicher, das ist nur eine Phase in der Schwangerschaft, die bald vorüber sein wird. Alle sagen, daß die ersten drei Monate die schwersten sind. Ich sehne mich danach, meinen üblichen Tagesablauf hier wieder aufzunehmen.«

»Aber dein Körper verändert sich«, meinte Cecily, während sie zu einer Stelle mit Kräutern gingen. »Ich meine, du hast vielleicht nicht mehr die Form für Aktivitäten im Freien.«

Im Schatten des Herrenhauses bückte sich Micheline, um Rosmarin und blühenden Lavendel zu schneiden, wobei sie kaum die Schmetterlinge wahrnahm, die in einem nahegelegenen Geißblattbusch umherflatterten. Sie wußte nicht, worauf Cecily hinauswollte oder was sie antworten sollte.

»Ich habe nicht vor, in den nächsten sieben Monaten zu einer kranken, untätigen Person zu werden«, sagte sie schließlich.

Mit einem prüfenden Blick auf die Falten ihres hellrosa Rocks murmelte Cecily: »Ich hoffe für dich, daß das nicht passiert. Ich meine, wir wissen beide, wie aktiv mein Bruder ist. Er zeigt bereits Anzeichen von Rastlosigkeit, seit du dir neuerdings angewöhnt hast, dich früh zurückzuziehen und spät aufzustehen. Ich will nicht sagen, daß du ihm nicht lieb bist«, versicherte sie Micheline, die plötzlich ganz entsetzt dreinschaute, »aber Andrew ist immer ein selbstsüchtiger Mann gewesen, was die Befriedigung seiner Bedürfnisse angeht.«

Ein kalter Schauder lief Micheline über den Rücken, und ihr Herz fing an zu pochen. »Was willst du damit sagen?«

»Ich wollte dich nur zur Vorsicht mahnen. Du warst vor deiner Hochzeit nicht in England, und dir ist vielleicht nicht klar, wie viele Damen meinen Bruder gern mit ihrer Gesellschaft beglücken würden.«

»Ich bin doch keine Närrin, Cecily. Ich bin mir der Tatsache voll bewußt, daß Andrew auf Frauen ungeheuer anziehend wirkt, aber ich weiß auch, daß er mich *liebt*. Er würde nicht in der Damenwelt herumstreunen, nur weil ich ...«

»Mag sein, wenn er nicht ermuntert wird, aber er ist auch nur ein Mensch.« Cecily ging auf das Herrenhaus zu, blieb dann auf dem Weg stehen und starrte Micheline an. »Ich sage solche Sachen nicht, um mich reden zu hören. Du warst neulich abend nicht in Whitehall Palace, aber ich. Ich war dir in der Vergangenheit vielleicht keine liebevolle Schwester, aber ich versichere dir, ich sehe Andrew lieber mit dir als mit Lady Dangerfield!«

Wellen der Übelkeit überfielen Micheline, als sie neben dem Kräuterbeet stand und sah, wie Cecily aus ihrem Blickfeld verschwand. Nein! dachte sie entschlossen. Nein, es ist nicht wahr! Nicht *Andrew*!

Als sie auf den Korb mit den Blumen hinabschaute, wurde sie an den Tag in den Gärten von Fontainebleau erinnert, an dem sie von Bernards Untreue erfahren hatte. Bis zu jenem Augenblick hatte sie ihn für unfähig gehalten, einen Treuebruch zu begehen, aber er hatte sie betrogen, daran gab es keinerlei Zweifel. Waren denn alle Männer gleich?

In ihrer Phantasie spielten sich Szenen ab, die an dem Abend in Whitehall möglicherweise stattgefunden hatten. Sie sah Andrew in Gedanken vor sich, gelangweilt und einsam, und er gab Iris Dangerfields flehentlichen Bitten nach, mit ihr zu tanzen. Sie sah, wie er auf Iris' offensichtliches Begehren reagierte, stellte sich vor, wie er sie, seine Frau, aus seinen Gedanken vertrieb, während Iris ihre Hüfte an seine preßte.

Nein. Nein, sie durfte Andrew nicht verdammen, nur weil Cecily ein paar dumme Worte gesagt hatte. Das wäre nicht anständig. Cecily war ein dreizehnjähriges Mädchen voller Groll. In der Vergangenheit hatte Micheline es sogar für möglich gehalten, daß Cecily ihr nach dem Leben trachtete. Aber solche Gedanken hatte sie schnell wieder verworfen. Jetzt wollte sie lieber glauben, daß Cecily aus Boshaftigkeit Geschichten erzählte, als davon auszugehen, daß Andrew ihr seit ihrer Hochzeit tatsächlich untreu geworden war. Schon der Gedanke daran stieß Micheline einen Dolch mitten ins Herz.

Sie fand eine Bank im Schutz blühender Apfelbäume und versuchte sich zu beruhigen. Schließlich fiel ihr ein, daß Rupert und Patience an jenem Abend auch in Whitehall Palace gewesen waren. Vielleicht konnte Patience kaltes Wasser auf das Feuer gießen, das Cecily mit ihrer schrecklichen Geschichte entfacht hatte.

Voller Hoffnung betrat Micheline das Herrenhaus durch die Küchentür und entdeckte Patience, die an einem der langen, gescheuerten Tische arbeitete.

»Hallo!« begrüßte sie die Schwägerin.

»Oh, guten Morgen, Micheline. Wie ich sehe, bist du im Garten gewesen.«

»Er ist einfach wunderbar, und der Tag ist so schön. Es besteht kein Grund, im Haus zu bleiben, Patience. Es gibt reichlich Dienstboten, die sich um die Mahlzeiten kümmern.«

Lettice, die neben Patience Rüben hackte, meldete sich zu Wort. »Mistress Topping erklärt mir ihr Rezept für gekochtes Rehfleisch in Bier. Ich wette, so was gibt es in Frankreich nicht, oder, Mylady?«

»Nein. Nein, ich glaube nicht.« Micheline verließ der Mut. Warum fing sie an, sich wie eine Fremde in ihrem eigenen Heim zu fühlen? »Lettice, ich habe einige wunderbare reife Kirschen an den Bäumen draußen gesehen. Warum gehst du nicht hinaus und pflückst sie, damit wir heute abend Törtchen essen können?«

»Oh, selbstverständlich. Wie Sie wünschen, Mylady.« Die Köchin warf einen neugierigen Blick in ihre Richtung, wischte sich aber die Hände ab und ging mit einem Korb in den Garten.

Micheline machte ein paar Schritte in den Raum hinein und stellte sich neben Patience, die viel größer war und irgendwie einschüchternd wirkte in ihrer pferdegesichtigen Unergründlichkeit.

»Ich bin fast fertig mit dem Säubern des Rehfleisches, dann muß es eine Stunde in Bier eingelegt werden.«

»Ich verstehe.« Das Gericht wirkte wenig appetitanregend auf Micheline. Sie seufzte. »Patience, kann ich offen mit dir reden?«

»Auf jeden Fall, Schwester. Ich hoffe, ich habe klar erkennen lassen, daß ich deine Freundin bin.«

»Ja, sicherlich ..., du bist sehr nett gewesen. Aber ich möchte, daß du auch ehrlich bist.« Micheline wurde von ihren Gefühlen überwältigt und sah Patience mit feuchten Augen an. »Vergib mir, daß ich ganz unumwunden rede, aber Lettice oder sonst jemand vom Küchenpersonal könnte jeden Augenblick hereinkommen.«

»Was möchtest du wissen?«

»Wirst du mir erzählen, was beim Maskenfest in Whitehall Palace geschehen ist ..., an dem Abend, an dem ich zu erschöpft war, um mit euch hinzugehen? Ich rede vor allem von dem Verhalten meines Mannes.«

Patience senkte den Blick und wandte die Aufmerksamkeit wieder dem Rehfleisch zu. »Ich weiß nicht, was du meinst«, murmelte sie in einer Weise, die Michelines Herz gefrieren ließ.

»Ich denke, du weißt es«, antwortete sie heiser.

»Es hat wirklich keinen Sinn, darüber zu reden, du wärest nur verletzt. Was Lord Sandhurst in Whitehall getan hat, war nicht gegen dich persönlich gerichtet.

Männer sind eben so. Irgendwie schaffen sie es, die Freuden, die Frauen schenken können, auch zu bekommen. Dabei wandeln sie auf Seitenpfaden, auf denen sich ihr Gewissen nicht meldet.« Patience sah sie mitfühlend an und berührte ihren Arm. »Es bedeutet nicht, daß er dich nicht liebt. Es war nur ein Zeitvertreib.«

Micheline schüttelte ungläubig den Kopf, und Tränen traten ihr in die Augen. »Aber ..., aber Andrew ist *anders*!« Das letzte Wort brach mit einem Schluchzen aus ihr hervor.

»Am Anfang denkt das jede Frau, und ich mache dir wirklich keinen Vorwurf, daß du dich von Lord Sandhurst hast betören lassen. Da ist etwas in seinen Augen, das Vertrauen erweckt. Dennoch, er ist auch nur ein Mensch, Micheline, genau wie alle anderen. Vermutlich ist es besser, wenn du das jetzt erkennst und damit zu leben lernst, statt weiterhin in einer Traumwelt zu bleiben.«

Tränen tropften auf den Tisch, und Micheline wischte sie mit dem Handrücken fort. »Bitte ... sag mir ..., was *hat* er an diesem Abend getan?«

Patience schniefte, als hätte das eigentlich keine Bedeutung, und wandte sich wieder dem Rehfleisch zu. »Wie soll ich das wissen? Wir alle haben sie zusammen im Ballsaal gesehen, wie sie sich in einer Ecke herumdrückten. Hör mal, er benahm sich nicht so, als sei er bis zum äußersten vernarrt, aber mit Sicherheit hat er Lady Dangerfield nicht entmutigt. Ihr Ehemann war aus irgendeinem Grund abwesend. Alle hatten ziemlich viel getrunken. Einmal sah ich, wie sie sich küßten.« Bei diesen Worten zuckte Micheline zusammen, und Patience berührte noch einmal ihren Arm. »Später gingen sie zusammen fort. Rupert und ich brachten Cecily zurück nach Weston House, bevor dein Andrew wieder auftauchte. Ich habe keine Ahnung, wann er nach Hause gekommen ist.«

Wortlos nickte Micheline. »Danke. Ich weiß deine Offenheit zu schätzen.«

»Man muß sich manchmal der Wahrheit stellen, meine Liebe.«

»Ja, das denke ich auch. Entschuldige mich bitte.«

Benommen rauschte Micheline an Betsy Trymme auf der Galerie vorbei und ging die Stufen zu ihrem Schlafgemach hinauf, in dem sie und Andrew so glücklich gewesen waren. Lange lag Micheline zitternd und mit tränenlosen Augen auf ihrer Seite des Bettes. Es dauerte eine Weile, bis ihr voll bewußt wurde, was Patience da gerade erzählt hatte. Und dann erwachte ihre Phantasie. Sie malte sich alles mögliche aus, und nun konnte sie die Tränen nicht mehr zurückhalten. Michelines ganzes Elend wurde noch größer durch die Erinnerungen an das Leid, das sie in Fontainebleau durchlebt hatte. In letzter Zeit hatte es ausgesehen, als sei dieser Teil ihres Lebens abgeschlossen. Mit Andrew hatte sie sich wie neugeboren gefühlt, aber jetzt wußte sie, daß solche Wunder unmöglich waren. Gesichter und äußere Umstände mochten sich verändern, aber das Muster des Lebens blieb dasselbe. Liebe war eine grausame Illusion.

Als schließlich alle Tränen vergossen waren, legte sich Feindseligkeit wie ein Siegel auf Michelines verwundete Seele. Ihre Wut wuchs nur noch, als sie sich an all die Worte der Liebe und Ergebenheit erinnerte, die Sandhurst ihr gesagt hatte. War das alles für ihn nur ein Scherz gewesen? Hatte er in Paris belustigt vor sich hin gelacht, als sie ihm nachgereist war? Sie dachte daran, wie gut er Schach spielte, und fühlte sich, als hätte er sie wie eine Schachfigur behandelt. Sie kam sich vor wie die lächerlichste Närrin, die je Andrews Charme erlegen war. Selbst Iris Dangerfield war klüger als sie, denn sie hatte die Situation richtig erkannt und verhielt sich entsprechend.

Micheline preßte eine Hand auf ihren Bauch. Langsam wurde er härter. Dieses Baby, das sie für ein Kind der Liebe gehalten hatte, schien von einem Fremden gezeugt worden zu sein.

*

Die Abenddämmerung hüllte das Tal ein, als Andrew lachend durch die vordere Tür kam. Der Spaniel Wimbledon, angesteckt von der fröhlichen Laune seines Herrn, stieß ein langes Geheul aus.

»Schau, wer zu Besuch gekommen ist!« rief Sandhurst Betsy zu, als sie zum Eingang geeilt kam.

»Himmel, Sir Jeremy! Wie gut, Sie zu sehen! Bleiben Sie lange?«

Jeremy Culpepper schüttelte den Kopf mit den roten Locken. »Ich fürchte nein, Mistress Trymme. Morgen früh geht es auf nach London. Bin nur auf Durchreise.«

»Dann ist das ein Grund zum Feiern. Ihr Männer wollt sicher Bier oder Wein haben.«

»Ihr guter Ehemann hat unsere Bedürfnisse bereits geahnt!« sagte Sandhurst lachend. »Wir haben gerade zwei Stunden lang in den Ställen auf Jeremys Besuch getrunken, aber ich glaube, bei solchen Gelegenheiten kann man gar nicht übertreiben.« Andrew lehnte sich ziemlich schwer bei seinem Freund an und wollte dessen Meinung hören. »Oder?«

Jeremy versuchte so nüchtern wie möglich zu wirken und schüttelte den Kopf. »Meines Wissens nicht.«

»Was wir jedoch *unbedingt brauchen*, ist die Gesellschaft meiner schönen Frau! Betsy, wo ist Lady Sandhurst?«

»Oben, Mylord, aber …«

»Ahhh!« Er zog seine Brauen hoch und sah Culpepper an. »Ihr üblicher Nachmittagsschlaf! Es ist ein solches Vergnügen, sie zu wecken! Jeremy, nimm dir etwas zu trinken und such dir einen bequemen Stuhl. Wir sind sofort bei dir.«

Als sie beobachtete, wie Sandhurst geschmeidig die Treppe hinauflief, stellte Betsy Trymme mit Erleichterung fest, daß er weniger betrunken war, als er vorgab. Auch wenn sie das Problem nicht benennen konnte, war Betsy sicher, daß mit Lady Sandhurst etwas nicht stimmte.

Als er das schattige Schlafgemach betrat, erkannte Andrew, daß Micheline auf ihrer Seite des Bettes lag. Sie hatte ihm den ganzen Tag gefehlt, und er wäre schon eher nach Hause zurückgekehrt, wenn Jeremy nicht aufgetaucht wäre. Obwohl er staubig war und ein Bad brauchte, legte sich Sandhurst jetzt, mit Stiefeln und in voller Bekleidung, zu seiner Frau auf das Bett.

»Michelle«, flüsterte er zärtlich und streichelte die Kurve ihre Hüfte, »bist du wach?«

»Faß mich nicht an.«

Beim Klang ihrer Stimme blinzelte er erstaunt. Dieser Ton sagte ihm, daß sie nicht nur hellwach, sondern auch wütend war. Mehr als wütend. »Schatz, du zitterst ja. Was ist los? Bist du krank?«

Sandhursts besorgter Ton und sein liebevoller Blick gaben ihr das Gefühl, als drehe sich ein Messer in ihrem Leib herum. Micheline kroch vom Bett und rief: »*Parbleu*! Ja, mir ist wahrhaftig übel. Nie ist mir übler gewesen. Mir ist übel von den Männern und ihren Lügen, übel von der Enttäuschung, übel von ...«

»Mir? Was willst du damit sagen?« Andrew saß auf dem Bett und starrte seine Frau ungläubig an.

»Ja! *C'est vrai*, so ist es. Mir ist übel von dir! Von deinem Charme und deinen Augen und deinen Liebesschwüren! Du hast mich zur Närrin gemacht, Lord Sandhurst, und ich war ein williges Opfer. Von allen Frauen hätte gerade ich es besser wissen müssen, aber ich unterliege deinem Zauber genauso, wie du es vorher offenbar geahnt hast. Hat dieser Charme dich jetzt im Stich gelassen?«

Dieses Gespräch fing langsam an, ihn an zahllose ähnliche Gespräche in der Vergangenheit zu erinnern, die er mit seinem Vater gehabt hatte und in denen der alte Herzog voller Überzeugung Charaktereigenschaften aufgezählt besaß, von denen Andrew gar nicht wußte, daß er sie hatte. Instinktiv baute er die vertraute Barriere auf. »Micheline, ich weiß nicht, wovon du sprichst.«

»Ich spreche von deiner Macht über Frauen! Von deiner Fähigkeit, mit ein paar Worten, die du mit betörender Stimme sagst, und mit einem deiner berühmten herzerweichenden Blicke jede Frau dahin zu bringen, daß sie dir sofort glaubt und vertraut! Besitzt du jetzt etwa noch die Kühnheit zu behaupten, daß du dir deiner faszinierenden Möglichkeiten nicht bewußt bist?«

Sandhurst war verblüfft über diesen unerwarteten Angriff. Er hätte gern gewußt, was Micheline so wütend machte – und außerdem wünschte er, er hätte nicht soviel Bier mit Jeremy getrunken. Ärger stieg in ihm auf, aber er versuchte, ihn zu unterdrücken. Micheline war immerhin schwanger, und sie war in der letzten Zeit ziemlichen Stimmungswechseln unterworfen. Vielleicht gab es eine vernünftige Erklärung für diesen Ausbruch. Er glitt vom Bett, ging auf die andere Seite und sah seine Frau an.

»Ich würde dich nie anlügen, Liebes«, sagte Andrew ruhig. »Natürlich weiß ich, daß Frauen mich anziehend finden. Du wirst ja auch wissen, daß du über eine Schönheit verfügst, die Männer schwach werden läßt. Aber was bedeutet das alles jetzt noch? Wir sind verheiratet. Die einzige Frau, deren Zustimmung ich suche, steht direkt vor mir ...«

»Deine Zunge ist so verführerisch wie der Rest von dir«, antwortete sie störrisch und wandte ihren Blick von ihm ab.

Er ergriff ihre Arme. »Red keinen Unsinn! Worum geht es überhaupt? Wenn ich irgendein Verbrechen begangen habe, dann sag mir, welches, und erlaube mir, mich zu verteidigen!«

»Dein Verbrechen ist es, daß du ein Mann wie alle anderen bist.« Es wurde dunkler im Zimmer, aber als Michelines Augen aufblitzten, erkannte er Schmerz und Zorn. »Kein Wunder, daß du augenblicklich so glücklich bist! Du hast alles, was du brauchtest und wolltest. Dein Titel und dein Erbe sind dir sicher, in deinem Bett liegt nachts eine liebevolle Frau, und du hast es sogar geschafft, in den ersten Wochen unserer Ehe ein Kind zu zeugen! Wenn ich einen Sohn gebäre, werden alle deine Probleme gelöst sein, und du brauchst dieses Possenspiel nicht länger fortzusetzen!«

»Was zum Teufel phantasierst du dir zusammen?« In Andrews Stimme lag eine Mischung aus Ärger und Verwunderung.

»Du brauchst dich nicht mehr zu verstellen. Deine Saat ist gesät, nicht? Ich kann die Ehe nicht auflösen. Warum dann aber nicht die Wahrheit eingestehen?

»*Welche* Wahrheit?«

»Daß sich nichts geändert hat. Daß du nicht die Absicht hast, dich mir mehr zu widmen als dieser Iris Dangerfield! Außerdem wäre es ein Verbrechen, die Frauenwelt deiner virtuosen Fähigkeiten zu berauben, solange du eine Ehefrau befriedigen kannst und es dir immer noch gelingt, anderweitig mit deinen Talenten zu wuchern!«

Der Muskel an Andrews Kinn begann zu zucken! »Ich glaube, du bist verrückt geworden, Mylady.«

»Im Gegenteil! Ich habe das Licht der Wahrheit gesehen! Ich gebe zu, es ist nicht sehr schön, aber es ist besser, als in der Dunkelheit ahnungsloser Zufriedenheit zu verweilen!«

Sandhursts Frustration war so groß, daß er das Bedürfnis spürte, eine vernünftige Erklärung aus ihr herauszuschütteln, aber seine Liebe zu Micheline war zu tief. Sie war so stark, daß er seinen Zorn beiseite schieben und nach Verständnis suchen konnte.

»Micheline, willst du mir nicht sagen, was das hier ausgelöst hat? Wenn ich es wüßte ...«

»Wenn du es wüßtest, würdest du eine feine Geschichte zusammenspinnen, um sie mir wie einen Schleier über die Augen zu legen!« Das Halbdunkel im Zimmer und ihre Tränen führten dazu, daß sie den Eindruck hatte, Bernard stünde hier vor ihr und nicht Andrew. Bei der Erinnerung an ihren ersten Mann konnte sie leichter dem Bedürfnis widerstehen, einfach zu verzeihen und zu vergessen. »Du weißt, was du getan hast, Mylord. Es besteht kein Grund, den Unschuldigen zu spielen; ich kenne die Tatsachen.«

»*Welche* Tatsachen?« Sandhurst fühlte sich wie in einem bedrohlichen Alptraum. Selbst das Gespräch erinnerte ihn an ein schreckliches Heckenlabyrinth. Jede vielversprechende Ecke wurde zur Sackgasse.

Micheline drehte ihm den Rücken zu und trat ans Fenster. »Ich will darüber nicht weiter sprechen. Bitte geh.«

Andrew stand unter allergrößter Anspannung und strich sich mit einer Hand durch das Haar. Er schloß die Augen und schluckte weitere beschwörende Worte hinunter. »Das ist verrückt ..., und es wird der Zeitpunkt kommen, Michelle, an dem du mich um Verzeihung bitten wirst für jedes Wort, das du hier und heute gesagt hast.«

Kurz darauf knallte die Tür zu, und Micheline war allein in dem dunklen Schlafgemach. Ein Zittern erschütterte ihren Körper, und schluchzend vergrub sie das Gesicht in den Händen.

Teil V

Kapitel 35

10. und 11. Juni 1533

Lerchen, Finken, Rotkehlchen und Kuckucke fingen vor der Morgendämmerung ihr Konzert an, aber Micheline war untröstlich, wie sie da so allein in dem Bett lag, das in den ersten Wochen ihrer Ehe ein so sicherer Ort gewesen war. Es schien, als hätte sie die ganze Nacht nicht geschlafen. Wo war er? Seine Abschiedsworte »Das ist verrückt« klangen in ihren Gedanken nach, und sie fragte sich, ob sie der Wahrheit mehr entsprächen, als sie ahnte. Michelines Welt, die am Tag zuvor noch so glücklich gewesen war, stand jetzt auf dem Kopf, und sie hatte das Gefühl, in einen dunklen, bodenlosen Schacht zu fallen.

»Lady Sandhurst?« Betsys Stimme kam von der anderen Seite der Tür und klang ungewöhnlich ängstlich. »Sind Sie wach?«

Micheline mußte fast lächeln über die Haushälterin. An einem normalen Morgen würde es Betsy nicht im Traum einfallen, eine solche Frage zu stellen, denn es konnte nicht später als sechs Uhr sein, und die Sonne war kaum über den Cotswold-Hügeln aufgegangen.

»Kommen Sie herein, Betsy.«

Die ältere Frau trat langsam ein. Sie versuchte, beim Anblick ihrer Herrin keine Reaktion zu zeigen, obwohl Michelines blasses Gesicht und die Schatten unter den schönen Augen Anlaß zu unmittelbarer Sorge gaben.

»Mylady, welches Problem Sie auch plagt, es muß gelöst werden – um Ihres Kindes willen.«

Tränen traten Micheline in die Augen. »Ich weiß nicht, ob das überhaupt möglich ist, Betsy.«

Seufzend streckte ihr die Haushälterin ein zusammengefaltetes Stück Pergament mit Sandhursts Siegel hin. »Lord Andrew bat mich, Ihnen das zu geben.«

Mit einem leichten Zittern nahm Micheline es und flüsterte: »Wo ist er?«

»Nach London gereist, Mylady. Er verließ das Haus gestern spätabends. Zusammen mit Sir Jeremy Culpepper.«

»Oh.« Ganz gleich, wie oft ihr der Verstand sagte, daß sie Andrew haßte und es ihr egal war, was er tat – ihr Herz ließ sich nicht überzeugen. »Bitte bleiben Sie ein paar Minuten, Betsy.«

Unsicher brach Micheline das Siegel auf, faltete das Papier auseinander und las:

Michelle,

ich habe Geschäfte in London, wie Du weißt, und jetzt schien ein geeigneter Zeitpunkt gekommen zu sein, mich darum zu kümmern.

Meine Hoffnung ist es, daß Du das, was Dich bekümmert, während meiner Abwesenheit klären kannst. Da Du offenbar meine Hilfe nicht willst (sondern genau das Gegenteil), habe ich Dich beim Wort genommen und allein gelassen.

Denk bitte daran, daß ich Dich liebe.

Dein Ehemann
Sandhurst

Das war äußerst knapp und auf den Punkt, bis hin zu seiner Unterschrift. Micheline versuchte, die schmucklose Liebeserklärung nicht zu beachten, aber sie konnte nicht leugnen, daß sich in ihren Herzen Gefühle regten.

»Hat er irgend etwas zu Ihnen gesagt, Betsy?«

»Sehr wenig, Mylady. Er fragte, ob ich wüßte, was Sie vielleicht so verärgert hat, und ich sagte nein. Ich kann mich nicht erinnern, wann ich Lord Andrew zuletzt in so schwarzer Stimmung erlebt habe. Erst dachte ich, es läge an dem Bier, das er und Sir Jeremy in den Ställen getrunken hatten, aber ich merkte bald, daß das, was zwischen Ihnen beiden passiert war, ihn vollkommen ernüchtert hatte.« Sie warf Micheline einen fragenden Blick zu. »Wollen Sie den Rest hören?«

»Ja, bitte.«

»Er fragte mich, ob hier irgend jemand tagsüber mit Ihnen gesprochen hat. Er dachte offenbar, daß man Ihnen etwas eingeredet hat. Und ehrlich gesagt, ich hatte das Gefühl, daß er sehr besorgt war, Sie könnten die Lügen eines anderen Menschen leichter glauben als seine Wahrheit.«

»Ich sehe, Sie haben sich auf seine Seite gestellt, und das überrascht mich nicht. Es wäre allerdings klug von Ihnen, zweimal nachzudenken, bevor Sie den Worten eines so charmanten Mannes glauben. Ich habe ihm auch vertraut, bis ich aus zwei verschiedenen Quellen von seiner Untreue erfuhr.«

Betsy studierte den störrischen Gesichtsausdruck der jungen Frau. »Ich weiß nicht, was Sie gehört haben, Mylady, aber ich kenne Lord Andrew fast sein ganzes Leben lang. Er mag charmant sein, aber das hat er nie als Waffe eingesetzt – und er hat mich oder einen anderen Menschen hier in Sandhurst Manor *nie* belogen!« Sie stand da, sah dann noch einmal zum Bett und versuchte, nicht zornig zu klingen. »Eines weiß ich ganz genau, und Sie sollten es auch wissen: Lord Andrew *liebt* Sie mehr als sein Leben! Als er fortging, bat er mich, für Sie zu sorgen, aber ich muß sagen, ich bin nicht besonders glücklich damit, Sie zur Herrin zu haben!«

An diesem Abend aß Micheline mit Patience und Cecily im Sommersalon. Vom Vortag war noch Rehfleisch übriggeblieben, dazu gab es einen Salat aus Pilzen und Orangen, einen Kräuterpudding und eine Mandelsuppe, die Patience am Nachmittag zubereitet hatte und jetzt selbst servierte.

Micheline war nur nach unten gekommen, weil Patience sie dazu gedrängt hatte. Sie müßte dieses Schlafgemach verlassen und eine kräftige Mahlzeit zu sich nehmen, hatte Patience betont, und wenn es nur zum Wohle ihres ungeborenen Kindes war.

Während des Essens starrte Cecily ihre neue Schwägerin an, als sähe sie sie zum erstenmal. Obwohl sie sich entschlossen hatte, die Französin zu verabscheuen, bevor sie sie überhaupt kennengelernt hatte, wurde ihr jetzt das Herz weicher, als sie Michelines traurigen Gesichtsausdruck mit den heruntergezogenen Mundwinkeln sah. Hoffentlich würde sie nicht gleich weinen.

»Du machst dir doch keine Sorgen wegen Andrew?« fragte Cecily vorsichtig. »Er kommt auch allein gut zurecht ... und ich weiß, daß er bald zurück sein wird.«

Micheline kaute an einem Stück Orange und schob dann mit der Gabel das Essen auf ihrem Teller herum. »Ich denke ...«

»Es ist vermutlich gut, daß er mal eine Weile fort ist«, sagte Patience und beugte sich dabei vor, um eine Schüssel Suppe vor Micheline hinzustellen. »Du hattest einen Schock, meine Liebe, und kannst diese Zeit nutzen, um Ordnung in deinen Gedanken zu schaffen.«

Cecilys Gesichtsausdruck war besorgt, als sie von einer Frau zur anderen schaute. »Andrew ist kein Ungeheuer, Micheline! Ich meine, du hast keinen Grund, ihn nicht mehr ... hm ... zu mögen.«

Patience warf dem jüngeren Mädchen einen warnenden Blick zu und stimmte zu: »Die Zeit regelt alles.«

In diesem Augenblick erschien Betsy Trymme in der Tür. »Verzeihen Sie die Störung, Mylady, aber ich fühle mich nicht sehr wohl. Die Suppe war vielleicht ein bißchen zu nahrhaft für mich. Wenn es Ihnen nichts ausmacht, gehe ich jetzt ins Bett.«

»Natürlich, Betsy. Ich hoffe, Sie fühlen sich morgen früh besser.« Als die Haushälterin gegangen war, seufzte Micheline. »Ich habe auch keinen großen Appetit. Würdet ihr beide mich entschuldigen?«

»Aber du hast deine Suppe nicht angerührt!« rief Patience verletzt. »Ich habe selbst die Mandeln gemahlen und die Kräuter gepflückt! Bitte, probier sie doch wenigstens! Was Mistress Trymme auch zu schaffen macht, es hat mit meiner Suppe nichts zu tun!«

Sie war bereit, sonstwas zu tun, um Patiences Gejammer zu beenden, das Ruperts üblichem Tonfall auffallend ähnlich war, deshalb schluckte Micheline gehorsam einige Löffel Suppe. Schinken, Sahne, Sherry und Mandeln machten sie schwer und viel zu schwer verdaulich, und sie war gar nicht nach Michelines Geschmack. »Sie ist köstlich, Patience, und ich weiß deine Mühe zu schätzen, aber ich fürchte, ich habe einfach keinen Appetit.«

»Was meinst du, Cecily?« Patience streckte ihr langes Kinn in Richtung des jungen Mädchens aus.

»Ich kann dazu nichts sagen, fürchte ich. Ich verabscheue Mandeln. Tut mir leid, aber nicht einmal um dir einen Gefallen zu tun, werde ich probieren, Patience.«

Sie diskutierten immer noch, ob Cecily die Suppe probieren sollte, als Micheline aufstand und sich aus dem Raum stahl. Oben legte sie Kleid und Unterrock ab, dann ging sie zur Kommode und nahm ihren Spiegel in die Hand.

»*Mon Dieu*«, flüsterte sie, »ich sehe gräßlich aus.«

Micheline behielt das Hemd an, durchquerte das Zimmer und kroch ins Bett, das jetzt ohne Andrew kalt und ungemütlich wirkte. Sein Gesicht verschwamm vor ihr, selbst als sie die Augen schloß, aber an diesem Abend stellte sich wenigstens der Schlaf ein, so konnte sie ihren traurigen Gedanken entfliehen, und Micheline stellte wieder einmal fest, daß ihr unmöglich war, seiner verführerischen Kraft zu widerstehen.

Lady Cecily Weston lag in ihrem Schlafgemach. Sie war immer noch hellwach, obwohl das Haus dunkel war und es fast Mitternacht sein mußte. Neben dem schlechten Gewissen, das sie plagte, weil sie ihrem Bruder und seiner jungen Frau soviel Kummer machte, hatte sie noch ein ungutes Gefühl. Irgend etwas schien nicht zu stimmen. Patience hatte sich in der letzten Zeit schrecklich merkwürdig benommen. Natürlich war sie immer merkwürdig gewesen, aber da war etwas in ihrem neuen Verhalten, das Cecily beunruhigte.

Warum wollte sich Patience mit ihr verschwören, um Andrews Frau zu vertreiben? Als sie vorschlug, Micheline zu erzählen, daß er untreu gewesen war, klang ihre Erklärung für diesen Schritt einleuchtend. Sie hätte Mitgefühl mit Cecily, hatte sie gesagt, und wüßte, daß Micheline die falsche Frau für Andrew war. Jetzt dachte Cecily noch einmal nach. Die ganze Sache hatte gestern eher wie ein Scherz gewirkt – bis sie spätabends das Gesicht ihres Bruders gesehen hatte, als er seine Abreise nach London vorbereitete. Da hatte sie begriffen, wie tief er Micheline liebte. Diese Liebe war zu wahrhaftig, als daß man sie durch einen unfreundlichen Streich zerstören durfte. Der Gedanke, daß Andrew ihretwegen litt, hatte Cecily seitdem verfolgt.

Die Situation wurde noch komplizierter, weil Cecily nämlich langsam anfing, Micheline zu mögen. Sie merkte jetzt, daß es viele Anzeichen der Zuneigung gegeben hatte, zuerst an dem Tag in Yorkshire, als Micheline sie eingeladen hatte, bei ihnen zu leben. Aber die ganze Zeit hatte sich Cecily hartnäckig geweigert, ihr Herz zu öffnen. Doch an diesem Abend beim Essen hatte der Anblick von Michelines entsetzlich blassem Gesicht in Cecily eine verborgenen Saite zum Klingen gebracht. Sie begriff allmählich, daß dieses französische Mädchen, das Andrew über alles liebte, eher eine Freundin fürs Leben werden konnte als die Feindin, die sie sich vorgestellt hatte.

Seufzend drehte Cecily sich auf die Seite, schloß die Augen und versuchte, sich so weit zu entspannen, daß sie schlafen konnte. Morgen, beschloß sie, wollte sie Micheline mit Freundlichkeiten überschütten. Vielleicht konnten erste Schritte zur Freundschaft getan werden …, wenn es nicht schon zu spät war.

Ein merkwürdiges, leises Geräusch vor ihrer Tür veranlaßte Cecily, den Kopf vom Kissen zu heben. Da war jemand auf dem Korridor! Wer konnte es sein, und warum war er da? Sie setzte sich auf und lauschte. Es kam ihr vor, als bewegte die Person sich in Richtung

Halle, zum Schlafzimmer von Andrew und Micheline. Kurz darauf war alles still, aber Cecily hatte weiterhin ein ungutes Gefühl.

Schließlich kletterte sie aus dem Bett, warf einen Morgenmantel über ihr Nachtgewand und griff instinktiv nach einem Kerzenhalter. Ungewohnt ängstlich stand sie eine Zeit an ihrer Tür, bis sie den Mut faßte und den Korridor betrat. Zuerst hörte Cecily nur das Blut in ihren Schläfen pochen, und sie war von völliger Dunkelheit umgeben. Dann sah sie in einem Lichtstrahl Patience aus dem Zimmer von Andrew und Micheline kommen. Als die knochige Frau die Tür hinter sich schloß, wurde es wieder dunkel.

Cecily hob die Nase und wurde von Entsetzen gepackt. War es möglich, daß ein Feuer ausgebrochen war? Warum schrie Patience denn nicht um Hilfe, warum löste sie keinen Alarm aus? Ein entsetzlicher Gedanke kroch in Cecily hoch ..., fast zu entsetzlich, um ihn zu glauben.

Sie hatte keine Ahnung, wo Patience steckte, aber ihr blieb keine Wahl. Sie mußte unbedingt Michelines Schlafgemach erreichen. Der Geruch nach Rauch wurde immer stärker und sagte ihr, daß ihrer aller Leben jetzt von ihrem umsichtigen Handeln abhing.

Cecily rannte so leise sie konnte den Korridor entlang, hoffte, daß Patience nach unten gegangen war - oder nach draußen, um sich in Sicherheit zu bringen. Ihre feuchte Hand umklammerte den Kerzenhalter, und es schien, als würde ihr Herz vor Angst bersten, aber sie fand den Riegel an der Tür. Kaum hatten ihre Finger ihn berührt, da wurde sie heftig zu Boden geworfen. Scharfe Fingernägel krallten sich in ihr Gesicht, Hände schlossen sich um ihren Hals und drückten zu, aber Cecily war jünger und stärker als der Angreifer. Sie hob den Kerzenhalter, zielte auf den Schatten über ihr und schlug mit aller Kraft mehrmals zu. Schließlich spürte sie, wie die Finger um ihren Hals sich lockerten, während gleichzeitig ein Körper schwer auf sie fiel. Cecily erkannte Patiences widerlich süßen Duft und schob sie angeekelt beiseite.

Gleich darauf sprang Cecily auf die Füße und griff nach dem Riegel. Sie schob ihn nach oben, öffnete die Tür und hatte das Gefühl, als sei sie ins volle Sonnenlicht getreten. Der gesamte Raum schien in Flammen zu stehen. Blinzelnd erkannte Cecily, daß die Flammen vor allem das Bett ergriffen hatten. Der Samthimmel und die Vorhänge brannten lichterloh, aber Micheline lag fest schlafend und unbeteiligt in der Mitte des Bettes. Cecily konnte gar nicht glauben, was sie sah.

»Micheline!« schrie sie und schüttelte die Frau ihres Bruders. »Steh auf!« Als Micheline nur mit einem Stöhnen reagierte, ergriff Cecily sie bei den Armen und zerrte sie vom Bett. Funken fielen auf Michelines Hemd und setzten es fast in Brand. Cecily drückte die Funken mit den Händen aus. »Hilfe!« schrie sie. »*Hilfe*!«

Niemand kam. Cecily klopfte das Herz bis zum Hals, als sie die brennenden Bettvorhänge Stück für Stück herunterriß und den Teppich daraufwarf. Sie spürte weder die Verbrennungen an ihren Händen, noch bemerkte sie den Geruch ihres versengten Haares. Als es schließlich nirgends mehr brannte, brach Cecily neben der bewußtlosen Micheline zusammen und schluchzte hysterisch.

»Das muß die scheußliche Mandelsuppe gewesen sein«, murmelte Micheline schwach. An eine geschnitzte Truhe gelehnt, betrachtete sie die Reste ihres Bettes und sah dann Cecily an. »Selbst die Dienstboten waren betäubt!«

Das jüngere Mädchen nickte und sah in den Korridor hinaus, wo der Körper von Patience lag. »Sie ist tot.«

»Sie hat dieses Schicksal wohl verdient, und du hast unglaublichen Mut bewiesen, *ma soeur*. Aber wir müssen dich zu einem Arzt bringen. Dein Gesicht ..., deine Hände ...« Micheline versuchte aufzustehen. Sie hatte immer noch das Gefühl, tagelang schlafen zu können, und ihre Gliedmaßen waren ganz weich, aber was immer Patience in die Suppe getan hatte, die Wirkung würde schon bald nachlassen. Leicht schwankend streckte sie die Arme nach Cecily aus, und die erwiderte ihre Umarmung warmherzig. »Ich verdanke dir mein Leben«, flüsterte Micheline mit schwerer Stimme.

Sie lagen sich in den Armen. »Es tut mir nur leid, daß ...«

»Bitte, laß uns nicht mehr davon sprechen«, sagte Micheline fest.

»Weißt du, es stimmte gar nicht, was wir dir über Andrew erzählt haben.« Die Ereignisse der Nacht und ihr Geständnis führten dazu, daß Cecily jetzt hemmungslos weinte. »Lady Dangerfield versuchte ihn an dem Abend in Whitehall zu verführen, aber er war ausgesprochen grob zu ihr. Das konnte ich gar nicht verstehen.«

Micheline wurde starr, als ihre Gedanken wieder normal funktionierten. »Andrew!« keuchte sie voller Entsetzen. »Er ist in London ..., mit Rupert! Patience muß mit ihm gemeinsame Sache gemacht haben. Oh, *mon Dieu*! Ich muß sofort zu ihm!«

Cecily war gleichermaßen entsetzt. »Micheline, du denkst doch nicht ...«

»Ich sage dir, was ich denke. Ich denke, die beiden haben das alles sehr sorgfältig geplant. Sie haben schon vor der Hochzeit versucht, mich loszuwerden, und als das nicht klappte, schmiedeten sie einen Plan, mit dem sie uns einzeln umbringen konnten. Eine Feuersbrunst für mich ...«

»Aber wenn du recht hast«, unterbrach Cecily sie schluchzend, »dann könnte Andrew bereits tot sein!«

Kapitel 36

11. und 12. Juni 1533

Nach einem langen, harten Ritt auf Primrose traf Micheline am nächsten Abend in London ein. Sie fand die Wärme zwar angenehm, aber der Sommer verstärkte auch einige der schlimmsten Gerüche, die Micheline je erlebt hatte. Sie ritt hinter einem Pferdeburschen durch die unglaublich überfüllten, gewundenen Straßen und folgte ihm zu dem Haus von Sir Jeremy Culpepper. Micheline fürchtete, Rupert könne in Weston House sein, und sie hatte nicht die Absicht, ihn auf die Tatsache aufmerksam zu machen, daß sie noch am Leben war.

Sie blieben vor einem hohen, schmalen Fachwerkhaus in der Drury Lane stehen. Micheline stieg schnell vom Pferd und gab dem Pferdeburschen die Zügel, dann eilte sie zur Tür und klopfte.

Jeremy selbst öffnete. Nie zuvor hatte Micheline ihn so niedergeschlagen und besorgt gesehen. Ihr Herz, das wie verrückt geschlagen hatte, schien für einen langen Augenblick stehenzubleiben.

»Andrew ...«, keuchte sie und befürchtete das Schlimmste. »Geht es ihm gut?«

Wenn Culpepper erstaunt war, sie zu sehen, so ließ

er es sich nicht anmerken. Er winkte sie ins Haus und sagte: »Komm herein und setz dich. Bist du allein?«

»Ich bin mit einem Pferdeburschen gekommen. Wir sind gerade aus Gloucestershire eingetroffen.«

Jeremy sprach mit einem Diener, ordnete an, den Burschen und die Pferde zu versorgen, und führte Micheline dann in einen Salon, wo er beiden einen Pokal Wein einschenkte.

»Du hast die Neuigkeit gehört?«

Ein kaltes, Übelkeit erregendes Frösteln überfiel sie. »Nein. Das heißt ... Ich habe selbst Neuigkeiten, aber erzähl du zuerst. Ich will wissen, was mit Andrew los ist. Wo ist er?«

Culpepper strich sich mit der rundlichen Hand durch die roten Locken. »Sandhurst wurde gestern abend festgenommen. Er ist im Tower gefangen.«

»Im ... Tower?« Sie atmete tief ein und dachte an die Piraten, die in Ketten dort an den Towermauern hingen. Und schlagartig fielen ihr auch all die grausamen Geschichten über die Folterinstrumente und die Heerscharen von Ratten in den Kerkern wieder ein. »Andrew ... festgenommen? Warum?«

»Das weiß ich nicht genau. Ich besuchte heute morgen Weston House, und Rupert erzählte mir die Neuigkeit. Offensichtlich wurde Sandhurst versuchter Ehebruch mit der Königin vorgeworfen, und auch von Verrat war die Rede. Ich vermute, irgend jemand hat ihn belauscht, als er abfällige Bemerkungen über König Heinrich machte.«

»Ehebruch? Verrat?« Micheline wurde fuchsteufelswild. »Das ist Wahnsinn! Du denkst vermutlich, daß ich den ersten Vorwurf glaube, aber ...«

»Warum sagst du das?«

»Hat Andrew dir nichts von unserem Streit erzählt? An dem Abend, als er Sandhurst Manor mit dir verließ?«

»Dein Mann bespricht solche Dinge nicht mit anderen Leuten, nicht einmal mit mir. Ich bin in Fontainebleau fast verrückt geworden, weil er mir nicht erzählen wollte, was zwischen euch beiden war!« Jeremy wurde rot. »Ich wollte nicht herumschnüffeln, weißt du, aber ich war ja auch betroffen.«

»Ich muß sofort zu ihm«, sagte Micheline plötzlich, ohne auf das zu achten, was Jeremy gerade erzählt hatte. Er wollte gerade antworten, als sie mit der Faust auf die Stuhllehne schlug und rief: »*Rupert* steckt dahinter! Ich könnte diesen heimtückischen Kerl umbringen! Wenn ich daran denke, wie oft ich Andrew dazu überreden wollte, etwas nachsichtiger mit Rupert zu sein, könnte ich mich selbst treten! Er hatte die ganze Zeit recht mit seiner Beurteilung dieses Menschen, und ich habe mich geirrt!«

Verdutzt trank Jeremy einen Schluck Wein. »Wie bitte?«

Micheline erzählte die Geschichte, die sich am Abend zuvor in Sandhurst Manor ereignet hatte. Sie berichtete auch kurz von den Drohungen, die sie seit ihrer Ankunft in England erhalten hatte, und von den »Unfällen« beim Ausritt und auf der Treppe von Schloß Aylesburey.

»Ich war eine solche *Närrin*! Ich dachte, dahinter steckt Iris Dangerfield! Ich habe Rupert und Patience bedingungslos geglaubt, habe sie ernst genommen, als sie sich um mich bemühten! Jetzt ist mir klar, daß die beiden *alles* tun würden, um ihr Ziel zu erreichen. Und Andrew, mich und unser ungeborenes Kind umzubringen, ist der erste Schritt.«

»Und du glaubst, das Rupert die Verhaftung von Sandhurst veranlaßt hat?«

»Natürlich! Er hat vermutlich irgendwelche Leute bezahlt, damit sie zum König gehen und Andrew denunzieren. Er selbst würde keine Vorwürfe erheben, aber ich habe keine Zweifel, daß er das alles irgendwie eingefädelt hat.«

»Ich kann mir gut vorstellen, wie Rupert vor König Heinrich steht und auch noch das Opfer beklagt, das er zum Wohle des Landes bringen mußte«, stimmte Jeremy zu.

»Die Anklagen sind ungeheuer schwerwiegend, nicht wahr?« überlegte Micheline.

»Lebensbedrohlich, denke ich.«

»Rupert hat dafür gesorgt, daß Andrew keine Chance zum Strafaufschub bekommt. Er ist gerissen! Statt uns beide direkt umzubringen, wählten er und Patience einen umständlicheren Weg zur Beseitigung von Andrew. Die Leute wären vielleicht mißtrauisch geworden, wenn wir beide bei einem ›Unfall‹ ums Leben gekommen wären. Ich bin auch sicher, daß Andrews Schande *Rupert* besser aussehen ließe, wenn er den Platz des Grafen von Sandhurst einnimmt. Dieses Erbe wäre unrechtmäßig, das wissen wir alle.«

Jeremy goß sich noch einen Pokal Wein ein und bemerkte, daß Micheline den ihren gar nicht angerührt hatte. »Ich muß sagen, in meinem Kopf dreht sich alles.«

»Wir haben auch keine Zeit, das weiter zu besprechen. Ich muß sofort zu Andrew, und dann müssen wir einen Weg finden, wie wir ihn befreien können.«

»Ich weiß nicht, ob sie zu dieser Stunde einen Besucher zu ihm lassen«, sagte Culpepper zweifelnd.

»Du erlaubst, daß ich hier wohne, ja? Du verstehst, daß Rupert mich keinesfalls sehen darf? Gut. Dann zeig mir, wo ich mich frischmachen kann. Ich will mal sehen, ob ich mein Erscheinungsbild so weit in Ordnung bringen kann, um mir die Zusammenarbeit der Wachleute am Tower zu sichern.«

Jeremy mußte lächeln. Die Gräfin von Sandhurst mochte ein bißchen staubig sein, ihre Locken waren zerzaust, aber ihre Augen blitzten vor Entchlossenheit. Sie sah einfach atemberaubend aus.

Der Tower von London bestand nicht nur aus einem einzigen Gebäude. Er war eine ganze Festung, mit deren Errichtung schon Wilhelm der Eroberer im 11. Jahrhundert begonnen hatte. In der Mitte befand sich der älteste Teil, der White Tower, doch es gab innerhalb der Mauern noch viele Gebäude und Türme, die für alle möglichen Zwecke benutzt wurden, von der Unterbringung der Löwen des Königs und anderer exotischer Tiere bis hin zur Verwahrung von Gefangenen der Krone.

Was für ein Schicksal ein Gefangener im Tower erlitt, hing weitgehend davon ab, wer er war. Ein Mann von Rang und Namen bekam im allgemeinen eine recht bequeme Unterkunft. In Sandhursts Fall bestand sie aus einem großen Raum im Garden Tower, mit Fenstern, die auf der einen Seite auf die Themse, den Burggraben und die Verräterpforte gingen, auf der anderen auf Tower-Green, die Wiese, auf der verurteilte Gefangene enthauptet wurden. Andrew hatte ein Bett, einen Tisch, Stühle und eine Truhe, in der er persönliche Dinge aufbewahren konnte. Das Wichtigste aber war: Sein Bewacher war im allgemeinen freundlich und brachte ihm reichlich zu essen. Am ersten Tag hatte er die Speisen kaum angerührt, war dann aber zu der Überzeugung gekommen, daß er irgendwann dankbar sein würde, nicht an Hunger zu sterben, bevor er die Bekanntschaft des Henkers machte.

Der Vorrat an Kerzen war offenbar unerschöpflich, und das war gut so. Andrew gingen so viele Gedanken durch den Kopf, daß er keinen Schlaf fand. Er saß auf einem Stuhl und starrte in das flackernde Kerzenlicht. Zum hundertsten Mal versuchte er das Gewirr zu entflechten, in dem er sich verfangen hatte.

»He, Sie, Mylord!« Das war Carson, der Wächter. Sein Schlüssel rasselte im Schloß, bevor er die Tür zu Sandhursts Raum im Turm aufstieß. »Sehen Sie, was ich gefunden habe. So ein hübsches Ding, das da so herumwanderte, und keiner der Wächter konnte ihren flehentlichen Bitten, Sie zu sehen, widerstehen. Läßt mich fast wünschen, *ich* wäre ein Gefangener!«

»Was für einen Unsinn redest du da, Carson?« Sandhurst streckte sich, aber seine Stimme versagte, als er Micheline im Schein der Fackel erblickte. »Guter Gott!«

»Verstößt gegen die Regeln, um diese Zeit noch Besuch zu haben, wissen Sie, aber Sie sind nicht der erste. Der Leutnant würde meinen Kopf fordern, wenn er wüßte ...« Hier legte Carson eine Pause ein, um schallend über seinen eigenen Witz zu lachen. »Aber es scheint sich um einen besonders dringenden Fall zu handeln. Ich werde Ihnen eine Viertelstunde mit Ihrer Frau erlauben.«

Der kräftige Mann mit dem flachsfarbenen Haar zwinkerte und entfernte sich. Sandhurst erhob sich langsam. Er konnte kaum glauben, daß Micheline tatsächlich vor ihm stand.

»Bist du es wirklich?« fragte er heiser.

In ihrem Sommerkleid aus aprikosenfarbener Seide und mit den glänzenden hellbraunen Locken, die ihr über die Schultern fielen, sah Micheline wunderschön aus – und paßte natürlich überhaupt nicht in diese spartanische Umgebung.

Sie konnte sich gar nicht sattsehen an ihm. Wenn sie daran dachte, wieviel Unglück Rupert und Patience innerhalb von vierunzwanzig Stunden heraufbeschworen hatten, schien es ein Wunder zu sein, daß Sandhurst hier heil und gesund vor ihr stand. Er trug Stiefel, Kniebundhosen aus Leder und ein weißes Leinenhemd und verzichtete in der warmen Juninacht auf die Weste. Micheline suchte in seinem Gesicht nach Hinweisen auf seine Stimmung. Ob Andrew ihr noch böse war?

»Ich bin es wirklich, aber willst du mich überhaupt haben?« sagte sie leise. Micheline machte ein paar Schritte nach vorn und kniete plötzlich ein paar Fuß entfernt von ihrem Mann auf den feuchten Steinen. »Mylord, ich bitte Sie um Verzeihung und Vergebung für jedes falsche Wort, das ich an jenem Abend gesprochen habe. Es war ein schrecklicher Irrtum von mir.«

Sandhurst zog sie in seine Arm, vergrub sein Gesicht in ihrem duftenden Haar. »Vergiß es, Liebes, ich habe dir vergeben.« Ihre Lippen fanden sich, und ein kräftiger Strom der Gefühle riß die beiden davon. »Guter Gott, Michelle, wieso bist du hier?«

Tränen glitzerten in ihren blauen Augen. »Wo sonst sollte ich wohl sein? Oh, Andrew, ich möchte so gern hier und jetzt den Ärger aus der Welt schaffen, den ich neulich abend verursacht habe, aber es gibt dringendere Dinge, mit denen wir uns befassen müssen. Setzen wir uns lieber. Ich habe dir soviel zu erzählen!«

Sie hielt seine Hand ganz fest und berichtete schnell, was in Sandhurst Manor geschehen war – von der Mandelsuppe, dem Feuer und dem Tod von Patience Topping. »Deine Schwester hat mir das Leben gerettet, Andrew. Sie war ungewöhnlich mutig.«

»Es klingt, als seid ihr zwei jetzt wirklich Schwestern«,

sagte er liebevoll, während er in Gedanken all das ordnete, was Micheline ihm erzählt hatte. »Wie geht es Cecily?«

»Ich habe ihre Verbrennungen so gut ich konnte versorgt und einen Pagen ins Dorf geschickt, um einen Arzt zu holen. Ich habe auch die Anweisung hinterlassen, daß Patience auf dem Dorffriedhof begraben wird. Das war vielleicht unbarmherzig von mir, aber ich wollte ihr Grab nicht auf Sandhurst Manor haben, wo es uns erinnert ...«

Ziemlich geistesabwesend drückte Andrew ihr einen Kuß auf die Hand und antwortete: »Du hast recht daran getan. Zu schade, daß Yorkshire so weit weg ist und daß es so warm ist. Ich hätte es lieber gesehen, wenn sie ins Dorf ihrer Familie, nach Bubwith, zurückgebracht worden wäre.«

Micheline wechselte zu einem dringenderen Thema. »Du erkennst aber, wie es war, nicht? Ich meine, die Verbindung ...«

»Zu Rupert? O ja, die sehe ich«, sagte Sandhurst nachdenklich. »Alles ist jetzt völlig klar. Ich frage mich nur, warum ich ihn nicht eher in Verdacht hatte. Wenn ich daran denke, daß er sich in den vergangenen Monaten mehrmals ohne Erklärung von Schloß Aylesbury entfernt hat, verstehe ich einiges besser. Nicht nur die Vorfälle in Hampton Court und Schloß Aylesbury, sondern auch dein Reitunfall und deine merkwürdige Erkrankung, als wir noch in Frankreich waren.«

Micheline war ziemlich entsetzt über diese Schlußfolgerungen. Die Nackenhärchen standen ihr zu Berge, als das wahre Ausmaß von Ruperts Niederträchtigkeit erkennbar wurde. »Ich war so begriffsstutzig! Ich habe ihn vollkommen falsch eingeschätzt!«

»Nicht ganz.« Sandhurst warf ihr ein grimmiges Lächeln zu. »Es ist ein Glück für uns, daß er wirklich ein völliger Dummkopf ist, sonst hätte er uns beide längst beiseite geschafft.«

»Er muß aber hinter deiner Verhaftung stecken! Wie können wir den König je von deiner Unschuld überzeugen, Andrew?«

»Rupert zielte sicherlich direkt auf Heinrichs Schwachpunkt – seine Eifersucht, wenn es um Anne geht. Zweifellos war der König blind vor Wut und konnte nicht mehr vernünftig denken.« Sandhurst starrte lange in die Ferne, seine Augen waren hart. Micheline konnte körperlich spüren, wie er nachdachte. Von Angst fast überwältigt, streckte sie die Hand aus, um seinen Ärmel zu streicheln, und spürte seine angespannten Muskeln, die seinen inneren Zustand verrieten. Doch als er wieder sprach, war sein Ton fast unbeschwert. »Da gibt es nur eins, denke ich. Wir werden Rupert dahin bringen müssen, daß er sich vor König Heinrich selbst verrät.«

»Wir?« wiederholte sie.

»Ich sollte dabeisein, meine ich. Ich habe selbst einige Fragen an diese Kröte, die sich mein Bruder nennt.«

Ein Lächeln umspielte seinen schön geformten Mund und löste eine Welle der Freude in Micheline aus. »Aber wie?«

Er zog sie auf seinen Schoß und küßte sie innig. »Bist du bereit, dich an einer Flucht aus dem Tower von London zu beteiligen?«

Micheline blinzelte angesichts seiner belustigten Lässigkeit, dann breitete sich ein strahlendes Lächeln auf ihrem Gesicht aus. »Für Sie werde ich alle anderen gesellschaftlichen Verpflichtungen absagen, Mylord.«

Sandhursts sah seine Frau liebevoll an, während er vor sich hin lachte. »Das dachte ich mir.«

»Ich glaube *nicht*, daß ich das *tun* werde!« murmelte Sir Jeremy Culpepper atemlos und starrte Micheline an, als sie sich dem Vorwerk des Towers näherten.

Sie kicherte ein bißchen, war nervös und belustigt zugleich. »Ich weiß, daß du das nicht so meinst, Jeremy!«

»Aber dir ist es ernst?« Er blieb im Mondlicht stehen und kratzte seinen falschen weißen Bart, der sein Doppelkinn umgab. »Sandhurst hat mich in der Vergangenheit öfter gezwungen, an einigen grotesken Abenteuern teilzunehmen – an einem warst auch *du* beteiligt. Aber das hier ist fraglos die Spitze.«

»Ich habe dich gezwungen«, berichtigte Micheline ihn. »Hör auf zu jammern! Die Erfahrungen der Vergangenheit sollten dich überzeugt haben, daß du Andrews Plänen vertrauen kannst.«

»Du bist genauso verrückt wie er! Zwei Leute von derselben Sorte!«

»Was für eine großzügige Schmeichelei!« Sie lachte und flüsterte dann ernst: »Bist du sicher, daß die Botschaft an Rupert geschickt wurde?«

»Finchley hat sich heute nachmittag darum gekümmert. Er hat einen königlichen Pagen bestochen, damit der die Nachricht persönlich ausliefert.«

»Gut.« Sie waren vor dem Vorwerk. »Wir sind da. Benimm dich jetzt anständig!«

Beim Klang ihrer Stimmen erschien eine Wache. »Wer da?«

»Oh, guten Abend, Sergeant!« begrüßte Micheline den Mann, als ob sie alte Freunde wären. »Nett, Sie wiederzusehen.«

»Lady Sandhurst?« fragte er zweifelnd. Die Frau war auch wirklich zu schön. Sergeant Pease sehnte sich danach, sie einfach nur anschauen zu dürfen. Ihr Haar fiel offen herunter wie fließende Seide, und sie hatte es mit Rosenknospen geschmückt, die zu ihrem tief ausgeschnittenen Kleid paßten. Beim Anblick des oberen Teils der bildschönen Brüste der Gräfin lief ihm das Wasser im Mund zusammen.

»Sie erinnern sich an mich? Wie lieb von Ihnen!«

»Ich hoffe, Sie sind nicht gekommen, um Ihren Mann zu besuchen. Es ist nach neun Uhr. Zu spät. Wir schließen die Tore um zehn ab, müssen Sie wissen.«

Ihr Gesicht bekam einen tragischen Ausdruck, und Tränen schossen ihr in die Augen. »Sagen Sie, daß Sie sich dieses eine Mal nicht nach den Vorschriften richten werden, Sergeant, bitte! Ich bin nur zu spät gekommen, weil ich den Vater meines Mannes mitgebracht habe, den Herzog von Aylesbury. Er ist ziemlich alt und fühlte sich heute nicht wohl genug, um früher auszugehen. Würden Sie ihm nicht ein paar Minuten bei seinem Sohn zugestehen? Ich verspreche, daß wir vor zehn gehen werden!«

Lady Sandhursts bittender Ton kam bei Pease an. »Naja ...« Er blickte zu dem gebeugten alten Mann hinüber, der schwankend in der Tür stand. »Ich kann kaum nein sagen, Hoheit. Ich habe selbst einen Sohn und kann beurteilen, wie Sie sich fühlen. Wir alle hier mögen Lord Sandhurst und hoffen, daß er einen Ausweg aus dieser bösen Lage findet.« Die letzten Worte sprach er in gedämpften Ton, denn der Sergeant wußte, daß es keine Gnade gab für einen Mann, dem man vorwarf, versucht zu haben, die Königin zu verführen.

Micheline hatte Jeremys Arm ergriffen und wandte sich bereits ab, als Pease sagte: »Verzeihen Sie, Mylady, aber Sie müssen mir zeigen, was Sie in Ihren Korb haben.«

Ihr Herz setzte einen Schlag lang aus. »Nur ein paar Sachen, die wir für meinen Mann mitgebracht haben. Saubere Kleidung, wissen Sie.« Sie hob den Deckel und zog einen Hemdenärmel heraus. »Aber jetzt, da Sie es erwähnen, hier ist etwas, das ich Ihnen gern geben möchte – als Dank für Ihre Freundlichkeit.« Micheline griff nach in den Korb und holte eine Flasche Wein heraus. »Sie ist von mir, aus Frankreich. Ich hoffe, sie wird Ihnen schmecken.«

Der Sergeant wurde rot angesichts ihres strahlenden Lächelns. »Sehr freundlich von Ihnen, Mylady. Ich weiß es zu schätzen.«

»Wenn Sie uns dann entschuldigen, die Zeit ist kurz!«

Als sie zum Middle Tower eilten, zog Jeremy seine weiche Samtkappe tiefer über die Augen. »Sie sind ein kleines Biest, Lady Sandhurst!« murmelte er, verspürte aber trotz allem eine gewisse Belustigung.

Am Middle Tower sagte Micheline zur Wache: »Sergeant Pease hat uns die Besuchserlaubnis erteilt, aber wir müssen es kurz machen.« Eine Antwort wartete sie gar nicht erst ab.

Mit gleicher Leichtigkeit passierten sie auch den Byward Tower und erreichten dann den Garden Tower selbst. Der Wächter mit dem flachsfarbenen Haar begrüßte sie mit einem Blick des Erstaunens. Micheline gab kurz ihre Erklärung ab, die sie mit charmantem Lächeln und herzerweichenden Blicken unterstrich, und gleich darauf ließ der Mann sie in Sandhursts Raum.

»Lieber Vater!« rief Andrew aus. Er ging über den Steinfußboden und nahm Jeremy in die Arme. »Wie gut, dich zu sehen!«

Culpeppers Antwort wurde erstickt. In der Tür stand Micheline neben Carson, dem Wachmann, und seufzte.

»Alle sind so freundlich gewesen, dieses Zusammentreffen zu erlauben.«

»Ziemlich anrührend, nicht?« gab Carson großmütig zu.

»Vater, ich möchte dir meinen Wachmann vorstellen«, erklärte Sandhurst und deutete Carson mit einer Geste an, nach vorn zu treten und zu ihnen zu kommen.

Jeremy brachte ein schwaches Lächeln zustande. »He?«

»Welche Ehre, Hoheit!« Der Wachmann machte zwei Schritte, dann trat Micheline hinter ihn und schlug ihn mit einem Ziegelstein, den sie aus dem Korb genommen hatte, auf den Kopf.

Andrew fing den Mann auf und sah zu Micheline hinüber. »Gut gemacht«, lobte er sie.

»Keine Zeit für viel Gerede!« rief Jeremy beinahe hysterisch. »Wir kommen auf den Richtblock, wenn sie uns erwischen!«

»Unsinn«, beruhigte Sandhurst den Freund. »Hilf mir, ja?«

Die beiden Männer zerrten Carson zum Bett, zogen ihn aus und deckten ihn dann zu, so daß nur sein blonder Hinterkopf zu sehen war.

»Armer Carson. Er war so nett zu uns«, sagte Micheline bedauernd, während Andrew die Uniform des Wachmanns anzog. »Ich denke, er hat eine Belohnung verdient.«

»Hängt davon ab, an was du dabei denkst«, meinte Andrew und lachte, während er die schlecht sitzende Hose des Wachmanns zuband.

Micheline nahm fünf Kronen in Gold aus dem Korb und hielt sie hoch. »Vielleicht werden die morgen seine Kopfschmerzen lindern.« Sie griff unter die Decke und drückte Carson die Münzen in die Hand.

»Bitte!« Jeremy war schier außer sich. »Wir wollen hier *raus*!«

»Wie sehe ich aus?« fragte Andrew und zog Carsons Tudorkappe über.

»Lächerlich«, entschied seine Frau, »aber nicht lächerlich genug. Du mußt ein bißchen ausgepolstert werden.«

Während Micheline ihm Kleiderbündel in das Wams der Uniform stopfte, starrte Sandhurst sie so intensiv an, daß ihr das heiße Blut in die Wangen stieg. Als sie fertig war, legte sie die Arme um seine dicker gewordene Taille und preßte ihr Gesicht an seine starke Brust.

»Bei Gott! Seid ihr zwei *fertig*?« fragte Jeremy.

»Fast, aber ich glaube nicht, daß jetzt der richtige Zeitpunkt oder Ort ist.« Als Andrew sah, wie die Augen seines Freundes vor Empörung hervortraten, ging er zu ihm und gab ihm einen Schlag auf den Rücken. »Schau nicht so bekümmert, mein Alter. Das hier ist nur eine weitere Eskapade, von der du deinen Kindern erzählen kannst!«

»Ich würde gern am Leben bleiben, um diese Kinder erst mal zu machen!« erwiderte Jeremy scharf.

»Ich glaube, er möchte gehen«, sagte Micheline zu ihrem Mann.

»Der Himmel weiß, daß *ich* zum Gehen bereit war, seit ich hier angekommen bin!« Wieder lachte Andrew.

Das komische Trio ging zur Wendeltreppe, die sich im Garden Tower nach unten wand. Draußen, in der Nachtluft, atmete Sandhurst die Brise ein, die von der Themse herüberwehte, und warf Micheline ein kurzes, bedeutungsvolles Grinsen zu. Dann legte er den Arm um Jeremy, der sich an seinen Freund anlehnte, als sei er krank.

Micheline beobachtet die beiden mit überzeugender Besorgnis, als sie an den Byward Tower kamen.

»Der Herzog ist durch den Schock des Wiedersehens mit seinem Sohn zusammengebrochen«, sagte Andrew zum Wachmann. »Ich hielt es für das Beste, ihm hier herauszuhelfen, noch bevor abgeschlossen wird.«

Die Geschichte klappte, bis sie zu Sergeant Pease kamen. Er ließ Andrew ausreden, dann schaute er ihn in der Dunkelheit zweifelnd an. Warmer Nebel zog vom Fluß herüber und erschwerte die Sicht.

»Bist du es, Carson?«

Jeremy fürchtete das Schlimmste und stöhnte gequält auf. »Ich sterbe«, keuchte er.

»Bitte, bringen Sie meinen Schwiegervater zu unserer Kutsche«, sagte Micheline in drängendem Ton zu Sandhurst. Als sie sich wieder dem Sergeanten zuwandte, erkannte sie an den Blicken, die er den beiden hinterherschickte, daß er höchstens eine oder zwei Minuten abwarten würde, ob »Carson« wieder auftauchte. Pease war so abgelenkt, daß er nicht bemerkte, daß sie einen Schritt hinter ihn trat und nach der Weinflasche griff, die sie ihm zuvor geschenkt hatte. Kurz darauf lag er zusammengesunken an der Mauer des Vorwerks.

Micheline raffte die Röcke und rannte hinter Andrew und Jeremy her. »Wir haben nur ein paar Minuten!« rief sie. »Sie werden ihn finden, wenn sie die Tore schließen!«

Sandhurst ergriff ihre Hand, und die drei rannten zu den Pferden, die oben auf dem Tower Hill auf sie warteten. Er hob Micheline auf Primrose, schwang sich dann auf Hampstead und gab dem Hengst einen Klaps auf den Hals.

»Bei Gott!« stieß Jeremy aus. »Nichts wie weg!«

Als er die Kappe des Wachmannes auf die Straße warf,

lachte Andrew vor Erleichterung auf. Er wandte sich an Culpepper. »Dir gilt mein Dank, alter Freund. Kehr nach Hause in die Sicherheit deines Bettes zurück. Meine Frau und ich reiten nach Whitehall Palace, wo wir den zweiten Akt dieses Dramas aufführen werden.«

Als die Pferde auf der Byward Street in Trab verfielen, suchte Micheline den Blick Andrews. Gefahr lag in der Luft, das wußte sie, aber sie hatte das Gefühl, ihr Mann küßte sie mit seinen Blicken.

Kapitel 37

12. Juni 1533

Der Mond tauchte das Tor an der King's Street, das die Straße überspannte, in silbernes Licht. Diese Straße war die Verbindung zwischen den am Fluß gelegenen Flügeln von Whitehall Palace und den neueren Gebäuden auf der westlichen Seite. Dazu gehörten auch Gärten, Tennisplätze, ein Hahnenkampfplatz, ein Turnierplatz und eine Kegelbahn.

Sandhurst band die Pferde in einem dunklen Hof fest und legte dann Carsons Uniform und die zusätzliche Auspolsterung ab. Darunter erschienen sein grünes Wams, die Hosen aus Hirschkalbleder und die Stiefel. Micheline war vollkommen überrascht, als er sie in die Arme nahm und an eine Wand drängte. Seine Hände glitten über ihr Gesäß, folgten der Linie ihrer Hüften, während sein Mund den ihren suchte. Sie tauschten einen langen, leidenschaftlichen Kuß, und ihre Herzen schlugen dabei im Gleichklang.

»Du weißt gar nicht, wie lange ich auf das hier gewartet habe«, murmelte Andrew schließlich und kostete die Süße ihrer geöffneten Lippen mit der Zunge aus.

In dem Augenblick, in dem sich ihre Körper trafen, war seine Männlichkeit hart geworden, und Micheline wölbte ihm verführerisch ihre Hüften entgegen. »Ach, ist das schön!« seufzte sie.

»Ich nehme nicht an, daß du vorhast, deine Röcke anzuheben ...«

»Schäm dich!« Aber einem weiteren berauschenden Kuß konnte sie nicht widerstehen, und es klang weniger überzeugt, als sie hinzufügte: »Ich denke, heute abend hast du wichtigere Dinge im Kopf.«

»*Nichts* ist wichtiger als du, Michelle!« Sein Lächeln blitzte in der Dunkelheit auf, bevor er einen übertriebenen Seufzer ausstieß. »Ich denke jedoch, daß wir dieses Abenteuer beenden sollten, so daß ich dich mit nach Hause ins Bett nehmen kann.«

»Um zu schlafen?«

Sandhursts Augenbrauen gingen in die Höhe. »Schlafen? Was ist *das*? O nein, Liebes, ich dachte an ein neues Abenteuer, das die bisherigen Abenteuer dieser Nacht im Vergleich dazu unbedeutend machen wird!«

Micheline kicherte leise, als er ihre Hand nahm und sie zu dem mit Türmchen besetzten Palasttor zog.

Die Nachtwächter riefen gerade »Zehn Uhr!«, als Andrew und Micheline sich in den Gärten vor den königlichen Gemächern trennten. Im Osten glänzte die Themse im Sternenlicht.

»Dir bleibt einen halbe Stunde, bis Rupert eintrifft«, sagte er leise zu ihr. »Ich sehe dich bald.«

»Aber wie wirst du ...«

In seinem Ton lag Verschmitztheit. »Das soll eine Überraschung werden. Geh jetzt!«

Sie wurde nachdrücklich in Richtung der eindrucksvollen Palasttreppe geschoben, dann verschwand Sandhurst in der Dunkelheit.

Micheline mußte fast eine Viertelstunde reden, bis man ihr eine Audienz bei König Heinrich gewährte. Sie ging durch endlose Galerien, und als sie vorgelassen wurde, ließen ihre Nerven sie langsam im Stich.

Im Audienzzimmer saß Heinrich VIII. auf seinem rotgoldenen Thron. der auf einem erhöhten Podest stand und einen hohen Baldachin hatte. Als Micheline davorstand, fühlte sie sich sehr klein und unbedeutend.

Die Kleidung des Königs war aus schwerem blauem Samt und Silberstoff und über und über mit kostbaren Juwelen besetzt. Beim Anblick von Micheline kniff der Monarch seine winzigen Augen zusammen. Königin Anne, die neben ihm saß und deren runder Bauch von violetter Seide eingehüllt war, hatten ihren Blick nicht auf die Besucherin, sondern auf Heinrich gerichtet, und er wirkte außerordentlich ängstlich.

»Guten Abend, Gräfin«, sagte er in einem Ton, bei dem sie der Mut verließ. »Ich kann mich nicht erinnern, Sie zu diesem späten Gespräch nach Whitehall eingeladen zu haben.«

Micheline machte eine Hofknicks vor dem Podest. »Es war sehr gnädig von Eurer Majestät, mich dennoch zu empfangen. Ich würde Euch nicht belästigen, aber ich bin in einer Angelegenheit hier, bei der es um Leben und Tod geht.«

»Das habe ich mir gedacht.« Heinrich seufzte, als langweile er sich, und griff nach seinem Weinpokal. »Wenn Sie gekommen sind, um sich für Lord Sandhursts Leben einzusetzen, dann bleibt Ihnen nur die Enttäuschung. Jeder Mann, der so dumm ist, sich meiner Königin zun nähern, verdient es, enthauptet zu werden.«

Anne mischte sich bittend ein. »Ich habe Euch gesagt, Sire, daß es sich um Lügen handelt! Es ist wahr, daß Lord Sandhurst mich von Zeit zu Zeit angelächelt hat, aber das war lange vor unserer Hochzeit, und es ging nicht weiter. Er hat mich nie berührt!«

Vor Ärger wurde das Gesicht des Königs rot. »Ruhe! Wenn du dich auf seine Seite stellst, läßt mich das denken, daß du ihn ermutigt hast.«

»Die Königin sagt die Wahrheit, Eure Majestät! Diese Verschwörung gegen meinen Mann haben sich Rupert und Patience Topping ausgedacht. Sie wollten uns beide tot sehen und Schande über Andrew bringen. Sie haben gehofft, daß unsere Titel auf sie übergehen würden.«

»Was für ein Unsinn! Topping konnte sich kaum überwinden, mir Sandhursts Verhalten zu enthüllen. Seine Loyalität gegenüber seinem Bruder war fast größer als seine Treue zu mir, aber zum Glück sah er ein, daß er moralisch keine andere Wahl hatte.«

»Ich will Euch nicht widersprechen, Sire, aber ich denke, wenn Ihr hört, was ich Euch zu sagen habe, werdet Ihr die Dinge anders sehen.«

»Das ist Zeitverschwendung«, grollte der König. Dennoch, es war schwer, der schönen Lady Sandhurst gegenüber vollkommen gleichgültig zu bleiben. Sie wirkte ganz bezaubernd in ihrer Sorge um den Grafen. »Also los. Erzählen Sie Ihre Geschichte, aber kurz!«

Der Zeitmangel ließ ihr auch keine andere Möglichkeit. Schnell berichtete Micheline von den Unfällen und Drohnungen in den vergangenen Monaten und schloß mit dem Feuer und den anderen Ereignissen in Sandhurst Manor.

»Rupert glaubt, daß ich tot bin, Eure Majestät. Er denkt, daß Patience ihren Teil des Plans erfolgreich ausgeführt hat. Man kann ihn also dazu bringen, daß er sein wahres Gesicht zeigt – wenn Ihr helft!«

Heinrich zog skeptisch eine Braue hoch. »Wie kann ich wissen, daß *Sie* die Wahrheit sagen? Und was schlagen Sie vor? Welche Rolle spiele ich in dem Plan? Immerhin, Sandhurst hat sich vor kurzem geweigert, auch nur einen Finger krumm zu machen, um seinem König zu helfen. Ich sehe eigentlich nicht ein, warum ich mir die Mühe machen sollte.«

»Ich glaube, Ihr seid klug genug, um die Wahrheit in meinen Augen zu erkennen, Sire. In Frankreich hörte ich, daß Ihr weise und gerecht zugleich seid. Bitte, helft mir, ein schreckliches Unrecht wieder gutzumachen, nicht nur um meinetwillen. Tut es auch für meinen Mann, für unser ungeborenes Kind und den Herzog von Aylesbury. Es wäre sein Wunsch, daß sein Titel an die rechtmäßige Person geht, an einen guten Mann, der die stolze Tradition der Familie bewahrt.«

Heinrich rutschte unbehaglich auf seinem Thron hin und her. Die junge Frau hatte an seine Eitelkeit appelliert. Wenn er sich von ihr abwandte, dann würde es so aussehen, als sei er *nicht* weise und gerecht! Auch die Erwähnung Frankreichs ließ ihn nachdenken. Heinrich hatte gehört, daß König Franz die frühere Madame Tevoulère recht gern hatte. Vielleicht wäre es insgesamt ratsam, ihr ihren Willen zu lassen, einfach um auf der richtigen Seite zu stehen.

»Gut also, ich mache mit bei Ihrem Plan. Ich bin immer ein Mensch gewesen, der die Wahrheit ausgraben will. Was soll ich tun?«

Micheline schenkte ihm ein strahlendes Lächeln.

»Danke, Sire! Ich muß es schnell erklären, denn Rupert wird jeden Augenblick eintreffen.«

»Wie bitte?« explodierte König Heinrich.

»Das ist Teil des Plans, Eure Majestät! Bitte, laßt mich ausreden!«

»Ungeheure Frechheit«, knurrte er vor sich hin, während Micheline detaillierte Anweisungen gab, was der König zu Rupert Topping sagen sollte. Als sie geendet hatte, verzog sich Heinrichs Mund, der in dem fleischigen Gesicht ziemlich klein wirkte, leicht nach oben. »Ein interessanter Plan, Mylady. Das könnte amüsanter werden, als ich dachte.«

In dem Augenblick erschien ein Lakai und verkündete, daß Rupert Topping darauf wartete, bei Seiner Majestät vorgelassen zu werden. Der König gab Anweisung, ihn herbeizuholen.

»Wo kann ich mich verstecken?« fragte Micheline.

»Es ist eine warme Nacht. Warum warten Sie nicht auf dem Balkon?« schlug Anne vor.

Schnell machte Micheline einen Hofknicks und huschte mit klopfendem Herzen durch eine der hohen Türen nach draußen auf den Balkon – und prallte gegen eine dunkle Gestalt. Bevor sie schreien konnte, verschloß ihr eine Hand den Mund, und diese roch wunderbar vertraut.

»Romantisch, nicht?« Sandhursts Atem streifte warm ihr Ohr. »Eine Juninacht im Mondlicht, die Themse glänzt in der Ferne, und wir beide allein auf einem Palastbalkon ...« Seine Lippen berührten ihre Schläfe. »Die Möglichkeiten sind faszinierend.«

Micheline tat einen tiefen Seufzer der Erleichterung und drehte sich in seinen Armen um. »Andrew!« Fast hätte sie laut gelacht. »Wie bist du hier heraufgekommen?« Die Gemächer des Königs waren in der zweiten Etage des Palastes.

»Ich bin geklettert.«

Als sie an der Mauer nach unten blickte, schüttelte Micheline den Kopf. »Ich bin froh, daß du mir das nicht vorher erzählt hast. Mir wäre ganz übel geworden vor Angst!«

Andrew lächelte, als sie eine zittrige Hand ausstreckte und sein zerzaustes Blondhaar glättete. Dann sah er aus dem Augenwinkel, wie Rupert Topping das Audienzzimmer betrat. Sandhurst legte Micheline einen Finger auf den Mund und drehte sie langsam um. Er schlang einen Arm um ihre Taille, und sie lehnte sich an ihn, während beide durch die leicht geöffneten Türen zuhörten.

Rupert trug eine schlecht sitzende Weste aus orangefarbener Seide, darüber ein kräftig grünes, mit Fuchs besetztes Wams. Er sah sehr erhitzt und sehr nervös aus, als er sich vor König und Königin verbeugte. Wie so oft zuckte die rechte Seite seines Gesichts, als ob sie ein Eigenleben führte.

»Ich bin gekommen, wie Ihr es befohlen habt, Eure Majestät!« erklärte Rupert feierlich mit knarrender Stimme. »Wie kann ich Euch dienen?«

»Ich weiß Ihre Bemühungen zu schätzen, Topping. Ich weiß, unter welcher Belastung Sie gestanden haben – mit Sandhursts Verhaftung und dem allen.«

»So eine Tragödie«, stimmte der dünne junge Mann zu. »Ich habe kaum geschlafen, immer wieder überfielen mich Zweifel bei dem Gedanken an die Rolle, die ich bei seiner Verhaftung gespielt habe.«

»Sie haben doch nur Ihre Pflicht getan, nicht wahr? Sie waren es Ihrer Ehre doch schuldig, das zu erzählen, was Sie wußten. Ich würde mich an Ihrer Stelle nicht schuldig fühlen, Topping. Immerhin, nicht *Sie* waren der Verbrecher, sondern *er*. Richtig?«

Sandhurst hörte, wie er eine Antwort daherplapperte, und er lächelte vor sich hin, als er merkte, daß der König dieses kleine Versteckspiel genoß. Er verhielt sich wie eine Katze, die mit einer verängstigten Maus spielte.

»Ich zögere, Ihnen noch mehr Belastungen aufzuerlegen, Topping«, fuhr Heinrich sanft fort, »aber ich habe heute abend eine interessante Neuigkeit erfahren. Und ich meine, daß Sie sie hören sollten.«

»Oh. Ich muß schon sagen. Das ist sehr zuvorkommend von Euch, Sire!«

»Eine traurige Angelegenheit, fürchte ich.« Der König beugte sich auf seinem Thron leicht nach vorn und beobachtete Ruperts Gesicht. »Es sieht so aus, als habe es ein Feuer in Sandhurst Manor gegeben – im Schlafgemach der Gräfin. Tragischerweise hat sie nicht überlebt.«

»Was? Oh, mein *Gott*! Das kann nicht wahr sein! Das ist unvorstellbar!« Rupert schwankte zurück, griff sich ans Herz und starrte König und Königin mit offenem Mund an. »Sie war so *jung*, so *schön*!«

»Was für ein schlechter Schauspieler«, flüsterte Andrew lakonisch draußen auf dem Balkon. Micheline wandte ihm das Gesicht zu und grinste.

»Es ist mit Sicherheit eine Tragödie.« Heinrich nickte ernst. »Ich dachte, es wäre am besten, wenn *Sie* Ihrem Bruder die Nachricht überbrächten.«

Rupert zuckte überrascht zusammen. »Ich? Es Sandhurst sagen? Also, ich weiß nicht ..., das heißt ..., es ist nur, daß ...«

»In Ordnung. Wissen Sie, bei dieser schrecklichen Angelegenheit regt sich mein Mitgefühl. Ich hatte beschlossen, Sandhurst am Ende der Woche zum Richtblock führen zu lassen, aber jetzt überlege ich mir das noch einmal. Vielleicht ist das Leid, das er durch den vorzeitigen Tod seiner jungen Frau erfährt, Strafe genug.«

Schweißtropfen rannen über Ruperts bläßliches Gesicht. »Sehr ... hm ... freundlich von Euch, Sire, aber ... ich ... das heißt, denkt Ihr wirklich, das sei *klug*?«

»Es ist ja nicht so, daß Ihr Bruder ein gefährlicher Mann wäre, Topping, oder? Wir müssen ja nicht um unser Leben fürchten, wenn er freikommt!« Der König kicherte zwar bei diesen Worten, aber in seinen Augen war ein böses Glitzern. »Immerhin besteht ein beträchtlicher Unterschied zwischen einem Mann, der die außergewöhnliche Schönheit der Königin verehrt, und einem *Mörder*. Stimmen Sie mir zu?«

Rupert wischte sich die Stirn mit einem großen Taschentuch ab. »Es könnte nur sein – also, daß andere Leute Eure Gnade mißverstehen könnten, Eure Majestät!«

»Ich habe eine moralische Verpflichtung gegenüber der Gerechtigkeit. Ich muß sagen, Topping, Sie überraschen mich! Ich habe erwartet, Sie würden sich über die Aussicht der Freilassung Ihres Bruders freuen!«

»O ja! Natürlich, natürlich!« Ruperts ganze rechte Seite zuckte krampfartig. »Es ist nur, also, ich wollte es eigentlich nicht enthüllen – Familienehre und so –, aber Tatsache ist, daß Sandhurst nicht der Mann ist, für den wir ihn halten!«

»Ist er nicht?« Der König spielte unschuldige Überraschung.

»Nein! Er hat andere Verbrechen begangen. Der ... der Verrat, den ich angedeutet habe. Er war schlimmer, als Ihr wißt! Er macht sich dauernd über Eure Auseinandersetzung mit dem Papst lustig. Und ... und ..., ich bin zu der Überzeugung gekommen, daß Sandhurst hinter seiner glänzenden, charmanten Fassade ziemlich *böse* ist.«

»Wirklich? Reden Sie weiter.«

»Das ist sehr schwer für mich, versteht Ihr, aber im Interesse der Gerechtigkeit ...«

Draußen auf dem Balkon preßte Micheline die Hand des Grafen auf ihren Mund, um das Lachen zu ersticken, das sich kaum unterdrücken ließ. Als sie aufblickte, sah sie, wir ihr Mann sich auf die Lippe biß und die Augen gen Himmel richtete.

»Nur Mut, Mann!« drängte König Heinrich. »Was ist es, was Sie mir zu erzählen haben?«

»Das ist die schwerste Rede, die ich je zu halten hatte!« jammerte Rupert anklagend. »Seht, Sire, Tatsache ist ..., ich habe bereits von Lady Sandhursts Tod im Feuer gehört.«

Heinrich war erstaunt und warf der Königin einen schnellen Blick zu. »Das *haben* Sie?«

»Ja, ja, ich erhielt eine Nachricht von meiner lieben Frau Patience, die in Sandhurst Manor bei der Gräfin und Lady Cecily Weston war. Es scheint, daß Sandhurst sehr plötzlich nach London gereist ist, nachdem er einen schrecklichen Streit mit seiner Frau hatte.« Hier legte er eine Pause ein, um dramatisch zu seufzen und sich noch einmal die Stirn abzuwischen. Das Taschentuch war durchnäßt. »In der Tat ..., Patience schrieb, daß Lady Sandhursts Tod vielleicht gar kein Unfall war. Es scheint schlüssige Beweise zu geben, daß das Feuer gelegt wurde von ... von ihrem *Ehemann*!«

»Bei Gott! Das *ist* ja entsetzlich!« stimmte der König

zu. »Sie vertreten also die Meinung, daß der Graf nicht aus dem Tower freigelassen werden sollte? Daß ich seine Hinrichtung beschleunigen sollte?«

»Es bricht mir das Herz, es zu sagen, Majestät, aber ... ja! Ich denke, mein Bruder hat es verdient, zu sterben! So schnell wie möglich!«

Als Sandhurst selbst lautlos vom Balkon her auftauchte, blinzelte König Heinrich kaum, obwohl er erstaunt war. Er räusperte sich, um Rupert nicht sofort antworten zu müssen, und beobachtete mit einem Auge, wie Andrew sein Schwert zog und sich hinter seinen schniefenden Halbbruder stellte.

Rupert sprang buchstäblich in die Luft, als er spürte, wie sich die Spitze eines Schwertes in seinen Rücken bohrte.

»Rupert, es betrübt mich zutiefst, deine wahre Meinung über mich zu erfahren!« sagte Sandhurst mit deutlichem Sarkasmus. »All die Jahre habe ich deine Ergebenheit genießen dürfen, nur um jetzt zu entdecken, daß du mich eigentlich nicht *magst*!« In seinem Ton lag Gelächter. »Ich bin am Boden zerstört!«

»Majestät! Die Wachen!« schrie Rupert. »Ruft die Wachen! Laßt diesen Mann festnehmen, bevor er auch *mich* tötet!«

Der König lehnte sich jedoch nur auf seinem Thron zurück und genoß das Schauspiel.

»Ich habe eine gute Nachricht für dich, Rupert!« sagte Sandhurst. »Meine Frau ist gar nicht tot. Bist du erleichtert?«

Aufs Stichwort kam Micheline vom Balkon herein und ging in einem großen Kreis um die beiden Männer herum, wo sie Rupert mit frostigen Blicken anstarrte. Rupert selbst war viel zu verwirrt, als daß er reden konnte; sein gesamter Körper zitterte unter Andrews Schwertspitze.

»Die schlechte Nachricht lautet, daß Patience erwischt wurde, als sie Michelines Bett in Brand steckte. Als Cecily eingriff, versuchte sie, auch meine Schwester loszuwerden, aber glücklicherweise hatte Cecily daran gedacht, einen Kerzenhalter mitzunehmen. Sagen wir einfach, daß die Gerechtigkeit siegte.« Er legte eine strategische Pause ein. »Was? Keine Tränen um deine *liebe* Frau? Erzähl mir nicht, daß es dir nur um das eigene Überleben geht!«

»Hört ihm nicht zu!« Schweiß tropfte von Ruperts Nasenspitze. »Er lügt, Majestät! Er hat mich immer gehaßt!«

»Das ist ein ziemlich starkes Wort«, protestierte Sandhurst. »*Verachtet* beschreibt meine Gefühle vielleicht besser. Was meinst du, warum ist das wohl so? Mir ist es oft merkwürdig vorgekommen, daß ich nicht den leisesten Anflug von familiärer Zuneigung für dich empfunden habe. Von Zeit zu Zeit kam mir der Gedanke, daß du vielleicht gar kein Verwandter bist!« Seine Schwertspitze durchstach Ruperts Wams und Weste und erreichte seinen knochigen Rücken.

»Eure Majestät!« bettelte der und versuchte, ein paar Tränen hervorzuquetschen.

»Sie werden sowieso sterben, Topping«, sagte Heinrich leidenschaftslos. »Sagen Sie die Wahrheit, oder ich werde Sandhurst erlauben, dem Henker die Arbeit abzunehmen.«

»In Ordnung!« rief Rupert schluchzend und öffnete sich wie eine geknackte Walnuß. »Es stimmt! Ich bin nicht der Sohn des Herzogs! Mein Vater war der Hufschmied von Giggleswick! Er war ein Trunkenbold und wollte meine Mutter nicht heiraten, und so versuchte sie herauszufinden, ob der Herzog von Aylesbury sie nicht als Mätresse zurückhaben wollte. Sie trieb sich häufig beim Schloß herum, aber ohne Erfolg. Da beschloß Mutter, ihr Schicksal selbst in die Hand zu nehmen. Eines Tages stieß sie die Herzogin die Treppe hinunter, und danach dauerte es nicht mehr lange, bis der Herzog so schwach war, daß er uns aufnahm.«

Micheline war fassungslos über diese Enthüllungen, sah aber, daß Andrew offenbar nicht überrascht war. Sein schön geschnittenes Gesicht zeigte keine Regung, nur die Narbe über seinem Mund wurde langsam immer weißer.

»Sandhurst war kein guter Sohn. Ich haßte zwar auch den Herzog, aber ich wußte, daß ich um seine Gunst buhlen mußte, wenn ich nach oben kommen und sein Erbe antreten wollte. Alles verlief nach Plan, bis Sandhurst tatsächlich dem alten Mann einmal gehorchte und dieses junge Ding aus Frankreich heiratete!«

»Du bist mir nach Fontainebleau gefolgt, stimmt's?« fragte Andrew kühl.

»Natürlich habe ich das getan! Ich habe zwar nicht geglaubt, daß du dich überhaupt verlieben könntest – aber es schien klug zu sein, bereits die Knospe abzuknipsen. Leider war Madame unerwartet widerstandsfähig.«

»Und du warst es, der mich auf Schloß Aylesbury die Treppen hinuntergestoßen hat!« warf Micheline ihm vor. »Dieselben Stufen, auf denen die Herzogin den Tod fand!«

Rupert zuckte nur mit den Achseln.

»Ich denke, wir haben genug gehört«, sagte der König. »Es ist spät, und ich bin langsam erschöpft.« Er rief nach den Wachen, die Rupert Topping zum Tower von

London brachten. Heinrich gab Anweisung, daß er eine der Zellen im Bell Tower bekommen sollte, in denen die Ratten sich tummelten, nicht etwa eine der Unterkünfte für einen Herrn von Rang und Namen.

Micheline lief zu ihrem Mann und schlang die Arme um seinen Hals, während er sein Schwert wieder in die Scheide steckte.

»Ein recht aufregendes Schauspiel, nicht wahr, mein Schatz?« sagte Heinrich zu Anne, während er sich erhob.

»Ich bin froh, daß alles einen so glücklichen Ausgang genommen hat«, seufzte die Königin erleichtert.

Sandhurst legte den Arm um seine zitternde Frau und sagte: »Von Herzen Dank für Eure Hilfe, Sire. Und ich hoffe, Ihr werdet mir mein vorzeitiges Verschwinden aus dem Tower nicht nachtragen.«

»In Anbetracht der Umstände, nein. Und ich werde Sie nicht einmal fragen, wie Sie auf den Balkon gekommen sind! Werden Sie uns jetzt entschuldigen ...«

»Vielleicht möchten Lord und Lady Sandhurst nach diesen schweren Prüfungen lieber hier in Whitehall schlafen?« fragte Anne.

»O nein!« antwortete Andrew und lachte leise. »Ich habe vor, diese Nacht in unserem eigenen Bett zu verbringen!«

Sandhurst war so erschöpft, daß er kurz vor der Morgendämmerung immer noch hellwach war und keinen Schlaf fand. Er lag auf dem Rücken in dem großen Bett in Weston House, und der Mond sorgte für ein blasses Licht. Die Nacht war lau, und alles, was er brauchte, um nicht zu frieren, war Micheline. Sie hatte sich weich und vertrauensvoll wie ein Kätzchen an ihn gerollt, und ihr hellbraunes Haar fiel über seine nackte Brust.

Andrews linker Arm lag angewinkelt hinter seinem Kopf, während der rechte den Rücken seiner Frau umfaßte. Von Zeit zu Zeit öffnete er die Augen, dachte über die Ereignisse der letzten Tage nach, über seine Ehe, über Micheline und über das, was vor ihnen lag.

Er konnte sich nur schwer vorstellen, daß sie sich erst ein paar Monate kannten; an die Zeit vor Micheline konnte er sich nur noch verschwommen erinnern. Sie war der Mittelpunkt seines Lebens, und dennoch waren die gemeinsamen Monate vor allem von Aufregungen belastet worden. Die einzige Oase des Friedens waren die paar Wochen gewesen, die sie nach der Hochzeit allein in Gloucestershire verbracht hatten, und er freute sich darauf, dorthin zurückzukehren und ein Leben in zufriedener Ruhe mit Micheline und bald auch mit ihrem Kind zu teilen. Mit einem ironischen Lächeln dachte Andrew an die Jahre, in denen er versucht hatte, das Gespenst der Langeweile zu vertreiben. Damals hatte er gedacht, daß Ruhe irgendwie gleichbedeutend mit Langeweile sei.

Während Sandhurst Michelines seidiges Haar streichelte, dachte er an die Erregung, die ihre Liebesakte immer abwechslungsreicher machte. Diese Nacht war da keine Ausnahme gewesen. Die Luft hatte vor Leidenschaft geknistert, als sie zusammengekommen waren, um mit ihren Körpern all die Gefühle auszudrücken, für die sie keine Worte fanden. Es gab nie Zeit zum Verweilen. Wann immer sie sich berührten, schwoll die Erregung fast augenblicklich zu einem Sturm ungeheuren Ausmaßes an.

Andrew fragte sich, ob die Zukunft ruhigere Zeiten bringen würde. Er sehnte sich danach, jeden Zoll von Michelines Körper mit genüßlicher Ausführlichkeit zu erforschen. Er wollte sich an ihr erfreuen. Sie hatten beide ein leidenschaftliches Naturell, daher schien es unwahrscheinlich zu sein, daß ihre Liebesstürme jemals lange ruhen würden, aber die Aussicht auf eine Ruhe vor den Stürmen erschien im durchaus reizvoll.

Im Schlaf gab Micheline einen weichen, schnurrenden Laut von sich. Als er auf ihre geöffneten Lippen schaute, dann auf die sanften Kurven ihres nackten Körpers, lächelte Andrew vor sich hin. Langsam drehte er sich auf die Seite, glitt mit dem Mund über ihren Nacken und liebkoste ihre Brüste mit großer Zärtlichkeit.

»Mmm ...«, murmelte sie glücklich.

»Ja, so fühle ich mich auch, Michelle«, flüsterte Sandhurst. »Es gibt keinen besseren Zeitpunkt zum Neuanfang als die Gegenwart.«

Epilog

Gloucestershire, England – 10. Oktober 1533

Micheline kam in Begleitung von Spaniel Wimbledon über die Kuppe des Hügels und schaute den sanft geschwungenen Hang hinab. Die Wiesen waren immer noch von Gänseblümchen, wildem Majoran, rotem Klee und wippenden blauen Glockenblumen übersät. Vor drei Nächten hatte es allerdings schon Frost gegeben, und die Blätter der Bäume verfärbten sich gelb, rot und rostbraun.

Bald würde Winter in den Cotswolds herrschen, jetzt aber konnte man noch jeden schönen Tag voll auskosten. Der Himmel war klar und von einem lebhaften Blau, die Luft war frisch, und unten im Tal galoppierten Andrew und Hampstead dahin und flogen dann förmlich über eine Mauer aus goldfarbenem Kalkstein. Cecily erschien auf Primrose, um ihren Bruder zu einem Wettbewerb herauszufordern, obwohl von vornherein feststand, welches Pferd gewinnen würde. Sie ritten um die Wette durch das Tal, übersprangen vier Mauern und machten sich dann auf demselben Weg auf den Rückweg.

Lächelnd setzte Micheline sich zwischen die Blumen, um den beiden zuzusehen. Für einen Augenblick fühlte sie sich an jene Tage erinnert, in denen sie und Bernard um die Wette durch die Wälder von Angoulême galoppiert waren. Ihre Gegenwart war so erfüllt, daß sie wenig

Zeit mit Gedanken an die Vergangenheit verschwendete, doch jetzt fiel ihr wieder ein, wie Aimée ihr gesagt hatte: daß sie eines Tages mit Zuneigung an Bernard denken würde. Endlich gelang es ihr, die guten Erinnerungen von den schlechten zu trennen. Bernard war kein Bösewicht gewesen, nur unreif und fehlgeleitet. Eine Zeitlang hatte er sie wirklich geliebt, und sie hatte ihn geliebt. Wer konnte sagen, was aus ihr geworden wäre, wenn Bernard ihr nicht geholfen hätte, die Kluft zwischen Kindheit und Jugend und dem Leben als Frau zu überbrücken?

Mit einem bittersüßen Seufzer schaute sie auf den Brief in ihrer Hand und las ihn noch einmal. Micheline war in den Schluß vertieft, als Sandhurst ihren Namen rief.

Sie blickte auf und sah, wie er Hampstead den Hügel heraufführte. Wie immer zog sich ihr Herz bei seinem Anblick zusammen. Er trug einen taubengrauen Reitanzug, wirkte ungeheuer elegant und geschmeidig, und der leichte Wind wehte ihm das Haar aus dem Gesicht. Als Sandhurst seine Frau erreicht hatte, gab er Hampstead einen Klaps, um ihn mit dem hinter ihm hertollenden Wimbledon zu den Ställen zurückzuschicken. Dann ließ er sich vergnügt in das duftende Gras sinken.

»Mein Gott, bist du schön«, sagte er zärtlich zu Micheline.

Sie trug ein schlichtes, tiefausgeschnittenes Kleid aus gelbem Samt mit hoher Taille, das glockig über ihren runder werdenden Bauch fiel. Die Sonne schien ihre hellbraunen Locken in Brand zu setzen, und ihre Augen strahlten, als sie lächelte.

»Du auch, Mylord!«

»Schön?« In gespielter Entrüstung zog er die Stirn

kraus. »Hmm. Eine solche Meinung sollte am besten in der Familie bleiben. Da wir gerade von der Familie sprechen: Wie geht es meinem Sprößling?«

»Sehr gut!« Micheline lehnte sich in Andrews Armen zurück und sah zu, wie seine Hände erwartungsvoll über ihren Bauch strichen. Als das Baby strampelte, grinste er.

»Noch drei Monate! Das scheint ein ganzes Leben zu sein.«

»Vorfreude ist das halbe Vergnügen«, entgegnete sie, gab ihm einen Kuß auf das Kinn und hielt dann das Pergament hoch. »Wir haben einen Brief von Thomas und Aimée bekommen. Sie hat ihren Sohn im letzten Monat zur Welt gebracht!«

»Also haben sie einen Sohn. Ist er gesund?«

»Ja. Du weißt ja, daß sie schon einen Sohn verloren haben, ihr erstes Kind, daher ist dieses Neugeborene ein besonders kostbares Geschenk für sie. Sie haben ihn Etienne genannt.«

»In englisch Stephen«, übersetzte Andrew geistesabwesend. »Hübsch.«

Sie betrachtete sein Profil und seufzte leise. »Wirst du enttäuscht sein, wenn dieses Kind ein Mädchen ist?«

»Ich würde eine Tochter anbeten! Ob es ein Mädchen oder ein Junge ist – ich werde zufrieden sein.« Als Micheline darüber nicht lachte, beobachtete Sandhurst sie eine Weile. »Du bist schließlich nicht mit Heinrich dem Achten verheiratet. Er fühlt sich von Anne im Stich gelassen, weil sie ihm im letzten Monat ein Mädchen geschenkt hat ...«

»Ein abscheulicher Mann. Ich konnte die Verzweiflung der Königin fast mit Händen greifen, als ich sie nach der Geburt von Elizabeth in Greenwich besuchte. Und wie sich der König benommen hat! Als ob die Geburt eines hübschen, gesunden Kindes ein Grund zur *Enttäuschung* sein könnte!«

Andrew beobachtete Micheline, wie sie über die Hügel schaute. »Was ist mit dir? Hast du nach diesem Brief aus Frankreich Heimweh bekommen?«

»Mein Heim ist hier«, antwortetet sie ruhig.

»Vielleicht können wir die St. Briacs im nächsten Jahr besuchen. Würde dir das gefallen?«

Ein bezauberndes Lächeln erhellte ihr Gesicht. »Das ist eine wunderbare Idee! Könnten wir unser Kind mitnehmen? Und Cecily auch?«

»Warum denn nicht?«

Micheline vergrub ihr Gesicht an seinem warmen Hals. »O Andrew, wie sehr ich dich liebe!«

Er zog sie mit sich, bis sie gemeinsam auf einem Bett aus Gänseblümchen lagen. »Und ich liebe dich, Michelle.« Lächelnd schaute er ihr in die Augen. »Wie immer ...«

» ...sind wir ein Gedanke!« Sie lachte.

»Und ein Herz.«

Band 11963

Cynthia Wright

Caroline

Connecticut 1783. Der junge Alec Beauvisage findet in der Wildnis ein Mädchen, das sein Gedächtnis verloren hat. Er nimmt es bei sich auf, um es später der Obhut seiner Familie zu übergeben.

Von atemberaubender Schönheit und heißem Temperament, stellt Caro seinen Vorsatz, sie inzwischen nicht anzurühren, auf eine harte Probe. Und auch sie verspürt schon bald ein heftiges Verlangen, der verbotenen Lust nachzugeben, die der starke Mann in ihr entfacht ...

Ein Epos voller Leidenschaft und Liebe in stürmischer Zeit

BASTEI LÜBBE

Band 11972

Meagan McKinney

Kampf der Liebe

In einer sehr prekären Situation begegnet die bezaubernde Kayleigh einem geheimnisvollen Fremden

Durch Intrigen vom Sitz ihrer schottischen Ahnen vertrieben, versucht Kayleigh ihr Glück in Amerika. Von der Hoffnung getragen, die Rechte ihrer Geburt eines Tages doch noch geltend machen zu können, bestreitet sie ihren Lebensunterhalt als Taschendiebin bei Männern. Als sie wieder einmal fliehen muß, um nicht ins Gefängnis gesteckt zu werden, landet sie in den Armen eines gutaussehenden Fremden, der nach New Orleans gekommen ist, um Rache zu nehmen. Doch bald will er mehr: Er will Kayleigh – und er will sie ganz ...

BASTEI LÜBBE